BORSA BROWN
Az Arab

BORSA BROWN

Az Arab

ÁLOMGYÁR KIADÓ
2018

Tizenegyedik utánnyomás

© Borsa Brown 2015, 2016, 2017, 2018
Hungarian edition © Álomgyár Kiadó
Minden jog fenntartva!

A szerzőtől az Álomgyár Kiadó gondozásában megjelent:
A maffia ágyában, 2013
A maffia ölelésében, 2014
A maffia szívében, 2015
Az Arab szeretője, 2016
Az Arab lánya 1., 2016
Az Arab lánya 2., 2017
Az Arab fia, 2017

Borítóterv: Barna Gergely, Faniszló Ádám
Szerkesztette: Kalocsai Judit
Korrektúra: Hoppe Adrienn
Tördelés: NovaBook

Felelős kiadó: Nagypál Viktor

Elérhetőségeink:
+36 30 487 3552
admin@alomgyar.hu
www.alomgyar.hu
www.facebook.com/alomgyar

ISBN 978-615-5252-99-0

Készült 2018-ban az Alföldi Nyomda Zrt.-ben
Felelős vezető: György Géza vezérigazgató

„A mohóság és a kéjvágy, a gyűlölet és a furfang, az okosság és az erőszak, a jóindulat és a melegség. Mind része a fantasztikus egyvelegnek, melytől az arab jellem oly kibogozhatatlan rejtélynek rémlik a kívülálló szemében."

(Leon Uris)

"Az asszonyokat ugyanaz a jog szerinti bánásmód illeti meg férjük részéről, mint amivel ők tartoznak férjüknek. A férfiak azonban egy fokkal fölöttük állnak. Allah hatalmas és bölcs."
(Részlet: Korán 2. Szúra, 228.)

1. fejezet

– Nem kéne minden nőt megdugnod, aki egy kicsit is tetszik.
– Miért nem? Elfelejted, hogy azt csinálok, amit akarok. Egyébként is rühellem az amerikai ribancokat. Mindenre képesek. Meglebegteted előttük a dollárjaidat vagy az aranyaidat, és már bújnak is ki a bugyijukból. Persze ez igaz az európai szajhákra is. Még csak nem is hivatásosak, hanem gyönyörű fiatal nők, akik egyszerűen csak pénzt akarnak keresni. Én, Gamal ibn Husszein ibn Abdul al-Szudairi pedig megadom nekik.

– Feleségül kéne venned egy neked szánt szaúd-arábiai nőt, és el kéne kezdened fiúgyermekeket gyártani!

Még hogy egyet! Legalább négy feleségre számíthatok, akik csak arra lesznek jók, hogy sorban szüljék nekem a fiúkat. Mert a lányokra nincs szükségem! Így neveltek. Rohadtul nem érdekel a világnak ez az érzelmektől csöpögő része. Én megszoktam, hogy ribancokkal veszem magam körül, meg luxussal. Emír az egyetlen, aki nem próbál állandóan a jó irányba lökdösni. Az unokatestvérem, de olyan, mintha az édestestvérem lenne. Két évvel idősebb nálam. Ő huszonkilenc éves, én huszonhét. Már van három felesége, született két lánya és egy fia, de ez nem jelenti azt, hogy megvetné a finom falatokat.

– Visszarepülsz Rijádba? – kérdezi, miközben belekortyol a kávéjába, amit fintorral a száján nyel le.

Én mindig kihagyom a kávét Amerikában. Európában olykor találok egész finomakat – amik az arab kávéra hasonlítanak –, de mindent utálok, ami amerikai.

– Az üzletet már lezártuk, úgyhogy itt végeztünk. De nem megyek vissza. Európába kell repülnöm.

Emír újra beleiszik a kávéjába, majd megint grimaszol egyet. A magas, gizda szőke pincérnő elvigyorodik a képét bámulva. Már tuti levette, hogy milliomos olajmágnásokat szolgál ki.
Ribanc.
– Ha most elmész Európába, akkor nem érsz vissza időben. Ha idén is kihagyod a zarándoklatot, apád megostoroz.
Ja!
Azt tényleg nem kéne kihagyni. Tavaly is üzleti ügyek miatt ebben a tetves USA-ban ragadtam. Persze fontos az üzlet, de nálunk más értékek is vannak. Apám akkor is tajtékzott a dühtől.

Minden muszlim férfinak életében legalább egyszer szükséges elzarándokolnia Mekkába. Mivel ez a város az én hazámban, Szaúd-Arábiában van, ez annyit tesz, hogy mi majdnem minden évben részt veszünk a zarándoklaton. Akkor érzem magam rendben, ha tényleg odalátogatok.

Rendesen belém verték gyerekkoromban az iszlámot.

Gyűlölöm a sátorvárosokat, ahol a pórnép megszáll. Mi a közeli luxusszállodákat vesszük célba, de ennél nagyobb élvezet nem jut. A haddzs* idején tilos borotválkozni, szeszes italt fogyasztani, szexuális kapcsolatot létesíteni. Ilyenkor minden férfi szíve tiszta. A nők sem viselik az arcukat eltakaró kendőt, mert nem nőként tekintenek rájuk ekkor a férfiak. Mekka olyan, mint egy országhatár. Szigorú szabályok szerint kell viselkedni. Mekka Allah városa, így ott az ő törvényei vannak érvényben. A saría** betartása minden muszlim számára kötelező. Nem muszlimnak pedig nincs helye Mekkában!

Számomra az élvezetek megvonása jelenti a legnagyobb akadályt. Egyszer egy szállodában megszegtem a szex tilalmát, ezért az egész zarándoklatom semmivé foszlott. Érvényét vesztette az áldozat és a sok ima. Kurva szar érzés volt, na, azóta betartom a szabályokat.

---

* Mekkai zarándoklat. Az iszlám ötödik pillére.
** Az iszlám vallással kapcsolatban több jelentése használatos: iszlám jogrend, iszlám vallásjog, hagyomány, iszlám életforma, isten által előírt viselkedés.

Volt pár alkalom, amikor családunk kiváltotta a zarándoklatot, mégpedig úgy, hogy embereket küldtünk magunk helyett, meg hatalmas anyagi áldozatot. Talán vicces, de ez elfogadott a világunkban. Kényszerből cselekedtük ezt, mert apám, Husszein ibn Abdul al-Szudairi herceg betegen feküdt. Egy fia sem látogatott azokban az években Mekkába. És ez több mint tíz fiút jelent. Legalábbis hivatalosan. Apámnak négy felesége van, de szerencsére anyám, Núbia a kedvenc felesége, így mi vagyunk a kedvenc fiai is. Vagyis én és az édes fiútestvéreim.

Szóval mikor már apám temetésére készültünk, csodával határos módon meggyógyult. Szereti őt Allah, mindig is szerette.

– Majd küldök valakit magam helyett. Egyébként sem kell elszámolnom azzal, hogy megyek-e vagy sem.

– Csak magaddal.

Mekka meglehetősen messze van Rijádtól. A zarándokhely a Vörös-tenger közelében van, Rijád, a főváros pedig az ország belsejében.

A szőke giliszta csaj odabilleg hozzánk, majd valami mogyorófélét rak az asztalra. Emír úgy bámulja, hogy abban a tekintetben minden benne van. Csinos darab, de én nem szívelem az ilyen deszka nőket. A melleit feltuningoltatta, de olyan a csípője, mint egy kislánynak.

– Kérnek még valami mást esetleg?

Vigyorog, szemei hol rajtam időznek, hol Emíren. Megigazítom a nadrágom derekát, mert kezd kényelmetlenül rásimulni az ölemre. Ez a ribanc úgy méreget, hogy feláll tőle a farkam.

Emír rám néz, majd a csajra, halványan elvigyorodik.

Tiszta hülye. Én tuti nem fogok hármasban szexelni!

Unokatestvérem olyan szerelmes az első feleségébe, mint egy megszállott, mégis válogatás nélkül bonyolódik bele intim helyzetekbe. És még ő mondja nekem, hogy nem dughatok meg mindenkit, akit csak akarok. Ez annak szólt, hogy megfordultam egy copfos után. Jó nagy segge volt. Tudtam volna mit kezdeni vele. Az arab férfiaknak általában két telt pont szükségeltetik a női testen. Az egyik a mell, a másik a fenék! Ez nálunk nem kövérség! Már csak azért sem, mert mindezek mellé karcsú derekat és formás lábakat várunk el.

- Én nem kérek mást, köszönöm - felelem, miközben érzem, hogy a velem szemben ülő idióta belerúg a lábamba.

- Finom a palacsintánk - a szavai úgy másznak a fülembe, hogy tudom, mindenről beszél, csak pont a palacsintáról nem.

Egyébként bírom az ilyen nőket. Nem teketóriáznak sokat, a lényegre térnek elég hamar. Végigmérem tetőtől talpig, oldalvást látom Emír vigyorát. A szőke már egyenesen a szemembe néz.

Jól van! Szóval kefélni akarsz!

- Na és milyen az a palacsinta? - kérdezem, miközben a keskeny csípőjére bámulok.

Emír azonnal veszi a lapot, miszerint elindult a vadászat, ezért hátradől a hatalmas fekete háttámlára, és halvány mosolyát a kávéscsészével próbálja eltakarni. A szőke végigsimítja a ruháját, majd beletúr a hajába.

Na, azt én is szívesen megtépném.

- Juharsziruppal a legfinomabb - megnyalja a száját.

Ó, de olcsó vagy!

Képtelen vagyok ráhangolódni, pedig már olyan kemény vagyok, mint a kő. Dugnék, csak nem őt. A csaj ráérez a gyilkos hangulatra, ezért menti, ami menthető.

- Hozok belőle kóstolót. Ha nem ízlik, akkor a vendégeink voltak.

Nem vár választ, éles fordulatot véve viharzik vissza a pulthoz, majd odasúg valamit a pult mögött állónak. Az alacsony, fekete rövid hajú csaj vigyorogva ránk néz. Most már tuti ő is ránk fog mozdulni. Valami ilyesmiért utálom Amerikát. Nem kell alkudozni, pedig a kereskedelem meg az üzleti élet kemény vonal az életemben. Olajmezőink vannak Szaúd-Arábiában, ezért vagyok kénytelen azzal a bizonyos első meg második világgal tárgyalni. Mert ugye mi vagyunk a harmadik világ. És mi a jellemző a harmadik világra? Fejletlenség, alacsony életszínvonal, elmaradottság. Csupa negatív dolog. Csakhogy ez a bizonyos harmadik világ nem egészen az, aminek a buzi amerikaiak meg európaiak elképzelik. Szaúd-Arábia az egyik leggazdagabb nemzet. 1946-ban, a kőolaj kitermelésével megindultunk azon a bizonyos lejtőn fölfelé. A sivatagok nomád életmódját felváltotta a luxus. A királyi család leszármazottai - ahova én is tartozom - az ország földjének minden négyzetméteréért pénzt kapnak. Mert lapul alatta valami. Valami, amit mi eladunk. A mi országunkban minden egyes üzlet, ami a földdel köthető össze, a vagyonunkat gyarapítja. Azt a vagyont, ami már akkorára duzzadt, hogy a király bejelentette, országa képtelen elkölteni a rengeteg pénzt. Most őszintén. Amerika vagy Európa bármely országa jelentett már be hasonlót? Vicc! Egyesült Államok meg unió. Pénzeket adnak kölcsön egymásnak az országok, befolyásolják a másik gazdaságát, és még ők merik mondani, hogy mi vagyunk a harmadik világ. Szerintem a dobogón az első helyen állunk. Látszik ez abból is, hogy a nők miként vesznek minket célba.

– Megdugod?

Emír előredőlve dobja hozzám a kérdést, én meg hirtelen azt sem tudom, mire gondol. Odapillantok a pulthoz, látom, ahogy a lányok vihogva teszik föl a palacsintákat a tányérokra.

– Nincs itt Ibrahim. Már elutazott Európába. Nélküle nem fog menni.

Emír fölhúzza a szemöldökét, tudja, hogy ebben nem ismerek tréfát. Ibrahim az orvosom. Minden hónapban vért vesz tőlem, és alaposan megvizsgál odalent is. Ezenkívül van még egy fontos dolga. Megvizsgálja a csajokat, akiket megdugni készülök. Nem használok gumit, ezért elengedhetetlen a nő tisztasága. Olyan tisztának kell lennie, mint a hó. Ez a másik oka annak, hogy nem kezdek csak úgy akárkivel. A kurvákat megvizsgáltatom, fizetek és élvezek. Nem érdekel, nekik jó-e! Az ilyen kis szőkék álomvilágban élnek. Azt hiszik, képesek elcsavarni egy magamfajta fejét.

– Olykor te is ráfanyalodhatnál a gumira! – unokatestvérem hangja elég szemrehányó.

Volt már rá példa. Meg is bántam. Olyan volt, mintha valamit elvettek volna tőlem. És az valami a jogom volt a nőhöz. Szememben a nőnemű lények csak egy dologra hivatottak, az pedig az, hogy kielégítsék a vágyaimat. Márpedig én úgy szeretek kielégülni, hogy nincs a farkamon gumi.

Persze ez az egész egészség dolog nem érdekli a ribancokat. Pénzért bármit megtesznek. Én azonban kicsit józanabb vagyok.

A feleség, az más! Ő ugyanolyan erős támasza egy muszlim férfinak, mint az iszlám. Becsülni kell, tisztelni, és szépen kell bánni vele. A külvilág véleménye eltorzult a valóságról. Mindenki azt hiszi, a hitünk azt parancsolja, hogy elnyomjuk a nőt, és alázzuk. Ez nem igaz! A Korán szigorúan utasítja a férfit, hogy asszonyának szerezzen örömet, és minden jóval halmozza el. Az, hogy hogyan viszonyulunk a más világból származó nőkhöz, már más kérdés. A lotyók nem az asszonyaim, ennélfogva pedig semmi jóra nem számíthatnak, a pénzen kívül. Talán büntetem őket. Sokszor érzem a vágyat rajtuk. Kívánnak. Én azonban szántszándékkal teszek róla, hogy ne tudjanak elélvezni. A szexuális kielégülés is ajándék, márpedig én nem ajándékozom magam csak úgy oda minden jöttment amerikai szukának!

Mindkét lány elindul felénk, egymásra sandítva próbálják mosolyukat leplezni. Talán huszonöt évesek lehetnek, de már régen feladtam a törekvéseimet egy nő korának megtippelését illetően, ugyanis egyszer Brazíliában hanyatt döntöttem egy szexbombát, akinek olyan tökéletes volt a teste, amilyet rajzolni sem lehet. Aztán kiderült a kora. Negyvennégy éves volt. Leesett az állam, miközben az fogalmazódott meg bennem, hogy oké a világ. Minden korosztály dugható!

A szőke hirtelen odakapja rám a fejét, picit megmerevedek deréktól lefelé.

Na jó! Nézni azt tudsz.

A szoknyája majdnem szétcsattan a keskeny csípőjén, minden egyes lépésnél feljebb kúszik a combján a ruha. Nem zavarja, csöppet sem próbálkozik visszahúzkodni a helyére. Szép hosszú combjai vannak, és szép kék szeme. Ezenkívül egy nulla. Még a szőke haja sincs rám olyan hatással, mint általában szokott. A másik alacsonyabb nála, és sokkal bátortalanabb. Az ilyen alamuszi nyuszik ugranak a legnagyobbat. Elképzelem, hogy beletúrok a rövid fekete hajába, de ettől nem indulok be.

Emír döbbenten rám néz, mintegy tiltakozásképpen, hogy neki nem kell a fekete. A csaj átlagos testalkatú. Nekem jobban tetszik a teste, mint a szőkéé, de rokonom a gyermeki fejletlenséggel megáldott nőkre bukik. Szerintem, ha tehetné, kicserélné a két fejet a testeken. Kicsit elkeseredik, mert tudja, hogy enyém a választás. Hiába idősebb nálam, a rangsorban alattam van. Ő anyai ágon tartozik a családhoz, és mint mondtam, nálunk a női vonal nem ér túl sokat.

A szőke leteszi a tányérokat az asztalra, le sem veszi rólam a szemét. Tetszik a kihívó stílusa. Persze közönséges, de jó játék lesz. A fekete leteszi a szirupot, és Emírre mereszti őzikeszemeit. Kifejezetten megkívánom a tekintete miatt. Most már dönteni kéne.

– Mennyibe kerül nálatok ez a finom kóstoló? – kérdezem, és csak reménykedem benne, hogy tudják, mire gondolok.

Egymásra néznek, a szőke hangosan felnevet. Gyönyörű fogai vannak, de közönségesen vihog. Aztán hirtelen elkomolyodva rám néz.

– Ingyen van. Vegyék úgy, uraim, hogy ez jár.

Tetszik, hogy nem tegez le. Uramoz. Én nem adom meg ezt a tiszteletet. Emírre nézek, látom a szemén, hogy semmi sem érdekli, csak a dugás. A közeli Hiltonban van nekem is egy lakosztályom, meg neki is. Ez a legkényelmesebb. A recepciósok diszkrétek, és mindennel szolgálnak, amit csak akarunk. Volt rá példa, hogy egyszerre három lányt kértem, de Emír nem volt sehol, ezért a recepción fogalmaztam meg a kérelmeimet. A pasinak a szeme sem rebbent. Egy óra elteltével beállított a három csaj, és lesték minden kívánságomat. Ilyenkor szeretek hálás lenni. A recepciósnak adtam búcsúzóul egy slusszkulcsot. Egy A8-asé volt, úgy örült neki, mint majom a farkának. Azóta különösen figyelmes minden recepciós a királyi család tagjaival.

– Tudjátok, lányok, a mi igényeink nem egyszerűek.

Emír hangja fenyegető, szinte közli, hogy szexuálisan aberrált. Egyébként én tényleg annak mondanám. A feleségeit szereti, de a prostikkal sokkal keményebb, mint én. Volt már rá alkalom, hogy tizenkét éves kiscsajt vett meg magának Oroszországban. Felfordult tőle a gyomrom. Nem véletlen, hogy a deszka csajokra bukik. A feleségei ezzel ellentétben normálisnak mondhatók, és szerintem fogalmuk sincs férjük agyamentségéről. Persze ha tudnák, sem tehetnének ellene semmit.

– Megkóstolja?

A szöszi rá se hederít Emírre. Velem játszadozik. Tuti nem fogom megkóstolni ezt a szirupos amerikai hülyeséget, de őt igen. Most már kíváncsi vagyok, mennyire odaadó az ágyban.

Fölállok, miközben az ingemet próbálom visszatűrni a nadrágba. Felveszem a zakómat, a csaj szeme a farkamhoz vándorol. Lecsekkolja, mennyire indultam be.

Nyugi, cica, kemény leszek! Olyan kemény, hogy jajgatni fogsz!

Előveszem a tárcám, a fekete lány is engem néz, meg az unokatesóm is. Visszanézek rá, a tekintetemmel kérdezem: „na, mi van, nem jössz?" Zavartan föláll, és ő is a nadrágját kezdi igazgatni. *Szóval beindult ő is. Hát igen. Egy vérből valók vagyunk.* Simítgatja az erős borostáját, retteg attól, hogy lefújom a bulit. Élvezem a félelmét, de nem húzom tovább. Kiteszek az asztalra harminc dollárt, majd előveszek még egy köteg százdollárost. Nem az összeget akarom érzékeltetni, mert az nem túl sok, egyszerűen csak jelzem, jár a lóvé, ha oké az üzlet. Beszélni nem szeretek róla, azt meg kifejezetten utálom, hogy ilyen kis címletek vannak forgalomban, de hát ez Amerika. A pénz látványára a szöszi keze picit megrándul, de nem nyúl érte.

Ekkora kurvát. Ez mindent meg fog tenni érte.

Emír a feketére néz, olyan szemeket mereszt, mint aki azt mondja: „Te is kapsz ennyit, ha ügyes vagy." A csaj válaszul beleharap a szájába, majd elvigyorodik.

– Mi este nyolcig dolgozunk – mondja unokabátyámnak, a szőke meg helyeslően bólogat.

– Oké, akkor legyen kilenc óra.

A mondattal sikerül célt érnem. Emír megnyugszik. Végre tutira veheti, hogy megkapja a csajt, bár biztos vagyok benne, ha a fekete nem mozdult volna rá, ő észre sem veszi. Sosem hagyja ki a lehetőségeket, ahogy általában én sem.

Előveszek egy hiltonos névjegykártyát, és a csaj kezéből kiveszem a tollat. Az ujjai végigsimítják a kézfejemet, látom, ahogy szaporábban veszi a levegőt.

Szét fogom szedni.

Ráírom a kártya hátára a nevemet meg Emírét is, majd visszaadom a tollat és átadom a névjegyet. Egy darabig próbálkozik a betűzéssel, majd pilláit felém rebegteti.

– Ott leszünk, Gamal.

Úgy válaszol, ahogy egy arab nőtől elvárható, nem pedig egy amerikaitól. Ettől az engedelmességtől kezdem úgy érezni, hogy egész jó éjszaka előtt állok.

– Az én nevem Sarah, a barátnőmé pedig Monica – folytatja sejtelmes mosollyal.

Legszívesebben azt válaszolnám, hogy „ki a faszt érdekel?", de inkább visszafogom magam. Emírnek azonban biztosan ugyanott jár az agya, mert már majdnem hangosan felnevet. Aztán odalép a csajokhoz, és fölényesen válaszol.

– Akkor kedves Sarah és Monica – kivár, és a névhez tartozó testeket is végigkémleli –, a késés nem megengedett. Csak hogy tudjátok.

Nem tudom, miért akarja megmutatni, hogy ő valaki, mert ezek már rég tudják. Amikor más kontinensen vagyunk, öltönyben járunk, nem pedig földig érő lepelben, mégis ránk van írva minden.

Odahaza számunkra szintén megengedett az európai viselet, a nőknek azonban nem. Ahogy egy lány menstruálni kezd, onnantól kötelező a fátyol. Csakis a testvérek és apjuk előtt mutathatják meg magukat a fiatal nők. Nekem két húgom van, egy öcsém, egy bátyám és egy nővérem. Jól emlékszem, hogy anyám titkolta húgaim menstruációját, minél inkább ki akarta tolni azt az időt, amikor kényelmetlen gúnyába kényszerítik lányait. A lányoknak sokszor egészen fiatalon eldől a sorsa. Vannak családok, ahol már szinte a születés pillanatában tudják, ki lesz a férjük. Az azonban megint csak tévhit, hogy a fiatalok csakis szülői ráhatásra házasodnak. Régen valóban így volt, de sokat javult a helyzet. Egy anya mindig eléri azt, hogy a lánya is megelégedjen a választottal. Ehhez nem szükséges szerelem, csak kölcsönös tisztelet. Egy muszlim nő igenis érzi a súlyát annak, ha tisztelik. A szerelem mulandó, de a tisztelet és megbecsülés, az nem! Az én húgaimnak is megvolt a férjjelöltjük, csak az volt a kérdés, mikor sétálnak el a család tűzhelye mellől. Persze ez visszafelé is így van. Tudom, kik lesznek a feleségeim, de még nem vagyok hajlandó vele foglalkozni. Talán megvetendő, de nem ritka a családon belüli házasodás. A távoli rokonnal való egyesülésnek köszönhető, hogy családunk elég biztos kézben tartja az országot.

– Mi akkor megyünk is – Emír mellettem helyeslően bólogat. Már falják szemei a fekete csajt. Beindult a fantáziája. Ránézek „Sarah-ra", és azért, csak hogy tudja, merre hány méter, tényeket közlök vele. – Külön-külön leszünk. Te csak velem! Érted? Háromezer dollár. Ennyi jár érte.

Először megdöbben, de aztán alig láthatóan bólint. Elpirul az arca, nekem meg az jár az agyamban, hogy mennyire fogom még őt arcpirító helyzetbe hozni. Bírom az ilyen játékokat. Eljátssza, mennyire végzet asszonya, aztán mikor rátérek a lényegre, olyan zavarba kerül, mint egy szűz.

A szüzek gondolatára már megint sóhajtanom kell. A gyengéim. Egyszerűen csak szeretem a tiszta dolgokat, és egy szűznél kevés tisztább dolog van a világon. Persze ilyen tiszta lányokra már Európában vagy az USA-ban nem lelni. A szüzek szinte még gyerekek. Otthon azonban igen. Belenyilall az agyamba, hogy az én eljövendő feleségeim is még mind érintetlenek. Várnak rám odaadóan.

Emír elsétál mellettem, ezzel jelezve indulásunkat, de a szőke pirult arcának látványát még élvezni akarom. A kék szeme világít, és engem néz. Szégyelli magát, de vállalja is. Szó nélkül caflatok a mellettem elsuhanó után.

Mikor az ajtóhoz érünk és kilépünk rajta, kissé bosszúsan szól rám az unokabátyám.

– Miért nem hagytad meg nekem a szőkét? Eszméletlen jó teste van.

– Nem értem, Emír! Miért szeretsz deszkákat baszni?

– Azért, amiért te gömbölyűeket. Ez jön be.

Az túlzás, hogy a gömbölyűeket szeretem, de tény, felvillanyoz minden, ami nem csíkban végződik. Nem szépítem. Szeretek rácsapni úgy egy fenékre, hogy az ritmusban remegjen. Hát a szöszié nem fog, az tuti.

– Egyébként az előbb még te mordultál rám a szexszel kapcsolatban, most meg nem hagytál kibúvót.

– Ne játszd meg magad! Nem akartál te annyira kibújni! Szétdughatod a szöszke fenekét. Azért ne mondd, hogy ez olyan nagy baj!

Nem válaszolok, pedig tudom, mit felelnék szívesen. Eszemben sincs megdugni. Talán leszophat, de még ez is változhat, mivel addig még el kell telnie négy órának. Délután öt óra van. Oké, azt elismerem, ha olyan ártatlanul bámul rám, mint az előbb, akkor biztos beindulok.

Az utcán ott parkol a Mercedesünk, amibe bele is huppanunk. Otthon rendszerint nagy autókkal járok és sofőrt alkalmazok, de külföldön dobom ezt a szokásomat. Már kaptam is apámtól ezért, mondván, hogy egy „herceg ne vezetgessen". Minek a luxusjárgány, ha még nem is vezethetem? Az F800-as modellt külön nekem készítették. Tartok egyet Európában is és Amerikában is. Mindkettő arannyal van átvonva, belül pedig krém- és barna színt ölt magára. Az arannyal átvonáson nem a színét értem, hanem a nemesfémet. Értékes. Sosem hagynám az utcán őrizet nélkül. A kormánya olyan, mint egy Forma–1-es versenyautónak. Hülye lennék nem vezetni.

Emír bosszúsan húzza le a fejét.

– Minek veszed ennyire sportosra a figurát? Rijádban a kocsid nem fér el a parkolóban, itt meg legömbölyített hátsójú luxusra költesz.

– Ismersz. Ez így gömbölyű.

Emír elneveti magát, tudjuk, hogy a hátralévő órákban csakis a szexről leszünk képesek dumálni. Onnantól meghatározza életünket, amióta először kaptunk meg nőt. Azt nem tudom, unokatestvérem miként ment át ezen a beavatáson, de a saját szüzességem elvesztésére tisztán emlékszem.

A rijádi palota férfirészlegébe apám sétált be, és közölte, hogy menjek le a női lakrészbe, mert várnak rám. Tizenöt éves voltam, és nagyon is tudtam, mi következik. A család férfi tagjai már évekkel korábban ugrattak és próbálták minél intenzívebben belém verni, hogy mennyire kell állatiasan viselkedni a nőkkel. Sztorikat meséltek arról, hogyan tépik a hajukat kefélés közben, és hogyan sebzik fel a vaginájukat. Szerettem a húgaimat, ezért undorodva hallgattam végig mindezt. A mi világunkban más egy fiú-lány testvér viszonya. És ez mindinkább kiéleződik a királyi családban. Engem istenként kezeltek, lánytestvéreimet meg egyszerű gyerekként. Egy ideig nem értettem az egészet, de az első szexuális élményem után már nagyon is tudtam, mit jelent az, hogy a férfi az elsődleges. Mégsem bántam soha lánytestvéreimmel kifogásolhatóan. Annál inkább a más világból származó nőkkel...

Maysa húgom csak két évvel fiatalabb nálam, Nasire pedig öttel. Mindketten férjhez mentek már egy távoli unokatestvérhez, és gyermekük is született. A nővérem, Fatima tíz évvel idősebb nálam, vele sosem kerültem testvéri kapcsolatba. Mire én hatéves lettem, ő már el is került a palotából, azóta is Dzsiddában él. Évi egyszer látom őt, már ha elmegyek a zarándoklatra, mert akkor be szoktunk térni hozzájuk.

Szóval azon a bizonyos napon a palotában két lány várt rám egy elkülönített szobában. Most is érzem az orromban a rózsaillatukat. Az ajtón meg az ablakon nehéz, aranyszínű bársony takarta a fényt, a légkondicionáló pedig maximumon harcolt a 45 fokkal. A szobában hűvös volt, amitől a lányok mellbimbója keményen meredt előre. Olyan vékonyak voltak, hogy az volt az első gondolatom: nehogy összetörjem őket. Kopaszra voltak szőrtelenítve, és az első kérdésük máris az volt, hogy mit szeretnék. Azt hiszem, ennek az élménynek a hatására kezdtem vonzódni az átlagos testalkathoz, nem pedig a modellalkathoz. Talán húszévesek lehettek, és meglehetősen tapasztaltnak voltak mondhatók. Úgy vetették rám magukat, mint egy oroszlán az áldozatára. Ma már tudom, hogy apám háreméhez tartoztak, ezért később undorral telve gondoltam bele a helyzetbe. Morbid volt ugyanazokat a csajokat döngetni, mint az apám. Nem csináltam rendszert a látogatásukból.

Tisztán emlékeztem a bátyám, Fawwaz jó tanácsaira. Hat évvel volt idősebb nálam, ő már túl volt a nehezén. Rendszeresen leültetett a tv elé, és DVD-ket vetített le, ami elég egyértelműen megmutatta, hol mit kell csinálni egy nő testén. Nekünk még az anus nyílás is csak egy szexuális forrás volt, annak ellenére, hogy a Korán kifejezetten utasít: szex közben minden testrész csak arra használható, amire való. A perverzió elítélendő, de itt jön az, hogy kinek mi mire való, és kinek mi a perverzió.

Egy arab ezt is megmagyarázza!

Már a szüzességem elvesztésénél seggbe dugtam a csajokat, és ez azóta is kedvenc elfoglaltságom. Azt hiszem, ennyiben ki is merül a deformitásom. Persze néha durvább vagyok a kelleténél, de én nem érzem úgy, hogy ezt szégyellnem kellene. Hát nem is teszem.

A két szuka úgy sóhajtozott a tizenöt évem alatt, hogy azt hittem, én vagyok isten. Persze, hogy is ne hittem volna? Apám mindig arra tanított engem, a bátyámat meg az öcsémet, hogy bármit megtehetünk. Én pedig tizenöt éves koromban megfelelő visszajelzést kaptam arra nézve, tényleg bármit megtehetek.

A szálloda előtt megállunk, a sofőr azonnal odaszalad hozzánk, és kiskutyaként lihegve várja a kulcsot. Átadom neki, hogy odébb parkolhasson, szegény úgysem ülhet be mindennap egy ilyen kocsiba. Befelé lépdelve a forgóajtón, érzem magamon a kíváncsi női szemeket. Eszembe jut az állatvilág. Ott a nőstények nem lacafacáznak. Kiválasztják a legalkalmasabb hímet, és már hívják is párosodni. Amerika maga a szavanna. Teli megdugható nőstényekkel.

Hányingerem van. És baszhatnékom!

– Nem iszunk meg egy kávét a bárban? – gondolataimból Emír rángat ki.

– Nem volt elég az a lötty, amit ittál?

New York egész jó helynek számít, de a kávéban igenis az arab a verhetetlen. No meg még ezer más dologban, de mit tudhat erről az első meg a második világ…

– Marha messze van még az este kilenc. Valami programot kitalálhatnál.

Szembefordulok Emírrel, valóban fájdalmas arcot vág.

Ne már! Most komolyan így beindult arra a semmilyen csajra?

Hatalmas karikás barna szemei megnyúlnak, miközben a szálkás fekete haját igazgatja. Nálam csak pár centivel alacsonyabb, de a termetét inkább tohonyának mondanám. Nem kövér vagy pocakos, de a járása olyan, mint egy öreg medvének. Lassan lépdel, de hosszan, így tényleg sebesen halad, ami tökéletes ellentétbe hoz rajta mindent. Az egész alkata furcsa. A kézfeje és a lábfeje vékony, de a karja és a combja vastagodik, ahogy egyre följebb siklik rajta az ember szeme. A sport nem az erőssége.

Emír inkább az apjára hasonlít, ezáltal a külsőnk teljesen más. Én is az apámra hasonlítok, és az az ő anyjával van egy vérvonalon. Nemcsak külsőleg hasonlítok apámra… Egy időben hátránynak véltem a túl magas termetemet meg a kreol bőrömet, de kimozdulva Szaúd-Arábiából, rájöttem, hogy erre igenis buknak a nők. Otthon különbözni akartam mindenkitől, de hát sajnos nem szőke hercegnek születtem. Európában és Amerikában azonban különleges vagyok. Húszéves korom körül jöttem rá, hogy minden rá van írva az emberekre, úgy, ahogy rám is. Szegények-e vagy gazdagok, prűdek-e vagy nyitottak egy másik világra. Én gazdag vagyok, nem vagyok prűd, és mindenre nyitott vagyok. Bizonyos dolgokban.

– Mondjuk, összeszedhetnéd magad! – válaszolom csípősen. – Büdös kávészagú a szád, és a farkadra is ráfér a tisztogatás, ha egy nő szájába akarod gyömöszölni.

– Na nehogy már én akarjak megfelelni!

Tipikus Emír-válasz. Nem bánok soha tisztességesen a nőkkel, de annyival azért megtisztelem őket, hogy kifogástalanul várok rájuk. Nekem mindennél fontosabb a nő tisztasága és illata, így azt gondolom, ennyi nekik is jár. Ha már úgysem célom kielégíteni őket, akkor legalább ennyit adjak. No meg sok-sok dollárt. Ennél többet úgysem kaphatnak. A tisztaság a mi világunkban egyébként is fontos. Szigorúan be kell tartani a tisztálkodási szabályokat, és ez nem az illatszerek használatában merül ki. Hallottam már olyat, hogy valaki azt mondta: „piszkos arab". Ez a létező leghibásabb megállapítás. Nyilván vannak muszlim országok, ahonnan olyan tapasztalattal térnek haza a turisták, hogy „piszkosak", de ez nem az én fajtám. Az én rétegem sosem piszkos. Testileg. Lélekben nem vagyunk szentek, de a testünk igenis makulátlan. A Korán még a szőrzet és a körmök gondozására is alaposan kitér. Egy arab férfi körme nem lehet hosszú, az arcszőrzetnek ápoltnak kell lennie, és a szőrtelenítés a nemi szerv körül meg a hónaljban nagyon ajánlott.

Az olyan férfiaknak, mint én vagyok, nem célja kielégíteni azt a nőt, akit csak használ. Persze nem azt mondom, hogy én még nem elégítettem ki egy nőt sem, de az nem érdekel az aktus során, hogy fájdalmat okozok-e neki, vagy élvezi-e. Egyetlenegyszer fordult elő, hogy egy nővel gyengéd voltam. Kifejezetten lestem a kívánságait, és olyanokat keféltem vele, amitől a plafon is leszakadt. Na, őt szanaszét dugtam, és élvezte. Azoknak, akiknek fizetek, elvből nem akarok örömet okozni. Okozzon nekik örömet majd az, amikor a pénzt költik. Ez csak üzlet.

Emír nem vár reakcióra, automatikusan a bár felé veszi az irányt, én meg megindulok a lift felé. Egy idő után lecövekelve figyelem, hogy mikor veszi észre, már nem lépdelek mellette. Jó tizenöt méterbe telik. Hatalmas termetével visszafordulva kérdez.

– Most mi van? Tényleg nem jössz?

Elsuhan mellettem egy vörös ruhás nő, akinek csak a hátsóját bírom szemügyre venni. Emír arca mindent elmond az elülső látványról is. Elvigyorodva a nőre biccent, és már fordul is utána. Eszeveszett tempóval caflat a bár felé, tuti befűzi a csajt. Ma szerintem egyszerre kettőt fog agyonkefélni, nekem meg ahhoz az egy szőkéhez sincs túl nagy kedvem.

2. fejezet

A szobában kinyitom az ablakot, mert oxigénre van szükségem. A levegő elég frissnek mondható, mert október legeleje van. Ez az egyetlen olyan dolog, amit szeretek az idegen országokban. A királyságban nehéz olyan napokat elcsípni, mikor nem gyilkos a hőség. A szabad levegő beszívása is lehetetlen próbálkozás, ablak pedig szinte soha sehol nincs nyitva! Az épületekben mindig klímák hűtik a levegőt. Nincs megállás! A sivatag már csak ilyen. Az éjszaka enyhülést hoz, de nem túlzok, ha azt mondom, hogy a homok uralkodik az arab félsziget fölött.

Eszembe jut Emír megjegyzése a zarándoklatról, ezért magamhoz veszem a telefonomat, és már majdnem tárcsázom apám számát. Jó lesz vele előre közölni, hogy az október 9-én induló programját a többi fiával tervezze. Apám a zarándoklatot mindig így végzi. Az összes létező fiát magával citálja. Nem célja a különböző almokból származó fiúkat összebékíteni, de apai kötelességének így méltán eleget tesz. Általában az unokatestvérek is csatlakoznak, ami már meglehetősen kényelmetlenné válik. Mindenki tudni akar mindenkiről mindent. A haddzs alatt minden világi dologtól tartózkodni kell, ezért is tilos a szex vagy az alkohol. Jobb híján így tényleg az marad a legértelmesebb elfoglaltság, hogy imádkozunk és beszélgetünk.

A telefonomat félredobva inkább még erőt gyűjtök.

Be van készítve a szobámba a szokásos gyümölcskosár, ezért elhatározom, hogy a borravaló osztásánál nem leszek fukar, mikor távozom. Beleharapok a datolyába, majd letuszkolok még párat.

Hazai íz!

Számtalan más dolog is be van készítve a nappaliba. Egy piroskék valódi perzsaszőnyeg hever összegöngyölve az ülőgarnitúra mellett, ha esetleg imádkozni támadna kedvem.

Hát persze hogy támad.

Az asztal közepén hever a Korán, nem mintha nem cipelném mindenhova a bőröndömben a sajátomat. Értékelem ezeket a seggnyaló gesztusokat.

Ledobálom magamról az öltönyt, és veszek egy gyors zuhanyt. Bírom, ahogy az amerikaiak felveszik a mi ritmusunkat. A hiltonos csomagolású tusfürdő meg sampon helyett Bvlgari tisztálkodószereket pakoltak ki, és törülközőből is kiraktak még jó pár darabot.

Hm. Attól, hogy gazdag vagyok, még csak egy törülközőbe vagyok képes megtörölni a seggem.

A szőrzetemen gyorsan felhabosítom a szappant, majd megmosom a hajamat is. Szerencsére az én fizimiskám nem olyan drótszőrű, mint Emíré. A szőrzetem nekem is elég erősnek mondható, de ettől beindulnak a nők. Amikor szex előtti tisztálkodást végzek, mindig végigfut az agyamon, hogy vajon miként reagál egy másik világból való nő az én körülmetélésemre.

Ez azóta foglalkoztat, mióta egyszer egy amerikai kurva erőszakosan markolta meg a farkam, majd megjegyezte, legnagyobb vágya, hogy egyszer végre láthasson egy körülmetélt faszt. Megmutattam neki.

Semmi extrát nem láthatott, csak annyit, hogy a péniszem végéről el van távolítva a bőr. Régen ezt brutális beavatkozásnak könyvelték el a tudatlanok, pedig nem az. Az emberfia semmit sem érez, amikor csinálják, és igenis vannak előnyei. Nálam nem végezték el azonnal születésem után, csak hétéves koromban. És azzal, hogy nem csecsemőkorban estem át rajta, plusz dolog is dukált hozzá. A fiúk ilyenkor gazdag ajándékban részesülnek. Ekkor kaptam meg az első arany Rolexemet, amit azonban csak később kezdtem el hordani. A többi meglepetést sokkal jobban becsültem, amik játékok voltak és egyéb ékszerek. Maga a beavatkozás csöppet sem fájt, mert érzéstelenítették a területet. Mire feleszméltem, már kész is volt. Pár napig akadtak vele kellemetlenségek, de nem nevezném elviselhetetlen kínnak. Bátyámat is hétéves korában metélték körbe, öcsémet pedig azonnal a születése után. Azok a bizonyos előnyök pedig elég intenzíven érezhetőek. Sokkal tisztábban tartható a terület, és még a szex is jobb vele. És nem csak nekem. Nem élvezek el öt perc alatt, hanem képes vagyok akár egész éjszaka kordában tartani a férfiasságomat. Mikor ezt egyszer megjegyeztem húszéves öcsémnek – Hakimnak –, csak röhögve felelt rá: „Akkor nálam valamit marhára elkeféltek!"

A körülmetélés is jelzi a ragaszkodásunkat a tisztasághoz, hiszen ennek is higiéniai okai vannak. Az téves nézet, hogy a nőket is körülmetéljük. Az iszlám erre egyáltalán nem tér ki. Vannak bizonyos bennszülött csoportok, akiknél ez valóban szokás, de ez inkább az afrikai országokra érvényes. Én igenis megkövetelem a nő épségét. Nem azért, hogy élvezze, hanem azért, hogy teljes valójában nőt dughassak, ne pedig csak egy lukat. Szerintem a csikló megcsonkítása azt is maga után vonja, hogy a nő elveszít magából valamit. Nemcsak testileg, hanem lelkileg. Fogalmam sincs, ez miért jó akárkinek is. Persze értem én az erényekre vigyázást, hiszen a mi vallásunk is felszólít rá, hogy a nő erényére nekünk kell vigyázni, de azt hiszem, erre akadnak jobb módszerek is. Az én anyám vagy apám sosem beszélt arról, hogy lányaikat körbe kéne metélni. Elzárkóztak a lehetőségtől, sőt, a királyi családban ez egyáltalán nem téma. A tanultabb felvilágosult réteg kitekintést kap egy másik világba, és ezáltal felismeri a saját világának árnyoldalait is.

Igen. A nőkkel való bánásmódunk talán egy árnyoldal. De csak talán. Ez az én véleményem!

Szóval a kis szöszkének, akit, azt hiszem, Sarah-nak hívnak, hamarosan megmutatom, milyen egy arab férfi pénisze.

Szárazra törlöm magam, majd megmosom a fogamat is. Tekintetem a vaskos ajkamra téved, el is vigyorgom magam, mert tudom, imádják a nők. Szinte mindegyik bele akar csókolni, de azt nem kapják meg! Családom összes férfi tagjának több erős pont is látszik az arcán. Egyforma a borostánk, a szemöldökünk és a szánk.

Átfésülöm a hajam, és belebújok egy másik ruhába. Farmert választok, ami ritkán fordul elő, de nincs kedvem öltönyben feszítve várni egy olyan nőt, akihez még hajlandóságom sincs. Bekenem az arcomat a krémemmel, miközben helyére simítom határozott vonalú szemöldökömet. Elégedett vagyok a látvánnyal. Mindig hálás voltam apámnak, amiért valami különlegeset hagyott rám. Bár túlzás lenne mindent örökségnek vélnem, mert az igazság az, hogy én nagyon is adok magamra. Kedvelem a változatosságot.

Van úgy, hogy kopaszra borotválom a fejem, és olyan is van, hogy megnövesztem egészen a vállamig a hajam. Jelenleg már éppen vágandó stádiumban van, de sajnos ezt utazás előtt elmulasztottam. Az arcomat is olykor tükörsimára borotválom, de ez tényleg ritkán fordul elő. Kedvelem a borostámat, a nők pedig nemkülönben. Sőt. Borzadva szemrevételezem a csupaszra gyantázott férfimodell-testeket. Undorító! Egy arab sosem dacolna a férfiasság jelképével, ezért is vagyunk általában borostásak. Mi, férfiak szőrteleníteni csak a hónaljunkat szoktuk, és az intim részünket.

A másik, amiért sokat teszek, az a testem. A magasságom ajándék, családom legtöbb hímneműje 190 centi körül mozog. Én még ennél is magasabb vagyok. A magasság azonban nem elég, ha az emberfia hiú. A sport mindennapos az életemben. Leginkább a vízi sportokat kedvelem, de mivel az macerás Rijádban, ezért átvettem egy tipikus amerikai szokást. Futok a saját edzőtermemben, és van személyi trénerem is.

A szemem a legnagyobb ajándékom apámtól. Csak nekem olyan, mint az övé, a két fiútestvéremé ugyanolyan fekete, mint anyámé. Egyébként majdnem az összes férfinak fekete szeme van az országunkban. Apámé zöldesbarna, így az enyém is az lett, bár a széle már szinte sárgás. Világít a fejemen. A legtöbbször azt veszem észre, hogy aki belenéz, az ott is marad. Vagy ha el is szakad, visszakapja a fejét. Persze a nőkről beszélek. Emír fiatalabb korunkban egy estélyen meg is jegyezte, hogy kinyomja a szememet. Nehezményezte a külsőnk közötti szakadékot, bár ez sosem lombozta le önbizalmát. Azt képtelenség is lenne. Egy arab férfi úgy el van telve saját imádatával, hogy azt semmi sem teheti tönkre. Főleg nem a külsőségek. A Korán egyértelműen közli: a férfiak uralkodásra vannak teremtve.

Hát akkor uralkodjunk ma a szöszin.

Beparfümözöm magam, és bekapcsolom a tévét, amin azonnal az al-Dzsazíra jelentkezik be. Újabb jó pont a személyzetnek. Egy ideig figyelem a híreket, amiben felhívják a figyelmet a közelgő zarándoklatra. Újra eszembe jut a kötelesség, ezért megkeresem a telefonomat, amit nemrég odébb hajítottam.

Hívom apám számát, ami ki is csöng. New Yorkban este hét óra van, Rijádban viszont éjjeli kettő. Nem zavar a tény, mert apám soha nem nehezményezi az ilyen hívásaimat. Én kifejezetten agresszívvá válok, amikor éjszaka vagy korán reggel kapok hívást. Ebben nem hasonlítok a családom fejére.

Egy ideig kicsöng, már pont le akarom tenni, amikor felveszi.
– Béke veled, fiam – mondja gúnyosan, amire ösztönösen válaszolok.
– Béke veled, apám.

Hallom a sóhaját, ezért várok, míg teljesen magához tér. Közben az órámra pillantok. Két óra múlva itt a csajom.
– El se kezdd! Ugye nem azért hívtál, hogy közöld, nem érsz haza időben? Hamarosan kezdődik a haddzs. Itthon a helyed!

Egy pillanatra elszégyellem magam, mert olyan érzésem van, hogy rossz muzulmán vagyok. Az iszlámnak öt pillére van, ami hasonlít a zsidók meg a keresztények tízparancsolatához. Ezeknek a pilléreknek az egyike – pontosabban az ötödik pillére – a haddzs, más néven a zarándoklat Mekkába. Az egész hitünk innen indult, ezért fontos minden muzulmán számára ez a hely. A haddzs egy olyan pillér, ami nem kell hogy rendszeres legyen egy muszlim életében. Nem szükséges minden évben zarándoklatot tartani, elég azt egyszer egy életben. Persze minden muzulmánnak saját érdeke, hogy ahányszor csak teheti, éljen a lehetőséggel.

Ezzel ellentétben a második pillér, a szalát, ami napi ötszöri imát takar, már mindennapi elfoglaltságot jelent. Ezt egy muszlim mindennap követni köteles. Vagy legalábbis törekednie kell rá. Ilyenkor minden üzlet bezár, és a mecsetbe igyekeznek a hívők, vagy falakon belül oldják meg az imát. Szaúd-Arábiában nem találni helyet, ahol ne így működnének a dolgok. Még a modernnek mondható plázákban is bezárnak az üzletek arra a húsz-harminc percre, amit az imára szánunk. Persze itt is vannak kivételek, mert a síita kisebbség csak napi három imát végez el, de szerencsére a királyságban nincs jelen a síita kisebbség. Azt hiszem, a keresztényeknél is vannak bizonyos misék, amikre illik elmenni a nap folyamán. Nekünk egy kicsit több jutott.

A legelső pillér mindenesetre a saháda, vagy más néven hiteskü. Igazából, ahogy a neve is mutatja, ez maga a hitünk az egy istenben és a prófétában. Nem ismerünk el más istent Allahon kívül, csak őt magát és Mohamed prófétát, aki az ő küldötte volt.

A harmadik pillérhez szintén van hasonló a keresztény világban. Ott is fizetnek az emberek az egyháznak alamizsnát. Nálunk ezt zakátnak hívják. Minden muszlim a jövedelmének egy bizonyos százalékát befizetni köteles. Persze különbség van a különböző anyagi körülmények között élők zakátja között. Nyilván egy dúsgazdag muszlim nem ugyanannyit fizet, mint egy szegény. Sőt. A Korán föl is menti azt az embert a fizetség alól, aki még a családjának is nehezen teremti meg a betevőt.

A negyedik pillér az, amit ramadánként ismernek a nem muszlimok az iszlámból. Valójában ez a szaum, vagyis a böjt. A ramadán a háromféle szaumból csak az egyik, a legfontosabb, mert ez vallási rituálé. A ramadán havában napkeltétől napnyugtáig tilosak az élvezetek. Nem lehet enni, inni, és a szex is tabu. Ahogy lemegy a nap, mindent szabad! Ez sem jelent napi kötelezettséget, de egyhavit igen. És az az egy hónap kemény. Egy muzulmán tulajdonképpen szereti a ramadánt, mert az számára a megtisztulást jelenti, bár tény, hogy akaraterő kell hozzá.

Na szóval, a haddzs elég fontos minden muszlim számára! Apám szigorúan nevelt minket e tekintetben. Sosem kért tőlem semmit, csak azt, hogy a hitem megingathatatlan legyen. Az is.

Ösztönösen vándorol a tekintetem a Koránhoz, és el is határozom, hogy amint leteszem a telefont, imádkozni fogok.

Dugás előtti fohász!

– Tényleg sajnálom, apa! Egyszerűen nem fog menni. Kérlek, vigyél magaddal valakit helyettem, hogy az én áldozatom is meglegyen.

Nem szól semmit, csak sóhajtozik. Szerintem már előre Allah bocsánatát kéri a húzásom miatt.

– Azt mondtad, lezárod a New York-i üzletedet addigra.

– Lezártam, de el kell mennem Európába.

Amerikába azért jöttem, hogy olajjal kapcsolatban bocsátkozzam tárgyalásokba egy állami szervvel. Egy hónapja érkeztem, a harminc napból körülbelül húszat üzleti megbeszélésekkel töltöttem. Persze ezek mind mézesmázas megbeszélések voltak, amin próbáltam minél kecsegtetőbb árakon olajat felkínálni az USA-nak. A családomnak számtalan olajmezeje van, most a Khurais mezőn kitermelt mennyiségnek kerestem gazdát. Fontos üzletnek ígérkezett, mert ezen az egyetlen helyen várhatóan 27 milliárdnyi olajat tudunk kitermelni. Az üzlet megköttetett. Mivel az új kút képes lejjebb tornászni az árakat, nem volt nehéz meggyőzni az Amerikai Egyesült Államokat.

A király hirtelen vágott bele a mező feltárásába. Rijádtól körülbelül százötven kilométerre történik a kitermelés, ami a sivatag közepén van. A Perzsa-öbölből csatornákat vezettünk a kutakhoz, így a tengerből is kinyerhetjük a fekete aranyat. Mi, a Közel-Keleten tudatosan irányítjuk az olajüzletágat, ezért sosem értettem, miért szajkózzák más országok, hogy olajhiány van. Nincs! Még nincs! Értem az üzleti oldalát, de kérdem én, ha a hazám a túlkínálat miatt lejjebb viszi az árakat, akkor erre miért nem reagál pozitívan a piac? Szaúd-Arábiának nem érdeke az olajkitermelés szüneteltetése, akármennyibe kerüljön is hordónként a fekete arany! Tetszik vagy nem, ezt be is jelentette a kényes nyugati világnak a királyság olajipari minisztere.

A lényeg, hogy végül sikerült aláírni a szerződéseket.

– Nem bíztalak meg semmilyen európai tárgyalással! Minek mész te oda?

Most jön a neheze. Apám szigorú szabályok szerint jár el mindig. Szinte egy évvel előre tudja, kikkel lesz megbeszélése, és azt is tudja, melyik fiának adja át az ügyben a stafétabotot. Családom a király leszármazottjai közül való, vagyonunk felbecsülhetetlen. Már kiskoromban hozzátették nevemhez a hercegi rangot, még anyám is számtalanszor simította végig a fejem, miközben azt mondta: „Gamal herceg". Az én hazámban azonban az a helyzet, hogy nem kevés van hercegekből meg hercegnőkből. Minden királyi leszármazott törvényes utódja ezt a rangot kapja, és az öröklési rangsorban kap egy helyet. És mivel nem egy feleséget tartunk és a gyermekáldás bőségét is szeretjük, így már érthető, miért is van Szaúd-Arábiában hétezernél is több herceg és hercegnő. Sőt. A királyi család tagjainak száma már megüti a harmincezret. A családi név viselése megfelelően jelzi, hogy királyi leszármazottról van szó, és ez maga után von jó pár dolgot. A leginkább azt, hogy a királyi névhez királyi állás dukál! Királyi fizetésekkel! Ez olykor-olykor ellenségeskedést szül, mert egy jó posztot nem a végzettség alapján osztogatnak, hanem családi név szerint.

- Megkeresett egy európai cég.
- Úgy érted, támogatásért kuncsorognak?

Igen, pontosan úgy. Közép-Európából, pontosabban Magyarországról keresett meg egy autógyártással foglalkozó cég, hogy támogassam őket tőkével. Beszéltem az autómárkát forgalmazó céggel Németországban, és ők bátorítottak az ügyben. Nem remélek túl nagy hasznot, de az olaj már unalmas a számomra. Ha a világ összedől, akkor is kőmilliárdos maradok. Nem kockáztatok semmit.

- Hova mész? – dühös a hangja, de nem mer jobban támadni.

Mindig is tudta, hogy más vagyok, mint a többi fia.

- Magyarországra.

Kimondani is nehéz. Ekkor esik le, hogy azt sem tudom, hol van. Milyen ott a kultúra, miként élnek, és egyáltalán… Tényleg, minek megyek én oda?

Apám hallhatóan felnevet.

- Hát, ezt mondhattad volna előbb is! Irigyellek – kezdem levonni a következtetést, mely szerint gyönyörű, értékes országról lehet szó, de apám száját csattogtatva fűzi hozzá. – Ott vannak a legszebb nők a világon!

Erre én is elvigyorodom. Remélem, olyan maradok, mint ő. Apám ötvenhét éves, de fiatalos és ad magára. Ugyanolyan magas a termete, mint nekünk, és még csak pocakja sincs. Még a fiatalabb nők is rárebegtetik a szempillájukat. Tizenkilenc éves volt, amikor anyámat elvette, anyám pedig tizenhét. Egy év múlva megszületett Fatima nővérem, így gyorsan megindultak a családalapítás ösvényén. Az én generációm már kicsit határozottabb a jövőjét illetően. Beleszólhatunk, mikor akarunk házasságot kötni, és abba is van jogunk véleményt mondani, hogy kit vegyünk el. Az idővel dacolok, de a jelöltekkel szemben nincs kifogásom.

- Honnan tudod, jártál már ott?
- Régen, fiam. Nagyon régen! De biztosíthatlak, szép emlékekkel tértem haza.

A szép emlékek alatt apám sok mindent ért. Ebbe még akár gyerekek is beletartoznak, akik persze nem törvényesek. Törvényes utódoknak csak azok tekinthetők, akik a házasságaiból születnek. Neki a szeretői is ajándékba adtak pár gyereket, de ezeket sosem

szerette vagy támogatta apai érzésekkel. Anyagilag mindenkit rárakott a sínre, de többre nem volt sosem hajlandó.
– Emír is velem jön. Ibrahim már odarepült, el is intézte a formaságokat.
– Jól van, fiam, helyén az eszed. Ibrahim nélkülözhetetlen abban az országban.
Szóval a magyar nőkkel jobb lesz vigyáznom!
– Anyával minden rendben? – kérdezem, mert apám soha nem hozná őt szóba magától.

Anyám az első felesége, és őt szereti a legjobban, de ez nem jelenti azt, hogy fontos szerepet tölt be az életében. Én is hasonlóan érzek a nők iránt, de azt el sem tudom képzelni, hogy a nőt, aki történetesen a feleségem, és egy fedél alatt élek vele, ennyire semmibe vegyem. Nem a szexről van szó, mert az teljesen más. Én tisztelni fogom a gyermekeim anyját. Legalábbis a fiaimét.

– Persze hogy jól van. Hiányzol neki, úgyhogy, ha egyszer rászánod magad az időben telefonálásra, akkor hívhatnád őt is.
– Jól van. Európából majd hívom.
– Még nem árultál el részleteket a magyar üzletről – vág bele, mikor már éppen arra gondolok, le kéne tennem a mobilt.
– Valami autóalkatrészeket gyártó cég kért fel, hogy szálljak be.
– És te be akarsz?
– Szerinted rossz ötlet?

Egy ideig töpreng a válaszon, de aztán szemrehányóan felel.
– Miért pazarolod az idődet? Olyan befektetéseket keresel, amik talán sosem térülnek meg, miközben az olajjal kéne foglalkoznod.
– Ez nem igaz! Ez a cég elég keményen jelen van a tőzsdén, rációt látok benne. Az olajbiznisz meg megy magától is.

Apám nagyon is jól tudja, hogy igazam van, ezért nem bocsátkozik vitába. Kezdi elfogadni a tényeket. Engem más is érdekel az olajon és Szaúd-Arábián kívül.

Pár percig kérdezget Emírről, majd megígéri, hogy a mekkai zarándoklatra magával visz embereket, akik majd minket, távol maradókat helyettesítenek. Erre fellélegzem, és ismét automatikusan a Koránra nézek.

Kopognak, ezért elbúcsúzom apámtól, és kinyitom az ajtót. Emír áll előttem a vörös ruhás nővel. Derekára fonja vaskos ujjait,

és beképzelten vigyorog. Olyan, mint egy vadászó macska, aki megmutatja prédáját a gazdájának.
– Mi van? – kérdezem agresszívan, mert elegem van belőle a mai napra. Arra a szőkére is rábeszélt. Nyolc óra, úgyhogy mindjárt itt van.
– Én Monica mellé beszereztem még egy kis extrát.

Arabul beszél, a nő csak intenzíven mosolyog. Valószínűleg tudja, miről társalgunk, de nincs zavarban. Átfut az agyamon, hogy biztos hivatásos, de ezt nem közlöm a rokonommal.
– Úgy szórakozzál, hogy holnap te is velem repülsz Európába! Pakolj össze!

Emír arca megnyúlik, szerintem neheztel rám, amiért ő sem jut el a zarándoklatra. Mégsem hozza fel a témát, csak félvállról veti oda:
– Időben szólsz! És mégis hova?
– Magyarországra megyünk.

A vörös ruhás előrébb lép, talán be akar jönni, mert azt hiszi, hármasban nyomjuk majd.

Igen, cicám, hármasban nyomod majd. Csak nem velem.

Elé dőlök, ekkor visszahátrál.
– Magyarország? Az hol a picsában van?
– Holnap megtudod, Emír.

Rácsapom az ajtót, amit ő tudomásul vesz. Hallom, ahogy a csaj röhögve sétál odébb az ajtótól. Megindulnak Emír lakosztálya felé. Belevág az agyamba, hogy a recepción nem szóltam a két érkező „hölgyről", ezért felhívom őket.

Steve veszi fel, a kedvenc recepciósom. Sosem reagál semmire látványosan. Akár nőről van szó, akár egyéb szívességről, mindent fapofával vesz tudomásul. A többi tökkelütött idióta hümmögve szokott vigyorogni, mintha a haverjaim lennének. Miért nem értik, hogy a szex is csak üzlet? Az egyetlen, amit meg lehet kötni a nőkkel.
– Miben segíthetek, Szudairi úr?

Hülyén hangzik, amikor nevemet ilyen amerikásan mondják ki. Otthon általában a szolgák a keresztnevünkön szólítanak minket, csak hozzáteszik a hercegi rangot. Nem teszem szóvá ezt a különbséget. Végül is nem az enyém az egész világ. Csak a fele...

– Kilencre két nő fog érkezni. Az egyiküket, „a feketét" – teszem hozzá zavartan, mintha ciki lenne, hogy tudom a nevét –, kérem, irányítsa a fivérem lakosztályába. A szőkét az enyémbe.

Idegenek előtt mindig csak fivérnek vagy testvérnek szólítom Emírt. Nemcsak őt, hanem az összes unokatestvéremet.

– Hogy hívják a hölgyeket? Be kell írnom a programba a nevüket!

Majdnem kimondom a választ, de abba még én is belepirulnék. Kit érdekel két ribanc neve?

– Higgye el, Steve, nem fontos beírni őket.

Egy halk sóhaj a válasz, és egy csendes „értem". Persze még hozzáteszi, hogy csak az én érdekemben kérné el a hölgyek adatait, nehogy azok kiraboljanak.

Nem válaszolok semmit, nagyon is tudom, hogy nem rabolni jönnek, hanem kefélni. Hülyék lennének butaságot csinálni. Így is megkapják az árát. Sőt! Azt hiszem, elég bőkezű vagyok, bárhol is fizetek ki bármit a világon. A prostikkal is így vagyok. Ezek nem hivatásosak, de akkor is pénzért veszem a szöszi testét. Pontosabban inkább csak a száját. Összeugrik a gyomrom a gondolattól, mert Ibrahim nem vizsgálta meg a csajt.

A picsába, remélem, van itt egy gumi valahol! Biztos, ami biztos!

Kihúzom a hatalmas franciaágy melletti szekrény fiókját, amiben csak úgy tolonganak a kotonok. Ezt eddig észre sem vettem. Te jó ég! Mennyi pénzt kell adnom Steve-nek?

Steve magától küld föl pezsgőt és egy kis grátisz gyümölcskosarat. A pezsgő nem túl jó pont, mert egy muzulmán nem iszik alkoholt. Esetleg ritkán. Egyből rávetem magam a szőlőfürtökre, ekkor esik le, hogy ebéd óta nem is ettem. A kaja valahogy mindig kimegy az agyamból, ha nem otthon vagyok. Itt nincsenek olyan igazán illatos falafelek, mint a hazámban. Bár egy-két kajálda elég jól leutánozta a hazai ízeket, de mint mondtam, én mindent utálok, ami amerikai.

Na jó!

Kivéve a dollárt!

Tulajdonképpen a királyságnak baráti a kapcsolata az USA-val, de talán inkább azt mondhatjuk rá: álbarátság. Érdekek összefonódása. Hatalmi támogatás. Szerintem egy muszlim állam, vagyis jelen esetben a királyság, csakis egy másik muszlim államot ismer el. Az üzleti kapcsolat, az más. Amerika semmi mást nem lát egy iszlám országban, csakis a hasznot. Mármint, ha van ott olaj. Márpedig Szaúd-Arábiában van. Mi meg el akarjuk adni, amink van. Ilyen egyszerű. És persze vannak más okai is ennek az összefogásnak, az pedig Irán. Irán egy síita állam, így meglehetősen ellenséges nézeteket vall a szunnita Szaúd-Arábiával szemben. Tehát aki az ellenséged ellensége, az a barátod. Ilyen egyszerű.

Leülök a gyümölcsökkel, és rávetem magam a telefonomra, hogy átnézzem az e-mailjeimet és a tőzsdei híreket. Mivel az időjárás van előre sorolva, pár sor után meg is unom. Mégis milyen idő lehetne Szaúd-Arábiában, ha nem negyven fok? Jó. Most csak harmincöt van. Igen, ez „csak"-nak mondható, mert nálunk nem ritka nyaranta a negyvenöt-negyvennyolc fok. Még az október is nagyon melegnek számít. Felüdülést csak a december hoz, bár abban sem lehetünk biztosak. Olyankor húsz fok körüli a hőmérséklet, de azon sem akadhatunk ki, ha harminc fölött van. Ugyanez jellemző a januárra és a februárra is. Márciustól pedig megindul a felmelegedés. Pontosabban a forrósodás!

Igazán gyámoltalan kopogás hallatszik, ösztönösen nézek az órámra. Háromnegyed kilenc. Félrerakom a telefont, és odasétálok a bejárathoz. Kinyitom az ajtót, a szőke, bizonyos Sarah mered rám a legcsábosabb tekintetével.

„Kedves Steve! A borravalód ugrott!"

Mi az, hogy nem szólt fel?

Mindig előre közli, ha itt a vendég, és engedélyt kér a felengedésre.

– Helló!

Szemtelenül köszön, ráadásul letegez, amivel meg is ölte azt a csodálatomat, amit a kávézóban éreztem iránta. Ott bírtam, hogy a társalgásban megtartja a három lépést.

Na de mit is akarok én?

Végül is szexelni hívtam…

– Helló – válaszolom, miközben szégyellem, hogy kimondom ezt az idióta tipikus amerikai szót.

Odébb állok, hogy bejöhessen, ő pedig nem is tétlenkedik. Eltrappol mellettem, a szó szoros értelmében. Vagdossa a cipője talpát a kemény márványhoz, én meg azon gondolkodom, vajon kire lehet ideges. Beér a nappalihoz, rálép a szőnyegre, így elhalkul a hang. Szerencse, hogy egy szállodában vagyunk, mert kirúgnám a lábát, ha a házamban közlekedne cipővel a szőnyegen.

Egy ideig háttal áll, időt akar adni, hogy a fenekét bámuljam. Szegény, azt hiszi, felizgat, de a segge az tényleg nem dugni való! Egy testhezálló kék ruha van rajta, ami jól megy a hajához, azonban túl rövid. A közönséges ruhákat nem bírom. Kihangsúlyozza tökéletesnek vélt alakját. Alig bírom ki vigyor nélkül, mert megint eszembe jut a tény, mely szerint egy amerikai mennyivel felsőbbrendűnek érzi magát. Az arab nők úgy tudnak elmenni mellettem a nikábban, hogy csak a szemük látszik ki, mégis megmerevedik tőlük a farkam. Ennek meg ki van mindene, de semmit sem akarok tőle. Persze mi nagyon is tudjuk, mi van a nikáb meg az abaya alatt. Az abaya egy földig érő ruhát jelent, ami szabadon hagyja az arcot, kezeket és lábfejeket. Különböző fajtái léteznek, de a királyságban csak a fekete szín a megengedett, és bőre van szabva. Amolyan köpenyféle. Sok helyen már színesen is hordják a nők, és ez elég figyelemfelkeltő. Van, ahol szűkre van szabva, így az igazán kacér nők meg tudnak mutatni ezt-azt. Na persze nem Szaúd-Arábiában! Nálunk mindössze az anyaga változhat, leginkább lágyan omló selyemből készül, és inkább hűsít, mint melegít, az anyagnak köszönhetően. A nikáb a kendő, amivel az arcukat takarják. Marha izgató egy csábos szempár, amint a férfira vetül. A legkevesebbet mutatja, mégis a legtöbbet. A mi nőink ugyanolyan kacéran, harisnyatartóba és márkás fehérneműkbe vannak bújtatva, csak éppen nem tárják ország-világ elé. De a tudat mindent legyőz. Képesek olyanra hangsúlyozni a szemüket, hogy már attól elélveznék, ha az arcuk eltakarásában csak szemüket meresztenék rám, előttem térdelve. Erre egy amerikai ribanc sosem lenne képes!

Lehajítja olcsó műbőr táskáját, és incselkedve felém fordul. Végigmér, tetszik neki a látvány. Képtelen titkolni, hogy rám van indulva, és én is nehezen titkolom, hogy én meg nem. A tekintetét mélyen belém fúrja, ekkor először támadnak piszkos gondolataim.

Nem várja, hogy hellyel kínáljam, vagy bármi mással is. Odamegy a gyümölcsökhöz, ahonnan kivesz egy banánt, majd kibontás után izgatóan a szájába veszi.

Ezt nem kellett volna! Nem indít be. Marha olcsó a csaj.
Túl kéne lenni a nehezén, ezért odamegyek a fiókhoz, amiből kiteszem a neki szánt pénzt. Felcsillan a szeme. Tényleg nem köt rossz üzletet, mert még kíván is. Nem baj, majd hamarosan csalódni fog. Nyilván úgy gondolja, szerelmesen magamhoz ölelve csúcsra röpítem, de azt tuti nem kapja meg.
Elindul felém, odaérve hozzám megrebegteti a pilláit. Szép a szeme. Végigsimítja a karomat, még az ingemen keresztül is zavaró a teste közelsége. Arrébb lépek, majd elővéve a legszigorúbb hangomat, ráparancsolok.
– Menj el zuhanyozni, és szedd le magadról a szőrt!
Egy picit meglepődik, de gyorsan félretolja a kínos hangulatot. Újra elém áll, és fogait kivillantva száll velem vitába.
– Most zuhanyoztam. És elhiheted, szőrtelen vagyok.
Oké, bogaram!
– Látod a pénzt, amit kiraktam a szekrényre? – Szeme odavándorol, majd vissza rám, miközben bólint. – Az a tied, de nem a két szép szemedért. Azt teszed, amit mondok, és én most azt mondom, hogy menj el zuhanyozni, és szedd le magadról a szőrt!
Mi a faszt nem lehet ezen érteni?
Mert ő szemmel láthatóan nem érti. Hallottam már bizonyos szőke nős vicceket, de biztosra veszem, nem azért nem ért, mert sötét, hanem mert fogalma sincs, hogy zajlik a téma. Nem sajnálom meg, a szemöldököm felhúzva várom a reakcióját.
A fölényes mosoly leolvad az arcáról, majd vesz egy éles fordulatot, és elviharzik a fürdő felé.
Na végre! Ébresztő, cicám!
Mielőtt becsukja az ajtót, még utánakiáltok.
– Meztelenül gyere ki!
Nem reagál, hangosan csapja be az ajtót.
Mit várt ez? Hogy szerelmet vallok neki, vagy udvarolni kezdek?
Hallom, ahogy megnyitja a csapot, és a víz zubogni kezd. Akaratlanul elképzelem őt a zuhany alatt, egy pillanatra az is átfut az agyamon, hogy rányitok. Aztán mégis inkább szőlőt tuszkolok a számba, majd leülök a fotelba, és várok. Gyorsan végez. Körülbelül tíz perc múlva nyílik az ajtó, és kisétál rajta. Fekete melltartó takarja mellét, és fekete csipkebugyi van az ölén.

Ez nem igaz! Miért ilyen értetlen ez a picsa? A meztelen az meztelent jelent! Vagy itt nem?
Odaáll elém, és oldalra biccenti a nevetségesen keskeny csípőjét. Azt gondolja, marha dögös, pedig nem. Kezdem unni, hogy játssza magát, ezért szemére vetem a fikarcnyi agyát.
– Emlékszel, mit mondtam, mielőtt becsuktad az ajtót?
– Hogy zuhanyozzam le, és szedjem le a szőrt.
Megemeli az egyik lábát, talán az ölembe akar ülni. Megigazítom magam a fotelban, amitől elveszem a közeledés lehetőségét. Azt hiszi, játszadozok vele.
– Mást is mondtam.
– Hogy meztelenül jöjjek ki – feleli immár bizonytalanul. Kezdi felismerni a hibáit.
Ránézek a fehérneműjére, ami egyértelműen jelzi, hogy ő aztán tuti nem meztelen. Mérgesen lerángatja magáról a melltartót, és dühvel telve tolja le a bugyiját. Ez az első reakciója, ami felizgat. Nem játssza meg magát, tényleg pipa, és el sem próbálja rejteni.
Alakul a dolog!
Tényleg teljesen szőrtelen, olyan vékony a puncija, mint egy kislánynak. A melle tökéletesen kerek és túlméretezett az alkatához képest. Látszik, hogy szilikonos, de ez engem már nem lohaszt le. Hozzá vagyok szokva a plasztikai sebészek jeléhez. A luxuskurvák legtöbbje tökéletesre szabatja magát.
Újra oldalra biccenti a csípőjét, jelezve: mit akarsz még? Egy ideig csak bámulom, és latolgatom a lehetőségeket.
Hasra fektethetném és megdughatnám a seggét. Esetleg a punciját birtokolhatnám, miközben alaposan megtépem a haját. Minden tervem dugába dől, mert mindentől elveszi a kedvem valami. A csoffadt popsijára nem indulok be, és a puncija sem igazán érdekel.
Már-már tanácstalan arcot vág, ezért felállok. Ott áll előttem és alattam. A magas sarkúja nélkül alacsony, de ez kezd beindítani. Újra rám mereszti mélykék szemeit.
Oké. A farkam már kemény.
Kezeivel az ingemhez nyúl, ki akarja gombolni, de én rámarkolok az ujjaira. Erre ösztönösen nyújtja meg a nyakát, a szája csókra nyílik.

Na, ezt azonnal tisztázzuk!
– Nagyon remélem, hogy nem akarsz csókolózni.
Úgy megmerevedik, ahogy nekem kéne ott alul. Látszik, hogy egy egész világot török össze benne, de ez hadd ne az én dolgom legyen. Nem érzem úgy, hogy zsákbamacskát árultam volna. Nem érzelmes együttlétre vágyom, hanem egy kurvára, aki azt csinálja, amit mondok. Előre ki is fizettem, úgyhogy nem kell zavarban lennem.

A csók a legintimebb dolog. Sokkal intimebb, mint a szex. Szerintem sokkal többször dugtam már, mint csókolóztam. Sosem lennék képes megcsókolni egy vadidegen nőt. Eddig sem tettem. Arab nőt már csókoltam meg, és egy brazilt, de amerikait még soha.

Amennyire a fotel engedi, hátrább lépek, majd mélyen a szemébe nézek. Kezdi érteni a szituációt, és ettől teljesen összetörik.

Miért fogok én ki mindig ilyen buta libákat?

Többek között ezért szeretem a hivatásosakat. Nem várnak el semmi különöset a pénzen kívül. Persze a lelke mélyén minden nő reménykedik a csodákban, de az ilyen nem hivatásosak a legrosszabbak.

– Szerintem tudod, mi a dolgod – vetem oda halkan, mert már olyan zavarban van, hogy nincs kedvem tovább alázni.

Eszembe jut, hogy holnap délután repülnünk kell, ezért a pakolásos programtól még türelmetlenebb leszek. A csaj szeme megtelik könnyel. Ez az utolsó csepp.

– Térdelj le!

Nem teszi, amit kérek, talán még mindig reménykedik valamiben. Egy pillanatra megsajnálom, mert tényleg tetszhetem neki. Az igazság, mondjuk, az, hogy majdnem minden nőnek tetszem. Európában és Amerikában a bőröm és a stílusom miatt vagyok különleges, otthon meg a szemem miatt. Na és persze az anyagiak... Elég erős vonzerő!

Oké.

Elismerem, én is elégedett vagyok a külsőségekkel, de miért kell egy nőnek ezt a tudtomra is adnia?

Az álla alá markolok, picit elmosolyodik, ahogy magamra irányítom az arcát. Azt hiszi, mégis ellágyulok, pedig csak azt szeretném, hogy megértse, mit akarok.

- Na figyelj, baba! Most szépen letérdelsz és leszopsz. Aztán felöltözöl, felmarkolod a pénzt, és kisétálsz az ajtón! Nem nehéz. Ha ügyes vagy, tíz perc múlva már itt sem vagy.

Az arca elárulja, hogy belegázolok a női önbecsülésébe, de nem tehetek mást. Akarok valamit. Kifizettem. Elmondtam, hogy mit. Mégis mit kéne még tennem?

A picsába, szopjál már le, te hülye ribanc!

Szinte meghallja a gondolataimat, engedelmesen ereszkedik térdre. Kigombolja a nadrágomat, és kézbe veszi a szájába valót. Hallom, ahogy szipog, ezért becsukom a szemem, hogy legalább ne lássam őt.

Ekkora hülye nem lehetek! Háromezer dollárt fizetek ennek a nőnek, és miközben rajtam cuppog, még sír is.

A technikája nevezhető kifogásolhatónak. Ugyanolyan intenzitással csinálja végig. Én azt szeretem, mikor gyengéden kezdik, és erőteljes harapdálásokkal ér véget. Az ütem sem változik, így rámarkolva a fejére kezdem irányítani. A szemem végig csukva van, ha kinyitnám, azonnal lelohadnék. Már a repülőútra koncentrálok, de mégis elélvezek pár perc alatt.

A szöszi szégyenlősen áll fel, száját törölgeti. Nem tudom, mire vár, mert értelmesen elmondtam a forgatókönyvet.

Mit akar? Azt, hogy kinyaljam? Vicc!

Fejemmel a pénz felé bökök, de nem mozdul, ezért én megyek oda a csomagért. Visszasétálok hozzá, majd a tenyerébe nyomom a háromezer dollárt. Újra elbőgi magát.

- Bemegyek a fürdőbe. Mire kijövök, tűnj el!

Csak ennyit mondok, mert a legszívesebben ráordítanék, hogy mi a faszért bőg. Keresett tíz perc alatt egy rakás pénzt! Még csak nem is bántottam!

A fürdőben észreveszem a ruháit, ezért kihajigálom. Magamra csukom az ajtót, és veszek egy zuhanyt. Mire kijövök, hűlt helye.

Na végre!

3. fejezet

Reggel nyolc órakor kelek föl, a nap már kezd haloványan besütni az ablakon. Fintorra húzom a szám az előző esti események hatására. Nincs lelkiismeret-furdalásom a történtek miatt, úgy érzem, megfelelően kárpótoltam a kis „Sarah"-t. Sokkal durvább szoktam lenni a csajokkal, Ibrahimra emiatt is van szükségem. Előfordul, hogy belső sérüléseket okozok a nőnek, akit Ibrahimnak kell utána rendbe hoznia. A belső sérüléseken hüvely- vagy végbélsérüléseket értek. Egyszer azt olvastam, hogy az arab férfiak minden létező nyílásukat megdugják a nőknek, de ez azért nem egészen így van. Szerintem a más kultúrákból származó férfiak is kedvelik az anális szexet, csak ők nem merik szóba hozni. Nem azért, mert szégyenlősek, hanem azért, mert az ő nőik ezt felháborítónak tartják. Fogalmam sincs, miért kell túllihegni a problémát, mert a fájdalom mellett nagyon is élvezhető. Ezt meg kell tanítani a nőknek. Ha erre egy férfi nem képes, akkor ne is vágja a fejszéjét a nagy fába. Persze nem jogosan mondom mindezt, mert amikor fizetek egy numeráért, cseppet sem érdekel, hogy élvezi-e a csaj.

Letelefonálok az étterembe, és rendelek magamnak egy sájnt, vagyis teát zsályával, pitát meg humuszt, amit csicseriborsókrémként ismernek az itteniek. Az ízesítést nem bízom a szakácsra, ezért a fűszereket, mint például a kakukkfű, olívaolaj, dió, só, a tálcára rakatom külön-külön.

A rendelés után lezuhanyozom, mire kijövök a fürdőből, már kopognak is. Egy ismeretlen szobaszervizes tolja be a kocsit, rajta van az elmaradhatatlan gyümölcskosár is. Ösztönösen a tegnapira nézek, még az is roskadásig van. Figyelembe vették az utasításomat, ami több pontot is tartalmazott: minden reggel friss gyümölcsöket akarok, tiszta ágyneműt és lehetőséget az imádkozásra. Bár ha nem hívom fel a figyelmüket a tényekre, akkor is tuti eszükbe jut maguktól. Nem először szállok meg itt.

Mikor kimegy az ürge, odacaflatok a szőnyeghez, és kiterítem. A napi ötszöri ima kötelező, amit próbálok betartani. Nem mindig sikerül letérdelve szőnyegre borulnom, de azért akkor is mormolok magamban. Az alázatosság a lényeg. Úgy kell imádkozni, mintha Allah előtt állnánk. Az imának nálunk szigorú sorrendje van, amit kötelező betartani. Nem olyan, mint a katolikus hit, ahol mindegy, hogy mit, csak gyorsan elduruzsoljon valamit az ember. Az iszlám imák szabálya, hogy kapcsolatot teremtsünk istennel, vagyis Allahhal.

A rituálé természetesen a tisztálkodással kezdődik. Én most zuhanyt vettem, ez a legegyszerűbb, de nyilván nincs mindig lehetőség rá. Vannak helyek, amiket azonban mindig meg kell tisztítani: kezek, karok, arc, haj végigsimítása, fülek, lábfej... Ezt még a sivatagban is végig kell csinálni, víz hiányában homokkal.

Mekka felé fordulva kezdek imádkozni, álló testhelyzetben. A kezeimet a fülem mellé emelem. Mikor ezzel végzek, leborulok, és ismét imát mondok. A leborulás után jön az ülő testhelyzet. Végezetül fejemet jobbra fordítva ránézek a vállamra, majd ugyanígy teszek a másik irányba is.

A szertartás végeztével összetekerem a szőnyeget, és visszateszem a helyére.

Nekiülök a reggelinek, ami elég ízletesre sikeredett. A kávé általában pocsék, de a teát sikerül eltalálnia a szakácsnak. Persze szigorúan utasítottam, hogy honnan származó zsályát használjon. Beletunkolom a pitát a humuszba, és megeszem. Körülbelül tíz perc elteltével tisztán, az iszlámnak megfelelve készen állok a napra.

Nem szeretem, amikor szolgákkal kell utaznom, ezért is repültem Emír és Ibrahim társaságában New Yorkba. Apám mindig mindenkit magával rángat, ami azt eredményezi, hogy legalább tíz ember lesi minden kívánságát. Én Emírrel és Ibrahimmal is baráti kapcsolatban vagyok, ezért a mi útjaink más színben tetszelegnek. Döntésemnek azonban vannak hátrányai is. Mivel csak a szálloda alkalmazottjait ugráltathatom, ezért magamnak kell bepakolnom a ruháimat. Délután kettőkor indulunk a reptérre, így még van időm, mégis elkezdek pakolni. Vannak megfizetett emberek és itteni sofőr, aki kivisz minket a reptérre, és a formaságokat elintézve irányít minket a gépre, de ez nem feltűnő. Egyetlenegyszer utaztam úgy Emírrel, hogy arab népviseletben voltunk és feltűnően vigyáztak ránk. Azt soha többet. Egyedül akkor bújunk tobéba*, ha üzleti tárgyalásra megyünk vagy hazautazunk. Utálom a felhajtást, de azt azért szeretem, amikor kiszolgálnak. Emír olykor megállapodik az egyik szobalánnyal, hogy pakolja be kifogástalanul a cuccait, de én sosem engedném, hogy egy amerikai vagy európai nő a ruháimon matasson. A személyes dolgaimról nem is beszélve.

Aprólékosan hajtogatom a ruháimat a bőröndbe, mikor hallom az ajtón a kopogást. Tudom, hogy Emír az, mert minden reggel be kell jelentkeznie nálam és meg kell kérdeznie, mit intézzen. Odasétálok és kinyitom neki az ajtót, de már vonulok is vissza a bőröndhöz.

Amikor odaér mellém, nagyot sóhajtva vágódik rá az ágyra.

– Nem volt rossz választás a fekete – kezd bele a történések mesélésébe, cseppet sem tartja vissza, hogy nem kérdeztem semmit.

– Apám! Nagyon odaadó volt! Hibát nem lehetett találni benne.

A hangjától és a lelkesedésétől képtelen vagyok visszatartani a vigyoromat. Emír még mindig olyan, mint egy kamasz. Úgy érzi, kötelező elmesélnie nekem minden szexuális élményét, annak ellenére, hogy az arab férfiak nem nagyon bocsátkoznak ilyen beszélgetésekbe.

– Milyen volt a szöszke? – kérdezi, mert talán azt hiszi, hogy én is szívesen mesélnék. Téved.

– Semmi extra.

Úgy gondolom, unokabátyám veszi a lapot, de eltántoríthatatlan a témától.

– Azért valamit csak tudtál vele kezdeni!

– Csak orál volt.

– Meg se dugtad? – tényleg szemrehányó a hangja.

Most mi van? Szégyellnem kéne, amiért nem kívántam anynyira a csajt? Nálam sorrendek vannak. A leszopáshoz nem kell sok minden, csak az, hogy el akarjak élvezni. A dugáshoz már

---

* Szaúdi férfiak hosszú, ingszerű viselete.

kívánnom kell a csajt. És nálam a kívánás nem abban merül ki, hogy felálljon a farkam. A seggbe dugáshoz nagyjából ugyanaz kell, de mondhatjuk azt is, hangulatfüggő. Olyankor szeretek alázni és uralkodni. Igazság szerint majdnem minden nő képes ezt kihozni belőlem. Még egyiknél sem fordult az elő, hogy ne zakatolt volna a fejemben a fenékbe dugás lehetősége. Ez van!

A csókolózáshoz azonban valami egészen más kell. Magam sem tudom, mi.

– Bepakoltál már? – kérdezek vissza a kérdésére, hátha dobja a témát.

Fintorogva elhúzza a száját, majd úgy felel.

– Az egyik ugri-hopp már csinálja helyettem. – Gondolom, a szobalányokra céloz, ezért nem reagálok. A repülés nyomasztó gondolata jár az agyamban, de Emír kirángat belőle. – Valami nem stimmelt vele? Szarul nézett ki meztelenül?

Mivel mások az elvárásaink, erre szívesen felelném azt, hogy igen, de akkor csak tovább faggatna. Ráadásul meg sem bírnám magyarázni, mert ő kifejezetten szépnek találná a leírásomat.

– Nem kívántam.

Hangosan felröhög, de szemével a ruhákra mered. Nekem eszembe jut, hogy ő két nőt is elvitt, ezért – mivel nem akarok én mesélni – kérdezek:

– Mindkettőt megcsináltad?

– Á, dehogy! – legyint egyet, de látszik, cseppet sem sajnálja a történteket. – A vörös ruhás közölte, ő bizony nem ér másik csajhoz, úgyhogy gyorsan hazatereltem. Pedig a kis Monica benne lett volna a buliban.

Elképzelem, ahogy két csaj ölelgeti egymást Emír előtt. Az arcától, ami elém tárul, undor tör rám.

– Kettőkor indulunk, ugye tudod?

Bólint, majd felveszi a legkedvesebb rokon arcát.

– Hol szállunk fel?

– A reptéren! Mégis mit gondoltál, hol? A kikötőben?

Emírnek fogalma sincs róla, hogy most nem a magángépünkkel megyünk, így valószínű, afelől érdeklődött, melyik kisebb reptérre megyünk, ezért magyarázatba kezdek.

– Apámnak a zarándoklat miatt szüksége van a gépre, ezért menetrend szerinti járattal megyünk. Ibrahim mindent elintézett.
Úgy néz rám, mint aki nem ismer.
– Menetrend szerinti? Az kemény lesz, Gamal!
Csak bólintok egyet. Nekem mondja? Eleve gyűlölöm a repülést, ráadásul most idegenek közé kell beülnöm. Az olyan részletekről, mint tisztaság és igényesség, már nem is kezdek mélázni. Csak halvány emlékképeim vannak egy menetrend szerint közlekedő repülő belsejéről. Utoljára tíz éve ültem olyan gépen, ami nem a családom birtokában van.
Végül nem faggat tovább az utazást illetően. Visszavált a témára.
– Mi bajod van? Valami nem stimmel veled! Ennyire gáz volt a csaj?
Nem tágít a tárgytól, de én nem tudom, mit feleljek neki. A tegnapi napom eleve pocsék volt, ráadásul apám okítása sem esett jól. Anyámmal is beszélnem kéne, de az már csak Európából lehetséges.
– Tudod, hogy utálok repülni.
Beletörődően bólint egyet. Talán tényleg csak ennyi a bajom, bár kétlem. Már gyerekkoromban sokat repültem apámmal, és már akkor is utáltam. Én szeretem a biztonságot. Minden, ami körülvesz, biztonságot nyújt. Az apám, az iszlám, a családom, a vagyonom... A repülésnél nem sok biztonságos dologba kapaszkodhatom, egyedül csak Allahba.
A gondolatra ösztönösen ellenőrzöm, hogy biztos helyen legyen a Korán. Két ing közé teszem, Emír úgy nézi, mintha gyémántot látna. Gyermekkoromban kaptam apámtól. Minden muszlimnak van saját Koránja, amit buzgón tanulmányozni is kell. Ifjúkorom másból sem állt, mint hogy ebből olvastak fel nekünk, és parancsba adták a tanulást belőle.
– Beszéltél apáddal? – kérdi tisztelettel a hangjában.
– Igen. Elmondtam neki, hogy nem megyek haza, úgyhogy nélkülem kell mennie a zarándoklatra. Megkértem, hogy vigyen helyettem valakit. Nem örült túlzottan.
– Mondhattad volna, hogy rólam is gondoskodjon.

- Mondtam - csak ennyit felelek, mert Emír legalább annyira jól ismeri apámat, mint én.

Megemlítettem neki, hogy unokatestvérem és Ibrahim velem jön Európába, ezzel pedig felhívtam figyelmét az ő távollétükre is. Apám nagyon egyszerű ember. Olyan, mint én. Vannak dolgok, amikről nem kell beszélnünk, mert tudjuk, mi a feladatunk. Ebben, azt hiszem, én hasonlítok rá a legjobban.

A muszlim férfiak úgy gondolják, hogy a gyermekük az értelmet csakis tőlük örökölheti, nem az anyától. Ebben a tekintetben apám rám a legbüszkébb. Mindig tanulékony voltam, és az egyetemet is sikeresen elvégeztem. Rijádban a királyi egyetemre jártam, és Amerikában is elvégeztem két évet, ami inkább csak a tekintetben volt fontos, hogy nyissak egy másik világ felé. A királyi család tagjai Londonban is igencsak jelen vannak az egyetemeken. Már nem mintha sokat képzelnénk más országok oktatási rendszeréről, ez inkább csak amolyan arisztokratikus szokás.

Bátyámra azért büszke az apám, mert ő viharos gyorsasággal teljesítette a családi kötelezettséget. Már három fia született, ami apámnak mindennél többet jelent. Öcsém a legelkényeztetettebb és legönfejűbb. Nem érdekli az üzlet és a tanulás sem. Két kézzel szórja a pénzt, megállás nélkül nőzik. Készül az esküvőjére. Amikor velem utazik valahova, csak terhet jelent. Mindenhol kifogásolhatóan viselkedik, és állandóan lázad. Ha nőnek született volna, már rég túl lenne a korbácsoláson. De Hakim öcsém nem nőnek született. Úgy, ahogy én sem. És ez azt jelenti, hogy mindent szabad neki. Meg nekem is.

- Semmit sem tudok arról a bizonyos Magyarországról.
- Én sem - felelek tömören. Rohadtul nincs kedvem fecserészni vele.
- Akkor minek megyünk oda?
- Üzlet, Emír! Tudod, mi az? Pénzt lehet vele keresni. Olyan pénzt, amit aztán eltapsolhatsz. Hát ezért megyünk oda.

Kitör belőle a röhögés, előre tudom, mi hozta ki belőle.

- Neked semmi sem elég? Teli vagy arannyal, gyémánttal meg pénzzel. Miért szánsz időt ilyen isten háta mögötti helyekre? - nem válaszolok, ezért folytatja. - Egyébként milyen üzlet?
- Befektetés.

Újra felröhög.

– Az fasza! Szóval nem is azonnal lesz belőle pénzed, csak pár év múlva! Csodálkozol, hogy apád neheztel rád?

Marhára idegesít, ezért olyan szemet meresztek rá, ami mindent elmond, de leginkább azt, hogy takarodj már innen.

Veszi az adást. Feláll, megigazítja tökéletesre vasalt öltönynadrágját, és összedörzsöli a tenyerét.

– Találkozó?

– Háromnegyed kettőre legyél a hallban. A cuccokat majd leviszi az ember, akit Steve szerzett nekünk. Az én kocsimon visz ki minket a reptérre.

Bólintva tudomásul veszi, és már indul is kifelé.

* * *

Emír már lent vár, ez megnyugvással tölt el. Kevés dolog tud kihozni a sodromból. Az egyik az, ha valaki pontatlan, a másik meg a nő, aki nem teszi, amit akarok.

Felpattan a kanapéról, és odatrappol ő is a recepciós pulthoz. Steve ma is bent van, bár szerintem csak azért, mert ki nem hagyná a távozásomat. Túl sokat gürizett az elmúlt egy hónapban. Előveszem a borítékot, amit neki szántam, és minden huzavona nélkül a kezébe nyomom. Nem néz bele, pedig lehet, hogy dobna egy hátast. Ezres címletek vannak benne. Húsz darab. Üzletemberként sikerül nagy címletekhez is hozzájutnom, amit az ilyen kifizetésekre tartogatok. Steve sejtheti, hogy nem százasokat pakoltam. Kicsit csalódott vagyok, amiért nem néz bele, de nem sokáig izgatom magam. Átnyújtok neki egy másik borítékot is, amit a szobalányok meg a szakács között kell elosztania, és egy harmadikat is, amit majd annak az embernek ad át, aki kivisz a reptérre, intézi a csomagjainkat és visszaviszi a kocsimat a garázsba.

Mély meghajlások közepette köszöni meg a jutalmát, úgy érzem magam, mint egy japán.

Mi a francért hajlong ez előttem? Isten vagy, Gamal!

Emír már nem bírja visszatartani a vigyorát, és én sem. Megfordulunk, majd kisétálunk a kellemesen langyos klímába. Úgy látszik, Emírnek hasonló gondolatai támadnak, mert azon nyomban kérdez.

- Milyen az idő abban a bizonyos izé... milyen ország?
- Magyarország!
- Magyarországban? - fejezi be a kérdését.
Fogalmam sincs. Az apróságok sosem érdekelnek. Most is csak megrántom a vállam, hogy vegye már a lapot, de tovább faggat.
- Ibrahim nem mondott semmit?
- Csak egy e-mailt küldött, miszerint minden rendben, és vár ránk.

Úgy látszik, rájön, hogy repülés előtt valóban nem vagyok formában, ezért visszavonulót fúj. Beül mellém a hátsó ülésre, és vigyorogva nézi aggódó képemet, ahogy az idegen a volán mögé ül.
- Ma nem te uralod, Gamal! Szar érzés, mi?

Nem válaszolok, csak kényszeredetten elmosolyodom. Emír jó fej. Gyerekkorom óta mellettem van. Szomszédos palotában nőttünk föl, még az angol nevelőnőnk is ugyanaz volt. Együtt hallgattuk a Korán felolvasását, együtt imádkoztunk, együtt tanultunk, és most együtt is utazunk. Amolyan lóti-futi nekem, mégis több. Testvérként szeretem, és ő is engem, de nem nagyon van önálló akarata. Azt teszi, amit én mondok neki. Az üzleti élethez túl gyenge, de támogatásra pont megfelel. Próbáltam Emírt pótolni az öcsémmel, de ő nem jött be. Szeretem Hakimot, de csak mert az öcsém. Emberségből és üzletből bukott diák.

A sofőr egész jól vezet, úgyhogy aggodalmam félretolom. Bár általában találok kivetnivalót mások vezetési szokásaiban, de a repüléstől való idegeskedésem most felülmúlja ezt. Kiérünk a JFK-re, amitől még inkább összeszorul a gyomrom.

Az eddig utat figyelő sofőr hátrafordulva kérdez.
- Intézzem a csomagokat és a külön beszállást?
Mégis mit gondolsz? Ez az idióta azt hiszi, ennyiben ki is merül a feladata?

Legszívesebben leordítanám a fejét, de helyette csak sóhajtok egyet. Amikor valakit felkérek, hogy a nevemben bízzon meg egy harmadik személyt valamivel, akkor nem szívesen kommunikálok azzal a harmadikkal. Úgy érzem, Steve-vel mindent lerendeztem. Annyira azonban ismerem magamat, hogy tudjam, csak az elkövetkező jó pár óra miatt vagyok feszült, ezért egész normálisan válaszolok.

– Megköszönném!
Emír rám kapja a fejét, mert tudja, hogy én pont azt nem szoktam. Pénzzel és egyéb ajándékokkal fejezem ki a hálám, de nem köszönömmel. El is vigyorodik, szívem szerint a bokájába rúgnék a jókedve miatt. Egy ideig várunk, hogy a sofőr kinyissa az ajtót, de az szemmel láthatóan nem tudja, mi a dolga, ezért intek unokatestvéremnek a fejemmel. Neki kell ajtót nyitnia. Szemöldökét felhúzva tesz eleget a felszólításomnak, most már ő is pipa a sofőrre.

Az épületben még mindig erősen nyomják a légkondit, szinte hideg a levegő. A zakómat megigazítom, és körbesandítok. Pólóban és lenge ruhában járkálnak jó páran, valószínűleg én túlzottan is hozzá vagyok szokva a szaúd-arábiai klímához. Emír sem fázik, úgyhogy félelmemnek tudom be a hidegrázást.

Egy külön kapuhoz kísér minket a sofőr, ahol ellenőrzik a papírjainkat, majd továbbtessékelnek minket. Végre elzárt helyiségbe érünk, ahol csak Emír van meg én. A sofőr már nincs velünk, a csomagjainkat intézi. Át is fut az agyamon, hogy már nem találkozunk vele, és a köszönés elmaradt.

Egyébként is egy pöcs volt.

Emír leül az egyik bőrfotelba, és egymásra pakolja a lábait.

– Ideges vagy? – kérdezi, pedig tudja a választ. Ugyanilyen állapotban voltam Rijádban is, amikor New Yorkba indultunk. Csak itt még tetézi az is, hogy nem a saját gépünkkel repülünk, és a pilótát sem ismerem.

Válaszként tagadólag megcsóválom a fejem. Nincs kedvem beszélgetni vele.

A telefonomért nyúlok, és Ibrahimot tárcsázom.

– Minden rendben, barátom? – üdvözöl egyből, ahogy felveszi a telefont.

– Hagyhattál volna itt nekem egy nyugtatót. Szétbasz az ideg ettől a kurva utazástól.

A legszívesebben földhöz csapnám a telefonomat. A tény, hogy nem lát idegen, hagyni kezdi eluralkodni rajtam a hangulatot.

Emír döbbent arca térít észhez. Ibrahim hallgat, úgy érzi, leszúrtam, ezért hangomat lejjebb véve folytatom.

– Moszkván keresztül megyünk. Nincs közvetlen járat. Ezt előre közölhetted volna, mert akkor inkább megvártam volna

a haddzs végét! - döbbent csönd a válasz, ezért még hozzáfűzöm, mint egy apa. - Tudod. Pont ilyen esetekre tartjuk fenn a családi gépet.
- Jól van, nyugi! Én azt hittem, ez nem probléma! Nem lesz gond! - kivár, de nem reagálok. - Szép ez az ország - utal Magyarországra, mivel ő már három napja ott van.
Hümmentek egyet, végképp nincs kedvem a baráti csevejhez.
- A szállodában minden rendben?
- Persze. Olyat választottam, ami tetszeni fog. A belvárosban van, és minden, ami luxus, megtalálható benne. A pontos cím: Roosevelt tér 5-6. Nem kell megjegyezned, a sofőr tudni fogja.

Egy időre elhallgat, nekem meg az jár a fejemben, hogy egy kelet-közép-európai ország fővárosában miért neveznek el teret az USA 32. elnökéről.

Megint utálom Amerikát, mert mindenhol ott van!
- Várj, rosszul mondtam a címét! Széchenyi István tér. Csak ezt nem tudom kimondani, így inkább a régi címét jegyeztem föl. Gresham Hotel Palace Budapest a neve. Nézd meg az interneten, ha ráérsz. Úgyis rád fér a figyelemelterelés.

A neve tetszik, és meg is bízom Ibrahimban, úgyhogy eszemben sincs megnézni a helyet. Inkább azon gondolkodom, miképpen fogom eltölteni Moszkvában azt a hat órát, ami az átszállással jár.
- Jól van! Akkor a megbeszélt időben legyen ott a sofőr.
- Ott lesz!
- A szállodától kérted?
- Igen.

Egy ideig csöndben maradok, mert a hangosbemondó megzavar, de Ibrahim valószínűleg nem hallja, ugyanis tovább beszél.
- Kérsz nőt?

Hülye ez? Csaknem huszonnégy órát úton leszek, kit érdekelnek a ribancok?

Felidegesít, ezért szó nélkül nyomom le a gombot, mintha nem hallottam volna.

Éppen hogy leteszem, kinyílik egy ajtó, és egy nő lép be a terembe. Egyenruhában van, valószínűleg légiutas-kísérő. Szűk, sötétkék, térdig érő szoknya van rajta, és egy zakó. Látszik a mély dekoltázs a ruháján, csupán a nyakában lévő kendő takarja el a belátást. Ösztönösen fordulok felé teljes testemmel, Emír is fölpattan. Mellém lép, mint aki nélkülözhetetlen, elröhögöm magam a viselkedésén.

– Gamal ibn Husszein ibn Abdul al-Szudairi és Emír ibn Ghazi ibn Mohamed al-Hatam – olvassa, miközben képtelen elszakadni a papírtól.

Igen, bogaram, mi vagyunk azok.
Nincs időm válaszolni, Emír megelőz.
– Mi vagyunk, kedvesem!
Ráfordítom a fejem, azt hiszem, rosszul hallok. A mosolya elárulja, hogy jól hallottam.
Ez már sok. Nehogy már rámozduljon erre is!
Visszanéz rám, ő is vigyorog, végül a csaj is elneveti magát, bár fogalmam sincs, hogy ő miért.
Ki érti ezeket az amerikai szukákat?
– Jöjjenek, kérem, velem, felszállhatnak a gépre.

Még van idő az indulásig, ezért tudom, hogy csak mi ketten szállunk most föl. Unokabátyám olyan lendülettel indul a csaj után, amitől szél kerekedik a levegőben. Nyomába szegődöm, és besorolok harmadiknak. A folyosón és átjárón keresztül odaérünk a beszállóajtóhoz, ahol a nő felénk fordul. Csinosan kontyba van fogva a haja, és gyönyörű a sminkje. Látszik, hogy igényes. Ha valahol máshol lennénk, azonnal meglobogtatnám neki a dollárjaimat. Ő is mélyen a szemembe néz, majd Emírre.

– Hol szeretnének helyet foglalni?

A mellettem álló férfira nézek, fogalmam sincs, hol érezném magam elfogadhatóan egy többórás repülőúton. Válaszol is helyettem.

– A maga kezében vagyunk.

Azt a rohadt... Ez tényleg nyomul.

A csaj belepirul a megjegyzésbe, nekem meg kezd hányingerem lenni. Emír tényleg fárasztó, ha nőkről van szó.

Odavezet minket a legtágasabb üléshez. Az első osztályon nem kell félni, hogy idegen ül mellénk, mert kétszemélyes az ülőfülke. Örömmel nyugtázom, hogy bár nem megyek különgéppel, de azért senki ismeretlen fia-lánya nem ül mellénk.

A nő szótlanul kivárja, míg helyet foglalunk. Emír rám néz, majd lenézően szólít fel.

– Ülj az ablakhoz! Akkor nem rinyálsz annyira.

Szándékosan beszél angolul, így a csaj mindent ért. Szívesen alárúgnék, de inkább teszem, amit mond.

– Hozhatok önöknek egy italt? Esetleg pezsgőt?

Emírre nézek, akinek felcsillan a szeme, de aztán mégis tisztességes muszlimként válaszol.

– Narancslevet!

– Kérünk! – teszem hozzá, mert idegesít a nagyképű viselkedése.

Szeretem, ha tisztelnek és körülugrálnak, de nem szeretem az önhittséget. Meg egyébként is jöttem neki eggyel.

A nő éles fordulatot véve lép le.

Emír kidőlve szemrevételezi távozó alakját, majd feláll.

– Mindjárt jövök!

– Emír! – kiabálok rá, de már ott sincs.

Ezt nem hiszem el! Mit akar ez?

El sem merem képzelni a szituációt. Emír elég egyértelmű tud lenni bizonyos helyzetekben, bár igaz, én is. Eltelik öt perc, és már jön is visszafelé a közlekedőn. Ösztönösen végignézem a ruháját, nem látszik rajta semmi.

Vigyorogva huppan le mellém.

– Mit csináltál?

– Semmit – feleli, de látom, hogy majd behugyozik a röhögéstől.

Elnevetem magam én is, mert tényleg felháborítóan egyszerű a történet. Az utaskísérő nincs sehol, ezért szemrehányó hangot utánozva fordulok a mellettem ülőhöz.

– Hol a narancslé?

– Most nem azzal van elfoglalva.

Szóval volt valami.

Emír rám néz, szinte könyörög, hogy kérdezzek már, de nem teszem. Felállok, és leveszem a zakóm. Megjelenik a csaj, kezében egy tálcával és két narancslével. A felsőjét levette, csak a blúza van rajta. Kendő sincs a nyakában. Kifinomultan riszálja magát, akaratlanul is végigmérem. Leülök, hogy ne lássam, de gyorsan odaér hozzánk. Emír elé tartja a tálcát, de az én üdítőmet leveszi, és felém nyújtja. Ahogy előredől, belátok majdnem a köldökéig.

Kiveszem az italt, és Emírre nézek.

Mi van itt?
Unokabátyám gyorsan megadja a választ.
- Nos, Caroline! Gamal elég feszült az utazás miatt. Mit javasol?
A bizonyos Caroline csak mosolyog, villog rajta a „dugj meg" tábla! Felszólító mondatban. Nem kérőben!
Emírre nézek, majd felrobbanok. Hogy képzeli, hogy rámászom egy nőre, akit pár perce még ő döngetett?
- Ne nézz így rám! - mondja arabul. - Én nem nyúltam hozzá. Csak beszélgettem vele. Megkértem őt, hogy legyen veled kedves.
Eldurran az agyam! Ez az idióta azért ment utána, hogy behálózza nekem. Ha valaki, akkor én pont nem az a pasi vagyok, aki ne tudna csajt fölszedni. Az meg külön zavar, hogy ez az értelmes nő teszi, amit kért.
- Mennyit fizettél neki? - kérdezem én is arabul.
- Nem mindegy? Ajándék. Csak azért, hogy ellazulj egy kicsit.
Mindjárt pofán baszom!
A nő csábosan mosolyog, de valahogy folyton a szöszi ugrik be. Többet nem megyek bele ebbe a csapdába.
- Nos, Caroline! - váltok angolra. - Nem akarom magát sem megdugni, sem kinyalni, és azt sem akarom, hogy leszopjon. Akármennyit kapott is, vegye grátisznak a narancsléért cserébe. - Emír teljes testével felém fordul, a csaj meg döbbenten felegyenesedik. Látom, ahogy unokatestvérem szája szóra nyílik, ezért beelőzöm.
- Vagy tudja, mit? Valaminek azért örülnék - várakozásteljesen néznek rám mindketten. - Egy nyugtató jót tenne - még mindig nincs reakció. - Menni fog?
Szótlanul bólint, és elviharzik. Emír megrángatja a karom.
- Mi van, te szedsz valamit, ami féken tart?
- Menj a picsába, Emír! Még egy ilyen húzás, és megtekerem a fejed, de nem ám akárhogy, hanem úgy, hogy beledögölj! Mióta próbálsz nekem csajokat befűzni?
Felnevet, én is felismerem kérdésem álszentségét. Valóban volt már rá példa... Többször kapott már utasítást arra, hogy hozzon nekem nőt. Az utóbbi időben azonban nem kértem ilyesmire.
- Most mit kapod így föl a vizet? Ha előre szólsz, akkor magamnak bérelem ki!
Visszaér a nő, és felém nyújtja egy papírtálcán a gyógyszert.

– Nem telik rendes tálcára? – kérdem tőle, de azonnal meg is bánom.
Most miért vagy ilyen köcsög, Gamal? Csak egy kis pénzt akart keresni. Ki így teszi, ki úgy.
Sosem vetem meg azokat a nőket, akik pénzért tesznek meg valamit. Persze megvan róluk a véleményem, de az nem megvetés. Én, ha nő lennék, biztos kifosztanék egy hozzám hasonló arabot. Beveszem a bogyót, és próbálok elhelyezkedni. Egy idő után megvan a hatás. Mikor fölszállunk, elalszom.

* * *

Halk sutyorgásra ébredek, Emír imádkozik mellettem, fejét az előtte lévő ülésnek dönti. Nem akarom megzavarni, ezért óvatosan megigazítom magam. Várok, míg befejezi, aztán intek neki, hogy álljon fel.
– Ne menj sehova! Mindjárt leszállunk.
Nem felelek semmit, de elindulok a toalett felé. Szerencsére szabad, ezért bemegyek. Gyorsan megmosom az arcom, végigsimítom a hajam, a kezem és az egész alsó karom, majd kibújok a cipőmből és megtörlöm a lábamat is. A papírtörlő nagy részét elhasználom, de nem nagyon érdekel. Háromszor megyek végig minden területen. Visszabújok a cipőmbe, és már indulok is vissza. Az utaskísérők tekintete jelzi: a csaj beszámolt mindenről. Zavarba végképp nem jövök, ők meg halványan elmosolyogják magukat. Szinte egyszerre. Olyan friss vagyok, hogy a legszívesebben sorba állítanám őket, de inkább továbbsietek. Az agyamat tudatosan próbálom tisztán tartani, imádkozás közben tilosak a tisztátalan gondolatok.
Emír feláll, megvárja, míg leülök, majd visszahuppan ő is. Nem szól hozzám, türelmesen várja, míg befejezem az imát.
Már landolunk, mire végzek. Megkönnyebbülök a földet éréstől.
Allah velem van!
Moszkvában szintén kapunk egy különtermet, ahol lehetőség adódik egy alaposabb tisztálkodásra. Mindent elvégzek, amit fontosnak tartok, majd eszem egy falafelt, ami marha rossz. Ugyanúgy kávét hozatok, ahogy Emír, de ezt is megbánom. Unokatestvérem

áradozni kezd oroszországi emlékeiről, mintha nem lettem volna jelen. Pont ez az esete a legmegvetnivalóbb története. Egy kiskorút vett magának, akit szanaszét dugott. Sosem voltam hajlandó végighallgatni a részleteket, de azt tudom, hogy Ibrahimnak még varrnia is kellett. Majdnem nekitámadtam unokabátyámnak, de végül mégsem tettem. Most azonban nem tűröm, hogy előhozakodjon a múlttal, elég mérgesen ránézek, majd szavakkal is nyomatékosítom dühömet.

– Befognád a pofád? Hányingerem van tőled!

Elszégyelli magát, és el is hallgat. A telefonommal bíbelődöm, ellenőrzöm az e-maileket és még ezernyi más dolgot. Megnézem, milyen időjárás vár ránk. Állítólag húsz fok és kellemes napsütés. Délutánra landolunk. Emír csak szótlanul ül mellettem, biztos vagyok benne, hogy megsértődött, ezért közelítek.

– Szerezz nekem még nyugtatót!
– Hülyeség! Ez már nem lesz hosszú. Kibírod.

Az utolsó szavára már majdnem elszégyellem magam. Tényleg lehetnék kicsit keményebb.

A szótlan órák után végül elindulunk Magyarország felé. Budapest? Azt hiszem, így hívják a fővárost. Ja! Budapest!

* * *

A repülő landol, amitől nagyon megkönnyebbülök. Nem aludtam egész úton, és a telefonommal sem matathattam, ezért az volt az egyetlen szórakozásom, hogy a nőket vizslattam. Emír elaludt mellettem, gyakran kellett oldalba löknöm őt, mert folyamatosan felhorkantott.

Felébred a pilóta hangjára, és kinyújtózkodik. Szemrehányóan teszi megjegyzését.

– Jé, túléltük!
– Kurva vicces vagy!

Elröhögi magát, majd körbenézve kémleli, kikkel is utazunk együtt. Úgy méregeti az embereket, hogy nem bírom ki, gúnyosba megyek át én is.

– Ne leltározz! Senki nem szállt le útközben. Sőt! Új fölszálló sem volt!

– Kurva vicces vagy! – feleli szántszándékkal ugyanazt, mint én. Földet érünk, de nem kezdünk el azonnal mocorogni, jobbnak látom akkor mozgolódni, ha a tömeg tovalép. Öt perc múlva felállunk, és elindulunk mi is. Fogalmam sincs, merre kell menni, ezért visz magával a nép.

– Budapest – mormolja halkan Emír. – Te tudsz valamit róla?

– Ja! Azt, hogy egy amerikai elnökről neveztek el teret anno. Amit aztán átneveztek egy magyarról. El is nevetem magam, mert sejtem, hogy ezeknek a magyaroknak is talán éppen elegük van Amerikából.

Még azt is hozzáteszem magamban, hogy a nők sem lesznek utolsók. Legalábbis apám szerint.

– Mi van? – Emír nem érti a megjegyzésemet, de nincs kedvem magyarázni, legyintek egyet.

Ahogy kiérünk a csomagkiadóhoz, elénk siet egy pasas. Szőke haja van és elég alacsony, úgy nézem, mint egy ufót. Kezét nyújtja felénk bemutatkozásra. Egy pillanatra tétovázom, de nem akarok bunkónak tűnni, ezért én is kezet nyújtok.

– Szálem alejkum!*

Mi?

Nem értem, mit beszél. A kiejtése károgásra hasonlít. Arabul akar köszönteni, amitől elvigyorodom. Az isteni köszöntést csak muzulmánok használják, és azok közül is csak azok, akik meglehetősen hithűek. Az amerikaiak is meg az európaiak is azt hiszik, hogy ezzel a kedvünkben járnak, pedig mi egyáltalán nem várjuk el egy nem muszlimtól az effajta üdvözlést.

– Alejkum szálem! – válaszolom mégis, mire Emír is rám kapja a fejét. Valószínűleg ő fel sem ismerte a köszönést az idegen szájából.

Öltönyben van a magyar pasi, amit izgalmában igazgatni kezd. Zavarban van, amitől újra elvigyorodom. Mi lenne, ha tobéban, szaúd-arábiai népviseletben lennénk?

– Kocsis Attila vagyok, én fogom magukat a szállodába kísérni. Átadták nekem az autója kulcsait, így engedelmével, azzal jöttem. A társuk a szállodában várja önöket.

---

* Hithű muszlimok közötti isteni üdvözlés. Pontos jelentése: béke veled.

Tökéletesen beszél angolul, bár kicsit furcsa a kiejtése. Örülök, hogy Ibrahimnak sikerült idehozatnia a kocsimat. A társ alatt valószínűleg orvosomat, Ibrahimot értette. Majdnem elmagyarázom, hogy nem a társam, hanem az emberem, de visszafogom magam. A neve megjegyezhetetlennek tűnik. Valószínűleg ő ugyanígy van a miénkkel.

– Gamal ibn Husszein al-Szudairihez van szerencsém? – kérdezi a papírját bújva, mert nem nagyon válaszolok neki.

Nem! Mégis kihez lenne?

Dühít, hogy az egész nevemet majdnem kimondja. Általában lerövidítjük Gamal al-Szudairire.

Bólintok én is és Emír is, mintha őt takarná a név. Ránézek szemrehányóan, mire abbahagyja a bólogatást.

Odalép hozzánk egy idős férfi, és lepakolja a bőröndöket. Vált pár szót az „Attilával", és már indul is el. Felénk csak biccent, majdnem köpök egyet a tiszteletlenségétől.

– Engedelmükkel előremegyek!

Megfogja a bőröndöket, és maga után húzza. Kicsit küszködik, de sem én, sem Emír nem segítünk neki. Megkapja az árát.

A reptér nagyon kicsinek tűnik a rijádihoz meg a New York-ihoz képest. Minden szürke, és egy autó van kiállítva a tér közepére. Először nem értem, de kis töprengés után leesik. Reklám. Kék táblák jelzik a kifelé vezető utat, a plafonról szintén reklámposzterek nyúlnak le.

Kilépünk a terminálból, ott áll az én drága F800-asom. Ugyanolyan, mint az amerikai. Emír arca is felragyog. Európába ritkábban jövök, mint Amerikába. A kontinensen belül jártam már Angliában, Franciaországban, Belgiumban, Spanyolországban és Svájcban. A leggyakrabban Németországba látogatok, a kocsim is ott volt egy hotel garázsában.

Egy ismeretlen nyitja ki az ajtót nekünk, majd átadja a kulcsot a magyarnak. Tetszik a gesztus.

Ezek legalább tudják, hogy ki kell nekem nyitni az ajtót.

Beülök én is és Emír is. A minket fogadó beül a volánhoz, és már indul is.

– Ha óhajtják, tudok városnézést szervezni. Mehetnek hajókázni is, vagy esetleg busszal.

Ezt a barmot! Busz? Tudja ez, ki vagyok?
– Majd jelezzük, ha valamire szükségünk van!
Emír arcán látszik, a valami alatt a nőket érti. Megcsóválom a fejem, és a tájat figyelem.
Nincs nagy tisztaság, és az utak is elhanyagoltak. Csak két-három sáv halad egy irányba, életveszélyesnek tűnik itt a közlekedés, igaz, Szaúd-Arábiában is nehéz ép autókat találni. A vidék nagyon idegen. Kellemesen langyos a klíma, hiányozni kezd a sivatagi levegő.
Az autók mind kicsik. Nálunk, otthon mindenki hatalmas járgányokkal közlekedik, és az utak is tágasak.
A magyar bekapcsolja a rádiót, majdnem elkapom a nyakát.
Mi a faszt matat ez a kocsimon?
Emír azonnal rám néz. Látja rajtam az ideget, ezért előredőlve kezd kötekedni.
– Kedves… Atala.
– Attila! – helyesbít a pasi.
– Mindegy. Maga ne nyúlkáljon, kérem, sehova a kormányon kívül, ha arra nem kér külön engedélyt. Majdnem huszonnégy órája vagyunk úton. Nem kérünk zenét! Főleg nem ilyet!
A fickó sértődött fejet vág, eldurran az agyam.
– Tudja, ki vagyok? – kérdezem fellengzősen.
Sosem viselkedem így, de ez a pöcs előhozza belőlem a beduin vért.
– Egy arab üzletember.
Ja, te barom! Egy üzletember. Egy olajmágnás. Egy milliárdos. Egy herceg.
– És tudja, mit kap a magafajta az arab üzletemberektől?
Kérdően néz a visszapillantóba, unokatestvérem roppantul élvezi a helyzetet. Nem felel, úgyhogy közlöm vele, hol a helye.
– Amennyiben megfelelően viselkedik, sok-sok pénzt. Kurva sok pénzt. – A magyar arca megnyúlik a szavaimtól. – Amennyiben nem megfelelően viselkedik, nem kap lófaszt sem! – zavartan visszakapja fejét az útra.
Most már oké a helyzet. Tuti seggnyaló üzemmódba vált, és ezt majd közli a többi alkalmazottal is.
Megállunk egy valóban palotának látszó épület előtt. Balra tőlünk füves terület fekszik, és egy híd a folyó felett. Látom, ahogy

odapattan az ajtóhoz egy férfi és Ibrahim. Orvosom látványától jobb kedvre derülök.

Ibrahim szeretettel ölel át engem is és Emírt is. Csak öt napja nem látott, de ez nálunk soknak számít. Mindig mellettem van, nélkülözhetetlen az életemben. Az apja ugyanúgy orvos volt, mint ő, az én apámnak dolgozott a haláláig. Sajnos már nincs az élők sorában, ezért apám új orvost vitt a palotájába. Ibrahim azonban ugyanarra az útra tért, mint az apja. Tíz évvel idősebb nálam, most harminchét éves. Egy felesége van, akiről sosem beszél, talán szégyelli, hogy csak két lánya született tőle. A muzulmán férfiak többsége ilyenkor keres egy második feleséget is, de ő nem tette. Vár türelmesen.

– Rendben vagy? – kérdezi, és tudom, hogy a repülés miatti pánikomra gondol.

Bólintok egyet, de Emír közbevág.

– Egész úton hisztériázott.

Ibrahim rá se hederít. Ismeri őt, tudja, hogy csak poénkodik. Unokabátyám elég kifogásolhatóan néz ki. Gyanítom, én is hasonló állapotban lehetek.

– Akarsz masszázst? Vacsorát vagy bármit?

Újra nemet intek, majd hozzáteszem.

– Fürdőszobát, imaszőnyeget és ágyat.

Ibrahim elvigyorodik, sejtette, hogy ezeket sorolom fel. Emír ismét közbevág.

– Nekem is hasonlókat, plusz egy nőt! – Orvosommal egymásra nézünk, majd nevetve indulunk befelé. – Nem viccelek. Komolyan kefélni akarok!

– Jó lenne, Ibrahim, ha megvizsgálnád Emírt! Az utóbbi napokban meglehetősen felelőtlen volt.

Ibrahim szemrehányóan néz az említett férfira, arca komoly marad.

– Használtam gumit – védekezik Emír.

Mindhárman tudjuk, hogy ez mit jelent nála. Csak akkor veszi fel, mielőtt elélvez. Nem érti, hogy a nemi betegséget nem a magömlésétől kapja.

Ahogy belépek, egészen megnyugszom. A környezet tetszik, egész keletiesnek tűnik. Ibrahim halványan elmosolyodik, tudja, mire gondolok.

A fény árad befelé az üvegkupolán, a csillár értelmét veszti. Leülök az egyik méregzöld székre, és várom, hogy a két velem tartó férfi mindent elintézzen. A telefonomon megnézem a kötelező dolgaimat, majd hátradőlve várok.

Odalép hozzám egy férfi, és megkérdezi, mit hozhat nekem, de nem kérek semmit. Amit akarok, az mind a lakosztályomban van. Éhes vagyok, de nem tudnék enni. Piszkosnak érzem magam, ráadásul határozott szégyent érzek, amiért ilyen igénytelen utazáson vettem részt.

Valószínűleg a saját gépemmel megyek haza!

A környezet egzotikus. Már szinte hastáncosok bevonulását várom. Cirádás kővázában növények törik meg a szürke, arany, fekete hármasát. A kovácsolt tetőszerkezet kifejezetten tetszik.

Emír int nekem, mert elintéztek mindent, ezért elindulok. A pult mögött három férfi áll, úgy néznek rám, mintha az amerikai elnök lennék. Megint elröhögöm magam, mert Ibrahim odasúgja épp a gondolat közben, hogy enyém a királyi lakosztály, Emíré meg az elnöki lakosztály. Ezek szerint én több vagyok az elnöknél!

A recepciósok fekete öltönyben vannak, elegánsak. Már majdnem elhaladok a pult előtt, de aztán meggondolom magam. Az egyik fiatal fickó meglehetősen szimpatikusnak tűnik. Középmagas, bár az én szememben a 180 centisek is kicsinek tűnnek. A mozdulatai sebesek és határozottak, ez tetszik meg először. Rövidre nyírt világosbarna haja fölfelé van állítva, ezért úgy néz ki, mint egy tinédzser, akire ünneplőt erőltettek. Amint a szemébe nézek, rögtön mosolyogni kezd, miközben a tollát kopogtatja a pulton. Pimasz, de valahogy szimpatikus is. A barna szemeivel hunyorog, látom az ádámcsutkáját, ami a nyeléstől le-föl mozog.

Odalépek a pulthoz, és intek neki egyet. Szinte repül.

Te nekem való vagy!

– Miben segíthetek?

– Hogy hívják? – kérdezem, már nem mintha valóban kíváncsi lennék rá, csak hát az embereket nevekhez kell kötni.

– Bálint – feleli tömören. Az arab nevek sokkal hosszabbak, ezért csak kérdően felhúzom a szemöldököm. – Huszár Bálint – vágja rá.

Tuti nem jegyzem meg, ezért arabul felfirkantom egy fecnire, hogy ne ejtsem ki legközelebb idiótán.

– Gamal al-Szudairi vagyok – nem mondok neki újat, mert azonnal bólint. – Szeretném, ha bármikor a szolgálatomra állna. Egyikünk sem ismeri ki magát ebben az országban, és maga tetszik nekem – nem reagál, csak elpirul. Remélem, nem érti félre. Folytatom. – Vannak különleges igényeim, amit szeretem, ha figyelembe vesznek. Ha akarok valamit, akkor maga ugrik. És nem ingyen! Bőkezű leszek.

Fiatal és lelkes, úgy néz, mint egy kiskutya. Ibrahim el is röhögi magát. Emír persze rögtön mellettem terem, hogy nyomatékosítsa, ő is valaki.

– Szükségem van holnap egy tolmácsra. Olyanra, aki tökéletesen beszél angolul. És persze magyarul, mert az angolban én is tökéletes vagyok. Holnap üzleti tárgyalásokat készítek elő, ezért sürgős.

Megértően bólint, a következő kérdésével megerősíti bennem azt az érzést, miszerint jól választottam.

– Férfi legyen, vagy nő?

Emír arca elnyúlik, el sem tudja képzelni, milyen az, amikor egész nap nyomunkban van egy nő. Mégis hirtelen felderül, és oldalba lök.

– Kit javasol? – kérdezek vissza, leckét adva a recepciósnak.

– Van a szállodánknak egy saját tolmácsa. Egy fiatal nő, aki tökéletesen beszél angolul és persze magyarul is.

– Magyar?

– Igen, az.

– Csinos? – vág közbe Emír. Én és Ibrahim komolyak maradunk, de Bálint elneveti magát.

Végül felel.

– Igen. Nagyon csinos.

Eszembe sem jutott volna nőt választani, de a „nagyon" fokozatjelző kezd kíváncsivá tenni. Emír esdeklő képpel fordul hozzám.

– Jó lesz – felelem tömören. – Reggel kilencre itt legyen.

Bálint bólint, én meg elindulok a lakosztályom felé. Emír fürgén lépkedve utánam, keresi a helyét.

Nekünk, kettőnknek külön lakosztályunk van, Ibrahimnak pedig szobája. Megnyugszom, mikor belépek. Gyümölcsök vannak bekészítve, és imaszőnyeg. Ibrahim mosolya tudatja, ezt bizony ő intézte. Kicsit modern a berendezés, de ezért most nem neheztelek senkire. A nappaliban világos színű kanapék állnak egymással szemben, fekete párnák hevernek rajta rendezett formában. Két kecses asztal is el van helyezve, az egyik amolyan íróasztalféle, amin egy bronzszínű olvasólámpa díszeleg. A többi lámpának fekete ernyője van, és a szőnyeg is fekete-fehér. Nem bírom az ilyen egyszerű színeket, de az utazás után már ez a legkevesebb. Az asztal közepére egy üveg bor és poharak vannak bekészítve. Mellette közvetlenül a Korán hever. Nem túl jó párosítás.

A bor bizony rossz pont!

– Gyönyörű kilátás nyílik a Dunára – veti oda Bálint, mert volt olyan lelkes, és felkísért. Tetszik a fiú. Komolyan veszi a munkáját.

Nem tudom, mi a franc az a Duna, de aztán leesik, hogy valószínűleg a folyó, ami fölött a híd van. Nem mutatom, mennyire hiányos az ismeretem, csak bólintok egyet.

– Mindennap tiszta ágyneműt akarok és…

– Én ezeket már elintéztem – szól közbe Ibrahim. Hálás vagyok, amiért mindenre van gondja.

Jelzem a szememmel, hogy minden rendben, ezért mindenki kivonul. Magamra maradok, szinte rohanok a fürdőig. Minden márványból van, a hatalmas kád mellett van egy üvegfalú zuhany is. Azt választom. Lezuhanyozom, majd kivonulok a nappaliba, és leterítem a szőnyeget. Nagyon fáradt vagyok. Lelkiismeret-furdalásom támad a hanyagságomtól, még sincs erőm foglalkozni az olyan részletekkel, mint a Mekka felé fordulás.

Az ima után berongyolok a hálóba, ahol egy hatalmas franciaágy hirdeti a kényelmet. Az ágynemű hófehér, zöld párnákkal van kissé színesebbé téve a kép. Az ágy mögötti rész fekete fényes plasztikkal van bevonva. Ez már egy kicsit sok, ezért be is hunyom a szemem.

Magyarország. Hm.

4. fejezet

Reggel ijedten ébredek a szállodai telefon csörgésére. Olyan hirtelen kapom föl, mintha atomtámadás érne. Úgy aludtam át a nap hátralévő részét meg az éjszakát, hogy közben egyszer sem keltem föl. A találkozóm csak délután háromkor lesz, ezért nem kértem ébresztőt.
- Jó reggelt, Szudairi úr! - csönd következik, fogalmam sincs, mit feleljek. Ahhoz is idő kell, míg felfogom, hol vagyok.
- Jó reggelt.

Ösztönösen az éjjeliszekrényemen heverő Rolexem után nyúlok. Reggel kilenc óra múlt három perccel.
- Huszár Bálint vagyok. Nem szeretném zavarni, de itt van a tolmácshölgy, akit kért.
- Igen. És?
- Maga kérte, hogy jöjjön ide kilencre.

Egy pillanatra latolgatom a lehetőségét, hogy Emírt küldöm le, de mivel még nem jelentkezett, sanszos, hogy ő is alszik. Nem lennék előrébb, ha rábíznám az ügyet.
- Kérek egy kis időt!
- Rendben.

Leteszem a kagylót, de az ideg majd szétvet. Utálom, ha felkeltenek. És a két idióta meg hol van?

Azonnal hívom Emír mobilját, mert fogalmam sincs, merre van a lakosztálya. Álmosan szól bele a telefonjába.
- Na?
- Két dologért is picsán foglak rúgni! Az egyik az, hogy nem keltettél fel hajnalban imádkozni! A másik ok, amiért nem ébresztettél nyolckor! Kilencre volt megbeszélve a tolmáccsal!
- Uh. Ne haragudj! Teljesen kivagyok.

Hallom a hangján, hogy tényleg így van. A normális hangsúlytól, ahogy beszél, elszáll a mérgem.

– Csináld a dolgod, aztán gyere át hozzám! A nő már lent vár ránk.

– Jól van, Gamal.

Leteszem a telefont, és száguldó üzemmódban lezuhanyozom. Szívesen kihagynám, de az ima miatt is fontos. A tusolás után imádkozáshoz készülök. Még mindig fogalmam sincs, merre van Mekka, ezért még dühösebbé válok. Sietve kiterítem a szőnyeget, az irányt csak tippelni tudom. A jobb szállodákban a muszlim vendégeknek általában kikészítenek egy táblát, ami Mekka felé mutat.

Az ima végeztével felveszek egy inget meg egy öltönyt. Borotválkoznom kéne, de arra nincs időm.

Mindjárt éhen döglök!

Kínos lesz, ha korogni fog a gyomrom, de még a gondolatát is félrelököm. Alighogy készen vagyok, kopognak az ajtón.

Emír áll előttem, megtámaszkodik az ajtófélfán. Ugyanolyan borostás, mint én. Hátast vágva visszasietek az órámért meg a mobilomért. Bejön ő is, neheztelve nézek rá, ezért mentegetőzni kezd. Tudja, a pontatlanság az én szememben végzetes hiba.

– Tényleg ne haragudj, Gamal!

– Hol van Ibrahim?

– Nem tudom. Még nem beszéltem ma vele.

Nem kötözködöm tovább, mert orvosomnak joga van azt csinálni, amit akar. Az üzleti tárgyalásokra csak nagyon ritkán cipelem magammal. Most a tolmácsra van a legnagyobb szükségem.

Fél tíz múlt öt perccel. A pofámról lesül a bőr!

Elindulok az ajtóhoz, Emír szorosan a nyomomban. Biztos vagyok benne, hogy a mai napon kifogástalanul fog viselkedni. A határokra mindig jól érez rá, és most túllépte.

– Mi a fenének állítod be a telefonodon a figyelmeztetőt, ha nem teszed, amire figyelmeztet? – kérdezem, mert tudom, hogy Emír mobilja pityegéssel figyelmeztet a napi ötszöri imára.

Egy muszlimnak is nehézkes agyban tartania, mikor is kell imádkoznia. Külföldön nem tartjuk be olyan pontosan az időpontot, mert nem mindig adódik lehetőség. Otthon segítségként hívja a müezzin imádkozni a hívőket. A napi ötszöri ima időpontjai:

hajnalhasadáskor, délben, délután, naplemente után és két órával később. Amikor nem muszlim országban vagyunk, vagy eszünkbe jut magunktól, vagy valami figyelmeztet rá. Ilyen valami Emír mobilja is, amit sajnos elég gyakran sürgősen kinyomunk. Az utóbbi időben leginkább csak a reggeli és az esti imát tartottuk meg. Egyedül a péntek déli ima az, amit minden körülmények között el kell végezni, mégpedig mecsetben egy istentisztelet kíséretében.

– Nem is emlékszem az ébresztőre. Biztos félálomban nyomtam ki – mentegetőzik, miközben igazgatja a haját. Ritkán viselkedik ilyen normálisan.

Többet nem szólok, pedig szívesen szóvá tenném még azt is, hogy mire figyelt a pultnál, ha nem arra, hogy kilenckor megbeszélésünk van a tolmáccsal!

Leérünk az előtérhez, és odasietünk a pulthoz. Igen. Határozottan sietek. Ilyen is ritkán fordul elő.

Bálint kilép a pult mögül, és a székek felé int a fejével. Egyszerre fordulunk meg Emírrel.

Keresztbe tett lábakkal ül a tolmács, hosszú, világos vörös haja kisimultan egészen a derekáig ér. A tűsarkaktól összeugrik a gyomrom, ösztönösen unokabátyámra nézek, aki szintén az én tekintetemet keresi. Abban minden benne van.

Azt a kurva!

Emír tér észhez, ezért ő indul meg elsőnek. A rókasörényű nem zavartatja magát, nem áll föl. Bálint szorosan a nyomunkban liheg. Mikor odaérünk elé, szemrehányóan néz föl ránk.

Helyre kéne tenni!

Bálint mond valamit magyarul, mire a nő föláll. Nem túl magas, de mindene megvan. Szép kerek mellei vannak, de nem nagyok. Nagyon keskeny a dereka, a csípője szép széles. Alig várom, hogy a hátsóját is szemügyre vehessem. A haja egyszerűen gyönyörű. Nem mondhatnám, hogy a vörösek a gyengéim, de őt szanaszét tudnám szedni. A mi világunkban a haj meghatározó a szépségben. Nőinknél a hosszú haj már eleve egy szexepil. A mi szemünkben pedig a kibomló haj meglehetősen erős ajzószer.

Méregzöld a ruhája is és a szemfestéke is. A szája nincs kifestve, le sem bírom venni a szemem a natúr ajkairól.

Beleharapnék!

Kellemes illata van, a szeme nagyon világos zöld. Arcán apró szeplők vannak, akaratlanul képzelem el, milyen lenne, ha én fröcskölnék arcába valami egészen mást.

Flegmán válaszol valamit a kísérő fiúnak, mire az zavartan toporog. Felizgat ez a magyar nyelv. Kicsit olyan mekegős, de a farkam már kőkemény.

Kínomban végigsimítom a nyakam, Emír némán ácsorog mellettem.

– Javítsanak ki, uraim, ha tévedek, de kilenc óra volt megbeszélve! – angolra vált, egyenesen a szemembe néz.

Szánom-bánom bűnömet, de egyelőre én vagyok a főnök. Legalábbis így gondolom.

– Sajnálom.

A picsába, Gamal! Nem ezt kellett volna felelni!

– Órabérben dolgozom, tudja?

Mellkasa előtt összefonja a karját, nekem meg eldurran az agyam.

Na jól van, picikém! Sürgősen tisztáznunk kell ezt-azt!

– Ó. És mennyi az órabére? – már megint nem azt mondom, amit akarok.

– Hatezer forint.

Szerinted ez nekem mit mond?

Eddig azt sem tudtam, hogy létezik az a bizonyos forint.

Kérdően Bálintra nézek.

– Dollárban?

– Körülbelül húsz-harminc dollár – feleli a mindenesünk.

Emírből előtör a hangos nevetés, de én sem bírom mosoly nélkül megállni. Olyan áhítattal mondja, mintha valamit érne az a rongyos pár dollár. Mintha büszke lenne magára, amiért ő ilyen sokat keres.

A reakciónkra válaszul a nő leengedi a karjait, és felhúzza a szemöldökét.

Valamire vár, ezért úgy döntök, megadom neki.

– Na jó! Egész jó napom van, úgyhogy nem alkudozom. Valahogy kispórolom... Talán sikerül!

Emír megint röhög, én meg intek a szememmel Bálintnak, hogy húzzon már arrébb. A legszívesebben unokabátyámat is arrébb küldeném, de nem tehetem.

A nő nem veszi a poént, benyúl a piros irattáskájába, és egy lapot húz elő.

– Egyébként Pataky Csillának hívnak – vár, de én nem mutatkozom be.

Felém nyújtja a kezét, megáll bennem az ütő. Ugye nem akar egy nő kezet fogni velem? A mi kultúránkban nem szokás kezet fogni nőkkel. Sőt egyéb, európai szemmel illedelmesnek vélt viselkedés sem megengedett. Például nem adunk virágot és nem bókolunk nőnek, csak egy esetben. Akkor, ha a feleségünk.

Egyébként is: milyen név ez? Ki képes ezt megjegyezni? Kimondhatatlan!

Emírre nézek, ő is megrökönyödve lesi a kinyújtott kezet. A csaj zavartan húzza vissza a karját, majd folytatja.

– Szeretném, ha átolvasná ezt a szerződést. A megbízásomról van benne szó. Angolul van.

Na ne mondd!

Szótlanul nyúlok a papírért, de a következő mozdulattal már nyújtom is tovább Emírnek. Esetlenül veszi át tőlem, legalább annyira nem tudja, mit kezdjen a helyzettel, mint én. Az okos nők mindig letaglóznak, bár tény, hogy engem ennek a szukának mindene érdekel, csak az agya nem!

– Át tudnánk esetleg szóban beszélni ezt a szerződést? Szeretném elmondani, hogy mik az igényeim!

Megdugni téged!

– Természetesen – felel, immár ő is visszavéve a harci hangból.

Körülnézek, hova is lehetne leülni, Bálint azonnal ott terem. Bírom a fickót.

– Javaslom az éttermet, ott most kevesen vannak, mert lassan vége a reggelinek. Vagy esetleg van egy különtermünk is, ami most szabad.

A vöröske nem reagál, ezért nekem kell választanom. Ha egy üres terembe citálom be, valószínűleg előbb-utóbb eltávolítom a közelemből Emírt és rástartolok, ezért az étterem mellett döntök. Legalább eszünk is.

– Az étterem jó lesz.

Bálint elindul, az atombomba utánaered. Emír ugyanazon agyalt végig, mert ő is gondosan megvárja, míg hátat fordít a csaj. Mindkettőnk pillantása egyszerre csúszik egy emelettel lejjebb.

Juj! Szép kerek!
Emír azonnal rám néz vigyorogva, sejti, milyen képet vágok. Felé fordulok, és hosszan behunyom a szemem, mire ő, szája elé emelve kezét, próbálja elnyomni a vihogását.

Az étkezőben ugyanazok a színek uralkodnak: arany, fekete, zöld. Tényleg kevesen vannak, az ablakhoz közel ülünk le. Megigazítom a nadrágomat, és kifejezetten bánom, amiért nem a tobémat vettem fel. Az kellően takarna egy-két kínos részt.

Azonnal ott terem előttünk a pincér, de fogalmam sincs, hogy Ibrahim elintézte-e az arab reggelit.

– Hozhatok valamit?

A nő nem vár, azonnal rendel. Nálunk mindig a férfi az első, ezért majdnem beszólok neki. De csak majdnem.

– Én egy kávét kérek szépen. Két cukorral, tejhabbal és tejszínhabbal.

Tudja, mit akar...!

Nem az anyanyelvükön beszélnek, hanem angolul, és ez megtisztelő. Figyelembe veszi a jelenlétünket.

Mindenki rám néz, én vagyok a következő.

– Van humusz és pita? – A pincér zavartan bólint, nem vagyok benne biztos, hogy érti, mit kérdeztem. – Vagy ajánl valami mást? – adom meg az esélyt neki.

– Magyaros rántottát ajánlok és finom arab kávét.

Egyszerre röhögjük el magunkat Emírrel. A „finom arab kávéra" kíváncsi lettem, így elfogadom a pincér ajánlatát, ezért megrendelem a reggelit.

– Jó lesz. Két adagot kérek.

Egy pillanatra megfordul a fejemben, hogy talán meg kéne hívnom reggelire a nőt, de nem teszem.

Kapja be! Szó szerint!

Nem hagyhatom, hogy tovább uralja a helyzetet, ezért azonnal támadásba lendülök.

– Az órabérét már tisztáztuk. Amennyi időt velünk tölt, az ki lesz fizetve, plusz egy óra előtte és utána. Ha esetleg késnénk – vigyorodom el. Ő nem találja viccesnek, mert nem reagál. Az arany Rolexemre csúszik a pillantása, nagyon is tisztában van az anyagi helyzetemmel. Valószínűleg szegény családból való. Szívesen

megmutatnám neki, a hófehér bőrén hogyan is mutat az arany. Vagy a gyémánt.
- Kifizetem az útiköltségét is, vagy ha kívánja, elküldök valakit önért, aki haza is viszi – erre egy kicsit megdöbben.
Sőt. Én is megdöbbenek.
- Mikor esedékes az első tárgyalás, amin meg kell jelennem?
- Ma.
- Hánykor és hol? – kérdez türelmetlenül, mintha ezt már tudná. Érezteti, hogy segghülyén viselkedem.
Előcitálom én is a papírjaimat, és belenézek.
- Délután három óra. Andras...
Mi?
- Andrássy út? – kérdez vissza mosolyogva.
Szépek a fogai, de a nevetése nem jön tiszta szívből. Analfabétának tart. Szívesen elmagyaráznám neki, hogy többet tudok, mint ő, mert én arabul szoktam írni meg olvasni. Visszafelé! A latin betűk ismerete csak plusz.
- Ja! Andrássy.
Szétbasz az ideg!
- Fontos lenne tudnom, milyen jellegű tárgyalásról lesz szó!
- Üzleti – érzem a nem kielégítő feleletet, de nem jön ki több.
- Úgy értem, tudnom kéne, milyen üzletről van szó!
Mi az istenért szórakozik ez most velem?
Egyszerű dolgot kérek. Jöjjön el velem, fordítson le minden egyes szót oda-vissza!
Utána meg tegye szét a lábát!
- Nem mindegy az magának? Ha profin nyomja az angolt, gondolom, az anyanyelvével sem lesz baj! – tényleg fölényessé válik a hangom. Emír válaszul kihúzza magát, azt hiszem, várta már a támadást. – Három perce van, hogy eldöntse, képes-e rá!
Most én fonom karba a kezeimet, ő meg igazgatni kezdi magát a széken.
Hozhatnák a kaját, mert csurog a nyálam. Igaz, nem az ételre...
- Természetesen elfogadom! Csak azért kérdeztem, mert szeretnék színvonalasan dolgozni.
Hát, azt én is nagyon szeretném, ha színvonalasan kapnád be a farkam!

Megjelenik a pincér, és leteszi a nőnek a kávét, majd nekünk is. Lepakolja a tálcáról a két rántottát. Jó az illata. Sőt, a kávé illata is jó. Pofátlanul belekóstolok a feketébe, ami nem olyan egetverően rossz. Azonnal elkezdek enni, rá sem nézek a nőre. Emír hasonlóan cselekszik, porig alázzuk a velünk szemben ülőt. Valószínűleg nehezményezi a történteket, mert a kávéjával kezd bíbelődni. Beledobja a kockacukrokat, és összekeveri a habot benne.

Hogy a francba lehet azzal a bizonyos habbal inni a kávét? Meg tejjel!

Hosszú ujjai vannak, amin még hosszabb vörös körmök virítanak. Egy pillanatra rásiklik a piros táskájára a szemem, bírom, ha valaki ad a részletekre. A bőre világos, átütnek rajta az erek. Megérzi, hogy figyelem, mert hirtelen a szemembe néz. A kaja megáll a számban, nem rágok tovább, ahogy van, lenyelem. Újra a tányéromba nézek, és eszem tovább.

Egy húzásra bedönti a reggeli italát, majd felpattan. Én is majdnem ugyanezt teszem, de fékezem a mozdulataimat. Emír ritka értetlen képet vág.

– Ott leszek a megbeszélt címen a megbeszélt idő előtt tizenöt perccel. Kérem, hozzák magukkal a szerződést aláírva, mert csak úgy vállalom a munkát. Abban benne van, mennyit kell fizetniük.

Szívesen fölpattannék és rávágnám az asztalra, hogy értse már meg, kivel van dolga, de a döbbenet odaszegez a székhez.

Mi a faszt utasítgat ez engem?

– Igenis, értettük!

Emír hangja olyan, mint egy muzulmán harcosnak. Ezt a poénját most kivételesen értékelem. A csaj azonban nem. Megfordul, és a gömbölyű fenekét odébbriszálva távozik az étteremből.

Egyből Emírre nézek, mindketten elröhögjük magunkat. Bár én a legszívesebben ordítanék.

* * *

Alighogy végzünk a reggelivel, Ibrahim zakatol be az étterembe. Egyenesen felénk veszi az irányt, majd le is huppan mellénk. Látszik, hogy nemrég kelt föl, nem is kezdenék mesélésbe, de Emír képtelen visszafogni magát.

- Átaludtad az évszázad poénját.
- Tényleg?

Megjelenik a pincér, és ugyanazt ajánlja, amit nekünk is ajánlott. Ibrahim rám néz, én meg helyeslően bólintok, miszerint rendben volt a menü. Azt kéri, amit mi.

- Tudod, hogy néz ki a tolmács? - Emír nem vár válaszra, megadja ő. - Basznivalóan.

Ezen máskor jót röhögök, de most a legszívesebben pofán vágnám. Ha rástartol, kiherélem. Csak azután dughatja meg, miután én végeztem! Persze az meg nem nagyon fog összejönni, mert mi általában nem nyúlunk ahhoz a nőhöz, akit a másik dönget. Létezhetnek kivételek, de ez a vörös tuti nem lesz az.

- Tolmács, Emír! Nem ribanc! Érted? - teszem fel neki a kérdést, és próbálok úgy tenni, mintha nem érdekelne az egész.
- Minden nő ribanc! - feleli hangosan.

Ibrahim mérgesen néz rá, neki egészen más véleménye van a nőkről. Emír mindegyiket porig alázza, Ibrahim meg mindegyikkel úgy bánik, mint egy hercegnővel. Én valahol kettejük között helyezkedem el. Orvosom annyira tiszteli a női nemet, hogy megelégszik egy feleséggel. Még akkor is, ha az eddig csak lányokat szült neki. Hazugság lenne azt állítani, hogy közös utazásainkon nem hempereg nőkkel, de ő nem üzletként tekint rá, hanem szerelmi légyottként. Feleannyiszor sem él a lehetőséggel, mint élhetne, ugyanis meglehetősen jóképű. Már őszül, de én azt veszem észre, hogy a nők, főleg az európaiak, igenis szeretik az ilyen érett férfiakat. Főleg az érett, gazdag férfiakat. Mert való igaz, Ibrahim nem a családom tagja és nem üzletember, de mint az orvosom, busás fizetségben részesül. A palotámban lakik ő is meg a családja is, egy elkülönített részben. Legutóbb például annyi pénzt adtam neki, amiből egy Porschét vehetett magának. Az volt az álma. Megadtam neki.

- Most mit játszod meg magad? - folytatja Emír. - Láttalak! Te is beindulsz rá!

Kár lenne vitába szállnom vele, ezért inkább fölállok, jelezve, hogy mennék. A pincér máris ott terem, és az orrom alá dugja a papírt. Alá kell írnom a fogyasztást.

Ez most komoly?

Sosem ellenőrzöm a számlát, ez a pöcs meg azt hiszi, hogy alá kell velem íratnia egy rohadt reggelit, biztos, ami biztos. Majdnem félresöpröm a cetlit, de aztán meglátom a tételeket rajta. Három rántotta és három kávé.

– A hölgy kávéját lefelejtette róla – szólok gúnyosan, hátha veszi a lapot, de ő letörli képemről azt a bizonyos fölényességet.

– Ő már kifizette a sajátját!

Kicsúszik a lábam alól a talaj. Szét tudnék verni mindent magam körül. Gamal ibn Husszein ibn Abdul al-Szudairi vagyok, egy szaúd-arábiai herceg, ez a hülye liba meg kifizeti a saját kávéját. Ezért tuti seggbe rúgom! Vagy inkább seggbe dugom! Az első fizetését minimum megtízszerezem, hogy a föld alá süllyedjen.

Idióta magyar picsa!

5. fejezet

A lakosztályba visszatérve már csillapodik a dühöm. Tisztán látszik, szórakozik velem a kicsike. Meg akarja mutatni, hogy őt aztán nem érdeklik holmi milliomosok, de én majd mutatok neki mást is a millióimon kívül.

Anyám jut eszembe, fel kéne hívnom. Belenézek a neten az időeltolódásba, döbbenten veszem tudomásul, csak két óra eltérés van közöttünk. Itt fél tizenegy, ott fél egy. Azonnal hívom őt.

Pár csörgés után fölveszi.

– Szervusz, anya.
– Ó, drága Gamal! Már azt hittem, teljesen megfeledkeztél anyádról!
– Dehogy... sok a dolgom.
– Fiam, nagyon neheztelek rád, ezt jobb, ha tudod.
– Anya, ne már! Remélem, nem akarsz te is kiselőadást tartani!
– Apád mondta, hogy Európába fogsz menni. Ott vagy már?

Csodálkozom, mert apám az estéit mindig egyenlő részben osztja fel a feleségei között. Amikor időt szán az egyik asszonyára, a másikkal nem foglalkozik. Az elmúlt három nap nem anyámé volt, apám, úgy látszik, mégis felhívta. Ismeretlen melegség jár át a gondolattól.

– Hívott apa? – kérdezem hitetlenkedve.
– Persze hogy hívott. Gamal! Miért nem mész a zarándoklatra?
– Fontos üzleti megbeszélésem van!

Hallom, ahogy sóhajt egyet. Hirtelen vágyat érzek a faggatózásra a testvéreimet illetően, ezért utat engedek az érzésnek.

– Mi van Hakimmal?
– Mi lenne? Az, ami mindig. Jót tenne neki, ha ilyen utakra magaddal vinnéd!

Nem felelek, mert nincs értelme. Anya nagyon is tisztában van vele, miért nem utazom az öcsémmel. Eszembe jutnak a húgaim is, de tétovázom a kérdéssel. Végül úgy érzem, nincs miért szégyenkeznem, ha kérdezek.

– Tudsz valamit Nasiréről és Maysáról?

Húgaim ugyanúgy Rijádban laknak, mint mi, de a város másik szegletében. Gyakran járnak haza az anyai palotába, rendszerint együtt mennek. Ilyenkor átjönnek hozzám is, az én palotám nem messze van az atyaitól és az anyaitól. Bár házasságuk nem mondható tökéletesnek, engem mindig vigasztal a tudat, hogy ők megmaradtak egymásnak. Én sosem voltam képes ilyen kapcsolatot kialakítani az öcsémmel. A bátyámmal, Fawwazzal valóban testvéri kapcsolatban vagyok, de ő ugyanolyan fontosnak tartja az üzletet, mint én. Ennélfogva nem ér rá túl sokat, így ritkán találkozunk.

– Nagyon örülök, hogy megkérdezted, Gamal!

Egy pillanatra összeszorul a torkom. Egyetlen nő képes a világon a sírás határára kergetni. Az anyám. Szigorú világunk ellenére örül annak, hogy én igenis érdeklődöm a húgaim iránt. Nemcsak úgy kötelességképpen, hanem mert valóban szeretem őket. Bár én magam sem tudom, hogy ez a szeretet elégséges-e, mert mikor más nemzetek testvérpárjait látom, felismerem, nekem nincs olyan közeli viszonyom a lánytestvéreimmel.

– Úgy döntöttek, hogy a zarándoklat alatt idejönnek a palotába. Két hétig együtt leszünk. Nekik sem árt egy kicsit a levegőváltozás.

Erre elvigyorodom, mert Rijád egyik szegletében ugyanolyan száraz és sivatagi a levegő, mint a másikban.

– Mondd meg nekik, hogy csókolom őket.

– Megmondom, Gamal!

Elhallgat, szinte biztos vagyok benne, mi lesz a következő mondanivalója.

– Ha ott végzel, azonnal gyere haza! Nem halogathatod tovább az esküvőt! Yasmin családja kezdi nehezményezni a távolságodat!

Nem tévedtem. Anyám mindig előhozakodik az esküvő kérdésével, bár igazság szerint magam sem tudom, miért húzódott így el ez az egész. Yasmin húszéves, és az első feleségjelöltem. Tizenhat éves volt, amikor a két család nyélbe ütötte az üzletet, azóta húzódik az esküvő. Én huszonkét éves voltam akkor, és nem ellenkeztem a választott ellen, mert csinosnak találtam. Mindössze egyszer láthattam az arcát, de az elég volt, hogy ne tiltakozzam. Családom hosszasan könyörgött a menyasszony szüleinek egy személyes találkozás miatt. A mi országunkban általában csak az esküvőn látja a férj a feleség teljes arcát, de a nyugati szokások hozzánk is beszivárognak. Nálunk is fenyegetően veti meg lábát a technika, és ez lehetővé teszi a fiataloknak a kapcsolattartást online. Fiatalok titokban képeket küldözgetnek egymásnak magukról, de általában választanak maguknak egy közvetítőt a baráti társaságból vagy a rokonságból a lebukás veszélye miatt. Egyre több család egyezik bele a fiatalok házasság előtti találkozójába, persze csak felügyelet mellett. Az említett feleségjelöltet anyám és nénikéim nézték ki nekem, apám pedig megfelelőnek tartotta a család anyagi helyzetét. Én nem hagytam figyelmen kívül a külsőségeket sem, ezért intéztem úgy, hogy legalább egyszer láthassam. Anyám mindig azt szajkózta, higgyek neki, mert ő aztán állítja: gyönyörű lány Yasmin. Hittem, de kötöttem az ebet a karóhoz. Apám párszor rám mordult, mégis minek a szép feleség, amikor teli van arannyal! Bár a szépség nálunk nagyon fontos, de úgyis annyi szeretőt tarthatok, amennyit csak akarok. Én azonban el sem tudtam képzelni, hogy nekem nem tetsző nőhöz nyúljak. Szóval győztem.

Yasmin magas termetű, világos bőrű és gyönyörű őzikebarna szemei vannak. Hosszú fekete haja csillogására is tisztán emlékszem. Azóta csak fátyolban láttam őt, így arcának emléke már kezd megfakulni elmémben. A mai napig szűz, arra vár, hogy a feleségem legyen és fiúkat szüljön nekem. Gazdag kereskedőcsaládból származik, már az is meglepetés volt, hogy nem egy távoli unokatestvéremet akarják rám sózni. Apja öröme határtalan volt a frigyünk lehetőségétől. Még arra is rávette a lányát, ne tiltakozzon az esetleges többnejűség ellen. Beleegyezett. Ez pedig azt jelenti, nem ragaszkodik hozzá, hogy ő legyen az egyetlen feleségem. Egy muszlim nő az esküvője előtt közölheti az igényét a férjével, de ez elég ritkán fordul elő. Viszont ha közli, akkor a férfinak kötelessége figyelembe venni az óhajt.

– Rendben! Nem tudom, mikor megyek haza, de azt megígérem, hogy nem mozdulok ki Rijádból addig, míg nőül nem veszem Yasmint!

– Megígéred?
– Most mondtam, anya! Megígérem!
Újra átszalad az agyamon, hogy Yasmin még mindig szűz, ezért határozottan szívesen mennék haza ebben a pillanatban.
Tuti, hogy minél előbb feleségül veszem!
– Közölhetem a családjával a jó hírt? – erősködik tovább.
Szaúd-Arábiában a család idősebb nőtagjai készítik fel a fiatal lányokat a menyegzőre. Ők szervezik meg a lakodalmat is, ezért sejtem, mire céloz. Egy időpontot akar kicsikarni belőlem.
– Közölheted. Időpontot azonban nem tudok mondani. Fogalmam sincs, mikor zárom le ezt az üzletet.
– Rendben, fiam! Nagyon vigyázz magadra, és mielőbb térj haza. Allah legyen veled!
Mikor leteszi a telefont, ritka szarul érzem magam. Utálom távoli helyről felhívni a családomat. Emír mindig kiröhög, mert azt mondja, úgy viselkedem, mint egy személyiségzavaros. Mindenkit szívatok, dirigálok, szórom a pénzt, alázom az amerikaiakat meg az európaiakat, miközben egy telefonbeszélgetéstől összeszorul a szívem.
Ránézek az órára, tizenegy óra. Fogalmam sincs, mennyivel előbb kell elindulni a tárgyalásra. Ezt a bizonyos Budapestet egyáltalán nem ismerem. Felemelem a szállodai telefont, és a recepciót hívom. Magyarul szól bele egy hang.
– Recepció, miben segíthetek?
Nem értek egy szót sem, ezért határozottan, angolul válaszolok a cetlimre meredve.
– Huszár Bálinttal akarok beszélni.
– Máris adom! – angolra vált a beszéd.
Pár másodperc elteltével már az ismerős hang szól bele.
– Parancsoljon, Szudairi úr!
Nagyon bírom ezt a Bálintot! Tudja, hogy én parancsolni szoktam!
– Ma háromra kell mennem arra a bizonyos tárgyalásra. Szeretném újra igénybe venni a sofőrt – ráérzek, hogy kifejezetten szívességet kérek, ezért kicsit bekeményítek. Egy arab herceg nem kér szívességet. – Szóval közölje a sofőrrel a címet és az időpontot, amit Emír al-Hatamtól kérhet el!

– Rendben.

Csak ennyi a felelet, úgyhogy megelégedetten teszem le a kagylót. Nincs kedvem Emírrel beszélni, ezért egy SMS-t küldök neki a következő szöveggel:

„A megbeszélésre tobéban gyere!"

Csak komoly tárgyalásokra szoktam felvenni a népviseletet, meg akkor, ha valami egészen más a célom. A legtöbb ember megveti a világunkat, a nők bugyija mégis nedves lesz, ha egy arab férfit látnak meg, aki ruházatával hirdeti hovatartozását és státuszát a világban. Én ma hirdetni fogom. Már csak azért is, mert nem szeretnék félreértéseket. Fogalmam sincs az itteni kultúráról és rangokról, így jobbnak látom, ha nem vegyülök közéjük. A tény, hogy a kis tolmácsot is zavarba akarom hozni, már mellékes.

Az egész vallásunk miatt lenézik a világunkat, úgy, ahogy az európai nők lesajnálják a muszlim nőket. Pedig nagy hibát követnek el. Ha valakit szeret az isten, akkor azok a muszlim nők. Persze elismerem, életük merőben más az e világitól, de azért vannak kedvező szempontok is. A mi asszonyainknak nem kell dolgozniuk, a férfiak kötelessége eltartani őket. Ha egy nő mégis munkába áll, a keresetét nem kell a családi költségvetésbe tennie, azt teljes egészében magára költheti. A ruházat sincs olyan szigorúan megfogalmazva, mint ahogy azt a sok tudatlan gondolja. A királyságban sincs egyértelmű törvény a női ruházatra, de hazámban nagyon szigorúan ragaszkodunk az öltözködési hagyományokhoz. És ezzel már ki is mondtam a lényeget. A hagyomány! A vallásnak ehhez semmi köze! Csupán annyit kér a Korán, hogy egy nő sose legyen kihívó. A szent írás egyetlen sora sem említi, hogy a nőknek a teljes arcukat el kell fedniük. Azt hiszem, az arab nők megfelelően ráéreztek arra, hogy ez a burok körülöttük a legmegfelelőbb szexepil. Végül is melyik az izgatóbb? Egy mindent megmutató nő, vagy egy rejtelmekkel teli női alak, ami felfedezésre vár, és csak elképzelni tudod, mi lapul a ruha alatt? Vajon mi a megalázóbb? Reklámokban mutogatni meztelen nőket, vagy megbecsülni őket, mint egy drágakövet, amihez nem érhet akárki? Szíve szerint döntse el mindenki.

Ezenkívül nem elhanyagolandó az sem, hogy nagyon is sokat megmutat az, mit visel az illető. Hirdeti anyagi helyzetét, családi állapotát, sőt, a sivatagi szél meg a napsütés ellen is jól jönnek a kendők. A leggazdagabb asszonyok kendői drágakövekkel vannak díszítve. Egy muszlim nő képes úgy kisminkelni a szemét, hogy attól minden gondolat végigszáguld egy férfi agyán, csak éppen az elnyomás nem.

Tehát összefoglalva: nem a vallásunk miatt öltöznek a muszlim nők úgy, ahogy, hanem a hagyományok miatt! És a marhára civilizált népeknél, úgy látszik, elképzelhetetlen, hogy vannak emberek, akik még kapaszkodnak a gyökerekbe. Szerintem, ha Maysa húgomnak megtiltanák, hogy elfedje arcát, talán sosem lépne ki többet az utcára. Önszántából teszi. Úgy, ahogy rengeteg más nő is. Sok országban járnak már fedetlenül a nők, az az ő döntésük. És vannak olyan országok is, ahol már eltépték a láncokat, mégis rejtegetik a bájaikat a nők.

Én az arab ruháimat az utazás során mindig külön bőröndben tartom, gondosan becsomagolva. A legdrágább szövetből készülnek, áruk egy szuper exkluzív ruha árával vetekszik.

A hófehéret választom, ugyanolyan shemaggal, ami a fejre helyezendő kendőt jelenti. Jól fog menni a bőrömhöz, és a kis vörös is majd meglepődik. Az anyag elég gyűrött, ezért ismét ráparancsolok Bálintra: vasaltassa ki! Azonnal ugrik, és fél óra múlva már vissza is tér a tökéletesre vasalt ruhadarabbal. Közben kapok egy beleegyező SMS-t Emírtől.

Bekapcsolom a tévét, itt is be van állítva az al-Dzsazíra. Az éjjeliszekrény fiókjában prospektusokat találok a város épületeiről, át is lapozom gyorsan. Amerikában sosem érdekelnek a műemlékek, múzeumok vagy kultúrák, bár az is igaz, hogy szerintem Amerikának nincs is kultúrája. Mindenféle szedett-vedett népből áll. Ez az ország másnak tűnik. Európát egyébként egy fokkal jobbnak találom az USA-nál, de azt nem mondhatom, hogy szeretem. Ez a Magyarország viszont kifejezetten tetszik. Eddig. Az is megfordul a fejemben, hogy csak a tolmács miatt van így, de kikergetem az agyamból.

Mi a francért jut állandóan eszembe?

Még úgyis jövök neki eggyel, amiért kifizette a kávéját.

Egész jól elütöm az időt, úgy érzem, készülődni kéne. A zuhany és az ima után felöltözöm, és minden apróságot elintézek magamon. Rendelek valami ehetőfélét, amit a szobámban fogyasztok el.

Nem borotválkozom meg, csak megigazítom a szőrzetem szélét. Ma arabnak akarok tűnni, és az arab férfiak általában szakállasak. Elvigyorodom, mert én sosem vagyok hosszú szakállas, úgy, ahogy most sem. Borostás. Inkább ezt mondanám. Az éles kontúrok ápoltságot kölcsönöznek ennek a borostának.

Felteszem a fejemre a shemagot, amit fekete nehezékkel, a karika alakú ogallal szorítok le. Tetszem magamnak, de megadom az utolsó döfést. Armanit teszek föl, a napszemüveg és a népi viselet egyesítése felháborítóan nyálcsurgatóvá teszi majd a magyar nőket.

Mire kész vagyok, kopognak az ajtón. Kinyitom, Bálint áll előttem. Meglepődöm, mert Emírt vártam, de nincs lehetőségem mondani semmit, mert a tekintetétől, majdnem elröhögöm magam. Úgy néz, mintha isten lennék.

Mikor rájön, hogy felettébb idióta pofát vághat, zavartan kezd beszélni.

– Hatam úr már lent várja önt. A sofőr is készen áll az indulásra. Városunkban gyakran fordulnak elő forgalmi fennakadások, ezért én azt tanácsolom, induljanak el.

Tetszik a modora. Csak bólintok és már lépek is ki az ajtón. Rohan előttem. Biztos alig várja, hogy ajtóval találjuk szembe magunkat, amit kinyithat nekem.

Emír is lent van, hasonlóan néz ki, mint én, bár ő nem a fehér színt választotta, hanem a halványsárgát. A fejkendője azonban neki is fehér, és a napszemüvege is a kezében van.

Odasiet elém, miközben felém nyújtja azt a bizonyos megbízási szerződést, amit a tolmács adott.

– Ezt még nem írtad alá. Tudod, a kicsike kérte, hogy vigyük ezt is.

Hülye ez az Emír? Mintha nem ismerne.

Ő is ráérez az abszurd helyzetre, ezért visszatuszkolja a lapot a mappába, és a hóna alá csapja. Elindulunk kifelé, szinte vigyázzban állnak az emberek, akik előtt elhaladunk. Egy férfi alig láthatóan lebiccenti a fejét. Talán muszlim, ezért visszabiccentek neki.

A sofőr – akinek a nevét már elfelejtettem – úgy támaszkodik az autómnak, mintha az övé lenne.

Tuti kirúgom a lábát alóla.
- Emlékszel a nevére ennek a majomnak? - kérdezem arabul Emírtől.
- Atala.

Ebből beugrik, hogy Attila.
- Amint teheted, beszélj ezzel az Attilával!

Emír pontosan tudja, mire célzok. Nem kérdez vissza. Azt is tudja, hogy üzleti tárgyalások előtt sosem megyek bele konfliktusokba, mert a józanság a megbeszélések alatt elengedhetetlen. Ha engem felidegesít valami, akkor elég lassan nyugszom le. Így inkább nem hagyom magam felbosszantani.

Egy jó pont azért jár Attilának, mert kinyitja nekünk az ajtót. Hosszan a szemébe nézek, miközben beszállni készülök. Megemelem a napszemüvegem, és a pillantását keresem. Szégyennel telve süti le a szemét.

Oké. Nem lesz probléma. Előbb-utóbb ráérez, hol a helye!

Sietve bepattan ő is, és elindul. Zavarodott a helyzet miatt, ezért azonnal beszélni kezd.
- Nincs messze a cél. Csak két-három kilométer.

Először azt hiszem, rosszul hallok, de Emír képe rádöbbent, nagyon is jó a fülem. Szaúd-Arábiában végtelen távolságok vannak, itt meg még három kilométert sem kell autóznom egy tárgyalás miatt. A királyságban nélkülözhetetlen az autó, éppen ezek miatt a távolságok miatt.

Úgy érzem, korán indultunk, de gyorsan rájövök, hogy nem így van. Miután megkerüljük a füves teret, kiérünk az útra. Autók hosszú sora hirdeti a várakozási időt. Idegesen hátravetem magam.

Ha most a kis tolmács megint előbb ér oda, és a szememre veti a pontatlanságom, porig alázom a hazáját. Legalábbis a közlekedést!

A sofőr sajnálkozva néz a visszapillantóba.
- Oda fogunk érni, ne aggódjon!

Ezzel az egy mondatával lerombolja minden eddigi ellenszenvemet. Kezdek bízni benne.

Amennyire bír, szlalomba kezd, és a dudát is elég intenzíven használja. Van, aki félreáll, de legtöbben csak a kezüket emelgetik. A hazámban levágatnám a karjukat a húzásuk miatt. De ez nem a hazám!

Bérházak magasodnak az út mellett, de ezt elég gyorsan fasor váltja fel. A sofőr lassít, próbál félreállni. Először csak sejtem, hogy megérkeztünk, de aztán meglátom az út szélén álldogáló „Csillát".
A picsába! Gyorsabb volt!
Azonnal az órámra nézek, már öt percet késtünk, mégsem neheztelek Attilára. Még egy köszönöm is elhagyja a számat, amikor kinyitja nekem az ajtót.
Nem a nőt nézem, hanem a mellette elhaladó embereket. Minden férfi erősen végigméri, ki szeretném belezni őket.
Ezek nem tudják, hogy ezt a nőt nekem kell megdugnom?
Végre kezdem magamra vonni az emberek figyelmét. Az autók lassítanak, és nincs olyan, aki ne fordulna utánunk. Attila előresietve terelget a helyes irányba.
A tolmácscsaj ugyanabban a ruhában van, de összefogta a haját szoros kontyba a tarkójánál.
Ezt nem hiszem el!
Ő át sem öltözött, én meg díszarabba vágtam magam!
Mégis gyönyörűnek látom. Ugyanúgy nála van a piros irattáskája. A piros körömcipője messziről virít a testszínű harisnyáján. Pici gyöngy fülbevaló van a fülében. Mikor odaérünk, várom a támadást, de nem teszi. Mindössze egy pillantást vet az órájára, már nem mintha az idő érdekelné. Látszik, hogy talajon van. Nem számított rá, hogy ilyen ruhában leszek.
Igen, bogaram! Ez Gamal bácsi!
Alig bírom visszatartani a vigyoromat, Emír nem is teszi. Örülök, amiért rajtam van a napszemüveg, mert így kedvemre bámulhatom minden egyes porcikáját. Végre összeszedi magát, és rám néz.
Most én bénulok meg.
A nézése szemtelen, a hangja pedig határozott. Nem üdvözöljük egymást hangosan, mindketten csak biccentünk.
– Elintéztem a formaságokat. Ebbe az épületbe kell bemennünk – mutat a háta mögé. – A másodikon van az iroda, ott már várnak minket.
Azonnal megindul, mi meg szorosan a nyomában lihegünk. Emír hangosan sóhajt egyet, de ezt senki sem veszi tudomásul. Attila visszasétált a kocsihoz, és szorgalmasan várakozik.

Felmegyünk a második emeletre. Lift nincs, úgyhogy gyalog. A pofámról lesül a bőr. Én nem szoktam lépcsőzni! Csak egyvalami miatt élvezem, az pedig az, hogy a vöröske előttem riszálja a popóját.

Minden érdekel, csak az üzlet nem!

Megáll egy ajtó előtt, aztán kopogás nélkül sétál be. Követjük. Minden létező ember felpattan, és méltóságteljesen néz ránk. A tolmács magyarul kezd beszélni az idegennel, aki elénk siet. A férfi a kezét nyújtja felém. Angolul beszél, így örömmel nyugtázom, hogy talán nélkülözhető lesz ma a csaj. Ha őt kell hallgatnom, eltereli a gondolataimat.

– Nagyon örülök, hogy ellátogatott a hazámba, Szudairi úr! Kelemen Gábor vagyok, a cég vezérigazgatója – kezd bele, miközben beljebb irányít egy nagyobb terembe.

A fickó középmagasnak mondható, le kell néznem rá. A feje búbján már kopaszodik, körülbelül ötvenéves lehet. Át is fut az agyamon, hogy apám mennyivel jobban néz ki. Öltönyben van, és látszik rajta az ideg. Nem nézett utána, miként is kell viselkedni egy arab jelenlétében, de ezt most nem teszem szóvá.

Én is bemutatkozom, majd bemutatom Emírt is. Majdnem bemutatom a tolmácsot is, de inkább hátat fordítok neki, már csak azért is, mert a nevét biztos nem tudnám kimondani. Mikor megvagyunk a formaságokkal, leülünk.

A szoba kellemesen tágas, nyílik egy másik ajtó is belőle. Mindenféle poszterek vannak a falon, autók képével. Az asztalon papírok hevernek rendszerezve. Három bőrfotel van bekészítve és több szék. Gondolom a foteleket külön nekünk hozatták be. A padló fából van, és az egész szobának különös az illata. Szegényes a környezet, de úgy vagyok vele, hogy ez a pacák sosem árult zsákbamacskát. Mikor megkeresett, már akkor közölte, hogy a magyarországi viszonyok nem túl kedvezőek mostanság.

Hirtelen azt sem értem, mit keresek én itt, és mit akarok az autógyártó-piactól?

Bejön egy formás lábú titkárnő, és kávét meg vizet pakol ki az asztalra. Belátok a helyiségbe, ahonnan kijött, amolyan konyhaféle. Erősen érződik a kávéillat. Nem tudom, miért hiszik azt az arabokról, hogy folyton feketét isznak, ugyanis ez nem igaz.

Sokkal inkább szoktunk teázni. És azt sem tesszük egyszerűen. A legnagyobb kánikulában is forrón isszuk a teát! Na, ezek tuti nincsenek tisztában ezzel!

Eszembe jut apám megjegyzése a magyar nőkről. Azt mondta, ők a legszebb nők a világon. Nem mondott hülyeséget, mert még ezt a kis titkárnőt is szívesen döngetném. Rám is vigyorog, én meg, nem tudom, miért, de gyorsan a tolmácsra kapom a fejem, hogy látja-e a kihívó viselkedést.

A papírjait bújja, rám sem hederít. Valószínűleg már rájött, hogy nem lesz sok dolga. Vad jegyzetelésbe kezd, lábait keresztbe teszi. A ruhája majd szétcsattan alakján, a harisnya végződése átüt a combjánál.

A kurva életbe!

Ideges fészkelődésbe kezdek, és most már nemcsak a hatás miatt találom jó választásnak a ruházatomat, hanem amiatt is, mert mindent eltakar. Emír szeme is folyton a vöröskére vándorol, kezdek ideges lenni. Mikor már látom, hogy kezdi szemtelenül nem zavartatni magát, láthatóan felé fordulok. Ismer már. Tudja, mit jelent a nézésem. Annyira azonban nem ismer, hogy tudja, miért parancsolom helyére a vágyait. Tudja, nekem az üzlet mindennél fontosabb. Még a nőknél is. Én meg kezdek kételkedni magamban, mert az üzlet most kivételesen marhára nem érdekel.

A bizonyos vezérigazgató egyfolytában beszél valamit, ekkor jövök rá, hogy fogalmam sincs, miről van szó. Körbenézek, ki is láthatja még a nem létező értelmet rajtam, de nincs kedvezőtlen benyomás.

– Engedje meg, hogy átadjam a kimutatásainkat az előző félévről. Benne foglaltatik minden adat részletesen. Hány alkalmazottunk van az országban, és milyen ütemben bocsátjuk ki az autókat a gyártósorról.

Ez egy idióta! Kit érdekelnek a kibaszott kimutatásai? Én azt hittem, kicsit kerekebb lesz ez a beszélgetés. Gondolja, hogy tudom, mennyi idő alatt készül el egy autó? Én csak azt tudom, hogy három-négy hónapnál tovább nem használom őket. Persze kivételek a külföldi autóim. Ami most a seggem alatt van, már az is fél éve a birtokomban van. Ideje lecserélni!

Mindenesetre a szőke, szép lábú titkárnő odasétál hozzám egy csomó papírral, és felém nyújtja. Szívesen megrántanám a karját, amitől az ölembe huppanna, de ehelyett még a papírért sem nyúlok oda.

Az istenért! Miért vesznek itt részt üzleti tárgyaláson nők? Emír ugyanúgy képtelen koncentrálni, mint én. Közös a kódunk!

– Ne haragudjon, de engem nem érdekel a kimutatás. *Sőt, egyáltalán nem érdekel semmi ezen az isten háta mögötti helyen!*

Látom a meglepődött fejeket, ezért sietve folytatom.

– Szeretném, ha töményen és lényegre törően csak a pénzről beszélnénk!

Mindenki rám néz, még a tolmácscsaj is, amitől csakis egyvalami jut eszembe:

„Igen, gidácskám! Veled is fogok kemény anyagiakról beszélni!"

Az igazgató fészkelődni kezd, miközben várakozásteljesen a titkárnőre néz, aki ki is oson. Fellélegzek, végre elkezdem latolgatni az esélyeimet ebben a különös országban.

Egyáltalán mi van itt? Demokrácia?

Mindig idegesítenek az esélyegyenlőséget hirdető helyek! Az én országomban abszolút monarchia van, ami kitűnően működik. A királynak mindenhez joga van, és ő maga a törvény. Pontosabban mondva országunk törvényének alapjait a Korán adja és a saria*. Az utóbbi években mindez csak annyiban változott meg, hogy a királyi családnak egyetértésben szükséges vezetnie Szaúd-Arábiát a vallási vezetőkkel, valamint a szintén királyi családból származó Miniszterek Tanácsával.

Az már világossá vált, hogy ebben a bizonyos Magyarországban a nők ugyanúgy tanulnak és dolgoznak, mint a férfiak. A többit elképzelni sem tudom.

– A levélváltásunkkor csak annyit fogalmazott meg, hogy szeretné, ha üzleti kapcsolatba lépnénk – vágok bele a feszült levegőbe hangommal. – Szeretném, ha részletezné, ez mit takar!

– A Győrben lévő autógyárunkat szeretnénk bővíteni. A gazdaság kezd fellendülni, ezért újabb csarnokok építésére van szükség.

---

* Szűk értelmezésben: iszlám jogrend.

Fogalmam sincs, hova akar kilyukadni, mert én az olajban vagyok otthon. Az építőbizniszben csak az olajtornyok megépítése érdekel.

– Mekkora anyagi támogatásra számít?

Kérdezem csípőből, mert most már tutira veszem, hogy csakis anyagilag támogathatom őket. Azt még nem tudom, mit kaphatok cserébe, és hol itt nekem a befektetés, de nincs kedvem egy bunkó sivatagi beduinnak tűnni.

Megfagy a levegő, a vezérigazgató mindenkire ránéz, aki a teremben van. Egy kicsit el is pirul, amire már én is kényelmetlenül kezdem érezni magam.

Most tényleg ennyire zavarban van attól, hogy kérek egy konkrét összeget?

– A befektetőinknek komoly költségvetést nyújtunk át.

Újra azokra a bizonyos papírokra mered, egyfajta jelzésként, hogy abban van a válasz. Emír megemeli a fenekét, és fölemeli az asztalról, amit a szöszi titkárnő otthagyott. Belelapoz, de látszik, az agya neki sem veszi az adatokat. Felém nyújtja, én azonban nem veszem át tőle.

– Hány befektető van? – kérdezem, mert ez azért sok mindent elárul.

– Legfőbb befektetőnk a magyar állam.

Megint elhallgat, kezdek bepipulni. Remélem, nem minden szót nekem kell kihúzni belőle, mert arra nem sokáig leszek hajlandó. Nekik kell a lóvé, vagy nekem?

Ha nem beszéltem volna a németországi Audi vezetőjével, már rég felálltam volna.

Most sem teszek másként, mert elfogy a türelmem. Ahogy álló helyzetbe kerülök, Emír is fölpattan, a papírokat szorongatja a kezében. Látom, hogy nála van a tolmács megbízói szerződése is.

– Így nehéz lesz döntenem. Egyelőre időt kérek. A tanácsadóimmal átnézetem a kimutatásokat, és pár napon belül választ adok.

Szerintem egész jó fej vagyok, de a pasi arca csalódottságot mutat. Úgy tesz, mint aki nem veszi tudomásul a távozásom lehetőségét, és buzgó kínálgatásba kezd. A titkárnő is és a két másik idegen férfi is szemléli a történéseket.

– A kávét, kérem, igyák meg! Mesélek még önöknek a gyár fellendüléséről és jelenlegi helyzetéről.

Majdnem visszaülök, de Csilla föláll, így én sem huppanok le. Ösztönösen ránézek. Semmit sem árul el az arca. A tolla kapcsolóját csattogtatja és az A4-eseket simítja össze. Emír indul meg elsőnek, az egyik fickó odaugrik az ajtóhoz kinyitni azt. Rokonom lenézően futtatja rajta végig a szemeit.

Én még odalépek a vezérhez, és bár ilyet ritkán teszek, kezet nyújtok neki.

– Viszontlátásra! Hamarosan jelentkezem.

Meglepetésemre rámarkol az egész alkaromra, ahogy egy arab tenné. Jár a pont neki érte, és azért is, mert érzi, hogy fölösleges tovább marasztalnia. Elbúcsúzom a többi férfitól is, és a titkárnőt levegőnek nézve viharzok ki.

Talán neki is köszönnöm kellett volna?

Emír megy legelöl, én középen, a tolmács leghátul. Alig vártam, hogy újra lépcsőzzünk, erre meg elé kerülök.

Barom vagyok. Miért nem engedtem előre?

Mikor kiérünk az épületből, Emír dühös arccal fordul felém. Arabul kezd beszélni.

– Remélem, nem mondod komolyan, hogy ezért repültünk ide! Mi volt ez? Nem is figyeltél a pasira!

Igaza van. Valóban képtelen voltam koncentrálni, és nem tudom, ennek az volt-e az oka, hogy teszek a befektetésre, vagy a düh, amiért nő is jelen van. Aztán nyelek párat, mert rájövök, bizony az én kis tolmácsom is nőnemű, így nem neheztelhetek a fogadóbizottságra a titkárnő miatt.

– Csettintettek neked, te meg iderohansz?

Emír továbbra is pipa. Idegesen szellőzteti bőrét a tobéja alatt. Csilla zavartan álldogál mellettünk, mivel egy szót sem ért a beszélgetésünkből.

Ott terem mellettünk Attila, és udvariasan vár, hogy miben segíthet. Nem segíthet semmiben, ezért nem méltatom figyelemre.

Emírnek mindenben igaza van. A nyitottságom most hátránynak bizonyul. Új üzletbe akarok vágni, de azért nem árt a szemem is nyitva tartani. Latolgatom annak lehetőségét, hogy ideutaztatom

apám egyik szakértőjét, de akkor csak gúnyosan megjegyezné: „Én megmondtam, fiam!"
- Átnézem a papírokat, és majd döntök! Mi bajod van ezzel?
- Átnézed? És mégis mikor? Meg hogyan? Meddig akarsz itt lenni? Hetekig? Semmit sem értesz ezekből a számokból! - lóbálja meg a paksamétát.

Átlépte a határt, úgyhogy reagálok a megfelelő módon. Lefelé kényszerítem a kezét, amire ő szinte vigyázzba áll.

- Ne pattogj itt nekem! Rémlik, ki vagy te? És az, hogy ki vagyok én?

Bólint, látszik a fején, cseppet sem bántódott meg. Tudom, pár másodperc elég, és már tudomásul is veszi, úgyis az van, amit én akarok. Megsajnálom őt. Talán hiányzik a családja, bár ez elég valószínűtlen, mert Emír nagyon is szeret a világban szaladgálni. Szerintem csak a zarándoklat elmulasztása miatt neheztel rám.

- Nyugi, jól fogod érezni magad. Ma kapsz tőlem egy kis ajándékot.

Felcsillan a szeme, biztos benne, hogy nőre gondolok. És tényleg. Emírrel kapcsolatban mégis milyen más ajándékra gondolhatnék?

* * *

Attila megindul az autó felé, mi pedig követjük. A hatás megint ugyanaz: leesett állal bámulnak az emberek. Az idejövetelnél élveztem, de most már kicsit zavar.

Odaérve az autómhoz, szó nélkül ülnék be, de Csilla megállít a mozdulatban.

- Elnézést, Szudairi úr, de nem beszéltük meg a megbízási szerződésemet.

Olyan csönd kerekedik, hogy még az autók zaja is semmivé foszlik. Nem olyan határozott a hangja, mint érkezésünkkor, valószínűleg érzi, hogy nem kéne előhozakodnia a témával. Emír is megáll a mozdulatban. Nekidől a kocsinak, és vigyorra húzza a száját. A rossz hangulata tovaillan, biztos benne, hogy helyére teszem a kis magyar amazont.

Én azonban nem tudok válaszolni, csak állok, és figyelem őt. Az arca elpirul a pillantásomtól, nekem meg beindul a fantáziám. Meg a vérkeringésem is, ami egyenesen a farkamba löki a testem összes vérkészletét. Annyira ártatlan feje van, mint egy szűznek, pedig tudom, hogy már nem az. Ezen a vidéken nem várnak sokáig a nők, míg odadobják magukat prédaként.

Kezd kínossá és fenyegetővé válni a hallgatásom, ezért Emír kiveszi az említett szerződést, és felém nyújtja. Elveszem, és a szememmel intek neki, hogy szálljon be a kocsiba. Nem engedelmeskedik azonnal, ezért odaszólok neki arabul.

– Beszállnál az autóba?

Azonnal teszi, amit kérek. Közelebb lépek Csillához, de ő ugyanolyan gyorsan lép hátrább. Egy picit begurulok, mert olyan, mintha undorítónak találna. Pedig tudom, hogy nem talál annak. A nők minden rezdülését ismerem, és ez a cica akármennyire is próbálja palástolni, nem az undor miatt akar menekülni a közelemből.

– Miért olyan fontos magának ez a papír? – kérdezem, mert jobb nem jut az eszembe.

– Nálunk szigorú munkaügyi törvények vannak érvényben. Ha nem írja alá azt a papírt, olyan, mintha feketén dolgoznék.

Mi van?

– Feketén? – kérdezek vissza valóban értetlenül.

– Úgy értem, nem hivatalosan – válaszolja, miközben megigazítja a gyöngyöt a fülében.

– Nem hivatalosan? – ezt sem igazán értem, de valahogy most saját magamat érzem ezért hülyének.

Az újabb kérdésre zavarba jön, majd úgy válaszol, hogy attól már tényleg tudatlannak érzem magam.

– Mindegy. Írja alá, kérem! Csak ennyit akarok!

Te meg csak pucsíts be nekem! Ennyit akarok!

Fel tudnék robbanni, de egész jól palástolom. Emír megkocogtatja az ablakot, de én oda sem nézek.

– Mi van, ha nem írom alá?

Le-föl mereget, a válaszon gondolkodik. Vagy talán azon, voltaképpen mit is érez irántam, mert az tuti, hogy már régóta nem vagyok közömbös neki. Kábé azóta, amióta meglátott.

– Akkor nem dolgozhatok magának.

Hát ez nyomós érv.
Körbenézek, miképp is írhatnék alá egy hivatalos papírt az utcán. És persze azt sem felejtem el, hogy szaúdi hercegként nem firkantom oda akárhová a nevem.
– Kicsit jobb körülmények között szoktam szignózni.
– Én mondtam, hogy olvassa el a szállodában, és úgy jöjjön, hogy alá van írva!
Elönti a fos a fejemet. Nem is dolgozott!
– Gyanítom, munkáról van benne szó – bólint, pont ezt vártam.
– Maga azonban nem túl sokat dolgozott – nem bírom ki, muszáj elejtenem egy gúnyos vigyort.
Válaszul felém nyújtja azt a papírt, amire firkált a tárgyalás alatt.
– Minden egyes szót lejegyeztem. Angolul. Ez segít majd az üzleti döntésében, ha valami esetleg elkerülte volna a figyelmét. Úgy gondolom, igenis dolgoztam.
Kezd felülkerekedni, és én ezt csakis egyetlen helyzetben tudom elképzelni. Szex közben.
Képtelen vagyok megszólalni, mert ha megtenném, nagyon csúnya szavak hagynák el a számat. Kiveszem a kezéből a papírt, és belenézek.
Két oldalt írt, nem túl olvashatóan, de valóban szóról szóra.
– Mi lenne, ha megadnánk a módját ennek az aláírásnak? – Csak kérdően felhúzza a szemöldökét, ezért folytatom. – Ígérem, estére tüzetesen átolvasom, és alá is írom. Vacsora közben pedig odaadom magának!
A rohadt életbe! Mi a lófaszt csinálsz, Gamal? Vacsorázni hívsz egy szukát? Gamal al-Szudairi nem szokott vacsorázgatni nőkkel!
Kifejezetten azt szeretném, ha nemet válaszolna, de ő visszakérdez.
– Azt szeretné, ha magával vacsoráznék?
Szeretné a franc! Én csak meg akarlak dönteni!
– Szerintem mindketten túl jól beszéljük az angolt, hogy félreértsük egymást!
Allah! Add, hogy nemet mondjon!
– Megígéri, hogy aláírja? Szükségem van a munkára! És a pénzre.

A legszívesebben előrántanék egy köteg pénzt, és közölném vele, hogy mind az övé, csak csinálja, amit mondok. A hangja azonban nagyon szelíd. Képtelen vagyok a lelkébe gázolni.
– Megígérem.
Akármit megígérek neked, csak a vacsorára ne mondj igent! Hogy a picsába fogok én egy nővel vacsorázni?
– Rendben!

Hatalmas kő zuhan le a szívemről. Azt akartam, hogy nemet mondjon, de a „rendben" mégis határozottan nyugalommal tölt el. Össze kell magamat szedni, mert darabokban vagyok. Talán nem is a csajtól, hanem a saját hülyeségemtől.
– Akkor ma este nyolcra legyen a szállodában!

Már fordulok is az ajtóhoz, de megint közbeszól.
– Várjon! A mai nap nem jó. Áttehetnénk holnap estére? Addig úgysem szükséges dolgoznom. A legközelebbi találkozó úgyis csak pár nap múlva lesz.

Elképzelem, ahogy elkapom a fejét, és jó mélyen a szemébe nézek, miközben azt ordítom, hogy:
„Anyáddal szórakozzál!"
Ehelyett azonban csak egy mondattal toldom meg, amire ő bólint.
– Akkor holnap este nyolckor.

Ahogy beülök, már indul is, hátra sem néz. Figyelem a távolodó popóját, miközben az zakatol az agyamban, hogy úgy, ahogy ezt a nőt fogom megdugni, nem dugtam még meg senkit. Össze fogom törni. Szó szerint. Nem viselkedhet így velem, és én ezt meg fogom tanítani neki! Porig alázom majd, amiért szégyentelenül sokat fizetek neki.
Szóval szükséged van a pénzre! Megkapod!
Emír látja, hogy majd szétrobbanok.
– Mi van?
– Ha visszaérünk, azonnal szólj Ibrahimnak! Nőt akarok! Legalább tízet. Luxuskurvákat. Válogatni akarok!

Emír egy pillanatra elméláz, majd félvigyorral teszi hozzá.
– Gondolom, legyen közötte vörös is!

6. fejezet

Pikk-pakk visszaérünk a szállodához, de Ibrahimot nem látom sehol. Bálint azonban ott terem előttem, és intenzíven faggatni kezd. Barna, bezselézett haját igazgatja, miközben egyik lábáról a másikra topog. Az öltöny kicsit nagy rá, nem túl esztétikusan feszül az alakján. Egy pici ellenszenvet érzek iránta, de aztán rájövök, hogy Csilla idegesített föl, nem verhetem el ezen a jó fej srácon a port.
Huh! Már rendesen név szerint gondolok rá!
– Minden rendben zajlott, Szudairi úr?
Emír elsiet mellőlem, valószínűleg Ibrahim felkutatására indul. Nem csak az villanyozza fel, amit én kérek, hanem az a tény is, hogy jövök neki azzal a bizonyos ajándékkal.
– Igen – felelek tömören, mert nem értem, miért fontoskodik a kissrác.
– Meg volt elégedve a tolmáccsal, akit ajánlottam?
Megáll bennem az ütő. Most mit feleljek? Azt, hogy még fogalmam sincs róla, mert a dugásig még nem jutottam el vele? Akkor leszek elégedett, ha megdöntöm.
Nem! Rohadtul nem vagyok elégedett!
– Persze, bár nem sok dolga volt.
Kérdőn felhúzza a szemöldökét, de mivel nem folytatom, ismét kérdez.
– Ezt hogy érti?
Úgy értem, hogy fogd már be!
Nem vagyok képes neki agresszíven felelni, mert bárgyú a tekintete, és látszik a rettegés a fején. Attól rinyál, hogy valamit nehezményezni fogok, ezért nem tudom, miért, de megnyugtatom.
– Akivel tárgyaltam, kitűnően beszélt angolul.
– Á, értem!

Az ajtónál előreenged, miközben a kezét elém nyújtja. Magam sem tudom, hogy szalad ki a számon a következő kérdés.

– Közelről ismeri ezt a bizonyos Csillát?

Ahh! Nehogy már kérdezősködjek erről a nőről! Mit érdekel engem az élete? Csak a luk kell a két lába között! Az is csak egyszer, mert fő a változatosság. Pénzért sosem dugom meg kétszer ugyanazt a nőt, márpedig ő a fizetős kategóriába tartozik. Végül is elég kereken közölte, hogy szüksége van a pénzre. Még én is elgondolkodtam rajta, ezt most miért is mondja. Már szinte biztos vagyok benne, hogy ugyanolyan, mint a többi: megvehető! Igen! Tuti, hogy ez a Csilla is csak egy lotyó. Éppen ezért jó lenne, ha úgy is tekintenék rá!

– Az egyetem mellett vállalt volna valami munkát. Beadta az önéletrajzát, a szálloda pedig éppen akkor keresett valakit, aki tökéletesen beszél angolul. Nem úgy, mint egy recepciós, hanem anyanyelvi szinten.

Bálint is egész jól eldiskurál, de tény, nem dobna fel, ha ilyen tolmács nyomná a sódert.

– Egyetemre jár?

– Igen, a Corvinusra. Szegénynek nincs egyszerű élete.

Majdnem visszakérdezek, hogy miért, de erőszakkal csitítom magam. Tuti nem fogok faggatni egy recepcióst egy nő sorsáról! Még az arab nők sorsa sem érdekel, nem hogy egy világ másik végén lakóé. Egyébként is hasba rúg a hír, hogy egyetemista, mert így már valóban okosnak tűnik. Mivel az én hazámban nem dolgoznak a nők, tanulni sem nagyon muszáj nekik. Persze azért már mi is felismertük, nem hátrány, ha az asszonyaink nem analfabéták, ezért a lánygyermekek is járhatnak iskolába, ha a szülő szeretné. A húgaim is tanult nővé értek. Ők ugyanúgy elvégezték a királyi egyetemet Rijádban, mint én. Családunk tagjai általában ezen az egyetemen tanulnak már, és ez a nőkre is jellemző. Régen magántanárok okították a lányokat, de most már ők is járhatnak iskolába. A királyunk nagyon sokat tett a nők felzárkóztatása érdekében. Általánossá tette, hogy tanulhassanak, sőt, annak ellenére, hogy nem kötelező nekik, egyre több nő vállal munkát. Leginkább családi vállalkozásokban kezdenek dolgozni és érvényesülni. Egyre több például országunkban a nőnemű orvos is, bár az is igaz, hogy leginkább gyermekorvosként praktizálnak. Maysa húgomnak is voltak hasonló vágyai, de hamar feladta, mert ugyanolyan kényelmes élethez szokott, mint családom többi tagja. Egyszóval azt hiszem, joggal lehetek büszke az értelmes testvéreimre. Ilyet is ritkán mondok, mert nálunk egy férfi sosem büszke a nőneműekre. Talán nem is büszke vagyok. Egyszerűen szeretem őket. Úgy, ahogy egy arab fiútestvér szeretheti lánytestvéreit.

Beérünk az előcsarnokba, Emír már Ibrahimmal tereferél. Mindketten vigyorognak, élvezik, hogy a régi Gamal vagyok. A repülés mindössze két napra volt képes elvenni a kedvem mindentől.

Bálint méltóságteljesen arrébb bandukol, de azért még odaveti, szóljak csak nyugodtan, ha szükségem van valamire. Nem tudom, miként reagálna, ha közölném vele: „Ó, igen! Legalább tíz csajt akarok, akiket szanaszét dugok és porig alázok. Meglesz?" Talán félreismerem Bálintot, és a szeme sem rebbenne, de van egy olyan érzésem, hogy sosem fogom rábízni az olyan titkaimat, mint a New York-i Steve-re.

Ibrahim öltönyben áll, szótlanul vár, míg odaérek hozzá. Én is vágyat érzek az iránt, hogy megszabaduljak a ruhámtól. Az előcsarnokban ülők le sem veszik rólam és Emírről a szemüket, izgalmas látványt nyújthatunk. Egyedül Bálint viselkedik természetesen, valószínűleg ő már rájött, hogy én is csak egy ugyanolyan ember vagyok, mint bárki más. Persze addig jó, míg ezt más nem ismeri föl, mert én igenis bírom, ha istenként tekintenek rám!

– Hallom, gyümölcsöző volt a megbeszélés! – orvosom nem bírja visszatartani a vigyorát. – Nem jártál semminek utána, mi? Egyszerűen ugrottál.

– Tudod, milyen feladatod van mára? – kérdezem, egyfajta jelzésként, hogy hol a helye.

Elkomorodik az arca, igent bólint, majd kérdez.

– Hallgatlak. Mit szeretnél?

Ezt a hozzáállást már szeretem!

– Luxuskurvákat. Nem egyet és nem kettőt. Jó sokat.

Csak bólint, ezért folytatni akarom, de Emír közbeszól.

– Vörös legyen közötte, az a lényeg!

Ibrahim értetlenül néz rám, mert ő még nem találkozott a tolmácscsajjal. Majdnem meglódítom a kezem, hogy lecsapjak egyet a rokonomnak, de végül is igaza van. A vörös kínálatnak kifejezetten örülnék.

– Legyen közötte vörös? – vár megerősítésre Ibrahim, Emírnek meg már folyik a könnye a röhögéstől.

Nemlegesen csóválom a fejem, miközben válaszolok.

– Mindegy – tudom, erre az lesz a reakció, hogy igenis lesz közöttük vörös.

Ibrahim várakozásteljesen figyel, ezért nem hagyom őt kétségek között.

– Szépek legyenek, és mindenre hajlandóak. Mindegyiknek jár kétezer dollár. Amelyikhez hozzá is nyúlok, annak négyezer.

Emír szeme rám táncol, mert általában háromezret fizetek egy numeráért. Az ő cechét is én állom.

– Magyarázd el nekik a szokásosat. Fürödjenek meg, és szőrtelenek legyenek!

Erre mindig felhívom Ibrahim figyelmét, pedig szerintem már magától is tudná. Sosem nyúlok úgy nőhöz, hogy ne azelőtt tisztálkodott volna, és ne lenne csupasz. A szőrtelen női intim testrészek nem az én heppem. A mi kultúránkban ez szinte kötelező. Minden arab nő szőrtelen, és erre az esküvő napján különösen figyelnek. A Korán kifejezetten kéri a nőket, hogy legalább négyhetente szabaduljanak meg szőrzetüktől. Erre régen illatos cukros masszát használtak, de ma már ugyanolyan precizitással végzik, mint a világ bármely pontján. Még ma is ott tombol az orromban annak a sűrű szirupnak az illata, ami a palotában terjengett bizonyos időközönként. Még csak hároméves lehettem, de sosem fogom elfelejteni, ebben biztos vagyok. A szőrtelenítésen kívül nálunk a nők a körmöket vörösre festik, és a hajat is átkenik hennával, hogy szépen csillogjon.

Szóval, igen! Az arab nők is rohadtul dögösek!

– Emírnek egy csaj jár, mert nem keltett föl reggel időben!

Viccesen hangzik, pedig unokabátyámnak ez tényleg nagy büntetés. Csak egy szájfélrehúzás a válasz.

– Te is választhatsz – bökök Ibrahim felé a fejemmel, amibe ő belepirul. Nem tiltakozik, úgy látszik, most ő is benne van a buliban.

Már éppen elindulok, de még eszembe jut egy fontos dolog.

– Vizsgáld meg őket! És egyik se legyen deszka!

Mindketten bólintanak, pedig csak orvosomnak szólt a felszólítás. Emír egy szemétláda. Volt már rá alkalom, hogy ott maradt a vizsgálatoknál, és minden nő lába közé betérdepelt. Olyan gyerekesen tud viselkedni, mint egy kamasz fiú. Ibrahim nehezményezi ezeket a húzásait, de nem szól neki semmit. Már csak azért sem, mert amikor rokonom külön akciózik, szintén Ibrahimot hívja.

Ibrahimnál és Emírnél jobb emberekre nem is bízhatom a választást, mert a Föld nevű bolygó minden országában feltalálják magukat. A legexkluzívabb escortügynökségeket veszik célba, és nagyjából ismerik a zsánerem is. Nem ragaszkodom haj- vagy szemszínhez, és centikhez sem, de a szépségen kívül valami plusz is kell! Végül is rengeteg gyönyörű nő van a világon, de ez még nem ok arra, hogy meg is dugjam őket. Az amerikai kiscsaj is vonzó volt, mégsem volt rá képes, hogy bepörgessen. Ma viszont tuti elveszítem az agyam, mert szétvet az ideg. Tudatosan kell majd csitítani magamban az állatot.

Holnap este lesz a vacsora. Ha ma lenne, még az is távolinak tűnne. Már nem a találkozó miatt, hanem a szex miatt. Nem titkolom magam előtt tovább:

Kifejezetten szeretném hanyatt dönteni a kis Csillácskát.

Na jó!

Kifejezetten szeretném keményen megbaszni a kis Csillácskát.

Nem hiszem, hogy nem adtam eddig jelét ennek, mert a nők általában egy pillantásomból veszik a lapot. Ez a kis tolmács vagy sík hülye, vagy szívat. Van egy harmadik lehetőség is, de azt gyorsan odébb is kergetem: közömbös vagyok neki. Az nem lehet! Az al-Szudairi család férfi tagjai nem szoktak közömbösek lenni a nők számára.

Mindenesetre szexuális vágyaimat ma biztosan kielégítem, a holnapi napot meg arra szánom, hogy rástartolok azokra a bizonyos kimutatásokra. Esetleg átküldöm Rijádba a neten vagy faxon egy ellenőrzésre, ha nem értem. Mert az tuti, hogy nem fogom érteni.

Ki a franc ért ebből a Magyarországból akármit is?

* * *

Este hét óra van, nyolcra kértem a felszolgálást. A lányok felszolgálását. A kaján már túl vagyok. Bálint egyre inkább formába jön, mert kinézte az internetről, miket is esznek az arabok, és rendelt három adagot a szakácsnál. Meg sem kérdezte, mit kérek, egyszer csak kopogtatott az ajtómon, és közölte, hogy megérkezett a vacsora.

Arab ízesítésű csirkecombot hozott, csicseriborsós kölessel. Nem volt rossz, de hazudnék, ha áradoznám róla. Mindenesetre értékelem a gesztusát. Még desszertről is gondoskodott, baklavát hozott, ami feleannyira sem volt édes, mint amennyire kell.

Nem bántam meg a ma esti programot, mert eléggé fel vagyok pörögve. Persze néha eszembe jut, hogy akár a Csillával való vacsorára is készülhetnék, de ez most nem szegi kedvemet. Mégiscsak jobb egy csajon pörögni, mint a kajában turkálni.

Kopognak az ajtón, ott áll előttem Ibrahim is meg Emír is. Mindketten kinyalták magukat.

– Megérkeztek a lányok. Tudod őket előbb fogadni?

Nem! A nyolc óra az nyolc óra. Nemcsak a késést nem bírom, hanem a pontatlanságot sem.

– Hol vannak? – kérdezem tömören, mire Emír próbál vicces hangot megütni.

– Sajnos még nem a farkamon!

Ebből leszűröm, hogy nem lehet rossz a felhozatal.

Ibrahim türelmetlenül Emírre néz, majd válaszol.

– Lent, az előcsarnokban.

Kezdem úgy érezni, hogy két tök hülye vadidegen áll előttem. Elég érthetően fogalmaztam meg a kívánalmaimat, és nem először fordul elő maga a helyzet sem.

– Ibrahim, te szórakozol velem? – Nem válaszol, ezért Emírhez is odafordulok. – És te? – Ő sem válaszol, ezért most már mindkettőjükhöz beszélek. – Tiszta, szőrtelen, meztelen lányokat akarok felsorakozva látni! Jó lenne, ha felkísérnétek őket valahova, ahol elő tudnak készülni!

– Gamal, ezek olyanok, mint a patyolat. Még orvosi papírja is van mindegyiknek!

– Milyen orvosi papír?

– Vérvizsgálat. Tiszta mindegyik.

Mérgemben lehuppanok a kanapéra, az imaszőnyegem felborul a mozdulattól. Emír zavartan támasztja vissza a helyére.

– Igen, az rendben van – vetem oda feléjük. – De láttad a puncijukat? – Ibrahim zavarban van, pedig nem szokott. Alig láthatóan nemet int. – Akkor szerintem nem lesz olyan rossz meló megnézni! – Bólint, de nem mozdul. – Baszd meg, Ibrahim! Hozd föl a csajokat, fürdesd meg őket, vizsgáld meg a lukjukat, utána meg vonultasd be őket ide meztelenül. Elég egyértelmű vagyok?

Még be sem fejezem a mondatot, Emír már indul is. Orvosom is utánaered, és tudom, nyolc előtt már tuti nem mernek zargatni.

Kínomban előhalászom azt a bizonyos kimutatást, pechemre kezembe akad a megbízási szerződés is. Dühömben majdnem széttépem, de akkor teljesen elvágnám magam.

Fogalmam sincs, mióta érdekel, ha elvágom magam egy nőnél, de ez már csak hab a tortán.

A kimutatások valóban kuszának tűnnek, úgyhogy egyre biztosabban fordulok lélekben Rijád felé. Újra a kezembe kerül a megbízási szerződés, most már belelapozok. Három oldal mindössze, de lemerevedek a felismeréstől: minden adata benne van!

Születési név: Pataky Csilla
Született: Budapest, 1992. február 20.
Anyja neve: Várszegi Edit
Cím: Budapest, Vörösmarty utca 8.

Vannak még benne mindenféle igazolványszámok, de fogalmam sincs, hogy azok mit jelentenek. A legfontosabbat azonban megtudom belőle: az életkorát. Nagyjából ennyinek saccoltam, de mint már mondtam, régóta nem próbálkozom vele, hogy korokat tippeljek. Minden kapcsolati lehetőség rajta van a papíron. A telefonszáma, a pontos címe, az e-mail-címe. Megnyugszom a tudattól, mert így bizony nincs előlem menekvése. A megbízó adatai között csak a nevem van, és az, hogy Szaúd-Arábia. Nem tud túl sokat rólam! Kezd megfogalmazódni bennem a felismerés, mely szerint ezt a megbízási szerződést valószínűleg nekem mint megbízónak kellett volna megírnom. Így kicsit olyan, mintha ő diktálná a szabályokat, de ez most nem zavar, mert semmi kifogásolnivaló nincs a leírtakban. Az órabért változatlanul hatezer forintban szabja meg, de a munkaidő rugalmas. Semmi extra juttatást nem kér, pedig azt szívesen adnék neki. Egy kis extra Mercedes E osztályt a popója alá. Igen! Azt szívesen alátolnám. Meg mást is!

Azt írja, a fizetés dátumát szóban beszéljük meg, nekem meg röhögnöm kell ezen a hülyeségen. El sem tudom képzelni, hogy valakivel arról fecsegjek, mikor fizetek majd neki. Pláne nem egy nőnek! Nőnek csak egyvalamiért fizetek, de arról sem beszélek túl sokat. Kirakom a szokásos összeget, ha viszi, viszi, ha nem, hát nem! Hallom az ajtó elől beszűrődő hangokat, úgyhogy tudom, megérkezett a csapat. Odamegyek, és kinyitom az ajtót, majd azonnal vissza is vágtázok a nappaliba. Ugyanúgy a papírokba mélyedek, csak mikor már konkrét hangokat hallok, akkor nézek föl. Tíztizenkét lány áll előttem, mindegyik fehér köntösben van.

Erre tuti nem indulok be!

Emír mond valamit, mire az összes lány ledobja magáról a göncöt. Gyönyörű a látvány, de sírni volna kedvem.

– Honnan szereztél mindegyiknek fehér köntöst? – kérdezem Emírtől, mert a találékonysága már becsülni való.

– A te lelkes Bálintod adott nekik.

Szóval Bálint mégis a topon van. Nem botránkozik meg dolgokon, és minden kívánalomnak eleget tesz. Talán felér Steve-vel is.

Ibrahim közelebb lép, és arabul kezd sutyorogni.

– Mindegyiket megvizsgáltam. Külsőleg oké.

– Miért suttogsz?

Ezek a libák tuti nem beszélnek arabul. Egyébként meg, ha beszél is valamelyik, kit érdekel? Ez most üzlet. És az üzletet nyílt lapokkal játszom.

Ibrahim szinte lefagy a kérdéstől, ő maga sem tudja a feleletet. Emír azonban hangosan felnevet. Ismerem ezt a nevetést. Mindig akkor vihog így, ha a figyelmet akarja magára vonni. Most erre pont nincs szükség, mert ezek ugranának egy szavára.

Összeszedem magam, és végigsiklik a szemem a soron. Gyakran látok így nőket. Tulajdonképpen az a szerencsés, akire nem esik a választásunk, de erről nekik fogalmuk sincs. Aki kisétálhat, az is kap kétezer dollárt, úgy, hogy még csak hozzá sem érek. Igaz, akire igényt nyújtok be, az a dupláját kapja. Szavatolni nem tudom, mit teszek vele, de nem vagyok akkora vadállat. Azt a nőt előre sajnálom, aki Emír kezébe kerül.

Szépek! Igen! Nagyon szépek! Apám nem beszélt hülyeséget. Vággyal teli pillantások szegeződnek rám, de nem közönségesek. Tudják, hogy árucikkek, de méltóság van bennük, és alázat. Erre beugranak elmémbe az arab nők, de felismerem, hogy ezek azért nem olyan bárgyúk, mint az otthoniak.

A királyságban is létezik a prostitúció, csak éppen másként. Egy nő sosem kínálhatja fel magát egy férfinak, de előfordul, hogy szegény sorban lévő családok adják el lányuk szüzességét érett férfiaknak. És ezeket a lányokat nem veszik feleségül, csak egyszer hanyatt döntik. Bár ez finom megfogalmazás. Legtöbbször egyiptomi vagy indiai bevándorlók képesek így kordában tartani éhezésüket. Nálunk a női szépségnek értéke van. Ha egy lány szemrevaló, akkor gyorsan elterjed a híre, és kérők hada verseng érte. Ezt a hírverést a női rokonok gerjesztik, amit a férfiak figyelembe is vesznek.

Hogyisne létezne nálunk a prostitúció, amikor a mi nőink igen szorosan vannak fogva? A prostitúció létezik, de az sem mindegy, kik az alanyai. A nagyon szegény családok muszlim lányai mellett leginkább szerepet vállalnak ebben a bizonyos elítélendő dologban a külföldi nők.

Na és persze a prostitúciónak van egy másik fajtája is, amit mi csak időleges házasságnak hívunk. Noha úgy hangzik, mint egy házasság, valójában szeretői viszony, törvényes keretek közé zárva. Mint már említettem, nálunk nem megengedett a házasságon kívüli szex, amit sokan álszent módon oldanak meg. A síiták és a szunniták között óriási különbség van a szunnát illetően. A szunna* a próféta és társai életéből vett események leírása. Ezek példaként állnak minden muzulmán előtt. A szunnában megtalálható hadíszok** ugyanolyan forrásai az iszlámnak, mint a Korán. A hadíszok egyfajta nevelésként játszanak szerepet a muszlimok életében, tehát egy muzulmán a Korán szerint és a szunna szerint nevelkedik. A síiták is és a szunniták is biztosak benne, hogy ezeket

---

* Az iszlám szunnita ágában Mohamed próféta és társai cselekedeteinek, tanításainak összességét jelenti. A síita irányzatban kibővül az imámok tanításaival, cselekedeteivel is. Tehát a szunna egyfajta isteni útmutatás.

** Mohamed életére vonatkozó hagyományok. A síiták és a szunniták különböző hadíszok hitelességét ismerik el.

az írásokat, leírt eseményeket az idők során meghamisították. Csak éppen abban különbözik a véleményük, hogy mi is változott. És mivel mást ismernek el, más hadíszok szerint élnek. Persze a síiták és a szunniták is muszlimok, de más szabályok szerint élnek. Ezek a szabályok a síitáknál nem olyan szigorúak, mert ők elég sok nézeten lazítottak az iszlámban. Vannak, akik úgy gondolták, hogy a középkori hagyományok újításra és modernizációra szorulnak. És igen. A modernizáció szemükben az iszlám lazulását jelentette. Így tehát egyértelmű, hogy elsősorban a síiták élnek az „időleges házasság" kibúvóval. Szaúd-Arábiában a muszlimok nagy százaléka szunnita. Hithű és hagyományőrző muzulmán. Ezért nálunk nem megengedettek az ilyesfajta lépések.

A síitákat nem minden szunnita ismeri el muszlimként. Én elismerem őket. Ha pontosan kéne fogalmaznom, akkor azt mondanám, hogy a síiták egy muszlim kisebbség. Hazámban is így tekintek rájuk.

De nem egyszerű a dolog, mert akadnak szunnita férfiak, akik pont a síita laza erkölcsöket használják ki, és vesznek időlegesen feleségül nőt. Síita nőt. Ezért sem annyira egyértelműen megfogalmazható, hogy melyik tábor a tisztességesebb muszlim a kényes témát illetően.

Az időleges házasság tarthat pár órát, és tarthat évekig is. A lényege az, hogy bármikor elválasztható a két ember, minden kötelezettség nélkül. Ez is kibúvó a férfinak, és talán nevezhetjük úgy is, hogy legalizálja a prostitúciót. Tehát nálunk nem úgy kell elképzelni ezt a létező dolgot, mint más országokban, de akármennyire is tagadjuk, létezik.

A két barna túlságosan buja tekintettel méreget, ezért azonnal kikapom őket a sorból. A testüket szinte végig sem vizslatom. A legszívesebben meg is elégednék ennyivel, de a sok nő egyfajta nyomással van rám: túlkínálat. Végigmegyek a sor előtt, mint egy tanár, és már szigorúan végigmérem mindegyiket. Választani sem tudok.

Komolyak ezek a magyarok!

A két vörös, akiket Ibrahim szerzett, pont egymás mellett áll. Mindkettőnek amolyan tűzvörös haja van, cseppet sem hasonló a tolmácséhoz. Közelebbről megnézve csak az egyik arca tűnik szépnek, őt ki is húzom. Emír int neki, mire ő odasétál a két barnához.

Még kéne egy szőke!
Unokabátyám köhécselése hallatszik a hátam mögül, marha türelmetlen. Muszáj kekeckednem vele. Hozzá fordulva kérdezek.
– Mi van, Emír? Csurog a nyálad?
Bólint, és lemered a lábára. Ibrahim megdörzsöli az állát, majd odasétál a lányok háta mögé. Némelyik utánanéz, mert valamit sejt, pedig orvosomtól nem kell tartani.
– Válassz, Emír!
Rám néz, meglepődik, mert soha nem adom át neki ilyen esetekben az elsőbbséget. Biztos vagyok benne, hogy melyiket fogja kimarni a sorból. A csaj alacsony, és ő a legvékonyabb, bár még ő sem mondható girnyónak. Hosszú szőkésbarna haja van, és túl pimasz tekintete. Nem tévedek, Emír pontosan elé sétál. A csaj elvigyorodik, majd rám néz, mintha engedélyt kérne. Emír azonban nem kér engedélyt, kissé meglöki a nőt, hogy induljon el, majd utánaered ő is. Még azt sem engedi meg neki, hogy fölvegye a köntösét. Meztelenül irányítja a folyosóra, valószínűleg élvezné, ha bárkivel is összetalálkoznának.
Ibrahimra nézek, de ő megrázza a fejét tiltakozásként. Úgy gondolja, enyém az elsőbbség. Kihúzom azt a szőkét, aki előttem áll. Gyönyörű fekete szemei különös összhangban vannak világos tincseivel.
– Nekem elég a négy – felelem, mire ő bólint.
Hátulról előrenyúlva belekarol a maradékból a legszebbe, és magához húzza. Suta mozdulattal még egy köntöst is felkap, és ráteríti.
Gavallér!
Előhalászom a hálóból a kötegelt pénzt, és leszámolok a csajoknak egyenként kétezer dollárt. Nem kell őket különösen tuszkolni, tudják, mi a dörgés, már sétálnak is kifelé. Ibrahim csajának négyezret adok, és orvosomnak is átadom ugyanazt az összeget.
– Ez Emíré. Kicsit sietett.
Ibrahim elvigyorodik, majd ő is meg a választottja is kimegy.
Ott maradok a négy csajjal, akiket tüzetesen végignézek, miközben belesüppedek a fotelbe. Az egyik elindul felém, de én megemelem a kezemet tiltakozásképpen.
Majd én diktálom az ütemet!

Gyönyörűek egytől egyig. Nőies alkatúak, tiszták, és érződik rajtuk az a plusz, amit mindig is igénylek.

Odanyúlok az asztalhoz, és négy kötegbe osztom a dollárokat. Mindegyik szeme rásiklik a lóvéra, mintha félnének, hogy nem kapják meg.

– Ki mit akar tenni érte?

– Amit akarsz! – feleli az egyik barna.

Látszik, hogy be van indulva, tuti őt fogom élvezni a leginkább. Meg is indul hozzám, én pedig nem tartóztatom fel. Mikor odaér elém, fölteszi az egyik lábát a fotel karfájára. Szemmagasságba kerül az édes odú, összefolyik a nyál a számban. Szívesen megkóstolnám őt, de sajna a négyezer dollárba nem fér bele, hogy még ő is élvezze!

A kezemnek azonban nem tudok parancsolni, egyenesen belécsúsztatom az egyik ujjam. Hangosan felnyög, de olyan élethűen, hogy még én is elhiszem, ez az egyszerű mozdulat jólesik neki.

Megjelenik a terpesztő csaj mögött a másik barna, és hátulról rámarkol a melleire. Egymásra néznek, mindketten mosolyognak. Észre sem veszem, és nekem is vigyorognom kell.

Jó játék!

Csókolózni kezdenek, szemmel láthatóan még élvezik is. A szőke meg a vörös is odasétál, de elég tétlenek, ezért felállok. A szöszit elkapom, mert a fekete szeme valahogy az arab nőket juttatja eszembe. Belemarkolok a hajába, és közelre húzva az arcát, mélyen a szemébe nézek. Incselkedve pillant rám, de látszik a tekintetében a félelem is. Ránéz a számra, így gyorsan beelőzök, fejét lefelé irányítom. Engedelmesen ereszkedik térdre, és lazítja a nadrágom. A vörös simogatja a szöszi hátát biztatóan, de az én szememet keresi. Gyönyörű kék a szeme, nekem azonban állandóan az amerikai kiscsaj ugrik be róla. Az pedig nem túl kellemes emlék. Kidobott pénz volt!

A szöszke elég ügyes, de zavarban van a többi csaj jelenlététől. A két barna végre abbahagyja egymás boldogítását, és rám néznek. Kicsit irigykedve figyelik a térdelőt, mert ő már megtalálta a helyét. A buja barna mögém sétál, és előrenyúlva simogatja a mellkasomat az ingen keresztül. A körmeit futtatja rajtam végig, jobban felhúz, mint a szopás.

Belecsókol a vállamba, de erre már odébb lépek.

– A szátokat csak egyvalahol használhatjátok!
Látom, ahogy a térdelő nő szája mosolyra húzódik a munka közben. Biztos büszke magára, amiért ő tudja, mi a dolga. A többiek sem nagyon lepődnek meg, csak pillanatokra törik meg a varázs. A mögöttem álló barna azonban nagyon szemtelen.
– Nem bírod, ha egy nő csókolgat?
Egy kérdés. Nekem nem tehet fel egy prosti kérdést, maximum azt, mit is akarok, vagy jó-e, amit csinál.
Felé fordulok, a szöszi hoppon marad a lábam előtt.
– Nőt talán megcsókolnék. De kurvát nem!
Picit lefagy a gyönyörű arc, majd kínos mosolyra húzza a száját. Próbálja simítani a feszültséget, ezért kigombolja az ingemet, és becsusszantja ujjait a mellkasomhoz. Körme hegyével a szőrömön játszik, szeme is a keze mozgását követi. Látszik rajta, hogy kíván, de ez engem nem dob föl. Magam sem tudom, miért, de mikor fizetek, jobban szeretem, ha nem akarja a csaj. Mármint nem erőszakoskodni szeretek, csak egyszerűen jogtalannak találom az élvezkedését.

Alányúlok, és lecsekkolom, mennyire indult be. Nedves, a lábát nagyobb terpeszbe rakja, hogy nyugodtan matathassak. Nagyokat sóhajt, ezért nem teszem, amire vágyik.

Visszafordulok az előttem térdelő csajhoz, aki újra munkához lát. Intek a vörösnek, aki a lehetőségekhez mérten közelebb lép hozzám. Magam mellé mutatok, ő pedig engedelmeskedik.

Előttem térdel a szöszi, jobbomon a vörös, mögöttem az egyik barna. A másik barnát sem kell ösztökélni, automatikusan a balomra sétál. Óriási hibát követ el. Ahogy odaér, egy nyálas csókot nyom az arcom bal felére. Dühösen lököm félre, mindenki megmerevedik.

– Na, takarodj innen!
Értetlenül bámul rám. Talán nem érti, mit beszélek.
– Azt mondtam, takarodj!
Hátrább lép kettőt, de még mindig vár, ezért fejemmel a pénz felé intek.
– Fogd a pénzt, és menj el! Most mondom utoljára!
Odarohan a pénzért, majd fölkap egy köntöst, és kiszalad az ajtón. Hallom, ahogy zokog, de csöppet sem sajnálom meg. Én

mindig elég egyértelmű vagyok, és szeretek mindent csak egyszer elmondani.
Egyetlen mozdulattal letörlöm a nyálat az arcomról, miközben a maradékra nézek.
Na, most Gamal bácsi kicsit pipa! Megmutatja nektek, mi az, amit szeret!

7. fejezet

A zuhany alatt nem gondolkodom semmin. Hajnalodik, így tuti nem fogok már aludni. Tudom, hogy a zuhany után jöhet az ima, utána egy kis kaja, és a nap nagy részét alvással fogom tölteni. Kilépek, a három nő még mindig ott heverészik. A vörös szőlőt eszik, a másik kettő meg beszélget. Sokat adtak nekem az éjszaka, de én is sokat adtam nekik ahhoz, hogy tudják, mikor kell lelépni. Az elküldött lotyó felidegesített, így kicsit bekeményítettem az este hátralévő részében. Mindhármat szanaszét keféltem, és nem csak a puncijukat! Egy fél szóval sem ellenkezett egyik sem. A szöszi picit megkönnyezte, mikor mögötte voltam, de ez külön jólesett. Egyvalamiben biztos vagyok. Egyiknek sem okoztam sérüléseket, látszik ez azon is, ahogy most érzik magukat. Bár egyértelműen közöltem velük, hogy vége a programnak, ők láthatóan nem zavartatják magukat.

– Vége van, cicuskáim! El lehet húzni innen!

Úgy pattannak fel, ahogy egy labda a leütés után. A vörös a leggyorsabb. A szőlőt maga mellé ejti, és már rohan is a köntösért meg a pénzért. A szöszi is követi, de kicsit sértődött a nézése. A barna is feláll, a mozdulatain látszik, hogy kelleti magát. Talán újra meg tudnám csinálni, de elég volt. Ahogy ellép előttem, rámarkol a nadrágon keresztül a farkamra, mire én mozdulatlanul sóhajtok fel. Na nem azért, mert beindul a fantáziám, hanem azért, mert sajna ezzel elérte, hogy újra tusolnom kell.

Az ima előtti tisztálkodás érvényét veszti az ilyen érintésektől. Újra beszennyezte a testem is és a gondolataimat is. Így nem állhatok Allah elé!

Még mindig markol, de nem neheztelek rá.

– Ügyes voltál!

Csak ennyit vagyok képes mondani, mire ő elneveti magát.
- Én meg köszönöm! Jó pasi vagy!
Na ne mondd! Ezt nélküled is tudtam!
Nem válaszolok, csak szememmel intem, indulhatna.
- Hívj, ha bármikor újra kellek!
Én lennék a legnagyobb barom, ha kétszer vagy többször venném meg ugyanazt a dolgot. Szívesen odavetném neki, bizony egyvalami biztos ebben az életben, az pedig az, hogy többé nem dugom meg őt. Nem felelek, csak bólintok egyet, így valószínűleg gyorsabban szabadulok tőle.

Újra tusolni indulok, miközben az jár az agyamban, nem sikerült überelni magamat. A lányok élvezték az együttlétet. A vörösben nem vagyok biztos, de a másik kettő úgy remegett alattam, előttem, fölöttem, mint egy újszülött kis kőszáli kecske.

A tus után imához készülök, és picit dühösen állapítom meg, hogy még mindig nem tudom, merre van Mekka! Ez lesz a következő feladata Bálintnak.

Kiterítem a szőnyeget, és nekilátok a rituálénak. Hajnali öt óra van, jólesik ez az ima. Behunyom a szemem, olyan érzés, mintha otthon lennék. Az utca még nem ébredt föl, a kora reggel hangjai másznak a fülembe. Madárcsicsergés.

Mikor végzek, megkordul a gyomrom. Felhívom a recepciót, de Bálint nincs bent. Egy picit rácsodálkozom a dologra, de aztán elismerem, neki is haza kell járni olykor. Gondolom, reggel már itt lesz.

- Miben segíthetek, Szudairi úr?
A hang alapján nem tudom belőni, kivel is beszélek. Ő azonban tudja, hogy én ki vagyok, mert tiszteletteljes a hangja.
- Reggelire van szükségem!
Csend támad, majd egy kérdés hangzik el. Olyan kérdés, amire majdnem üvöltve felelek.
- Most?
- Igen, most!
- Hajnali öt óra van. A szakács csak hatra jön.

Nem hiszem, hogy észben kéne tartanom az alkalmazottak munkaidejét. Kezd rohadtul elegem lenni ebből a demokratikus, kelet-közép-európai országból, aminél az én hazám huszonháromszor nagyobb!

– Most vagyok éhes! Maga mit csinál, amikor éhes?
A férfi veszi a lapot. Nem kezd ellenkezésbe, szerintem nem én vagyok az egyetlen vendég, akinek különleges kérései vannak. Bár én ezt egyáltalán nem nevezném különlegesnek.
– Eszem – hangzik a válasz. Nem reagálok, ezért most ő kérdez.
– Mit óhajt enni?
Végre!
– Jó lesz az a bizonyos magyaros rántotta. Elég ízletes volt. Kávét nem kérek, inkább teát!
– Gyümölcsteát vagy fekete teát?
Gyanítom, fingja nincs, milyen teára vágyom, ezért lemondóan felelek.
– Meggondoltam magam. Inkább hozzon kávét.
– Tejszínnel vagy tejjel?
Hibás egy népség, sőt mindegyik népség hibás, aki bármit is tölt a kávéjába. Nyelek egyet, attól megnyugszom.
– Tisztán.
Leteszem a telefont, mert még egy kérdést nem tudnék kezelni. Fáradt vagyok, semmi másra nem vágyom, csak arra, hogy a kaja után aludhassak.

Majdnem bealszom, az ajtón a kopogás riaszt föl. Kinyitom, megjött a reggelim. Nekiesem, megeszem, aztán átadom magam a pihenés gyönyörének.

* * *

A mobilom csörgésére ébredek, a rumliban azonban nem találom. A lányok olyan disznóólat hagytak maguk után, hogy még én is elcsodálkozom a napsugaras fényben az eredményen. A nappaliból erősödik a hang, meg is találom a kis kerek asztalon az ablak közelében. A kijelzőn az öcsém képe villog, összeugrik a gyomrom.

Furcsa a kapcsolatom vele. Szeretem, de nem bírom elviselni őt. Felelőtlen, nagyképű, hisztérikus, és azt hiszi, mindent azért teremtett Allah, hogy az ő szolgálatára álljon. Mi, fiúk, mindhárman így voltunk nevelve, de sikerült más irányba is fordulnunk a szórakozáson kívül. Bátyámnak a család lett a legfontosabb, nekem meg az üzlet. Ugyanúgy szórakozom, mint az öcsém, csak csinálok mást is. Ő azonban ágyból ágyba ugrál, pénzt költ, és az sem igazán tetszik, ahogy a húgainkkal bánik.

A telefon kitartóan pityeg, ezért érte nyúlok.

– Szia, Hakim!

– Gamal! Most hallottam apától, hogy Európában vagy! Mit keresel ott?

Levegőt véve kezdenék egy bő kifejtésbe, de meggondolom magam. Egyébként is feszült vagyok, amikor nincs körülöttem rend, és ez a lakosztály most kész kupleráj.

– Pénzt!

Nem reagál azonnal. Hakim tulajdonképpen nem rossz fej. Lehet, hogy nem is lenézem őt a felelőtlensége miatt, hanem irigylem azért, amiért ilyen élet jutott neki. Én sem panaszkodhatom, de már elég korán eldőlt, hogy én a Szudairi családban fontos szerepet töltök majd be. Apám már gyerekkoromban magával cibált az üzleti tárgyalásaira.

Egy arab férfi nagyon komolyan veszi a gyereknevelést. Már ha fia születik. A lánygyermekekkel csak a nők foglalkoznak, de a fiúk, amint az megengedett, egész nap az apjuk nyomában lihegnek. Mindent megtanulnak a család fejétől. Megtanuljuk az imádkozást, a helyes viselkedést, az üzleti életet és még ezernyi apróságot. Én körülbelül négyéves lehettem, mikor apám magával kezdett hordani mindenhová. Onnantól nem volt megállás. Ez pedig azt jelentette, hogy egyre messzebb kerültem érzelmileg az anyámtól és a lánytestvéreimtől. Hakim is hasonlóan esett át a tűzkeresztségen, de úgy tizenöt éves korában apámat már kifejezetten idegesítette. Egy családi vita alkalmával odakiáltotta öcsémnek, hogy olyan sötét, mint egy amerikai! Biztos benne, hogy Allah nagyot hibázott, amikor arabnak teremtette meg őt, mert szégyent hoz a vérére. Akkor tört meg közöttük valami, és én is akkor ismertem fel, valóban léteznek öcsém hibái, nem csak én képzelem be magamnak.

– Jó, de Európában? Hol vagy pontosan?

– Magyarországon – felelem megint tömören, miközben lezuhanok a kényelmesen puha kanapéra.

– Ja, tényleg! Már emlékszem! Apa ezt is mondta! Meg azt is, hogy nem jössz a zarándoklatra.

Sikerül felébrednem a szemrehányására. Ezt az egyet még ő is komolyan veszi, ezért határozottan lelkiismeret-furdalásom támad, amiért adódik valami, amiben az öcsém komolyabban viselkedik.
- Így jött össze!
- Egyébként jól titkoltad az utazást! Mikor New Yorkba repültél, nem mondtad, hogy nem jössz onnan haza.
- Hakim, most tényleg ezért hívtál? Számon akarsz kérni? Csak azért, mert alvásból keltettél fel, és kurvára nem vagyok kíváncsi a nyavalygásodra!

Úgy gondoltam, megsértem őt, de csak hangos nevetést hallok. Agyalok rajta, mi a fészkes fenén vigyoroghat, de gyorsan megadja a választ.
- Ja! Üzlet! - újra nevetés. - Átkefélted az éjszakát? Mert tudom, hogy ott is délután van már. Te sosem alszol napközben, és az időeltolódásra sem hivatkozhatsz!

Az öcsém áll az első helyen abban a rangsorban, amiben azok neve szerepel, akikkel sosem beszélnék nőkről. Mással sem szoktam megvitatni az intim dolgaimat, de vele aztán végképp elhatárolódom a témától.
- Hogy haladtok az esküvő előkészületeivel? - terelem arrébb a témát.

Felállok, mert az ablak szinte hívogat. Bálint jól mondta. Csodálatos kilátás nyílik arra a Dunára. Rijádban minden sivatagi, itt pedig üde zöld a fű, folyó terül el előttem, és hidak ívelik át.

Határozottan szép ez a város. Szebb még annál az átkozott, romantikától csöpögő Párizsnál is! Sőt. A nők is sokkal szebbek, mint a többi országban.
- Az enyémmel minden rendben. Te inkább a sajátoddal foglalkozzál! Anya annyit áradozik a kis Yasminodról, hogy ha nem jössz haza, bevállalom második feleségnek!

Ami az enyém, azt sosem adom! Márpedig Yasmin az enyém! Semmit sem tudok jóformán róla, és lelkileg sem érzem magamhoz közel, de az enyém!

Elborul az agyam.
- Hakim, ha nem akarod, hogy otthon szétverjem a fejed, akkor fogd vissza magad!

– Jól van na! Ne izgulj! Sorban állnak a fiatal hajadonok. Nem csapok le a te kis szüzedre! Csakis akkor engedhetünk meg magunknak több feleséget, ha gondoskodni is tudunk róla. Mivel a nők nem dolgoznak, ezért képtelenek a férfiak nélküli életre. Mindegy, hogy kinek: testvérnek, unokatestvérnek, apának vagy férjnek, de a nőt el kell tartani! A feleségeknek pedig egyforma javakat kell szolgáltatni! Ez azt jelenti, ha az egyik gyémántot kap, akkor a másiknak is jár. Ha világ körüli útra viszed az egyiket, utána viheted a másikat is. Sőt. Ha az egyiknek veszel vagy építesz egy palotát, akkor az a többinek is jár. Nem olcsó mulatság, Hakim öcsém mégis képes lesz erre, mert gazdag, noha nem a saját erejéből, hanem a királyi vére miatt, meg apánk miatt.

– El is kell tartanod őket! Valamit kezdhetnél magaddal! Mindig apánkra szorulsz.

– Az egyik üzletét nekem adja nászajándékba. Már meg is beszéltem vele, úgyhogy ne aggódj! El fogok tudni tartani négy feleséget is.

Az apánknak bőven vannak javai. Mint már mondtam, nálunk a családi név maga után vonja a legjövedelmezőbb vállalkozásokat, állásokat. Husszein al-Szudairi pedig igencsak törekvő volt fiatal korában ebben a témában.

A négy feleség nálunk a maximum. Én is azt gondolom magamról, hogy tuti nem egy feleségem lesz, de Hakim most valahogy gusztustalannak tűnik. Az is dühít kicsit, hogy apám szó nélkül ad át számára milliárdokat hozó üzletet, de nem teszem szóvá. Végül is az öcsém, és azt szeretném, ha boldog lenne. Apám már kezd megbarátkozni a hanyagságával, így jobb, ha én is azt teszem.

– Le kell tennem! Próbálok minél hamarabb hazamenni. Az én ajándékom is szép lesz!

Valóban meglepetést szándékozom adni az öcsémnek. Egy világ körüli útra akarom elküldeni őt az újdonsült feleségével, csak hogy ne legyen menekvés a választott elől. Megveti a nőket, de majd ez az utazás talán előcsal belőle érzéseket is. És az sem hátrányos, ha találkozik a világban uralkodó káosszal. Szaúd-Arábiában burok veszi körül, és mikor kimozdul, azt is ebben a védőburokban teszi.

- Mit kapok? - olyan kíváncsi a hangja, amilyennek utoljára gyerekkorunkban hallottam.

Akaratlanul mosolyra húzódik a szám. Most szívesen átölelném.

- Meglepetés!

Sóhajt egyet, nekem meg hiányozni kezd az otthonom. A búcsúzkodás után elvégzem a napi teendőimet. Tisztálkodás és ima után csak gyümölcsöt eszem, mert a hajnali reggeli kicsit piszkálja a gyomromat. Fogalmam sincs, hogy a két emberem miért nem jelentkezett még, ezért a recepciót tárcsázom.

- Recepció; miben segíthetek?

Angolul szól bele az én Bálintom! Örülök, hogy végre bent van. Egyfajta biztonságot érzek ebben a kiismerhetetlen közegben, ha ő is itt van a falakon belül.

- Szükségem van egy alapos takarításra!
- Természetesen, Szudairi úr! Mikorra küldjem a takarítónőt?

Tekintetemmel az órám után kutatok, de nem találom sehol. Ijedten forgatom a fejem, és reménykedem benne, hogy egyik lotyó sem nyúlta le a színarany Rolexemet! Bár a telefonomon is megnézhetném az időt, de az óra már jobban érdekel. Nem az értéke miatt, hanem azért, mert apámtól kaptam. Ha elcsórták, saját kezemmel belezek ki mindenkit, aki betette valaha is a lábát a lakosztályba!

Aztán kissé gúnyosan konstatálom magamban, hogy itt még ezt sem tehetném meg. Otthon kicsit egyértelműbb a helyzet. A lopásért kézlevágás jár. Ennyi. Van még jó pár dolog egyébként, amiért igen szigorú a büntetés. Talán ennek is köszönhető, hogy Szaúd-Arábia nagyon biztonságos ország. Nincsenek lopások, rablások és egyéb bűncselekmények sem. Barbároknak néznek minket, pedig a nyugati civilizációban többen halnak meg bűncselekmények áldozataként, mint nálunk elkövetőként. Sőt. Nálunk csak bűnösök szenvednek, míg nyugaton az áldozatok. Általános büntetés még a korbácsolás, kövezés, elzárás és a lefejezés. Természetesen a halál a legnagyobb bűnökért jár, mint például a felkelésre való buzdítás vagy a kábítószer-csempészet. A kövezés mára visszaszorult, átvette helyét a korbácsolás, amit nyilvánosan végeznek. Célja leginkább a megszégyenítés és a megbélyegzés, de előfordul, hogy valaki bele

is hal. Ezt a büntetést egyébként azok kapják, akik a társadalom ellen cselekszenek, vagy hűtlenek a házastársukhoz.
Az órát végül az ágyban találom meg, a takaró alatt. Fogalmam sincs, mikor esett le a kezemről. Bálint még mindig vár. Délután három óra van.
– Nekem jó egy félóra múlva! Tud valamit Hatam úrról?
– Igen. Már voltak ebédelni, és megkértek, hogy ne zavarjam magát, mert alszik.

Ekkor először érzékelem, hogy elneveti magát, Emír biztos beszámolt arról, hogy szexuális élményeink mindig fizikai kimerültséggel járnak. Nem bírom a közvetlenséget, ezért nem is tartom vissza a megjegyzést.
– Mi olyan vicces?
Nem válaszol, csak a torkát köszörüli. Nem szeretnék ebben a kis recepciósban csalódni, ezért is terelem a megfelelő irányba. Ha tudja, hol a helye, akkor jól kijövünk, de ha bizalmaskodni fog, akkor sokat veszítünk mindketten. Én egy segítőt, ő meg egy rakás pénzt.
– Szóljon a bátyámnak, hogy lent várom a hallban. És jöhet a takarítónő!
– Igen, Szudairi úr! – már majdnem leteszem a kagylót, de még hozzáteszi: – Elnézést kérek az előbbi viselkedésért.
Ó, igen! Bírlak téged, Bálint!
– El van nézve!

* * *

Az előcsarnokban még nincs lent az unokabátyám, Bálint siet elém. Megigazítja az egyik széket, jelezve, hogy arra üljek le. Kezével végigsimítja a zöld bársonyt, mintha az piszkos lenne. A nap besüt a kupolán keresztül, simogatóan csillan meg az arany karfákon. Határozottan tetszik a szálloda, el is határozom, ha legközelebb is ebbe az isten háta mögötti országba tévedek, ugyanitt szállok meg. Sőt. A rokonaimnak is ajánlani fogom. Ez ritkán fordul elő, mert általában találok valami kivetnivalót. Itt azonban egyre inkább érzem úgy, hogy minden rendben van. Csak apróságokba tudnék belekötni, de ezek csak a kulturális különbségekből adódnak.

A Mekka felé mutatás azonban hirtelen eszembe jut.
- Mondja csak, Bálint, szoktak a szállodában arabok megszállni?
- Igen, uram! - feleli tömören, miközben egyik lábáról a másikra áll. Ugyanaz az egyenruha van rajta, ami kicsit lóg az alakján, majdnem szóvá is teszem a nem tetsző látványt. Mindig zavarja a szememet, ha valakin nem áll tökéletesen a ruha.

Barna szemeit kérdőn mereszti rám, érzi, hogy folytatni fogom a beszédet, ha nem vág közbe.

- Tudja, mi, muszlimok naponta ötször imádkozunk - zavartan bólint, ezért folytatom. Gyanítom, fingja nincs az iszlámról!
- Mekka felé fordulva!
- Igen, hallottam már róla - úgy bólogat, mint egy engedelmes muzulmán nő.

Nem szeretném megbántani, mert valahogy bírom a fejét. Ha az én hitemet követné, valószínűleg felajánlanám neki, hogy jöjjön velem haza. Ritkán ilyen szimpatikus egy ember.

- Nekem azonban fogalmam sincs, merre van Mekka!

Újra bólint, de még mindig nem veszi a lapot. Kezdek picit mérges lenni, ami talán látszik is rajtam.

- Azonnal utánajárok, és megmondom a választ - megindul a pult felé, de megállítom.
- Elég, ha a szobámban kitesz egy táblát az asztalra egy nyíllal, ami jelzi az irányt. És ha javasolhatom, ezt minden arab vendéggel tegyék meg. Nélkülözhetetlen gesztus. Persze csak ha rám hallgat!

Úgy veszi, mintha szidalmaznám, ezért szorosan simítja kezeit a teste mellé. Az egész alakja egy merev vonallá válik.

- Természetesen, Szudairi úr! Köszönöm, hogy felhívta a figyelmemet a hanyagságra. Valóban hibáztam. Azonnal jóváteszem, hogy az imáját a legodaadóbban végezhesse!

Azta! Imádok mindent, ami magyar!

Csak biccentek egyet, ő pedig már meg is indul. Emír alakja jelenik meg, majd mikor Bálint mellé ér, váltanak pár szót. Unokatestvérem elég frissnek tűnik, fogalmam sincs, meddig mulatott az éjjel, de azt tudom, hogy ebédre már topon volt.

Nagyot sóhajtva ereszkedik a mellettem lévő székre. Sötétkék öltönyben van és fehér ingben. Ez az öltöny ritka idiótán áll neki,

de nem teszem szóvá. A borotválkozást még ő sem ejtette meg, közösen hirdetjük a harmadik világhoz való tartozásunkat.
- Nem akartalak felébreszteni. - Csak megcsóválom a fejem, mert most tényleg nem neheztelek rá. - Nem akarsz enni valamit? Mi egész jót ebédeltünk Ibrahimmal. Valami csirke volt, zöldségekkel és magyaros ízesítéssel. Egész finom ez a magyar konyha. Picit meglepődöm, mert bárhova is utazunk, mindig elintézik, hogy arab ételeket főzzenek nekünk. Ha huzamosabb ideig szállok meg valahol, még azt is ki szoktam kötni, hogy csakis arab szakács főzhet nekem. Emír hasonló hozzám, most meg egy idegen konyha ízletességéről áradozik.
- Korán reggeliztem.
- Épp azért. Már délután van.
Helyeslően bólogatok.
- Hívott az öcsém.
- Na, mit akart az a kis elkényeztetett herceg? - Emír nevetve kérdez, hasonlóan érez Hakim iránt, mint én.
- Semmit, csak a hülyeségeivel fárasztott!
Elővszem a telefonomat, és ránézek az e-mailjeimre. Jó pár van belőle, ezért elkezdem továbbítani a rijádi irodába. A titkárok mindenre válaszolnak helyettem, amire kell. Ha meg valami komoly, akkor szólnak az apámnak.
- Minden rendben volt tegnap este? - kérdezi valóban érdeklődő hangon.
- Ja!
- És? Milyen volt?
Azonnal ráemelem a tekintetem. Mi, férfiak, nemigen beszélünk intim dolgokról, de Emír erre állandóan rácáfol. Mindenről tudni akar, amiért általában le akarom szúrni őt. Mikor azonban meglátom a gyermeteg tekintetét, elszáll minden mérgem. Nem tehet róla szegény. A szex az, ami mozgatja az életét. Tulajdonképpen csak más országokban viselkedik ilyen közönségesen. Otthon tisztes férjjé és családapává válik.
- Jó!
Hangosan felnevet.
- Oké, értem! Nem hívtad Ibrahimot. Ez azt jelenti, hogy finom voltál.

Csak bólogatok válaszul, és a telefont pötyögöm. Bálint hívatlanul terem előttünk, és két teát tesz le az asztalra. Érződik belőle a zsálya illata, szívesen kiszaladna a számon egy köszönöm, ehelyett azonban csak biccentek. Emír azonnal nekiesik, látszik az arcán, hogy ízletes az ital. A nyál összefut a számban, azonnal belekóstolok én is. Tűzforró és kellemesen aromás. Megnyugszom, miközben tudomásul veszem, hogy Bálintot bármikor ugraszthatom egy teáért. Szemmel láthatóan utánajárt, milyet is szoktunk inni.

– Mit csacsogtál a tolmáccsal tegnap a kocsi mellett? Utána kicsit dühös voltál.

Hideg víz az arcomba. Végre adódott pár óra, amikor nem gondolok arra a bizonyos nőre, erre most eszembe juttatja ez az idióta. Este nyolcra beszéltem meg vele egy vacsorát a hotel éttermébe, és ennek felismeréseként összeszorul a torkom.

Mi a franc?

– Arról a megbízási szerződésről vitáztunk.

Nem akarok bővebben válaszolni, mert ha Emír megtudja, hogy vacsorázni hívtam, lefordul a székről. Abban is biztos vagyok, sajnos nem tarthatom túl sokáig előtte titokban.

– Aláírtad neki? – kérdezi, miközben keresztbefonja lábait.

Kivillan a barna zoknija, ami egybeolvad a barna cipőjével. A kezeit összefonja az ölében, úgy ül, mint egy kislány.

– Még nem. Majd ma aláírom, és vissza is adom neki.

– Idehívattad? Nem is mondtad, hogy ma is lesz találkozó!

Félreteszem a mobilt, és belecsapok a közepébe.

– Nem lesz találkozó. Csak én találkozom vele.

A lábait lepakolja egymásról, és megtámaszkodik a két térdén. Előrébb hajol, így nyomatékosítja értetlenségét.

– Mikor beszélted ezt meg vele? Ilyen gyorsan rábólintott? Nem vesztegeted az időd, Gamal! – nem reagálok, mert határozott szégyent érzek attól, amit mondanom kéne. Ő azonban rátapint a lényegre. – Mennyit fizetsz neki?

– Csak vacsorázni hívtam – a mondat után azonnal kihúzom magam, és hatalmasat sóhajtok.

Ezt kemény volt kimondani!

Emír arca elnyúlik. Hol vigyorra húzódik ajka, hol lefagyva hőköl hátra testével.

- Vacsorázni? - ismét csak biccentek. Ha tehetném, felpattannék, és a lakosztályig rohannék. - Gamal! Mi van veled? Úgy érted, meghívtad vacsorázni ahelyett, hogy közölnéd vele: szívesen megdugnád?
Még csak nem is neheztelhetek rá. Én is tök idiótán érzem magam a történtek miatt. Sohasem közeledtem még ilyen kifogásolhatóan egy nőhöz sem. A hangom elmegy, úgyhogy csak nézek a fekete szempárba, amit ritkán látok ennyire kikerekedve.
- Szívatsz, Gamal? Vagy most a csajt akarod szívatni? Vagy mi a fene ez az egész?
Igen! A csajt kifejezetten szívatnám!
- Nem tudom! - végre kezd belőlem előjönni egy őszinte gondolat. - Ne kérdezd, hogy miért hívtam meg vacsorázni! Átadom neki azt a rohadvány szerződést, utána meg közlöm vele, mit akarok. Ennyi.
- Aha!
Emír arcán látszik a csalódottság. A legborzasztóbb pedig az, hogy olyan, mintha valami hatalomban csalódott volna. Ilyen húzásom még sosem volt, pedig mi aztán sok mindenen mentünk keresztül együtt.
- Emír, úgy nézel rám, mintha feleségül kértem volna!
Picit megrázza magát, érzékeli a kínos pillanatot.
- De ugye pénzért dugod meg?
Csakis!

* * *

A lakosztályom úgy ragyog, mintha szorgos kezek polírozták volna tisztára. Az ablakomon megtörik a napfény, még az üveg is makulátlannak tűnik. Érződik a takarítószerek illata, és virág is van a hatalmas tükör alatt. Ez eddig nem volt ott, így csak sejtem, hogy Bálint kezd belejönni a dologba. A gyümölcskosár is ki van cserélve frissre, és az asztalon már ott van egy aranyszínű diszkrét tábla „Mekka" felirattal és egy nyíllal a megfelelő irányba. Ösztönösen vigyorodom el. A Korán a tábla mellé van készítve, és a szőnyeg is oda van támasztva az asztal lábához.
Tanulékony a magyar!

Szeretem, ha tisztelik az muszlimokat. Mi is ezt tesszük a katolikusokkal. Még a Bibliájukat is elismerjük. Ugyanolyan nekik az, mint nekünk a Korán. Egyértelmű, hogy az iszlám, a kereszténység és a judaizmus is közös tőről fakadó vallás. A mi vallásunk az utódja a judaizmusnak és a kereszténységnek, ezért a mi szemünkben csakis az az elismerhető. Ennek a három világvallásnak meglehetősen sok a közös gyökere és vonása. Egyistenhit, hit a mennyországban és a pokolban, a teremtés egyszerisége, kizárólagos érvényességre való igény... Valójában Mohamed próféta Jézust a saját előprófétájának tartotta. Téves a nézet, mely szerint meg akarjuk téríteni a katolikusokat vagy a zsidókat. Ezt a két vallást valójában az iszlám nagyon is elismeri és meghagyja a saját útján. Az iszlám igenis egy sokat elnéző és türelmes hitvallás. Akármit mond akárki is, nem véletlen, hogy mára már a vezető világvallás szerepében tetszeleg, és ez nem korlátozódik földrajzi helyszínekre.

Én személy szerint tiszteletben tartok minden embert, aki hisz istenben. Annyi a különbség, hogy a mi istenünk: Allah. És még ezernyi más dologban különböznek a világ vallásai, de azt hiszem, mindegyik ugyanazt próbálja megfogalmazni. Egy felettünk lebegő és magába foglaló erőt, ami támogat minket egész életünk útján, és ami a helyes irányba terel minket. Mi lenne a világgal hit nélkül? Mi lenne a világgal a hívők nélkül? Mi lenne a világgal az iszlám és a többi világvallás nélkül?

Persze az is hazugság lenne, ha azt állítanám, hogy a jelenben minden vallást egyformán fogadunk el. Az arabok és zsidók közötti szakadék a régmúltból ered, és nem mondhatni, hogy nem mélyül a gödör. Bár vallásunknak vannak közös gyökerei, és nem nevezem magamat iszlamistának* sem, a zsidókat azért nem szívelem. Mégsem nevezném utálatnak. Egyszerűen próbálok távol maradni tőlük.

Ez az egész elég bonyolult. Az arabok nem ismerik a kompromisszumot, ha a zsidósághoz való hozzáállásukról van szó. Ennek

---

* Az iszlám radikális formája. Elsősorban politikai kategória. A nyugati kultúrában az „iszlamista", „fanatikus", „terrorista" jelzők ma már kéz a kézben járnak, sokszor azonban tévesen.

az az oka, hogy az iszlám miatt nem túl rózsás a vélemény. Mi a zsidókat az isteni igazság meghamisítójának és a próféták gyilkosainak tartjuk. Ezért is mondja a Korán, hogy „a zsidó a legrosszabb ellenség".

Az iszlám Mohamednek köszönhető, de hazugság lenne azt állítani, hogy egy merőben új vallás alapjait rakta le. Vallásomat a zsidó vallás arab formájának lehet tekinteni, ami gyarapodott keresztény elemekkel. Az Arab-félsziget hatalmas terület. A régi időben igen gyéren lakott volt, nomádok, beduinok népesítették be. Törzsi összetartozásról beszélhetünk, amiben három dolog igencsak fontos volt: hagyományok őrzése, idegenekkel szembeni elzárkózás, vérbosszú. Azt hiszem, ez a három vonal ma is a helyén van.

Prófétánk a kinyilatkoztatások után még csak szűk családi körében örvendett az elfogadásnak. Később Mekkából Medinába ment, ahol hitt abban, hogy a zsidók majd támogatják őt. Tévedett.

Mohamed 622-ben Medinában találkozott először a zsidókkal. Innen indul minden. Mohamed úgy érezte, hogy a zsidóság fenyegeti az ő gyülekezetét. A keresztényekkel nem alakult ki ellenséges viszony, hisz abban a 622-ben létrejött találkozásban még nem jutott központi szerep a keresztényeknek. Ekkor a kereszténység még nem volt szervezett.

Mohamed próbálta kezelni a helyzetet, ezért is van sok hasonló vonás az iszlám meg a judaizmus között. Szokásokat vettünk át a másik vallásból, de ezeket a szokásokat Mohamed később megváltoztatta. Onnantól kezdve imádkozunk Mekka felé fordulva, nem pedig Jeruzsálem felé, és onnantól kezdve a mi böjtünk a ramadán, nem pedig a jom kippuri.

Egyszerűen kifejezhető, hogy mi is a véleményünk a zsidó-arab kapcsolatról. A zsidóság egyenlő az alacsonyabbrendűséggel, így az én fajtám felsőbbrendűnek érzi magát.

Az iszlám hanyatlásával azonban súlyos problémákkal kellett szembenézni, és mindezt tetézte Izrael állam megalakulása. Az akkori szaúdi uralkodó is agresszívan reagált, úgy, ahogy csaknem az összes muszlim ország. Szent háború hirdetése. Tehát mondhatni, hogy a második világháború lezárása és a zsidók kárpótlása csak még inkább kiélezte a két vallás közötti viszályokat.

Ezek voltak a végső döfések. Ez a generáció agresszív. E kornak sok muszlimja úgy érzi, hogy csakis akkor orvosolható a probléma, ha nagytakarítást végez. A valláson belül. Egyfajta belső rothadást akarnak megszüntetni, és a nyugat hatalmát.

Nem titok, hogy a mi szemünkben a muszlim a tisztaságot jelenti, és az igazságosságot. Nyilván ezzel ellentétes a szemünkben a zsidóság. Az egyetlen megoldás a Koránhoz való visszatérés, és az aszerinti élet. Csakis ez képes megtörni a zsidók hatalmát. Talán ezért ragaszkodunk ennyire a szent háborúhoz is, és vetünk el minden békeszerződést. A szélsőséges dolgok nem általánosíthatóak a muszlimokra, de a saját hitünk, istenünk, prófétánk imádata már igen. Ugyanez az erős hit jellemzi a zsidókat is.

És a nyugat? Na, arról inkább semmit. Mindig rossz taktikát választanak. Békítés és agresszió. A fenyegető politikájukkal csak fegyvert adnak a szélsőségesek kezébe!

Egyébként Szaúd-Arábiában nem is létezhet az iszlamizmus, mert hazámban a vahhabizmus van jelen. A vahhabista vezetés pedig nem reagál semmilyen formában a modern ideológiára. Még agresszióval sem. Míg régebben a vahhabizmus az iszlám radikális formáját jelentette, addig mára ez finomodott, igaz, bin Laden erre igencsak rácáfolt. De a vahhabizmus napjainkban leginkább a hagyományok ápolásából áll, noha néhány országban most is vannak kivételek. Az iszlamizmus vagy más néven az iszlám fundamentalizmus azonban egyértelmű célokkal létezik. Terjeszteni akarja az iszlámot. Akár erőszakkal is!

Előveszem a laptopomat, és beüzemelem. Írok pár hivatalos levelet, és végül megteszem azt, amit már tegnap este kellett volna. Apám egyik emberének megírom, mi a helyzet az itteni piacon, és véleményt kérek tőle. Az iratot, amit az a bizonyos igazgató átadott, elfaxoltatom Bálinttal.

Visszafelé az ajtóm előtt találom Ibrahimot. Elegáns, mint mindig, a vörös nyakkendője azonban szemet szúr. Elüt a sötét bőrétől, és nagyon hivatalossá teszi őt. Kezében a fekete orvosi táskáját tartja, fején pedig ott uralkodik a szemüvege. Csakis vizsgálat közben szokta fölvenni, vagy ha olvas valamit. A haja hátra van simítva, és tisztára van borotválva az arca. Nem is úgy néz ki, mint egy arab, hanem mint egy lesült bőrű tudálékos spanyol ürge.

Mikor odaérek a közelébe, ellöki magát a faltól, aminek támaszkodik.

– Rám vársz? – kérdezem, pedig elég egyértelmű a válasz. Nem felel, csak bólint. Kinyitom az ajtót, de még azután sem mozdul. Invitálásra vár. Sosem jönne úgy be, hogy ne hívjam. Ibrahim barát is és alkalmazott is. Vele kapcsolatban nem tudnám egyértelműen meghúzni a határvonalat. Teljesen más, mint én. Nem olyan fényűző körülmények között nőtt föl, és a nőkre is másként tekint. Talán orvosként túl sok nő került a kezei közé, és túl sok brutalitást is látott már. Bőszen ellenzi a fiatal lányok kiházasítását, mondván, hogy azok még gyerekek. Hazámban nem ritka, hogy tizennégy éves lányok mennek nagyapa korú férfiakhoz. Apám legifjabb felesége is huszonöt éves, és gyönyörű. Én valahogy mindig a saját korosztályomra figyelek föl, cseppet sem érdekelnek a gyermeteg kislányok. Persze az izgat, ha egy lány szűz, de csak akkor, ha már nőies. Testileg is és agyilag is. Na nem mintha sokat jelentene, hogy egy nőnek van agya, de nem bírom a vihorászó kislányokat.

– Gyere be! – kiáltom, mire teszi, amire szólítom. Egyenesen odasétál elém, és a szemembe néz. – Mi van?

– Meg kéne hogy vizsgáljalak!

Kutatni kezdek az agyamban, mikor is történt ez meg utoljára. Valahogy Amerikába érkezésünkkorra datálom. Utoljára akkor vett tőlem vért az orvosom, és akkor is vizsgált meg. Szívesen vitatkoznék, de végül is ezért fizetem, így csak egy sóhajt engedek el.

Látva szótlanságomat, elkezdi kipakolni a táskájából a vérvételhez szükséges eszközöket. Fecskendőt vesz elő, tűt, törlőt és fertőtlenítőt. Végül előhúzza a gumit, amivel el szokta szorítani a karom.

Leveszem a zakóm, majd kigombolom a mandzsettám. Felhajtom az ingem ujját, és elhelyezkedem a fotelban. Az agyam teljesen máshol jár, beszélgetni nincs kedvem.

Ibrahim odahúzza velem szembe a másik fotelt, és arra vár, hogy kinyújtsam a karom. A szemüvege fölött méreget. Látszik, hogy mondani akar valamit, ezért segítek neki.

– Ha mondani akarsz valamit, akkor mondd, csak ne nézz úgy rám, ahogy az apám szokott!

Picit zavarba jön, leereszti a kezét. Én is az ölembe ejtem a sajátomat.
- Gamal. Felelőtlen vagy! Ugyanolyan idiótán viselkedsz, mint Emír!
- Fogalmam sincs, miről beszélsz!
- Most mondtam: felelőtlen vagy!

Zavartan igazgatja magát a fotelban. Tisztában van vele, hogy nem utasítgathat, de azzal is tisztában van, miért is kapja azt a temérdek pénzt.
- Kifejtenéd részletesebben?

Megköszörüli a torkát, és hátra is dől. Én is így teszek, mert sejtem, hogy nem egy mondatot akar kibökni. Dühös vagyok, de elhatározom magam. Addig nem támadok, míg meg nem tudom, mit akar.
- Sem Emír, sem te nem viselkedtek érett férfiként! Emír a nemi betegségekkel nem törődik, te meg azzal, hogy nehogy felcsináld a csajokat.
- Ibrahim, ne szórakozz velem! Ez a te dolgod! Szerinted miért tartalak luxusban?

Elborul az agyam, mert senkinek nem engedem, hogy a szexuális életembe beleszóljon. Lesüti a szemét. A gyengeségtől még jobban begurulok, tovább kötözködöm vele.
- Ha arra a rohadt gumira akarsz rábeszélni, akkor felejtsd el! Szerintem azokba az összegekbe, amiket kifizetek, belefér, hogy úgy élvezzem a dolgot, ahogy én akarom.
- Félreértettél! Én csak azt akarom mondani, hogy ezek a nők sok mindenre képesek. Mi van, ha az egyik szándékosan teherbe esik, és gyereket szül neked?

Kit érdekel?

Sosem ismerném el egy lotyó gyerekét. Egyébként sem értem az egészet!
- Mégis hogy eshetnének teherbe? – nem válaszol, a vérnyomásom kezd fölmenni. – Baszd meg, Ibrahim! Ugye nem azt akarod mondani, hogy nem tömtél minden kurvába gyógyszert?

Kifejezetten zavarba jön a kérdésemre. Tudja jól, iszonyú nagyot hibázott. Bennem meg azért tombol az ideg, mert megpróbálja rám kenni. Felpattanok a fotelből, egészen az ablakig rongyolok. A nyomomban lihegve mentegetőzik.

– Csak azoknak akartam adni, akik veled maradnak. Később akartam odaadni nekik. Te azonban olyan hirtelen kihajítottad őket, hogy nem volt rá lehetőségem!

Belenézek a fekete szemeibe, és a legszívesebben lefejelném. Kedvelem Ibrahimot, de a hibákat képtelen vagyok elnézni akárkinek is. Ő pedig most hatalmasat hibázott.

Emír hibája, hogy gyakran nem vizsgáltatja meg a lányokat, és válogatás nélkül dönti meg őket. Az aktus végén azonban mindig magára rántja a gumit. Na nem mintha az teljes védelmet nyújtana neki, de Ibrahim ezt már nem szajkózza.

Az én esetemben kicsit másként zajlanak a dolgok. A vizsgálat után Ibrahim kötelezi őket, hogy tablettát vegyenek be. Még akkor is, ha a lány azt vallja, hogy szed valamit, vagy van spirálja. Így sikerül mindkét mellékhatást elkerülnöm. A nemi betegséget meg a gyermekáldást is. A vizsgálat az egyik ellen véd, a gyógyszer a másik ellen. Átrohan az agyamon, hogy az éjszaka három csajt is döngettem úgy, hogy nem volt biztos a gyermek elleni védekezés. Nem is a tény dühít, hanem az, hogy miért nem képes egy ember hibátlanul végezni a munkáját.

– Gratulálok – csak ennyit vagyok képes kimondani, de orvosom nem hagyja, hogy ő legyen a hibás.

– Az állandó gyógyszerosztogatás nem megoldás. És a vizsgálgatás... Na, az is veszélyes! Nem minden derül ki! Mi van, ha AIDS-es valamelyik?

Felé lépek, mire ő hátrál egyet. Egyértelműen tart tőlem, pedig sosem bántottam. Az én családom nem alkalmaz fizikai erőszakot a cselédekkel. Sajnos az én országomban ez elég gyakori, de még apámtól sem láttam soha agressziót.

– Ez most jut az eszedbe, te hülye? Te vagy az orvos...

– Veled képtelenség őszintén beszélni! – vág közbe.

Fújok egyet, és visszasétálok a fotelhez. Leülök, intek neki is. Visszaül velem szembe. Párat sóhajtok, majd beleegyezően kezdek meg vele egy őszinte beszédet.

– Akkor most mi van?

– Semmi nincs, csak így nem mehet tovább!

– Akkor hogy menjen?
– Gumival, Gamal! – határozottan felel, de a végét szinte elnyeli.
Mindjárt elsírom magam. Milliárdos vagyok, és nem tudok orvosolni egy ilyen egyszerű problémát!
– Valami más javaslatod is van?
Elvigyorodik, tudom, képtelen ötlettel fog előállni.
– Csak muszlim nőkkel feküdj össze. Olyanokkal, akik szüzek! Vedd meg őket, ha kell! Azok garantáltan tiszták.
Hatalmas önuralomra van szükségem, nehogy meglendüljön a kezem. Végül csak előredőlök, így közelebb kerül hozzá az arcom.
– Szüzeket? – Csak bólint, ezért osztani kezdem. – Szerinted hogyan képes egy ártatlan szűz kielégíteni engem? Hogyan képes egy kis szűz picsa úgy leszopni, hogy az jó is legyen?
– Gamal...
– Ibrahim! Azt ajánlom, fontold meg a tanácsaidat, mielőtt elém tárod, mert kezdem azt hinni, hogy az agyad helyén is az orvosi diplomád van! Éppen te szoktad mondani, hogy a fiatal lányokat kímélni kell!
– De a feleségjelöltjeidet már nem kell kímélni. Nősülj meg! Élvezd azt, ami a tiéd!
– Képzeld, a pénz is az enyém! És én élvezem! – újra fölpattanok. – Mit csináljak, amikor hónapokig távol vagyok? Verjem ki?
– Jaj, kérlek!
Ibrahim nagyon szemérmes az intim ügyekben, ezért nem kínzom őt tovább. Persze... Igaza van, de nem értem, miért nincs erre más megoldás.
Végül lenyugszom, és vázolom a helyzetet.
– Oké. Talán igazad van! Elmondom, ezentúl mi lesz – lelkesen bólint, ezért már oda is vetem a legfontosabbat. – A gumit felejtsd el! Minden marad úgy, ahogy eddig! Annyi a különbség, hogy kérsz vérvizsgálati lapokat is. – Újra bólint, jelezve, ezt eddig is próbálta megtenni. – Tíz napnál nem lehet régebbi a papír! Érted?
Megcsóválva fejét válaszol.
– Ez képtelenség. Harminc napot adnod kell! Senki nem vizsgáltatja magát olyan gyakran. Másrészt megjegyzem, hogy egy kurva tíz vagy harminc nap alatt is elkaphat akármit.

- Leszarom!
- Jól van! Én csak közöltem ezt veled, mert az orvosod vagyok. A gumiszalagért nyúl, jelzi, hogy csináljuk meg a vizsgálatot. Odaülök elé, és a kezemet nyújtom.
- A gyógyszer kiosztását ne felejtsd el még egyszer! Még az előtt, mielőtt akár a karjukat is végigsimítom. Érted?

Egy bólintás a válasz, miközben meghúzza a gumit a karomon.
- Szorítsd ökölbe a kezedet!

Fölösleges az utasítása, már nagyon is jól tudom, miként zajlik a dolog. Kicsit megsajnálom, mert rájövök, tulajdonképpen nem akar rosszat nekem. Hogyan is akarhatna? Neki addig jó, míg én élek és virulok.

Érzem a karomon az ismerős érzést. A vérvétel már olyan az életemben, mint másnak egy kis orrfújás. Három kémcsövet tölt meg, majd gondosan elpakolja a dolgait. Lehajtom az ingem ujját, várom a következő lépést. Minden úgy zajlik, ahogy szokott. Ibrahim kis üveget vesz elő, aminek széles, zárható szája van. Felém nyújtva mondja azt, amit szükségtelen, mert úgyis tudom.

- Mielőtt belevizelsz, mosakodj meg! Az elejét és a végét a wcbe engedd!

Bólintok, és már indulok is a fürdőbe. Végzem a rutinmozdulatokat, miközben azon zakatol az agyam, hogy orvosomnak mindenben igaza van. Eszembe jut az öcsém, mire gúnyos vigyorra húzódik a szám. Ha én felelőtlen vagyok, akkor ő mi? Nem érdekel a kockázat. Ha nem élhetek úgy, ahogy akarok, akkor nem érdekel semmi. Átszalad az agyamon a felismerés, mely szerint apám és anyám tényleg istenként nevelt minket. A mi népünknél nemcsak a férfiak nézik a fiaikat istennek, hanem az anyák is. Nem elfeledhető tény: a férfi magát a megélhetést jelenti. Minél több van egy családban, annál biztosabb háttere van egy nőnek.

Átnyújtom az üveget, amit Ibrahim belehelyez egy tartóba. Minden országban talál magánlaboratóriumokat, tudom jól, most is odaviszi a mintákat. Általában másnapra van meg az eredmény, amit ő mindig nagyon vár. Szerintem ha valami rossz dolog derülne ki, akkor magát hibáztatná a legjobban. És azt is tudja, hogy abban az esetben vége a családi biztonságnak. Most luxusban élnek és élvezi a bizalmamat, de ezért elvárom, hogy hibátlanul dolgozzon.

Nem hibáztatnám, ha valami nyavalyát elkapnék, de ha egy nő terhes lenne, azért igen. Megmondtam neki az elején, hogy a szeme láttára nyeljék le a csajok a bogyókat.
Ez a hülye meg elfelejti kiosztani! Elvette a cicababa az eszét!
– Gamal, kérlek, ne neheztelj rám!
Nemet intek, már tényleg tovaszállt a dühöm. Leül elém a fotelba, én meg elkezdem szabaddá tenni a nemi szervemet. Kesztyűt húz magára, és alaposan körbevizslat mindenhol. Csöppet sem kínosak már ezek a vizsgálatok. Ibrahim is megszokta a helyzetet, és én is. Hat éve megteszi ezt minden hónapban egyszer.

Mikor végez, lerántja a kesztyűjét, aztán összegombolom magam.

– Külsőleg minden rendben. Van panaszod?

Nemet intek, ő meg helyeslően bólint. Fölveszem a telefont, és babrálni kezdem, de mikor elpakol, ismét felém fordul.

– Hallom, ma együtt vacsorázol a tolmáccsal!

Elszégyellem magam, pedig semmi gúny nincs a hangjában. Bosszant, hogy Emír rólam fecseg, de ezért nem hibáztathatom az orvosom. Csak bólintok egyet, mire ő még szélesebben vigyorog.

– Ennyire csinos?

– Ja! Csinos!

– Jól van! Ha az estéd úgy alakul, és vizsgálni kell, akkor szólj!

Naná hogy úgy alakul! Mégis hogy alakulna másként? Megdugom, és kész!

8. fejezet

Este hét órakor már olyan ideges vagyok, mintha az esküvőm napja lenne, pedig tudom, hogy én valószínűleg csöppet sem leszek ideges az esküvőm előtt. Semmit sem ettem, ezért már meglehetősen éhes vagyok. Ebből kifolyólag több okból is várom a vacsorát.

A tisztálkodási rutin után belebújok egy világosbarna, szűk szabású öltönybe, ami alá fehér inget és fekete nyakkendőt veszek. Picit soknak találom, mert még az is átfut az agyamon, hogy a csaj talán megint ugyanabban a ruhában lesz. A tobe ötletét most elvetem, pedig nagyon szeretném megmutatni, hogy arab vagyok. A borostámat megigazítom, a hajamat pedig oldalra simítom. Kicsit hosszú már, de semmiképpen nem engedem, hogy bárki is hozzányúljon a rijádi fodrászomon kívül.

Ellenállhatatlan vágyat érzek az iránt, hogy megalázzam a nőt, ezért közlöm Bálinttal, csak akkor szóljon föl, ha a csaj már az étteremben ül. Eszemben sincs előbb érkezni! Úgyis a szememre vetette múltkor a pontatlanságomat, hát akkor most meg is kapja.

A szerződést kikészítem az asztalra, de eszemben sincs levinni. Majd közlöm vele, hogy a szobámban megkapja. És azt is tudatom vele, hogy van egy üzleti ajánlatom a részére. Visszautasíthatatlan leszek!

Mire mindennel végzek, nyolc óra öt perc van. Megszólal a szálloda telefonja, amihez úgy ugrom oda, mint egy kamasz. Veszek pár levegőt, és csak utána emelem meg. Bálint szól bele.

– Szudairi úr, Csilla megérkezett!

Ahogy kimondja az én kedvenc emberem a nő nevét, ellenállhatatlan vágyat érzek, hogy belekiáltsak a kagylóba: „Mi az, hogy Csilla? Neked ő egy hölgy!"

De nem teszem, mivel ő ajánlotta, valószínűleg jól ismerik egymást.

– Rendben! Rögtön megyek.

Leteszem a kagylót, és leroskadok az ágyra. Szándékosan várok pár percet, és csak utána indulok el.

A pult mögül elém ugrik Bálint, majd becövekel elém.

– Kövessen, uram!

Nem szólalok meg, automatikusan lépdelek utána. Előveszem a telefont a belső zsebemből, és úgy teszek, mintha halaszthatatlan dolgom lenne rajta. Csak az étterem bejáratánál emelem meg a fejem. Bálint végigsimítja a karom, úgy lép oldalra. A mozdulatától földbe gyökerezik a lábam.

Minden magyar ilyen közvetlen?

Körbefuttatom a szemem, azonnal meglátom őt. Annál az ablakközeli asztalnál, ahol a reggeli megbeszélésen ültünk. Oldalról látom az alakját, nem is a tekintetét keresem, hanem a derekát vizslatom. Megemeli a kezét, jelezve: itt vagyok. Arra gondolok, vajon miért viselkedik ilyen közönségesen egy nő, de aztán rájövök, ez itt valószínűleg egy hétköznapi mozdulat. Elindulok felé, a mobilomat közben visszacsúsztatom a zsebembe. Odaérek hozzá, de nem áll fel. Halványan mosolyog, képtelen vagyok viszonozni a gesztust. Nem baj, ha bunkónak tart. Úgy könnyebb lesz.

Fehér blúz van rajta és egy fekete szoknya, olyan, mintha üzleti tárgyalásra készülne. Bár ő tényleg valami hasonló miatt jött, hiszen az aláírt szerződésre vár.

Majd mindent a maga idejében, csillagom! Vagyis Csillám!

Ugyanaz a gyöngy fülbevaló van a fülében, ami jól megy a stílusához, csak egy kicsit nehezményezem a nem túl változatos ékszerkollekcióját. Gyanítom, nincs is neki túl nagy, de ezen még segíthetek. Egy kis plusz jutalék nem árt a lelkes személyzetnek. A haja ki van engedve, és az egyik oldalra, egészen előre van húzva. A haja takarásában így eltűnik az egyik válla, amitől a másik marhára izgalmassá válik. Kilátszik a füle és a nyaka oldala. Szívesen rámarkolnék, irányítva őt.

Ahogy leülök, szembe kerülök a felsőtestével. A fehér selyem kissé áttetsző rajta, látom a melltartóján a csipkerészt. Szerencsére a mellbimbója nem üt át, mert akkor itt helyben rávágnám az asztalra.

– Jó estét, Szudairi úr!

Ő töri meg a csendet, mire én kicsit el is szégyellem magam. Még a mi kultúránkban is a férfi köszön előre a nőnek. Hülyén nézne ki, ha köszönnék, ezért csak biccentek, amire ő fel is vonja a szemöldökét. Fogalmam sincs, miért szalad ki a számon a következő mondat.

– Elnézést, hogy késtem. Majdnem elfelejtettem ezt a találkozót. Az utolsó pillanatban jutott eszembe!

Hah, Gamal! Mekkora bunkó vagy! Egész nap rá gondoltál, és az agyadban a Káma-szútra összes pozitúrájában végigcsináltad őt!

– A végén mégiscsak eszébe jutott. Ez a lényeg.

Mosollyal az arcán felel. A gyomrom görcsbe áll, sejtelmem sincs, hogy fogok enni. Ennek a félelmemnek több oka is van. A legkézenfekvőbb az, hogy sosem eszegetek nőkkel. Csak a családom női tagjaival ülök le olykor-olykor, mert sokszor még a családi eseményeken is külön vannak választva a férfiak és a nők. A többi ok a gyomrom görcsösségét illetően nem jut eszembe!

Alig helyezkedek el a széken, máris ott terem a pincér a két étlappal és itallappal. Valószínűleg Bálint figyelmeztette őt, hogy gyors legyen, mert olyan alázatos, ami már egy királynak is zavarba ejtő. A velem szemben ülő tolmácsomra rá se hederít, azonnal nyalni kezdi nagy csapásokkal a seggem.

– Mit hozhatok inni önnek, uram?

Belemélyedek a téglalap alakú, műanyaggal bevont lap rejtelmeibe, de ő megállás nélkül beszél. Picit zavar, hogy a nőt nem méltatja figyelemre. De csak picit! Nagyon is szeretem, ha én vagyok a legfontosabb!

– Remek magyar boraink vannak. Bizonyára tudja, hogy ebben az országban hagyománya van a bortermelésnek. Ajánlhatok önnek esetleg tokaji aszút? Vagy esetleg…

– Annyit tudok az országukról, mint maga rólam! – kibírhatatlanul fontoskodó az ürge. Rámeresztem szemeimet, ami valószínűleg szikrákat szór. – Nekem gőzöm sincs erről a vidékről, úgy, ahogy magának sincs arról, hogy egy muszlim nem iszik alkoholt!

Döbbenet ül ki az arcára. Csilla képe is lemerevedik, de egy pillanattal később már át is fut rajta egy halovány mosoly.

Persze csak féligazságot lökök oda a pincérnek. A törvény tényleg tiltja hazámban az alkohol fogyasztását, de ez nem jelenti azt, hogy nem is iszunk. Majdnem minden házban megtalálhatóak a márkás italok, és a családi összejöveteleken nagyon is gyakran emelgetjük a poharat. Külföldön azonban büszkén vállalom ezt a tilalmat, mert egyfajta tisztaságot ad minden muszlimnak.

Elveszek Csilla szemében, miközben hallom a pincér mentegetőzését.

– Bocsásson meg, kérem! Ez elkerülte a figyelmemet! Mit hozhatok magának?

Elkapom a fejem, mert magával ragad a zöld szín. Képtelen vagyok határozott, kemény hangon beszélni, ha továbbra is azt bámulom. Az ürge bárgyú szőke fejének látványa azonban visszaadja a bunkó stílusom.

– Teát szívesen innék. Zsályával, tűzforrón. El tudja intézni? – csöppet sem kedves a hangom, sokkal inkább lenéző. A fehér bőr vörösbe megy át, a fülek már rendesen tüzelnek. Megsajnálom őt. – Bálint remekül ért hozzá. Tőle kérhet segítséget. És kérek egy pohár vizet is.

Úgy jegyzetel, mintha ódát diktálnék neki, Csilla várakozásteljesen néz rá, és várja, hogy sorra kerüljön. A pincér visszanéz rá, majd elmosolyodik.

Le fogok baszni neki egyet!

Fogalmam nincs, miről beszélnek, mert az anyanyelvükön diskurálnak. Ezt mindig szemtelenségnek veszem, de most kifejezetten élvezem. Csilla nyelve úgy pörög, hogy azt csak egy helyzetben vagyok képes elképzelni. Olyan, mintha kecskék mekegnének, a farkam már kőkemény.

Teljesen kivagyok. Ez a csaj valami idióta nyelven mekeg, én meg beindulok erre!

A fickó szintén közbeszólogat, rendesen zavar, hogy belerondít a tolmácsom szóáradatába. Megint ír valamit, aztán végre lelép. A nő azonnal az étlapot kezdi lapozgatni, a kezét figyelem. Nincs rajta ékszer, csak egy egyszerű, fekete bőrszíjas óra. A márkáját nem tudom kivenni, de gyanítom, nincs is neki. A nyakában sem lóg semmi, csak a fülében árválkodik az a két gyöngy. Ami tuti, hamis.

A körmei azonban ápoltak. Ugyanolyanok, mint a múltkor: hosszúak és vörösek. A nyúlánk ujjaival szépen körbe tudná fonni a vastag farkam. Elvigyorodom a gondolatra, pont akkor, amikor ő rám néz. Fapofát húzok fel, de már késő. Zavartan megigazítja magát a széken, és kérdezni kezd.

– Mi az? Min nevet?

Megcsóválom a fejem, mert az igazat mégsem mondhatom, hazugság meg nem jut az eszembe. Belemélyedek az étlapba, és böngészni kezdem az angol nyelvűt. Külön részben vannak felsorolva a magyar specialitások, el is kezdek kutatni a szememmel az után a bizonyos csirke után, amit Emírék ettek.

A mellettünk lévő asztaltól csörömpölés hallatszik, leesik egy evőeszköz. A dagadt pasi szuszogva lenyúl érte, és az asztalra teszi a tányérja mellé a koszos villát. Undorítónak találom a cselekedetét, de ő nem zavartatja magát. Buzgón, nagyokat sóhajtozva a hájától, beszél tovább a vele szemben ülő szintén nagydarab nőnek.

Csilla hátradől a szék háttámlájára. Látom, hogy engem néz. Én az étlapot bújom, de érzem magamon a pillantását. Nincs erőm megemelni a fejem, furcsa érzések kavarognak bennem. Ha ránéznék, csakis egyvalamire tudnék gondolni, de még nem vázoltam fel magamban a szavakat, amivel majd közelítek a témához.

A könnyen vörösödő pincér menti meg a helyzetet. Leteszi elém a teát és a vizet, Csillának meg valami sárga löttyöt szívószállal.

Ha most szívószállal fogja inni azt az átkozott narancslevet, akkor a kajáig sem jutunk el. Tuti közlöm vele, hogy inkább mást vegyen az ajkai közé.

Hú, de szépen fogalmazok!

Megízlelem a teát. Forró és zamatos. A pincér nem tágít, míg nem bólintok egyet. A bólintás után csak zavartan forgatja a fejét, és kérdez valamit. Csilla fordítja le.

– Magának sikerült választania, Gamal?

Szóval már nem Szudairi úr vagyok! Idáig mikor jutottunk el? Agyamon süvít végig a gondolat homokviharként, hogy én a kis

tolmácsnak nem is emlékszem a családnevére. Magam elé idézem a szerződésben leírt betűket, ekkor ugrik be: Pataky.
Na jó! Maradjunk a Csillánál!
– Nem nagyon ismerem a magyar konyhát, de szívesen megkóstolnám az itteni ízeket.

Tényleg a kajára gondolok, de a nő szemein látszik, kettős értelme van annak, amit mondok.
Ó, drágaságom! Én már kóstoltam a magyart! Finom! Ez persze nem jelenti azt, hogy nem repetáznék!
Határozottan nyújtok felé egy lehetőséget.
– Hallgatom, Csilla! Mit ajánl? Maga biztos tudja, mit esznek az ide érkező külföldiek!

A pincér még mindig ott áll mellettünk, szívesen feltenném neki a kérdést, hogy nincs-e máshol dolga, de Csilla olyan határozottan mosolyodik el, hogy akkor talán azonnal rástartolnék.

Kezeit körbefonja a mellkasa előtt, amitől eltűnik a melltartó vonala. Picit kihúzza magát ültében, látszik, hogy nem hozom zavarba.
Ó, majd mindjárt!
– Gulyást ajánlok.

Az oké, csak tudnám, mi az. Látja rajtam a nem létező értelmet, ezért folytatja.
– Gulyáslevest! Ezt imádják a külföldiek.

Leves. Talán rendben lesz, de bírom, hogy faggathatom, ezért nem állok meg.
– Mi van benne?
– Sok zöldség, krumpli és hús. Eheti csípősen is. Úgy igazán magyaros.
– Milyen hús van benne?
– Pörköltalapon készült hús! – vágja rá, mintha csak azt akarná mondani, hogy „mégis, mit képzelsz"?

Na mármost! Ott kezdődik, hogy a pörkölt szót sem hallottam még, a hús eredetéről pedig nem igazán nyilatkozik a kis bogár.
– Úgy értem: milyen állat húsa van benne?
Elég érthető vagyok?
Egyszerre vágja rá a pincér is meg Csilla is: disznó. A nő még hozzáteszi, hogy marhából is szokták, de a pincér közbevág, miszerint ez most sertésből készült.

Tolmácsomat okosnak hittem, de már kezd picit bedühíteni. Tényleg fogalma sincs róla, hogy egy muszlim nem eszik sertéshúst? Jó lesz, ha ezt jelzem.

– Nem eszem disznóhúst.

– Pedig nagyon ízletes! – kezd ellenkezésbe a férfi, nem sok hiányzik, hogy arrébb kergessem.

– Én muzulmán vagyok. A muzulmánok nem esznek sertést. Még akkor sem, ha ízletes!

Érted már, te barom?

Zavartan kezdi bólogatni a fejét, kifakadásomra a velem szemben ülő is elkomorodik. Úgy érzem, helyére raktam a dolgokat, ezért a női szempárba nézek. Nem bírom sokáig, lejjebb csúsztatom a szemem, és megállapodok a szájánál. Most is olyan natúr, mint a múltkor. Szépen ívelt, az alsó ajka vastag, de a fölső nem. Kifejezetten dühít a gondolat, ami uralkodik az agyamon:

Meg akarom csókolni!

Jó lesz, ha összeszedem magam, mert kezdem úgy érezni, hogy egy vadidegen fészkelte be a testembe magát.

– Azon a bizonyos gulyáson kívül van valami más is?

Látszik a zavara, valószínűleg szégyelli magát az ostobaságáért, pedig én már nem neheztelek rá. Tetszik ez a zavar, el is nevetem magam. Ő is elmosolyodik, mire a pincér is vigyorogni kezd a torkát köszörülve.

Ránézek, abban a tekintetben minden benne van, de nem veszi a lapot. Úgy látszik, nem érti az én nyelvemet, mely most azt közli, hogy told arrébb magad! Nem hagyom, hogy elterelje a figyelmemet.

Jól van! Ácsorogj csak itt mellettünk!

– Csirkét eszik? – kérdezi a nő. Nem felelek, csak bólintok, mire tovább faggat. – És milyen húst eszik még? Már csak a választás miatt kérdezem.

Nehezményezem ezt a faggatózást, mégis felelgetésbe kezdek. Hátradőlök a széken, ő pedig végre leengedi mellkasa elől a karjait. A poháráért nyúl, amit oda is emel a szájához. Megszívja a szívószálat, összeugrik deréktól lefelé mindenem.

– Bárány, kecske, nyúl…

Folytatnám, de befejezi az ivást és végignyalja a szája szélét. Kezdem elveszíteni az uralmat a testem fölött. Szégyentelen gondolatok futnak át az agyamon, de azzal nyugtatom magam, hogy: „Nyugi, Gamal! Hamarosan megkapod!"

– Meg tevét... – fogalmam sincs, miért teszem hozzá a felsoroláshoz. Én kifejezetten utálom a tevehúst, bár igaz, nálunk meglehetősen gyakori vendég ebéd- vagy vacsoraidőben. Csakis a máját eszem meg, az ízletes. A muszlimok nem esznek belsőségeket, egyedül a máj és lép képez kivételt. Egyébként a tevehús nagyon sovány, és cseppet sem rágós, mint amilyennek sejti az ember.

A teve szóra úgy néz rám, mintha egy másik bolygóról érkeztem volna. Most már talán sejti, mi is a véleményem a sertésről. Kábé ugyanaz, mint neki a tevéről.

– Tevét? – szemöldökét felhúzva kérdez vissza. – Ó. Nem furcsa az? – úgy érdeklődik, mint egy buta kislány.

Majdnem odavetem, hogy még eszünk ízeltlábúakat is, de nem kínzom tovább. Csakis egyféleképpen vagyok képes válaszolni.

– Nem. Legalábbis még nem nőtt tőle púpom.

Nem viccnek szánom, ő mégis felnevet. Nem bírom, amikor egy nő társaságban kacarászik, de az ő csilingelő hangja az én számat is mosolyra készteti. A pincér szintén nevet, nem sok kell, hogy kirúgjam a lábát. Tudom, addig nem tágít, amíg nem rendelünk, ezért odafordulok hozzá.

– Van bárány? Mindegy, milyen formában.

Az ürühúst szeretem a legjobban, de nem kezdek bele a részletes taglalásba. Most magyarázzam el, hogy nálunk az a legértékesebb? Az ürü lapockájánál kevés arab tud elképzelni zamatosabb ételt. Nálunk az étel nemes része olyan értékes, hogy egy vendégségben az a legnagyobb megtiszteltetés, ha a házigazda maga szakítja le és kínálja felénk fogyasztásra. Igencsak kedvelem még a marhahúst is, amit általában Új-Zélandról, Indiából, Pakisztánból vagy Brazíliából szoktunk beszerezni.

Picit belemélyed a gondolataiba, talán az étlapot idézi fel magában. Gyorsan rátalál a megoldásra.

– Kitűnő bárányhordát tudok hozni, spenóttal töltött rétessel.

Fingom nincs, mi az a rétes, de bólintok. Fel is jegyzi magának, majd a nőhöz fordul. Az újra magyarul kér, jólesik hallgatni ismét a mekegést. Talán nem birkát kellett volna rendelnem, hanem kecskét. Az stílusos választás lett volna a mekegés mellé.

A pincér végre elhúz mellőlünk, de ez inkább feszültté teszi a hangulatot. Fogalmam sincs, miről kéne társalognom ezzel a kis mókuskával. Egyvalamit taglalnék vele csak szívesen, mégpedig a pózokat, amiket ki akarok vele próbálni. Hátulról tuti megcsinálom. Ezt azóta akarom, mióta megláttam a gömbölyű, nőies fenekét.

– Ne haragudjon! Nem tudtam, hogy nem esznek sertéshúst – nem értem, miért hozza elő ismét a témát, valószínűleg nem jut neki sem az eszébe más. Csak bólintok, és a teát kezdem iszogatni. Már majdnem teljesen kihűlt, így félre is tolom, és a vizet húzom meg. – Nálunk az az egyik leggyakoribb hús. Maguk miért nem eszik?

– A sertés az iszlámban tisztátalan állat, így kifejezetten tilos. Megeszik minden szemetet, és ezt a szemetet ugyanúgy megeszi az, aki a húsát veszi magához.

– Ez elég furcsa indok.

Mi a fasz ezen a furcsa? Tiltja a vallásom, és kész!

Nem felelek, mert nem szeretném, ha a kultúránkról faggatna. Egy európai nő ne kíváncsiskodjon. Főleg ne egy hercegnél.

Látja, hogy nem vagyok vevő a témára, ezért kezdi üzleties mederbe terelni a témát.

– Aláírta a szerződésemet?

Ránézek, talán látszik is rajtam a düh. Ha pár perc után ez jut eszébe, akkor tényleg csak az a nyavalyás papír érdekli. Ha lehoztam volna, most biztos az arcába hajítanám, miközben azt kérdezném üvöltve: „Ez kell? Nesze!"

– Aláírtam – hazudom.

Valóban ki van készítve fönt az asztalra, de nincs aláírva.

– Nem láttam magánál, mikor bejött.

– A lakosztályban hagytam.

Hátradől, látom a mozdulatait az asztal alatt. A fehér terítő jelzi, hogy keresztbe teszi a lábát. A haja hátrább siklik, így még jobban körvonalazódik a melle.

Észhez kéne térnem, mert ennél azért sokkal többet szoktak mutatni a nők. Ilyen apróságoktól nem szoktam beindulni!

– Nem írta alá, igaz?

Komoly és elkeseredett a hangja, kissé elnevetem magam. Ő komoly marad, így kifejezetten bánom a nem megfelelő viselkedésemet. Rájövök, hogy nagyon fontos neki az a szerződés, ezért szigort erőltetve arcomra kezdem nyugtatni.

Ezt sem igazán értem, mert én még sosem próbáltam meg nyugtatgatni nőt!

– Nyugodjon meg! Nincs semmi baj vele. Végigolvastam. Természetesen aláírom és átadom magának a vacsora után.

Úgy nyújtom át neked, hogy előttem térdelsz!

Ellágyul az arca, látszik rajta a megkönnyebbülés.

– Ennek örülök. Tudja, volt már rá alkalom, hogy nem fizették ki a munkámat, és fizetés nélkül távozott a vendég a szállodából. Nekem minden pénzre szükségem van!

Oké. Témánál vagyunk. Rajt van, Gamal!

– Ha már a pénznél tartunk, nem nagyon értem magát! – képtelen vagyok belecsapni a közepébe, de melegítem a pályát. – Nem gondolja, hogy kevés a pénz, amit kér?

– Nálunk ez már nagyon-nagyon jó órabérnek számít.

Az órabérről is már csak a szex jut eszembe, úgyhogy erőt veszek magamon.

– Mi lenne, ha azt mondanám, hogy nem húsz meg harminc dollárt adok magának óránként a szolgálataiért, hanem háromezret? – lefagy az arca, szinte látom, ahogy matekozni kezd, ezért megtoldom még egy kis házi feladattal. – Minimum öt órára igénybe veszem. Ez tizenötezer dollárt jelent. És minimumot. Lehet belőle akár tíz óra is!

Igen! Elképzelem! Ó! Tíz órán át kormolhatnám őt. Bevallom, az nagyon bejönne!

A szemei kikerekednek, még vonzóbbá válik a zöld tónus. Talán már átszámolta forintra az összeget. Én már rég túl vagyok rajta. A matek mindig az erősségem volt. Kereshet akár nyolc- vagy kilencmillió forintot is. Szerintem az itt már elég jó napidíjnak számít, bár már semmiben nem vagyok biztos. Cseppet sem derül fel az arca, fészkelődni kezd ő is meg én is. Alig várom, hogy kibökjön egy átkozott rendbent. Az meg sem fordul a fejemben, hogy nem érti, miről beszélek.

Az italáért nyúl, amiből kihajítja a szívószálat. A sárga nedű foltot hagy a fehér damaszton, de ez nem zavarja őt. Úgy forgatja a kezében a poharat, mintha az arcomba akarná önteni, de nem

teszi. Ez nagy szerencséje, mert az végzetes hiba lenne. Valószínűleg szarrá verném válaszként, annak ellenére, hogy sosem ütök meg nőt! Gyerekkoromban olykor elnáspángoltam a húgaimat, de nem vagyok olyan vadállat, mint sok hazámbeli férfi.
– Hogy képzeli ezt?
Egyszerűen!
Nem válaszolok, ő pedig szemmel láthatóan szavak után kutat. Valószínűleg nem jó az angol káromkodásban. Kezdem sejteni, hogy nem lesz kedvező a válasz, de nyugalmat erőltetek magamra. El sem tudom képzelni, mi lesz, ha nem adja magát oda nekem.
– Tudtam! Maga ugyanolyan, mint a többi! Azt hiszi, azért, mert a bőre alatt is pénz van, mindent megkaphat?
Igen, azt!
Nemcsak a bőröm alatt van pénz, hanem még a csontom is azzal van bevonva. Rijádban palotám van, saját repülőgéppel repkedek, és tigrisek meg oroszlánok isznak a kertem medencéjéből. Ilyenek az én háziállataim! Igen! Képzeld, azt hiszem, hogy bármit megtehetek. És nem is csak hiszem, hanem tudom!
Marha pipa vagyok, de az kedvező hír, hogy nem pattan fel. Most mégis mit várt? Azt, hogy tényleg ez a kibaszott vacsora érdekel?
– Szégyellje magát!
Oké, megteszem!
Bár nem nagyon tudom, mit jelent az. Azt hiszem, igazi szégyent akkor éreztem, mikor gyerekkoromban apám rám szólt a mecsetből kifelé jövet, mert nem megfelelően viselkedtem. Allah valószínűleg nagyon meg fog rám haragudni, ha az imák közben bohóckodom. Akkor ötéves lehettem. Azóta nem bohóckodom ima közben, és nem is szégyellem magam semmiért.
Megjelenik a pincér a tányérokkal, és azonnal levágja, hogy feszült a helyzet. Ennek ellenére leteszi az ételeket, és jó étvágyat kíván. Gyorsan távozik, én meg levonom a következtetést: tényleg minden magyar közvetlen, de mégis tudják, hol a határ.
Csilla odébb dobja a villáját, nem szólalok meg. Hagyom, hadd tomboljon, a vége úgyis az lesz, hogy leveszi a bugyiját.
– Tudja, fogalmam sincs, hogy mi a megalázó a maga világában, de talán célba találok, ha azt mondom, hogy maga egy disznó!

Tényleg célba talál. A lábam meglendül, de nem pattanok fel. Ezért otthon halálra vernék akárkit. A vágyam már kezd semmivé foszlani, csak egyvalamit akarok: alázni őt. Latolgatom a lehetőségeket, végül oda lyukadok ki, ha most vitába szállok vele, akkor sosem lesz az enyém. Már nem akarom őt csókolni, csak szétmarcangolni. Ha az ég a földdel összeér, akkor is megdugom, de csak azért, hogy porig alázzam. Imádnám, ha sírna! Akkor valóban disznó leszek.

Éppen fel akar állni, ezért cselhez folyamodom.

– Mi baja van? Fogalmam sincs, mi húzta így fel! Elmagyarázná?

Hátrahőköl, szerintem már ő sem biztos benne, hogy nem értett félre.

– Tudja azt maga nagyon jól! – visszaereszkedik a székre, miközben körbenéz, ki figyel minket.

A dagadt pár éppen távozóban van, ránk sem hederítenek. A pincér azonban a terem másik végéből les. Mozi van. Nem engedhetem meg magamnak a kellemetlen felhajtást.

– Nyugodjon meg! – döbbenten ismerem fel, hogy tíz perc alatt ezt másodszor mondom ennek a nőnek.

Nasire húgomnak még akkor sem voltam ezt képes kimondani, amikor megtudta, hogy férjhez kell mennie egy olyan férfihoz, aki húsz évvel idősebb nála. Zokogott, a fejét az ölembe hajtotta, miközben azt kiabálta: „Bárcsak Allah engem is férfinak teremtett volna!" Szívből sajnáltam, de képtelen voltam a vigaszra. Nem értettem, mi a problémája. Rálép arra az ösvényre, ami ki lett neki jelölve.

– Szerintem félreértett valamit – agyamban már körvonalazódik, mit is fogok mondani.

– Nincs ezen mit félreérteni! A lakosztályába invitál, miközben irreálisan sok pénzt kínál. Ráadásul úgy nevezi a dolgot, hogy a „szolgálataimért"! – előredől, majdnem azt teszem én is.

Tovább akar beszélni, valószínűleg azért közeledik a testével, mert lejjebb akarja venni a hangját. Közbevágok.

– Én nem hívtam a lakosztályomba!

Elnéz mellettem, rájön, hogy igazam van. Szerencsére nem voltam egyértelmű, mert így még kimoshatom magam. Más esetben biztos azt mondanám:

„Mit cirkuszolsz, bogaram? Megdughatlak ennyi pénzért, vagy nem?"

Szar helyzet. Elutasítással még nem nagyon találkoztam. Sőt! Talán még sosem.

– Csak annyit mondtam, hogy a szerződése még fönt van! Beleegyezően bólint, a haját igazgatja. Az ételre néz, nyel egyet. Saláta van előtte és grillezett hús. Valószínűleg csirke. Nagyon zavarban van, mégis erőt vesz magán, mert egyenesen a szemembe néz. Sajnálom őt, amiért hazudok neki. És magamat is sajnálom, amiért egyre távolabb kerülök a céltól.

– Akkor elmondaná, mégis hogy értsem? – a nyakát megnyújtja, a lámpa fénye csillog a szemében.

Nagyon szép. Gyönyörű. És tuti, hogy ma nem kapom meg!

A látványától és a dugás lehetetlenségétől reményvesztetté válok, amit talán egész életemben most érzek először. A hússal kezdek foglalatoskodni, ő is hasonlóan cselekszik. Szelíden belekóstol a salátába, és vág egy falat húst magának.

A bárány nagyon finom, szétomlik a számban. Azzal a rétessel még barátkoznom kell, de mindenesetre elkezdem vagdosni. A külső réteg roppanva nyílik szét, belül a zöld töltelék lágyan simul a késre és a villára. Teketória nélkül belekóstolok. Finom, de a sült tészta része zavaróan ropogós.

Rágás közben egymásra nézünk, majdnem elröhögöm magam. Arról fogalmam sincs, hogy miért. Régen éreztem már ezt. Bárkit agyon tudnék verni. Mégis nevethetnékem támad.

Fel fogok robbanni!

Lenyeli a falatkát, és újra kérdez. Nem hagy szabadulni a témától, de én már nagyon is tudom, mit fogok tálalni neki.

– Elmondja, hogy értette, Szudairi úr?

Szóval megint úr vagyok!

Nem teszem szóvá az illem határán táncolását, valószínűleg azért lép hátrább, mert tart tőlem. Nem érdekel, ha élete végéig „Szudairi úrnak" szólít, a szájával kapcsolatban már csak egyvalamire vágyom.

Én is nyelek egyet, majd beleiszom a vízbe. Idiótának érzem magam. Nem elég, hogy egy nővel eszegetek, még mentegetőzni is fogok.

– Nem ismerem ezt a várost. Pontosabban mondva, semmit sem tudok az országáról. – Bólint, miközben tovább eszik. Természetesen viselkedik. Magam sem tudom, zavar-e, vagy tetszik. – Rijádból

valószínűleg csak holnap estére érkeznek meg a szakvélemények, és én nem tudom mivel elütni a következő napot. – Megáll az evésben, talán azt hiszi, megint rámozdulok. – A lakosztályomban van egy prospektus Budapestről. Szépnek tűnik. Szeretnék megnézni egy pár helyet.
Pihenésképpen tovább eszem. Most ő kezd inni, majd a száját is megtörli. Minden mozdulatáról a szex jut eszembe. Ahogy nyel, azt képzelem el, hogy lenyeli, amit a szájába engedek. Ahogy letörli a száját...
Picit meg kell igazítanom magam, mert valószínűtlennek tűnik a helyzet. Huszonhét évem alatt most vagyok először ilyen helyzetben.
Baj lesz, Gamal!
– Ezen pontosan mit ért?
– Azt szeretném, ha vállalná, hogy megmutatja nekem a város nevezetességeit!
Különös, de tényleg érdekel. Én sok mindent becsülök, de nem vagyok kíváncsi más népek kultúrájára vagy építészetére. Egy arab büszke arra, hogy hova született, és ezt hangoztatja is. Hasonlóak az amerikaiak is, de ők észjátszósan teszik mindezt. Nem bírom, ahogy mindenen nyavalyognak! Osztják az észt annak a bizonyos harmadik világnak, de fingjuk nincs arról, mi zajlik valójában a Közel-Keleten. Az amerikaiak egyértelműen nem tisztelik az iszlámot és a mi kultúránkat. Ha tisztelnék, nem akarnának minden szarságba beleszólni. Kíváncsi vagyok, mikor jönnek rá, hogy minket nem lehet megállítani.
– Én nem vagyok idegenvezető!
– Az nem számít!
– Dehogynem!
Már megint ellenkezik. Ha ez sem jön be, akkor minden reményem dugába dől. És arra a dugába dőlésre én is kíváncsi leszek, mert fogalmam sincs, miként kezelem majd a helyzetet.
– Csak ismeri a várost, ahol született és felnőtt! – picit szemrehányó a hangom. Így talán elszégyelli magát és nem ellenkezik tovább.
– Persze. A várost ismerem, de nem tudok magának olyan mélyrehatóan beszélni a műemlékekről.

139

Az nem baj, kisgidám! Majd én mélyreható leszek!
Elhatározom, hogy szabadalmaztatni fogok valami bogyót. Olyasvalamit, amit arra találtak ki, hogy semmi esetre se jusson eszembe a szex. Képtelen vagyok másra koncentrálni, és tudom, ez azért van így, mert nem adja meg magát. Ha elém dobná magát, megdolgoznám, és kész. De így kezdem becsülni. Persze csak kicsit.
– A történelemre meg építészeti stílusokra nem vagyok kíváncsi. Egyszerűen a látványra vágyom.
Na ja! A látványra!
– Ezért ajánl ennyi pénzt? Kísérjem el egy városnézésre?
Tényleg barom vagyok. Ezért fogok fizetni? Ennyit?
– Igen. Nem szívesen kerülök idegenekkel kapcsolatba, magát pedig valamelyest már ismerem – átszalad az agyamon, hogy ez elég nagy baj, de az arcát látva kezdem felismerni a helyes utat. – Egy ismeretlennel képtelen lennék sétálgatni!
Na persze veled sem lesz egyszerű!
– Pedig ez egy külön szakma! Szerintem jobban jár, ha egy hivatásos idegenvezetőt kér meg erre.
Eléggé feldühít! Elszáll az agyam.
– Kell magának a pénz, vagy nem? Akar pár óra alatt milliókat keresni, vagy nem?
Nem hiszem el! Ennyire sötét? Mindenhol ugranának egy ilyen ajánlatra, ő meg úgy turkál a salátájában, hogy minden higgadtságomra szükségem van, nehogy a fejére borítsam. Miért nem fogadja el a segítségemet, ha szüksége van a pénzre?
– Természetesen igen – megigazítja a haját. Megcsapja orrom az illata. – Én csak attól félek, hogy nem lesz megelégedve a munkámmal.
Uh! Nem vagyok szégyenlős. Majd elmondom, mit akarok. És nem leszek elégedetlen!
Az idő hosszúsága, amivel egymásra nézünk, már felér egy szemezéssel. Látom, ahogy nyeldes, biztos neki is megfordul a fejében ez meg az, csak éppen nem tudom, mi is az az ez meg az. Fogalmam sincs, hogy egy ilyen ártatlan bárányka miket gondol, mikor egy „meg akarlak baszni" szempárba mered. Eddig soha nem is érdekelt. Most azonban határozottan kíváncsivá válok.

– Miért néz így rám? – Válaszként megcsóválja a fejét, ebből levonom a következtetést: tényleg vannak arcpirító gondolatai. Folytatom: – Nem hiszem, hogy panasszal élnék. Szerintem maga tudja, mi tetszik a külföldieknek. A többi nem fontos. Ha nem vállalja el, másnak fogok fizetni. Magán áll vagy bukik.
Könyörgöm, álljon, ne bukjon!
Ismét ételt vesz a szájába, én pedig már érzem a győzelem szelét. Nem fog nemet mondani, mert már látom, ahogy gondolatban költi a pénzt. Hangoztatta már többször is, hogy szüksége van rá. Ostoba lenne, ha nem élne a lehetőséggel. Majdnem megkérdezem, miért olyan fontos neki a pénz, de aztán rájövök, a leghülyébb kérdésem lenne az elmúlt huszonhét évemben. Mindenkinek szüksége van a pénzre. A gondjai meg tényleg nem érdekelnek. Legalábbis azt hiszem…
– Nem vállalhatok el olyan munkát, amihez nem értek. Úgy értem, hivatalosan… erről nem állíthatok ki megbízási szerződést.
Nem értem, miről hablatyol, de ha még egy szót szól szerződésekről, úgy itthagyom, hogy Rijádig meg sem állok.
– Nem is kell! Ez a mi kettőnk titka marad.
Úgy látszik, olvas a gondolataimban, mert nem beszél többet fölöslegesen. Alig láthatóan igent bólint, mire én úgy megkönnyebbülök, mint egy péntek déli ima után.
A pincér összeszedi a tányérokat, tulajdonképpen nem volt rossz a rétes a borda mellett. Csilla elkezdett mesélni, hogy amit köretként ettem, azt sütik édes töltelékkel is süteményként, de nem igazán érdekelt a téma. Valószínűleg gyorsan felismerte érdektelenségemet, mert egyszer csak abbahagyta a szóáradatot.
Az ő tányérja nem üres, elég keveset majszolt csak el. Remélem, nem akar fogyókúrázni, mert az nagy hiba lenne. Szeretjük a magas, kecses nőket, de csak akkor, ha azért a nőies vonalak is megmutatkoznak. Egy nőn a mell és a fenék fogni való legyen! Ez nálam alap. Egy vékony derék alatt szépen szélesedő csípő simán el tudja venni az agyamat.
A bőre tökéletesen fehér. Olyan, amilyennek lennie kell. A szeplők sem zavarnak, pedig elég ritkán látok ilyet. Határozottan izgatók a kis pöttyök rajta. Nincs sok az arcán, éppen csak annyi, ami különlegessé teszi őt.

– Hozhatok desszertet?
Csilla elmosolyodik, és picit előrébb dől. Én is megindulok, de eszembe jut, mit is teszek, ezért inkább a vizemért nyúlok. Nem vagyok édesszájú, de nem vetem el az ötletet. Ha kérünk még egy fogást, tovább tart ez az összeülés.
– Most is ajánlhatok valami magyarosat?
Mosolyog, a szeme pedig határozottan csillog. Nem bírom visszatartani a vigyort. Édes, ahogy úgy örül, mint egy kislány.
– Hallgatom.
– Dobostorta vagy somlói galuska. Ezekkel nem jár rosszul!
Összefonja az ujjait, és megtámasztja rajta az állát. Ugyanúgy mosolyog, vár a válaszra, de nekem ez a két szó nem mondott túl sokat. Amikor ritkán édességet eszem, az vagy valami gyümölcsös, vagy nagyon édes.
– Melyik az édesebb?
Rajtad kívül!
Kuncog, miközben a vállát is felhúzza. Utoljára Nasire húgomat láttam így nevetni, amikor sikerült ellopnia bátyám kedvenc CD lemezeit. Három napig kerestük, mire kiderült az igazság. Megkapta érte a magáét Fawwaztól.
– Mindkettő nagyon édes.
Mosolyogva nézzük egymást. Eszembe jut az elutasítása, ezért el is komolyodom. Elöntik a fejem a gondolatok. Megvetem az európai és az amerikai nőket, mert könnyen kaphatóak, most meg itt van egy, aki ellenszegül. Becsülnöm kéne őt, de sokkal inkább érzek iránta megvetést. Az nem lehet, hogy egy európai nő még erre sem jó. Akkor mégis minek született a világra?
– Magára bízom – vetem oda, miközben elfordítom róla a fejem.
– Két dobostortát kérünk – azonnal hadarja a felszolgálónak a választást. Úgy érzem, örül, amiért ő dönthetett.
A pincér elmegy, viszi magával a tányérokat is. Az étteremben telt ház van, sok a külföldi. Mindenféle nyelvet hallok, csak éppen a mekegést nem. Ebből sejtem, hogy itt leginkább külföldiek szállnak meg. Hallok spanyolt és franciát meg angolt. Ezt a hármat felismerem, mert én is tökéletesen beszélem mind a hármat. Régen az arab területek francia gyarmatok voltak, ezért a francia is egyfajta anyanyelv a számomra. Az arab az édes anyanyelvem, de azt nem hallok.

– Holnapra szeretné időzíteni a városnézést?
Egy pillanatra megzavarodom. Tulajdonképpen ekkor esik le, mit is harcolt ki ez a kis magyar. Óránként háromezer dollárt csengetek neki, csak azért, hogy sétálgasson velem.
Majdnem elröhögöm magam kínomban. Ritkán vannak ilyen „jó" befektetéseim!
– Igen. Holnapután lesz valószínűleg a tárgyalás.
Bólint, úgy beszél, mintha neki kéne megszerveznie mindent.
– Rendben. Szerintem elég, ha reggel tízkor indulunk. Majd én csinálok egy tervet, és eldöntöm, mit is érdemes megnéznie – intenzívebben kezdi mosolyra húzni a száját. – Azt javaslom, valami lezser ruhát vegyen fel!
Mi van? Na nehogy már te mondd meg nekem, hogy mit vegyek fel!
– Ezt hogy érti?
– Nem lesz kényelmes öltönyben várost nézni. És abban az izében sem...
Biztos a tobémra gondol. Nem hagyhatom ki! Végre alázhatom.
– Milyen izé?
Mivel komoly képpel kérdezek vissza, ő is lelohad. Zavartan igazgatja magát megint. Vérszemet kapok, és szívesen mondanék még ezt-azt, de beszélni kezd. Látom a pincér közeledő alakját. Határozottan idegesít, mert megzavar pont akkor, amikor csipkelődhetnék a kicsikével.
– Arra a… lepelre gondolok. Meg a fején arra a… kendőre.
Uh, de sötét!
– Tobénak hívják, és shemagnak! – A hangsúlyra válaszként elpirul. Pontosan ez volt a célom. Most már jöhet a desszert.
A teteje pirított cukorral van bevonva. Többemeletes tortaszeletként van a tányéron. A színéből ítélve csokis vagy kakaós íze lesz. A felszolgáló lerak még vizet is, meg Csillának ugyanabból a narancsléből, amit eddig ivott. Mi nem kértük, de valószínűleg udvarias gesztusnak véli cselekedetét.
– Van még mit tanulnom – teszi hozzá zavartan.
Félvigyorral reagálom le magamban: „Sebaj! Majd én tanítalak!"
Őszinte feje van, megsajnálom.
– Én sem tudok sok mindent a maga népéről.

Mindketten a süteményre vetjük magunkat. Valóban édes, de nem zavar. Szeretem még az ennél édesebbet is. A cukor meglehetősen kemény, félre is tolom. Ő azonban buzgón ropogtatja, a röhögés határán állok. Nem azért, mert vicces, hanem mert annyira természetes. Ritkán látok így nőt. Olyat, aki egyáltalán nem játssza meg magát. Ő pedig most szemmel láthatóan élvezi a sütemény ízét.

– Ízlik? – kérdezi.

Bólintok, így tovább eszünk mindketten. Pár falat után újra beszédbe kezd, talán gyakorol a következő napra.

– Amit most eszik, az hungarikum!

Aha! Biztos!

Vár egy picit, de gyanítom, tök hülye lennék, ha megkérdezném, hogy mi az a hungarikum.

– Egy magyar cukrász találta ki. Nem evett még ilyet?

Nemet intek. Talán szégyellnem kéne?

– Pedig egész Európában híre van! – toldja meg az okítást.

Szívesen visszakérdeznék, hogy ő mit tud az iszlámról, a prófétánkról vagy az ételeinkről? Már csak azért is, mert ez a pár dolog az egész arab félsziget alapja.

Nem kezdek kötözködésbe, azt viszont már sejtem, mit jelent a hungarikum kifejezés. Ők találták ki. Amolyan védjegy!

Most soroljak föl neki arabikumokat? A kávé nem nagyon köthető más nemzethez. Állandóan azt hallom Európában, hogy olasz kávé így meg úgy, pedig egyértelműen nekünk köszönhető, amit már itt is isznak az emberek. Még a mokkáskanál elnevezése is arab eredetű. Ráadásul azt is észrevettem, hogy itt háromfogásos étel kerül általában az asztalra, és már szinte sejtem, hogy ez is nekünk köszönhető.

Nem bírom tovább magamban tartani.

– Szállták meg valaha ezt az országot arabok?

Egy kicsit elgondolkodik, talán meg is lepődik. Felhúzza a szemöldökét, úgy felel.

– Törökök.

Ja! Hát az mindjárt más! Na, most van az, hogy alaposan körberöhögném őt. Hungarikum!

– Miért kérdezi?

– Csak mert sok minden hasonló ebben az országban, mint az én hazámban.

Nem azt felelem, amit akarok, de nincs kedvem tovább feszült hangulatban ücsörögni. A tortát kivégzem, meg is jelenik a pincér. A tolmácsom a süteményt sem eszi meg, feltenném a kérdést, vajon mi a baj a hungarikumával, de inkább hallgatok. Sőt! Szívesen hangsúlyoznám, hogy kérek egy ARAB kávét! Fogalmam sincs, miért húzott így föl, de gyanítom, idegeim állapotának semmi köze a kajához.

Nem fogom ma megdönteni! Teljesen kivagyok!

Szerencsére hamarosan vége a vacsorának. Nem tudom, miként fogom ma lenyugtatni magam, de nőre nem vágyom, az tuti. Persze egyre igen, de az lehetetlen.

Találkozik a pincérével a tekintetem, intek neki a fejemmel. Én végeztem, és semmi kedvem diskurálni egy vadidegen nővel. Ott is terem a pasi, azonnal szúrós megjegyzést intézek hozzá.

– Hozná azt a papírt, amit alá kell írnom?

Nem veszi a lapot a hangom minőségéből. Azonnal elviharzik. Csilla kicsit zavart, de egyáltalán nem érdekel. Tuti altatót kell kunyiznom Ibrahimtól, ha nem akarom szétverni a lakosztály berendezését.

A pincér visszaér, a nő meg a táskájában matat. Elővesz egy bankkártyát, és a pincér felé nyújtja.

– Az én fogyasztásomat, kérem, erről húzza le!

Stílusos lenne, ha ezért a húzásáért most keresztre feszíteném!

Üvölteni akarok, de nem teszem. A pincér a papírt kezdi méregetni, gondolom, nehezményezi, hogy most szól a csaj a különfizetést illetően. Kikapom a kezéből a cetlit, és ráfirkantom a nevemet. Szándékosan arab betűkkel. Csillának csak egy szót vagyok képes odabökni.

– Fizetve.

Felállok, ő is felpattan. A pincér elrohan mellőlünk. Valószínűleg férfiként ráérzett a kínos szitura. A csajt magam elé engedem, úgy tervezem, hogy az előcsarnokig a fenekét fogom bámulni. Pár lépés után azonban meggondolom magam. Képtelen vagyok féken tartani az indulataimat, mert azon a rohadt szoknyán keresztül már megint átüt a harisnyája végződése a combjánál.

Határozottan a keze után nyúlok, és magamhoz vonom őt. Riadt a tekintete, de nem elutasító. Tudom, ha most férfiként közelednék, nem ellenkezne. Ismerem ezt a nézést.

– Na idefigyeljen, Csilla! Ha még egyszer előveszi a tárcáját a jelenlétemben, akkor porig fogom magát alázni – nem válaszol, látszik, hogy teljesen leblokkolt. Nem állok meg. Most már igenis végigmondom, amit akarok. Akkor talán lenyugszom. – És arra is jól figyeljen, amit most mondok! Ha még egyszer combfixben jár-kel előttem, és még egyszer ezzel a kibaszott parfümmel fújja be magát, az első adandó alkalommal nekitámasztom valaminek!

Nem fejezem be, pedig szívesen ecsetelném, mit csinálnék vele. Mélyen ledöbben, és ettől a kedvem már egész jó. Végre megtudta, kivel szórakozik. Ha nem akar semmit, akkor ne viselkedjen ilyen kihívóan. Persze azt nem tudnám megmondani, hogy mi is tulajdonképpen a kihívó a viselkedésében, de az már mindegy.

Képtelen megmozdulni, én meg kihasználom az alkalmat. Ellépek mellette, és felviharzom a lakosztályomba.

Becsapom az ajtót, a falak is beleremegnek. Szemem az asztalon heverő szerződésre siklik.

Ó, a franc!

* * *

Belelapozok a papírba, és nem tudom, miért, de ahogy meglátom az adatait, kicsit megsajnálom. Felidézem a döbbenetet az arcán, ami már cseppet sem tölt el megnyugvással. Nem bánom a történteket, de valamiért zavaróan hat rám. Majdnem széttépem a papírt, de elképzelem, hogy a következő nap majd mint vágom hozzá. Ha mással nem is, azzal tuti megalázom. Már feltéve, ha holnap reggel hajlandó lesz megjelenni a szállodában. Valószínűleg úgy a lelkébe gázoltam, hogy azon sem csodálkoznék, ha új tolmács után kéne néznem. Talán nem is sajnálnám annyira. Rossz előérzetem van. Amikor ez a nő a közelemben van, sosem azt mondom, amit akarok. Semmire nem tudok gondolni, csak a szexre, és ráadásul neki még a száját is kívánom.

Ja! Ez aggaszt a leginkább!

Holnapra sofőrt kell szereznem, de nem is figyeltem, hogy ott áll-e a pultnál Bálint. Tárcsázom a recepciót, szerintem várta a hívásomat, mert azonnal felkapja.

– Parancsoljon, uram!

– Holnapra szükségem lesz a sofőrre – már megint nem jut eszembe a neve.

– Rendben! Mikorra hívassam ide?

Odasétálok az ablakhoz, teljesen lemerevedek. Ki van világítva a város, gyönyörű a fény játéka a sötétséggel. Már a harmadik éjszakámat fogom itt eltölteni, de ezt eddig észre sem vettem.

Naná hogy nem. Az első éjszaka ki voltam ütve, a másodikat meg végigkeféltem. Kit érdekel egy város szépsége, amikor nők tündökölnek a férfiember előtt!

– Itt van, uram? – kérdez Bálint, valószínűleg egy ideje már vár a válaszra. Elvesztettem az időérzékem.

– Mit mondott, Bálint? Hogy hívják ezt a folyót?

Egy picit vár a válasszal, meglepem a hirtelen jövő kérdéssel.

– Duna.

Tényleg! Az az. Duna. Emlékszem már.

– Valóban szép.

– Ami átíveli, az pedig a Lánchíd! – feleli büszkén Bálint. – Széchenyi Istvánnak köszönhető!

Beugrik, hogy Ibrahim ezt a nevet találta kimondhatatlannak, ezért mondta a szállodának a régi címét. Tény, hogy a Széchenyit nehezebb kimondani, mint a Rooseveltet, de azért megnyugtató, hogy ma már igenis egy magyarról van elnevezve a tér is.

– Látja a budai hegyeket?

Nem nagyon értem. Azt tudom, hogy Budapesten vagyok, de miként lesz ebből budai hegy? Valóban látok hegyeket. Bálint megadja a választ. Felvilágosítását kifejezetten érdekesnek találom.

– Tudja, ahol most van, az a pesti oldal. A folyó túloldala a budai oldal. Régen külön volt Pest és Buda. Ma pedig már úgy hívják a fővárosunkat, hogy Budapest.

Különös történet. Picit el is mosolyodom, mert valami láthatatlan fonal kezd hozzákötözni ehhez a néphez. Nagyon remélem, hogy nem a kis tolmácscsaj az.

– Igen érdekes. – Mindketten hallgatunk, de azért elég gyorsan észhez térek. – Tízkor indulnánk. Addigra álljon elő a kocsival a sofőr.
– Ébresztést kér?
– Nem, majd megoldom a telefonommal.
Majdnem leteszem a kagylót, de még tovább kérdez.
– Hatam urat se keltsem föl?
– Hatam úr nem jön a városnézésre! – felháborodott a hangom. Nehezményezem a helyzetet. Nem lehetek kettesben a nővel?
– Elnézést! Azt nem mondta, hogy városnézésre megy! Ki kíséri?
– A tolmács – fogalmam sincs, miért nyelem el a szó végét.
Úgy szégyellem magam, mint egy kisfiú, aki felidegesítette szüleit valami rosszasággal. Bálint visszakérdezése jogosnak mutatja zavaromat.
– Csillával?
– Van ellene valami kifogása?
Ha bármit is mondani mer, háromszor tekerem meg a nyakát a feje körül!
– Természetesen nincs. Akkor tízre készen áll majd a sofőr. Küldjek föl előtte önnek majd reggelit?
Hirtelen elemzem a napi programot. Otthon mindig reggelizem, de mostanában elég rendszertelenül étkezem.
– Kilencre kérek kávét és pitát. Szívesen enném olajbogyót és valami finom sajtot. A részleteket magára bízom, Bálint!
Köszönés nélkül teszem le. Újra visszasétálok az ablakhoz, és kinyitom a terasz ajtaját. A levegő már hűvös, de ehhez én hozzá vagyok szokva. Igaz, Rijádban napközben pokolian sivatagi a levegő, de az éjszaka az nagyon hideg is tud lenni. A homok, amilyen gyorsan átforrósodik, olyan gyorsan is hűl ki. Nem olyan, mint a beton, ami magában tartja a meleget.
Talán a látványtól vagy az otthon hiányától, de határozottan rosszul érzem magam. Bánom a lezajlottakat, és bánom azt is, hogy egyáltalán iderepültem. A legszívesebben most besétálnék a palotám hálószobájába, és magam alá gyűrném Yasmint. Nem ismerem a személyét, és mégis kifejezetten hiányzik az a nő, aki hamarosan

az első feleségem lesz! Úgy érzem, most nagyon gyengéd tudnék lenni, és el sem tudom képzelni, asszonyomon kívül kivel lehetnék még gyengéd!

Senkivel. Gamal ibn Husszein ibn Abdul al-Szudairi nem a gyengédségéről híres!

9. fejezet

A telefon lágyan csippantva juttatja a tudomásomra a reggel érkezését. A nap még nem süt be, reggel nyolc óra van. Leszólok a recepcióra, hogy jöhet a reggeli, tíz perc múlva már bent figyel a nappaliban egy tolható kocsin. A lakosztálynak van étkezőrésze is, de én inkább a kanapéra ülve esek neki. A kávé rendben van, és a pita sem olyan rossz. Az olíva íze megfelelő, a sajt pedig kifejezetten finom. Megnézem a papírt, amire rá van írva egy üdvözlőszöveg kíséretében, hogy Tihany camembert-t eszem és Pannónia sajtot. Mindkettő nagyon ízlik, félre is teszem a papírt azzal az elhatározással, hogy mielőtt hazarepülnék, rendelek belőle. Megkóstoltatom Hakim öcsémmel a magyar ízeket.

A reggeli rutin után átfut az agyamon, hogy talán ismertetnem kéne Emírrel a napi programomat, de eltolom az ötletet. Jót röhögne rajtam, amiért idáig jutottam. Az igazság az, hogy én is jót röhögök magamon.

Elég pocsékul aludtam. Egy ideig a plafont bámultam, ami sosem szokott velem előfordulni. Olyan érzésem van, mintha átrugdostak volna egy új személyiséget a testembe, aki meg akarja mutatni, hogy igenis érző ember vagyok. Nem tartom magamat ridegnek vagy érzéketlennek, egyszerűen csak kevés emberhez tudok közel kerülni. Az arabok vendégszeretők, de nem kerülnek közeli kapcsolatba ismeretlen emberekkel. Ebben az országban pedig határozottan azt érzem, hogy mindenki közel akar kerülni hozzám. Ki így, ki úgy. A hazám egyértelműen száguld a fejlődés útján, de ez két dologra nem terjed ki. Képtelenek vagyunk másként viszonyulni a női nemhez, és képtelenek vagyunk másképp viszonyulni egy idegen néphez is. Nem igazán értjük más országok szabados viselkedését, hiszen nálunk még az a bizonyos szólásszabadság sem létezik. A király ellen, az iszlám ellen vagy a királyság mint állam ellen beszélni halálos bűn.

Hazugság lenne az állítás, miszerint a nők nem értek el sikereket, tekintve, hogy régen akár meg is ölték a lánygyermekeket. Azokban az időkben csakis a fiúgyermek számított értéknek, mert az ment háborúzni, tehát az hozott hadizsákmányt. És itt jön még egy dolog, ami az iszlám megalakulásának, vagyis a Koránnak köszönhető. Az iszlám ugyanis arra szólít fel, hogy a lánygyermeket is ugyanúgy kell szeretni. Ennek ellenére azért bennünk van a fiúgyermek iránti vágyakozás. Szóval akármennyit is változott a helyzet, a nők csak azt képesek megreformálni, amit mi engedünk nekik. Valahogy így van ez a többnejűséggel is. Nem azért ragaszkodunk hozzá, mert valóban szükségünk van több feleségre, hanem azért, mert annak megszűnését a nők akarják. És ha mi, férfiak, engedünk, akkor elismerjük a nők beleszólásának jogát. Kevés muszlim ország van, ahol elindultak ezen az úton. A leginkább demokratikusnak Tunézia és Törökország mondható. Márpedig demokratikusnak akkor mondhatjuk a dolgokat, ha a nőnek ugyanolyan joga van valamihez, mint a férfinak. Persze az említett két országban sem minden tetszetős egy nő számára, azért is fejeztem ki úgy magam, hogy a „leginkább demokratikus".

Törökországban akkor lazultak a láncok, amikor kikiáltották a köztársaságot. Ez 1923-ban történt. Na, itt kezdődtek a bajok, mert ezt reformok is követték. Kemal Atatürk nem sokat teketóriázott. A férfiak többnejűségét betiltotta, és a fátyol viselését is szabadon eldönthetővé tette a nőknek. Már nem a Korán szava volt a fontos, ami azt mondja minden nőnek, hogy ne legyen kihívó, hanem a szabadság illata, amit a reformok hoztak. A nőknek joguk lett valamihez, amivel éltek is. Szaúd-Arábia nem valószínű, hogy ugyanerre az útra fog lépni. Hazám a bölcsője az iszlámnak. Szaúd-Arábiából terjedt szét a világban, és a vahhabista nézeteknek köszönhetően maradunk a régi dolgok útján. Én személy szerint ez ellen sem lázadok sosem, de talán azért sem, mert én meglehetősen sok időt töltök külföldön, így teret adhatok olykor a lazább keretek között élő Gamalnak.

No és persze vannak olyan harcok is, amelynek érdekében hiába indul a női nem csatákba. Apróságokat maguktól is ki tudnak harcolni a nők a hazámban, de egy szaúdi feleség még mindig az engedelmességéről híres. Ezt az engedelmességet pedig át is adja tananyagként a következő generációnak. Az iszlámot követő nő olyan alázatos, amilyen egy másik világból való nő sosem lehet. Nekünk, férfiaknak nincs megtiltva, hogy más vallás követőjével házasodjunk, de ezt a mohamedán férfiak általában nem teszik meg. Saját maguk alatt vágnák a fát. Persze olykor előfordul, sőt talán mondhatjuk úgy, hogy egyre gyakrabban. Fordított esetben viszont semmilyen körülmények között nem történhet meg a dolog. Egy muszlim nő nem mehet nőül egy nem muszlimhoz, és a vallását sem hagyhatja el! Az súlyos bűn több muszlim országban is. Halálos!

Az idegenekhez szintén képtelenek vagyunk fenntartás nélkül közeledni. Sokszor beképzeltnek titulálnak minket, de mint már mondtam, ez a fajta természetünk mélyen a gyökereinkből ered. Azt hiszem, vannak dolgok, amik egységesen rányomhatók a legtöbb arabra. Imádjuk a finom ételeket, az illatszereket és a nőket. Ápoljuk a közös érdekeket, elzárkózunk az idegen világtól, tiszteljük az őseinket, a kereskedelem az erősségünk, és meglehetősen heves vérmérsékletűek vagyunk. Ezekre a tipikusan arab jegyekre sosem ismertem volna rá, ha nem járok olyan helyeken, amik távol esnek hazámtól. Egyébként is mondhatjuk azt, hogy a világ már ránk nyomta a „terrorista" és „fanatikus" bélyeget. Pedig csak annyi az egész, hogy harcolunk az igazunkért, a hitünkért, és megpróbáljuk a kezünkben tartani a világot. Amerika ugyanezt teszi, csak alattomos eszközökkel. Náluk túl sok az agytröszt, nálunk meg sok a hithű. Nem támogatom a terrorista cselekedeteket, és kifejezetten nehezményezem, hogy ezeket a „dzsihádista"* tetteket összeboronálják a vallásunkkal vagy földrajzi helyzetünkkel. Az iszlám nem egyenlő a terrorizmussal, úgy, ahogy egy muszlim sem egyenlő a terroristával. Ezt a leghatározottabban maga a saria támasztja alá, mely szerint a terrorizmus égbekiáltó bűn.

---

* A hit védelmének, szent háborúnak agresszív követői. Nem keverendő össze a dzsihád fogalommal, ami Allah útján való küzdelmet jelent, és nem agresszív hadviselést.

Én nem lázadok semmi ellen. Ha békén hagynak, és hagyják, hogy tovább éljem az életemet, nem érdekel a politika, a szegénység, az éhezés és egyéb fájdalmas része az életnek. Sosem szégyelltem magam, amiért az vagyok, akinek születtem. Ez egyetlenegy arab férfival sem fordulhat elő. Mi mindnyájan büszkék vagyunk a származásunkra, legyünk gazdagok vagy szegények, szaúdiak vagy más országból valók.

Eszembe jut a kis tolmács figyelmeztetése a ruházatot illetően. Biztos azt hiszi, hogy csak milliárdos üzletembernek meg tobéba bújt arabnak vagyok képes öltözni, ezért vigyorral az arcomon nyúlok be a szekrénybe a farmeromért, egy hosszú ujjas vékony pólóért és egy baseballsapkáért. Sosem venném fel, ezt is Hakim öcsémnek vettem az USA-ban, de nem bírok ellenállni a vágynak.

A világos farmerhez jól megy a sötétkék fölső és az ugyanolyan színű sapka. A barna napszemüveget tuti fölrakom, mert az alatt szégyentelenül méregethetem majd, ami tetszik. És az nem a műemlék lesz! A cipővel kicsit bajban vagyok, de végül rálelek egy hasított bőrből készült barna cipőre, amit a barna tobéhoz szoktam fölvenni. Hálás vagyok a szolgálóimnak, amiért ennyi fölösleges vacakot bepakoltak. A hercegek és hercegnők nem utaznak kevés cuccal!

Az aranyórám világít a csuklómon, elégedett vagyok a látvánnyal. A hajam kilóg a sapka alól, úgy nézek ki, hogy akár valami baseballmeccsre is mehetnék. Már ha egyáltalán játsszák itt azt.

Egy kisebb köteg dollárt zsebre csapok, remélve, hogy mindenhol elfogadják a valutát. Emír megemlítette, hogy kéne váltanunk eurót meg forintot, de végül nem tettük meg. Általában minden országban a dollárt használom. Eddig még senki sem utasította vissza. Annak tisztában vagyok az értékével, gyorsan át tudom váltani gondolatban szaúdi riállá.

Lemegyek az előcsarnokba, bár még csak háromnegyed tíz van. Csilla még nincs sehol, megszédülök annak lehetőségétől, hogy nem jön el. Bálint először láthatólag nem ismer meg, de aztán mosolyra húzza a száját. Én is visszamosolygok rá, magam sem tudom, miért. Na, ő pont azon ritka emberek közé tartozik, akit annak ellenére, hogy nem muszlim, bírok.

– Az autó már kint vár. Attila a sofőr.

A névtől ösztönösen elhúzom a szám. Őt nem csipázom. Bár a tárgyalásra igyekezve voltak kedvező benyomásaim őt illetően, de az első találkozás megbélyegzi a róla alkotott véleményem. Igazából azt hiszem, elég kevés ember létezik a világban, akiket el bírok viselni. Mármint a családom kivételével. Őket szeretem, még a húgaimat is.

– Visszajönnek ebédelni?

Először nem értem, miért beszél többes számban, kicsit meg is ijedek annak lehetőségétől, hogy újra együtt kell kajálnom a nővel. Ebben a pillanatban fogalmam sincs, mi a francot csinálok. Elvittem vacsorázni, ahol tettem neki egy ajánlatot. Ő elutasított, én meg mentegetőzésbe kezdtem. Most meg itt állok egy átkozott városnézés előtt, és rohadtul fogalmam sincs róla, hogy hogy keveredtem bele. A célig eljutok agyban: megfektetni a nőt! De azt már magam sem értem, miért megyek el ilyen messzire, amikor sokkal készségesebbek is sorban állnak.

– Nem – felelek a kérdésre, mert Bálint szorgalmasan vár.

Megértően bólint, majd újra kérdez.

– Ha kívánja, rátelefonálok Csillára. Talán dugóba került. Ez reggelente elég gyakori. Nem szokása késni.

Ösztönösen kapom a férfira a szemem, mert kissé olyan érzésem van, mintha valamiért mentegetné a nőt. Remélem, nincsenek bizalmas viszonyban, mert akkor nagyot csalódom a recepciósban. A csajról már nem is beszélve.

– Mit értett azon a múltkor, hogy nincs egyszerű élete?

Vágyat érzek a faggatózásra. Eszembe jut a recepciós pár nappal ezelőtti megjegyzése. Próbálom kihasználni a várakozási időt. Bálint levegőt vesz, de tekintete a bejárathoz siklik, és összecsukja a száját. Én is odafordulok.

Befelé jön. Nagyon szűk farmerben van és egy lenge blúzban. A feje tetején egy copf van, amit a legszívesebben azonnal megrángatnék. Ahogy felém lépked, oldalra libben a haja. Sosem izgatott még így fel egy himbálódzó copfocska. A lábán egy lapos sarkú félcipő van, ritka idiótán néz ki. A lábai nagyon formásak, meg is állapítom, hogy nem mutat kevesebbet, mint a szűk szoknya. Leveszi a napszemüvegét, és egyenesen a pulthoz jön.

Már megint az a parfüm van rajta!

Látszik a fején, hogy egy egészen más férfinak lát, pedig jó lesz, ha tudja, bizony én nem sokat változtam egy éjszaka alatt. Le-föl méreget, majd egy mosolyt küld Bálintnak. Ökölbe szorul a kezem a ténytől. A pult mögött állóra vetül ez az izgató mosoly. És ez zavar! Rohadtul! Bálint pár szót vált vele magyarul, miközben én palástolni próbálom az idegességet. Már csaknem szétrobbanok, mert akár rólam is diskurálhatnak.

– Azt hittem, nem fog eljönni – nem bírom ki, közbevágok.

– Én meg azt hittem, nem fogadja meg a ruházatot illető tanácsomat.

Elismerően végigmér, de nem tudom, hogy valójában a ruhát szemléli-e, vagy az alkatomat. A tobe és az öltönyök eléggé elrejtik szem elől az izmaimat, amit most szemérmetlenül megmutat a vékony póló. Picit be is húzom a hasam, noha nincs mit. Nem bírok jókedvet erőltetni magamra. Ő is képtelen rá. Nem felejtette el az esti fejvesztésemet, ez jól látszik az arcán.

– Tegnap magánál maradt a szerződés.

Olyan mozdulatot teszek, amit általában sosem. Tanácstalanul dörzsölöm meg a két szememet, mert a legszívesebben képen törölném.

– Felmenjek érte most?

– Aláírta?

– Még megtehetem… Persze csak akkor, ha nem baszogat vele tovább!

Ledöbben a reakciómon, Bálintot is sikerül zavarba hoznom. Arrébb sétál két méterrel, ezzel megint szerez magának pár pontot. Csilla csak néz rám, majd hirtelen a táskájába dobja a szemüvegét. Egy olcsó, nagyméretű vászontáskája van, de még ez is jól mutat a szép kezében.

– Láttam, hogy kint vár az autó – barátságosabb hangot üt meg.

– Szerettem volna, ha megmutathatom magának Budapest igazi arcát – fogalmam sincs, miért mondja ezt, ezért nagyokat hallgatok. – Jó móka lett volna villamosozni és buszozni.

Az állam leesik. Hogy jut ilyesmi egyáltalán eszébe? Már az is csoda, hogy védelem nélkül kimegyek az utcára, arról már nem is beszélve, hogy ráadásul egy nőneművel! Azt sem tudnám, hogyan kell föllépni egy villamosra. Sőt. Azt is csak sejtem, melyik az.

A busz az világos, de nem hazudok, ha azt mondom, hogy még sosem ültem buszon. Otthon hatalmas limuzinokkal szállítanak, vagy terepjárókkal, és minden országban, ahova nem sikerül kocsit vitetnem, szintén luxusjárgányokat kapok. Még mikor Amerikában tanultam, akkor sem szálltam fel egyetlen tömegközlekedési eszközre sem.

Kezdeti felháborodásomat félretolom, mert tulajdonképpen kedves ötletnek találom, amit mond. Annak ellenére, hogy képtelenség. Nem válaszolok, megindulok kifelé. Mellém sétál, úgy halad velem egy vonalban. Zavar, hogy nem marad le és nem liheg a sarkamban.

Egyszer tuti megnevelem!

Az autó ajtaja már nyitva áll. Hátra ülünk mindketten, vészesen közel van hozzám a teste. Meg sem próbál az ülés szélére húzódni. Forgatja a fejét, mintha most ülne először ilyen pöpec járgányban. Talán így is van. A bizonyos Attila kérdez valamit, mire Csilla válaszol neki. Ráeszmélek, hogy egyfolytában őt bámulom, ezért kiveszem a telefonom, és az e-mailjeimet kezdem bújni. Nem sokáig jutok. Beszélni kezd.

– Elmegyünk a Hősök terére.

Bólintok. Aztán összeszedem magam. Mivel városnézésről van szó, talán kérdeznem is kellene. Nagyon szép a profilja. Pici orra van, nagyon szelíd és engedékeny képet tükröz. A dühét már azonban megkóstoltatta velem. Eszembe jut, hogy disznónak nevezett és lángolt az arca, ahogy minősítette a viselkedésemet. Majdnem elnevetem magam, mert olyan, mintha ez nem is ugyanaz a nő lenne.

– Gondolom, hősökről van elnevezve – reagálok, miközben leveszem a sapkát és hátrasimítom a hajam.

A sofőrt nézem, de periferikusan látom, ahogy Csilla minden mozdulatomat követi. Felemelem a csípőm, és megigazítom a farmer felső részét. Zavartan kapja el tekintetét az ölemről.

Jaj, angyalkám!

A keze az ülésen pihen mellettem, és kifelé néz. Nagy késztetést érzek, hogy rámarkoljak. Magam sem tudom, mit kezdenék vele. Szívesen megcsókolnám a kecses ujjakat, és szívesen odaraknám a saját ölembe. Még akkor is szívesen, ha nem látna munkához.

Ezt a romantikus maszlagot, Gamal!

Megdörzsölöm az állam, és azt hiszem, túl hangosan sóhajtok, mert rám néz, és a sofőr is belenéz a tükörbe. A rám meredő férfitekintet veszi a lapot, azonnal visszatéved a szeme az útra. A tolmácsra nézek. Határozottan szemezünk.

A picsába, mi van itt?

Az arca lángba borul, de állja a tekintetemet. Nem bírom ki, elengedek egy mosolyt, mert kínos a szitu. Bár eddig azt sem tudtam pontosan, mi is az a kínos. A legnagyobb meglepetésemre komoly marad, nem olvad el. Talán az jár az agyában, hogy mekkora szemét vagyok. Nem tudnék rácáfolni, mert most is csak egy cél lebeg a szemem előtt. Az, ami a két lába között van.

Elfordítom a fejem, melyben süvít a felismerés: zavarba hoz egy csaj. Egy európai csaj!

Egész úton nem beszélünk. Elhatározom, hogy nem fordulok hozzá, még akkor sem, ha beszélni kezd. Elviselhetetlen a közelsége, sosem vert még ilyen ütemben a szívem. Különös, de ezek miatt nem érzem őt közel magamhoz, sokkal inkább haragot érzek iránta, amiért ezt váltja ki belőlem.

Megcsörren a mobilom, aminek tulajdonképpen örülök. Emír képe villog, valószínűleg már rájött, hogy elhagytam a hotelt.

– Hol vagy? – angolul kezd beszélni.

Emírrel együtt tanultunk otthon angolul, és ő is élt egy darabig Amerikában, így gyakran beszélünk ezen a nyelven. Már akkor, ha nem otthon vagyunk. A hazámban egy arabbal sosem beszélnék angolul.

Most is ellenállásba lendülök. Arabra váltok, hogy senki se értsen. Emír szintén vált.

– Van egy kis programom – tudom, hogy a velem utazók nem értik a nyelvemet, mégis lejjebb veszem a hangom.

– Milyen programod? Bálint azt mondta, valami városnézésre mentél. Mi a franc ez az egész?

– Mióta kell neked elszámolnom?

– Azóta, amióta nélkülem jársz-kelsz. Elfelejted, ki vagy?

– Te felejted el, Emír!

Nem bírom a számonkérést, de el kell ismernem, unokabátyámnak igaza van. Idegen ország, idegen kísérő... hogy jutott ez eszembe?

– Vele vagy?
Tudom, kit takar a „vele" szó, ezért inkább csak nyelek egyet. Mégis, mit mondhatnék?
– Ennyire összemelegedtél vele tegnap?
– Ja! Majd elmondom. Most leteszem.
– Este együtt vacsorázunk! Értetted? Ibrahimmal együtt. Úgyhogy ne csinálj több programot azzal az európai lotyóval!
Ökölbe szorul a kezem, de csak a gombot nyomom ki. Furcsa érzés jár át. Ha most itt lenne előttem az unokatestvérem, képen törölném. Mindig így viselkedik, ha lemarad valamiről. Tuti neki is fájt a foga a kicsikére. Vigyorogni kezdek, pedig nincs miért, hiszen még én sem kaptam meg!
– Minden rendben? – üti meg a fülem Csilla hangja.
Csak bólintok, pedig szívesen elmagyaráznám neki, hogy nem! Semmi sincs rendben!
Ugyanazon az úton haladunk, mint a tárgyalásra igyekezve. Az épületet is fölismerem, ahol két nappal azelőtt voltunk. Az autó továbbmegy, egyre zöldül az út melletti rész. Szemem összeütközik mindenféle márkás üzlettel. Olyanokkal is, ahol kifejezetten szeretek vásárolni.

Hazudnék, ha azt állítanám, hogy nem tetszik a látvány. Az épületek régimódiak, de én bírom azokat a népeket, akik becsülik a régi korok emlékét. Kiérünk egy kereszteződésbe, ahol jobbra fordulunk, majd balra. Látok egy hatalmas teret, gyanítom, az a Hősök tere. Picit megnyújtom a nyakam, kezd izgalmassá válni a látvány. Balomon a tér van, jobbomon, pedig buszok és épületek. A tér jobban vonzza a szemem. Az egyenes után szintén balra fordulunk, majd kis autózás után leparkolunk.

A sofőr kipattan, és kitárja az én oldalamon az ajtót. Csilla maga száll ki. Fogalmam sincs, miért zavar a tény, hogy vele senki sem bánik úgy, ahogy egy hercegnővel kell!

Persze, Gamal! Azért, mert te herceg vagy, ő meg nem hercegnő!

A nap fátyolosan süt, majdnem hűvösnek érzem a levegőt. Csilla kihúz a táskájából egy vékony kardigánt, és magára veszi. Majdnem felteszem a kérdést, hogy fázik-e, de rájövök, az bizony nagy hiba lenne. Én dacolva a nap csekély erejével, fölveszem a napszemüvegem is meg a sapkát is. Rám néz, és spontán megjegyzést tesz.

- Nagyon sportos, Szudairi úr!
- Gamal. Csak Gamal. Ha kérhetem!
Na nem mintha érdekelne, hogy közvetlenebbé váljon. Fogalmam sincs, miért szólítom fel erre.
- Szerintem maradjunk a hivatalos nyelvnél.
Megint sikerül felidegesítenie. Nem azt kértem, hogy dobjon egy hátast, csak hogy ne urazzon.
- Akkor én szólítsam Pataky kisasszonynak? – *hú, de nehéz volt kimondani!*
Hangosan felkacagva felel.
- Azt ne! – vár egy picit, csakúgy, ahogy én. – Na jó! Akkor mehetünk, Gamal?

Válasz helyett elindulok. A sofőr ott áll a kocsi mellett, gyanítom, nem kell felhívnom rá a figyelmét, hogy ne merjen elmozdulni az F800-as mellől. Nem ismerem a közbiztonsági viszonyokat, de azzal tisztában vagyok, hogy Európa ezen részén nincsenek csodák. Kevés dologra vigyázok. Mivel gazdag vagyok, számomra nem sok mindennek van értéke. A családom ajándékaira vigyázok a leginkább, legyen az bármi is. Vigyázok még az autóimra és a ruháimra, azok közül is az arab tobéimra. Más nem nagyon érdekel.

- Úgy gondoltam, legelőször is a teret mutatom meg magának!
Helyeslően bólogatok. Nem okoz meglepetést.

Átmegyünk pár zebrán, és bevezet a tér szélére. Hatalmas a terület, és kifejezetten szépnek látom. Félkörívű talapzaton hét szobor áll. Csilla úgy mellém sorakozik, mint egy hivatásos idegenvezető. Igaz, nem nagyon van sejtésem, hogyan zajlik le egy rendes városnézés. Rám nézve vár, amíg szemügyre veszem az emlékművet. Szívesen megkérdezném, hogy most mire vár, de a tegnapi húzásom után jobbnak látom visszafogni magam. Picit olyan a képe, mint aki arra számít, hogy hasra esek a látványtól.

Te, édesem, tuti nagyobb hasat vágnál a palotámtól!

Határozottan vágyat érzek aziránt, hogy megmutassam neki, ki is vagyok én. Elképzelem, ahogy végigkísérem a kertemen, amiben datolyapálmák sorakoznak, és ahova nemritkán az oroszlánjaim is ki vannak engedve. Megmutatnám neki a két Ferrarimat. A pirosat is meg a fehéret is. Aztán odavetném, hogy van három Mercedesem is. A külföldieken kívül. No meg a repülőmön kívül.

Na és a nyaralóövezetben, a Perzsa-öböl partján Ad Dammamban a palotám... a horgonyzó hajóim...

Odavezetném a medencémhez, ami mellett a sólymaim ülnek karókon, csuklyával a fejükön. Kegyelemdöfésként pedig elolvasztanám őt a két tigriskölyköm bemutatásával. Talán az is megfordulna a fejében, hogy nem igaziak. Pedig azok. Gamal bácsi vagyona nagyon is igazi!

– A tér a világörökség része – megint vár, de nem esik le az állam.

Egy kicsit azonban feszengeni kezdek. Ez a hely a világörökség része, és én még nem is jártam itt. Pedig erre is jó lenne a pénzem költeni, nem csak a luxusra meg a nőkre.

Erőt veszek magamon, és kipréselek magamból egy szót.

– Szép.

Hülyén hangzik, de egyszerűen nem tudok mit kezdeni a helyzettel. Szerintem ő is tudja, hogy csak ennyi a probléma, ezért a talapzathoz indul. Szorosan a nyomában vagyok, mert feltűnik egy vágott szemű társaság. Semmi bajom a japánfélékkel, de tényleg mindenhol ott vannak. Azt azért bírom bennük, hogy jól neveltek és nyitottak mindenre, de az idegen helyen egy még idegenebb embertömeg kezd ledönteni a lábamról.

Hallgatom a csing-csung nyelvet, miközben Csilla ráteszi karomra a kezét. Úgy ugrom arrébb, mint akibe beleharaptak.

A faszért tapogat ez!

– Bocsánat, Gamal, de nem figyel rám!

Látványosan nehezményezi a távolságtartásomat, pedig jó, ha megérti, csak egy helyzetben engedném a közelembe.

– De figyelek! – elég agresszív a hangom.

Zavarba hozom. Elfordul a szobrok felé, és beszélni kezd. Közelebb kell húzódnom hozzá, mert a hangja elvész a szabad térben.

– Ezek a szobrok a magyar történelmet jelképezik. Látható itt emlékmű az első királyunkról, Szent Istvánról, Károly Róbertről, Könyves Kálmánról, Mátyás királyról...

Sejtem, milyen képet vágok, mert elhallgat. Csak kimondhatatlan neveket sorol, amik nem mondanak számomra semmit. Én tényleg megelégszem azzal, hogy ezek amolyan hősfélék.

– Elmondjam azt is, ki kicsoda?

Hát tényleg nem idegenvezető! Nem neheztelhetek rá. Előre szólt, hogy nem nagyon ért a dologhoz. Nemet intek, és megindulok az ég felé nyújtózkodó emlékműhöz. Most ő követ engem.

– Ez micsoda? – muszáj kérdeznem. Legalább a látszat maradjon meg.

– A Millenniumi emlékmű. A tetején Gábriel arkangyal van, itt lent pedig a vezérek. Árpád és a többiek. Tas, Huba, Előd, Töhötöm, Ond és Kond.

Ugyanúgy japánul fecseg, mint a közelünkben állók. Az egyetlen, ami ismerős, az Gábriel angyal említése. Na igen. Már majdnem el is vigyorodom, mert végre valami közös szál kezd épülni közöttünk. Az iszlámban ugyanolyan jelentőséggel bír Gábriel, mint a keresztényeknél. A mi hitünk szerint ő juttatta el Mohamednek a Koránt.

Arra nem számítottam, hogy csak neveket fog felsorolni. Nagyon zavarban van már, ezért ismét elindulok. Szorosan a nyomomban lépdel. A csönd kezd kínossá válni, ő töri meg.

– Nem nagyon élvezi, igaz? Én mondtam, hogy jobban jár egy olyannal, akinek ez a munkája.

Elszégyellem magam. Miért olyan bonyolult dolog nekem örömet szerezni? Szerencsétlen töri magát, főleg mert tudja, mennyi pénzt kap érte, én meg unott pofával caflatok végig ezen a Hősök terén. Váratlanul szembefordulok vele.

– Nem igazán erre számítottam.

Csak bólint, kerüli a tekintetemet. Aztán mentegetőzésbe kezd.

– Én megértem. Nem haragszom, ha semmissé tesszük ezt a megbízást. Bálint biztosan tud magának ajánlani valakit.

– Nem. Nem magával van a baj. Csak… egyszerűen szeretném, ha kicsit lazább lenne ez az egész.

– Mire gondol?

Hát nem a buszozásra, de valami hasonlóra.

– Nem érdekel a történelem. Azt mutassa meg, maga hol szeret sétálni.

Alig látható mosoly szalad át az arcán, az én hangom meg már felismerhetetlenül gyengéd.

Sosem lesz vége ennek a napnak! De nem is ez a legnagyobb baj, hanem az, hogy az ágytól egyre messzebb sétálunk.

– Mit szólna a Városligethez?

Kábé azt, amit a forinthoz meg a pörkölthöz. Fogalmam sincs róla, mit takar.

– A liget jól hangzik.

– Vagy esetleg az állatkert?

Na ne!

Nehogy már rácsokon keresztül nézzem a vadállatokat! Otthon bármennyit nézhetek, farkasokra vadászom és szafarira is gyakran elutazom. Majd pont egy kelet-közép-európai ország állatkertjére leszek kíváncsi.

– Inkább a liget – úgy mondom ki, mintha nem lenne más választásom.

A szemkontaktust nem viselem túl jól, vissza is teszem a napszemüveget, amit a vezéreknél levettem. Látszik, hogy zavarja őt, fogalma sincs, hova nézek. Tiszteletlenség napszemüvegben társalogni, de én aztán egyébként sem szoktam tiszteletet adni nőknek. Ő is kiveszi a szemüvegét, de nem veszi fel. A zavara szinte tapintható.

– Gondolom, akkor múzeumokat sem látogatna szívesen!

Hát valahogy úgy!

– Egész jól megértett – szemtelenül rávigyorgok, amit először viszonoz. Aztán visszakomolyodik, és egy épület felé mutat.

– Pedig itt a Szépművészeti Múzeum is.

Marhára nem érdekel!

Csak a fejemmel intek nemet, még az épületet is csak futólag méltatom figyelemre. A bejárata előtt oszlopcsarnok teszi monumentálissá. Alacsonyra emelt sok lépcső vezet felfelé, amolyan tipikus múzeum.

Vad mozdulattal kibújik a kardigánjából, és betuszkolja a táskájába. Ekkor veszem észre, hogy tényleg erőteljesebbé vált a napsütés. Még mindig nincs túl meleg, valószínűleg a helyzettől melegszik körülötte a levegő. Jó neki, mert én úgy érzem magam a közelében, mintha jégcsap volna.

– Jól van, Gamal! Akkor sétálni megyünk.

Hatalmas lendülettel indul meg, szinte azonnal nyomába eredek. Az autó felé haladunk, egész úton nem szólok semmit. A kocsimat meglátva valahogy megnyugszom. A sofőr nekidőlve telefonál,

ahogy meglát minket, azonnal leteszi a telefont. Gondolom, nem számított ilyen gyors visszavonulóra. Csilla úgy viharzik el a férfi meg az autó mellett, hogy éppen csak hallom, ahogy odalök valamit. A sofőr bólint, majd rám mosolyog. Visszaemeli a telefonját.
Most ez mi?
Leveszem a szemüvegem, és számon kérem.
– Hova megyünk? – kérdezem a tolmácsomat. Határozottan idegesít, mert szinte kiabálnom kell utána.

Hirtelen vett fordulattal néz a szemembe, nem tudná titkolni, hogy pipa. Valószínűleg úgy gondolja, semmibe veszem a munkáját.

– Sétálni akart, nem?
– Azt mondta, valami ligetbe visz.
– Itt van, nem messze – újra elindul, majdnem hozzávágom a mobilomat.

Aztán meggondolom magam, mert a feneke kezdi elterelni a figyelmemet. Ring a csípője, és a farmer majd szétcsattan a popóján. A táskája néha hátracsúszik a vállán, ami kicsit takar, de ahogy a táska is felveszi a ritmust, elönt a vágy.

Allah! Mit tudnék csinálni ezzel a nővel! Ha ma nem dughatom meg, tuti megint kurvát kérek!

Bevár, és szemtelenül kérdez.

– Nem jön?

Bogárkám, kicsit sok az órabéred ahhoz, hogy kérdéseket tegyél fel!

– Tudja, nem nagyon szoktam sétálni.

Elneveti magát, úgy szúr vissza.

– Ó. Csak nem azt akarja mondani, hogy fehér lovon közlekedik?

Fingom nincs, miről beszél. Tényleg vannak lovaim, de nem értem, hogy kerül ez a képbe.

– Tudja, nálunk még a mesék is arról szólnak, hogy a herceg fehér lovon jön el. Maga meg pont úgy viselkedik, mint egy herceg!

A herceg stimmel, de a többit nem értem. És az is kiderül, hogy ő nem nagyon van tisztában avval, ki vagyok valójában. Szerintem nem sejti, hogy ráhibázott és tényleg herceg vagyok. Inkább nem reagálom le az elhangzottakat.

Már egymás mellett lépdelünk, a copfja megint oldalra himbálódzik.

Csak meg kéne markolnom. Iderántanám, és megcsókolnám. Tuti nem ellenkezne! Mint férfi bejövök neki. Ez tisztán látszik. *Megcsókolni. Uh!*

Jó pár perces séta után határozott zöldes terület tárul elénk. Sétálunk a ligeten keresztül, az zakatol az agyamban, hogy ez sem valami nagy cucc. Bár ekkora kertem nincs, de nálam azért különlegesebb növények vannak. Sok az ember, ami egy kicsit ijesztő, de Csilla nem távolodik el tőlem. Eleinte zavart a közelsége, de most már oké a helyzet. Figyelem a férfiak arcát, akik szembejönnek velünk. Mindegyik végigméri őt. A mi hazánkban ez sosem fordulhatna elő. Ha egy férfi így megnézne egy nőt az utcán, az súlyos dolgokat vonna maga után. Még akkor is, ha az a nő tetőtől talpig el van takarva. Még a turisták figyelmét is fel szokták hívni arra, hogy a nőket ne bámulják meg.

Tényleg szépek a csajok. Vihognak és szemtelenül néznek. Csilla is észreveszi, mert mikor három lány nevetve megy el mellettünk, odafordul hozzám.

– Nagyon tetszett a lányoknak! – nem felelek, ezért folytatja. – Azt mondták, lerí magáról, hogy külföldi.

Mi az hogy... Herceg!

Tudom, nem lenne nehéz nem fizetős szolgáltatást találni, de ahogy a tolmácsra nézek, már el is vetem az ötletet.

Egy pad előtt megáll, és szembefordul velem. Picit meglepődöm, még a szemüvegem is újra leveszem. Mélyen a szemembe néz, és ettől összeugrik a gyomrom. A sapkát is lekapom, és újra végigsimítom a hajam.

Határozottan akar a csaj. Ez tuti.

– Üljön ide le!

Felém nyúl, és belemarkol az alkaromba. Nem vagyok képes a tiltakozásra. Most fel vagyok készülve az érintésére. Teszem, amit kér, miközben gondolatban tovább játszom a helyzetet. Az ölembe huppanhatna, és a kezembe nyomhatná a melleit. Az egyikkel cirógatnám fölül, a másik kezem meg becsúsztatnám a lábai közé. Nagyon feszül az a nadrág rajta. Minden gyengéd simítást érezne. Az már mellékes, hogy nem lennék gyengéd...

– Itt várjon meg! Ne menjen sehova!
Hova a picsába mehetnék?
Nem teszem fel a kérdést, mégis érzékeli a képtelen utasítást, ezért folytatja.
– Hozok magának valami finom édeset!
Már meg is fordul, és elindul. A feneke már megint uralja a helyzetet.
Bárcsak azt adná! Az finom lehet!
A fejem fölé nézek, gyönyörűek a magasba nyúló fák. Ezen a vidéken egészen másfajta növények honosak, mint nálunk. Itt élettel teli minden növény. Nálunk fel vannak készülve a szárazságra és a homok hatalmára. Itt biztos nem nagy kincs a víz.

Kézen fogva sétálnak el előttem a szerelmespárok. Hozzá vagyok szokva ehhez a látványhoz, mert sokat utazom, mégis az szalad át az agyamon, hogy én sosem fogok így sétálni a feleségemmel. Még akkor sem, ha külföldre utazunk. Biztos képes leszek szeretni Yasmint, de nem leszek képes megtagadni a belém vert elhatárolódást a női nemtől.

Látom, ahogy közeledik felém, idiótán érzem magam, amiért engedelmeskedtem neki. Úgy ülök még mindig, ahogy pár perccel ezelőtt. A kezében valami nagy gömb van, amit véd a szellőtől. Felállok, hátha segítenem kell neki, de nem mozdulok. Ahogy elém sétál, már szélesen vigyorog. Én is ezt teszem.

– Vattacukor!

Olyan természetesen mondja, amitől hülyének érzem magam. Nem értem.

Mi a franc az a vattacukor?

Felhúzom a szemöldököm, de ő tovább nevet. Az egyik felem megkérdezné tőle, mi olyan vicces, a másik meg szívesen vele kacagna.

– Cukor?
– Vattacukor!
Tök hülyén érzem magam.
– Hungarikum?
– Nem. Nem az!

Már mindketten nevetünk. Ő elkezd bíbelődni vele. Leteker egy részt, és felém nyújtja. Nem reagálok, ezért a bal kezemhez nyúl. Gyorsan visszakapom.

– Mit akar?
– Csak hogy kóstolja meg.
Kinyújtom a jobb kezem, nem érti a helyzetet.
– A muszlimok jobb kézzel esznek – oldalra biccenti a fejét, örülök neki, amiért én is mondhatok valamit, amit ő nem tud. – Minden tiszta dolgot a jobb kezünkkel csinálunk.
Ha tudnád, a ballal milyen mocsokságra vagyok képes!
Ragacsos és furcsa állagú. Leteker még egy részt, és a szájába gyömöszöli. Határozottan és cuppogva.
Ne már…!
Közelebb emelem a számhoz, finom édes illata van. Olvadni kezd a kezemben, ezért megkóstolom. Porrá olvad a számban. Tulajdonképpen finom, de semmi extra.
– Vaníliás – veti oda.
Az tuti, hogy nem kóstolt még igazi vaníliát, mert annak nem ilyen íze van. Mégsem szállok vele vitába. A kezem nagyon ragacsos lett, de ő nem zavartatja magát. Újra leteker egy részt, és felém nyújtja. Nem reagálok, ezért picit meggyűri, és a számhoz tolja. Majdnem összeesek.
Most ki kéne nyitnom a számat és bekapni belőle azt az izét? Egyrészt nő, másrészt… Erre azért nem vagyok képes.
– Na gyerünk! Így a legfinomabb. Keményre van gyúrva, mégis szét fog olvadni a szájában.
Miért gondolok én folyton a szexre? Én is keményre vagyok már rendesen gyúrva, és jól tudom, a csaj bizony szétolvadna a számtól. *Na ja…!* Kifejezetten igénybe venném a számat a testén. Még akkor is, ha fizetnék érte. Meg akarom őt kóstolni! Nem ezt az izét, hanem őt. Mégis bekapom a cukrot.
Pont úgy történik, ahogy mondja. Szétolvad, ahogy becsukom a szám. Ösztönösen megnyalja az ujjait. Azokat az ujjakat, amik nemrég még az én nyelvemhez tuszkolták a falatot. Megelőzöm a következő ilyen tettét, ugyanis letekerek egy nagyobb részt. Nehezen szakad el, így össze kell gyúrnom. Egy mozdulattal bekapom.
– Ez az, Gamal! Vaduljon!
Apám! Ez szórakozik velem?
Lenyalom az ujjam, és jelzem, hogy nem kell több. Ő tovább eszik, cseppet sincs zavarban. Élvezi a figyelmemet, és én is élvezem

a látványt. Izgató, gyerekes, közönséges és kifinomult. Ha ilyen az ágyban is, akkor le sem szállok majd róla.

Jól van, Gamal, álmodozz csak!

– Biztos nem kér?

Fejemmel intem a választ. Nagyon gyorsan fölfalja, olyan, mintha határtalan étvágya lenne, pedig tudom, hogy ez csak egy felfújt izé. Nyalogatni kezdi ő is az ujját. A szememmel elkezdek kutatni csap után, de ő benyúl a táskájába, és elővesz valami papírt.

– Nedves.

– Mi?

– A kendő, Gamal!

Mindkettőnkből kitör a röhögés. Valószínűleg már sejti, hogy sok minden átszaladt az agyamon. Ha erre azt válaszolta volna, hogy a „bugyim", azonnal rávágnám a padra.

Takarítgatjuk magunkat, miközben komolyságot erőltetünk az arcunkra. Érzem, valami megváltozik, csak nem tudom, hogy mi. Távol kerül tőlem minden. A családom, a hazám, a barátaim és az egész életem. Állok egy idegen helyen egy idegen nővel, mégis őt érzem magamhoz a legközelebb. Ritka szar érzés. És jó!

Ahogy végzünk, felém nyújtja a kezét a kendőért. Átadom neki, ő pedig elviszi a legközelebbi szemetesig. Aztán benyúl a táskájába, és kirángat belőle egy vizespalackot. Lecsavarja a tetejét, de nem veszi le a kupakot. Felém nyújtja.

– Gondolom, szomjas! A vattacukor mindig kéri az innivalót.

Átveszem az üveget, mert tényleg szomjas vagyok. Iszom pár kortyot, majd visszatekerem a kupakot. És akkor valami egészen döbbenetes dolgot tesz. Kiveszi a kezemből, letekeri, és ő is meghúzza. Ugyanazt, amiből én ittam. Nézem, ahogy iszik, miközben én is nyeldesek. Ezek után egyvalami biztos: nem undorodik tőlem. Iszik a nyálas üvegből!

Visszatekeri a kupakot, és rám nevet.

– Akar kacsákat etetni?

Mindenképpen!

Szívesen megkérdezném tőle, hogy ő mikor akar oroszlánt etetni? A tenyeréből. Rohadtul nem érdekelnek a kacsák, mégis idióta módjára bólogatok. Szerintem ha azt kérdezte volna, hogy „maga idióta, Gamal?", arra is bólogatnék.

Megfogja a kezem, és finoman húzni kezd maga után. Egyre többen vannak, ezért nem ellenkezem. Meg másért sem. Ha Emír látná, hogy a kezét fogom egy nőnek, szerintem egy életen át röhögne. Meg megvetne. Mégsem érdekel ez az egész. Életemben talán először bánkódom, amiért nem egy ilyen szabad világba születtem.

Megállunk egy kisebb faház előtt, Csilla valamit mond az eladónak, az meg átnyújt neki két perecet. Legalábbis azt hiszem, az. Londonban már ettem ilyet. Valami sós sütiféle, elég finom. Későn veszem észre, hogy fizet. Ösztönösen a zsebemhez nyúlok és előrántom a köteg pénzt. Rámarkolok tolmácsom kezére, neki pedig valószínűleg eszébe jut a figyelmeztetésem, mert lemerevedik. Aztán a szeme rásiklik a dollárokra, kacagva kérdez.

– Ezzel akar fizetni?

A legkisebb címlet, ami nálam van, az a százdolláros. Nem válaszolok, csak a sötét képű felé nyújtom, de nem veszi át. Szerintem nem is igen tudja, mit kezdjen vele.

– Ne bolondozzon! Ez csak két perec.

Leszarom!

– Mondja meg neki, hogy vegye el! – a férfira nézek, de a parancsot a tolmácsomhoz intézem.

– Nem fog tudni visszaadni magának. Esetleg forintban.

– Akkor azt is mondja meg neki, hogy nem kell visszaadnia! Legyünk már túl ezen a hülyeségen! Sosem szoktam fizetni. A csajoknak általában én osztom a pénzt, de nyilvános helyeken Emír fizet.

Csilla mond valamit, a férfi válaszul kikapja kezemből a százdollárost. Bár nem ért össze a kezünk, mégis beletörlöm az ujjaimat a nadrágomba. Gyorsan odébb lépek, döbbent szempár kísér. Csilla mellém ér, de nem teszi szóvá a történteket. Letör egy kicsit a perecből és megkóstolja.

– Egész jó! Friss!

Hah! Szép lenne, ha száz dollárért szárazat adott volna!

Felém nyújtja a másikat, de nem veszem el. Nevetve fűzi hozzá.

– Egyébként a kacsáknak szántam.

Na, az még jobb!

Szerintem még egyik kacsa sem kapott ilyen drága ebédet. Nem mintha érdekelne a pénz, inkább a helyzetet találom hülyének. Zavartan nyúlok a sós pékáruért.

Odaérünk egy tóhoz, szinte minden padon ülnek. A víz szélén sokan állnak, mindenki a kacsákat eteti. A legszívesebben elordítanám magam, de a mellettem álló nő megszelídít. Odasétál a peremhez, és darabokat kezd behajítani. A kacsák rávetődnek válaszként. Én nem teszem, furcsa érzés kezd úrrá lenni rajtam. Látom, hogy ő élvezi, ezért eltervezem, meghagyom neki a másik perecet is. Azt is odaadhatja a kacsáknak. Olyan, mint egy gyerek, és én örömet akarok okozni neki. Azt akarom, hogy mosolyogjon.

Megcsap az otthon szele. Nasire húgomat szeretem a legjobban. Utoljára neki akartam örömet szerezni, de az is régen volt. Még gyerekként elkísért egyszer minket egy vásárba, ahol könyörögtem apámnak, hadd vehessek neki valamit. Szegény csak ott állt mellettünk, és engedelmeskedett apámnak, ezért sajnáltam meg. Vehettem neki ékszert és datolyát, amit útközben be is faltunk. A palota tele volt vele, de annak más íze volt. Most is érzem a számban. Belevegyül a gyerekkor emléke és apám szeretete. Nem jellemző rá, hogy kényezteti a lányait, de sosem vetette a szememre, ha kimutattam szeretetemet a lánytestvéreim iránt.

– Maga nem ad nekik?

– Tetszik, ahogy dobálja. Magára bízom ezt is – felé nyújtom a perecet, amit ő el is vesz. Elmosolyodik, jó érzés jár át.

Hú! Ebből sürgősen ki kell mászni!

Az utolsó darab bedobása után belém karol. Neki fel sem tűnik a mozdulat, rám viszont sötét lepel borul. Szívesen odébb táncolnék, ugyanakkor közelebb is vonnám magamhoz. Tanácstalan vagyok. Ha sikerült volna megdöntenem, ez az egész nem történik meg.

– Jöjjön!

Határozott ütemben haladunk, már kifejezetten örülök, amiért az az idétlen cipő van a lábán. Természetesen jár, nem pedig pipiskedve. Szeretem, ha egy nő csinos és dögös, de most valahogy ez jobban tetszik.

Tényleg próbálkozni akarok az érintés viszonzásával, de nem megy. Megtűröm a közelségét, de nem vagyok képes átlépni a korlátokat. Szegény nem is sejti, mennyire magasan állnak ezek a korlátok.

Megáll egy épület előtt, a keze kicsúszik az enyém mellől. Hiányzik.

– Ez a Széchenyi fürdő.

Ismerős a név. Aztán leesik, hogy ugyanerről a névről fecsegett Bálint is. És ez a hotel címe is.

– Elég nagy ember lehetett ez a Széchenyi!

Kicsit meglepődik, de aztán leesik neki.

– Igen, tényleg az. Politikus volt, nemes és a legnagyobb magyar.

Tényleg kíváncsivá válok. Ennek a Széchenyinek sikerült kiütnie a helyéről Rooseveltet, és nekem mindenki szimpatikus, aki odébb lök egy amerikait.

– És neki köszönhetik azt a Lánchidat is… – nem tudom, miért mondom ezt büszkén.

Csilla megfelelően reagál. Közönséges modorban csettint egyet a nyelvével elismerésképpen.

– Igen, tényleg. Nahát! Meglepett!

Ó, ez még semmi! Az állad is le fog esni!

– Egyszer szívesen megmutatnám önnek belülről is.

Mutasd!

– Úgy érti, a fürdőt?

– Igen, azt.

Az érdekes lenne. Nálunk ez kivitelezhetetlen, de még külföldön sem nagyon járok ilyen helyekre. Sőt. Egyáltalán nem. Hogy a francba tudnám elviselni, hogy félmeztelen nők szaladgálnak körülöttem? Én csak szép testeket látok. El nem tudom képzelni öreg vagy kifogásolható alkatú nők magamutogatását. Persze a bomba nőket sem, de az már mellékes. Az én hazámban is járnak fürdőbe a nők, csak éppen külön a férfiaktól. Az igazság az, hogy nagyon is fontos helyszín nálunk a fürdő. A nők itt kibeszélik magukat, és nem utolsósorban szemügyre veszik egymást. Itt keresnek férfi rokonaiknak menyasszonyt. Anyám is látta már fürdőben Yasmint, ezért erősködött, hogy válasszam őt. Áradozott a kecses alakjáról, szépen ívelt válláról és kifogástalan viselkedéséről. Mikor megkérdeztem, hogy milyen a csípője, anyám nevetve felelt. „Allah arra teremtett, hogy téged kényeztessen, fiam." Na, akkor már tudtam, hogy ő valószínűleg jó választás lesz.

Kicsit elszégyellem magam, amiért eszembe jut Yasmin, ezért válaszolok Csillának.

– Mi sosem fogunk együtt fürdőbe menni.

Mélázik, majd válaszol.

– Igen. Ez így van.

Most ezt miért mondja?

Talán mindketten belemerülünk a saját életünkbe és világunkba. Távol állunk egymástól. Ennél távolabb már nem is lehetnénk. Nem a fizikai távolságra gondolok. Más világban él, más értékek között, és talán fogalma sincs róla, hogy én mennyivel alacsonyabb rendűnek gondolom őt. Úgy, ahogy nekem sincs róla fogalmam, hogy mit gondol rólam. Talán azt hiszi, csak egy elkényeztetett milliárdos vagyok, aki beleszületett a jóba, és mindent megkaphat. Nem jár messze a valóságtól, de most először az is zavar, hogy nem ismeri az értékeimet. Nem tudja, mennyire szeretek üzletet kötni, nem tudja, hogy igenis kiveszem a részem a családi törekvésekből, nem tudja, hogy szeretem a testvéreimet, az unokaöcsémet, fogalma sincs, mennyire tisztelem a szüleimet, hogy igenis szabályok szerint élek, hogy imádok sportolni, vadászni, olvasni… és azt sem tudja, hogy lenézem az európaiakat, de legfőképp az amerikaiakat.

Közelít egy lépést, mert tömeg sétál el mellettünk. A tekintetünk nem szakad el egymástól, ha kényszerítenének, sem tudnék semmit mondani. Csodálatos a zöld szeme, és az eleinte izgalmasnak vélt arcát már határozottan gyönyörűnek látom. A szemöldöke szépen ívelt, ahogy végigpásztázom a pofiját, rájövök, nincs rajta hiba. És nincs hiba lejjebb sem. Mondjuk, ezt eddig is tisztán láttam. A teste az első pillanattól beindított.

– Ugye nem ezért ajánlotta azt a rengeteg pénzt? – nem reagálok, ezért hozzáteszi. – Biztos nem értettem félre.

Próbálom nagy ívben kerülni a témát, de nem adja fel. A nézése egyértelművé teszi, hogy most számon akar kérni. Egy picit feldühít a felismerés, de aztán megsajnálom. Neki biztos sértésnek számított a szexuális meghívás, úgy, ahogy nekem a „disznó" elnevezés.

– Talán igaza van.

- Nem. Nem talán. Maga egyvalamire gondolt, és az az egyvalami a szex.

Azért ez nem ilyen egyszerű! Szívesen odamondanám, hogy nem igaz, kisgidám, ugyanis nem egy szóra gondoltam, hanem kettőre. Nem szex. Kemény szex!

Saját gondolatomon vigyorgok, nem mondom ki, ami az agyamba mászik. Talán hazáig szaladna rémületében. Kezdek magamra találni.

- Miért teszi ezt?
- Mire gondol?
- Arra, hogy pénzt ajánl fel nőknek, bizonyos szolgálatokért cserébe.

Ez most komoly?

Mit feleljek? Úgy leblokkolok, hogy azt is elfelejtem, mit kérdezett.

- Azt hiszi, pénz nélkül nem menne? Maga jóképű, vonzó férfi.

Huh! Ez tiszta téboly. Azt hiszi, nincs önbizalmam? Nekem? Egy szaúd-arábiai hercegnek?

Teljesen más magyarázatot talál a tetteimre, valahogy rá kéne cáfolnom, csak nem találom a módját. Nem vagyok elveszett férfi. Nagyon is tisztában vagyok az adottságaimmal. Ha olykor kétségbe vonnám is, a nők elég egyértelműen jelzik a tényeket.

Egyik lábamról a másikra állok, sosem beszéltem még ilyen bizalmasan egy nővel sem. Anyám sem merne ilyen kérdéseket feltenni nekem.

- Nem azért teszem, mert nincs önbizalmam. Ha arra gondol – a kezemben lévő napszemüveget babrálom, kicsit sajnálom, amiért nincs rajtam. – Én mindent pénzért veszek, Csilla.
- De miért?
- Mert megtehetem.

Tényleg ennyi az oka. És az, hogy ne várjon el cserébe senki semmit. Ha szegény lennék, akkor is ugyanígy szeretnék nőkkel hempergni, csak valamit adnom is kéne magamból. Azt pedig én nem akarom. Megveszek valamit, használom, aztán lépek. Sose fogja megérteni.

- Azért csak képes arra is, hogy udvaroljon egy nőnek! – kifejezetten szemrehányó a hangja.

– Nem jellemző rám!

Megcsóválja a fejét, életemben nem voltam még ilyen megalázó helyzetben. Valószínűtlennek tűnik a helyzet, melyben egy európai nőnek akarom megmagyarázni az életstílusomat. Valamiért bántani akarom őt, ezért folytatom.

– Vannak nők, akiknek udvarolnék… sőt… kedves is lennék velük. De az a nő csakis muszlim lehet. Olyan, akit feleségül készülök venni. Érintetlen, kedves, gyönyörű nők. Őket becsülöm.

Belevörösödik a feje a mondandómba, tetszik a dühe.

– Úgy érti, én nem vagyok becsületre méltó?

Nem! Te megdugásra méltó vagy!

– Ugye nem haragszik rám? Mert ez a beszélgetés kezd fárasztó lenni – képtelen vagyok magamban tartani a véleményem. Úgy érzem, egálban vagyunk. Ő nem adja oda magát, én meg jelzem, hogy nincs nagy gond, úgysem ér semmit.

Fasza, Gamal! Az esélyed már a zéró alatt van!

– Nem, nincs gond! Csak tudni akartam!

Elfordul, iszonyatosan zavarban van. Már megint sajnálom őt. Beugrik elmémbe az arca, ahogy nevet, miközben a vattacukrot tuszkolja felém. Szemétnek érzem magam.

Elindul arra, amerről jöttünk, én meg szótlanul követem. Az autóig nem szólal meg, én sem keresem a társaságát. Darabokban vagyok. Legalább annyira, mint ő. Hosszú a séta. Majdnem megkérdezem, hogy „most akkor mi van, vége a programnak?" De nem teszem. Az autó közelében bevár, együtt sétálunk az ajtóhoz, amit Attila már ki is nyitott.

Váltanak pár szót, majd a sofőr indít. Szétrobbanok az idegtől.

– Ennyi volt? Mármint a városnézés.

– Ugyan már! Maga eddig sem élvezte az egészet. Hogyan is érezhetné magát jól, amikor lenézi azt, akivel van?

Ez nem igaz. Jól érzem magam vele. És nem nézem le. Az, hogy alsóbbrendűnek tekintem, nem egyenlő a lenézéssel. Úgysem értené, ezért nem megyek bele a témába.

– Csak akad még valami látnivaló.

– Igen, akad!

– Akkor?

Egész testével felém fordul. A térdem majdnem hozzáér az övéhez.

– Nincs akkor! Majd valaki más megmutatja magának!

Fölösleges lenne puhítanom őt. Nagyon elutasító, szívesen lecsapnék neki egyet.

Hogy a francba veheti ehhez egy nő itt a bátorságot?

Útközben hallom a lélegzetvételén az izgatottságát. Én is az vagyok, bár inkább idegnek nevezném.

A szállodánál kinyitja nekem a sofőr az ajtót. Mire kiszállok, már Csilla is ott áll az autó mellett. Gyorsasága jelzi, hogy menekülni akar. A táskájában matatva kezd beszélni.

– Kérem, jelezze majd felém a találkozó időpontját. A telefonszámom ott van a megbízási szerződésben. A mai munkámért nem várok fizetséget.

Nagyot sóhajtok, a kezem pedig ökölbe szorul. Játssza a sértődöttet, és ezt nem bírom. Tombol bennem az ideg, de a következő mondatával mindent összetör bennem.

– Igazán sajnálom! – szemembe néz, szívem ritmusa magasabb fokozatba kapcsol. – Én jól éreztem magam önnel.

Fordul egyet, és már indul is. Én meg ott állok a sofőr mellett, és nézem a távolodó alakját. Majdnem utánakiáltok, de csak majdnem. Azt is képtelen vagyok mondani a sofőrnek, hogy menjen utána és vigye haza.

Teljesen talajra tesz a csaj!

10. fejezet

A lakosztályban minden kifogástalan. Míg távol voltam, ágyneműt húztak és alaposan kitakarítottak. Megint friss virág van az asztalon. A bor eltűnt, valószínűleg Emír megemlítette, hogy nincs túl jó helyen a Korán mellett. Pont ő mondja, amikor egyáltalán nem veti meg az alkoholt.

A falnál, az íróasztalon a lámpa mellett van a fax, amit Rijádból kaptam. Valószínűleg Bálint hozta be a szobámba. Fölkapom, és olvasni kezdem.

Drága Barátom, Gamal!

Örülök, hogy üzleti döntésedben hozzám fordultál. Apáddal közösen néztem át az elküldött papírokat. Amit leírok, az a közös véleményünk. Kérlek, ne hívj minket, mert mi már elutaztunk a haddzsra. Te is tisztítsd meg lelkedet, ne hanyagold a napi imát!

A kimutatások nem tüntetik fel rossz színben a céget, ami a támogatásodat kéri. Bizonyára tudod, hogy mi éppen ebbe az irányba akarunk nyitni. Látok közös jövőt az említett üzletben, de úgy gondolom, részletesebb tárgyalásokra van szükség. Olyanokra, amiken én is ott vagyok. Apád biztosított a bizalmáról, így te döntesz. Én szeretném, ha elfogadnád a segítségemet. Apádat is mindig teljes szívemből segítem.

Felveszem a kapcsolatot a német anyacéggel. Addig, kérlek, ne írj alá semmit! Utazz haza mielőbb, és hívd meg üzletfeleidet a hazádba! Itt mindent részletesen átbeszélhetünk, és biztosíthatod partnereidet a vendégszeretetünkről. Apád

kérése is ez! Bízd ránk, Gamal! Tudod, hogy megbízhatsz bennem.
Minden tudásommal és kapcsolatommal a végére járok addig a részleteknek. Remélem, mielőbb Rijádban üdvözölhetlek.

Allah áldása és ölelésem, barátom: Ali ibn Faid al-Sheekh.

Nagyjából erre számítottam. Ali pont az az ember, aki képes elhitetni mindenkivel, hogy nélkülözhetetlen. Valójában nem neheztelek rá, sokkal inkább érzem úgy, hogy levesznek egy hatalmas terhet a vállamról. Alit gyerekkorom óta ismerem. Körülbelül tíz évvel idősebb apámnál, amióta az eszemet tudom, mindenben a családom segítségére van. Sosem adott még rossz ötletet, és mindennek alaposan utánajár. Tudom, most is ezt fogja tenni. Apámra azért hívja fel a figyelmemet, mert kifejezetten hangsúlyoztam, ez most az én üzletem. Ali máig gyereknek gondol. Képtelen elfogadni a különválásomat apámtól. Amikor otthon folytatunk tárgyalásokat, akkor is mélyen apám fenekébe bújik, pedig már jobban tenné, ha nyitna a fiatalabb generáció felé is.

Valószínűleg egy életre megharagudna rám, ha nem fogadnám meg a tanácsát. Azt fogom tenni, amit kér.

Ledobom a papírt, ekkor látom át tisztán, hogy tulajdonképpen nem lesz több üzleti tárgyalás. Egy-két napot még maradnom kell, mert a pilóták csak akkor tudnak értünk jönni, ha apámék már Mekkában vannak. Furcsa az érzés, ami bennem kavarog. Úgy érzem magam, mint egy gyerek, akitől elvették a játékszerét. Azzal kéne csak tisztában lennem, hogy mi az a játékszer. Az üzlet, vagy a nő?

Odasétálok a Csilla által kreált szerződéshez, és gondolatban átfutom a lehetőségeimet. Ő nem tudja, hogy nem lesz több találkozó, így pár napig biztos nem keresi majd a kapcsolatot. Elrepülhetnék anélkül, hogy újra látom és kifizetem. Elégtétel lenne. Nem az anyagiak miatt, hanem a sok kellemetlen élményért cserébe, amivel megajándékozott. A sok ismeretlen érzésért, amit megismertetett velem. Milyen egy nevető nővel örülni, milyen egymás után inni egy palackból, és milyen egymásba karolva sétálni. Csak sorolom

magamnak, de egy másik énem már üvölti a fülembe: „Hülye vagy? Ezek közül egyik sem volt kellemetlen!"
Az egyetlen kellemetlenség, hogy nem bújt ki a bugyijából. Felkapom a tollat, és aláírom a papírt arab és latin betűkkel is. Újra végigolvasom az adatait, pedig mindenre emlékszem. Már nem felejtem el a nevét, pedig két napja tutira vettem, hogy sosem tudnám megjegyezni.

* * *

A mobil csörgése riaszt föl. Nincs túl világos, a kanapén találom magam, kezemben a megbízási szerződéssel. Emír hív, föl is veszem, közben az órámra nézek. Este nyolc óra van. Bealudtam.
– Letolod a képed vacsorázni? – Emír hangján hallatszik, hogy nehezményezi a mai húzásomat. A városi séta az alvás miatt olyan távolinak tűnik, mintha meg sem történt volna. – Itt várunk Ibrahimmal!
– Rendben.
Kinyomom a telefont, és felülve kezdem magam összerakni. Kínos lesz a találkozás, ezt előre tudom. Emír kegyetlenül faggatni fog. Odasétálok a fürdőben lévő tükörhöz, és felkapcsolom a kislámpát. Elég kifogásolhatóan nézek ki. Nem fáradt vagy csapzott vagyok, hanem keserű. Igen. Talán azért nem vagyok kibékülve a látvánnyal, mert sosem szoktam magamat így látni.

Csak az arcomat mosom meg, nincs kedvem zuhanyozni, pedig tudom, hogy felfrissítene. Eszembe jut Ali imára való figyelmeztetése, amit szándékosan kergetek arrébb. Majd lefekvés előtt megejtem.

Visszabújok a cipőmbe, és már indulok is lefelé, miközben a hajamat simítgatom hátra.

Tényleg kéne az a fodrász!

Az étteremben valóban ott ül a két barátom. Emír le sem veszi a szemét rólam, Ibrahim azonban szemérmesebb. Az evőeszközével babrál. Még csak ital van előttük, valószínűleg meg akartak várni a kajával. Le sem ülök, már ott a pincér. Megint bárányt rendelek, mert nem képes az agyam az ételen gondolkodni. Emír és Ibrahim bőszen faggatja a pincért, aki egy kis jegyzetelés után lép arrébb.

– Mi ez az egész, Gamal?
Emír hangja számonkérő, de nem bírok visszatámadni. Igaza van. Én sem vagyok képes másra, csak ugyanezt kérdezni magamtól.
Ibrahim is rám emeli a tekintetét, biztos kíváncsi ő is. Már tutira átbeszélték a témát. Nem hívtam Ibrahimot, hogy vizsgálja meg a csajt, aminek csak egyetlen oka lehet. Az, hogy nem raktam őt vízszintbe. Sem függőlegesbe...
Ibrahim teste ütemesen rázkódik, gyanítom, a lábát táncoltatja az asztal alatt. Mindig ezt teszi, ha feszült. Emír azonban nincs zavarban. Határozott, kikerekedett szemekkel néz rám. Egész nap nem láttam őt, rendesen élvezem a látványát. Mindennap találkozunk, és együtt is töltjük a napot. Most meg az a helyzet, hogy huszonnégy órája nem láttam. Elvigyorgom magam.

– Mondj már valamit!
– Mit akarsz tudni?

Persze sejtem, de nem fogom megkönnyíteni a dolgát.

– Hogy zárult a tegnap este?
– Szarul!

Sőt a mai napom is... Elegem van ebből az egész kibaszott kontinensből. Elegem van ezekből a kifinomult, gyönyörű magyar nőkből, akik olyan elérhetetlenek, mint a Mount Everest. Arra már nem találok választ, hogy miért is beszélek többes számban.

– Ezt hogy érted?
– Mégis hogy érthetném azt, hogy szarul? Szarul, és kész! Mit nem értesz ezen?

Emír kissé hátradől, Ibrahim meg elfordul. Talán hangosabb vagyok a kelleténél, de arabul beszélünk, ezért senki sem ért minket.

– Jól van, nyugi! Nem kaptad meg, igaz?

Nem vagyok képes kimondani a választ, csak nemet intek. Talán ez a hétköznapi életben nem nagy szó, de én hozzá vagyok szokva ahhoz, hogy mindent megkapok. Emír tudja ezt, mert ő ugyanilyen.

Lefittyedt szájjal folytatja.

– És miért mentél el ma vele? Ma is bepróbálkoztál?
– Nem volt rá lehetőségem.

– Ezt hogy érted?
– A picsába, Emír! Van valami, amit megértesz? Nem dugtam meg, és kész. Soha nem is fogom. Most már érted?
Egymásra néznek. Ibrahim komoly marad, de Emír elröhögi magát. Nem sok kell, hogy meg ne lendüljön a kezem.
– Akkor miért nem ígértél neki többet?
Annyira sötét. Egy szavamat sem értené, ezért gyorsan pontot teszek a végére.
– Emír! Azt ajánlom, fogd vissza magad, mert itt foglak hagyni! Holnap vagy holnapután hazarepülünk. Még egyeztetned kell a pilótákkal! Mondd nekik, hogy minél hamarabb utazni akarok! Apámék már szerintem Mekkában vannak, így most van idejük eljönni értünk.

Mindkettőjük tekintetén látszik a hála a döntésemért. Ibrahim végül magához tér, kérdezni kezd.
– És mi van az üzlettel?
– Azt is otthon ütjük nyélbe. – Emírhez fordulva folytatom. – Vedd fel a kapcsolatot azzal a bizonyos vezérrel, és hívd meg őt hivatalosan hozzánk, a kísérőivel együtt.

A hivatalos meghívás királyságba nagyon fontos. Semmilyen más módon nem teheti be külföldi a lábát a hazámba. Nincs turistavízum, és az üzleti ügyekben utazókért is felelősséget kell hogy vállaljon egy szaúdi cég vagy megbízható ember.

Aztán valami még szöget üt a fejembe. Úgy kapaszkodom a lehetőségbe, mint semmi másba még életemben.
– A tolmácshoz ragaszkodom! Odaadom az elérhetőségét, beszéld meg vele is! – fűzöm hozzá.
– Én?
– Igen, te!
– Te vagy vele bizalmas viszonyban!
– Semmilyen viszonyban nem vagyok vele! Rád bízhatom, vagy esetleg egy nálad értelmesebb embernek kell megoldania?

Nem válaszol, csak bólint. Ibrahim úgy ül, mint aki megnémult, szerintem sosem látott még ilyennek. Fejét kapkodja, hol engem néz, hol Emírt.
– Dátum?

- Fogalmam sincs. Anyának megígértem, ha hazamegyek, az esküvő lesz az első. Egyébként is... Most már tényleg nyélbe kell ütnöm Yasminnal a dolgot.
- Már rég nyélbe kellett volna! - fűzi hozzá orvosom.

Ibrahim sosem szól bele ezekbe a dolgokba, most mégis megteszi. Tudom, hogy a négyszemközt lezajlott beszélgetésünket hozza elő. Szerinte ideje tisztességes muszlim nőkkel szórakozni.

A pincér lepakolja az ételt elénk, nincs túl nagy étvágyam. A reggeli óta mindössze az a vattacukor csúszott belém, mégsem vagyok éhes. Nekilátok a kajának, ugyanolyan, mint előző este. Most már bátrabb vagyok a rétest illetően, Ibrahim el is kezd érdeklődni, mit is eszem voltaképpen. Idiótának érzem magam, mert kifejezetten hangsúlyozom, hogy a rétes itt nagy kincs!

ÁÁÁ! Mégis, kit érdekel ez az ország?

Emír teli szájjal kezd beszélni.

- Elintézed te a pilótákat, vagy hívjam őket én?

Beleiszom a vízbe, mert nekem is tele van a szám. Sikerül lenyelnem a falatot, szemem ahhoz az asztalhoz kúszik, ahol előző este ültem Csillával. Összeszorul a torkom. A gyengeségem felismerésétől pedig az öklöm is görcsösen rászorít a villára.

- Intézd te. Mindent intézz te! Én csak fel akarok szállni a gépre, és Rijádban le akarok szállni.

Bólogatnak mindketten, valószínűleg ismernek annyira, hogy tudják, ez nem az én napom.

- Anyagiak? - folytatja Emír.
- Bálintnak készíts össze tízezer dollárt. A sofőrnek ötezret. A többit rád bízom - aztán eszembe jut Csilla. - A tolmácsnak harmincezer dollárt vigyél el. Majd megadom a címét, ha végeztünk a vacsorával.

Megint szorgosan bólogat, miközben tömi magába az ételt. Nem megy a kaja, így inkább csak a húst lököm be. Emír talán ekkor fogja föl, mit is mondtam, mert még a rágásban is megáll.

- Mégis hova vigyem neki? Hívd őt ide érte!
- Nem. Te viszed el neki a sofőrrel. Még ma! És közlöd vele azt is, hogy a rijádi tárgyalásokon ott a helye. Ha sok pénzt akar keresni, márpedig akar, akkor ne ellenkezzen! És közlöd az üzletfeleinkkel is, hogy a tolmács nélkül ne is repüljenek.

Emír a villát is leteszi, Ibrahim pedig szemmel láthatóan élvezi, hogy érzelmeim is vannak. Igaz, hogy ez most a düh, de neki tetszik, hogy egy női ellenkezés váltja ki ezt belőlem.

– Miért fizetsz neki ennyit?

Erre én sem tudnék érdemben válaszolni. Talán azért, mert meg akarom őt alázni. Azt akarom, hogy szégyellje magát, amiért én ennyit szánok rá, míg ő felháborodik egy kis szex lehetőségétől. Szánalmasnak érzem magam, de ez az igazság.

– Ennyit érdemel.

Ibrahimra nézek, hátha kihúz a csávából, de csak döbbent szemeket mereszt rám. Talán ő az egyetlen, aki látja rajtam a keserűséget.

– Aha. Ennyit érdemel…

Emír újra a kajájával foglalatoskodik, bekapja az utolsó falatot is. Mi Ibrahimmal már hátradőlve várjuk, hogy befejezze.

– És Bálinttal hozass azokból a sajtokból, amikből a múltkor felhozott. – Unokabátyám tekintete kérdőre vált, ezért hozzáteszem: – Ő tudni fogja, miről van szó. Szeretnék hazavinni valami magyarosat!

Mikor odajön a pincér, ösztönösen kérdezek. Gondolkodás nélkül.

– Van dobostorta?

Szélesen vigyorog, emlékszik a tegnap esti kóstolásomra.

– Persze, uram! Kívánja, hogy hozzak?

– Igen. Hármat.

– Az mi? – kapcsolódik be Ibrahim, apró mosollyal az arcán.

Emír nem szólal meg, csak nagyokat nyel. Ő ugyanolyan jól érzi a baj szelét, mint én.

– Sütemény. Magyar sütemény. Finom.

Unokabátyám tekintete éget. Kettesben számonkérő üzemmódba kapcsol majd, ez biztos. Állom a tekintetét, noha üvölti felém: „Mi van? Elment az eszed?"

A pincér elviharzik, egy perc múlva már jön is vissza. Leteszi a desszertet, és minden mást elvisz, kivéve az italokat. A mellettem ülő férfiak kíváncsian vetik rá magukat az édességre. Én legalább olyan várakozásteljesen figyelek, ahogy Csilla figyelhette az arcomat. Nem tudom, miért, de azt akarom, hogy ízletesnek találják.

181

Mindketten rám néznek, Ibrahim mosolyog, Emír meg hunyorog. Bejön nekik, csak éppen másként reagálják le.

– Ezt is ő mutatta meg neked?

Unokatestvérem képtelen magában tartani a dühét. Az arcán nem látszik semmi, de ismerem már gyerekkorom óta. Ez számonkérő kérdés volt.

– Mást úgyse nagyon mutatott – muszáj kiböknöm a választ.

Egyikük sem reagál. Látják, hogy nem veszem poénnak a helyzetet. Mikor végzünk, aláírom a bizonyos papírt, és közösen indulunk felfelé.

– Van itt fürdő! Nem nézzük meg?

Emír is meg én is döbbenten nézünk Ibrahimra. Én főként azért, mert mára elég volt a fürdőkről való témázás. Itt is ugyanaz a helyzet. Vagy valaki esetleg szavatolja, hogy csak férfiak lesznek bent? Egyáltalán nem értem, hogy jut eszébe orvosomnak a képtelen ötlet. Emír velem van egy hullámhosszon, Ibrahim pedig elszégyelli magát. Szó nélkül megyünk tovább. Ez nagyon érdekes, mert ha nem történt volna meg az, ami ma megtörtént, akkor tuti számonkérném a hülye megjegyzést. És tudom, hogy Emír is ugyanezt tenné. De most nem tesszük. Ballagunk tovább, még Bálintra sincs erőm odanézni. Csilla jut eszembe róla is. Meg a reggel, amikor még reménykedtem.

Életemben először nem kaptam meg valamit! Szét tudnám ütni a világot!

* * *

Ibrahim leválik rólunk, de Emír úgy rohan utánam, mint egy kiskutya. Csak akkor szólal meg, mikor belépünk a lakosztályomba.

– Gamal, ez nem tetszik nekem. Úgy viselkedsz, ahogy nem szoktál.

Nekem sem tetszik, de ha beleszakadok, sem vagyok képes harcolni ellene. Talán tiszteletet kezdek érezni Csilla iránt és az egész ország iránt, de ez meglehetősen dühít. Nem reagálok Emír megjegyzésére. Odasétálok az asztalhoz a megbízási szerződésért, és unokabátyám felé nyújtom. Idegesen kapja el a kezemből, majd egyből a végére lapoz. Mikor látja az aláírásomat rajta, még dühösebbé válik.

- Te úgy táncolsz, ahogy ő fütyül?
- Emír! Ez itt így megy. Alá kellett írnom, mert itt mások a törvények. Nem akarok másnak bajt okozni azért, mert nekem dolgozik.

A fekete szempár égetővé válik, én is érzem, hogy ritka nagy baromságokat fecsegek. Zavaromban kikapom a kezéből a papírt, és megkeresem a címét. Rábökve teszem hozzá:
- Ez a címe. Ide vitesd magad.

Közben előveszem a pénzt a táskából, amit már kivettem a széfből, és leszámolom az összeget. Hülyén érezném magam, ha borítékokba raknám, ezért még egy utasítást kiadok.
- Szerezz valami szép nagyobb dobozt. Tedd abba a pénzt, és köttesd át szalaggal.
- Mi van?

Ránézek, a legszigorúbb tekintetemet veszem elő, de Emír már túl régóta ismer. Nem nagyon ijed meg tőlem.
- Túlfizeted, és még jelzed is neki, hogy ez ajándék? Ennyire kényeztetni akarod?
- Nem akarom kényeztetni. Azt akarom, hogy szakadjon meg a szíve! És azt akarom, hogy ugyanúgy szétrobbanjon a dühtől, mint én! Sőt! Azt is akarom, hogy úgy érezze, élete legnagyobb hibáját követte el!

Meg azt is akarom, hogy megoldódjanak a gondjai, bár fogalmam sincs róla, milyen jellegűek. Ezt már nem mondom ki, de az agyamban ott zakatol a felismerés: szeretném, ha nem lenne semmi gondja!
- Szakadjon meg a szíve? - Emír úgy kérdez vissza, mintha nem értene teljesen. - Téged mióta érdekel egy ribanc szíve?
- Ha ribanc lenne, már rég túl lennék rajta!

Emírt nem kell szó szerint érteni, de most ezt teszem. Számára minden nő lotyó, aki nem muszlim. Az már mellékes, hogy ő nagyon is bírja ezeket a bizonyos lotyókat. Tulajdonképpen nekem ugyanez a véleményem, csak annyi a különbség, hogy én nem vetem meg ezeket a nőket. Szeretem őket bizonyos helyzetekben térdre kényszeríteni, de nem megalázásból.
- Meddig mész el, Gamal? Mit akarsz? Miért rángatod Rijádba?

Azt akarom, hogy lássa, ki vagyok én! Ő magabiztosan mozog a hazájában, én meg végig csak önmagam árnyéka voltam. Szembe akarom állítani a világommal, és igenis beképzelten uralni akarom a helyzetet! Akarom, hogy lássa, bármi az enyém lehet! Bármi! Ha akarom!

– Hallod? Kérdeztem valamit!

Emír egyre ingerültebb. Megigazítom a nadrágomat, majd számonkérően kérdezek vissza.

– Nem akarsz indulni? Már mindent tudsz! Sok a dolgod, mert még a pilótákat is el kell intézned!

Helyeslően bólint, talán rájött, hogy nem vagyok képes veszíteni. Elindul a pénzzel meg a papírral kifelé, majd az ajtóból visszaszól.

– Ennek rohadtul nem volt értelme. Inkább a haddzsra mentünk volna! – nem reagálok semmit, ezért lemondóan folytatja.

– Majd holnap elmondom, mikor jönnek értünk a pilóták. Addig aludj nyugodtan!

Most én bólogatok. A legszívesebben már indulnék is a repülőtérre.

* * *

A szállodai telefon csörgését hallom a fürdőből. Éppen a borostámat igazítom, ezért csak akkor megyek oda a telefonhoz, mikor már másodszor hívnak. Kicsit bepipulok, mert már este tíz óra van, és fogalmam sincs, ki veszi ehhez a bátorságot. Emír vagy Ibrahim biztos mobilon hívna, így a pár lépés alatt, míg a kagylóig érek, felgyülemlik bennem az indulat.

– Mi van? – kérdezem agresszívan.

Bálint bársonyos hangja hallatszik a túloldalról.

– Ne haragudjon, Szudairi úr a késői zavarásért, de Pataky Csilla van itt. Azonnal beszélni akar magával!

– Kicsoda? – úgy kérdezek vissza, mintha nem tudnám, kiről van szó, de valójában csak annyi az egész, hogy nem értem a helyzetet.

Zavaromban az alsónadrágomat igazgatom, és végigsimítom a tökéletes éllel elvágott borostámat.

– A tolmácsa…

– Igen, tudom. Mit akar?

– Nagyon feldúlt. Azt mondja, most azonnal beszélni akar magával!

Fogalmam sincs, miért, de összeugrik a gyomrom. Az arcom azonban a sajátom marad, mert átfut rajta egy gúnyos mosoly. Valószínűleg nehezményezi az összeget, amit kapott, és talán a foga sem fűlik a rijádi látogatáshoz.

– Jól van. Fölengedheti. Fogadom.

De még mennyire!

Hallom a sutyorgást, Bálint szól bele ismét. Picit gyámoltalan a hangja, érzi, hogy nem jó velem ellenkezni.

– Azt mondja, maga jöjjön le!

A legszívesebben pontosan ezt tenném. Levágtatnék, és egy hatalmas sallerral üdvözölném. Mi a francot képzel ez az önelégült kis picsa? Egy herceg fog neki ugrálni?

– Na jól figyeljen, Bálint, arra, amit most mondok! Az már nem érdekel, miképp adja át az üzenetemet a kis tolmácsomnak, de bízom a jó ízlésében. Ha nem jön föl, akkor ne várjon rám, mert az kurvára biztos, hogy én nem megyek le! Amennyiben beszélni akar velem, úgy rohanjon föl a szép kis popójával. Ha meg nem fontos a dolog, akkor húzzon innen a picsába!

Lecsapom a kagylót, és határozottan bánom, amiért valószínűleg Csilla nem ugyanezeket a szavakat fogja hallani. Bálint biztos kíméletesen közli majd a tényeket. Tutira veszem, hogy nem jön föl, és ettől teljesen eldurran az agyam. Még egyszer láthattam volna, de ezt elpuskáztam. Valószínűleg Rijádba sem jön majd el.

Életem legnagyobb hibáját követtem el, mikor ebbe az országba jöttem. Pontosan erre gondolok ebben a pillanatban. Apám arra felkészített, hogy gyönyörűek a nők, de azt nem mondta, hogy kalapács is van a kezükben! Össze vagyok törve. Senkinek sem ismerném ezt el, még a tükörképemet is magabiztosan szemlélem.

Halk koppanás hallatszik az ajtón, a szívem majdnem kiugrik a helyéről. Sietve felkapom magamra a nadrágom meg a pólóm, majd kinyitom az ajtót. Ott áll előttem. Arra sincs lehetőségem, hogy végigpásztázzam őt, a tekinteténél leragadok. Dühös, de én élvezem. A kezére siklik a szemem, egy dobozt markol, valószínűleg abban adta át Emír neki a pénzt.

– Beenged?

Lágyan kérdez, de tudom, hogy amint beengedem, útjára engedi a dühét. Csak abban reménykedem, hogy nem nevez disznónak, mert akkor halálra verem őt.

Félreállok, ő bejön. Meglepődöm a felismeréstől: egy zárt térben vagyok vele. Tesz pár lépést előre, látszik, ahogy körbejár a szeme a lakosztályon. Talán még sosem volt itt. Kihúzom magam, noha a környezet miatt nem nekem jár a dicséret. Váratlanul megfordul, a dobozt pedig a lábam elé hajítja. A teteje leesik, kirepül belőle jó pár százdolláros.

– Ebből csak annyit kérek, amennyi valóban jár!

Le kell hunynom a szememet, mert nem vagyok messze attól, hogy kinyírjam. Kár, hogy nem az országomban vagyok, mert ott büntetlenül szanaszét püfölhetném. Sosem ütök meg nőt, de az is igaz, hogy még sosem engedte meg magának egyik sem ezt a hangot. Kinyitom a szemem, ő még mindig néz.

– Szedje össze, Csilla, ha szüksége van rá! Nem kifizetődő büszkének lenni.

Bírnám, ha letérdelne, és elkezdené összelapátolni a pénzt. Talán ki is röhögném. Nem adja meg ezt az örömet.

– Tudja, Gamal, az udvarias viselkedés is lehet kifizetődő. Sajnálom, hogy ezt még most sem ismerte föl! Úgy gondoltam, maga okos férfi, de most azért rájöttem, hogy maga… maga egy…

Ki ne mondd!

Nem is teszi. Lenyeli a szavakat, és végigsimítja az arcát. Én is szívesen ezt tenném. De csak egy pofon után. Újra beszélni kezd, a hangja már nem dühös, kicsit remeg. Remélem, nem sírja el magát, mert az nem hozza ki belőlem a szelíd énemet.

– Ez a módszere? Megalázza azt, aki nem engedelmes? Ha nem fekszem le magával, akkor parancsolgatni kezd? Pénzt küld, és Rijádba parancsol! Hogy képzeli ezt? Aláírta a szerződésemet. Abban benne volt az összeg! Nagyon kérem, azt fizesse ki, amiért megdolgoztam.

Szétvet az ideg!

Képes úgy beszélni, hogy érzem azt az átkozott lelkiismeretfurdalást, amiről nem is tudtam eddig, hogy létezik. Nagyokat nyelek, de nem tudom megbántani. Nem tiszteletlen velem, csak követi a stílusom. Persze már önmagában ez is elég nagy baj, de túl közel került hozzám ezen a napon. Képtelen vagyok tovább bántani.

– Na és mi lett volna abban a kifizetődő, ha kedves vagyok?

Hosszan nézzük egymást, csak pár lépésre áll tőlem. Még mindig farmer van rajta. Arra gondolok, hogy még szinte sosem vetkőztettem le nőt. Általában készen kapom őket, a ruha sosem érdekel. Ekkor azonban kifejezetten elképzelem, ahogy lehúzom róla a nadrágot, ő pedig engedelmesen emeli meg a lábát. Még mindig a félcipőt viseli, de ez sem zökkent ki. Láthatja, hogy elkalandoztam, mert hangosan köszörüli a torkát. Szemem visszatéved a combjáról a szemébe.

Uh! Mennyire gyönyörű!

– Talán a kedvességével barátokat szerezhetne!

Gyönyörű és tök hülye!

– Barátokat? – vigyorogva vetem magam le az egyik kanapéra, ő pedig szemtelenül elém sétál. Nehéz felfelé tartani a fejem. Csak az ölét lennék képes bámulni órákon keresztül. Még akkor is, ha farmerral van takarva. – Nekem csak otthon vannak barátaim. Számomra mást jelent a barátság, Csilla! Ha meg magára gondolt, akkor végképp ki kell ábrándítsam. Én nem barátkozom nőkkel!

Szívesen hozzátenném még, hogy én mit csinálok a nőneműekkel, de megállítom magam.

Lejjebb veszi a hangját, egészen másképp beszél.

– Igen. Talán közöttünk tényleg sosem működhet a barátság.

Ekkor először látok esélyt rá, hogy az enyém lehet, ezért felpattanok. Lefelé kell néznem rá, ő meg fölfelé biccenti a fejét. Teljesen beindít a szitu. Nekem csak egy kemény numera jár az agyamban, de ő megint megtöri a varázst.

– Kérem! Azt fizesse ki, amiért meg is dolgoztam!

A legszívesebben ráordítanék, hogy még megteheti! Még megdolgozhat azért a jó pár ezer dollárért! Tudom a módját, miként egyenlítse ki a számlát.

Ehelyett csak bólintok egyet, majd lágy hangon válaszolok.

– Rendben. Akkor szedjen föl a földről annyi pénzt, amennyi, úgy gondolja, hogy jár magának.

Könnybe lábad a szeme, de gyorsan elkapja rólam. A dollárokra mered, majd oda is sétál. Kecsesen leguggol, és elkezdi szedegetni a pénzt. Megint összeszorul a gyomrom, sosem éreztem még magam ennyire rohadéknak. A lábaim maguktól indulnak meg felé. Ahogy odaérek mögé, ösztönösen nyúlok utána. Belekarolok a felkarjába, és erőteljesen felhúzom. Engedelmeskedik; amikor szembefordul velem, akkor látom, hogy sír.

– Ne haragudjon, Csilla!

Olyat mondok, amit még soha. Igen! Soha sem kértem még bocsánatot, apámon kívül, senkitől. Nőneműtől meg, azt gondoltam, soha nem is fogok. Különös, de jó érzés volt kimondani. A bocsánatkérésemmel azt érem el, hogy még jobban magával ragadják az érzései. Elneveti magát, de ezzel egy időben a sírása is erőteljessé válik. Nem értem az egészet, de talán nem is akarom. A karját markolászom, de ekkor nincsenek vele kapcsolatban hátsó szándékaim.

Megtörölgeti a szemét, majd rám néz.

– Maga ne haragudjon! Csak tudja… Mindegy. Kicsit elragadtak az indulatok.

Átkozottul szégyellem magam. Sír, és még ő kér bocsánatot. A kezem lejjebb siklik, megáll a derekán. Nem tiltakozik, valószínűleg nem érzékeli, hogy az ilyen gyengéd érintés nálam nem túl gyakori. Puha a dereka, érzem a csípőcsontját alatta. Újra beindul a fantáziám, de tudatosan szorítom vissza a feltörő vágyat.

– Csak azért tettem, mert tudom, hogy szüksége van a pénzre. Segíteni akarok!

Meglepődött arcot vág, majd kérdez is.

– Honnan tudja?

– Hát, egyrészt maga mondta, másrészt meg Bálint is említette, hogy nem egyszerű az élete.

Gúnyosan felnevet, de nem lép arrébb. Valamiért úgy érzem, hogy élvezi az érintésem. Megfogja a kezemet, ami a derekán pihen, és összefonja az ujjainkat. Sosem fogta még így senki a kezem. Pontosan úgy tesz, mint az utcán sétáló szerelmespárok. Pici a keze, jólesik rámarkolni. Szorosan kulcsolódok közé én is. Szinte egyszerre mosolyogjuk el magunkat. Várakozásteljesen néz rám, lebénít. A száját figyelem és meg akarom csókolni, de valamiért nem mozdulok. Nem tudom, hogy a visszautasítástól félek-e annyira, vagy attól, hogy csókolni akarom.

Végignyalja a száját, elönt a vágy. Az egyik kezemmel megmarkolom a lenyúló copfját, és határozottan magamhoz húzom. Nem ütközöm ellenállásba. Ahogy a szájához ér az enyém, azonnal kőkemény leszek. Szorosan magamhoz húzom, így sejtem, hogy érzi a feltörő vágyamat. Nagyon finom a szája. Puha és határozottan édes. A legszívesebben kiszívnám minden nyálát, és azzal csillapítanám szomjamat.
Kurva melegem van!

* * *

– Kérem, Gamal…
Nagyon halk a hangja, szinte suttog. Érzem a saját számban a kiáramló levegőt. Sose gondoltam volna, hogy egy ilyen egyszerű dolog bepörget. Belemarkolok a karjába, és majdnem rádöntöm a kanapéra, de fékezem magam. A kezével gyengéden simítja a borostám, túl érzelgős az egész. Fogalmam sincs, mit akar mondani, csak azt tudom, hogy élvezem ezt a nyálas csöpögést. Most egyáltalán nincs kedvem kiröhögni a romantika és a gyengédség létezését. Élvezem minden rezdülését, minden levegővételét, és élvezem a bőre bársonyosságát, amit érinthetek. Megelégszem a felkarjával, ami már önmagában is nagy szó. Persze kedvem lenne mindenhol megérinteni, de nem zavar a tény, hogy egy helyben toporgunk. Újra felnyög halkan, ahogy csókolom. El kell távolodnom tőle, mert fékezhetetlenné fogok válni, ha újra sóhajt.

– Hm? – csak ennyit tudok kinyögni, hátha folytatja, amit mondani akar.

Remélem, arra kér, hogy szeretkezzem vele. Még akkor is örülnék neki, ha én nem kifejezetten szoktam szeretkezni. Most képes lennék rá.

Egymás szemébe nézünk, én arra várok, hogy ő szólaljon meg, ő meg arra, hogy én. Nyálamtól csillog a szája, nagyot kell nyelnem a látványtól. Olyan ártatlanul bámul, amitől összeugrik a gyomrom. Félek a felismeréstől, ami azt ordítja fülembe, ez a nő nem fogja odaadni magát.

– Kérem, hagyja abba!

Erőteljesen megnyomja a mondatot, de érzem, csak megjátszsza magát. Mégis azt teszem, amit mond. Nem esik nehezemre, hogy nem csókolhatom tovább. A látványa is éppen eléggé lenyűgöz. Végigkövetem szememmel a mellkasát, elképzelem a melleit. A lejjebbi részt el sem merem képzelni, mert akkor tuti nem állnék meg. Félénken lebiccenti a fejét, az államról is lesiklik a keze. Olyan érzés, mintha valamit elvesztenék. Szívesen rászólnék, hogy újra legyen velem gyengéd, de nem teszem. A feje búbját figyelem. Gyönyörűen selymes a haja, és rettentően jó az illata. Képtelen vagyok elengedni őt. Pár másodperc múlva újra fölnéz rám, a farkam mindjárt kilyukasztja a nadrágom.

Ó, ha előttem térdelnél. És így néznél rám...

Kifejti a karjait, és végigsimítja az érintésem nyomát. Úgy karolja magát, mintha fázna. A pénz, amit eddig fölvett, kiesett a kezéből. Ott van a talpunk alatt jó pár dollár, de én a legszegényebb embernek érzem magam. Az egész világ az enyém, mégis rá kell döbbennem: ő sosem lesz az enyém.

– Fizessen ki, hogy mehessek!

Észhez térek a kimért közlésétől. Még sosem hozott nő megalázó helyzetbe, de most határozottan ezt érzem. Ugyanolyan rongyként beszél velem, mint ahogy én szoktam velük. Semmi kifogásolhatót nem mond, az elutasítása azonban súlyossá teszi a szavait.

– Csilla, én nem akartam megbántani. Én tényleg csak segíteni akarok...

– Maga semmit sem tud rólam! Ne akarjon segíteni! Főleg ne így!

Szemeivel a sok pénz felé int. Tényleg semmit sem tudok róla, de ekkor azt érzem, hogy igenis tudni akarok. Mindent. Megfogom a kezét, és leültetem a kanapéra. Talán érzi, hogy nem úgy teszem, mint férfi, mert engedelmeskedik. Leül, a lábait szorosan összezárja, és nézi, ahogy arrébb rugdosom a pénzt. Engem is zavar a látványa. Pont engem. Akinek a pénz jelenti a mindent. Eddig a zöld színről is csak a dollár jutott eszembe, most meg elveszek a szemében. Örökre a retinámba ég.

– Kér vizet?

Magam is meglepődöm a kérdésemen. Eddig sosem kínáltam meg senkit semmivel, de most el tudom képzelni, ahogy szeretettel nyújtok át neki egy poharat. Talán újra a kezéhez érhetnék. Megrázza a fejét, a torkát köszörüli. A szeme sarkát törölgeti az ujja begyével, mintha a sminkjét igazgatná. Nem azt teszi. A könnyeit törli le.

Leülök mellé, mert nincs más választásom. Rám néz, és egy picit elmosolyodik. Én ösztönösen teszem ugyanezt.

– Annyira ostobán tudok viselkedni – kezd mentegetőzésbe. – Ne haragudjon! Nem szabadott volna ennek megtörténnie.

Most komolyan ezt az ártatlan csókot bánja? Úgy beszél, mintha megtette volna, amit olyannyira megvet. Nem szexelt velem pénzért, mégis úgy szégyelli magát, mintha megtette volna.

– Nem értem, miért kér elnézést! Én is hülyén viselkedtem. Nem szabadott volna…

Rám néz, valóban kíváncsi a mondat végére. Mit mondhatnék? Nem szabadott volna pénzt ajánlanom neki a szexért cserébe? Nem szabadott volna megalázóan túlfizetnem a munkáját? Nem szabadott volna a pénzt fölszedetnem vele? Nem szabadott volna megcsókolnom? Igazság szerint egyik tettemet sem bánom nagyon. Én ilyen vagyok. Nem szégyenkezem azért, ahogy emberekkel bánok.

Inkább nem fejezem be a mondatot. Ő kezd beszélni.

– Tényleg nem egyszerű az életem. Túl sok rajtam a teher – megint elmosolyodik, én meg csak arra tudok gondolni, hogy szívesen megszabadítanám minden terhétől. Levenném a válláról és átraknám valaki másra. Mondjuk a sajátomra…

– Nem akar beszélni róla? – megigazítom magam, mert már megint olyan mondat hagyja el a számat, ami még sosem.

Nem szoktam kíváncsi lenni emberek bajára és gondjára. Egyedül a családom érdekel, de voltaképpen nekünk nem is nagyon szokott gondunk lenni. A pénz meglehetősen sok dolgot orvosol.

– Miért? Kíváncsi rá? – olyan, mintha belelátna a gondolataimba.

Elszégyellem magam, mert valóban csak egyvalami érdekel. A megoldás. Bármi is a baja, meg akarom oldani. Én! Egy al-Szudairi sarj! A királyi család tagja! Azt akarom, hogy fölnézzen rám!

– Igen. Kíváncsi vagyok rá!

Kíváncsi vagyok rád!

Nagyon mélyre kerültél, Gamal!
A kezével a nadrágját simítgatja, láthatóan zavarban van. Nem tudom, attól-e, hogy tűz van közöttünk, vagy attól-e, hogy magáról kell beszélnie. Kínosan mosolyog, alig várom, hogy megszólaljon. Még a hangjára is szomjazom. A legszívesebben úgy hallgatnám őt meg, hogy az ölembe hajtom a fejét és simogatom az arcát meg a haját. Minden hátsó szándék nélkül. Fogalmam sincs, miként fog a lelkembe mászni egy idegen ember gondja-búja, de van egy olyan érzésem, hogy megint olyan énemet hozza majd elő, aki talán nem is létezik.

– Nem származom túl ideális családból – várja a reakciót, de ezzel nem árult el sokat. Bátorítóan elmosolyodom, ezért folytatja.
– Az apám alkoholista. Anyám halálos beteg, az öcsémet meg be kéne erőszakolnom egy drogelvonóra, különben hamarosan két temetést kell szerveznem – ő elsírja magát, rajtam meg a hideg kezd futkosni.

Mi a francot keresek én itt?
Sír nekem egy nő, és ettől a rohadt látványtól az én torkom is összeszorul.

– Sajnálom – irtó hülyén reagálom le a helyzetet.
Szívesen megmarkolnám a karját, de akkor még el is szégyellném magam.

– Ezért van szükségem a pénzre. Az apám minden pénzt eliszik. A lakásukat hamarosan elárverezik. Apámat még az sem érdekli, hogy anya haldoklik – újra elsírja magát.

Elképzelem, én miként élném meg, ha elveszteném a családom bármely tagját. Fájdalmas. Még akkor is, ha egy muszlim szemében nem ugyanazt jelenti a halál. Együtt érzek vele. Olyan ez a nő nekem most, mint a húgom. Azt akarom, hogy így maradjon. Ha hozzáérnék, újra megkívánnám, de én most csak támogatni akarom őt.

– Maga tartja el őket?
– Nem igazán. Van keresetük, csak az kevés. Persze elég lenne, ha nem italra költenék. Az én keresetem elmegy gyógyszerekre meg orvosokra. Tudja, itt nem nagyon foglalkozik az orvos a beteggel, ha nem kap egy kis pluszt.

Fogalmam sincs, mit ért ez alatt. Rijádban én csak egyetlen kórházba teszem be a lábam. A királyiba. Ezenkívül családomnak külön, saját orvosai vannak. Az itteni egészségügyi rendszert nem ismerem. Nálunk egy férfinak minden jár alanyi jogon. Jár neki az orvosi ellátás, jár egy bizonyos összeg a családalapításhoz, jár egy üzlet, amiből fenntartja a családját…

Ezt mind a mi királyságunk meg a megvetendő abszolút monarchiánk adja. Hát ennyit a híres köztársaságokról meg a demokráciáról!

– Az öcsém is egyfolytában pénzért könyörög. Amikor nem adok neki, elég agresszív. Ráadásul azzal is szívesen fenyegetőzik, hogy öngyilkos lesz, ha nem adok neki pénzt anyagra. El kellett otthonról költöznöm, mert mindig meglopott.

Most még jobban megvetem az ismeretlen világot. Nálunk ilyen nem lehetséges. A nők eleve nem családfenntartók. Az pedig, hogy egy férfi anyagi javakat követeljen egy nőtől, sosem fordulhat elő. Az alkoholizmussal is hasonló a helyzet. Lenézik a hazámat, pedig talán hasznos a tilalom. Az hazugság, hogy mi nem iszunk, de az alkohol messze jár attól, hogy irányítsa a muszlim embert és a muszlim világot. Ezt viszont irányítja. Itt ül mellettem egy fiatal, gyönyörű nő, és megkeseríti az életét az alkohol, noha ő nem is iszik.

– Miért nem fordít mindennek hátat? Hagyja az apját meg az öccsét.

Tudom, hogy butaságot beszélek, pedig valóban ez lenne a helyes megoldás.

– Erre képtelen lennék. Tudja, milyen az, amikor az öcsém úgy sír, mint egy kisfiú? Tudja, milyen a seggrészeg apámat bámulni, miközben arra emlékszem, gyerekkoromban miként lökdösött a hintában?

A csúnya szó a szájából valóban érzékelteti a helyzet morbidságát. Eddig még nem mondott semmi káromkodásfélét. Egyébként meg a válaszom: nem. Fogalmam sincs, milyen. Sem egyik, sem másik. Az én kapcsolatom a szüleimmel is és a testvéreimmel is egészen más vonalon mozog. Láthatóan nemet intek, mire ő helyeslően bólogat.

– Az egyetemet semmiképpen nem akarom abbahagyni. Ha elvégzem, akkor biztos találok jó munkahelyet. Meg kell alapoznom a jövőmet!

Ó. *Mennyire szívesen megalapoznám én neki.*

– Akkor végképp nem értem, miért nem él a lehetőséggel.

Nem akarom föltenni a kérdést, de kiszalad a számon. Biztos vonzónak talál. Ha a karjaimba omolhat, és ezért még pénzt is kap, nem tudom, mi tartja vissza. Megadja a választ.

– Az egész életem egy mocsok. Körülöttem liheg a halál, el akarja venni az anyámat. Az öcsém drogos, apám meg alkoholista. Gondolja, hogy pont a prostitúció hiányzik az életemből?

– Ez nem prostitúció!

– Akkor mi? Pénzért lefeküdni valakivel, az az. Ha én is mocskos leszek, akkor nincs értelme az egésznek. Én tisztaságra vágyom. Tiszta emberi kapcsolatokra, őszinteségre, tiszta érzelmekre. Nem akarok sokat, csak ennyit. És nem vagyok hajlandó erről lemondani a maga ajánlata miatt!

Fölpattan, én is ugyanezt teszem. Már bánom, hogy előhozakodtam a témával, de véleményem szerint sokkal inkább ő húzta fel saját magát, mint én őt.

– Nem akartam megbántani. Sajnálom, ha megint…

– Maga ne sajnáljon semmit. Őszinte ember! Nem neheztelek magára. Csupán arra kérem… szóval arra kérem, ne tegyen több ajánlatot!

Lehajol, és fölvesz egy kis pénzt. Annyira meglep, hogy nem is figyelem, mennyit. Pár pillanat alatt végez, újra a szemembe néz, belepirul a cselekedetébe. Már nincs kedvem kiröhögni őt, rohadtul érzem magam. Rettegek attól, hogy kiszalad, és soha többé nem látom, ezért mentem, ami menthető.

– Hajlandó Rijádba utazni a delegációval? Minden költsége fizetve lesz, és megadom, akármennyi órabért is kér – megnyílik a szája, de nem szólal meg. Ha nemet mond, itt zuhanok össze, ezért hozzáteszem a mentsvárat. – Sosem fogok magának másfajta ajánlatot tenni. Csak és kizárólag mint tolmács van magára szükségem – eszembe jut, hogy üzletfelem is remekül beszél angolul, ezért zavartan teszem hozzá. – És a jegyzetelésére.

Elneveti magát, én is ezt teszem. Röhejesen viselkedem, de nem érdekel. Ha elutasítja a munkát, soha többé nem látom őt. Ebben a pillanatban ezt nem tudom elképzelni.

– Az ajánlatát elfogadom. Mármint a tolmácsmunkát!

Megértően bólintok, és tényleg megértem őt.

– Rendben. Akkor a többit mi intézzük. Értesítik majd önt, pontosan mikor kell utazniuk. Sajnos gépet nem áll módomban küldeni önökért, ezért menetrend szerinti járattal utaznak.

Furán néz, valószínűleg nem is sejti, hogy saját gépem van. Nincs kedvem kifejteni a részleteket. Ha Rijádban lesz, mindent átlát majd.

– Mennem kell!

Elindul az ajtó felé, hatalmas önuralomra van szükségem, hogy ne vonjam magamhoz. Ha megtenném, sosem jönne el a hazámba, sosem látnám őt újra… ez megbénít. Úriemberként odakísérem az ajtóhoz, iszom az illatot, amit maga után húz.

Az ajtóból visszafordul, már kint áll a folyosón, elérhetetlen távolságban. A szeme mosolyog, és a száját nyálazza.

– Azt, ami történt, nem bánom! Azt akartam, hogy ezt tudja!

Az ütő megáll bennem.

Most mi van? Nyomulnom kellett volna? Mi az, hogy nem bánja? Ki a fene képes eligazodni ezeken a kurta megjegyzéseken?

Csak nyeldesek, ő meg kineveti a helyzetet. Meg engem is, mert biztos ritka idióta képet vágok.

– Minden jót, Gamal! A maga világában találkozunk.

Elindul, nem vár választ.

Az én világomban! Már én sem tudom, hol van az. Jelenleg úgy érzem, hogy egy vadidegen nő most viszi magával. Az egész világomat!

11. fejezet

A plafont bámulom, nem jön álom a szememre. Ritkán adódik az életemben olyan esemény, ami képes az éjszaka közepén gondolkodóba ejteni. A pár nap zakatol az agyamban, összemosódik az egész. Emlékszem, mikor először láttam meg őt, a következő kép pedig szinte már az, ahogy nevetve eteti a kacsákat. Összevissza ugrálok az időben. Hol összefacsarodik a szívem, hol vigyorra húzódik a szám. Nem tudom, mi ez az egész, de tulajdonképpen örülök, hogy vége van. Nem úgy végződött, ahogy akartam, de az most már részletkérdés. Amint elhagyom ezt az országot, újra a régi leszek, és nem fognak érdekelni könnyeket ejtő nők, alkoholista apák meg egy idegen kultúra. Persze annak örülök, hogy van még lehetőségem látni őt, de a saját hazám kemény, masszív talajt tol a lábam alá. Otthon sosem csúsznék így szét. Eddig még sehol sem történt meg velem ez. Nyugtatgatom magam, semmi gond, még most is eléggé egyben vagyok, csak a sikertelen vadászat rak rám terhet. Kínomban elvigyorodom, mert tudatosul bennem, hogy ezen mégiscsak túl kellett esni egyszer. Emír már számtalanszor panaszkodott arra, hogy megközelíthetetlen nőt akart az ágyába csalni. Persze ő még addig sem jutott, hogy ajánlatot tegyen. Ez elég nagy akadály, mert ha kimondjuk az összeget, általában nem kapunk elutasító választ. Eszembe jut az öcsém. Kíváncsi lennék, ő miként reagálna le egy hasonló helyzetet. Ő még nálam is elkényeztetettebb. Vele sosem vitatnám meg a nőügyeimet, de ebben a pillanatban mesélni szeretnék neki a történtekről. Apámnak biztos nem kezdek egy európai nőről beszélni, mert szerintem szétrobbanna a dühtől.

Egyébként meg fogalmam sincs, mi a francot mesélhetnék. A semmi, az semmi. Még csak kiszínezni sem lehet.

Újra összeugrik a gyomrom, a kezem meg ökölbe szorul. Hirtelen düh kezd bennem tombolni, ezért oldalamra vágódom, és kényszerítem magam egy kiadós alvásra. Emír biztosan elintézett ma mindent, titkon abban reménykedem, hogy mire kinyitom a szemem, már otthon leszek.

Sosem hiányzott még így a hazám.

* * *

Reggel kilenc óra van. Már túl vagyok a reggelin, a tisztálkodáson és az imán is. Pontosan ebben a sorrendben. Sem Emír, sem Ibrahim nem jelentkezett még, ezért én hívom unokabátyámat. Sokadik kicsengésre veszi fel, a hangja még álmos. Tény, hogy otthon sem vagyunk korán kelők. Az igazság az, hogy a királyságot az olaj teljesen megváltoztatta. A beduin életmódot felváltotta a kényelmes hercegi viselkedés. Mivel minden az ölünkbe hullik és nem járunk dolgozni, addig alszunk, ameddig csak akarunk. És ez azt is jelenti, hogy az éjszakákba belehúzunk. Estélyeket adunk, beszélgetünk és eszegetünk, csaknem minden este vízipipabárba járunk, ami kifejezetten férfiaknak van fönntartva, és még abból is létezik olyan, ahova a királyi család tagjai járnak. Tekintettel arra, hogy nincsen nálunk sem mozi, sem színház, és még az internet is igencsak kódolva van, ez az egyetlen kikapcsolódási lehetőség, meg az éttermek és a magánrendezvények. Az életritmusunkat magunk szabjuk egy olyan világban, ami értünk létezik, nem pedig mi érte. A mérhetetlen gazdagság magával ragadta a királyi családot, de már látszanak ennek az árnyoldalai is. A legújabb generáció már szinte a tanulásra sem veszi a fáradságot. Az iszlám erős pillére a világunknak, ettől az egytől sosem tud egy muszlim elvonatkoztatni. Az iszlám a legegyszerűbb vallás, ezért csakis szeretnivaló lehet. „Az isten az egyetlen és örök isten. Nem nemz és nem nemzették, és egyetlen lény sem hasonló hozzá." Imádni kell őt, és engedni, hogy irányítson. Ez a muszlim ember vallási kötelezettsége.

Nem szabad elfelejteni, hogy a Korán nálunk biztosítékot jelent a boldogságra. Felhívja a figyelmet rá, hogy minden ellenségedet megbünteti, és felhatalmaz arra is, hogy olykor neked is jogod van gonoszul viselkedni, mert ezért Allah egyáltalán nem neheztel. Sőt!

Úgy is mondhatnám: Allah a muszlim férfiak bűneit mindig feloldozza. Nem véletlenül szoktuk őt „megbocsátónak", „irgalmasnak" vagy „könyörületesnek" szólítani. Talán ezért is szeretjük annyira az iszlámot. A Korán értünk is van!
– Ah, Gamal! Mi van?
– Mi az, hogy mi van?
Pár másodperc eltelik, kezdem érezni a súlyos változásokat, amik bekövetkeztek az életemben. Most már komolyan többen is megengedik maguknak ezt a hangot?
Odasétálok az ablakhoz, és figyelem a nyüzsgő várost. Valószínűleg munkába sietnek az emberek, az egész olyan lüktető.
– Ne haragudj. Tegnap, mire mindent elintéztem, már nagyon késő volt. Sőt. Inkább korán.
– Mit intéztél? – számhoz emelem a teámat, amit Bálinttól rendeltem. Készséges volt, valószínűleg már megkapta a pénzt Emírtől.
– Mindent.
– Emír! Lökjed már, mert pipa leszek.
Sóhajtást hallok és mozgolódást. Egy pillanatra feltámad a gyanúm, talán nincs is egyedül, de még az sem érdekel. Hallom a szöszmötölését, valószínűleg fölül az ágyban és ásít.
– Kifizettem mindenkit. Még a kis tolmácsodat is! – kicsit szemrehányó a hangja.
– Igen, azt tudom. Mindenkinek adtál?
– Úgy kérdezel, mintha kezdő lennék!
– A pilótákról beszélj!
Újra sóhajt, szinte látom, ahogy nevet. Már biztos vagyok benne, hogy jó hírt fog közölni, és az a jó mindhármunknak Rijádot jelenti.
– Ma este indulunk. A pilóták már valószínűleg ideértek Mekkából. Most valami szállodában pihennek. Apád lerendezte őket.
– Az amerikai pilóták jöttek?
– Ja!
Családom több pilótát is igénybe szokott venni, de általában az amerikai párossal kezdünk. Őket riasztjuk, ha sürgősen indulni kell. Meglehetősen sokat kapnak azért, hogy ugrásra készen álljanak. Bár amerikaiak, őket azért bírom. Ha nem lennének szimpatikusak, sosem bíznám rájuk az életem. Nálam a repülés bizalmi dolog.

- Remélem, nincs mára program, mert aludnom kéne!
- Az üzletet elintézted?
- Mindent elintéztem. És megelőzve a következő kérdésed, közlöm, a kis tolmácsot is megkértem, jöjjön Rijádba a tárgyalásokra!
- hangosan felnevet. - Hú, de bepöccent, amikor meglátta a sok pénzt! Olyan dühös képet vágott, hogy még én is megijedtem attól a kis szukától. Rendesen elzavart, és azt mondta, ő majd rendezi veled a dolgot. A pénzt azért otthagytam neki.
Hát rendezte is! Rendesen!
- Nem hívott? - kérdezi Emír.
- Nem - mély levegőt veszek. Majdnem mesélek a személyes találkozóról, de lenyelem a szavakat.

Jobb, ha senki nem tudja, mi zajlott le abban a pár percben, a csókról pedig végképp tilos fecsegni. El tudom képzelni, milyen szemekkel nézne rám Emír.
- Na jó. Aludj! Hánykor indulunk?
- Este nyolcra legyél lent. Mindent elintéztem, még a sofőrt is. A csomagjaidat majd Bálint leviteti.

Szó nélkül teszem le a kagylót. Ha mondanom kéne valamit, talán kiszaladna a számon a sztori. Elhatározom, hogy én is aludni fogok, mert az éjszaka nálam is hosszúra nyúlt.

Az alvás nem megy, ezért kimért alapossággal pakolni kezdek. Kezembe akad a városnézés alatt viselt ruha, be kell hunynom a szememet.
Tele van a tököm!
És a szívem is tele van valami fura érzéssel!

* * *

A reptéren kezdek magamra találni. Ideges vagyok a repülés miatt, de vigasztal a tudat, hogy hamarosan otthon lehetek. Emíren és Ibrahimon látszik, hogy hasonló gondolat jár a fejükben. Nem kell túl sokat várni, a pilóták mindent elintéztek.

Lezuhanok az ülésembe, becsatolom magam, miközben körbejáratom a szemem. Tisztaság és igen kifinomult elegancia. Mindent a halvány bézs és a mélybarna szín keveréke tesz egységessé, amibe aranyszín keveredik itt-ott. Az étkezőasztalnál az evőeszközök arany csillogása, a világítótestek aranykerete vagy az ablak körül található sötétítő sínjének aranya ékszerezi föl a gépet. Az aranyat szeretem. Nemcsak a színt, hanem a nemesfémet is. Szerintem nincs olyan nagy értékű dolog a tulajdonomban, amiben ne lenne arany.

A gép a pilótákon kívül tízszemélyes. Ebből négy ülés az étkezőasztal körül van elhelyezve, bár a gépen én szinte sosem étkezem. Van még egy háromszemélyes boksz, a többi három ülés egyesével van elhelyezve a gép két oldalán. Ezenkívül van még egy hálófülke, ahol szerintem én még sosem feküdtem le. Apám viszont rendszerint oda vonul félre, és alszik. Ő sosem idegeskedik a repülés miatt. „Allah kezében vagyunk." Már gyerekkoromban is ezt szajkózta, mert én már akkor féltem. Ebben én is hiszek, de azért jó, ha egy imával erre Allah figyelmét is felhívom. Sosem fogok félelem nélkül repülni.

A háromszemélyes részhez ülök le, ami közvetlenül a fürdő előtt helyezkedik el.

Családom magángépe már egyfajta otthont jelent. Még az illat is egészen más. A tea-kávé és fűszerek aromája mászik fel egészen az agyamig. Eszembe jut, hogy otthon még biztosan erős napsütés vár ránk, ettől hirtelen melegem lesz.

A bézs bőrülést markolom, a tenyerem forrósága kezd hűlni tőle. Két felszolgáló azonnal munkához lát, de nem méltatom őket figyelemre. Nekem a repülés sohasem jelent pihenőidőszakot, bár általában átrelaxálom. Most is behunyom a szemem. Az zakatol az agyamban, hogy ez az egész európai kiruccanás egy téboly volt. Talán sikerülne elaludnom, ha Ibrahim nem ülne le mellém. Emír is közelebb húzódik, nehogy kimaradjon valamiből. Noha több ülőhely van, odatelepednek hozzám.

– Kérsz nyugtatót, Gamal?

– Nem. Minden oké lesz – visszahunyom a szemem, de orvosom nem tágít.

– Ne aggódj! Rijádban újra herceg leszel!

Emír felnevet, nekem meg elönti a fos a fejemet. Azonnal följebb kúszom, mindkettejük szemébe mélyen belenézek. Először támadnék, de aztán rájövök, hogy ők semmit sem tudnak a pofára esésemről. Vagyis inkább a gödörben vergődésemről.

- Ezt hogy érted?
- Otthon nem mond neked senki nemet! Bár ők ezt nem tudják, de a bibi itt kezdődik. Nekem ugyanis nem „senki" kell, hanem „valaki"!
- Itt sem mondott senki nemet.
- Csak a kis tolmácsod! – Emír pofátlanul röhögve szúrja közbe a mondatot. Ibrahim ránéz, hátha ezzel visszafogja őt, de unokabátyám nem tágít. – Az azért elég keményen nemet mondott!
- Mi a fenét tudsz te erről?

Emír talán azt hitte, engem is lazább hangulatba sodor majd, mert meglepődik a kifakadásomon. Hátradől, tudom, hogy nem fog megszólalni. Ibrahim kezd újra beszélni.

- Hamarosan megnősülsz.

Most miért kell erre figyelmeztetni? Tudom a saját életem forgatókönyvét: megnősülök, fiúkat nemzek, és hanyatt döntök annyi nőt, ahányat nem szégyellek. Költöm a pénzem, és megkeresem az utánpótlást. Ilyen egyszerű. Most tényleg a házasság közeledtéről kéne fecsegnem? Nem nagy szám.

- Kíváncsi vagy Yasminra?
- Persze. Bár szinte tuti, hogy gyönyörű. Anyám állandóan róla áradozik.

Ibrahim elneveti magát, és Emír arca is ellágyul.

- Legalább megtanulsz másként is nézni egy nőre – kérdőn nézek Ibrahimra, ezért hozzáteszi: – Úgy értem, ha gyereket szül neked.
- Mármint fiút!
- Gamal, a gyerek az gyerek! Ha lány, ha fiú. Allah ajándéka!
- Ja! De nekem csak fiam lehet. Most meg jó lenne, ha aludni hagynál.

Visszadőlök, és a szememet is behunyom. Szinte látom, ahogy két barátom egymásra nézve titulál idiótának.

* * *

Kéz simítását érzem a karomon. Kinyitom a szemem, Ibrahim még mindig mellettem ül. Mikor látja ébredésemet, nevetve kezd beszélni.

– Rijádban vagyunk. Esetleg leszállsz a csúcsszuper gépedről, vagy maradsz itt?

Fölülök, és kinézek az ablakon. Emír már indulásra készen áll. Mint a villám, én is kicsatolom magamat, és felpattanok. A pilóták a képembe vigyorognak, biztos viccesnek találták a landolás utáni alvásomat.

Unokabátyám elindul, én meg szorosan követem őt. Más világba érkezem. Távol van tőlem Amerika lazasága, és távol van tőlem annak a kicsi országnak az egyszerűsége. Míg ott a repteret reklámok díszítik, addig a mi repterünk szemtelenül a milliárdos közeget hirdeti. A zárt térben szökőkút csobog, és pálmafák zöldje teszi frissítővé hazám sivatagi környezetét. Még egy kis oázis is tetszeleg az ide érkezőknek. Nálunk a víz és a zöld növény magát a gazdagságot jelenti. Itt hatalmas erőfeszítés és anyagi ráfordítás, hogy zöldelljen a tér, mint egy dzsungel. Pontosan ezért a királyi család tagjai mind zöldellő kertekkel veszik körül palotájukat. Ennél jobban semmi sem tudná érzékeltetni a milliárdjainkat.

A reptér előtt már vár az egyik terepjáróm valamelyik sofőrömmel. Bár szeretek vezetni, a családom miatti tiszteletből azért alkalmazok sofőröket. A sofőröknek a mi hazánkban nélkülözhetetlen szerep jut. Nem szabad elfelejteni, hogy nálunk a nők nem vezethetnek. És mivel a férfiak gyakran nincsenek otthon, a nőknek kell valaki, aki furikázza őket. Az én háztartásomban is szükség van rájuk, mert a bevásárlást nők intézik, akiket azonban hurcolni kell valakinek. Ez ám a luxus… vagy az elnyomás! A férfiak presztízskérdésként alkalmaznak sofőrt, ezzel hirdetve hovatartozásukat. Apám hátba verne, ha csak úgy furikáznék a városban. Mindig azt szajkózza, hogy egy herceg hirdesse a kényelmet és a gazdagságát. Azt is nehezményezi, amikor Amerikában a magam ura vagyok. Ma már tudja, hogy ott sokat vezetek, de már nem teszi szóvá.

Hadi mély meghajlással üdvözöl, már több mint egy hónapja nem látott. Fekete bőre most még sötétebbnek tetszik, mert az utóbbi napokban szinte csak fehér embert láttam. Fekete haja hátra van simítva, a szemöldöke bozontosan tetszeleg az arcán. Hadi nagyon alacsony ember, ezért mikor mellette állok, mindig rossz érzés tölt el. Ő nem szaúd-arábiai. Irakban született, és ott is nőtt fel. Aztán egyszer eljött a hazámba egy olajfúró toronyhoz dolgozni, de keménynek találta a munkát. Emberileg szimpatikus volt, noha mi szaúdiak nem igazán kedveljük az irakiakat. Mivel azonban ő szunnita, felajánlottam, hogy legyen a sofőröm. Élt az alkalommal. Mindennek már hat éve, azóta sem csalódtam benne. Tisztelettudó, tanult, és tudja, hol a helye. Nincs családja, pedig körülbelül ugyanannyi idős, mint én. Az arab férfiak általában korán nősülnek.

Ahogy beülünk, azonnal indít. Még ő is hiányzott nekem a távollétem alatt, ezért formális kérdéseket intézek hozzá. Emír szemöldökét felhúzva néz rám, de nem érdekel.

– Minden rendben itthon, Hadi?

– Igen, Gamal herceg! A palota csak magára vár!

Elneveti magát, kíméletlenül jólesik a gesztus. Egy olyan gesztus, amit eddig nem is értékeltem.

– Mi van az oroszlánjaimmal?

– Mindennap ki voltak engedve egy-két órára. Elég nehéz őket kordában tartani. Most be vannak csukva.

– És mi van a kölykökkel? – célzok a tigriskölykökre.

– Nagyot nőttek.

Most én nevetem el magam. Igen. Az állatok, azt hiszem, azok, akiket a legjobban bírok a világon. Imádom a vadságukat, a természetességüket és a megvásárolhatatlan szeretetüket.

Hirtelen Csilla jut eszembe. Ő is megvásárolhatatlan volt.

Hadi a húsmennyiségről kezd beszélni, amit az állataim naponta elfogyasztanak, de képtelen vagyok figyelni.

A palotát megpillantva kicsit hevesebben kezd verni a szívem. Mikor meglátom a lakhelyemet, általában akkor kezdek tisztában lenni az anyagi javaimmal. Persze a hétköznapokban is nagy lábon élek, de a palotám csöpög a fénytől, a luxustól és a hatalomtól. Körülbelül 4000 négyzetméteres maga a palota. Van benne egy külön lakosztály Ibrahim családjának, valamint számtalan lakrész a szolgáknak és sofőröknek. Tulajdonképpen több embert alkalmazok, mint amennyire szükségem van, de én már csak ilyen vagyok. Apám belém nevelte a hercegi vonalat. A szolgáim többsége nem hazámbéli. Legtöbbjük egyiptomi. Szaúd-Arábiában a hatvanas években szűnt meg a rabszolgaság, de ez nem jelentette azt, hogy el is tűntek az országból. Majdnem minden család szolgálatában ott maradtak ezek az emberek, csak éppen nem rabszolgaként, hanem alkalmazottként. Családot alapítanak, és gyermekeik ugyanúgy szolgálatba állnak, esetleg átmennek más hercegi famíliába. Nincs más lehetőségük. Elődjeik is itt élték le az életüket, a gyökereik már elhaltak, ami a régi hazájukba húzná őket.

Az Al-Nassr Rijád negyed a fényűzésről híres. Itt találhatóak a nívós szállodák és a királyi család palotái. Elég a környéken végignézni, és az ember tisztában van vele, hova is került. Apám palotája nincs messze tőlem, Emíré pedig a szomszédban van. Nálunk a család szorosan összetart, még ebben is.

Hadi sebtében kinyitja nekem az ajtót, és arra vár, hogy kiszálljak. Egy kapun keresztül jutottunk az udvarra. Az utcától a palotát egy magasra emelt kőfal választja el. Nem túl esztétikus, de csak ez véd megfelelően a kíváncsi tekintetektől. Sokszor a homokviharok ellen is jó szolgálatot tesz. Az épület így is jóval magasabbra nyúlik, kintről is látszik a palota az udvar hátsó részében.

A nap éppen felkelőben van, hajnali hat óra, az idő még kellemesen langyosnak mondható. Pár szolga felsorakozik a kikövezett udvaron, de nem méltatom figyelemre őket. Egy fiatal, vágott szemű lányon akad meg a szemem, azonnal Emírre nézek.

– Ki az ott?

– Meglepetés. Thaiföldről hoztam neked! Szűz.

Mérgesen nézek Emírre, de tulajdonképpen nem neheztelek rá a húzásáért. Az igazság az, hogy elég gyakran utaztunk régen az egzotikus országba egy kicsit kikapcsolódni. Apám szoktatott rá, és nekem tetszett. Ezek az utak általában egy-két hetesek voltak, és semmi másról nem szóltak, csak kemény szexről. Tizenhat éves voltam, mikor először utaztam apámmal és a bátyámmal. Jól emlékszem az egyszerű házra, ahova apám becitált. Meztelen lányok sétáltak le-föl, a kezüket nyújtogatva felém. Az érintés lehetőségétől már akkor is undorodtam, és valahogy taszított a közönséges viselkedés. Persze csak egy darabig. Apám beirányított egy szobába, ahol egy körülbelül velem egykorú szűz várt rám. Én akkor már túl voltam ezen-azon, de ez vajmi keveset ért. A lány egy kukkot sem beszélt angolul, én meg úgy vágytam a csodára, mint egy kisgyermek. Nem történt csoda. Ugyanolyan egyszerű szex volt, mint az itthoni háremből származó nőkkel. Annyi volt a különbség, hogy ekkor voltam először szűzzel. Arra tisztán emlékszem, hogy ő nem sírt. Sőt még csókolóztam is vele. Az emlékre még a szám is fintorra húzódik.

Egy ideje leálltam ezekkel az utazásokkal, apámat meg nem faggatom, hogy jár-e még. A bátyám már szintén nem utazik ki, az öcsém viszont minden lehetőséget megragad. Igazság szerint a családok gyakran tartanak thai háztartási alkalmazottakat, akikről mindenki tudja, hogy egyetlen feladatuk van: kiszolgálják a palota férfi tagjait. Emlékszem, mikor gyerek voltam, még a mi palotánkban is laktak thai lányok. Akkor még nem láttam át a helyzetet.

Ibrahim hallhatóan felsóhajt, majd közli, ő most azonnal megy a családjához. El is indul a saját lakrészük felé. Fogalmam sincs, miért, de irigykedve nézek utána. Hamarosan átölel egy nőt és a gyermekeit. Olyasmije van, ami nekem még nincs. Persze lányokra nem vágyom, de a gyerek szó kifejezetten ott zakatol az agyamban. Anyám is mindig ezzel zsarol. Folyton egy arab közmondást hajtogat:

„Az unoka értékesebb ajándék, mint a fiú!"

Ezzel akarja érzékeltetni, hogy csak akkor teszem maradéktalanul boldoggá, ha végre családot alapítok.

– Állandóra hozattad a lányt?

Emír először bólint, majd szóban is felel.

– Megvettem a családjától. Ne mondd, hogy nem gyönyörű!

– Hát, ami azt illeti, Yasminnak biztos nem tetszik majd!

Emír hangosan felröhögve reagál.

– Nem is ő fogja szanaszét dugni az agyát!

Odaérünk a lányhoz, van lehetőségem végigmérni őt. Földig érő szűk ruhában van. Nincs rajta fekete abaya, ami eltakarná a körvonalait. A ruha szépen kiadja az alakját, ami elég semmilyennek tűnik. Az arca és a haja szabadon van, ösztönösen megmarkolom a fekete hajzuhatagot. A szemembe néz, de nem mosolyodik el.

– Emír, ez nagyon fiatal!

– Na és?

– Ismersz! Tudod, hogy engem ez nem pörget be.

– De be fog! Apád háreméből az egyik nő rendesen kiokította őt, mit kell tennie!

Elröhögöm magam. Unokabátyám tényleg minden részletre figyel. Hosszan a lány szemébe nézek, ugyanazt a keserűséget látom benne, mint Csilláéban.

– Na jó. Ma elleszek vele. Aztán a tied. Nekem nem kell! Nem akarom, hogy az első feleségem egyből cirkuszt csináljon.

Emír bólogatásba kezd, azt hiszem, hasonlóra számított. Ő megajándékozott engem, én őt szintén. Ez elég tiszta játszma. Valószínűleg ő is csak pár hónapig szórakozik majd vele.

A jobb oldalról felfutó íves lépcsőn indulok el. Az épületbe két oldalról futnak föl a lépcsők, olyan, mintha szárnyai lennének a palotának. A lépcsőn mindkét oldalról vaskos betonkerítés szalad végig, lyukak vannak kihagyva a betonban. A félkör alakot még a földszinten datolyapálmák zöldje teszi barátságosabbá. A szuterén a két lépcső közé nyílik. Itt bent található a belső medence, amit a téli időszakban használok. Olyankor csak hőség van, de nem kánikula. Most még viszont az van, ezért is vannak zárva az üvegajtók. A lépcső tetején szintén van egy tér, igaz, már jóval kisebb, mint a lenti. Arany-fehér fotelek vannak kirakva és egy asztal, bár itt szinte sosem üldögélek. Ez az elülső udvar, én jobban szeretem a hátsó, zegzugos részt.

Az ajtón belépve hasonlót lát az ember, mint kint. A tér óriási, szintén ugyanolyan ívben fut föl két lépcsősor az emeletre. Bent az arany, a króm, a fehér és a barna az uralkodó. Egy szaúd-arábiai lakberendezőnek köszönhetem a kifogástalan stílust. Jó érzékkel válogatott össze mindent, tudta azt is, hogy az arany színét nem szükséges imitálni. Még a korlátom is valódi arannyal van átfuttatva.

– Én elmegyek, Gamal, ha megengeded.

Emírre nézek, hetek óta most látom először emberinek. Az arcára van írva az érzés. Hiányzik a családja. Tudom, hogy első feleségét szereti a legjobban, aki egy fiúval ajándékozta meg. Biztos, hozzá viszi majd az út, amint kilép innen. Különösek vagyunk mi, arab férfiak. Talán mi vagyunk a legszemetebbek, de a legcsaládcentrikusabbak is. Ha nincs a közelben a szeretett nő, akkor állatként viselkedünk, de amint megérezzük az otthon illatát, minden másodlagossá válik. Nekem még nincs feleségem, de valószínűleg én is így érzek majd Yasmin iránt.

– Persze, menj csak! – fordulok Emírhez.

Halványan elvigyorodik, azt hiszem, ugyanazon mereng, mint én.

– Hiányoztak! – úgy beszél, mintha mentegetőzne, kicsit idiótán érzem magam.

- Tudom. Menj! Majd holnap üzenek, ha van valami, de valószínűleg pár napig békén hagylak.
- Ha gondolod, átjövök. Apáddal úgysem tudsz most találkozni.

Családom minden férfi tagja a haddzson van, ezért anyámat fogom meglátogatni. Azt mondta, a húgaim is ott lesznek vele, így alkalmunk lesz beszélni arról az esküvőről is, amiről már mindenki túl sokat fecseg. Az én esküvőmről.

Emír elindul, így én is megindulok fölfelé a hálószobámba. A lépcső tetejétől még meglehetősen távol van, a jobb oldali szárnyban helyezkedik el. Az arab stílusban hatalmasodó ablakokon már bevillan a fény. A nap kezdi megnyújtóztatni magát, minden fémes anyagon csillognak a sugarai. Olyan, mintha a szabadban sétálna az ember, mert gyakorlatilag a földig leszalad az ablaknyílás, és csaknem a plafonig ér. A teteje keleti kupola alakzatban végződik, a plafon felé éppen ezért már sötétebb van. A palotába beáramló fényt nem próbáljuk visszafogni, csak a szabad teraszokra beáramló napot. Ott sűrűn rácsozott díszek tompítják a sugarakat, és azt is láthatatlanná teszik, aki épp a teraszon van.

Elém siet az egyik szolga, és megkérdezi, mit óhajtok enni meg inni, de nem vágyom ebben a pillanatban semmire, csak egy zuhanyra meg egy imára.

A hálószobám jelenti azt a helyet, ahol valóban otthon vagyok. Hasonlóan csak apám palotájában érzem magam. Itt úgy érzem, hogy bármi történik is a világban, ez csakis az enyém. Yasmint egyelőre ideköltöztetem, de azután valószínűleg azt teszem majd, amit apám tett a feleségeivel. Külön palotát építtetek neki, ahol majd akkor látogatom meg, amikor csak akarom.

Most nagyon akarnám!

12. fejezet

Kilépek a fürdőből, ami a hálószobámból nyílik, a döbbenettől földbe gyökerezik a lábam. A thaiföldi lány ül az ágyam szélén. Rebegteti a szempilláit, ettől azonnal beindul a fantáziám. A nap már teljesen felkelt, erősen besüt a földig érő ablakokon, a ruháján csillognak a gyöngyök. A fekete haja is úgy csillog, mint egy ló sörénye. Alig van rajta smink, tökéletes a bőre. A testében találok kivetnivalót, de az izgalmas szempár kezd magával ragadni. Kellemesen metszett tekintete van, ami mindig képes vágyat csiholni bennem. Az álla erősen csontos, az orra pedig nagyon kicsi, fitos. Olyan, mint egy kislány, egyedül a nézése árulkodik arról, hogy most bizony nőként van jelen.

Átszalad az agyamon, hogy én csak egy törülközővel vagyok áttekerve deréktól lefelé, picit bepöccenek.

– Ki mondta, hogy bejöhetsz ide?

Amint megszólalok, rögtön fölpattan, és még vigyázzba is vágja magát. Lesüti a szemeit, biztos vagyok benne, hogy érti, mit beszélek. Nem válaszol, ezért kérdezek, mielőtt törném magam.

– Beszélsz angolul? – kérdezem angolul.

Bólint, és el is mosolyodik. Nekem nincs kedvem mosolyogni, az bizalmaskodás a részemről.

– Azt kérdeztem, ki mondta, hogy bejöhetsz ide?

– Senki. Úgy gondoltam, a te tulajdonod vagyok! Azért vagyok itt, mert azt csinálsz velem, amit akarsz.

Hűha! Jó hercegnek lenni!

– Ide akkor sem jöhetsz be, csak ha hívlak! – Odasétálok, és rendszerető módon végigsimítom a vaskos ágytakarót, amit ültében kicsit meggyűrt. – Az ágyamba meg főleg csak akkor mászhatsz be, ha utasítalak rá!

– Igen, értem!

A ruha nagyon szűk és mindent kiad, de kifejezetten érdekel, mit rejteget a textil alatt. Látja, hogy a testét figyelem, végigsimítja magát a kezével.

– Szóval szűz vagy?

– Igen.

– Hány éves vagy?

– Tizenhét.

Elvigyorodok, mert ez elég hihetetlen. Tizenhét évesen még mindig érintetlen? Főleg azért különös ez, mert pont abból az országból származik, ahol a szegény sorból valóknak a testük az egyetlen megélhetési lehetőségük. Az igazság az, hogy a thai nők nagyon odaadóak, de ha nem szüzek, akkor undorodom tőlük. Mindenre hajlandóak, és én túlságosan is félek a betegségektől. A gumi ötletét azonban most is elvetem.

– Ha nem vagy szűz, az kiderül! Ugye tudod, mi van akkor?

Felém lép, egészen előttem áll meg. Tetszik a merészsége, biztos vagyok benne, cseppet sem bánja, amiért hozzám került. Kiszakadt a nyomorból, egy palotában van, és talán reménykedik benne, hogy még kedves bánásmód is jár neki, noha ezek a nők nagyon is felfogják, nem többek egy egyszerű használati tárgynál. Mint egy pohár.

– Szűz vagyok. És a tiéd!

Na jó! Izgalmas kezd lenni a dolog!

– Vedd le a ruhát! – utasítom, mert már kőkeményre merevedtem.

Engedelmeskedik, a szemét le sem veszi rólam. Én sem bírok szabadulni a fekete szempártól, pedig szívesen vizslatnám, ahogy bontogatja magát. A ruha lecsusszan róla, anyaszült meztelenül áll előttem.

Oké! Ezt már szeretem. Semmi körítés!

– Most fürödtem. Tiszta vagyok.

Elnevetem magam, nem bírom megállni, hogy ne kérdezzek.

– Ki készített föl rá, hogy így viselkedj?

Ő is mosolyogni kezd, de nem válaszol. Valójában tényleg nem vagyok kíváncsi a válaszra. Szerintem sejti, ha ügyes lesz, fényes jövő áll előtte. Helyet kaphat a majdani háremembem. Az már részletkérdés, hogy én nem szándékozom állandó szeretőket tartani, tehát háremem sem lesz. Ezt azonban neki nem kell tudnia. A hárem egyébként nemcsak nőket jelent, hanem közösséget is. Európában meg Amerikában azt hiszik, hogy a hárem szó egyenlő az örökre megvett kurvák gyülekezetével. Vannak férfiak, akik együtt élnek több feleséggel, igaz megpróbálják őket valamelyest elszeparálni. Sőt. Gyakran több generáció is együtt él. Nagyanyák a lányaikkal és az unokáikkal, valamint unokatestvérekkel. Ez a társadalmi felépítés elég magasztossá teszi a család fogalmát. Tehát a hárem nem csak az erotikáról szól. Szól még családról, generációk együttéléséről. Erre a háremre vigyáznak a férfiak! Ki így, ki úgy. Nagyapák, apák, férjek, fiútestvérek. Egyetlen más kultúrában sincs meg ez a hatalmas védelmi vonal.

Végigmérem, tényleg olyan vékony, amilyennek képzeltem. Mégis kívánatos, aminek csakis az lehet az oka, hogy odaadó. A mellei nagyon kicsik, a sötét mellbimbói erőszakosan merednek előre. Hosszú, vékony karja van és lába, de még így is sokkal alacsonyabb nálam. Teljesen szőrtelen, a combjának semmi íve nincs. A csípőcsontja kiemelkedik, de nagyon keskeny, mégis nőiesnek és izgatónak találom. A haját előrehúzza, amivel eltakarja a bal mellét. Tényleg szűznek néz ki, bár cseppet sincs zavarban. Érzésem szerint várta ezt a pillanatot.

Odalépek hozzá, és belemarkolok a hajába. Erőteljesen dönti hátra a fejét, talán arra vár, hogy belecsókoljak a nyakába.

Hát, arra várhat.

Odahajolok, de csak azért, hogy beszívjam az illatát. A thai nőknek van egy jellegzetes illatuk. Bár ugyanez mondható el az európaiakról. Igen. Csilla illata egészen más volt, és nem a parfümje miatt. Az arab nők illatát nem érzem különlegesnek, hiszen ez a hazám. Ha idiótán akarnám megfogalmazni, akkor annyit mondanék, hogy az arab illat a hazám illata. Egzotikus, virágos, fűszeres... Hasonló a thai is. Na és az európai? Szexi, tiszta, izgalmas, érzéki, kifinomult... A gondolatra, Csilla gondolatára még jobban beindulok.

Kezével kioldja a törülközőmet, és mereven nézi a nemi szervemet. Döbbenete bizonyítja, tényleg szűz. Az ajka megnyílik, talán elképzeli, miket is fogunk tenni.

Igen, cicám! Ez mind benned lesz!
A szemét figyelem, egy pár másodperc múlva ő is elszakad az egy emelettel lejjebb látottaktól. Beleharap a szájába, most már kezd izgulni. Nem tudom, hogy a vágytól-e, vagy az ismeretlentől, ezért a lába közé nyúlok. Nem érzékien, csak tényszerűen. Nedves a puncija, úgyhogy talán rendben lesz a csaj. Mivel ő meg van véve, picit több előnyt élvez, mint egy egyszeri eset. A háremből való nőket az arab férfiak ugyanúgy kihasználják, de mivel őket többször is élvezzük, hazugság lenne azt állítani, hogy nem kerülnek hozzánk közel. Hivatalosan nincs háremem, de előfordult már, hogy több hónapig élt a palotámban nő. Megvettem a családjától, és kifejezetten szorgalmasan dolgoztam azon, hogy felépítsem azt a hátteret, amit apám. Aztán rá kellett jönnöm, az nekem nem megy. Feleségre vágyom. Meg prostikra. Talán idővel majd állandó szeretőkre is, de most még nem!

Gondolom, felhívták a figyelmét, hogy ne közelítsen a szájával a számhoz, mert eszében sincs megcsókolni. Örülök a hozzáállásnak.

Rámászik az ágyra, hason terül el. Szép gömbölyű a feneke, de talán még a tenyerem is nagyobb. Hátrafordul rám, de én csak a szemöldököm húzom fel. Végül engedek az ütemének, a feneke fölé térdelek, és hátrahúzom a haját. A füléhez bújva súgom.

– Ugye tudod, hogy az kell csinálnod, amit én akarok?

– Igen! – a hangja suttogó, látom, ahogy nyel egyet.

Eszembe jut, hogy szűz, magam sem tudom, miért, de egy kicsit megsajnálom. A kezem a csípője alá simítom, és enyhén megemelem a fenekét. Feltérdel, de még fekvő a teste helyzete. Az ujjam belecsúszik, nagyon szűk. Hátrébb tolja magát, nem ijed meg a mozdulattól. Kihúzom az ujjam, és előrébb nyúlok a csiklójához. Ahogy hozzáérek, megremeg a teste, és felszisszen. Abban biztos vagyok, hogy már ismerkedett a saját testével. És abban is biztos vagyok, hogy egy szűz kiscsaj csak egy esetben nem zokogja végig a kemény dugást. Az az egy esélyem van, hogy felizgatom őt, sőt, talán még ki is elégítem. A simító mozdulatokra olyan intenzíven reagál, amiből tudom, nem lesz nehéz a csúcsra juttatni őt. Élvezi az érintéseimet, de nem ezzel van a baj, hanem azzal, hogy én is élvezem. Csilla csókja óta valahogy bennem maradt az adni akarás.

A tolmács gondolatára lebiccen a fejem, a lány vállán állapodik meg a homlokom. Ő ösztönösen fordítja felém az arcát. Elvesztem a türelmem. Nem akarok más lenni, mint eddig! Egy rohadék akarok lenni! Egy szemét! Egy herceg! Olyan herceg, aki bárkivel azt csinálhatja, amit akar! Azt meg végképp nem akarom elfelejteni, hogy egy megvett csaj vonaglik alattam, és azért az enyém, mert fizettem érte! Az én tulajdonom! Örömszerzés a dolga, nem pedig az, hogy jól érezze magát!

Kezével a takarót markolássza, a körmei csutkára vannak vágva, és semmi körömlakk nincs rajta. Az ujjai belesüppednek az aranyszínbe.

Abbahagyom a simítást, kíméletlenül hatolok bele. Tövig. Felsikít és elhúzza a csípőjét, de én erőszakosan magam felé rántom. Az egész alsóteste görcsössé válik, harcol a fájdalom ellen, de csak ösztönből. Az eszével tudja jól, hagynia kell magát. Pár másodpercnyi időt hagyok neki, mikor ernyedni kezd, újra döfök. Megint felsikít, hallom, ahogy sírni kezd.

Ez jó! Sírj!

* * *

A víz csobogását hallom a fürdőből. A szex után mindig kidobom a nőket, de a thai lányt a végére megsajnáltam. Még a fájdalom ellenére is készségesen tette, amit akarok. Az ágyam kicsit véres lett, amit ekkor undorral figyelek. Ez bizonyítja, hogy a csaj tényleg szűz volt, de talán csak túl kemény voltam.

Engedtem neki a privát fürdőszobámat használni. Ahogy kiment, láttam a lábán végigáramló rózsaszín folyadékot. Sperma és vér keveréke. Egy arab férfinak ez megfelelő biztosíték arra, hogy ártatlan lánnyal hempergett, bár az is igaz, én nem osztom ezt a baromságot. Ibrahim már felhívta rá a figyelmemet, hogy nem törvényszerűen vérzik a női nemi szerv az első együttlétnél. Sőt! Arról is beszélt, hogy a behatoláson kívül másként is el lehet veszíteni a szüzességet. Például sport közben.

Ekkor azonban mégis tetőtől talpig arabnak érzem magam. Egy szemét arabnak!

Magamra kapok egy nadrágot meg egy pólót, és kiviharzom a szobából. A lépcsőn lefelé menet összeakadok az egyik szolgával. Az a dolga, hogy ellenőrzése alatt tartsa a többieket, ezért oda is lököm neki.

– Szólj a… – sajnos nem tudom a húzott szemű szuka nevét, ezért sóhajtva folytatom – thai lánynak, hogy villámgyorsan hagyja el a szobámat! Most éppen zuhanyozik. Mire visszajövök az állatoktól, nem akarom ott találni! – bólint, a szemeit lesüti. Folytatom:
– Az ágy véres lett, azt is intézd el!

Nálunk az ilyesmi nem szégyen. Mi nem gondolunk tabuként a szexualitásra vagy a nők menstruációjára. A család szexuális élete tabu, de maga a szex nem! Mások megvetik a mi felvilágosulatlannak vélt világunkat, pedig az az igazság, hogy nálunk mindent megtudnak a lányok még idejében. Tisztában vannak vele, mit jelent számukra a menstruáció, és azzal is tisztában vannak, hogy mit jelent a szüzességük. Sokkal jobban érzékelik ezeket az értékeket, mint egy másik világból való. Ez valószínűleg annak is köszönhető, hogy a lánygyermekek nevelésében szinte csak a nők játszanak szerepet. Anyák, lányok, nagynénik, nagymamák, mind együtt töltik napjaikat a palotában, fürdőben. Igenis feladata az idősebb generációnak, hogy mindent átadjon a fiataloknak. A menstruáció a nővé érést szimbolizálja, ezért is kötelező attól a naptól kezdve a nikáb. A nikáb pedig azt jelenti, hogy mi, férfiak is másként nézünk a lányra. Nőként. A ruházat egyértelművé teszi egy férfi számára a lány nővé érését. Onnantól egy leszakításra váró virágot jelent. Ennél finomabb mézesmadzag pedig nem létezik.

Azt, hogy mi, szaúdiak megfelelően viselkedünk-e, a vallási rendőrség, más néven a mutavák ellenőrzik. Talán túlzás, de igenis bőszen járják az utcákat, és figyelik, hogy a nők megfelelő ruházatban legyenek, ne viselkedjenek kihívóan. Még igazoltatni is joguk van az embereket, mivel egy nő csakis férfi rokonával vagy férjével sétálgathat. Ha kiderül, hogy férfi és nő nincs rokoni viszonyban, az büntetést von maga után. Mi a büntetés? Hát a férfinak nagyjából semmi. A lánynak meg eldöntheti az apja, férje vagy akár nagybácsija is, miként torolja meg az esetet.

A szolga nem kérdez, én meg továbbsietek. Az itteni alkalmazottakban az a legértékesebb, hogy tudják, mikor beszélhetnek és mikor nem. Csak olyan kérdést tesznek föl, amire valóban válaszolni kell, és ami az én érdekemben fontos. Talán túlságosan is hozzá vagyok szokva az ilyen megalázkodó viselkedéshez.

A lépcsőn leérek, a hátsó ajtó felé veszem az irányt. Keresztülmegyek a hatalmas, aranyfényben tündöklő hallon, majd a vendégvárón. A helyiség, amelyben látogatókat fogadok, egyértelműen a kényelemről szól. Perzsaszőnyegek vannak szétterítve hatalmas párnákkal, vízipipák sorakoznak, és számtalan fotel, dívány, asztal van szétpakolva. Poharak és italok vannak kikészítve, no meg az elmaradhatatlan extra méretű gyümölcsöstálak. Egy arab mindig fel van készülve a vendégek fogadására!

Minden lépést élvezek. Az én palotám. Az én országom! Az én tulajdonom!

A hátsó üvegajtó ki van tárva, a lépcsőn lemenve a medencénél találom magam. A takarító tisztogatja a szélét, alig láthatóan biccent. Meleg van, de nem vonz a fürdés lehetősége. Az igazság az, hogy csak kényszerből van medencém. Egy palotához dukál. Kettő is. Nagyon ritkán fürdök benne, leginkább akkor, mikor unokatestvéreimmel vagy öcsémmel ütjük el az időt. Sokkal jobban szeretem a vízi sportokat, ezért gyakran utazom a tengerhez. Ad Dammamban van egy kisebb palotám, ami a Perzsa-öböl partján fekszik. Apám dzsiddai palotájába is ellátogatunk olykor, az a Vörös-tengernél van. A dzsiddai palotával az a baj, hogy nagyon messze van Rijádtól. Ebbe a gyönyörű városba leginkább csak a haddzs idején tesszük tiszteletünket, vagy egy kiadós nyaralás során. A Perzsa-öböl kitűnően alkalmas arra, hogy hódoljak a szenvedélyeimnek. Imádok búvárkodni, wakeboardozni, vagy jetskizni. Családunkban fontos a sport. Persze nem általános sportokra gondolok, hanem olyanokra, amiket csakis a felső réteg, vagyis a királyi család tagjai engedhetnek meg maguknak. Ilyen például a lovaspóló vagy a vadászat, és a golf is. Ezeket már gyerekkorunkban elsajátítjuk. Egyébként szerintem nincs is olyan arab férfi, aki nem lovagol. A mi életünkben az állatok fontos szerepet játszanak. Az isteni teremtés célja az ember. Minden érte létezik. A föld a szőnyeg, az égbolt a sátor, a termékenyítő az eső, ami által a gyümölcs termővé válik, a legelő pedig élelemmel látja el a szintén szolgálatra szánt állatokat. Élelemként kell rájuk tekinteni, de ugyanakkor az állatoknak köszönhetjük a ruházatot is, valamint a teherhordás könnyebbségét. Tehát az állatok is az ember kedvéért teremtődtek, és ami az ember érdekeit szolgálja, azt legbelül a lelkünkben tiszteljük. Ez is a hitünkből ered. Az állatáldozat azért is fontos, mert nálunk az állat sokat ér.

Igaz, Ad Dammam sincs túl közel, de megéri odautazni, mert feltöltődve térhetek vissza Rijádba. Számtalan barátom él Katarban, ezért nyaralóhelyem kitűnően alkalmas arra, hogy ápoljam velük a kapcsolatot, lévén, hogy Katar ott van a Perzsa-öbölnél.

A medencét elhagyva a kertben találom magam, és a hátsó garázsoknál. Minden autóm ott sorakozik kifogástalanul, megtisztítva. A garázsok után érek az állatok kifutójához. A két oroszlán ott hever közvetlenül a kerítés mellett, egyértelműen megismernek. Kinyitom a kaput, és besétálok közéjük. Mindkettő odajön, mancsukat ölembe nyomják. Kiskoruktól nálam élnek, bár apám már megjegyzést tett felelőtlen viselkedésemre. Azt mondta, jobb, ha megértem, bizony ezek a dögök nem tudják, hogy én herceg vagyok, ezért bármikor széttéphetnek. Minden alkalmazottam és családtagom fél tőlük, de én megkövetelem a napi egyszeri szabadon engedésüket. Olyankor általában a medence mellé telepednek, isznak belőle, és feldöntik a vázákat, mert játszani akarnak. Amikor ők szabadon vannak, senki más nem jön ki a kertbe, csak a gondozójuk.

Az oroszlánok után megindulok a tigriskölykökhöz. Egy beduintól vettem őket, aki levadászta az anyjukat. Először cumisüvegből etettük őket, de már húson élnek. Velük más a helyzet, mint az oroszlánokkal. Mivel ők még nem olyan monumentálisak, mindenki szívesen paskolja meg őket. Még anyám is végigsimította múltkor az egyiket, miközben odavetette, hogy egész aranyosak.

Hát, nem sokáig lesznek azok!

Mikor belépek, arrébb ugrándoznak. Még kissé félnek az embertől. Le kell guggolnom ahhoz, hogy közeledjenek. Nagyot nőttek, Hadi nem túlzott. A lábuk megnyúlt, és híztak is. Már értem, Hadi miért mesélt a húsmennyiségről. Őket nem szoktam kiengedni a kertbe, de előfordult már, hogy a palotába bevittem őket. Otthonosan érezték magukat a bársonyfotelekben, ezért csak hercegnek neveztem el őket! Herceg 1, és Herceg 2. Nem túl személyes, de ez ugrott be a viselkedésükről. Talán egy órát is eltöltök az állatokkal, mire visszaindulok az épületbe. Biztosra veszem, hogy a beavatott lány már eltűnt, és minden ragyogóan tiszta a hálómban. Nem ér csalódás. Makulátlan minden, ettől még egy vigyor is átszalad az arcomon. Egy órája ez maga volt a véres, fájdalmas, állatiasan ösztönös odú. A fürdőszoba teljesen szárazra van törölve, a zuhany nyomát is eltüntette a szobalány. Villámgyorsan öblítem le magamról a thai nő és a vadállataim illatát, nyomát. A víz alól egy igazán hercegi és tiszta Gamal száll ki. Egy rohadt álmos Gamal. Belezuhanok az ágyba, és öröm tölt el a gondolattól, hogy holnap találkozom a családom női tagjaival.

13. fejezet

A drapériák nem lettek behúzva, ezért most kíméletlenül hatolnak be a nap sugarai. A hálószobámba egészen délig betűz a nap, de ez nem szokott zavarni. Most azonban kifejezetten idegesít, hogy dél előtt fölébreszt a zavaró tényező. Az ágy oldalairól benyúló baldachin valamelyest csitítja a fényt, de ez is csak áttetsző, sejtelmes anyag. A hálószobám mindent hirdet, amit fontosnak találok. Hirdeti a keleti kényelmet, hirdeti a hercegi mivoltomat, és hirdeti az erotikát. Az ágyamban körülbelül öten férnek el szétterülve, egy rijádi asztalos csinálta méretre. A köré emelt fakeretes baldachin egyáltalán nem mondható nőiesnek. Az arany-barnafekete hármas megfelelően hirdeti a vadságot és a keménységet. A halványbarna márványpadlón egy hatalmas vörös perzsaszőnyeg terül el, ami erőteljesen magára vonja a figyelmet, így szinte minden más mellékessé válik. Nekem sosem jutott volna eszembe ebbe a színkavalkádba vörös szőnyeget tenni, de hát pontosan az ilyen ötletekért fizetek nem keveset a lakberendezőknek. Egy hatalmas fésülködőasztalt is beraktak arany fotellal, noha még soha nem ültem ott, főleg nem fésülködni. A különleges parfümjeim és krémjeim vannak az asztalon, de sosem ülök a tükör elé. Ha meg akarom nézni a külsőmet, arra két helyszínt szoktam keresni. Az egyik a fürdőm, ahol az egyik falat végig tükör fedi, a másik hely a gardróbom, ami majdnem akkora, mint a hálószobám. Szükségem van a hatalmas ruhatároló helyiségre, tekintettel a sok ruhaneműre, ami a birtokomban van. Ritkán veszem föl ugyanazt a ruhát kétszer. Ahhoz, hogy újra magamra aggassak egy használt darabot, el kell telnie egy kis időnek. A tóbéimmal más a helyzet. Különleges szövetből készülnek, és a család szabója varrja részünkre. A nemzeti viselet sokkal közelebb áll a szívemhez, mint az európai ruhadarabok. Egy tobét sosem dobnék ki. Még akkor sem, ha apró darabokra szakadna az elnyűttsége miatt.

A kopogásra az ajtón nem reagálok, de nincs is rá szükség. A szolgáló tudja, hogy mire kinyitom a szemem, a reggelinek már ott a helye a szobában. Tulajdonképpen nem szeretek az ágyban enni, de a reggelinél szoktam kivételt tenni. Az a szabály, ha nem rendelkezem külön, akkor a reggelit a szobámba hozzák tízre. Tegnap nem tértem ki a témára, ezért még az órámat sem kell megnéznem, tutira veszem, hogy pontosan tíz óra van. Átaludtam az előző napot és az egész éjszakát. Ki voltam merülve.

A szolga szinte rám sem néz. Nálunk nem jelent tiszteletlenséget, ha valaki a földre mered egy másik emberrel szemben állva. Amikor egy rangban alattunk álló a földet nézi, az megbecsülést jelent.

Nem szólal meg, és én sem teszem. Azt hiszem, ezekbe az emberekbe nemcsak a tisztelet lett belenevelve, hanem a félelem is. Aki más családoktól kerül hozzánk, azok nagyon távolságtartóak. Ha egy úrnak vagy úrnőnek nem tetszik egy szolga viselkedése, minden következmény nélkül kezet emelhet rá. Ezt az eljárást hülyeségnek tartom. Szerintem sokkal egyszerűbb elzavarni a palotából és új embert keresni helyette. Én sosem ütöttem még meg alkalmazottat. A családomban Hakim öcsém az egyetlen, aki egyszer kezet emelt egy vasalónőre, mert nem vasalta hibátlanra a tobéját.

A humusz pontosan olyan, amilyennek szeretem, a kávé pedig verhetetlen. Igen. Ez az igazi arab kávé.

Mégis, hogy a francba tudnának Amerikában vagy Európában hibátlan arab kávéval kínálni?

A gyors reggeli után még eszem egy kis szőlőt, majd a még gyorsabb zuhany után imádkozni kezdek. Az imaszőnyegemet mindig az ágy végéhez terítem. Az este kihagytam a rituálét, ezért most kifejezetten jólesik az Allahhal való kapcsolat. Nem veszem a fáradságot, hogy elsétáljak a mecsethez, mert kimerült vagyok, ráadásul a reggeli imáról már így is lecsúsztam. Az igazság az, hogy elég lusta vagyok, így gyakran otthon kezdek imádkozni. Aztán apámat elkapja a hév, olyankor hetekig a nyakamon csüngve minden ima előtt kirángat a palotából, és ellökdös a legközelebbi mecsetig. Nincs messze. Az iszlám terjeszkedése semmilyen kibúvót nem hagy a muzulmán embernek. Lépten-nyomon helyet biztosít az imához.

Fölkapok egy vékony vászonnadrágot, egy inget meg egy zakót, és már indulok is lefelé a lépcsőn. Anyám mindig azt szereti, ha arab ruhában vagyok, de a férfiaknak itt minden megengedett. Tulajdonképpen furcsa ez az egész. Azt hiszem, minden arab herceg Európában szaúdinak akar tűnni, otthon meg európainak. Talán mindig az a legjobb, ami éppen nem a miénk. Eddig az otthon illatára vágytam, de most, hogy itt vagyok, kicsit hiányzik a szabad világ. Persze én itt is szabad vagyok, de a férfiakon is van egy láthatatlan bilincs. Ez a bilincs az egész kultúránk, a történelmünk, a hagyományok és maga az iszlám. Az iszlám, ami a legnagyobb szabadságot adja, mégis a leghatározottabban utasít minket a megfelelő életformára.

Hadi már kint áll az utcán, a legnagyobb dzsipemet vette elő. Tulajdonképpen bírom benne, hogy nem zaklat soha hülyeségek miatt. Sokszor kész tények elé állít, ami eleinte zavart, de aztán csak a súlyoktól való megszabadulást éreztem. Tobéban van, az ajtót szélesre tárja. Ápolt és friss, még mosolyt is küld felém. Köszönt, de nem beszél többet. Mikor beül a volánhoz, akkor kérdez csak.

– Felveszünk még valakit, vagy egyenesen az édesanyja palotájába vigyem?

– Csak én megyek. Egyenesen oda... – majdnem kimondom, amit érzek: nagyon hiányoznak.

Hadi biztosan érzi, hogy még nem fejeztem be hivatalosan a mondatot, mert a visszapillantóban figyel. Olyan nagy fekete szemei vannak, amik szinte az egész tükröt elfoglalják.

– Örülök, hogy itthon van!

Kicsit megdöbbenek, mert még sosem mondott ilyet. Persze mindig melegen üdvözöl, amikor hazatérek valahonnan, de ez a mondat most más. Talán érzi rajtam azt a fajta változást, amit még magam előtt is titkolok.

– Én is örülök! A tigriskölykök tényleg nagyot nőttek.

Válaszul csak bólint, mindketten érezzük, hogy ez a kijelentésem csak elterelés. Egy ideig csöndben ülünk, aztán magam sem tudom, miért, de beszélgetést kezdeményezek.

– Miért nem nősültél még meg, Hadi?

Először hátrakapja a fejét, aztán vissza az útra, végül a tükörbe nézve felel.
– Nem találkoztam még az igazival.
Ezt már sokszor hallottam, csak éppen nem araboktól. Mi nem várunk az áramütésszerű szerelemre. Ha valakit szépnek találunk, azt feleségül kérjük. Egy szaúdi csak nagyon ritkán házasodik szerelemből. Zakatol az agyamban, hogy milyen lehet az igazi? Én kifejezetten a sajátomnak érzem Yasmint, de az „igazi" szót nem mondanám rá. Ha valaki azt mondaná nekem, hogy mégsem vehetem őt feleségül, egy vállrándítással elintézném.

Aztán hirtelen görcs áll a gyomromba, mert ha az a valaki viszont azt mondaná, hogy Csillát soha többé nem látom, lekennék neki két hatalmasat. Aztán meg kirohannék a világból...

Talán ezt jelenti az igazi! Remélem, hogy nem!

– Nem akarsz gyereket? – kérdezem, mert a nő kérdése kezdi elvenni az eszemet.

– Dehogynem! – nevet, mintha a legnagyobb hülyeséget kérdeztem volna.

Persze hogy akar. Nincs olyan arab férfi, aki ne akarna gyereket. Feleséget talán nem mindenki akar, de gyereket igen. A házasság nálunk pedig hitelesíti és törvényesíti az utódnemzést, így a két fogalom párban jár. A mi hitünk csakis a házasságból származó gyermekeket ismeri el. Na persze ez igaz a nőkre is. Csak a házasságon belüli szexuális viszony tekinthető normálisnak. Ha egy férfi szeretőt tart vagy prostituálttal hál, az megvetendő.

Még a szám is lebiggyed a gondolatra:

Elég hibás muszlim vagyok!

Tulajdonképpen a Korán ezért nem tiltja a többnejűséget. Hivatalosan és törvényesen is utat enged a férfinak. Persze a szent könyv hangsúlyozza, hogy ez nem történhet csak és kizárólag a vágyak kielégítése végett, de mégis, mi más oka lehet annak, ha a férfi nem éri be egy nővel? Erre is talál magyarázatot az arab világ, az pedig az, hogy egy muszlim férfi minél több utódnak továbbadhassa a hagyományokat. Ezt még a nők is megértik: „Csak azért lesz második, harmadik, negyedik feleségem, hogy minél több gyermekem születhessen."

Jó duma! Arról már nem szól a fáma, hogy azért a gyerek csinálása sem utolsó tevékenység! Igazság szerint az arab világ egész hierarchikus rendszere erre épül: a férfi a családfenntartó, így egy nő képtelen a különálló életre. Egy nő csak akkor élhet biztonságban, ha férfi van mellette. Vagy az a család, ahova született, vagy az, ahova beházasodott. Minél több fiú nemzése minél nagyobb biztonságot jelent. Ez ilyen egyszerű. Ezért fontos a nőknek is, hogy fiúkat szüljenek. Ha ez megtörténik, életük végéig biztos kezekben vannak. Még egy válás után is ott vannak a hímnemű gyermekek, akik a család összes nőtagját támogatják. És itt a család egy sokkal tágabb fogalom, mint más kultúrákban. Nem csupán férfi, nő, gyermek viszonyát jelenti, hanem egy egész közösséget. Nagyszülőket, távoli unokatestvéreket, nagybácsikat és mindenféle rokonokat. Az egyedi ember csak akkor létezik, ha tagja egy ilyen közösségnek. Ha a családból valakit kirekesztenek, az a társadalmi megsemmisüléssel egyenlő.

– Sosem voltál még szerelmes? – megint egy olyan kérdés szalad ki a számon, ami cseppet sem mondható az enyémnek.

Pont én érdeklődöm a szerelem felől… Engem sosem érdekelt ez a fajta érzelem. A szerelem nálam csak azt jelentette, hogy nem árt, ha a feleségem majd szerelmes lesz belém, mert akkor uralhatom őt. Igen, azt hiszem, ez a helyes megállapítás. A szerelem szerintem csakis azért létezik, hogy még ezzel is uralkodjunk a nőn. Azon a nőn, aki szerelmes belénk.

Most meg fölteszek egy ilyen kérdést! A fejemet a falba fogom verni!

– Dehogynem! – természetesen válaszol, mintha nem furcsállaná a kérdésemet.

Nem merem tovább faggatni. Sok minden kiderülhet, ami az én hazámban igenis halálos bűn. Persze nem a férfinak. Talán férjes asszonyt szeretett, vagy egyszerűen titkos szerelmi viszonya volt egy fiatal lánnyal. Egy biztos: ő csak muszlim nőkkel bújik össze, így bárkivel ölelkezett is, az a nő bűnös. Ha Csilla muzulmán lenne, akkor ő is bűnös lenne. Ha mindaz, ami Magyarországon történt, itt történt volna meg, az apja meg is ölhetné érte. Na persze nem az az alkoholista apa…

Ökölbe szorul a kezem. Tényleg elegem van magamból. Az agyam külön utakon jár.
– És maga, Gamal? – ránézek reménykedve. Ugye nem ugyanazt akarja kérdezni, amit én? Lerombolja a reményt. – Maga volt már szerelmes? Vagy szerelmes a lányba, akit hamarosan elvesz?
Tagadólag rázom a fejem, mert hang nem jön ki a torkomon. Ezelőtt egy-két héttel egy ilyen kérdésre valószínűleg még a röhögés is kitört volna belőlem, de most sokkal inkább érzek megdöbbenést a saját életemmel kapcsolatban. Még ez a sofőr is ismer valami olyasmit, amit én nem. Vagy ami még rosszabb: mi van, ha ismerem már én is ezt az érzést? Ismerem, csak nagyképű hercegként titkolom.

* * *

Anyám palotája kicsivel azért távolabb van tőlünk. Mikor ezen morfondírozom, mindig vigyorogni támad kedvem. Családom férfi tagjai próbálnak egy kupacban maradni, a nők meg oda kerülnek, ahol éppen hely akad nekik. Persze apám azért figyelt rá, hogy a feleségeit megfelelő távolságban tartsa egymástól. Erre nincs szükség, mert a feleségek nem szoktak egymásnak esni, de nem árt, ha nem látja az egyik, hogy a férj mennyi időt tölt a másikkal. Talán csak ez az egyetlen ok arra, mikor egy férj feleségei hajba kapnak. A témát illetően elég ellentmondásos a Korán. Egyrészről utasítja a férfit, hogy egyenlően ossza el az idejét az asszonyai között, másrészről azonban hangot ad annak, miszerint ez úgysem tartható be.

Már megint egy bűn, ami alól maga a szent könyv ad feloldozást.

A feleségek általában segítik egymást, főként a gyereknevelésben. Fontos nekik is, hogy a testvérek, akiknek közös az apjuk, egyetértésben nőjenek fel. Apám is ugyanígy nevelt bennünket, és tulajdonképpen szeretem a féltestvéreimet, csak azokat, akikkel az anyánk is közös, még jobban szeretem.

A palota kapuját kitárva várnak minket, Hadi, amint behajt, már csukódik is a vaskapu mögöttünk. Anyám palotája is fényűzőnek mondható, bár tény, hogy ő csak apám javait élvezi. Szüleim távoli unokatestvérek voltak, de ez nem akadályozta őket abban, hogy a szeretet szerelemmé váljon közöttük. Egyszer egy amerikai egyetemi barátom röhögve mondta nekem, örüljek, amiért nem születtem debilnek. Nem értettem a megjegyzését, ezért utánajártam. Külföldön azt tartják, hogy a vérrokonok csakis betegeket nemzhetnek, amolyan beltenyészet miatt. Nekünk, a királyi családban ez sosem fordul meg a fejünkben. Persze a nagyon közeli vérkapcsolatot mellőzzük, de volt már példa első unokatestvérek házasságára is. Nekem sem lenne ellenemre egy rokon, de az anyám távolabbi tájakon keresgél. A nők nagyon is tisztában vannak vele, hogy mikor kell felfrissíteni az állományt.

A bejáratnál egy szolga vár, aki mély meghajlással vezet beljebb. Nasire húgom repül felém. A fején semmi nincs, gyönyörű az arca meg a haja. A hatalmas mandula formájú, barna szemei ugyanúgy tükrözik a jókedvét, mint a mozdulatai. Erősen satírozott szemöldöke magasan ívelt, határozottan uralja arcát. Az ajka fénylik a rúzstól, a bőre pedig sokkal világosabbnak tűnik, mint az enyém. A nyakamba veti magát, látom, amint anyám szájához emeli a kezét meghatottságában. Szeretem a húgaimat, de ez nekem is túlságosan bensőséges üdvözlés. Ennek ellenére szorosan fonódok rá, és még a földtől is elemelem. Vékony, nagyon könnyű, és a kacaja jelzi, hogy ebben a pillanatban nagyon boldog. A ruháján megcsillannak a drágakövek, ahogy a beszűrődő napfényben forgatom.

– Ó, Gamal! – megfogja az arcom, a szemei huncutul mosolyognak. Fájdalmat érzek, pedig boldognak kéne lennem. – Nekem van a legdögösebb bátyám az egész világon. Ha nem a testvérem lennél, téged akartalak volna férjnek!

Én csak nevetek a megjegyzésén, de anyám szigorúan rámordul.

– Nasire! Viselkedj helyesen! A bátyád biztos nagyon fáradt.

Erőszakkal fejti le lánytestvérem kezét rólam, majd ő is átölel. Nasire úgy néz, mintha meg sem hallotta volna anyánk megjegyzését.

– Fiam! Olyan nyúzott vagy!

– Biztos kikészült a sok csajozásban!

Tényleg nem ismerek a húgomra. A saját családjának jelenléte és az öröm teljesen kifordítja magából. Ha apám hallaná a megjegyzését, azonnal hazazavarná a férjéhez. Én azonban képtelen vagyok megállni nevetés nélkül. Még akkor is nevetek, amikor

látom anyám bosszús tekintetét. A mi generációnk már sok mindent másképpen lát. Lazábban társalgunk, és nem botránkozunk meg minden apróságon.
– Hagyd abba, lányom!
Húgom csak felhúzza a vállát, de tovább kuncog. Csilla jut róla eszembe, ahogy kacsaetetés közben vihorászott.

Maysa előrébb lép, egy kicsit ő is neheztelő tekintettel méregeti testvérünket. Ő három évvel idősebb Nasirénél, és sokkal komolyabb nála. Óvatosan tipegve odasétál elém, majd enyhe csókot nyom az arcomra. Az illata minden emléket felébreszt bennem. Maysa született utánam, én csak két évvel vagyok idősebb nála. Anyánk szeretetét együtt élvezhettük. Elég élénken él emlékezetemben, anyánk miként ölelgetett minket és vitt sétálni a kertbe. Szóval Maysa illata jelenti az egész gyerekkoromat. Hülyén érzem magam, mert megindítónak találom a jelenetet, pedig ilyenre még nem volt példa. Mindig örülök a családdal való találkozásnak, de elérzékenyülni nem szoktam. Az ő haján kendő van, de az arcát nem takarja el. A nőknek a családi összejöveteleken nem kell elfedniük a bájaikat. Erre csak akkor van szükség, ha idegen is jelen van.

– Jaj, Gamal! Már olyan vagy, mint egy amerikai! Hol a mi szaúdi hercegünk?

Nevetek én is és Maysa is, pedig tudom, cseppet sem szánta viccnek. Ő ugyanolyan elvakult muszlim nő, mint én muszlim férfi. Sosem sírt a rá váró élet silányságától rettegve, és sosem kérdőjelezte meg a férfiak feljebbvalóságát. Nasire szöges ellentéte neki.

Anyám megfogja a kezem, és befelé húz a hatalmas társalgóba. Levesszük a lábbelijeinket, és letelepszünk a szőnyegre a párnák közé. Hadi behordja az ajándékokat, amiket húgaimnak meg anyámnak hoztam: ékszereket, textileket és parfümöket. Családom nőtagjait nem nagyon érdekli az ajándék, úgy csoportosulnak körém, mint egy dög köré a keselyűk. Nem lepődnek meg azon, hogy mit kapnak, mert mindig hasonló áruval térek haza. Az ajándékra egy szabály vonatkozhat. Drága legyen és különleges.

– Fiam, ha neked is jó, két hét múlva megtarthatnánk az esküvőt!

Hideg zuhanyként ér a hír, de biztos vagyok benne, hogy már mindent előre elrendeztek. Addigra vége a haddzsnak, és mindenki hazatér előtte. A két család nőtagjai már nagyon is megszerveztek mindent.

Anyámat szemlélem, de semmi sem jut eszembe, ami kibúvót jelentene. Gyönyörű az arca, még csak ráncok sem fedik el a báját. A homlokánál kicsit kilátszik a haja, látom, hogy eltűntek az ősz tincsek, valószínűleg be van festve a haja. Majdnem megkérem őt, hogy vegye le a fejéről a kendőt és mutassa meg a haját, de moderálom magam. Büszke vagyok az anyámra. Sosem láttam még csúnyának vagy nem nőiesnek. A szemét erősen hangsúlyozza, és az illat, amit áraszt magából, apámat megfelelően madzagon tartja. Nem véletlenül ő a kedvenc feleség. Emlékszem, régen, mikor tudta, hogy apám vele tölti majd az idejét, senki nem zavarhatta, mert az egész napját szépítkezéssel töltötte. Hiúsága mellett pedig remek anya és türelmes asszony. Húgaim nem is álmodhattak volna jobb nevelőről. Talán anyám volt az, aki apámból is kihozta a jót, mert apámban azért ott a tűz. Ennek ellenére sosem viselkedett haragosan gyermekeivel vagy anyámmal, sőt, már-már tisztelettel beszél róluk.

– Nem lesz kevés az idő? – mégis fölteszem a kérdést.

– Már mindent elrendeztünk. Mindkét családnak megfelel az időpont.

Bólintok, pedig talán most először fordul elő, hogy anyám nem nagyon kéri ki a véleményemet. Valószínűleg már sejti, ha kibúvót hagy, megint csak tolódik az egész.

Hátratolja a hajáról a kendőt, így teljesül a kívánságom. A haja feketén csillog, valóban be van festve. Látja a pillantásomat, halványan el is mosolyodik a szótlan bóktól. A szája ugyanolyan húsos, mint nekem. Talán a száj az, ami minden családtagomon egyforma. Apám és anyám szája kifejezetten hasonló, így nem tudnám megmondani, mi, gyerekek kitől is örököltük a csókolni való ajkakat.

– Te, Gamal! Ez a Yasmin gyönyörű!

Nasire megint célba talál. Látszik, hogy a testiségre gondol. Jó belegondolni: hamarosan úgy ölelhetek egy nőt, hogy az a feleségem. Örökre felelősséggel tartozom majd érte. Az apja nekem adja, nekem pedig gondját kell viselnem! Sok minden átszalad az agyamon a felelősségről. Az arab világ megveti azt a férfit, aki azért válik el a feleségétől, mert az esetleg beteg lesz, vagy valami hiba van vele.

– Láttad? – kérdezem húgomat, mert neki azért jobban elhiszem a részleteket, mint anyámnak.
– Te is láttad már egyszer, fiam! – vág közbe anyám.
– Az már régen volt!
– Azóta csak szebb lett!

Testvéremre nézek, helyeslően bólogatva egészíti ki anyámat, miközben a rengeteg karperecet igazgatja kezén. Gyönyörűen hosszú, karcsú végtagjai vannak. Szerencsés a férje, amiért egy ilyen vadóc, gyönyörű nő jutott neki.

– Fantasztikus!
– Lányom, fejezd be! – anyám hangja jelzi, most már nem tűri tovább a nem megfelelő viselkedést.

Nasire hátravágódik egy hatalmas párnára, és megigazítja a ruháját. A bokája is nagyon csontos, rettegek attól, hogy rosszul bánnak vele, bár igazság szerint mindig csenevész volt. Apró és vékony.

Olyan, amilyet a férfiak szívesen kényszerítenek térdre.

A gondolattól elszorul a torkom.

Oldani szeretném a hangulatot.

– Rendben. Nekem megfelel. Beszéljük át a hozományt a családdal, aztán mehet.
– Mennyit szeretnél fizetni? – a mellettem ülő nő a lényegre tér.
– Sokat.

Anyám helyeslően mosolyog, az van az arcára írva, hogy „az én fiam vagy".

A hozományt a férj fizeti, de nem a lány családjának, hanem magának a menyasszonynak. Egy nőnek a hozomány a biztosíték az életre. Bármi is történjen, akár egy válás is, a magas hozomány lehetőséget biztosít a nőnek az újrakezdésre. Ezt sosem kérheti viszsza a férj, és senki sem veheti el a nőtől.

Na, szerintem ilyen sincs abban a híres első meg második világban.

Válási procedúrák, amikben az anyagi javakon vitatkoznak felek. Nálunk ilyen nincs. Már az elején tisztázzuk, kinek mi jár. Egy vőlegény minél több hozományt fizet, annál inkább jelzi komoly szándékait, hiszen egy férfinak sem érdeke az anyagi veszteség.

– Építesz neki külön palotát? – Maysa végre bekapcsolódik a társalgásba.

Bal kezével a kendőjét igazítja meg, a jobbal meg datolyát eszeget, és kérdőn néz rám. Ő csak egyvalamiben lázad, és az a ruha színe. Amikor nem szükséges, akkor is fölveszi a kendőt, de a fekete szín mellett mindig látszik rajta valami figyelemfelkeltő is. Általában nagyon rikító kéket választ, és a szemét is erősen hangsúlyozza. A fekete abaya alatt szívesen villantja meg a színeket, de azért a nyílt utcán ezt már nem tenné meg. Ékszert sosem visel, amiért anyám állandóan veszekszik vele. Családom nőtagjai szerint igenis hirdetni kell gazdagságunkat. Maysa ezt nem így látja.

Valószínűleg tudja rólam, hogy nem vagyok az érzelmek bajnoka. Kijelentésemmel mindegyiküket meglepem.

– Velem fog lakni! Legalábbis most, az elején.

Anyám felkacag, mindhárman döbbenten figyeljük. Végre ő viselkedik nem túl etikusan.

– Hát igen! Az utódnemzésben be kell pótolnod ezt-azt!

– Meglesz! Gyártani fogom a fiúkat!

Mindkét húgom arcáról eltűnik a mosoly, de anyáméról nem. Valószínűleg minden nő életében hatalmas a nyomás a fiúszülést illetően. Maysa eleget tett a kötelezettségének, mert már szült egy fiút a férjének. Idősebbik húgomnak négyéves a gyermeke. Sosem hangoztatta, de szerintem hatalmas kő esett le a szívéről, mikor elsőszülöttként egy egészséges fiúnak adott életet. Gyönyörű a gyermekük. Sűrű fekete haját élvezet összekócolni, a szemei pedig, mikor rám révednek, olyan, mintha a kicsi húgom nézne rám. Imádom a gyermekét.

Nasirének is van egy sarja, de az lány. Kétéves, egészséges kislány. Dundi végtagjait elnézve folyton azon agyalok, vajon kitől örökölhette az alkatát. Nasire mindig csontos volt. Mikor ezt olykor szóvá teszem, testvérem felkacagva reagál: „Várj csak pár évet! Majd meglátod, Gamal, milyen gyönyörűséges kis unokahúgod lesz!"

Említett testvérem hirtelen átveszi anyám modorát, és olyat mond, amit csak az idősebb nők szoktak.

– A lány is Allah ajándéka. Csak nem földeled el a sivatagban?!

Nem reagál senki, ez érzékeny téma egy királyi családban. Döbbentségünket azonban nem tudjuk leplezni. Maysa csodálattal mered Nasiréra, amiért kimondta a szemrehányó megjegyzést. Az ő visszafogottsága sosem engedné, hogy harcoljon egy berögzült látásmód ellen. Anyám, azt hiszem, elfogadta már húgom természetét, ezért nem foglalkozik különösebben a közbeszólással. Én meg már majdnem szégyellem magam!

– Szeretném, ha szépen bánnál Yasminnal! – fordul felém.

Mi van?

Anyám felszólító mondatát végképp nem értem. Valószínűleg testvéreim sem, mert ők is a fekete szempárba merednek. A keze a karomra simul, ezzel ad nyomatékot a mondandójának. A körmei gyönyörűek. Tövig le vannak vágva, de vörösre festve. A bal csuklóját hennatetoválás díszíti.

– Jól van. Szépen fogok.

– Tudod, ő nagyon jó családból való. Nagyon vigyáztak rá eddig. Szeretném, ha nem lennél vele durva!

Na most van elegem!

– Ezt hogy érted?

– A nászéjszakán… neki nem lesz egyszerű… – anya kezd zavarba jönni, nekem meg agyamon száguld át a gondolat, amit szavakká formálok. Legalábbis próbálom, mert a téma nagyon kínos. Erről nem szokás beszélni.

– Ugye nem azt akarod mondani, hogy… Anya, ugye nem?

Maysa a kendőjét a szájához emeli, de Nasire legalább annyira kíváncsian hajol be anyámhoz, mint én.

– Mondd már, anya!

Anyám hallgat, ami megfelelő válasz nekem. Nasire a fejét kapkodja, talán fogalma sincs, miről van szó. Miért is volna? Neki sosem kellett azzal szembesülnie, amivel sok nőnek. Úgy hittem, hogy a hazámban ez már leáldozóban van, de ekkor felismerem, hogy talán tényleg olyan barbár nép vagyunk, mint sokan gondolják. Maysa mindent ért, mert szomorúak a szemei. Az arca többi részét eltakarta a téma felmerülésekor.

Felpattanok, mert ha nem teszem, a gyümölcsöstálat rúgom fel.

– Ezt nem hiszem el! Erről eddig nem beszélt senki!

Anyám szintén felpattan, ugyanezt teszi Nasire is.

– Gamal! Ez nem lényeges!

– Nem lényeges? – talán tiszteletlenül viselkedem, de már ez sem érdekel.

Belerúgok egy hatalmas párnába, ami elég messzire kerül a kiindulási pontjától. Egy távoli családban talán megpróbálják csillapítani a férfiak dühkitörését, de nálunk ez nem jellemző. Egy férfinak joga van a tomboláshoz. Sőt. Egy hercegnek mindenhez joga van. Egy anya is lesi minden kívánságát, és csak abban bízhat, hogy elég szeretetet nevelt a fiába. Imádom anyámat, de ebben a pillanatban a tiszteletnek még csak halvány képe sem lebeg előttem. Úgy érzem, átvágtak.

– Így is odaadó feleséged lesz! Kedvedre fog tenni. Szeretni fogod az ölelését.

– Csak éppen ő nem fogja szeretni az én ölelésemet!

Nasire közelebb lép hozzánk, kérdése mindkettőnknek szól. Tekintete hol rám mered, hol anyánkra.

– Valaki elmondaná, mi ez az egész?

Feltör belőlem egy gúnyos kacaj, remélem, ettől szülőanyámat is elönti a szégyen.

– Na mi van? Neki talán nem meséltél ilyen mélyrehatóan Yasminról? – húgomhoz fordulva folytatom. – Anya nem mesélt a női sorsról? Na persze! Mit is tudhatsz te erről?! Te mindentől óvva vagy!

– Gamal, fejezd be!

– Gondod van a férjeddel? – nem állok le. Tovább beszélek húgomhoz, mintha mindenért ő lenne a felelős. – Akkor gondold el, hogy annak mekkora gondja van, akinek minden ölelés pokol!

– Gamal! – anyám már üvölt.

Döbbent csönd támad, Maysa szuszogása hallatszik a szőnyegről. Sír a hallottaktól, pedig ő sem tapasztalta meg bőrén a borzalmakat. Nasire kezd magához térni, egyértelműsíti a vitát.

– Körül van metélve?

Senki nem válaszol, ez pedig igent jelent. Testvérem megrázza magát, mintha undort érezne. Aztán anyámra nézve kéri számon őt.

– Anya! Éppen te harcoltál az ellen, hogy mi…

– Nemrég tudtam meg! Apátok csak most mondta el!

A kitörni készülő düh szétfeszít. Apám még csak meg sem említette a dolgot. Valószínűleg ő csak úgy könyvelte el, hogy Yasmin családja tisztességes. Nem akarom tovább türtőztetni magam, ezért anyámtól kérdezek.

- Mennyire?
- Mit mennyire?
- Mennyire van körülmetélve? Teljesen, vagy csak részben?
Nyel egyet, de válaszával nem sodor a teljes kilátástalanságba.
- Nem teljesen.

Ez azt jelenti, hogy csak a csiklóját csonkították meg. Csak... Hülye megfogalmazás, de ez még mindig jobb, mert a teljes körülmetélés, az végzetesen taszítana. Abban az esetben az egész genitáliát eltávolítják, és csak maga a hüvelybemenet marad meg. Yasminnak épen maradtak a kis- és nagyajkai, egyedül a csiklóját metszették el. Pont azt a részt, ami egy nőnek a gyönyör forrása.

Beletúrok a hajamba, olyan, mintha az egészet álmodnám. Vártam ezt az esküvőt. Tényleg vártam. De most már rettegek tőle. A nők mindig kívánnak engem, én pedig sokszor harcolok azért, hogy ne élvezzék az érintésemet. Most meg jön egy nő, akit feleségül akarok venni, és úgy akarok vele bánni, ahogy a Korán kéri. Örömöt akarok neki szerezni, de ez a rohadt megcsonkítás minden reményemet porba dönti.

- Gamal! - anyám keze az én karomat markolássza.
- Anya! Nekem ez fontos. Így sosem fogok közel kerülni Yasminhoz!
- Ne mondd ezt, fiam! A testiség nekünk nem azt jelenti, mint nektek. Ugyanúgy szeretni fogja az ölelésedet!

Anyám semmit sem ért! Most mondjam el neki, hogy a szexet igenis élvezni kell? Nem kérhetem rajta számon a történteket. Akivel beszélnivalóm van az ügyben, az apám lesz.

- Nem veszem feleségül!

Anyám azonnal elbőgi magát, de Nasire ügyesen kezd cselezni. Erős léptekkel sétál elém, és mélyen a szemembe néz, miközben meglöki az egyik karomat. Ugyanolyan vad és fékezhetetlen a természete, mint az enyém.

- És miért nem? Mert meg akarod büntetni azért, amiről nem tehet? Eltaszítod magadtól, pedig ő évek óta rád vár! Eltaszítod azért, mert a legtisztábban akarták neked adni! Nem teheted ezt vele! Nálad csak rosszabbat kaphat!

Két hete talán vállrándítva hagytam volna el a házat, de ekkor egészen másképp cselekszem. Csak nézek a húgom szemeibe, és minden szavában érzem az élt. Bár neki nem kellett elszenvednie egy brutális apát vagy fanatikus vallási nézeteket, a női nemmel együtt érez. Tiszteli a hazáját.

Elképzelem Yasmint, amint a szobájában zokog, és könyörög Allahhoz a halálért, mert a vőlegénye így megalázta. Tényleg nem igazságos az élet.

És most először velem sem az.

* * *

Hadi mereven áll az autó mellett, szinte levegőt sem vesz. Döbbenten figyeli közeledésemet, nyomomban a három nő kiáltozásával. Anyám Allahot emlegeti, Nasire néha lök rajtam egyet, Maysa pedig csak a nevemet szajkózza. Egy hajszál választ el attól, hogy üvöltözésbe kezdjek és szétverjek magam körül mindent. Anyám karja néha elér, de vadul rángatom ki magam a szorításból. Úgy viselkedek, mint egy durcás gyerek, akit megfosztottak a legkedvesebb játékától.

Anyám tisztában van vele, hogy nagy hibát követtek el, és azt is tudja, hogy ez az egész őrület ellentétes a mi családunk nézetével. Bármikor visszatáncolhatok az esküvő lehetőségétől, és ez nagy félelemmel tölti el.

Hadi elfordítja a fejét, mert húgaimról lepottyant a kendő, anyám meg nem foglalkozik a ténnyel, hogy idegen férfi áll előtte. Magához szorít, a mellkasomra dönti a fejét. Keserűnek érzem és gyengének, de nagyon haragszom rá. Fogalmam sincs, mit tegyek. A legnagyobb hibát tulajdonképpen ő követte el, amikor nem kérdezett rá a tényre Yasmin anyjánál még időben. Valószínűleg nem is sejtette, hogy a lány családja ennyire elvakult. Apám is hibázott, mert abban biztos vagyok, hogy az apa megemlítette a dolgot, hiszen ez nekik nem szégyen, hanem büszkeség. Úgy érzik, így tudnak a leghatékonyabban őrködni lányuk becsülete fölött. Bár Yasminnak valószínűleg nem fog fájdalmat okozni a szexuális együttlét, de örömöt sem. Azok a nők, akiket teljesen körülmetélnek, a kínok kínját élik meg minden egyes együttlét alatt. A behatolás olyankor mindig éles fájdalommal jár és heves vérzéssel. Hát ez a híres erényőrzés. Mégis melyik nőnek jutna eszébe egy szenvedélyes ölelés, amikor az együttlét a poklok poklát jelenti?

Hadi látja, hogy nem fog javulni a helyzet, ezért a testével a kapu felé fordul. A vasajtó kezd szétnyílni, anyám és Maysa észbe kap, mert maguk elé rántják a nikábjukat. Nasire nézésében minden benne van. A lökdösődést abbahagyja, és jajgatva szalad vissza a házba. Anya úgy megijed, hogy utánarohan. Maysa leengedi a kendőjét, és közelebb lép hozzám. Minden elcsitul, úgy nézhetek ki, mint egy vadállat a vadászat után. Lihegek, fújtatok, és egy ártatlan ember tekintetét figyelem. Végül megszólal. Hadi illemtudóan beül az autóba, és becsukja az ajtót, bár sejtem, hogy a visszapillantóban minden mozdulatunkat figyeli.

– Gamal! Nasirének igaza van!

Persze. Igaza van. De miért kell más ember sorsát magamon cipelnem? Feleségem boldogtalansága engem is azzá tesz majd. Márpedig én meglehetősen önző vagyok. Senkinek sem tűröm, hogy vágja alattam a fát.

– Engedj! Ez nem a te dolgod.

Megindulok, de szorgalmasan követ. Mikor kinyitnám az ajtót, rámarkol a tenyeremre. Gyengéd az érintése, jobban fejbe vág, mintha vadul próbálna meggyőzni. Tényleg nincs szükségem ebben a pillanatban anyám okoskodására és Nasire vadságára sem. Maysa tudja, hogy milyen vagyok. Talán úgy érzem, nem ő van hozzám lelkileg a legközelebb, de erre ebben a pillanatban rácáfol.

– Tudom... Pokolian érzed most magad... de húgunk közel jár az igazsághoz. Ha elállsz ettől az esküvőtől, boldogtalanabbá teszed Yasmint, mint bármi más a világon. Nemrég beszélgettem vele. Ő szerelmes beléd.

Ledöbbenek a hallottakon. Hát igen. Egy nőnek van esélye beleszeretni a férfiba, mert láthatja a maga valójában. Én azonban csak évekkel ezelőtt láttam fátyol nélkül. Nem tudom viszonozni ezeket az érzéseket.

– Ugyan már! Az nem szerelem!

– De igen! Szerelmes beléd, rajong érted, és felnéz rád! Mit akarsz még? Büszke rá, hogy te méltónak találod őt a feleség szerepére. Ne vedd el ezt tőle! Már így is túl sok jótól megfosztották! – Idősebb nővéremre nem jellemző a tabutémákról fecsegés, ezért döbbenten hallgatom. Tovább beszél. – Én nem vagyok körülmetélve, mégsem okoz örömet a férjem ölelése. Talán nem is függ össze a testi csonkítás a boldogsággal, mert ha összefüggne, akkor nekem törvényszerűen boldognak kéne lennem! Ha megveted a nők körülmetélését, akkor tégy meg mindent, hogy boldoggá tegyed őt! Ennyit megérdemel!

– Nem érdekel, Maysa! Nekem nem feladatom ez! Én tökéletességet akarok magam körül, és Yasmin nem tökéletes!

A gyengédség dühvé változik, érzem mellkasomon az ütést.

– Ti veszitek ezt el a nőktől! Ezért csonkítanak meg lányokat! Azért, hogy a ti szemetekben tiszta maradjon! Most pedig azt mered mondani, hogy téged ez nem érdekel?

Köp egyet, ami a világunkban a legnagyobb sértés jelképe. Meglendül a kezem, de nem ütöm meg. Minden szava igaz. Sóhajtok, mert ez az egyetlen módja annak, hogy szabadjára engedjem az indulatomat. Ő is visszaszelídül.

– Tökéletességre vágysz? Akkor tedd őt tökéletesen boldoggá, és te is az leszel! Szeresd őt!

Képtelen vigyor szalad át az arcomon. Én nem akarok szeretni senkit, csak magamat. Tisztelni akarom a feleségemet, és oltalmazni, de a szerelem az egészen más. Az én életemben nincs helye, és ezen nem akarok változtatni.

– Ki beszél itt szerelemről? Ugye nem akarsz ilyen nyálas maszlaggal etetni?

– Jól van, Gamal, van egy ötletem. Te önző vagy, ezért elég jó üzlet lesz. Ne szeresd őt, csak engedd, hogy ő szeressen téged! Az ilyesmit bírod, nem igaz?

Őszintén nevetek, tiszta érzéssel.

Igen, ez tényleg nekem való üzlet!

* * *

Az autóban Hadi tekintetét keresem, de ő nem mer rám nézni. Azonnal a gázpedálra lép, és vadul hajt ki az utcára. Egy ideig szótlanok vagyunk, aztán véletlenül összeakad a tekintetünk a tükörben.

– Van véleményed, Hadi?
– Miről, Gamal herceg?

Hadi gyakran csak Gamalnak szólít, ezért most tutira veszem, hogy zavarban van. Előredőlök, ő is fészkelődni kezd az ülésben. Nem akarom számon kérni őt, valóban kíváncsi vagyok egy kívülálló véleményére.

– Ugye nem azt akarod mondani, hogy nem hallottál semmit?
– Én ebbe nem szólhatok bele!
– Nem is kell. Csak a véleményed kérdezem.

Nagyokat nyel, valószínűleg sejti, ha nem szól hozzá a témához, akkor neheztelni fogok rá. Egy herceg ritkán kezd kommunikációba egy szolgával. A sofőr ezt akár megtiszteltetésnek is veheti. Beszélni kezd.

– Senki nem hibás az ügyben. Mindenkinek joga van úgy élni, ahogy jónak látja. Egy lány pedig végképp nem okolható a gyerekkorában átélt csonkításokért. Én semmit és senkit sem ítélek el.

Röhögni támad kedvem. Hadinak biztos más a véleménye, de ez a válasz képes semleges oldalon tartani őt. Sosem mondana rosszat egy családtagomról sem, és sosem alkotna véleményt az olyan nőkről, akik kemény bilincset viselnek testükön.

Egyértelműsítem a kérdést.

– Szerinted is boldog lehetek egy ilyen nővel?
– Nagyon fontos a két ember közötti egyetértés és harmónia, de ez nem csak kifejezetten a testre koncentrálódik. Véleményem szerint maguk nagyon boldogok lesznek, mert egy odaadó feleségnél nincs jobb. Valószínűleg Yasmin nem tudja, mitől lett megfosztva, így a hiányát sem érzi majd.

Talán így van. Még kislánykorban végzik el a beavatkozást, így valószínűleg Yasmin teljesen normálisnak látja a saját életét. Nekem pedig semmi feladatom nincs, csak valóban úgy tenni, mintha minden a legnagyobb rendben lenne.

14. fejezet

A sofőrt utasítottam, hogy tudakolja meg, mikorra érkezik viszsza apám. Azt a választ kapom, hogy négy nap múlva már itthon lesz. Ha azonnal jelen lenne, már az is késő lenne, de a következő négy napot próbálom a legsemlegesebben elütni. Nem keresem a kapcsolatot Emírrel sem, és Ibrahimot sem hívatom egyszer sem. A szolgálóknak kiadom az utasítást, mely szerint a thai lányt többé ne engedjék be a palotába, főleg ne a hálószobámba. Nem akarom az utcára rakni, ezért kap egy lakrészt valahol, míg oda nem sikerül ajándékoznom valakinek. Emírnek ígértem, de talán az öcsém is igényt tart majd rá. Egymás ágyasait nem szoktuk a sajátunkba citálni, de Hakim nem finnyás a témát illetően.

* * *

Az oroszlánjaimmal játszom, amikor Hadi odalép a kerítéshez.
– Az apai palotából üzenik, hogy megérkezett a családja!

Szó nélkül kimegyek, és már indulok is az épület felé. Pár perc alatt összekapom magam, tobét veszek föl, az ajándékokat pedig bepakoltatom a kocsiba. Mire Hadi végez, addigra már én is készen állok. Mindössze pár méterre lakik tőlem az apám, de egy hercegre nem jellemző a gyaloglás. Nem egészen fél óra elteltével már a bejárat előtt állok. Hangzavar szűrődik ki, öcsém orgánumát ismerem fel először. Hiányzott! Még akkor is, ha megvan róla a véleményem.

Ahogy belépek a hatalmas hallba, a hangok felerősödnek, és a családtagjaim megindulnak felém. Az apámon és az öcsémen kívül csak pár mostohaöcsém van jelen, őket csak minimálisan méltatom figyelemre. A haddzs a szeretteimet mindig megviseli.

A fogyás szemmel látható, de a lelki megtisztulás is. Kicsit irigykedek, amiért én nem érzem magam emberinek.
– Béke veletek!
Szinte egyszerre köszönnek vissza, de csak apám lép testközelbe. Szeretettel átölel, és végigpaskolja a felsőtestemet. A naptól még barnább lett a bőre, a hófehér fogai világítanak kreol bőréhez képest. A szeme legalább annyira győztesen uralja a sármját, mint az én szemem az enyémet. A haja már elég erősen őszül, de még ez is jól áll neki. Érzem az illatán, hogy túl van egy alapos tisztálkodáson és borotválkozáson. Ösztönösen öcsémre nézek, ő még elég elhanyagolt állapotban van. A szakálla nagyra nőtt, és az arca is beesett.
– Hiányoztál mindnyájunknak, fiam!
– Ti is nekem. Minden rendben ment?
– Persze. És veled? Hallom, az üzlettel problémák akadtak.
Nem sok kedvem van üzletről fecsegni, ami igazán érdekel, az most elég kényes kérdés.
– Beszélnünk kell, apa!
Az arca rezzenéstelen marad, az is megfordul a fejemben, hogy anyám gyorsabb volt, és talán jelezte neki a problémámat. Odasétál a mostohatestvéreimhez, megöleli őket, ezzel távozásra késztetve őket. Ez a legbiztosabb jele annak, hogy az én anyámtól származó gyermekeit szereti a legjobban. Engem vagy a testvéreimet sosem küldene így el. Összeölelkezem a távozókkal, aztán mindnyájan belesüppedünk a hallgatásba. Hakim nem tágít, várakozásteljesen figyel. Magas, nyurga termetén igazgatja a ruhát, miközben végigsimítja a szőrös alkarját. A haja feketén csillog, rá is ráférne egy fodrász. A szakálla már ápolatlanul nagyra nőtt, de ezért nem hibás. Az elmúlt napokban tilos volt a borotválkozás. Fekete, egzotikus nagy szemei ugyanolyanok, mint anyámé és a lánytestvéreimé. Nem akarom őt elzavarni, mert talán nem árt, ha tisztán lát egy-két dolgot. Végül is ő is házasodni készül.
– Az esküvőmről akarok veled beszélni!
Sóhajt egyet, most már szinte biztos benne, hogy mit akarok mondani. Odasétál a díványhoz, és kényelembe helyezi magát, miközben megbont egy banánt. Nem szólalok meg, mert nehezményezem, hogy az étellel foglalkozik. Megérti a hallgatásomat. Visszateszi a megbontott gyümölcsöt, majd megtörli a kezét.

Kényszeredetten Hakimra mosolyog, aki viszonozza a gesztust. A mosolya kisfiússá teszi őt. Apró gödröcske jelenik meg az arcán, és a szeme összeszűkül.
– Hallgatlak!
– Nehezményezem, hogy eltitkoltad Yasmin állapotát!
– Nehezményezed? És mégis miért? Meg egyáltalán! Milyen állapotra gondolsz?

Apám megértő és jószívű ember, de a házasság az nem csak a szeretetről szól. Nálunk a házasság nem egy szentség, hanem egy szerződés. Talán még azt is mondhatom, hogy üzleti szerződés.

Testvérem is megigazítja magát, szerintem arra gondol, hogy az említett lány már nem szűz, vagy valami testi hibával rendelkezik. A testi hiba lehetőségével nem áll messze a valóságtól.

– Yasmin körülmetéléséről beszélek! – nem fogom vissza magam. Hangom érces és számonkérő. Apám bólogat, öcsém pedig beleharap a szájába, mintha neki fájna a dolog.

A szeretett férfi végigsimítja a maradék borostáját, és elgondolkodva kezd okításba.

– Fiam, túlreagálod a dolgot! Én a helyedben különös ajándéknak tekinteném. Ennél nagyobb biztosítékot nem kaphatsz arra nézve, hogy csakis a tiéd lesz…

– Méghogy az enyém! Hát éppen ez az! Még az enyém sem lesz!
– Én bevállalom őt! – Hakim megjegyzése oldani próbálja a feszült hangulatot, de mellé nyúl.

Mindketten szigorú tekintettel meredünk rá, de ezenkívül nem méltatjuk figyelemre.

– Gamal, ez a probléma már nem orvosolható, így azt ajánlom, nyelj egyet!

– Nyeljek egyet? Javíts ki, ha tévedek, de nem arra tanítottál, hogy bármit is le kell nyelnem!

Szótlanul nézzük egymást, öcsém nem adja fel a humorista szerep felvállalását.

– Yasmin gyönyörű, ahogy hallottam. Téged most komolyan ez a hülyeség zavar?

– Befognád, Hakim? Mert ha nem teszed, szétverem a fejed!
– Hagyd abba, Gamal! Nem Emírrel beszélsz, hanem az öcséddel!

Szívesen odavetném, hogy testvérem még annyit sem ér, mint az unokabátyám, de visszafogom magam. Nem csalódtam a reakciókban. Kihúzom magam ültömben, és tálalom a feketelevest.
– Nem lesz esküvő. Visszalépek.
Apám úgy pattan fel, mintha húszéves lenne. A tobéja besimul a lába közé, de még ezzel sem foglalkozik. Ténfereg a helyiségben, magam sem tudom, mi okból. Talán magát nyugtatgatja, vagy a szavakat keresi.
– Ezt meg sem hallottam!
– Pedig kimondtam, apa!
Egy szolga belép, és hangosan közli, hogy feltálalták az ételt az étkezőben, de apám egy indulatos legyintéssel jelzi, jó lesz, ha most eltakarodik. Öcsémre nézek, de már ő sincs vicces kedvében.
– És mégis mit akarsz? Álljak a család elé, és közöljem a problémád, meg azt, hogy neked nem kell egy ilyen ártatlan lány? Mégis kit akarsz? Egy ribancot?
– Nem ribancot, de nőt!
– Yasmin nő!
– Igen, az. Csak én szeretném őt boldoggá tenni! És nincs rá esélyem!
Apám talán életében először látszik tanácstalannak. Akkor láttam ugyanilyennek, amikor kiderült, hogy a bátyám teherbe ejtett egy férjes asszonyt. Igaz, még akkor sem volt tanácstalan. Okosan simította el az esetet, és még a nő is túlélte a történteket. Hakimra néz, de ő csak a szemöldökét húzza feljebb. Visszaül a helyére, a pár perc elérte, hogy lenyugodjon. Indulatos ember, de a családja ritkán képes kihozni a sodrából.
– Anyád el fog süllyedni szégyenében!
– Már tudja. Megmondtam neki is.
– Valami megoldást kell találnom!
Mindenki csöndbe burkolózik, mert megoldás az nemigen akad az ügyben. Úgy teszünk, mint akik töprengenek, de valójában nagyon is tudjuk, hogy képtelen a helyzet. Apám azonban mégis talál valamit. Valami mérgezőt és fojtogatót.
– Te veszed nőül, Hakim. Ő lesz az első feleséged, a mostani készülődést későbbre toljuk. Azonnal nőül veheted majd Samirát, de most Yasmin az első!

Samira egy távoli unokatestvérünk, és még csak tizenöt éves. Ő az öcsém első feleségjelöltje, már készülnek a menyegzőre. A képtelen ötlet ellenére testvérem normálisan viselkedik. Egy bólintással mindenbe beleegyezik. Talán az jár a fejében, hogy most először kaphat meg valamit, ami az enyém kéne hogy legyen. Dühödt vadállattá válok.

– Azt nem engedem! Megtiltom!

– Közölted, hogy neked nem kell! Döntsd el, mit akarsz! Ha kell, a tiéd, de ha nem, akkor az öcsédé!

Hakim nem mer rám nézni, apám azonban választ vár. Neki mindegy, mit felelek. Olyan tökéletes megoldást választott, hogy a családunk semmiképpen nem marad szégyenben. Eszembe jut a húgom okítása. Szerinte Yasmin nálam csak rosszabbat kaphat, és ez ebben a pillanatban nagyon is valósnak tűnik. Sosem érdekelt a nők lelkivilága, de a feleség vállalására mindig tudatosan készültem. Talán ezért is húzódott el az egész olyannyira. Ahhoz, hogy Hakim legyen a férj, Yasmin beleegyezése is szükséges, de tudom, ha én félreállok, akkor az a lány vagy öngyilkos lesz szégyenében, vagy mindenbe beleegyezik.

A tenyerembe temetem az arcom, mert valóban tanácstalannak érzem magam. Hallom, hogy valaki közeledik, Hadi sétál be hívatlanul, és az ajándékokat pakolja le. Mindnyájan szótlanul nézzük a mozdulatait, ráérez a feszült helyzetre. Olyan gyorsan távozik, ahogy csak tud.

Öcsém föláll, és odasétál a dobozokhoz. Bontogatni kezdi a csomagolást, amit mi hangtalanul figyelünk. Nehezményezhetném a viselkedését, pedig valójában nem akar rosszat. A tőle telhető legmegfelelőbb módon javít a kínos hangulaton.

Kiemeli a becsomagolt sajtokat, és felém mutatja, mintha kérdezné, hogy „mi ez"?

– Magyar sajtok – felelem tömören.

– Finomak?

– Igen, nagyon.

– De azért a magyar nők finomabbak, nem? – apám töri meg véglegesen a halálos hangulatot.

Mindnyájunkon keresztülszáguld a mosoly, Hakim pedig szemrehányóan reagálja le a helyzetet.

– Akkor megint kimaradtam valamiből!

Ki. Kimaradtál abból, hogy idegen nőnemű lény másszon a lelkedbe, és elvegye az egész hitedet a saját önző világodban! Na, ebből maradtál ki!

Fogalmam sincs, miért jut Magyarországról Csilla az eszembe, de ez az egész már kezd rémisztő méreteket ölteni.

Öcsém megtalálja a baseballsapkát is, és a fejére teszi. A tobéja és a sapka ötvözete nevetségesen hirdeti a két világ ellentétét.

– Ezt, gondolom, az USA-ban szerezted be.

Csak bólintani vagyok képes. A nőknek szánt ajándékok mindig a luxust és a vagyonosságot hirdetik, a férfiaknak szánt ajándékok pedig a családi köteléket. Ott nem nagyon játszik fontos szerepet az érték, sokkal inkább a gesztus. Éppen ezért kapnak a nők ékszereket és egyéb drága holmikat, míg a férfiak egyszerű tárgyakat és javakat.

A sapkával a fején sétál vissza hozzánk, majd le is ül. Becsülöm őt most a tettéért. Mindig kisfiú módjára viselkedik, de most képes a helyzetet orvosolni azzal, hogy egyszerűen hülyén viselkedik.

Mikor leül, beszélni kezd. Hálás vagyok neki, mert én egy időre elnémulok.

– Akkor most mi legyen? Én azt teszem, amit mondtok. Ha kell, feleségül veszem – felém fordul, úgy folytatja. – Ha te veszed feleségül, nekem úgy is jó. Csak döntsetek!

Apám rám néz, tudja, hogy nem mondhatja ki ő az utolsó szót. Nálunk nem létezik a kierőszakolt házasság.

– Elveszem én.

Szemmel láthatóan zuhan le mindenki szívéről egy kő. Öcsém szívesen bevállalta volna Yasmint, de talán sejti, ez végleg megmérgezné a viszonyunkat. Márpedig ő egész életében azért küzdött, hogy közel férkőzzön az én szívemhez és apáméhoz.

* * *

A pár perc, amit csöndben töltünk, mindenkinek biztosíték arra, hogy túlléptünk a témán. Apám elégedetten figyel, és minden az arcára van írva: „Ne aggódj, fiam, boldog leszel!" Ő nem lát veszve semmit. Biztos benne, hogy nem egy feleségem lesz, így talán azt gondolja, a többi nő majd kellőképpen kárpótol. Persze biztos vagyok benne, hogy mindent megkapok majd Yasmintól, és odaadó lesz, de éppen ezért zavar a tény, hogy én nem nyújthatok neki testi örömöt. Ez eddig sosem érdekelt, de ha nem kaphatunk meg valamit, azt mindennél jobban akarjuk.

Apám beleiszik a teájába, ami már valószínűleg jéghidegre hűlt. Mi az öcsémmel nem mozdulunk.

– Megkaptad Ali levelét? – céloz a tanácsadótól érkezett faxra.

Csak bólintok egyet válaszul, de aztán úgy gondolom, az üzlet majd megfelelően elteleri mindnyájunk figyelmét.

– Meghívtam a magyar delegációt.

Apa büszkén bólint, úgy van vele, mint a legtöbb gazdag arab. Szereti mutogatni a javait, és persze az sem utolsó szempont, hogy így nem marad ki a tárgyalásokból. Már nem is bánom, ha belefolyik. Az elmúlt pár napban kicsúszott a lábam alól a talaj. Úgy viselkedem, ahogy sosem, és úgy is beszélek. Ha apám a sarkamban van, talán vissza tudok keményedni egy végzetesen egyszerű beduinná.

– Mikor érkeznek? El kell intéznünk nekik a vízumot! Szükségünk van az adatokra!

– Az esküvő után akarok csak ezzel foglalkozni. Anyának megígértem, hogy most az lesz az első – persze akkor még fogalmam sem volt a kellemetlen hírről.

Nyelek egyet, nem vívódom olyasmin, amin már túlléptem pár perce.

– A menyegző miatt ne fájjon a fejed! Anyádék mindent elrendeznek.

– Igen, tudom.

– A szállodában viszont előre le kéne foglaltatni a szobákat.

Apám a legnívósabb rijádi szállodára gondol, a Ritz Carltonra. Ez egy ötcsillagos szálloda, mindig itt szállásoljuk el az üzleti partnereket. A Ritz ugyanolyan magabiztosan hirdeti országom javait, mint egy királyi palota.

Őrült ötletem támad.

– Az én palotámban lesznek elszállásolva.

Apám majdnem kiönti a teáját, de nem szólal meg, Hakim azonban lereagálja a dolgot. Egy arab nem enged csak úgy betekintést az életébe.

– Megőrültél? Mindenféle jöttmentet beengedsz az otthonodba? Nem is ismered őket!

Igaza van, de nem visszakozok.

– Ha neked majd saját palotád lesz, eldöntheted, kit engedsz be!

Az öcsém még mindig az apámmal él, de ennek biztosan csak kényelmi okai vannak. Az esküvőjét követően nem lesz választása, el kell költöznie, és igenis foglalkoznia kell majd egy saját otthon kialakításával. Testvérem még arra is lusta, hogy a szolgákat utasítgassa, ezért csakis asszonnyal az oldalán lesz képes egy különálló életre.

– Fiam, ez szerintem sem túl jó ötlet.

Apámra kapom a fejem, de azt hiszem, az ezt megelőző beszélgetés után már nem is képes ilyen apósággal foglalkozni. Azt gondolja, addig sok idő telik még el, és majd a megfelelő időpontban jobb belátásra bír. Biztosra veszem, hogy titokban szobákat fog foglalni.

– Én így találom helyesnek.

– Kikből áll a delegáció?

Átgondolom, kik is ültek ott a tárgyaláson, mindenkiről csak halovány emlékképem van. Egy piros tűsarkú cipő, egy kerek popsi és egy gyönyörű nő képe él csak színesen az agyamban.

– A vezér meg két titkára. Meg egy tolmács... nő.

Mindketten rám néznek, noha biztos nem az elhangzottak miatt, hanem azért, ahogy kimondom. Zavartan és fájdalmasan.

– Tolmácsnő?

Apám visszakérdez, nagyon is sejti, hogy nem mellékes a megjegyzés. Nem felelek, csak bólintok, kínomban én is a teát kezdem kóstolgatni. Apám nem áll el a témától.

– Minek tolmács, ha mindenki beszél angolul?

– Ő jegyzetel.

Öcsém hangosan felnevet, de apám nagyon is érti a helyzetet. Hakim nem fogja vissza magát.

– Kitalálom! Majd az ágyadban adja át a jegyzeteit!

Szeretném, de nem úgy lesz.

Apám közönségesebb megállapítást tesz.

– Ha kurvára van szükséged, azt diszkrétebben tedd! Idehozathatsz a világ bármely részéről nőt, de ne keress kifogásokat! És ne a palotádba!

Az igazság az, hogy gyakran repülnek külföldi nők az országunkba azért, hogy szórakoztassák a tehetős férfiakat. Ez a férfiak között nem szégyen, és nem is titkoljuk. Persze az asszonyok mit sem sejtenek férjük kicsapongásáról.

– Nem kurva! Tolmács!

– Kurva jó tolmács! – Testvérem a saját poénján kacarászik, de mi nem méltatjuk figyelemre.

Apám látja rajtam azt, amit már én is érzek magamban, ezért okítóan kezd beszélni.

– Fiam! Mindent szabad, de csak a maga idejében! Hamarosan esküvőd lesz. Legalább az elkövetkező időt szánd Yasminra. Nemzz fiút, aztán majd kedvedet lelheted mindenféle cédában.

Felpattanok, és még az ujjamat is fenyegetően emelem meg. Nagyon tiszteletlenül viselkedem, egy szaúdi férfi sosem viselkedhet így az apjával. Nálunk a gyermekek végtelen tiszteletet éreznek az idősebb generáció iránt. Olyannyira, hogy nálunk még az a bizonyos öregek otthona sem létezik. Egy gyermeknek kötelessége gondoskodni a beteg öreg családtagjairól, bármi történjen is. Tulajdonképpen most sem szándékosan vagyok tiszteletlen, egyszerűen csak zavar a kijelentése, mert nem annak látják Csillát, ami.

Az idősebb generáció annyira tiszteletre méltó nálunk, hogy még összejöveteleket is tartanak, ahol megvitatnak bizonyos kérdéseket. És ha egy ilyen divánija – összejövetel – után tanácsolnak valamit, azt illik megfogadni!

– Mit nem értesz azon, hogy nem kurva?

Apám is feláll, de nem úgy reagál, ahogy azt várom tőle. Odalép elém, és szorosan átölel. A szívem kiugrik a helyéről a helyzettől.

Az ölelés után végigsimítja az arcomat. Egy hasonló megjegyzésért bármelyik fiát képen vágná, egyedül csak engem nem, és a bátyámat. Szeret engem.

– Értem, fiam. Hogyne érteném!

Nem bírom elviselni a tekintetét, ezért a földre meredek. Az öcsém odasétál hozzánk, és próbálja elfojtani a vigyorát, de nem nagyon megy neki. Apám számonkérő pillantására azonban elkomolyodik.

– Ugye nem vagy szerelmes egy jöttmentbe?

– Gamal tudja, hogy csakis muszlim nőt szerethet. Ne aggódj, Hakim fiam! – reagál apám a hozzám intézett kérdésre.
Az ideg szétcsap.
Miről beszélnek ezek? Milyen szerelem? Milyen nő? Miért akarja mindenki belém beszélni, hogy érzelmek tombolnak bennem? És csak egyvalamit érzek: ha megdöntöm a nőt, akkor minden újra oké lesz.
Azt hiszem...

* * *

Ahogy visszaérek az otthonomba, azonnal Ibrahimért küldetek. A társalgóban járkálok föl-le, és próbálom fékezni az indulataimat. Bár az apai házban lenyugodtam, már biztosra veszem, hogy a nászéjszakáig félelemmel leszek telve. Nem értem a saját reakciómat. Eddigi életemben nem aggódtam semmin, maximum a repülőgépen, a földet érés miatt. Jelenleg meg ott tartok, hogy folyamatosan nők miatt kerülök kilátástalan helyzetbe. Nem viselem túl jól a női nem ilyenfajta jelenlétét az életemben, de a legrosszabb az, hogy nem hibáztathatom őket. Csilla nem tehet a találkozásunkról és a történésekről. Úgy, ahogy Yasmin sem tehet arról, amivel a családja próbálta még vonzóbbá tenni. Szegény, ha sejtené, hogy minden ellentétesen sült el.

Ibrahim beoson, és leveszi a szandálját. Leül az egyik párnához, a lábait törökülésbe fonja. Nem mond semmit, vár, hogy én is leüljek. Meghozzák nekünk a teát, de egyikünk sem nyúl hozzá. A szemei egy olyan orvos szemeit idézik, aki egy elkeseredett beteget lát. Hirtelen úgy érzem, még őt sem ismerem igazán. Rá van írva az arcára, hogy tudja, mit akarok, de nem könnyíti meg a dolgom. És ez idegenné teszi.

Én is összefonom a lábam, miközben benyomok a hátam mögé egy puha párnát. Mikor elhelyezkedek, kérdőn ránézek, de nem reagál még egy grimasszal sem. Belevágok a közepébe.

– Yasmin körül van metélve – válaszul lesüti a szemét, ami több dolgot is jelent. Egyrészt azt, hogy tényleg tudta, másrészt úgy tesz, mintha túlságosan bizalmas lenne a téma. Üvöltve szegezem neki a kérdést, amitől rám kapja a fejét. – Te tudtad?

Először csak bólogat, azt hiszem, szégyelli magát, pedig én csak a hallgatása miatt neheztelek rá.
– Sejtettem. Ismerem a családját. Nagyon hithűek és maradiak...
– Ibrahim! A kurva életbe! – felpattanok, és ő is föláll, bár ő nyugodt, kimért mozdulatokkal. – Miért nem tettél róla még csak említést sem?
Talán az évek alatt ekkor először viselkedik tiszteletlenül. Gúnyosan elvigyorodik, és szememre veti saját önzésemet.
– Minek említettem volna? Érdekelt téged valaha is egy nő? Te úgy véled, hogy a feleséged is a tulajdonod lesz. Hát most itt van! A tiéd. Mi bajod van vele? Olyan lesz, amilyet szeretnél. Nem ribanc. Minden nő kurva a szemedben, hát ő nem az.
Nehezen tartóztatom magam. Csak egy oka van annak, hogy nem támadok az orvosomnak, az pedig az, hogy most mint barát beszél hozzám, nem pedig mint alkalmazott.
– Hát éppen ez az! Azt akartam, hogy ő más legyen!
– Más lesz, Gamal! A feleséged lesz. És a mássága már most is látszik. Érdekel téged a sorsa – elneveti magát, de már nem gúnyosan, hanem mint egy apa. – Most először viselkedsz normálisan.
Nem reagálom le a megjegyzést, mert én inkább szégyent érzek, mint büszkeséget a bennem tomboló emberi gondolatok miatt. Nem tudnám megmagyarázni, mit érzek igazán. Yasmint óvni akarom, de nem rándul be a testem, ha rá gondolok. Kicsit olyan, mintha valamelyik húgomra gondolnék. Csilla hasonló érzéseket vált ki belőlem, csak tőle deréktól lefelé acélossá merevedek. Igen. Az a magyar nő kifejezetten elveszi az eszemet, uralja a férfiasságomat. Adni akarok neki! És nem szexuálisan. Támogatni akarom őt, és azt akarom, hogy támaszkodjon rám. Különös az egész.
Úgy állok Ibrahim elé, ahogy még sosem tettem. Talán úgy is nézek rá.
– Mire számíthatok?
– Mit tudsz a beavatkozásról?
– Csak a csiklóját metszették el.
Ibrahim megkönnyebbülten sóhajt. Úgy tesz, mintha átgondolná, mit is mondjon, de nem a kérdésemre válaszol.
– Én nem nőgyógyász vagyok!

– Ne szívass, Ibrahim! Legalább annyi puncit láttál már, mint én. És mint orvos, nagyon is felvilágosult vagy a témában. Mondd, amit tudsz, különben úgy mész ki az ajtómon, hogy a palotából is eltakarodhatsz!

Sértőn beszélek, de Ibrahim nem veszi föl a dolgot. Valójában pontosan erre számított. Tudja, hogy senki mással nem tudnék ilyen bizalmasan beszélni a témáról.

– Attól félsz, hogy fájni fog neki, vagy attól, hogy nem élvezi majd?

Hát, körülbelül mindkettőtől!

– Ibrahim...

– Jó, rendben! – belemarkol a karomba. – Fájdalmas biztos nem lesz neki, maximum a szüzessége miatt, de az csak az első együttlét lesz. Bár ahhoz, hogy biztosat mondani tudjak, meg kéne vizsgálni.

– Azt felejtsd el! A feleségem...

– Tudom! Csak megjegyeztem... Értsd meg! Nem mondhatok semmi biztosat. Vidd el majd el nőgyógyászhoz, ha problémátok lesz, bár én kétlem.

Ibrahim nem mond butaságokat, de még a gondolat is bizarr, melyben nőgyógyászhoz citáljam az első feleségemet, a célból, hogy lehet-e segíteni a frigiditásán.

– Oké – egyértelműsítem a kérdésem. – Tegyük fel, hogy semmilyen szövődménye nem volt a csonkításnak, és valóban csak a csikló külső részét vágták el. Akkor mi van?

Ő visszaül a helyére, én meg ott tornyosulok fölötte. Ilyen még sosem fordult elő.

– Ülj le, Gamal! – úgy utasít, ahogy csak apámnak engedem, de most ez sem érdekel.

– Szóval?

– Egyáltalán nem reménytelen a helyzet – kérdésre húzom a szemöldököm, de nincs rá szükség, nyomban folytatja. – A csikló belső része érintetlen maradt. Valószínű. És azért a hüvelyről se feledkezzünk meg!

– Beszélj úgy, hogy én is értsem, mert eldurran az agyam!

– Azt akarod, hogy orgazmusa legyen?

Na mégis, mit? Igen, azt!

- Örömet akarok neki szerezni! – csak így vagyok képes válaszolni az arcpirító kérdésre.

Ibrahim elmosolyodik, de azonnal vissza is komolyodik. Valószínűleg tudat alatt élvezi a zavaromat, mert ez a ritka alkalmak egyike.

- Létezik hüvelyi orgazmus is.

Hallottam már róla, de eddig rohadtul nem érdekelt a nők kielégülése.

- Van egy bizonyos „G" pont. Legalábbis állítják. Én nem vagyok nő, úgyhogy nem tudom sem megerősíteni, sem megcáfolni. Keresd meg, Gamal!

Akaratlanul is elröhögöm magam. „Keresd meg, Gamal!"

Na, ezt még tuti nem mondta nekem senki.

És én kurvára keresgélhetem!

Ő is elneveti magát, pedig nem vicces a szituáció.

- Legyél gyengéd. Azt tanácsolom, hogy a csikló helyét is ingereld, mert maradhattak épen idegvégződések. A csiklónak van egy belső része is – vár, mire én bólintok, mintha érteném. Mármint értem, csak kábé úgy érzem magam, mint egy kémiai laborban. Érdekes, és tudni akarom, csak fingom nincs, hogy kerültem ebbe a helyzetbe. Na, így érezném magam a kémiai laborban is. – Ha elég erősen éri behatás a hüvely elülső falát, akkor az intenzíven ingerli a csikló végződését. A húgyhólyaghoz eső részt ingereld...

Újra elhallgat, de nem is kell tovább beszélnie. A legfontosabbat megadta, és az a remény.

15. fejezet

A két hét, ami eltelt, a legsivárabb két hete volt eddigi életemnek. Az esküvővel vajmi keveset kellett foglalkoznom, mert a hazámban annak szervezése a nők feladata. Anyám és a húgaim megfelelő vággyal vetették bele magukat az elintézendő dolgokba, csakúgy, ahogy jövendőbelim családjának nőtagjai is.

Yasmin apja gazdag kereskedő. Szaúd-Arábiában az anyagi javak sokat jelentenek. Mivel menyasszonyom nem a hercegi családból való, az egyetlen, ami növelheti szépségének fényét, az a családja gazdagsága. Az apja is tisztában volt ezzel. Már régen keresgélte apámmal a kapcsolatot. Királyi sarjat akart megfogni egy szem lányának. A végső szót mégis a nők mondják ki. Ha anyám vagy a nénikéim nem találták volna vonzónak a lányt, sosem fogadtuk volna el a házasság lehetőségét. A szépségnek a mi kultúránkban legalább akkora jelentősége van, mint abban a bizonyos másik két világban. Sőt! Egy nőnek nálunk ez a legnagyobb fegyvere. Nem fontos az esze, a munkája, de az kötelessége, hogy gyönyörű legyen!

Persze az is igaz, ha egy lány szép, de szegény, akkor csakis egy útra léphet. Találnak neki egy gazdag férjet, és talán jó sora lehet, de egyvalami biztos. Nem válhat gazdag, ranggal rendelkező első számú feleséggé. Maximum másodikká. Ez pedig egy tizenöt év körüli lánynak meglehetősen szégyenteljes feladat.

Az arany szőttes tobémba bújok bele, és már készen is vagyok az indulásra. Apám palotájába megyek, ahol már vár rám Yasmin atyja és az ő meg az én családom jogásza. Szaúd-Arábiában a mai események jelentik az igazi menyegzőt. A többi csak körítés. A hozomány megtárgyalása az igazi esküvő. Azt hiszem, az arab férfiak nem romantikusak ebben a tekintetben.

Talán semmilyen tekintetben nem azok.

Nálunk az esküvői mulatság több napig tart, de ez nem teszi a fiatalok közötti kapcsolatot szorossá, mert külön múlatják az időt. Órákon belül eldől egy nő sorsa. Szerződést írunk alá a hozomány összegéről, ami az ő életében a legnagyobb biztosíték lesz. Nem akarok szégyenlős lenni. Még apám is túlzónak találta az összeget, amit fizetni akarok Yasminnak, de ez engem nem érdekel. Talán sajnálom őt azért, amit megtudtam róla, pedig pont ezt nem akartam érezni soha nő iránt.

Hadi csak biccent, és kinyitja az ajtót. Beülök, de nem szólok hozzá. Magam sem tudom, miért, de a múltkori kitárulkozásom óta kicsit feszélyez a jelenléte. Az ő természetessége mit sem változott, becsülöm azért, amiért az ő életében a szerelem és körülmetélés kérdése nem tabutéma.

Alig helyezkedem el, Hadi már be is hajt apám udvarába. Három ismeretlen autót látok, ami jelzi, bizony én érkeztem utolsónak. A magyarországi kiruccanásom előtt sem voltam híres a késésről, de azóta elég mélyen érint a pontosság kérdése. Hangos sóhajjal korholom magam, amiért nem indultam előbb. Vőlegény létemre én érkezem utolsónak.

Az egyik szolga elém szalad, mintha nem tudnám, merre kell mennem. Biztos vagyok benne, hogy apám küldte elém. A hatalmas előtérben kibújok a papucsomból, és már be is sietek a társalgóba. A hangulat már oldott, örülök, amikor megpillantom bátyámat. Apám mellett ül, nagyon hasonlítanak egymásra. Fawwaz al-Szudairi vékonyabb, mint amire emlékeztem, de ezt is a haddzsnak tulajdonítom. Azonnal föláll, és odasétál hozzám. Nem tudnám megmondani, mit is érzünk egymás iránt. Őt is ugyanúgy szeretem, de mégis ő áll tőlem a legtávolabb. Túl komoly mindenben, és kimért. Számtalanszor nevettem magamban már ezen. Ő áll a komolyság tetőfokán. Aztán jövök én. Hakim meg a béka segge alatt van. Pont olyan sorrendben csökken a komolyságunk, ahogy születtünk. Fivéremre mindig úgy tekintettem, mint egy második apára, noha csak hat év közöttünk a korkülönbség. Igaz, a mi világunkban sok a hat év.

– Gamal! Eljött ez a nap is!

– Igen, el! – felelem zavartan, mert a legszívesebben testvériesebb hangot ütnék meg.

Fél szemmel látom, ahogy mindenki feláll. Várják a közelebb lépésemet. Öcsém nincs jelen, ennek örülök. Ő tanúja volt a körülmetélés miatti kiakadásomnak, és ez zavar. Igen. Határozottan zavar, hogy az öcsém ismeri egy gyenge pontomat.

– Ne vágj ilyen képet!

Bátyám figyelmeztetése rávilágít idióta viselkedésemre, ezért magamra húzom a magabiztos al-Szudairi gyerek maszkját. Kiegyenesítem a hátam, és fölényes vigyorral nézek Yasmin apjára. Többször találkoztam már vele, de most olyan nekem, mintha egy vadidegen lenne, akit legszívesebben arcul köpnék. Megcsonkíttatta a lányát, és ettől nem tudok elvonatkoztatni, mikor őt méregetem. Még akkor sem, ha ezt mind azért tette, hogy növelje lánya vonzerejét.

– Ésszel, öcsém!

Fawwaz hanglejtéséből azonnal levágom, tudja, mire gondolok. Már ismeri a sztorit. Ha nem figyelmeztet, akkor sem viselkedem ostobán. Túllépek a tényeken, ezt már elhatároztam. Nem táncolok vissza. Kifejezetten kihívásnak élem meg a jövendőbelim csonkítását.

Yasmin apja legalább olyan magas, mint én. Már sejtem, kitől örökölte jövendőbelim a karcsú, nyúlánk termetét. Fekete a haja, de a feje búbján kibukkan a bőr, erősen kopaszodik. Az állát erős, hosszúra hagyott szakáll takarja, a szája szinte ki sem látszik. Kimérten, komótosan mozog, olyan hatást kelt, mint akit nehéz kihozni a sodrából.

Én gyorsan képes lennék feldühíteni őt, mert a legszívesebben üvölteném felé: „Vadállat vagy!"

– Nagyon örülök, hogy végre megbeszélhetjük a lányom jövőjét.

Zavar, amiért csak annyit mond: „lányom". Megigazítom a tobémat, úgy teszem hozzá.

– Yasminét!

Mert így hívják, te fasz!

Mi bajom van? Most tényleg ennyire érdekel a női sors? Vagy csak azóta érdekel a női nem, mióta Csillában megláttam a gyengeséget?

Jövendőbeli apósom – Mansur – nem igazán ért, talán nem is sejti, hogy valamiért neheztelhetek rá. Úgy bólint, mint aki természetesnek veszi a javításomat. Apám azonban hangosan megköszörüli a torkát, és bátyám is felbiccenti az állát, jelezve: „állj le!" Kibontakozom az ölelésből, majd helyet foglalok a körben. Mindenki lehuppan, a csönd jelzi, hogy nekem kell beszélnem.

– Szeretném, ha Yasmin biztonságban érezné magát mellettem.

Csak egy elérzékenyült bólintás a válasz, Mansur konkrét összeget vár. Talán feleannyira sem becsüli a lányát, mint én, ezért hangosan mondom ki az összeget.

– Húszmillió szaúdi riált adok neki hozományként.

Döbbent csönd támad. Apám kihúzza magát, a bátyám arcára pedig kiül a közlés: „idióta barom vagy!"

Nem érdekel senkinek a véleménye. Ez az összeg körülbelül öt és fél millió amerikai dollárnak felel meg. Szerintem egyáltalán nem sok. Feleségem így egész életében biztonságban érzi majd magát. Még akkor is, ha egyszer egy bunkó beduin leszek vele, mert abban biztos vagyok, hogy nem leszek mindig ilyen nagylelkű.

– A lányom nagyon szerencsés.

– Yasmin!

Ekkor rájön, hogy az előbb is kötekedtem, megköszörüli a torkát.

– Jól átgondoltad, fiam? Sokat ígérsz.

– Valószínűleg sokat is kapok érte.

Senki nem reagál. Talán a hangomon hallatszik az él: nem az anyagiakról beszélek. A hozomány tárgyalása szigorúan üzleti dolog, de talán mindenki ráérez, hogy most én nem vagyok olyan kemény, mint egy üzleti ügyben szokás. Folytatom, mielőtt magához térne az apósom.

– A gyémántokat, amiket ajándékba szánok, ma átküldetem neki. Szeretném, ha viselné az esküvőn!

Csak egy bólintás a válasz, porig alázom az öreget a viselkedésemmel. Apám szeme hunyorog. Mindig küldünk a menyasszonynak ajándékba ékszereket, de talán azt gondolta, a hozomány összegére tekintettel, már nem küldök egyéb javakat.

– Még mit írjak a szerződésbe?

Töri meg a csendet az én családom jogásza. Apám nézésére azonnal elhallgat. Én azonban felelek. Mindenre kitérek, amit tartalmaznia kell egy ilyen szerződésnek.

– Természetesen építek egy minden igényt kielégítő palotát Yasminnak, amint találok rá alkalmas helyet. Addig velem fog élni. Minden hónapban annyit költhet ruházatára, amennyit csak akar. Nem szabok határt. Az étel biztosításáról, gondolom, nem szükséges említést tennem… – gúnyosan vigyorodom el, de a többiek fapofával bámulnak.

Pontosan ezeknek a tételeknek kell kötelezően szerepelnie egy házassági szerződésben, csak alacsonyabb mércével.

A férj köteles lakhatást – szuknát – biztosítani a feleségének. Ahány felesége van, mindnek jár ugyanaz a körülmény. A kszwa, vagyis az öltözet ugyanolyan fontos. Egy férjnek szavatolnia kell, hogy anyagi helyzetéhez mérten, feleségét szép ruhákban járatja. Ehhez képest igazán csekélység a betevő falat biztosítása, ugyanis ez is feltétel. Herceg vagyok! Ez a legkevesebb.

– Természetesen, ha készen van a palota, a lányom ízlése szerint berendezésre kerül – szólal meg váratlanul Mansur.

Bólintok egyet, mert ez így helyes. A lány családjának csupán egy feladata van: a lakás bebútorozásáról kell gondoskodnia. Mivel jelen esetben egy palotáról van szó, tudom, hogy ez is az én feladatom lesz, de nem bocsátkozom vitába.

– Az esküvő minden költségét állom! – ez már csak mellékes megállapítás a részemről, mert az ilyesmi nálunk nem kérdés.

Van úgy, hogy a menyasszony vendégseregét a lány szülei a saját házukban, saját költségen állják, de ez inkább csak egyforma anyagi körülmények között élőknél szokás. Tulajdonképpen már eléggé elmosódott a hagyomány vonala. Régen az is lehetetlen volt, hogy egy nő a szinglik életét élje, most pedig már egyre több a nem férjhez ment nő. És persze ez azért van így, mert egyre több az agglegény is. A házasság a mi világunkban hatalmas felelősséggel jár. Egy férjnek sok mindent kell biztosítania, és ezt már egyre kevesebben tudják teljesíteni. Véleményem szerint az egyetlen, ami miatt még ragaszkodunk a házasság szerződéséhez, az a gyereknemzés. A Korán csak a házasságban született utódokat ismeri el. Ezért is olyan nagy probléma hazámban az örökbefogadás. Tabutéma!

– Már nincs sok idő. Három nap. A menyasszony minden bizonnyal már izgatott! – apám töri meg a fölényes viselkedésemet.

Ő sosem olyan udvariatlan, mint én. Következetes ember és magabiztos, de nem láttam még sosem fölényesen viselkedni őt. Mikor utasít valakit, az sem nehezményezhető. Persze lehet, én csak azért látom így, mert csak én és bátyám vagyunk hozzá érzelmileg közel.

– Igen. Gyakran emlegeti a jövendőbelijét – Mansur rám néz, de képtelen vagyok a reakcióra. A mosolyra meg pláne. – Alig várja már, hogy nőül menjen hozzá. Gyerekeket szeretne már szülni.

– Melegség jár át. Gyerekeket én is nagyon szeretnék. – Fiúkat, magának, Gamal!

Elmosolyodom, mert szinte belelát a gondolatomba. A gyerekkérdésről a fiúgyermek jut eszembe. Egy újabb herceg.

– Az esküvő napján ugye átnéz hozzánk?

A férfiak és nők még az esküvőkön is külön mulatnak. Egyedül a férjnek és az apjának van lehetősége átnéznie a lányos házba, ahol felhajthatja a menyasszony fátylát. A törvényes igent is közvetítővel mondják ki a felek. A menyegző elég távolságtartó.

Nem válaszolok, ezért apám reagálja le a kérést.

– Természetesen. Gamal már nagyon kíváncsi a lányodra. Igaz, fiam?

Szótlanul bólintok. Határozottan udvariatlanul viselkedem.

A papírok gyorsan elkészülnek, mindnyájan aláírjuk. Tulajdonképpen ezzel köttetik meg az igazi házasság. Mansur arca felderül, és már fel is áll. Talán azt gondolja, én egyszerűen ilyen kommunikációmentes személy vagyok. Mindnyájan követjük a mozdulatban, de csak apám kíséri ki az udvarra.

Bátyám nem szólal meg, de apám, amint visszasétál, nekem esik.

– Mi van veled? Nincs rád jó hatással sem az USA, sem Európa. Ugyanolyan udvariatlanul viselkedsz, mint azok!

– Szerintem elég udvariasan viselkedtem.

– Nem a hozomány összegére gondolok!

Persze hogy nem. Tisztában vagyok vele. Kisétálok az előtérbe, és már bújok is bele a papucsomba. Apám a sarkamban liheg, a fivérem nem jön utánunk.

– Fiam! Minden rendben lesz! – belemarkol a karomba, különösnek érzem a gesztust.

– Tudom.

– Anyádék mindent elintéztek. A nászéjszakán pedig azt add, aki vagy! Ha az elején nem fekteted le a szabályokat, később már nehéz lesz!

Ezt nem értem.

– Mire gondolsz?

Végigsimítja a borostáját, majd elvigyorodva válaszol.

– Én értem, hogy adni is akarsz az asszonyodnak, de ne változz meg! Az legyél, aminek neveltelek! Legyél határozott! Amióta tisztában vagy Yasmin állapotával, csak feszengsz. Bármi történjen is, a feleséged csonkításáról nem te tehetsz. Ne hibáztasd magad, ha nem sikerül őt boldoggá tenni!

– Most megnyugtattál!

Mindjárt felrobbanok!

Apám szinte vigasztal a nászéjszakám kudarcáért, ami még el sem jött.

– Szeresd őt! Az a lényeg!

Hát épp ez az!

Arra leszek képtelen. A szexben megpróbálnék neki örömet szerezni, de érzelmeket adni?

* * *

Alapos tisztálkodás, borostaigazítás és ima után öltözni kezdek. A hálómban már minden ki van készítve. A hófehér, legdrágább tobémat veszem fel, és a fejemre is fehér shemagot teszek. A tükörbe nézve a magyarországi tárgyalás emléke furakszik agyamba. Ott is hasonlóan néztem ki, igaz, ez másik ruha. A ruha kiegészítéseként még magamra veszem a sejtelmesen áttetsző fekete anyagból készült köpenyt, melynek a széle arany szövettel gazdagon díszített.

Mindennel készen vagyok, ezért lemegyek az előtérbe. Emír szélesen vigyorog rám, mellette áll Ibrahim, a bátyám és az öcsém is. Jó őket így látnom együtt, pedig elég ellentétesek. Emírt napokkal ezelőtt láttam utoljára, ezért felé küldök egy vigyort. Hasonlóan vannak felöltözve, mint én, de nekik a fejükön piros kockás shemag van.

– Tovább készülődsz, mint a menyasszony. Apád már türelmetlenül vár.

Nem tartott sokáig a készülődésem, de Emír nem lett volna önmaga, ha nem kezd kötözködni.

Öcsém tekintete semleges, de Fawwaz bátyám határozottan el van érzékenyülve. Ibrahim olyan képet vág, hogy: „induljunk már!"

Velem Hadi gurul át apám palotájába, a többiek külön jönnek. Teli van az udvar. A fehér szín meghatározó. A családom minden férfi tagja a fehér luxusjárgányát vette elő, én sem vagyok ez alól kivétel. És van még valami, amit a férfiak magukkal hoztak. A ruházatukra felerősített tartókon lógnak a fegyvereik. Van, akin gépfegyver, van, akin kardok. Utóbbira a törzsi táncoknál van szükség, míg a fegyverek majd férjként üdvözölnek visszajöttemkor.

Sokan állnak az udvaron, mindnyájan felém fordulnak, mikor kiszállok. Az elkövetkező hosszú percek öleléssel és jókívánságokkal tarkítottak. Jelen vannak a mostohatestvéreim és a távolabbi unokatestvéreim is. Persze csak a férfiak. A nők külön ünnepelnek a másik család házában. Az ünneplés a megfelelő szó. Ma és az elkövetkezendő napokban semmi másról nem szól a családom élete. Ivás, evés, zene és felolvasás a Koránból. Tehernek éltem meg az esküvőm napját, de tekintettel arra, hogy sok rokonomat már régen láttam, kezdem felszabadultan érezni magam.

Apámtól és édestestvéreimtől jövő ölelés és az orrunk összeérintése fájdalmasan jólesik. Tiszta szívből viszonzom a gesztust, úgy látszik, mégis elérzékenyít az esküvő tudata.

Az épület kívülről lámpákkal van fölékesítve, amik még nem világítanak. A palotába való bemenetemet a kántáló férfikórus hangja és ütemes mozdulata színesíti, aminek dobolás ad ritmust. A tradicionális zenét játszó férfiak nem a rokonaim, hanem alkalmazottak. Leginkább afrikai muszlimok.

A belső tér úgy van kivilágítva, mint egy cirkuszi porond. Hatalmas a fényár, amit az arany megduplázz. Családom nőtagjai semmit sem bíztak a véletlenre. Most nincsenek jelen, de arról gondoskodtak, hogy minden kifogástalan legyen. Az egész kép olyan tiszta. Sosem láttam még apám otthonát ennyire áthatóan ártatlannak. Tiszta gazdagság, tiszta hit, tiszta öröm és jókívánság. A hófehér bársonyfotelekben az öregebbek ücsörögnek, akiknek már nem megy olyan könnyen a mozgás. Aranybotjukon támasztják meg kezüket, miközben mosolyt küldenek felém. A fiatal fiúk elém rohannak, én lehajolva hozzáérintem az ő orrukhoz a sajátomat, miközben megölelem őket és áldást súgok nekik. Maysa húgom kisfia elérzékenyít, magam sem tudom, hogy miért.

Az üdvözlések után valamelyest csillapodik a hangulat, a legtöbben leülnek és hallgatják a zenét, amit immár egy zenész szolgáltat. A táncosok is pihennek. A gyerekek többsége a telefonjával videózik és körülöttem szaladgál. A kiterített hatalmas szőnyegek lassan eltűnnek, mert beteríti a sok fehér ruhás férfi látképe, akik leülnek rá. Az idősebbek és a család preferáltabb része díványokon, fotelekben foglal helyet, amik egymás mellé vannak tolva.

A közös teázás után ismét felélénkül a hangulat, nekem is be kell állnom a táncba. Térdelve veszem fel a mellettem gubbasztók ritmusát, körülöttem tapsvihar és ordító ének. Kezd magával ragadni az őseink szelleme. A dobolás hangja kizárja a külvilágot, elengedem magam.

Mikor vége a zenének, apám bekísér egy másik terembe, ahol meg van térítve. Az asztalhoz nem tud odaülni mindenki, mert legalább hatszáz férfi van jelen. Sokan kint, a szőnyegen kezdenek az étkezéshez. Leülök a faltól falig térített asztalhoz, és eszem egy kis bárányt. Az asztalon rengeteg az étel és az ital, de valahogy az ízek és illatok hálója most nem képes befogni. A gyomrom görcsös, de nem a jelentől, hanem az éjszaka lehetőségétől. Ma megkapom Yasmint, aminek nagyon örülök. A kis thai csaj óta nem törekedtem szexuális együttlétekre, a vágott szemű szuka át is cuccolt valahova. Emír szó nélkül tüntette el a palotából, valószínűleg pár napig saját magának tulajdonította ki. Eszemben sem volt érdeklődni a történtekről, és Emír sem ecsetelte a dolgot.

Apám leül mellém, úgy nézi a bárány maradékát, mintha gyerek lennék, és ellenőrizné, mennyit ettem.

– Nem akarsz menni, fiam?
– Máris?
– Azt hittem, kíváncsi vagy!

Hangosan kacagnak a többiek, Hakim vigyorgó fejétől én is elnevetem magam.

– Persze hogy kíváncsi vagyok.
– Akkor?

Apám föláll, és arra vár, hogy ugyanezt tegyem én is. Együtt megyünk ki az autóhoz, a többi férfi kurjongva követ minket. Rengeteg fotós és videót készítő ember lohol a nyomomban.

Apám sofőrje visz Yasminhoz. A ház nagy, de messze van attól, amit én építtetni akarok a feleségemnek. Kétszintes, a füves területen nők eszegetnek és iszogatnak. Mikor meglátnak minket, hangos ováció és sikoltozás támad. Különös látványt nyújt a rengeteg, kendő nélküli muszlim nő. Mivel a mulatságon a férfiak és a nők külön vannak, ezért most nem kell nikábot viselniük. Éppen ez az oka annak is, hogy csak én és apám jöhetünk el férfiként a vendégseregből. Egy pillanatra végig is siklik a szemem a gyönyörű arcokon. Félszeg mosolyokat küldenek válaszul a fiatal lányok.

Szaúd-Arábiában lépten-nyomon luxusmárkák boltjaiba lehet botlani, ahol előszeretettel vásárolnak a nők. Ugyanúgy vesznek maguknak miniruhát vagy estélyit, mint a nyugati kultúrában, de ezeket csak az ilyen összejöveteleken mutathatják meg. Olyankor, mikor nincs férfi. Na és persze otthon a férjük gyönyörűségére. Éppen ezért az elég helytálló felismerés, hogy egy arab nő ugyanúgy tetszeni akar egy másik arab nőnek, mint a férjének. Kihívó színek, kivágások, sliccek, dekoltázsok, feszes ruhában domborodó fenekek, tűsarkú cipők, és ehhez méltón illő hajkölteményt, sminkek jellemzik a jelenlévőket. Maga a paradicsom.

Anyám szinte fut felém, úgy, ahogy húgaim is. Fatima is jelen van, amitől meglepődök. Nagyon öregnek tűnik. Mivel idén nem mentem a haddzsra, ezért nem tudtam meglátogatni Dzsiddában. Jólesik, hogy ő iderepült az esküvőmre. Ösztönösen kutatok az emlékemben, de nem emlékszem, hogy férjét láttam volna a férfiak között.

Családom nőtagjai nem túl visszafogottak. Ruhájukat drágakövek borítják, és minden létező helyen ékszerek csüngnek rajtuk. Ebben minden arab nő kihívó. A testüket nem mutogatják, de az ékszereiket igen. Ez kötelező! Én is elvárom ma Yasmintól, hogy viselje, amit ajándékba küldtem neki.

– Gamal! Én kicsi öcsém!

Fatima megjegyzése nem esik jól. Tulajdonképpen semmilyen viszonyban nem vagyok vele. Nasire kacsint, erre már elnevetem magam. Ahogy körbenézek, egész jó kedvem támad. Még hogy egy arab fiatal nő nem tud flörtölni…! *Hahhh!* Ezek a hajadonok tudják, hogy én vagyok a vőlegény, mégis sutyorognak és méregetnek. Kifejezetten izgalmas a helyzet. Jelzik, valóban jó partinak számítok. Anyám belém karol az egyik oldalról, Yasmin anyja pedig a másikról. Apám anyám mellé áll. Elindulunk, egy hatalmas fotelhez vezetnek, ami a lépcső tetején áll a bejárat előtt. Olyan, mint egy trón, el is mosolyodom, hogy Yasmin családja egész jól ráérzett a hercegi nagyzolásra. Nem sajnálták semmire a pénzt, de nem is volt miért, hiszen mindent én álltam. Persze csak egy pillanatig gondolom ezt, mert két dologban nem ismerjük a túlköltekezés fogalmát. Az egyik az esküvő, a másik a gyermek jóléte.

A nap már vadul tűz, jobban esne a ház hűvöse, de most ez érdekel a legkevésbé. Ki van feszítve egy árnyékoló, de ez vajmi keveset ér, amikor az ember izgatott. A menyasszony feláll, de még semmit sem látok belőle. Még a szemét is eltakarja a vékony anyag. Azzal, hogy az ő bájai még fedve vannak, egyértelműen értéknek számít. A legszívesebben szelet kérnék Allahtól, ami fellebbenti a fátylat, de tudom, hamarosan úgyis megkapom, amit akarok.

Yasmin ruhája vakítóan vörös, a fátyla szélét aranyszínű szegély díszíti. Nagyon vékonyra van húzva a derekánál, és szépen szélesedik ki csípőben. Az embernek képtelenség levenni a szemét erről a részről. A felső rész magasan záródik, ami fölött ott sorakoznak a gyémánt nyakékek, amik áttetszenek a vékony fátyol takarása alól.

Felsétálok a kísérőimmel együtt a lépcső tetejére, válaszul a menyasszony kihúzza magát. Még így is lefelé kell kissé néznem rá, valahogy megszűnik a külvilág. Az előrelógó kendő a melle alá ér, még a ruha szűkének szépségét is sejtelmessé teszi. Érzem a rózsaillatát, azonnal megkívánom.

Az enyém!

Apám szorosan mellém lép, talán jobban várja a fátyol felemelését, mint én. Ugyanolyan éhesen futtatja az arán a szemét, mint én, csak ő más okból. Yasmin anyja odalép a lányához, és megemeli a fátylat. Menyasszonyom megadóan biccenti lefelé a fejét. Mikor a kendő felkerül a feje tetejére, újra megemeli az arcát, és egyenesen a szemembe néz.

Uh!

Gyönyörű az arca, a tekintete, a mosolya… Hófehér a bőre, olyan, amilyenre emlékeztem. Ez nálunk ritka és különleges, ezért igencsak csábító. A szeme gyönyörűen csillog a szemfestéktől, ahogy elneveti magát, a fogai vakítóan fehérlenek. A haja fekete fénye elüt a ruha árnyalatától és a bőrétől, de az erős vörös rúzs a száján mindent visz. A homlokát egy fejtetőről belógó gyémánt ékesíti. Azt vártam, hogy zavarban lesz, de úgy örül, mint egy kislány. Büszke a szépségére, én pedig megállapítom, hogy van is mire. Hirtelen a körülmetélése sem érdekel. Csak egyvalami képes lefoglalni agyamat.

Meg akarom dugni!

Nem egyszerűen egy numera lesz. Bármikor az enyém a mai naptól fogva.

Végigszalad a tekintetem a derekán. Karcsú, formás teste van. Apám szemtelenül rám néz, a nők pedig fülsiketítően sikítanak. Csak bámuljuk a másikat, a tekintetünkben minden benne van. Részéről a „tied vagyok", részemről az „enyém vagy".

Pár másodperc elteltével az anya visszaengedi a fátylat, és megáll előttem. Csak bólintani vagyok képes, apám hallhatóan felkacagva adja meg a választ a nőnek.

– Szerintem Gamal herceg elégedett!
Igen! Gamal herceg elégedett!

* * *

Az apai háznál szinte nekem esnek a férfiak. Mindenki a közelembe akar kerülni, majdhogynem fellöknek. Túl nagy a tömeg, és már látom a kézbe kapott fegyvereket is. Apám és Fawwaz intenek a fejükkel, hogy üljek vissza az autóba, mert hamarosan töltények potyognak majd az égből, mivel azonban ez az én tiszteletemre történik, illik jelen lennem. Beülök a kocsiba, öcsém mellém huppan, vigyorogva kémlel kifelé.

Fülsiketítő zaj támad, egyszerre hárman-négyen is egy egész sorozatot engednek el az ég felé tartott fegyverükkel. Hallom a koppanásokat az autón is, amit a lepotyogó lövedékek okoznak. Az ablakon át szemem a földre téved, amit kezd beborítani a hüvelyszőnyeg. Hakim kisgyermek módjára élvezi az akciót.

Aztán kinyílik az ajtó, és apám kiszállásra invitál, miközben kezembe nyomja a fegyvert. Én is elengedek egy sorozatot az ég felé, majd irdatlan ütemben indulok meg az épület belseje felé.

A tömegre való tekintettel azt hittem, mindenki kint van, de meglepetés ér. Hatalmas bent is az emberáradat, mindenki úgy faggat, mintha meztelenül láttam volna Yasmint. Újabb ölelések között tesznek fel kérdéseket, amikre tudják, hogy úgysem adok választ.

A beljebb levő részben újra zajlik a törzsi tánc, de most előkerültek a kardok is. Az idősebbek nézik a fiatalabb generációt, akik körbeülik a teret és központba foglalják az éppen táncoló öt-hat embert. Ezek a központban táncolók váltják egymást a szélén ülőkkel.

Helyet foglalnék én is a nekem kikészített fotelnál, de Hakim öcsém sétál hozzám, és meglepően emberi modorban kezd társalogni.

– Milyen a házasélet?

– Még fogalmam sincs.

– Szép?

Határozottan el kell mosolyodnom a kérdésén. A legszívesebben odabiccenteném, hogy „rohadtul", de csak bólintok.

– Még jó, hogy nem adtam át neked!

Öcsém is elneveti magát, majd egy váratlan mozdulattal megölel. A kezem saját életre kelve viszonozza a gesztust. Apám a szeme sarkából figyel minket, a férfiak többsége pedig észre sem veszi a jelenetet.

– Nagyon sok boldogságot kívánok neked, bátyám! És sose felejtsd el, hogy herceg vagy!

Ez olyan volt, mintha apám mondaná. Hakim felhívja a figyelmemet, mire is neveltek minket.

16. fejezet

Már hajnalodik, de a mulatság nem csillapodik. Napokig el fog tartani az őrület, de engem a saját palotámban már vár valami. Valami, ami az enyém. Yasmint már minden bizonnyal felkészítették a nászéjszakájára. Anyám és a saját anyja a legnagyobb alapossággal eshettek neki.

Izgatottan felállok, apám válaszul szintén ezt teszi. Mosoly van az arcán, de a szeme alatt már karika öregíti sármos tekintetét. Sok férfi rám néz, tudják, hogy nem állok túl rossz dolgok előtt!

– Mész, fiam?

– Itt az ideje!

Sóhajt egyet, talán ismét ki akar térni a nászéjszakámra, de én egy kaján vigyorral belé fojtom a szót. Öcsém csak kacsint, a bátyám pedig úgy bólogat, mintha diplomát kapnék. Olyan, mintha most veszíteném el a szüzességemet, és ez elég nevetségesnek tűnik.

Határozottan indulok kifelé, szinte az egész embersereg a nyomomban caflat. Nézik, ahogy beülök Hadi mögé az autóba, és vadul mutogatnak meg kiabálnak felém. Buzdítanak az éjszaka örömére, pedig nincs rá szükségem. Én tudom, mit akarok...

Hadi gyorsan indul, ő sem bírja megállni vigyor nélkül. A visszapillantóban látom a szemei sarkában összeszaladó szarkalábakat.

– Mi az, Hadi? Örülsz valaminek?

– Hát, Gamal, ha maga nem mosolyog, akkor majd én megteszem maga helyett. Azt hallottam, gyönyörű a menyasszony.

– Már nem menyasszony. Feleség.

Fogalmam sincs, miért, de képtelen vagyok a jókedvre. Ekkor esik le nekem is, hogy már van feleségem. Bármi is történjen ebben a harmadik világban, van egy nő, akiért örökre felelősséget vállaltam. Átvettem az apjától és a családjától, vállalva ezzel, hogy mindent, ami tőlem elvárható, megadok neki.

A felismeréstől megigazítom magam az ülésen, de már bent is állunk az udvarban. Az alsó szint fényárban úszik. Hadi kitárja az ajtót, én pedig besietek. Illatos a ház, és egészen más, mint amikor elmentem. Érződik a női aroma. Igen! Határozottan aroma. A számban is érzem az ízt, nem csak az orromban.

Anyám és Yasmin anyja odasiet elém, pár idősebb nő pedig kisétál a közös térből. Felismerem jó néhány unokatestvéremet és mostohahúgomat. Nasirét és Maysát nem látom, valószínűleg ők már nyugovóra tértek anyám palotájában.

Anyám ugyanolyan fitt, mint órákkal ezelőtt. A haja tökéletes, a szemei élettel telve csillognak, és olyan erős illatot áraszt magából, hogy kíváncsivá válok, mivel is itatták át Yasmin bőrét. Valószínűleg egy alapos rituálén ment keresztül az én ifjú feleségem. Szőrtelenítés, fürdés, olajozás, hajfestés... A nyál összefolyik a számban. Hiba nem lesz rajta. Az biztos.

– Fiam... Itt volt az ideje! Miért várattad így meg asszonyod?
– Hol van?
– A hálószobádban.

Elindulok az egyik fürdő felé, mert a sajátomat most csak abban az esetben használhatnám, ha találkoznék újdonsült feleségemmel. Izzadt vagyok és feszült. Szükségem van egy frissítő zuhanyra.

Anyám úgy liheg a sarkamban, mint aki nem veszi tudomásul, hogy épp a nászéjszakám előtti tisztálkodásra készülök. Megállok, és feléjük fordulok. Nem szólalok meg, mert nem értem a helyzetet. Egyvalamire biztos képtelen leszek, az pedig az, hogy Yasmin állapotáról beszéljek.

Végül a feleségem anyja szólal meg. Anyám csak mosolyog. Boldog a tudattól, hogy megnősültem.

– Valóban tetszik magának a lányom?

Amennyit láttam belőle, az tetszik. Ezt azonban mégsem válaszolhatom neki. Rá is neheztelek a körülmetélés miatt, mert a nők sokszor jobban akarják ezt a beavatkozást a lányuknál, mint az apák. A kérdést azonban nem tehetem föl. Valószínűleg ő is keresztülment ezen a beavatkozáson, úgy, ahogy még számtalan nő a hazámban. Anyám a szerencsések közül való. Az ő korosztályában még elég ritka a csonkítatlan nő. Anyám apja és anyja azért nem vállalta legkisebb lányuknál ezt a műtétet, mert egy leánygyermekük belehalt a barbár tettekbe. A teljes körülmetélés meglehetősen erős vérzéssel jár, és nincs érzéstelenítés. Belerándul a szám a gondolatba, hiszen én tisztán emlékszem, hogy az én körülmetélésemnél kaptam érzéstelenítő injekciót.

– Tetszik. Nagyon.

Mindketten elnevetik magukat, nekem meg összeugrik a gyomrom. Anyám végigsimítja a fejem, ösztönösen szorítom arcom a tenyeréhez. Egy anya mindig szerető és oltalmazó, de nálunk az anyaság leginkább csak az első négy évben teljesedik ki. Utána az apa válik a fő nevelővé. Legalábbis nálunk, fiúknál.

– Sok fiút nemzzél, gyermekem!

Bólintok, mert ma legalább ezredszer hallom ezt a jókívánságot.

Veszik az adást, megfordulnak, és szinte hangtalanul kiosonnak a palotámból. Csak bámulom a lábnyomukat a szőnyegen, majd rázuhanok egy párnára, mert a lábamból kiszalad az erő.

* * *

A zuhany észhez térít, és visszatér belém az erős harci vér. Magamra kapok egy tiszta alsót és egy tobét, ami kissé gyűrött, de nem foglalkozom a részletekkel. Így is örülök, hogy tiszta ruhát találok magamnak.

Ki a fene gondolt arra, hogy egy csaknem idegen nő a hálószobámban fog várni, és elveszi az én intim területemet?

A lépcsőn már szaporán szedem a lábamat, csendes a palota és kihalt. A szolgák valószínűleg külön ünneplik az én esküvőmet, vagy alszanak.

Belépek az ajtón, ő pedig fölpattan. Az ágyam szélén ült, a matracba benyomódva pár másodpercig ottmarad fenekének nyoma. Azonnal felém fordul, én pedig ösztönösen mérem végig őt. Ekkor először nézhetem meg kedvemre. Büntetés nélkül. Figyelhetem a száját, ami vérvörös és szépen ívelt. A körmei ugyanolyan vörösek, hófehér, nagyon szűk abayában van. Ez már nem a menyasszonyi ruhája, sejtem, mi van a ruha alatt. Drága kelmék, csipkék. Sok helyen jártam már a világban, de Szaúd-Arábiában kapni a legszexibb, legerotikusabb fehérneműket. Megcsillan a fülében a gyémánt, amit küldtem neki, és a gyűrű is meg a karperec is. Hibátlannak ítélem, de még nem láttam mindent.

Odasétálok hozzá, a tekintetünk nem szakad el egymástól. Pírba borul az arca, most látja őt először vadidegen férfi kendő nélkül négyszemközt. Nekem nincs miért feszengenem, mert ő már számtalanszor látott engem. Zavarban van, de nem fordítja el a fejét. Még azt sem nehezményezem, hogy kifejezetten szemtelenül néz rám. Bár a feleségemtől igenis engedelmességet várok, és szerénységet.

A mellrészen szépen domborodik a ruha, ekkor veszem észre, hogy az anyaga meglehetősen átlátszó. A csillár fényére átüt a fehérnemű vonala és csipkéje.

Ezek az idős arab nők semmit sem bíznak a véletlenre!

Beletúrok a hajamba zavaromban, ő pedig végigsimítja a ruháját. Egyszerre mosolyogjuk el magunkat.

– Szép vagy, Yasmin. Gyönyörű!

Azt hittem, el van pirulva, de tévedtem. Most pirul csak el igazán. Intenzíven mosolyog, a legszívesebben magamhoz szorítanám őt. Magamat sajnálom a feszült helyzet miatt, pedig voltaképpen neki sokkal nehezebb. Egyébként is, az ilyen nászéjszakák szerintem semmi másról nem szólnak, csak a túlélésről. Két vadidegent összeeresztenek, akik tudják, hogy ha törik, ha szakad, szeretkezniük kell! Férj és feleség. Egy nő, egy férfi. Két ismeretlen.

Odalépek hozzá, és határozottan túrok bele a hajába. Selymes az olajtól, és tökéletesen csillogó. Árad belőle a rózsa és az ilang-ilang illata. Tudom, ha nem fürödnék le az együttlét után, még napokig érezném magamon feleségem illatát.

– Örülök, hogy a feleséged lettem.

Szépen beszél, mosollyal az arcán. Lassan, szépen artikulál, látszik, hogy taníttatták. A tekintet erős fegyver, ezt jól tudja, mert egy pillanatra sem engedi meg magának, hogy máshova figyeljen.

– Sokat kellett rám várnod. Ne haragudj!

Ah! Már megint bocsánatot kérek egy nőtől!

– Életem végéig várnék rád!

Megáll bennem az ütő. Ezt a lányt csupán egyvalamire nevelték. Pontosabban kettőre. Az iszlámra és arra, hogy engedelmes muszlim feleségként viselkedjen. Talán úgy van, ahogy a húgom mondta: Yasmin szerelmes. Képtelen vagyok magamban tartani a kérdést.

– Te szeretsz engem?
– Meghalnék érted, Gamal!

Ez pofonként ér, nem ajándékként. Kedves, odaadó, gyönyörű, de én nem érzem ugyanazt iránta, mint ő irántam. Jól kéne hogy essen a vallomása, de inkább megnyomorít.

Én nem áradozok, de hihető feleletet adok neki. Jó férje leszek. Ezt tudnia kell.

– Mindent megadok neked. Jól fogok bánni veled.

Bólint, a szeme megtelik könnyel. Kívánom és sajnálom. Többet nem érzek. Magamhoz húzom, és belecsókolok a szájába. Szinte mozdulatlanul tűri. Sosem ért még a szájához egyetlen férfi szája sem. Ettől a felismeréstől beindulok, de nem gyorsítok az ütemen. A nyelve lassan felveszi a ritmust, ráérez a vágyra. Hallom az egyre szaporább levegővételét, és ez engem is teljesen beindít.

A cipzárját húzom lefelé, ő pedig az őzikeszemeivel az én szemembe bámul.

– Ha bármi fáj, szólj! – nem reagál, ezért nyomatékosítok. – Hallod, Yasmin? – Végre bólint, de olyan, mintha nem értene semmit. Megfogom az arcát, és közlöm vele, hogy nincs miért zavarban lennie. – Tudom. Mindent tudok. És el kell hogy hidd, gyönyörű vagy!

Elbőgi magát, én meg úgy érzem, életemben most először teszek valami jót egy nővel. Ápolom a lelkét, és biztos talajt tolok a lába alá.

– Én csak azt akarom, hogy szeress!

„Szeretni foglak!" Ezt kéne mondanom, de nem tudom magamból kisajtolni. Válaszul inkább szorosabban ölelem, és újra csókolom. Remélem, erre a szeretgetésre gondolt, nem pedig érzelmekre. Olyan nekem nincs!

Letolom a válláról a ruhát, de olyan szűk, hogy a derekától lefelé is erőteljesen kell nyüstölni. A combjától már alábbhullik, a fehérnemű látványa egekbe lövelli a pulzusom.

Fehér rajta minden: a harisnyatartó, a harisnya, a bugyi is és a melltartó is. A bőre selymes, alaposan átradírozhatták szegényt, hogy ilyen tapintású legyen. Hibát nem találok rajta, ezért kezdek megnyugodni.

Mozdulatlanul tűr mindent, még a kezét sem emeli felém. Talán azért nem ér hozzám, mert vadidegennek érez, de az is lehet, annyira belenevelték az engedelmességet, hogy csak felszólításra cselekszik. Én lefuttatom a kezem az oldalán, és vadul belemarkolok a fenekébe. Vadul, de másképp, ahogy szoktam. Határozottan és gyengéden. Ő sem botránkozik meg rajta. Elszakadok a szájától, így ráláthatok az arcára, de ő nem nyitja ki a szemeit. A szája megnyílik, és hullámzó mellkassal veszi a levegőt. Tudom, hogy mit tennék nagyon szívesen, de azt nem tehetem. Mára gyengédséget ígértem. Egész életemben azzal nyugtattam magam, hogy lehetek szemét a nőkkel, mert a feleségem az egyetlen, aki tőlem gyengédséget érdemel. Hát most itt van. Most nem lehetek az, aki valóban vagyok! Vissza kell fognom magamat!

Valószínűleg eltelik pár másodperc a gondolataim fogságában, mert egyszer csak kinyílik a szeme. A pillái egészen a sűrű szemöldökéig érnek. Hatalmas szeme van, nem véletlenül volt rám olyan hatással, mikor csak ez látszott ki a kendő alól. Most is uralja az arcát az a két pont, ami gyermeteg, mégis egy érett nőé.

Váratlan mozdulattal átölel, a levegő is belém szorul. Nem kimérten teszi, hanem úgy, ahogy egy nő csak akkor képes, ha valakiben feltétel nélkül megbízik. Magához szorít, de a fejét távol tartja, hogy nézhessük egymást.

– Azt teszem, Gamal, amit mondasz.

Elmosolyodom, de valójában a magam szerencsétlenségén mulatok. Mindig megmondom a nőknek, hogy mit akarok, ettől az estétől azonban csak spontán ölelést reméltem. Erre a feleségem közli velem, hogy mondjam meg, mit akarok. Ilyet csak attól várok el, akinek fizetek. Talán jobb lett volna, ha olyan nővel hoz össze a sors, aki engedelmes ugyan, de becsüli a saját nemét. Yasmin kicsit úgy viselkedik, mintha kevesebb lenne azért, mert ő nő. Mi, férfiak, gondolhatjuk ezt így, de egy nő ne gondolja ezt saját magáról!

Kibújok a tobéból, mert határozottan azt szeretném, ha a bőrünk érintkezne. A földet figyeli, rám sem mer nézni. Most nincs az az erotikus pillantás, amivel általában ilyenkor szemlélnek a nők.

Nincs szájnyalogatás, szájharapdálás... Lesütött pillantást kapok csak, ezért erőt veszek magamon, és bátorságra buzdítom.

– Nézz rám, Yasmin! – A szemembe néz, szerintem elsüllyedne szégyenében, ha a testemen is végigszaladna a tekintete. Nagyokat nyel, várja a következő utasítást. – A férjed vagyok! Tudod, mit jelent ez? – Nemet int, a nászéjszakával kapcsolatban kérdezem, de ő teljesen leblokkol. Szorosan hozzásimulok. Ő fehérneműben van, én pedig egy alsónadrágban. A nemi szervem nekifeszül, látom, ahogy kihúzza magát. Sosem érezte még egy férfi vágyát fizikálisan. – Ha ketten vagyunk, bármikor rám nézhetsz – belemarkolok a tenyerébe, és azzal együtt simítom végig a hasát –, és bármikor hozzám érhetsz. Bármikor egymáshoz érhetünk! Érted? – Bólint, de le van fagyva, fogalmam sincs, milyen érzések vannak benne. Ha így marad végig, akkor egyikünk sem fogja élvezni az együttlétet. – Mit érzel? Nincs benned vágy, hogy megérints? Nem élvezed a csókjainkat? Nem...

– De igen! – erősen markol vissza, és hozzám fúrja a testét. A mellkasomra néz, miközben halványan elmosolyodik. – Szégyentelen gondolataim vannak!

Oké! Ez érdekel!

– Olyan most nincs! Semmiért sem kell szégyenkezned. Zárt ajtók mögött vagyunk, csak mi ketten. A feleségem vagy...

Kijelentésemre megint összeugrik a gyomrom. Talán ha fiatalabb koromban nősültem volna, azt nem vettem volna ennyire véresen komolyan.

– Azt akarom, hogy ölelj és vágyjál rám! Látni akarom a szemedben, hogy tetszem neked! – suttogja halkan.

Nem mond újat, szerintem minden nő erre vágyik.

– Gyönyörű vagy. Hidd el, nagyon vágyom rád! – magamhoz szorítom még erősebben, és a fülébe súgom – És ölellek is. Egyre erősebben!

Érzem a mellkasomon a könnyeit, amint lefelé szaladnak. Csilla sírása jut eszembe, majdnem eltolom a feleségemet. Aztán nyelek egyet, és gyengéden lefektetem az ágyra.

Gyönyörű haja szétterül a világos selymen, olyan, mint egy kép, ami be van keretezve. A karját maga mellé szorítja, a vörös körmök égető vággyal töltik el férfimivoltomat. A szájáról már eltűnt a rúzs, de az orcája heves tűzben ég. Nem izgul. Kíván. Biztos vagyok benne.

Simítom a testét, és csókolom, ahol csak érem. Deréktól lefelé még nem megyek, mert ahhoz feszültnek érzem. Valószínűleg elmondták neki, miből fog állni ez az éjszaka, de nem is sejti, hogy a szex az nem egyszerű behatolásból áll. Ő is rám csúsztatja olykor a kezét, tipikus helyeken érint meg. Simítja a karomat, a mellkasomat és a derekamat. Ő sem nyúl lejjebb.

Kioldom a melltartóját, majd egy mozdulattal félrelököm. A mellei előbukkannak, ösztönösen felemeli a kezeit, mintha az arcomhoz nyúlna, pedig tudom, hogy takarni akarja magát. Erőszakosan félrehúzom a két kezét, és megtámaszkodom rajta. A szemét lesüti. Talán kicsit kemény vagyok, de meg kell értenie, hogy itt és most semmiért nem kell szégyenkeznie.

Kicsatolom a harisnyatartóját, és legurítom a combfixét. A tartót közben ő kapcsolja szét, és maga mellé teszi. Odanyúlok a bugyijához, de nem emeli meg a csípőjét. Nem erőszakoskodok, a hasát kezdem csókolni. Elkuncogja magát, talán csiklandós. Én nem vagyok vicces kedvemben, ezért nem reagálom le a helyzetet.

Finom a bőre. Érzem a rózsa jellegzetes ízét a számban. Olyan, mintha rózsás mézet ennék. A bőre vörös, de nem tőlem, hanem valószínűleg az erős radírozástól. Nem tudok olyan részéhez nyúlni, amiről ne a selyem jutna eszembe. Ugyanolyan tapintása van a bőrének, mint az ágyneműnek alattunk.

A csipke takarásában csókolom meg a lába közét. Felugrik ülő helyzetbe, és úgy fújtat, mint egy véreb.

– Gamal!

– Yasmin! Ne lökj el magadtól, mert így nem fog menni, hogy örömet okozzak neked!

– Te örömet akarsz nekem szerezni?

Döbbent arcot vág. Csak ekkor jövök rá, ő valójában tisztában van azzal, hogy neki a szexuális örömök nem létező dologként játszanak majd szerepet az életében. Nagyon is tisztában van azzal, mit tettek vele, és hogy annak a beavatkozásnak következménye van. Nem fogja élvezni egy férfi ölelését sem. Már tudja. Neki csak egy célja van. Örömet okozni nekem.

- Igen. Azt akarom, hogy neked ugyanúgy kellemes élményben legyen részed, mint nekem!
Akkora barom vagyok! Hogy beszélek! „Kellemes élmény."
Eszembe jut apám és az öcsém figyelmeztetése, mely szerint ne legyek más, mint aminek neveltek. Ez a nő itt alattam talán tényleg arra vár, hogy nyersen közöljem vele, mire van szükségem.

Megemeli a fenekét, jelzi, hogy lehúzhatom a bugyiját. Azonnal teszem, amit kell, ő közben a tekintetemet lesi. Képtelen vagyok leplezni kíváncsiságomat. Figyelem a csupasz dombot, de semmit sem veszek észre, ami szokatlan lenne. Az első kő leesik a szívemről, mert valóban nincs teljesen körülmetélve. A nagyajkai érintetlenek.

Leteszi a lábát, és kissé szét is terpeszt. A kezeit összefonja a hasán, totál ki van készülve a szégyentől. Láthatóvá válik a kisajak, ezért lezuhan a második kő is. Ahogy közelítek a fejemmel, ő picit húzódik, de aztán megadja magát. Valószínűleg hatalmas lélekjelenlétre van szüksége. Büszke vagyok rá, mert még a lábát is széjjelebb tárja. Már nagyon kívánom őt. Egyfolytában az zakatol az agyamban, hogy szűz. Szívesen megdolgoznám nagyon keményen, de arra ma nem lesz lehetőségem.

Belekóstolok, itt is a rózsa ízét érzem. Azonnal összerándul, megnézem őt közelebbről, hogy a fájdalomtól teszi-e. A csikló helyén nincs semmi, olyan, mintha sosem lett volna ott az öröm forrása. Ez a kő a szívemen marad.

Tényleg körül van metélve.

Kapaszkodtam valami láthatatlan esélybe, de most minden odalett. Végigsimítom „ott", de válaszként éppen csak megmozdul. Valószínűleg semmit nem érez, csak azért reagál, mert szégyelli magát.

- Érzel valamit, mikor itt hozzád érek? - kérdezem, mert úgy érzem, ha nem beszélünk, csak két idegen maradunk.

Sosem érdekelt, ha egy nő távol marad tőlem, de most minden erőmmel azon dolgozom, hogy egyszer jó ember legyek.

Nemet int a fejével, ezért én odacsókolok. A combja odaér a fülemhez. Nincs ott, amit keresek, de a nyelvem munkához lát. Ibrahim jó tanácsa zeng a fülemben: „Maradhattak épen idegvégződések."

Helyezi a csípőjét ide-oda, ez pedig azt jelzi, hogy valamit azért érez. Reménykedve hajolok a feje fölé.
– Mit éreztél?
Elneveti magát, minden vágyamat magával viszi a kijelentésével.
– Csikizel! – Komoly maradok, ezért zavarba jön. Aztán mentegetőzni kezd. – Én ott nagyon érzékeny vagyok. És úgy szégyellem magam!
– Az jó! Érzékenynek kell lenned! A szégyent meg felejtsd el!
– Nem úgy vagyok érzékeny...
Megtörik a jég. Nyíltan beszélgetünk a szexről. Ez a mi világunkban egy férfi és nő között csak egy helyzetben fordulhat elő. Ha férj és feleség. Sőt. Még akkor sem nagyon.
– A heg érzékeny – fájdalmasan mondja, összetörve bennem minden férfiasságot. Aztán megmarkolja a karomat, és úgy beszél, mint egy kislány. – Csókolj! Ölelj, és tedd azt, ami egy férfinak jó! Ne velem foglalkozz, Gamal! A tied vagyok!
Minden végigszáguld az agyamon. Az arab nők helyzete, az iszlám, miben is különbözünk mi, muszlimok a világ másik végében lakóktól, és milyenek is vagyunk mi, arab férfiak. Rohadt szarul érzem magam! Yasminnak adni akarok, de sosem leszek rá képes, és ez éppen azért van, amit mi imádunk. Imádjuk a férfiak fölöttes szerepét a világunkban, imádjuk, hogy minden alól tisztára mos minket Allah, és imádjuk, hogy a mi asszonyaink engedelmesek. Most pedig kifejezetten gyűlölöm ezt az engedelmességet. Gyűlölöm a vallási megszállottakat, akik ilyen helyzetbe hoznak nőket és férfiakat. Életemben először neheztelek a Koránra, amiért nem tiltja egyértelműen a nők körülmetélését.
Tudom, hogy nem fog hozzám nyúlni, csak ha utasítom, de arra képtelen vagyok. Mégis mit kéne neki mondanom? Azt, hogy „kapd be a farkam"? Ami ezen az éjszakán fog történni, olyan még talán sosem történt velem. Nagyon egyszerű szexben lesz részem, és még a figurákat sem latolgathatom különösebben. Nagyon tapasztalatlan, ezért mindenben irányítanom kell őt.
Ahogy benyúlok a lába közé, megérzem, hogy kíván. A szívem váratlanul hevesebben kezd verni. Az ujjamat mélyen belécsúsztatom és előrefeszítem. Válaszul kimered a szeme, és levegőt sem vesz.

– Mit érzel?
– Pisilnem kell!
Őszintén felel, komoly arccal. Minden határvonal elmosódik közöttünk. Az az idegen, aki egy órával ezelőtt volt, már nem is létezik. Ebben a pillanatban bármiről képes lenne velem beszélni. Valóban a mindent jelentem neki.
– Az jó, ha ezt érzed. Majd mást is fogsz.
Nem érti, miről beszélek, de én tisztában vagyok vele, hogy miért is lényeges a húgyhólyag izgatása. Az a bizonyos „G" pont állítólag szoros összeköttetésben van vele. Legalábbis Ibrahim erre hívta fel a figyelmemet.

Tényleg úgy tesz, mint akinek wc-re kell mennie, de egy kis idő után erőteljesen rányomja csípőjét az ujjamra. A nézésembe belepirul.
– Jó!
Csak ennyit mond. Én meg hirtelen az egész világot más színben látom. Sosem gondoltam, hogy ekkora örömet szerez majd, ha egy nő élvezi az érintésemet. Az önzőségem hirtelen semmivé foszlik. Ha most valaki azt az utasítást adná, hogy szigorúan csak magammal foglalkozhatok, képen törölném.

A teste minden porcikáján látszik a vágy. Valóban élvezi azt, amit csinálunk. Szaporán veszi a levegőt, verejtékezni kezd, és a hüvelye is rászorít olykor az ujjamra. Amikor a melleit csókolom, hangosan sóhajt.

Óvatosan teszem széjjelebb a lábát, és közé térdelek.
– Emeld meg a fenekedet! – utasítom őt, miközben kezemmel már egy lapos párna után nyúlok.

Teszi, amit kérek, én pedig a párnát behelyezem a feneke alá. Megemelkedik a csípője, amit magamhoz vonok. A nyíláshoz helyezem a belevalót, és fölé hajolok. Ahogy előrenyomulok, elég könnyedén siklok beljebb. A szüzesség elvételében meglehetősen tapasztalt vagyok, tudom, hogy egy párna a fenék alatt jó segédeszköz.

– Ha fáj, akkor szólj! Rendben? – lélegzet-visszafojtva néz rám, szinte nem is reagál. Szerintem hatalmas fájdalomra számít.

Egyre beljebb kerülök, a kezei rákulcsolódnak az én kezemre. Biztos fáj is neki, de nem ezt látom az arcán. Izgatja őt a helyzet.

Ügyesen helyezkedik, ráérez, miként fáj neki a legkevésbé. Semmilyen ellenállásba nem ütközöm. Tövig vagyok benne, de nem jajgat a fájdalomtól. Ennek ellenére a legkisebb kétely sincs bennem aziránt, hogy érintetlen volt. Már nem az!
Az enyém! Örökre! Amikor csak akarom!
Nagyon lassan kezdek mozogni, minden önuralmamra szükségem van. Egy idő után elfeledkezem arról, hogy szűz, mert vággyal ittas sóhajokat enged el. Muszáj megtartanom az arca közelségét, mert arra rájöttem, hogy imádja a csókjaimat.

Fogalmam nincs, miért szeret minden nő csókolózni. Neki most megadom. Ezzel pedig a legintimebb dolgot adom, amit csak adhatok. Talán neki ugyanannyit jelent a csók, mint nekem maga az orgazmus. Neki talán ugyanolyan kielégítő a szánk egybeolvadása, mint nekem az ő buja odúja.

Hosszú órákig szeretgetem. Igen. Kifejezetten ez a helyes megállapítás. Olykor pózt váltunk, de mindig én irányítok, és az ütemet sosem gyorsítom. Amikor oldalról hatolok belé, hátrarántja a lábát, és rám feszül. Ekkor érem el leginkább azt a bizonyos pontot. Magam sem tudom, miért, de előrenyúlok, és a nem létező csiklóját simítom. Valahogy ösztönös a mozdulat. Már éppen kezdek rájönni, hogy fölöslegesen töröm magam, amikor az ő keze is odanyúl, és erőteljesen hozzányomja az én ujjamat a heghez. Sóhajt, majd ütemes mozgásba kezd a csípője. A döbbenettől mozdulatlanná válok. Ilyen sem fordult még velem elő soha.

– Ne hagyd abba, Gamal!

A hangja egészen más. Nőies, és kifejezetten utasító. Elvesztem a fejem. Teszem, amit kér, miközben egyre inkább felveszem a saját ritmusomat is. Ő pedig élvezi. Érzem a teste remegését, ha nem feküdne, valószínűleg már összeesett volna. Közeledik valamihez, amit el sem akarok hinni. Döngeti a kapukat, én pedig megnyitom neki. Úgy, ahogy ő nekem.

17. fejezet

Tekintettel arra, hogy hajnalban kezdtük meg a nászéjszakát, és reggel fejeztük be, délután ébredek. Csönd van a palota körül, Yasmin mellettem alszik. A haja szétterül a párnán, és a lába félig az én egyik lábamon pihen. Emlékszem, hozzám bújva akart elaludni. Nevetségesnek találtam, de az éjszaka hatalmas terhet vett le rólam. Ez már könnyű feladatnak bizonyult. Kihúzom a lábam, ő pedig oldalra fordul. A takaró lecsúszik róla, a feneke szinte kínálja magát. Nagyot kell nyelnem, mert azt nem kaphatom meg. Legalábbis egy darabig. Ő szigorúan vallásosan lett nevelve, az pedig sajnos benne van a Koránban, hogy szex közben minden csak arra használható, amire való. A fenéknek pedig egészen más szerepet szánt az Isten.

Fölülök és ránézek az órára, délután öt óra van. Fény alig jön be, a vastagon szőtt anyag elállja az útját. A lámpa még mindig világít. Fölállok és lekapcsolom, miközben belebújok az alsónadrágomba. Ekkor veszem észre, hogy picit véres a farkam. Máskor ilyenkor rohannék zuhanyozni, de most nem törődöm vele. Azonnal a feleségem felé nézek, egy picit a lepedő is véres. Mosolyogva ülök vissza mellé, és olyat teszek, amitől elszégyellem magam. Kisimítom a haját a homlokából, és megcsókolom.

Kinyitja a szemét, meglepődött képet vág. A sminkje el van kenődve, de szexi az arca. Sugározza magából az elégedettséget.

– Jó reggelt!

– Nem reggel van. Délután – felelem, talán túlságosan nyersen, mert azonnal fölül, mintha szégyellné magát.

– Ó, tényleg? – picit kuncog, én meg azon mosolyodom el, hogy ő nevet.

Zavartan nézünk egymásra. Nincs mit mondanom. Még reggel megkérdeztem tőle, mit érzett az ölelésem közben. Bár ha nem kérdeztem volna, akkor is tudom. Orgazmusa volt. Azt a remegést, amit a hüvelye produkált, nem lehet megjátszani.

A takarót magára húzza, a melleit sem engedi előbukni. Ott van közöttünk a fal, de ez talán így helyes. Magamra húzom a tobémat, és úgy beszélek hozzá.

– Enni kéne valamit!

Ő is föláll, ruhaneműt keres. A takarót szorosan körbetekeri magán. Dühössé válok.

Az enyém! Mit takargatja magát?

Odalépek, és lebontom róla a fehér selymet.

– Már mondtam, Yasmin. Ha ketten vagyunk, zárt ajtók mögött, akkor nem kell szégyenkeznünk. És ne takargasd magad!

– Rendben – kihúzza magát, nekem meg ösztönösen szalad végig rajta a szemem.

Gyönyörűnek látom, és határozottan megkívánom. Ő nem látja, mert a ruhám takar, de kemény vagyok, mint a kő.

A mobilom csörgése riaszt el tőle. És én hálás is vagyok ennek a szerkezetnek. Kemény dugás jár az agyamban, de arám még nem alkalmas erre.

Apám neve látszik a kijelzőn. Felveszem, de nem tesz fel indiszkrét kérdéseket, csupán ártatlanul érdeklődik. Mint mondtam, a szex nálunk tabutéma.

– Minden rendben, fiam?

– Igen – felelem ösztönösen nézve feleségemre. Yasmin elneveti magát, talán sejti, mit kérdeztek.

– Itt még mindig mulatnak az emberek, de nekünk beszélnünk kell. Ali utánajárt a magyarországi helyzetnek. Meg kell vitatnunk ezt-azt. Egy hét múlva jön a kis delegációd, elfelejtetted?

Dehogy felejtettem!

Más sem jár az agyamban. A nászutat direkt toltam ki. Európába akarom vinni a feleségemet, de mivel az több hetet vesz igénybe, így jobbnak találtam nyélbe ütni először az üzletet. Emírt kértem, hogy rendezze így a dolgokat, de már hibának látom. Talán még egy hetet várnom kellett volna. Csilla férkőzik az agyamba, és valahogy nem fér meg Yasminnal együtt.

- Jól van. Beszélhetünk. Hol találkozzunk?
- Én megyek hozzád Alival. Itt még túl sok a vendég.

Bólintok, mintha látná az apám, majd hangosan is beleegyezésemet adom. Feleségemmel közlöm, hogy üzleti tárgyalásom lesz, amit ő tudomásul vesz. Nem közelít, azóta ismét magára tekerte a takarót. Megcsóválva fejemet indulok ki a hálóból.

* * *

Utasítom az egyik szolgálót, hogy hozzon teákat. Leülök a párnák közé, és odébb dobom a telefonomat. Az ébredés utáni mámort megpecsételte a felismerés. Hamarosan újra szemtől szemben leszek a tolmácsommal. Már éppen kezdtem olykor megfeledkezni róla. Ekkor pedig még az is eszembe jut, hogy itt, a palotában akartam elszállásolni őket. A gyomrom egy merő görcs. Az azért morbid lenne. Az első feleségem és egy nő, akit marhára meg akarok dugni, egy fedél alatt velem.

Emír egy macska hangtalanságával oson be. Először meglepődöm, de aztán tudatosul bennem, apám valószínűleg neki is szólt. Tudja, hogy unokabátyám mindenben mellettem van. Meggyötört a feje, valószínű, a telefonra ébredt. Emír híres az éjszakába nyúló mulatozásról.

- Nem aludtad ki magad? - kérdezem röhögve, mert felettébb pocsékul néz ki.

Mérges tekintettel válaszol, és azonnal magához vesz egy teát.

- Apád mindig a legjobbkor zargat. Egyébként te sem vagy normális. Minek ugrasz neki? Tegnap volt az esküvőd. Nincs jobb dolgod?

Én is elveszek egy teát, majd megízesítem. A kanállal kevergetve válaszolok.

- Ez elsősorban az én üzletem. Én üteveztem így. Elcsesztem, de hát ez van!

Érzi a hangom élét, ezért dobja a témát. Vigyorra húzza a száját, majd keresztbe fonja lábait.

- Milyen volt a nászéjszaka?
- Jó!

Bólogat, talán azt hiszi, hazudok. Pedig nem! Tényleg jó volt. A helyzettől apámék mentenek meg. Alival hangosan beszélve jönnek befelé, egymást ölelgetik. Ők igazán jó barátok, szinte látom, hogy egyszer mi Emírrel is így örülünk majd egymásnak. Felállok én is meg az unokabátyám is, és összeölelkezünk az idősebb generációval. Apám megpaskolja az arcom, majd mélyen a szemembe néz. Kiolvassa a feleletet a fel nem tett kérdésre, hangosan fel is kacag.

– Jól van, fiam! Akkor most jöhet az üzlet! – Visszaereszkedve megvárjuk, míg ők is kiszolgálják magukat. Ali lesüti a szemeit, de engem figyel. Sunyinak találom, pedig tudom, hogy nem az. Talán inkább csak irigykedik. – Mint mondtam, Ali utánajárt a dolgoknak – fejével az említett férfi felé int, aki azonnal beszélni kezd.

– Én voltaképpen nem igazán értettem ezt a Magyarország dolgot, ezért utánajártam. Ez egy teljesen új piac.

Igen, az! Hát még Csilla mennyire új piac nekem!

Hú! Most jó lenne, ha nem gondolnék másra, csak dollárokra!

Vár, hátha válaszolok valamit, de én csak bólogatok.

– Azt is kiderítettem, hogy számtalan szaúdi üzletember teszi azt, amit te, Gamal! Sokan nyitnak Európa felé, és Magyarország meglehetősen szűz területnek számít!

Na, erről megint más ugrik be!

– Mire gondolsz? – kérdezek, mert valahogy észhez kell térítenem magam.

– Új piac! És az új az mindig jövedelmező. Ha az elsők között lépsz bele ebbe a gazdasági kerékbe, akkor jól kijöhetsz a dologból.

Úgy beszél, mintha mondana olyasmit, amit eddig én nem tudtam. Pontosan ezért keresem mindig az újat.

– Vagyis?

– Magyarország nem túl gazdag ország, de gazdaságilag azért fejlődik. Vannak erős ágazatai, és ebbe az autógyártás is beletartozik. Tekintettel arra, hogy az anyacég német, nem látok nagy kockázatot.

– Átnézted a papírokat?

Apám és Emír ide-oda forgatja a fejét, egyikük sem fog közbeszólni, azt már tudom. Emír azért nem, mert semmi köze hozzá, apám meg azért nem, mert rájött, hogy nem vagyok hülye.

Ali bólogat, de nem enged a saját üteméből. Tovább ecseteli a gazdasági helyzetet a két ország között.

– Elsősorban kereskedelmi kapcsolatokról van szó. A királyi család jó pár tagja már kötött szerződést Magyarországgal – apám úgy húzza ki magát ültében, mintha valamiről lemaradt volna. – Ásványvizeket, sajtokat importálnak a hazánkba. Jók a termékek. Ennek is utánajártam.

Ja! A sajtot én is leellenőriztem! Az ásványvíz említésén meg már majdnem nevethetnékem támad. Nekünk olajunk van, nekik meg vizük! Elég abszurd megállapítás, de ennek ellenére cseppet sem érdekel, ki milyen üzleti kapcsolatban áll a kelet-közép-európai országgal. A saját üzletem érdekel, és a delegáció.

– Akkor most, hogy ilyen alaposan utánajártál mindennek, nyilatkoznál az én tárgyalásaimról is?

Érzem a gúnyt a saját hangomban, és a többiek is érzik. Mindenki rám néz. Emír és Ali döbbenten, apám meg bosszúsan. Hangosan köszörüli a torkát, ami mindig a zavarát jelzi. Jobban mondva ő nem szokott zavarban lenni, inkább csak a helyes viselkedésre figyelmeztet. Még a bátyámmal is megteszi olykor. Apámnak mi mindig olyanok maradunk, akiket igenis regulázni kell. Az észt osztja, ha nem vagyunk odaadóak a családdal, és akkor is, ha az imákat hanyagoljuk. Az üzletről már nem is beszélve.

Ali ráérez, hol a helye. Megadóan felel.

– Természetesen – a papírokat szerteszét teríti, idiótán viselkedik.

Ha nem tudnám róla, hogy megbízható és alapos tanácsadó, most húzná le magát előttem a wc-n. Nem bírom, ha egy ember a szemem előtt esik szét. Kivétel Csilla. Ő egészen más érzéseket váltott ki belőlem, amikor darabjaira hullott.

Üzlet, üzlet, üzlet! Gamal! Csak üzlet! Erre figyelj!

– Ha a papírokat akarod az orrom alá dugni, akkor ne tedd! Azt már a világ másik oldalán is megtették…

– Befejeznéd, gyermekem? – apám eddig bírja a feszültséget.

Ali ahelyett, hogy élvezné apám támogatását, még jobban elszégyelli magát. Emír az állát dörzsöli. Látom, hogy mulattatja a helyzet, de a Szudairi család idős tagja előtt ő sem merne tiszteletlen lenni.

– A kimutatások részletesek – tanácsadónk úgy tesz, mint aki nem hallotta apámat. – Valóban kijelenthető, hogy évről évre több a profit. A munka ebben az országban fontos, sokan nem tudnak megélni, mert munkanélküliek. – *Az mit jelent?* A tolmácsom is ecsetelte a helyzetet, de nem értem, hogy jön ez most ide. Ali folytatja. – Az állam az egyik legfőbb befektető. A kormány általában minden olyan projektet támogat, amiben embereknek biztosíthat munkahelyet. Ez is egy ilyen projekt – rám néz, én meg bólintok, jelezve, hogy eddig mindent értek. – Az új csarnokok építésével új munkahelyek teremtődnek. Nő a termelési ráta, és a cég bevétele...

– Ali! Hol jövök én a képbe?

– Tőled csak és kizárólag anyagi ráfordítást remélnek.

Úgy mondja, mintha ezt eddig nem tudtam volna. Leteszem a teát, mert muszáj elszámolnom legalább háromig.

– Oké. Mennyi pénzre számítanak tőlem? Mire akarják költeni, és mit adnak ők cserébe? Ezeket akarom tudni, Ali!

Elég visszafogott lehet a stílusom, mert apám most nem reagál sehogy. A tanácsadóra néz kérdően.

– Külföldi befektetőként szerintem az a legpraktikusabb, ha részvényeket veszel.

Tőzsde? Az csak az olajjal kapcsolatban érdekel. Az én családom is tőzsdézik, de ez az egy dolog sosem érdekelt.

– És kereskedjek a részvényekkel? Minek nézel te engem? Egy kibaszott brókernek?

Ha Ali nem döbbenne le, talán fölpattanna és elrohanna. Most azonban még levegőt sem vesz. Talán túllőttem a célon, de nem tehetek róla. Kedvelem Alit és megbízom benne, de a lényegre törés nem az erőssége. Apám menti meg a helyzetet. Ha nem lenne jelen, tuti kudarcba fulladna a megbeszélés. Ali hangsúlyozza a korát és a tapasztalatát, én meg azt, hogy herceg vagyok.

– Fiam, túl komolyan veszed a dolgot!

– Az üzletet és az iszlámot komolyan kell venni! Mindig erre tanítottál!

Bólogat helyeslően, talán már levágta, hogy nincs túl jó napom. Leteszi a teáját, majd vár pár másodpercet. Azt hiszem, ez mindenkinek elég, mert egymásra nézünk Alival, amiben minden benne van. Apám az úr, ezért le kell állnunk.

– Meg kell bíznod Aliban! – bólintok beleegyezően, mert ebben igaza van. Nem kell barátoknak lennünk, de az üzlet, az más. Végül is Ali eddig csak súlyos milliókat hozott a családomnak.

– A tárgyaláson jelen kell lenned, de más dolgod nincs! – *Még jó, hogy jelen kell lennem! Az lenne szép, ha még nem is találkoznék a kis tolmácsommal!* – Ali megbeszél mindent, aztán amit eléd tol, azt te aláírod! Ilyen egyszerű, fiam!

Ali kigúvadt szemekkel mered rám, biztos benne, hogy hamarosan kitör a vulkán, de téved. Tulajdonképpen apám minden terhet levesz a vállamról, amiért nem neheztelek rá. Túlságosan sok minden kavarog a fejemben. Házasság, nászéjszaka, nászút, Magyarország, Csilla... Emellett végképp nem fér meg, hogy milliókról döntsek.

– Bízz bennem, Gamal!

Baráti hangon erősít rá apám utasítására. Ha azt akarom, hogy nekem legyen igazam, akkor csakis egy megoldást választhatok, az pedig az, hogy visszalépek az üzlettől. Arra nem vetemedem több okból kifolyólag sem, ezért felállok, és odalépek a tanácsadónkhoz. Ő is fölpattan, azonnal átöleljük egymást. Apám lenyugodva nyúl újra a teájáért.

– Rendben, Ali. Átadom a pályát. Te tárgyalsz. Az angoltudásod neked is kifogástalan, ezért nem lesz gond. Tudom, hogy az én javamat tartod majd szem előtt – vár még, ezért viccesen hozzáteszem. – Amit elém tolsz, azt aláírom.

Apám és Emír is elneveti magát. Visszaülünk, és tovább teázva beszéljük át az előző napi mulatságot. Jó pár óra eltelik, mire távozni készülnek a vendégek. Emír mellettem haladva kíséri kifelé apámat és Alit.

Aztán apám szembefordul velem, úgy szólal meg.

– Foglaltattam szobát nekik.

Halvány mosoly szalad át az arcomon. Tudtam, hogy így lesz. És már hálás is vagyok érte. Yasmin velem él. Nem aludhat nő a palotámban az ő tudta nélkül. Főleg olyan nő nem, akit szívesen két vállra fektetnék.

– Köszönöm.

Miután apám és Ali elmennek, Emír felém fordul. Majd leragadnak a szemei, olyan fáradt, ezért nem bírok vigyor nélkül kérdezni.

– Kérsz kávét?

– Nem.

Mozdulata azonban nem cáfol rá sejtésemre, mert félig rádől a párnákra. Most olyan, mint egy igaz barát. Méreget, és jól látszik rajta, hogy fáradtsága ellenére beszélgetni akar.

– Na, mesélj!

– Nincs mit.

– Ne szórakozz!

– Yasmin gyönyörű. És odaadó. Tapasztalatlan, de tekintve, hogy ez volt az első ölelése, ez nem is érdekes. Jó volt vele.

Emír talán olyat hall tőlem, amit még nem, mert visszaül, és kicsit közelebb is húzódik.

– Nem volt neki fájdalmas?

Először felháborodom a kérdésén, hiszen a feleségemről faggat, de végül is unokabátyám meg közöttem szoros a kapocs. Bármit kérdezhet, ezt jól tudja.

– Talán. De a végén élvezte.

Kikerekedik a hatalmas fekete szem.

– Eljuttattad a csúcsra? Te?

– Igen, én! És élveztem!

Kitör belőle a nevetés, majd hirtelen visszakomolyodik.

– Azért ő sem képes arra, hogy ne gondolj a kis magyarra, igaz? *Igaz!*

– Nem értelek.

– Dehogynem. Izgatott vagy, és nem az elmúlt események miatt, hanem azért, mert hamarosan újra láthatod. Megkaptam a visszaigazolást. Ő is jön. Megnyugodhatsz.

Talán beszélhetnék vele őszintén a bennem dúló viharról, de az nevetséges lenne. Nem vitathat meg az ember dolgokat, amikkel még maga sincs tisztában. Én pedig tényleg nem vagyok tisztában azzal, hogy mit is akarok. Akarok egy testet! Egy numerát! És akarok csókot, ölelést, nevetést, érintést…

Csillát akarom!

* * *

Várom is a találkozót, meg nem is. Valahogy úgy vagyok a tárgyalás napjával, mint a vizsgaidőszakban lehettem. Egy ideig azt hiszem, sosem jön el, aztán meg ott dörömböl az ajtómon. Yasmin idegen maradt, túlságosan is erőszakosan nevelték az engedelmességre. Nincs véleménye, és nem nagyon kezdeményezi a társalgást. Valahogy én sem találom a helyem a palotában, mert csak egyvalamire tudom őt jelenleg használni. Szereti az érintéseimet, de hazudnék, ha azt mondanám, hogy szexmániás. Imád csókokat adni, ami már kissé terhes nekem, de keresem a kegyeit. Esténként nem tűrök ellenvetést, a szex kötelező. Nem ellenkezik, már-már úgy tesz, mint egy jól megfizetett hivatásos. Persze nem az ágyban, hanem a hozzáállásában.

Az első kiborulásának akkor voltam tanúja, mikor az üzleti megbeszélés után visszamentem a hálóba. Előtte az oroszlánoknál voltam, így nem vettem észre, hogy látogatói érkeztek. Családom és az ő családjának nőtagjait találtam a hálónkban, amint éppen a véres lepedőt hajtogatták össze. Feleségem úgy zokogott, mint egy óvodás, magam sem tudtam, sajnáljam, vagy nehezteljek rá gyerekes viselkedéséért. Anyja átölelte a vállát, és vigasztalta, míg az én anyám átnyújtotta a selymet a szolgálónak, aki kifelé iparkodott vele. Tudtam, hová viszik. Elmennek vele a mulatságra – ami még mindig tart –, és a nagyközönség előtt széthajtogatják. Szembesülhetnek vele a férfiak is és a nők is, hogy Yasmin immár az én rózsám. Leszakítottam őt.

Nekem ez a rituálé semmit sem jelentett, de feleségem ekkor először hangoztatta, hogy ebben az országban mindig csak a nőket gyalázzák. Szemöldökömet felvonva néztem rá, amitől azonnal elhallgatott.

A menyasszony családjának azért fontos a véres lepedő, mert ezzel bizonyítják lányuk ártatlanságát és tisztaságát. Ma már a lepedőmutatgatás sokszor elmarad, de úgy látszik, a körülöttünk sertepertélő nők fontosnak tartották ezt a hagyományt megőrizni. Ha nem véreztük volna össze az ágyneműt, valószínűnek tartom, hogy valami állat vérét szétmaszatolták volna rajta. Legalábbis régen hallottam hasonló cselekedetekről.

A vőlegény családjának is fontos a tárgyi bizonyíték. Számtalan dolgot jelképez. Rámutat a férfi és nő egységére, valamint a férfi uralkodására a nőn. A férfi immár teljesítette a kötelességét. Talán furcsán hangzik, de nálunk a férfinak igenis „kötelessége" együtt hálni a nővel. A nőnek pedig cserébe illik teherbe esnie és fiút szülnie.

A fiatalabb, felvilágosultabb generáció már kicsit másképp látja a helyzetet, de nem harcolunk az ilyesfajta hagyományos szemlélet ellen. Mi, férfiak egyébként is hülyék lennénk harcolni, hiszen nekünk csak előnyünk származik belőle.

Tehát az elmúlt napok elég feszülten teltek. A saját palotámban sem találtam a helyem, a házasságomban meg aztán végképp.

Végül arra ébredek, hogy eljött a csütörtök. Délután kettőkor fogadom a vendégeket a palotám egyik szárnyában.

18. fejezet

Olyan ütemben kezdek a reggeli rituálémhoz, mintha egy óra múlva már készen kéne lennem. Teljesen kicsinál a gondolat, hogy Csilla már nincs is tőlem messze. Pár kilométer választ el minket, és egy egész világ. Mert az tuti, hogy ma bemutatkozom neki. Egész magyarországi utam alatt ki volt húzva a lábam alól a talaj, de már biztos pontok vannak a talpam alatt. Bemutathatom az igazi Gamalt. A herceget! Mert azt is tutira veszem, hogy a picike nem fogta az adást otthon, kivel is áll szemben.

Nem értem saját magamat. Olyan, mintha dühös lennék a nőre, akire vágyódom. Valójában biztos rettegek a lehetőségétől is annak, hogy nem sikerül itt sem meghódítanom. Ha még a hazám és a társadalmi pozícióm sem ad nehézfegyvert a kezembe, akkor nagy baj lesz.

Mire lezuhanyozom és kijövök a fürdőből, Yasmin már nincs a szobában. Egyrészről megkönnyebbülök, másrészről meg dühít. Sosem kérdezi, mi a napi programom, és nem törekszik napközben a közelemben lenni. Talán jó is így. Az biztos, hogy olyan szerelmes, mint egy tinédzser, de a saját érzéseit sosem helyezné elém. Neki én vagyok a legfontosabb, erre az elmúlt napokban rájöttem. Akkor eszik, amikor én, akkor alszik, amikor én, akkor akar szexet, amikor én... Túlságosan is engedelmes feleség.

A legegyszerűbb szaúdi viseletet választom. Fehér tobéba bújok bele, és piros kockás shemagot teszek a fejemre. Szívesebben választanám a hófehéret, de már fölösleges játszanom magam. Csilla már látott benne. Az is megfordul a fejemben, hogy öltönyt veszek föl, de apám valószínűleg köpni-nyelni nem tudna, ha európai viseletben jelennék meg. A férfiak bármit felvehetnek, de az üzleti tárgyalás, az más. Egy arab férfi az ilyenkor viselt ruházatával mindig hirdeti saját hazája imádatát.

Belebújok egy fehér papucsba, beparfümözöm magam, felveszem az órám, és a telefonommal elindulok felkutatni Yasmint. Az egész palotában nem találom, de aztán egy szolgáló közli, hogy a sofőrje az anyjához vitte őt, mivel nem akarta zavarni a tárgyalást. Hazudnék, ha azt állítanám, hogy nem esik le egy kő a szívemről. Ez a jobbik eset. Feleségem nem lesz a palotában, így be sem kell őt mutatnom senkinek. A könnyed hangulattól vezérelve megüzenem Emírnek, minél előbb jöjjön át. Egy óra múlva be is jelentkezik.

Kevés beszélgetés után már látom a szolgákat, amint hideg ételeket, italokat, gyümölcsöket hordanak be. A pitában, ami gusztusosan van elrendezve egy mélyebb tálban, sült csirkehús van, saláta, fűszeres öntet és paradicsom. Mindegyik egy szalvétába van belefogva alulról, így könnyen kivehető. Mivel a nyitott rész van fölfelé, ínycsiklandóan hívogató az étel.

Összeugrik a gyomrom, és az órámra nézek. Déli tizenkét óra.

– Akarsz ebédelni a tárgyalás előtt? – kérdezem Emírt, de ő nemet int.

Én is kezemet meglendítve jelzem a szolgáknak, hogy ne törjék magukat, helyette azt a szárnyat készítsék elő, ahol a delegációt fogadjuk majd.

– Ideges vagy, Gamal?

– Nincs miért. Itt lesz Ali. Ő majd mindent intéz.

– Nem is az üzlet miatt kérdezem!

Ránézek az unokabátyámra, de nem dühösen. Talán még egy igen is benne van a tekintetemben, mert ő elmosolyodva áll föl.

– Átmegyünk a fogadóba?

– Még csak dél van! – felelem, de már állok is.

Jobb oldalra indulunk el. Van egy nagyobb terem, amelyben az üzleti tárgyalásokat tartom. Ha külföldi vendég érkezik vagy bármely királyi rokon, akkor őket itt fogadom.

Átsétálunk a csarnokon és a könyvtáron. Úgy járatom a szemem, mint egy kívülálló. Ha az én kis tolmácsom csak ennyit fog látni, már akkor is sejteni fogja, hogy merre hány méter.

Rohadt gazdag vagyok!

Vigyorognom kell a felismerésen, amivel eddig is tisztában voltam.

Emír semmit sem vesz észre, a nyomomban lépdel. A könyvtárt és a fogadószárnyat egy hatalmas ajtó választja el, ami most ki van tárva. Terített asztal és rengeteg gyümölcstál van kihelyezve. Foteleket állítottak félkörbe, már majdnem egymással szembe. Szinte sejtem, kinek hova kell leülnie. Ez a helyiség kissé modernebb, mint az arab társalgó. Itt nem a földre ülünk párnák közé, hanem kényelmes fotelekbe és díványokra. Az asztalok is magasra vannak emelve, magasságuk a székekkel összeillő. Míg az arab társalgóban ki vannak készítve a vízipipák szórakozásul, addig itt nincs ilyen időtöltésre lehetőség. Egyedül a díszpárnák, a szövetek, a szőnyegek hirdetik a kelet uralmát, ami pofátlanul utasítja háta mögé a nyugati egyszerűséget.

– A sofőrt már elküldted értük? – érdeklődik Emír, a magyarokra gondolva.

– Igen.

Sofőröm elment a szállodába a vendégekért, mert ahhoz ragaszkodtam, hogy itt-tartózkodásuk alatt ne legyenek közlekedési gondjaik. A delegáció három napot marad Rijádban, és itt a távolságok meglehetősen nagyok. Autó nélkül lehetetlen az élet.

– Hol van az asszonyod?

– Elment az anyjához.

– Elküldted?

– Nem.

Ránézek Emírre, talán sosem fogja megérteni, hogy a feleségem tabutéma neki. Még azt is nehezményezném, ha csak símán megkérdezné, hogy van Yasmin. Egy arab férfi sose érdeklődjön egy másik arab felesége iránt! Semmilyen körülmények között! De Emír még ebben is más.

Beviharzik a családom és a tanácsadó is. Bátyám is és az öcsém is jelen van, amit először nem nagyon értek, aztán lassan összerakom a képet. Hakim egyszerűen csak kíváncsi, míg Fawwazt valószínűleg apám erőszakolta rá a tárgyalásra. Az öcsém úgy vigyorog, mint egy kisiskolás, nem bírom ki, kérdezek tőle.

– Te minek örülsz ennyire?

– Annak, hogy ma láthatok egy kurva jó tolmácsot.

Az tuti, ha ketten lennénk, szétverném a fejét.

Apám is rámered, a bátyám meg a tanácsadó szerintem nem is érti a helyzetet. Emír egyáltalán nem reagál. Szerintem már ő sem találja viccesnek, hogy érzéseim is vannak.

Az ölelések után nekilátunk a teázásnak, de nem érünk a végére. Egy szolga jelenik meg az ajtóban, ami a vendégek megérkezését jelenti. Eléjük kell mennem, mert egy arab híres a vendégszeretetéről. Remegő gyomorral indulok kifelé, mindenki követ.

A delegáció ott áll a bejáratnál, azonnal végigszalad a szemem az embereken. Ott áll a bizonyos igazgató, két férfi, a szaúdi kísérőjük és ő.

Gyönyörű!

A haja ki van engedve, világosabbnak tűnik, mint amilyenre emlékeztem, mert rávetül az erős nap. Egy kendő van a vállán, valószínűleg a haját takarta idefelé jövet. Aki az érkezéskor várta őket a reptéren, felhívta a figyelmét a megfelelő öltözködésre. A hazámba még üzleti tárgyalásra is csak úgy érkezhetnek emberek, hogy azokért felelősséget kell vállalnia a meghívónak. Tehát jelen esetben nekem. Ki kellett jelölnöm egy kísérőt melléjük, és szigorú szabály, hogy Csilla egyedül nem teheti ki a lábát a szállodán kívülre. Csakis annak a kirendelt vigyázónak a felügyelete alatt, aki ezután a sofőrjük is lesz a pár napban. A ruházatot illetően merev szabályok vannak, amiket már meg is szegett. A teljesen zárt, térdig érő fekete szűk ruha súlyos bűn. Igaz, van rajta egy bokáig érő bő abaya, de elöl már szét van nyílva. Szemlátomást a kendő csak véletlenül csúszott le róla. Nagyot nyelek, mert biztosra veszem, hogy családom férfi tagjai nehezményezik ezt a húzást.

A bőre sápadt, fáradtnak tűnik. A legszívesebben azonnal őt kérdezném, de az tiszteletlenség lenne. Ő most nem nőként van jelen, hanem alkalmazottként. Ez már két hibás pont, mert itt sem nőként, sem alkalmazottként nem ér semmit.

Elkapom a tekintetem, még mielőtt észrevenne, mert ha egymás szemébe merülünk, akkor belefulladok. Úgy lépek a vezérhez, mintha ő ott sem lenne. Kezet fogok minden férfival, de feléje még biccenteni sem vagyok képes. Nem tudom, miért viselkedek ilyen rohadtul. Talán a környezetemnek akarom bizonyítani, hogy ez is csak egy nő, vagy félek a saját reakciómtól.

– Szudairi úr! Örülök, hogy fogad minket! Már nagyon vártam ezt a találkozót! Az pedig külön örömömre szolgál, hogy az otthonában fogad minket. Köszönöm a baráti gesztust.

Szinte azonnal Ali felé fordulok, bemutatom őt, majd mindenki figyelmét felhívom rá, ma ő fog tárgyalni a nevemben. A vezér meglepődött fejet vág, talán azt hiszi, lealacsonyítónak érzem őt, ezért kifejezetten hangsúlyozom, hogy Ali a családom alkalmazásában áll, és minden üzleti kérdésben ő dönt. Egy beleegyező bólintás a válasz.

A másik két férfi is bemutatkozik mindenkinek, majd várnak a következő lépésre. Nem bírom tovább. Teljes testemmel felé fordulok, a teste mágnesként húz. Nagyon zavart a tekintete, látszik, hogy vérig sértettem.

– Üdvözlöm, Csilla!

A szája megnyílik, de nem ad ki hangot. Picit talán mosolyog, de lehet, csak a képzeletem játszik velem.

Apám nehezményezi a viselkedésemet, és Csilla viselkedését is. Hangosan utasítja a szaúdi kísérőt, hogy tegye helyre a nőnemű látogatót. A királyságbeli vigyázó angolul, kicsit zavartan, de határozott hangon kéri a tolmácsot, fogja össze a ruháját, a kendőt pedig húzza vissza a hajára. Csilla zavartan engedelmeskedik, valószínűleg nem vette komolyan ezeket a szabályokat. Márpedig jó lesz, ha véresen komolyan veszi, mert minden nő, aki ideutazik, huszonnégy órát kap csak a ritmus felvételére. És az a ritmus bizony szigorú öltözködési szabályokat diktál. Mindegy a nemzetiség vagy a hit, a szabályok mindenkire vonatkoznak. Szerintem Szaúd-Arábiában apámmal szemben még sosem állt idegen nő kendő vagy abaya nélkül. Mármint olyan ügyben, ami megkívánja a ruha viseletét. Ez nemcsak tiszteletlenség, hanem egyenesen provokáció.

Csilla mindent megigazít, apám türelemmel kivárja, kissé el is fordul addig, míg nem lesz számára kedvező a látvány. Elég kínos a helyzet, de nincs lelkierőm ezzel foglalkozni. Figyelem a kissé remegő végtagjait, kifejezetten szánom őt. Még annak az egyszerű ténynek is örülök, hogy az arca szabadon marad, legalább a gyönyörű száját és a szemét nézhetem.

Apám végül kényszeredett képpel odalép a tolmács elé, meghajol, és bemutatkozik. A többiek ugyanezt teszik, majd elindulnak befelé. Én is megindulok, öcsém és Csilla jön leghátul. Szeretném látni az arcát, ahogy körbenéz, de erre most nincs lehetőségem. A leginkább az dühít, hogy Hakim a közelében van. Minden önuralmamra szükségem van, hogy ne forogjak hátrafelé.

Ahogy beérünk a fogadótérbe, végre mindenki a látóhatáron belülre kerül. A bizonyos Kelemen Gábor vezérigazgató apámmal és Alival diskurál, bátyám Emírrel sustorog, öcsém meg Csillát méregeti. Hangosan közlöm mindenkivel, hogy foglaljunk helyet. Én állva maradok, mert egyvalami biztos: a magyarokhoz és öcsémhez nem akarok közel kerülni. Persze egy magyarhoz igen, de annak még az ötletét is tovatolom. Apám, Ali és a vezér egy kupacba ülnek. Melléjük csapódik a két férfi és a bátyám. Gyorsan leülök, és intek Emírnek, hogy vágódjon mellém, ő pedig engedelmeskedik. Hakim szintén leül, Csilla foglal helyet utolsóként, a félkör legszélén. Még annak a látványától is összeszorul a szívem, hogy ő ül le utolsónak. Azonnal előveszi a papírjait és a tollát. Keresztbeteszi a lábát, és már készen is áll a jegyzetelésre. A vezért nézi, tudom, hogy szántszándékkal nem vesz figyelembe. Az öcsém sandítását a lába felé azonban nem tudom nem észrevenni, már csak azért sem, mert az abaya ismét szétnyílt kissé.

Ali azonnal társalgást kezdeményez, iszonyú ütemben csap a téma közepébe. Papírokat rak szét, számokkal dobálódzik, és mindenre választ vár. Apám rám is néz, amolyan „látod, fiam?" nézéssel. Megnyugodva dőlök hátra, és figyelem őket. Minden erőmmel azon vagyok, hogy legalább periferikusan lássam őt. Olyan helyzetben vagyunk, hogy ő néha rám nézhet, de én csak úgy, hogy az észrevehető lenne.

Legalább egy óra telik el. Kávézunk, teázunk, a bátyám még gyümölcsöt is eszeget. Megnézem az időt. Igen. Pontosan egy óra telt el.

Eddig rá sem mertem nézni.

Határozottan oldalra fordítom a fejem, olyan érzésem van, mintha mindenki azt venné szemügyre, mit is teszek.

Leszarom! Muszáj ránéznem!

A legnagyobb megdöbbenésemre egyenesen a szemembe néz. Semmilyen más gesztusa nincs. Nem ír, nem mosolyog, talán még levegőt sem vesz. Nekem is kihagy a szívem pár ütemet, öcsém már levágta a szitut.

Az arca azért kicsit elpirul. Még mindig vörösek a körmei, és még mindig az az ócska gyöngy van a fülében, ami most éppen csak kivillan a kendő alól. A szeplői még ilyen messziről is látszanak, és a parfümje illatát is érzem. Furcsa. Az illatától még azok a francos magyar látnivalók is eszembe jutnak. Ott találom magamat annak a térnek a közepén, miközben ő neveket sorol fel, amiből egy kukkot sem értek. Aztán érzem annak a vattacukornak az ízét – ami állítólag vaníliás volt –, és látom, ahogy a kacsákat eteti. Emlékek tódulnak az agyamban, és ami a legrosszabb, hogy jó érzéssel töltenek el. Átkozom a percét is annak, hogy abba az országba mentem, mégis csak kellemes emlékeim vannak. Nem értem a kettősséget, és nem is akarom megérteni. Rosszat sejtek.

Apám föláll, és összedörzsöli a tenyerét. Aztán beszélni kezd.

– Most, hogy az üzleti részt lezártuk, engedjék meg, hogy kedveskedjünk maguknak egy kis szaúdi csemegével – nem értem, mit akar, de gyorsan megadja a választ. – Önök nem tudják, de Gamal fiamnak pár napja volt az esküvője. – Hevesen kezd verni a szívem, senki sem tudna kényszeríteni rá, hogy Csilla szemébe nézzek. Valamiért szégyellem magam előtte. – Ilyenkor hazánkban szokás a több napig tartó mulatozás. Most önöknek is adunk ízelítőt belőle.

Apám kiviharzik az ajtón, én meg úgy nézek utána, mintha félnék, hogy soha többet nem jön vissza. De visszajön. Kajánul mosolyogva leül, majd hallom a zene hirtelen előtörő erejét. A mögöttem lévő hangfalból ordít az arab muzsika, mire válaszként öt hastáncos vonul be.

Hallom öcsém füttyét, Emír tapsolni kezd, bátyám meg rám vigyorog. Tuti mindenki tudott róla, egyedül én nem. Szétrobbanok a dühtől. A saját palotámban ér a legkellemetlenebb meglepetés. Ráadásul a tolmácsom előtt rázzák magukat a nők. Az európai szemnek tuti nem ugyanazt jelenti a tánc, mint nekünk. Az egy óra alatt valószínű sokadjára érzi kellemetlenül magát a nő, aki jelen van a tárgyaláson. Hibának érzem, hogy meghívtam.

Mivel én vagyok az ifjú férj, a táncos lányok meglehetősen intenzíven vetik rám magukat. Csípőjüket rázzák, hullámzik a hasuk, és csörögnek a derékláncok. A tekintetemnek nem tudok parancsolni, ösztönösen fut pillantásom a derekukra és egyéb helyekre. Aztán valami olyasmi érzés jár át, mint a magyarországi tárgyaláson. A szöszi titkárnővel szemtelenül méregettük egymást, és zavart, hogy Csilla látja. Most is zavar. Ránézek, tátott szájjal figyeli a lányokat. Hol az egyiket vizslatja, hol a másikat. Aztán elkapja a tekintetem, és velem marad. Morbid a helyzet. Üvölt a zene, tapsolnak a férfiak, rázzák a lányok, én meg csak bambulok egy zöld szempárba. Romantikus faszságnak érzem az egészet, mégsem bírok szabadulni. Csilla olyan erősen temet maga alá, mint egy rijádi homokvihar. Aztán ebbe a homokviharba bele is fulladok. Szörnyű a felismerés bennem. Talán sosem fogom őt megkapni, de mégis mindig nagyot dobban majd a szívem, ha csak rágondolok.

Az egyik táncos belemászik a látványba, eltakarja előlem az oly kedves képet. Én pedig határozottan győzködöm magam: *Gamal, te ne gondolj nőkre! Te dugd őket!*

Szívesen megrángatnám magam, csak azt nem tudom, melyik énemet. Azt, amelyik érzelgős, vagy azt, amelyik észnél van?

* * *

A táncosok kivonulta után én a földet nézem mindaddig, míg meg nem érzem apám kezét a vállamon. A férfiak már mind állnak, Csilla éppen a szoknyarészt igazgatja lefelé magán az abaya alatt. Emír is mellém áll, és egy picit lök rajtam, majd a fülembe súgja.

– Mi van veled?

– Semmi – hangos a válaszom, valószínűleg apám is sejti, mit kérdezett az unokabátyám.

Az üzletfelek is odasétálnak, és Ali is. Kipakolják az asztalra a papírokat. Emír int az egyik szolgának, hogy hozza elő az aranyból készült tollaimat. A szolga azonnal engedelmeskedik, három írószert tesz az asztalra, és már odébb is sétál. Valószínűleg a vendégek nincsenek tisztában a tollak értékével, mert a vezér úgy kapja kézbe, mintha a legócskább töltőtoll lenne.

Hát nem az!

Ali türelmesen navigálja a vendégeket, hol írjanak alá, majd rám meredve bök a papírra. Mi értjük a poént, ezért ő is elmosolyodik, meg én is. Tényleg úgy van, ahogy mondtam. Amit elém tol, azt aláírom. Arab betűkkel is szignózok, meg latin betűkkel is. Amikor hivatalos papírt írok alá, akkor mindig így teszek. Az arab a saját egóm miatt van, hiszen végül is arab vagyok, és jó, ha ezt senki sem felejti el. A latin betűk viszont olvashatóvá teszik a nevemet bárki számára.

Csilla egészen hátul áll, látszik a zavara, öcsém kérdez is tőle valamit, amire csak egy mosollyal reagál. Rettegek tőle, hogy Hakim támadásba lendül, ezért hangosan buzdítok mindenkit az étkezésre. Meg is indulok, mindenki követ. Jó pár perces sétával átmegyünk az étkezőrészbe, ahol már nemcsak hideg ételek vannak szétpakolva, hanem rengeteg hús, sütemény és gyümölcs. A fal melletti asztalokon vannak a hatalmas gyümölcsöstálak, amiket az egyik szolga mindig mérnöki pontossággal tervez meg. Az ovális tálca közepén a görögdinnyeszeletek futnak végig, amiket ugyanolyan alakúra vágott ananászdarabkák ölelnek. Egy másik tálon szőlő van felhalmozva, a színek a haloványsárgától a zöldön át a liláig mind megtalálhatóak. A harmadikféle gyümölcsöstálon banán van, narancs és mandarin. Mondhatjuk úgy is, hogy ezek a pucolásra szánt gyümölcsök. Éppen ezért én szinte sosem eszem ebből a tálból. Az én kedvenc kombinációm az aszalttál. Füge, datolya, ananász. Ez a hármas nálam verhetetlen.

A másik fal melletti asztalon az édességek vannak felkínálva. Leginkább baklava, mindenféle ízben. Ebben is van kedvencem: a pisztáciás és a diós. Mégsem mondhatnám, hogy most különösebben érdekelnek a finomságok.

A terem közepén lévő asztalom hosszan terül el. Ezen sorakoznak a főételek. A szendvicsek itt is megtalálhatóak, de a lényeg a kabsa, ami egy jellegzetesen szaúdi étel. Hosszú szemű rizsből áll, és különféle húsokból, amiket jó előre bepácolnak, majd megsütnek. A régi időkben a rizst is és a húst is a földbe vájt gödrökben készítette el a népem, de ez a technikai fejlődésnek köszönhetően változott. Ma már leginkább kuktában készítjük. Mivel a szakács tudta, hogy európai vendégeink lesznek, előnyben részesítette a csirkét és a bárányt. A rizs különféle variációkban készül el, míg a húsok fűszerezése nagyjából azonos. Hazámban a legkedveltebb ízek a kardamom, sáfrány, fahéj, fekete lime, babérlevél, szerecsendió. Ezek az ízesítések váltakoznak. A rizsbe olykor keveredik mazsola vagy különféle pirított magvak, mint például fenyőmag vagy mandula. A hatalmas mély tálak mellett sorakoznak a kisebbek, melyekben házi készítésű paradicsomszósz piroslik.

Közelebb lépve mindenkinek egy szolga mutatja meg a helyét. Vagyis csak mutatná, mert a hastáncosok kellőképpen feloldották a feszült hangulatot. A férfiak mind jól elvannak. Emír leginkább bátyámmal csacsog, apám viszont leválaszthatatlan a magyarokról meg Aliról.

Csilla nem ül le, én meg nem bírom a látványt. Odamegyek mellé, és kihúzom a széket. Testvérem úgy néz rám, mintha zombi lennék.

– Üljön le, Csilla!

Lép egyet, de nem teszi, amire kérem. Végre hozzám szól.

– Én nem szeretnék enni. És nem akarok ide sem ülni!

Most, ha csak egy egyszerű arab lennék, akkor tuti azt mondanám, hogy: „Helyes. Neked nincs is itt helyed. Ez itt a férfiak területe!"

De most nem ezt mondom. Látszik, hogy fölöslegesnek érzi magát, én pedig mindent elkövetek ennek az érzésnek a lerombolásáért. Vehetném bántónak is a megjegyzését, mert az étel visszautasítása nálunk sértés.

Mégis inkább európaiként reagálok.

– Rendben. Én sem vagyok éhes. Akkor mit szólna hozzá, ha inkább a palotát járnánk körbe?

Neki felragyog az arca, az öcsémé meg megnyúlik. Anyanyelvünkön üvölt rám.

– Megőrültél?

Ránézek, és a többiek is ránéznek, de nem felelek. Csilla felé nyújtom a kezem, hogy belekaroljon, de ő a kézfejemre markol rá. Apám felpattan az asztaltól, és látom, ahogy Emír megdörzsöli a homlokát. Hakim már rendesen fújtat a dühtől.

– Mit szándékozol tenni, fiam?

Apám angolul kérdez, ezért üt meg ilyen hangot. Ha arabul beszélne – ami a vendégek miatt udvariatlanság lenne –, akkor biztos azt üvöltené felém, hogy azonnal engedjem el azt a nőt!

– Megmutatom a palotát.

Csakis mi, arabok érezhetjük ebben az egészben a kínt. Valószínűleg a magyaroknak ez cseppet sem botrányos viselkedés. Én

azonban tudom, hogy ez nagy bajjal is járhat, de ez sem tántorít el. Mielőtt apám még jobban felfogná, mit is teszek, elhúzom tolmácsomat az asztaltól. Hangtalanul, gyors ütemben távozunk az étkezőből, és az előcsarnokig meg sem állunk. Hátranézek, követett-e minket valaki, de üresség vesz minket körbe, és csönd.
Állunk egymással szemben, isszuk a látványt. Nem csak én az övét. Már a táskáját szorongatja mindkét kezével. Hiányzik az érintése.

– Kíváncsi az oroszlánjaimra?

Elkerekedik a gyönyörű zöld szeme, úgy kérdez vissza.

– Igazi oroszlánok?

Nem válaszolok. Olyan képet vág, mint egy kislány. Próbálok komoly maradni, de a mosoly az arcomon legyőzi az elszántságomat.

Benyúl a táskájába, matatni kezd, majd huncutul rám néz. Nem húzza ki a kezét a táskából, valami van a markában.

– Előbb akarok magának adni valamit, Gamal!

Te nekem? Na ne! Majd én neked!

– Mit?

– Ajándékot hoztam.

Különös, de mindenféle dolog végigszáguld az agyamon. Nálunk az ajándék mindig drága, értékes dolgokat takar, főleg ha nőhöz van köze. Igaz, itt most fordított a helyzet. Nő adja! Sohasem kaptam nőtől ajándékot. Gyerekkoromban vagy születésnapomra igen, de ez most egészen más. Morbid, mégis édes pillanat. Teli vagyok milliárdokkal, itt áll velem szemben egy szegény családból való nő, mégis ő akar nekem adni valamit.

– Na és mit?

Még intenzívebben kezd mosolyogni, majd kihúzza a kezét. Egy szalaggal átkötött, tenyérben elférő, piros papírba csomagolt kocka van a kezében. Olyan, mintha doboz lenne. Tippelgetni kezdenék, de semmi sem jut eszembe.

Váratlanul felém nyújtja.

– Magyar. Híres. Tetszeni fog magának!

Te vagy az, ami tetszik!

Súlya van, fel is vonom a szemöldököm zavaromban. Megtépem a papírt, és kibontom a csomagot. Kocka, és minden oldala színes.

Először hülyének érzem magam, mert fogalmam sincs, mi az, de ő nem hagy sokáig bizonytalanságban.
- Rubik-kocka! Rubik Ernőnek, egy magyar feltalálónak köszönheti a világ. Nagyon híres!
Na most tényleg elszégyellem magam! Nem ismerem.
- De mi ez?
- Játék.
Egymás szemébe mélyedve diskurálunk. Engem rohadtul nem érdekel ez a játék, de az ő arcán látszik a felhőtlen boldogság. Nem rontom el a kedvét.
- Na és hogy kell vele játszani?
Mert azt tudom, veled hogy kéne, de ez a kocka idegen.
Oldalra biccenti a fejét mosolyogva, láthatóan élvezi, hogy ő van nyeregben.
Azt én is élvezném!
- Szeretné, ha megmutatnám? - vigyorogva igent bólintok, bár nem arra gondolok, amire ő. - Na, adja ide, Gamal! - kiveszi a kezemből, és körbeforgatja előttem, mint egy bűvész. - Látja, hogy néz ki? Minden oldala egyszínű. Ez fontos, mert ebbe az állapotba kell majd visszahozni! - Újra rám néz, és huncutul mosolyog. Olyan, mintha sejtené, hogy meg fog szívatni. - És mi most egy kicsit összekuszáljuk. A színeket.
Annyira izgalmas és érzéki ez az egész. Alig bírok arra figyelni, mit csinál. Kétértelműen célozgat, kihívóan mosolyog, miközben játékról fecseg. Melyik arab lenne képes másra gondolni a kemény dugáson kívül?
Tényleg összekeveri, majd felém nyújtja. Azonnal átveszem, és csak várom a következő mondatát, de csak a szemöldökét vonja fel. Végül kérdezek.
- És most?
- Már mondtam. Állítson vissza mindent a helyére!
Már komolyan beszél, nekem meg összeugrik a gyomrom. Fájdalom van a tekintetében, de én még mindig harcolok a közelsége ellen. A kockára nézek, és tekergetni kezdem. Talán percek is eltelnek, amíg próbálkozom. Nem sikerül. Nem nevet ki, nagyon komolyan néz.

– Nem megy.

Szégyellem magam kissé a bénaságom miatt, de mikor vissza akarom nyújtani neki, kedvesen reagál.

– Ez bonyolult logikai játék. Nem sikerül elsőre. Türelmet igényel, odafigyelést és logikus gondolkodást.

Mindent felsorol, ami ebben a pillanatban nincs meg bennem. Nem veszi el a kockát. Egymást nézzük, a lábam hirtelen nagyon nehéz lesz.

– Csilla, én…

– Egyszer majd sikerül! – mosolyodik el, nekem meg már fingom nincs, hogy miről is beszélünk.

Még ezt a biztatást is annak veszem, hogy talán az enyém lehet. Egyszer. Majd! Ahogy ő mondta.

Kínomban a homlokomat simítom, miközben leveszem fejemről az ogalt és a shemagot. Beletúrok a hajamba, majd egy mozdulattal leteszem a kockát meg a fejemrevalókat a mellettünk álló kisasztalra.

Mosolyogva néz, látszik, hogy elgondolkodik. Nem kell kérdeznem.

– Sokkal rövidebb a haja, mint Magyarországon volt.

– Igen. Néha szoktam fodrászhoz menni.

Talán sértőnek veszi a megjegyzésemet, mert a földre szalad a tekintete. Túl feszült a helyzet, ezért megpróbálom oldani.

– Akkor? Mehetünk?

Újra rám néz, és talán arra vár, hogy ismét a kezemet nyújtom, de én képtelen vagyok rá. Elindulok, de pár lépés után bevárom.

A csarnokon megyünk keresztül, majd a társalgón. Innen nyílik a hátsó kertbe az ajtó, ami szélesre van tárva. Ahogy kilépünk, azonnal megcsap a forró sivatagi levegő. Már javában ősz van, sőt inkább már tél legeleje, de valahogy nem csökken a hőmérséklet. Nálunk télen is tikkasztó tud lenni a meleg, ezért nekem ez megszokott, bár tény, most különösen lázad a természet.

– Gyönyörű háza van!

Elnyomom a vigyoromat.

Ház? Ez nem ház!

– Igen, az.

Levezetem a lépcsőn és már a külső medence mellett sétálunk.
A sólymaim kint üldögélnek, Csilla földbe gyökerezett lábakkal
nézi a madarakat, majd engem.
- Ezek nem bántanak?
- Csuklya van rajtuk, nem látnak. Ne nyúljon hozzájuk! Akkor
nem bántanak.
- Mire jók az ilyen madarak?

Most, ismerve az európai kultúrát, szívesen megkérdezném,
hogy a kutyák meg a macskák mire valók? Nálunk ilyenek a gazdag
emberek háziállatai.
- Szoktam őket röptetni...

Nem figyel különösebben a válaszomra, issza a szeme a látványt. Ezért is adom fel azt a tervemet, mely szerint részletesen beszámolok, miként szoktam a sivatagban a sólymaimmal vadászni.

Őt azonban, úgy látszik, mégis érdekli a dolog, mert faggatni
kezd.
- Röptetni? Az mire jó?
- Valójában vadászatra járok velük a sivatagba.

Elkuncogja magát, tovább kérdez.
- Mire lehet vadászni a sivatagban egy sólyommal?

Neheztelhetnék rá az együgyű szavai miatt, de az igazság az,
hogy jólesnek a kérdései.
- A leginkább vadkacsákra vadászunk velük, és túzokra.

Hazámban a vadkacsavadászat leginkább sportjellegű, mivel
mocsaras vidékek nemigen vannak. Ilyenkor repülőmodellen felrepítjük a vadat, majd elengedjük. Rögtön utánaküldjük a sólymot,
aki a levegőben kapja el az áldozatát.
- A túzok eléggé nagy! Hogyan képes egy sólyom elejteni?

Egész jó kis kérdést tesz föl, el is mosolyodom az eszességén. Ez
annak idején gyerekkoromban nekem is eszembe jutott.
- A tapasztalt sólymot nem tántorítja el az áldozat mérete.
Csakis egy fiatal és tapasztalatlan sólyom képes elhinni azt, hogy
a túzok legyőzhetetlen.

Különös, de valahogy saját magamra gondolok. Én sem hiszem
el soha, hogy van olyan vad, akit nem teríthetek le. És a vad alatt
nőket értek.

Picit közelebb lép a madarakhoz, a nyakát megnyújtva kémleli őket. Akaratlanul szalad végig a szemem a testén. Kifejezetten izgató, ahogy a térdén támaszkodik és a fenekét hátranyomja.

– Honnan szerzi a sólymokat?

– Veszem őket.

– Jó, de milyen módon jutnak hozzá azok, akiktől veszi őket? Tenyésztik?

– Nem. Befogják a sivatagban.

Képtelen vagyok bővebben válaszolni neki, kicsit morcosan rám is néz. Kifejthetném, hogy galambok segítségével fogják be őket, akikre hurkot erősítenek. A sólyom lecsap a galambra, és hurokba kerül.

Mégis inkább lenyelem a válasz kifejtését.

Mosolyra húzza a száját, és tesz egy nem is rossz megállapítást.

– Vadászat a vadászra.

– Olyasmi. Aztán pedig jön a betanítás. Először hozzászoktatják az emberhez, a hangokhoz és hogy megüljön az öklön. Aztán etetik kézből, nevet adnak neki, ezzel ráveszik, hogy elengedés után visszajöjjön. Az emberi ököl egy idő után biztonságot jelent neki, és ételt.

Felegyenesedik, mire én a szememet a madarakra irányítom.

– Elég nagyok. Gondolom, az a jó, minél nagyobb sólyommal megy vadászni az ember.

Belepirul a kérdésbe, én meg kezdem rohadtul élvezni a szituációt. Feltenném a kérdést, hogy miért van zavarban, ha nem sejteném a választ. Neki egyfolytában rajtam kattog az agya, ugyanúgy, mint nekem őrajta.

– A tökéletes vadászatra termett kerecsensólyom nőnemű, nagy méretű, kampós csőre van, széles vállú, és erős karmokkal rendelkezik. Ezek alapján vásárolom őket.

A válaszommal oldom a feszültséget, ami magam miatt is helyes megoldásnak bizonyul.

Valóban érdeklődő képpel fordul hozzám.

– De azt milyen módszerrel tanítják meg neki, hogy a hatalmas távolságok megtétele és a vad elejtése után visszajöjjön?

Te jó ég, ez nem egy kutya!

- Sehogy. Az igazán nagy távolságok megtétele után az adóvevő segít megtalálni őket. Mindegyikükbe be van ültetve egy chip. Mi pedig dzsippel odaautózunk, ahonnan vesszük a jelet. Ilyen egyszerű. Végre elengedi a témát, és körbekémleli a környezetét. Meseszerű helyen érzi magát, és ettől én is jobban érzem magam. Kezdi sejteni, ki is vagyok én, és ennek hangot is ad.

- Maga tényleg herceg, Gamal? - Megállok, komolyan a szemébe nézek. Végre most nyomatékosíthatom az itthoni státuszomat. Nem szükséges megszólalnom. Szinte elszégyelli magát a nézésemtől. - Jaj, ne haragudjon! Butaságokat kérdezek. - Talán mondanom kéne valamit, de lefagyok. Beképzelten szívesen rámutatnék a hercegi mivoltomra, de arra is képtelen vagyok. Nem tudok vele sem kedves lenni, sem bunkó. Ez a legszarabb az egészben. - Még sosem találkoztam herceggel.

- Dehogynem. Magyarországon is az voltam!

- Akkor én még azt nem tudtam. Bálint csak annyit mondott magáról, hogy gazdag üzletember. - Végre elnevetem magam, amiért ő is hálás. Sóhajt egyet, de ez a sóhaj már nincs teli feszültséggel.

- Fogalmam sincs, miként kell egy herceggel viselkedni.

Hát azt szívesen ecsetelném neki, mint kell egy herceg kedvében járni, de nem teszem.

- Viselkedjen úgy, ahogy eddig.

Bólint, és megint mosolyog. Aztán olyan képet vág, mintha hirtelen eszébe jutna valami.

- Majdnem elfelejtettem! - A táskájában matat megint, és előv esz egy zacskót, amit felém nyújt. - Ezt is magának hoztam.

Jaj, ne!

Elveszem. Egy tasak, benne öt kisebb valami. Fogalmam sincs, mit adott már megint.

- Ez is játék?

Hangosan felkacag, amitől melegség jár át. Jólesik ez a melegség, még akkor is, ha legalább harminc fok van.

- Nem, ez nem játék! - elkomolyodik, és a haját igazgatja a kendő alatt. Nagyon melege lehet a kiengedett hajzuhatagtól, mert próbálja előrevonni a vállára. Sikertelenül próbálkozik, a nikáb nem enged ilyen akciókat. - Túró rudi.

Mi?
A túró szót értem, de az egész zavaros. Próbálom másképp fordítani, de vakvágányra futok. Segít. Tovább beszél.
– Édesség. Túró és csoki egyben. Magyar finomság.
Ó, igen! Az vagy!
A túró és a csoki egyben már gusztustalannak tűnik. Mi is eszünk túrót, de csak sósan. Fogalmam sincs, milyen lehet édesen, egy picit feszélyez is a helyzet.
– Hát, nem tudom! Milyen túróból van?
– Tehéntúróból. Ne ellenkezzen, Gamal, tudom, hogy azt megehetik!
Elnevetem magam, mert édes, ahogy ezt mondja. Mi inkább a kecsketejből készült ételeket fogyasztjuk, de a tehéntej valóban nem tilos.
Kiveszi a kezemből, és kibontja a csomagot. Aztán kibont egy kis csokit is, és felém nyújtja.
Fú. Nem biztos, hogy menni fog.
Átveszem, de még nem harapok bele. Mentegetőzni kezdek.
– Nem nagyon szeretem az ismeretlen dolgokat.
– Akkor legyen ez bizalmi kérdés. Bízik bennem?
Mi? Nem!
Az én életemben nem szükséges megbízni egy nőben!
– Jól van, ezt megbeszéltük. Tehát bízik bennem! – vág közbe.
Nem vár tőlem választ. Tényleg nevetnem kell a viselkedésén. Jó az, amikor nem is sejti az ember, kivel áll szemben. Ő pedig nem sejti. Azt már tudja, hogy ki vagyok, de azt nem, hogy milyen. Mégsem érzem tiszteletlennek a viselkedését.
– Harapjon bele! Ha nem tetszik, kiköpi. Ilyen egyszerű.
Összefut a nyál a számban. A csokival nincs semmi bajom, csak az riaszt meg, ami alatta van. Aztán teszem, amit kér. Beleharapok. Furcsa. Nem olyan puha, mint amilyenre gondoltam, határozottan ropogóssá teszi a csoki. Először nem érzem, hogy túrót ennék, de aztán előjön a jellegzetes íz. A citrom fanyarságát is érzem benne. Nem rossz, de ez nekem akkor is idegen marad. Azt az egy harapást lenyelem, de többet képtelen leszek.
– Ennyi elég.

– Nem ízlik? – kérdezi döbbenten, mire nemet intek. Sértődötten veszi ki a kezemből. – Akkor majd én megeszem! – Beleharap, nekem meg minden hangom elmegy.

Hogy a francba tud ilyen természetesen viselkedni?

Valószínűleg egyértelműen kiül az arcomra a megrökönyödés, mert nem várja, hogy beszélni kezdjek. Ő folytatja:

– Azért ígérjen meg valamit nekem! Tesz még egy próbát. Ezt most megeszem, de az este üljön neki egynek. És egye meg! Megígéri? – Bólintok egyet, és tényleg megígérem magamban neki. – Akkor jó!

A csomagra néz, de nem tudok vele mit kezdeni.

– Most nem tudom hova rakni.

– Rendben. Akkor addig megőrzöm a táskámban. De ne felejtsük el! –Bedobja a maradék négy „túró rudit" a táskájába, és rám néz. – Megnézzük az oroszlánokat?

Észbe kapok, és folytatom az utat. A medence végétől egy füves területen megyünk keresztül, majd virágok mellett. A datolyapálmáknál megáll, de én továbbmegyek. Szótlanul lépdel utánam. Labid – az egyik oroszlán – éppen bömböl egyet, amitől láthatóan lemerevedik kicsit. Mégsem szólal meg, csak jön utánam. Állataim túl vannak az etetésen, így biztosra vehető a szelíd hangulatuk.

A kerítés előtt állunk, Labid azonnal odajön elénk. Ő egy kicsit jobban kedveli az ember társaságát, mint Latif. Már kölyökkorukban is Labid volt az, aki egy labdával és velem órákig eljátszott.

– Mindkettő hím? – kérdezi hirtelen.

– Igen.

Labid egészen előttünk áll meg, Csilla válaszul hátralép egyet.

– Biztonságos ez a kerítés?

– Igen, az – felelem mosollyal az arcomon.

Benyúlok a résen keresztül, Labid ösztönösen fúrja tenyeremhez a pofáját.

– Ó, te jó ég! Nem fél tőlük?

– Nem. Félelmet nem érzek. De tisztelem őket. Ez nekik elég!

Visszalép az eredeti helyre, majd rám néz, és az egész testével felém fordul, mintha az oroszlánok ott sem lennének.

– Maga nagyon különös ember, Gamal. – A kijelentésére én is felé fordulok. Talán megtörik a jég. – Gondoskodó, de mégis

fölényes. Olykor kedves, olykor meg elviselhetetlen. Én sosem tudom, hányadán állok magával.
  Na ne! Pont te nem tudod? Hiszen te diktálod ezt az elviselhetetlenül lassú ütemet!
  – Sokan vannak ezzel így.
  – Azt hittem, mi sosem lehetünk barátok, de most nagyon barátian viselkedik velem. Jólesik.
  Teljesen leblokkolok. Ha barátian viselkedek, akkor valamit rohadtul elcsesztem. Végre érzem a hercegi vért az ereimben, ezért felé lépek egyet. Nem hátrál.
  – Én nem viselkedem magával barátian, Csilla. Ha maga ezt érzi, akkor buta nő. – Várok, de nem reagálja le a helyzetet. Talán megsértődhetne, az könnyítene a helyzeten, de nem teszi. Érzi, hogy még nem fejeztem be. – Mondtam már, hogy az én életemben milyen szerepe van a barátságnak, és hogy kik a barátaim...
  – Én csak...
  – Csilla! Ne szórakozzon velem! Én megígértem, hogy nem teszek több ajánlatot, de ez még nem jelenti azt, hogy nem is fordul meg a fejemben semmi. Szarok a barátságára!
  Na ja! Hát most kijött belőlem.
  Porig alázott a barát megnevezéssel, és ezt képtelen vagyok palástolni. Az utolsó mondatomra darabokra hullik szét.
  – Sajnálom – suttogja, már tiszta könny a szeme.
  Hát én kurvára nem sajnálom! Férfi vagyok, ő meg nő. Ilyen egyszerű.
  Pár perc eltelik. Ő próbálja összeszedni magát, én meg Labidot simítom. Aztán képtelen vagyok tovább a csönd fogságában maradni.
  – Megnézi a tigriskölyköket?
  Zavartan felnevet, valahogy úgy, ahogy abban a lakosztályban tette. Szomorú és nevet egyszerre. Érzelmi zűrzavara bennem is elindítja a hurrikánt.
  – Még tigrisei is vannak? Te jó ég! Ezt miért nem mondta?
  – Fontos?
  – Hát... Én Budapesten állatkertbe akartam citálni. – Újra nevet, érdekesnek találom a megjegyzését, mert ott nekem is ez szaladt át az agyamon. Mit csinálnék én egy állatkertben, mikor

otthon vadállataim vannak? Most ő is ugyanide jut. Egy picit azért hasonlít rám. – Ha tudtam volna, akkor még csak meg sem említem az állatkertet...

– Vagy a fürdőt – vágom rá, mert az is abszurd helyzet volt.

– Vonzanak a lehetetlen helyzetek – veti oda incselkedve.

El kell fordulnom egy pillanatra, mert szívesen magamhoz rántanám, hogy van egy-két lehetetlen ötletem.

Ehelyett inkább elindulok, ő pedig ismét követ. Kiérünk a fák takarásából, a nap erősen tűz. Gyorsítom a lépteimet, ugyanezt teszi ő is. Az én surranásomat követi az ő körömcipője kopogásának üteme. Ha minden ritmusban így egymásra találnánk, akkor észveszejtő lenne vele a dolog.

Dolog...

Kinyitom a kerítést, de nem követ. Hátranyúlok, és belemarkolok a tenyerébe. Szerintem én sokkal jobban megijedek a tettemtől, mint ő.

– Azt akarja, hogy bemenjek?

– Még csak kölykök. Már nem kicsik, de ők egész szelídek.

Követ, de a tenyere egy másodperc alatt izzadttá válik. Herceg 1 és 2 úgy szalad felénk, mint két rosszcsont gyerek. Csilla kacagni kezd, a félelme tovaillan. Elengedem a kezét, és mindkét tigrist megpaskolom. Egyáltalán nem viselkednek udvariasan. Herceg 2 felugrik Csillára, akin a fekete abaya csupa homok lesz, de ő fittyet hány rá. Tetszik, hogy nem utasítja el az állatok közeledését. Legalább a tigriseim ugrálhatnak rajta, ha már én nem!

Herceg 1 és 2 aztán egymással kezd játszani. Odébb ugrálnak, minket meg otthagynak a kínos pillanatban. Erőt veszek magamon, mert mégiscsak én vagyok a férfi. Kisétálunk, és közel egymáshoz megállunk. Aztán olyat kérdez, amitől meglehetősen kínosan érzem magam.

– Megnősült?

– Igen, meg.

A válaszom tömör, de talán érezni lehet a folytatást. Szívesen mentegetőznék, hogy ez még nem akadályoz semmiben, és ez itt egy másik világ, de nem teszem. Tudom, sosem értené. És azt is tudom, hogy megaláznám őt. Most először nem akarok megszégyeníteni nőt.

– Nem tudtam, hogy menyasszonya van.

– Honnan tudhatta volna?

Még mindig egymást nézzük. El kéne indulni, de túl szemtelenül néz. Sosem érdekel egy nő magánélete, de valahogy a szám önálló életet kezd el élni.

– És maga? Van valakije?

Hú! Milyen kérdés ez, Gamal?

Visszanéz a tigrisekre, velem meg elkezd forogni a világ. Nem mond nemet, ezzel pedig megadja a választ. A családjától elköltözött, ezt tudom, de mi van, ha kiderül, hogy együtt is él valakivel? A mi világunkban ilyen nem fordulhat elő, de az övében igen. Magam sem tudom, miért, de hirtelen egy ócska ribancnak vélem őt. Valószínűleg a düh miatt.

– Vissza kell mennünk! – Egyértelműen terel, én pedig hagyom. Megindul, követem őt. Ismeri a visszautat, csöndben tesszük meg. Ahogy felérünk a lépcsőn, próbál mosolyogva kérdezni. – Itt mindig ilyen meleg van?

– Éjszaka nem. Meg télen sem.

Csak ennyire futja. Érzi a feszültséget. Idióta feleletet adok, tekintettel arra, hogy már majdnem tél van. Megadóan bólint.

– Szívesen megnézném alaposabban a hazáját!

Ha városnézést akar kicsikarni, az nem fog összejönni. Távol érzem őt most magamtól, ezért képes vagyok a bunkó viselkedésre.

– Szólok Hadinak, hogy ajánljon önöknek pár utazási irodát. Ők bizonyára segítenek majd.

– Nem szükséges.

Magabiztosan veszi az irányt az étkező felé. Vigyorognom kell rajta. Szétveti a düh, de nincs egyedül.

Mi a faszért beszél kétértelműen, amikor már foglalt?

Aztán átszalad az agyamon, hogy én is az vagyok. Nekem a férfiközpontú hazám ad lehetőséget a kicsapongásra, neki meg a feminista hazája.

Az étkezőből kifelé jönnek a vendégek, vége az összejövetelnek. Apám gyilkos szemekkel néz rám, még a tekintetemet is el kell kapnom róla. Tuti üvölteni fog velem, mint egy vadállat. Hakim nem is engem néz, hanem Csillát. És a nézésével ordít a nő felé: „Takarodj innen, te ribanc!" Valószínűleg én is így néznék nőre hasonló helyzetben.

Emír igaz barátként a közelemben helyezkedik el, és megkezdi a búcsúzkodást. Mindenkivel kezet fogok, de a tolmácsot már nem méltatom figyelemre. Talán a családom dühét próbálom csillapítani, de valószínűbb, hogy sokkal inkább a saját csalódottságomat leplezem így.

Hadi már az autó mellett áll, várja, hogy beszálljanak a látogatók. Rájuk csukja az ajtót, és már indít is.

* * *

Még szinte be sem lépek a csarnokba, már hallom apám hangját. Ali lelépett, de bátyám és öcsém ott áll mellette mintegy bátorítólag. Emír mellém lép, nehogy visszatámadjak apámra.

– Gamal, neked elment az eszed! Mondtam, hogy a kurvákat válaszd külön! Dugd szét ezt a nőcskét, aztán térj észhez!

Nem válaszolok, mert nem is tudnék. Mégis mit mondjak? Hogy dugnám, csak éppen nincs rá lehetőségem? Apám nem áll le. Tovább osztja az észt.

– Ilyet nem tehetsz! Hogy képzeled? Kettesben sétálsz egy nővel? És mi az, hogy a kezedet fogdossa? Allahra! Most nősültél! És az öltözete…!

Fújok egyet, talán vissza sem szólnék, de öcsém nem bírja ki, hogy ne szóljon közbe.

– Nem tévedtem. Kurva jó tolmács!

Apám taszít rajta egyet, én meg megindulok feléje. Azért is neheztelek rá, amiért méregette Csillát. Apám és testvérem döbbenten nézi mozdulataimat, de Emír észnél van. Elém ugrik, és sziszegve vágja hozzám.

– Mi az isten van veled? Térj már észhez! Neki akarsz menni az öcsédnek?

Nem. Nem akarok.

– Miért ne? Valaki már egyszer szétverhetné a fejét!

Emír erre már nem mond semmit, félreáll. Apám kigúvadt szemmel néz rám, majd elindul a könyvtár felé. Hátraüvölti felém:

– Gyere velem!

Én pedig megyek.

A könyvtár közepén lecövekel, én közvetlenül előtte állok meg!

– Tudom, apa!
– Ha ez a nő muszlim lenne, halállal lakolna!
– De nem muszlim!
– Éppen ezért kurva!

Behunyom a szemem, de nem szállok vitába apámmal. Megigazítja a ruházatát, úgy folytatja.

– Halljam, fiam, mi ez az egész?
– Nem tudom.
– De tudod!
– Akarom!

Csak ennyit tudok kibökni, mire apámból kitör a röhögés. Úgy paskolja az arcom, ahogy az esküvőm napján tette.

– Hát akkor legyen a tied. Ismered a lehetőségeidet! De ilyen többet ne forduljon elő. Egyetlen nővel se mutatkozz!
– Ez az én otthonom! Azt csinálok, amit akarok!
– Túl sokat voltál abban a tetves USA-ban! Igen! Ez a te otthonod! Csak azt felejted el, hogy ez a te hazád! Arabként viselkedj! Muszlimként! Mert ha nem azt teszed, azzal nagy fájdalmat okozol nekem is és anyádnak is. Allahról már nem is beszélve.

Igen. Allah hatalmas és bölcs.
Én meg nem!

19. fejezet

Örülök az estének. Mindenki hazamegy, így egyedül maradok a gondolataimmal. Hiába pörgetem sokadjára végig agyamban a nap eseményeit, oda lyukadok ki folyton, ahová apám is: nagyot hibáztam! Csillával sosem maradhattam volna kettesben, ha hazámbéli lenne. Próbálom figyelembe venni a tényeket, mely szerint ő nem idevaló, tehát nem vonatkoznak rá a szabályok, de apámnak is igaza van. Én idevaló vagyok, tehát rám igenis vonatkoznak a szabályok.

Hallom az autó hangját, valószínűleg Yasmin érkezett meg. Lelkiismeret-furdalásom támad, mert egész nap eszembe sem jutott. Elterveztem, hogy a feleségem más lesz, mint a többi nő, de az igazság az, hogy nehezen teszek eleget az elvárásoknak. Már értem, apám anno miért ragaszkodott a külön palotához. Más csak bizonyos napokon meglátogatni a feleséged, és más minden egyes nap találkozni vele.

A vacsorát kihagytam, mert délután túl sokat ettem a vendégek távoztával, így a hálóban várom meg feleségemet.

Szinte hangtalanul jön be, egyenesen odasétál hozzám, de csak biccent felém. Én hülye módjára majdnem átölelem őt, de aztán meggondolom magam. Érződik rajta, hogy vágyódik a gyengédségemre, de titkolja előlem. Én meg vagyok olyan bunkó, hogy nem könnyítem meg a dolgát.

Túl vagyok a tusoláson, farmerben meg ingben ülök le az ágy szélére. Ő is mellém ül, de nem ér hozzám.

– Ritkán látlak ilyen ruhában, Gamal – leveszi a kendőjét, a haja szétomlik a vállán. Gyönyörű látványt nyújt, mégsem támad fel bennem az ösztön. – Apádék rég elmentek?

– Már rég. És te? Milyen volt anyádnál? Meglepett, hogy elmentél.

Végre a kezem után nyúl, és megfogja. Utoljára Csilla érintette ma a kezemet, a gondolatra válaszként elhúzom a karom, és fölállok. Előkotrom a telefonomat, mintha dolgom lenne, de Yasmin válaszol a kérdésemre.

– Jól éreztük magunkat. Sokat beszélgettünk.

Talán arra vár, hogy megkérdezzem, miről társalogtak, de engem az érdekel a legkevésbé. Tekintettel arra, hogy egy muszlim nő sosem folyik bele üzleti dolgokba, valószínűleg ő sem érdeklődik majd a ma lezajlott eseményekről. Ez jó is így, mert a tárgyalásról sokat nem tudnék mesélni.

– Hány vendég volt?

– Négy magyar. Meg a mieink – úgy vágom rá a választ, mintha rettegnék tőle, hogy tovább kérdez.

Meg is teszi. Megáll bennem az ütő.

– Az egyik nő volt, igaz?

Azonnal rákapom a tekintetemet, ő el is fordul. Gyanítom, az anyja ecsetelte a mai napomat neki, mert az én anyámmal újabban túl sokat vannak együtt. Apám pedig valószínűleg beszélt a kedvenc feleségének. Legalábbis remélem, hogy csak ennyit tud!

Nem válaszolok, ezért azt a bizonyos láthatatlan vonalat is átlépi.

– Csinos?

– Mi ez az egész? Miért kérdezel ilyeneket?

A hangom nagyon szelíd, talán túlságosan is. Kibújik a ruhájából, amitől majdnem elvesztem a fejem, de gyorsan magára rántja a selyemköntösét.

– Az amerikaiak meg az európaiak nagyon szépek!

– Az arab nők a legszebbek!

– De ők kihívóak!

Most erre mit feleljek? Igen, azok! Dugásra vannak teremtve!

– Nem értelek!

Felém lép, az asztalra téved a szeme. Ott van az a kocka, amit Csillától kaptam.

– Az mi? – bök oda a fejével, én pedig követem a tekintetemmel.

– Egy játék. A magyaroktól kaptam.

Síri csönd van, szerintem érzi rajtam a feszültséget. Leül az ágyra, és előveszi a táskáját, amiben matatni kezd. A női táskáról nekem is eszembe jut a másik ajándékom. Csillánál maradt. Ráadásul megígértem neki, hogy este megeszem egyet abból a túróscsokis izéből. A szívem mélyén tudom, hogy olcsó kifogás, de már nyúlok a zakómért, amibe bele is bújok. Az ígéreteimet mindig betartom.

– Mész valahova? – pattan fel a feleségem.
– Elfelejtettem valamit. Nemsokára jövök!
– Gamal! Már este van!

Felé fordulok, de nem reagálok, és ő sem mond többet. Nálunk a nők nem igazán kérhetik számon a férfiakat.

A lépcsőn lefelé Hadi nevét kiabálom teljes erőből. Beletelik legalább egy percbe, mire megjelenik a csarnokban. Hálóruháját igazgatja, ritka nevetséges látványt nyújt.

– Szedd össze magad! Elmegyünk.
– Most?
– Nem! Holnap reggel! Csak úgy gondoltam, időben keltelek! – nem veszi a poént, ezért egyértelműsítek. – Igen, most. Körülbelül öt percen belül. Annyi időd van!

Azonnal elszalad a lakrésze felé, addig én megiszom egy pohár vizet. A szívem a torkomban dobog, de még Allah sem állíthatna meg!

Kimegyek, az udvaron Hadi már az autó mellett áll. Most ő is csak egy nadrágba és egy pulcsiba bújt bele. A levegő már kezd hűvös lenni.

– Ugye nincs semmi baj? – kérdezi riadt tekintettel.
– De van! De téged ez ne érdekeljen!
– Az apjával? – nem reagálok, ezért halkabban kérdez. – Vagy az anyjával?
– Nem, Hadi. Velem van baj! Kurva nagy baj van velem! De ki nem szarja le! Indulj! – magamra csapom az ajtót.

Ő is beül, úgy kérdez.
– Hova?
– A Ritz Carltonhoz!

* * *

A szállodánál szélsebesen pattanok ki, Hadinak csak hátrakiáltok, hogy várjon meg valahol. Ő nem reagálja le a helyzetet, szerintem már kezdi sejteni, mi is az a nagy baj.

A szökőkút körül turisták duruzsolnak, és már minden kandeláber világít a pálmák tövében. Nemzetek zászlói sorakoznak a lámpák és a növények között, azonnal agyamba furakszik a magyar zászló színe: piros-fehér-zöld.

Bemegyek az épületbe, és odaviharzom a pulthoz, a recepciós kedves mosolyt enged felém.

– Jó estét, Gamal herceg! Minek köszönhetjük a látogatást?

Megvan az előnye is meg a hátránya is annak, ha valaki a királyi családhoz tartozik. Most hátránynak érzem.

– Megszálltak önöknél az üzletfeleim. Magyarok. Ha minden igaz, van közöttük egy Pataky Csilla nevezetű hölgy.

Azonnal a könyvét, majd a számítógépet kezdi bújni, miközben a tobéját igazgatja. Úgy teszek, mintha nyugodt lennék. Figyelem a lézengő embereket a hatalmas térben. Ebben a szállodában is minden a hazám gazdagságát hirdeti. Antik oszlopok, márvány, arany, kupola, bársony...

Az alacsony fiatal férfi, mikor megtalálja a nevet, mosollyal az arcán felel.

– Igen. Valóban van ilyen vendég.

– Melyik szobában találom?

– Talán előbb felszólok neki... – próbálja megadni az esélyt, nehogy végzetes hibát kövessek el, de előrébb dőlök a hatalmas, sötétbarna fából készült pultra. Azonnal elhallgat.

– Melyik szobában találom?

Ez az, amit a legjobban utálok. Kétszer feltenni ugyanazt a kérdést. De sajnos csak így vagyok képes érzékeltetni ezzel az emberrel, hogy most nem kell látnia semmit, és beszélnie meg végképp nem kell. Úgy süti le a szemét, mint egy szűz a nászéjszakán.

– Gamal herceg! Tudja, hogy...

Tudom!

Kiteszek a pultra egy köteg dollárt, amit azon nyomban eltüntet, miközben körbenéz.

– A kettőszáztizenötös szoba az övé.

Nem várok tovább. Azonnal elindulok, tudom, merre találom. A hotelben gyakran vannak üzleti tárgyalásaink, mert apám a saját palotájában sosem tart megbeszéléseket. Na és persze a külföldről érkező „hölgyekkel" szintén itt szoktam találkozni.

A lifttel gyorsan célba érek, máris a szoba előtt állok. Egy picit fülelek, de nem jön ki hang, ezért határozottan kopogok. Pár másodperc múlva nyílik az ajtó, de csak a felsőteste bújik ki az ajtó mögül. A haja kócosan össze van fogva, és az a picike smink sincs rajta, ami szokott. Teljesen kikészít a látványa. Annyira szexi, hogy a szívem már a torkomban dobog.

A meglepetéstől kilép az ajtó takarásából, egy combközépig érő bő póló van rajta. A legáltalánosabb alvóruha, de nekem most minden fehérneműnél vonzóbb. Már csak azért is, mert átlátszó, és mindenét jól láthatnám, ha lenne bátorságom elmerülni a nyakától lefelé is a látványban. A mellbimbóira azért rásiklik a szemem, nyelnem kell egyet.

– Mit keres itt, Gamal?

Nem vár azonnal választ, félreáll, hogy bemehessek. Egy pillanatra tétovázom, szívesen mondanám neki, hogy jobban teszi, ha nem enged be.

Ha bemegyek, szanaszét dugom!

Bemegyek. A szoba közepéig sétálok, kicsit neheztelek apámra, amiért ilyen egyszerű delux szobát foglalt. Ha rajtam múlt volna, tuti a királyi lakosztályt adom neki.

– Elfelejtette odaadni azt az izét.

Döbbent arcot vág. Az ágya össze van túrva, talán már aludt is. Az erkélyről gyönyörű látvány nyílik az ember szeme elé, de engem még az sem ejt rabul.

– Milyen izét?

– Azt a csokis túrót.

Hangosan feltör belőle egy kacaj, miközben kihúzza a hajgumit a hajából és végigtúrja a sörényét. A farkam kőkeményre merevedik, de nem közelítek hozzá. A tekintetemmel azonban jelzem a bennem dúló vágyat, amit meg is ért.

– Az túró rudi! És ne nézzen így, Gamal!

– Hogy nézek?

– Mintha akarna valamit.

Ó, ebbe beletrafáltál!
Ő elneveti magát, de én nem. Rohadtul nem vagyok vicces kedvemben, mert tudom, hogy ma meg kell kapnom. Semminek sem érzi a súlyát, idiótán viselkedik, nem is tudok parancsolni a dühömnek.
– Mi olyan vicces, Csilla? Az, hogy valóban akarom magát?
Hirtelen komolyodik vissza.
– Megígérte!
– Igen! Azt, hogy nem teszek ajánlatot!
Lépek felé, de nem hátrál. Ez olyan, mintha hívogatna, így teljesen a közelébe sétálok. Csak oldalra tudna kitérni, de azt nem teszi. Hátrálni nem tud, mert a lába már az ágy szélének ütközik.
Egy picit megpöckölöm, és hátra is dől!
– Azt nem ígértem, hogy nem fogok nyomulni!
Nem mer rám nézni, a mellkasomat figyeli. Aztán oda is nyúl, és a gombot piszkálja. Nem gombol szét, de már a lehetőségtől is egekbe szökik a pulzusom.
Anyám! Sose gondoltam, hogy ennyi nap vágyakozás után kevéssel is beéri az ember!
– Most nősült!
– És még fogok is egy párszor…
Végre felemeli a fejét. Olyan arcot vág, mintha pofon vágtam volna. Talán neki olyan is. Azt nem fogom engedni, hogy az itteni életemet belemártsa ebbe a légyottba, ezért keményen harcolok.
– Szereti a feleségét?
Erre sosem fogok válaszolni neki. A család tabu, de ő ezt nem sejtheti, mert nem az én világomból való.
– Csilla, ne játsszunk! Maga ugyanúgy akar engem, mint én magát!
– Nem vagyok kurva!
– Nem is akarok fizetni!
Erre már elgondolkozik. Talán ha nem tettem volna Magyarországon azt az ajánlatot, akkor már rég alattam pihegne. Tutira nem fogom letámadni, mert azt végzetes hibának vélem. Ez a nő akar engem. Én is őt. Eddig ő dacolt, úgyhogy itt az ideje annak, hogy rálépjen a gázra!
– Magának ez egy egyszerű szex lenne, igaz?

Na mégis, mit gondoltál?
- Azt azért nem mondanám. Körülbelül egy hónapja kívánom, Csilla. Csak hogy tudja, még egy nőre sem vágyakoztam egy hónapot. Talán egy napot, de általánosnak inkább az egy órát mondanám. - Nem reagál, ezért folytatom, közben pedig a szemem sétáltatom arca minden pontján. - Nem egyszerű szex lesz. Vággyal teli, érzelmes szex lesz.

Nincs fából. Nagyot sóhajt, el is fordul kicsit. Ha rámozdulnék, egy pillanatra sem ellenkezne.
- Menjen el!

Mi?

Elslisszan előlem, és elindul az ajtó felé, ekkor durran el az agyam. Dühös vagyok rá, amiért játssza az eszét. Ütemesen lépek utána hármat, és már mögötte is vagyok. Nem fogom meg a kezét, csak a testemmel szorítom a bejárat melletti falnak. Háttal áll nekem, az illatát a számban érzem. Azonnal belefúrom arcom a hajába, ő pedig válaszul hátradönti a fejét. Az ölem nekifeszül, a derekánál érezheti a keménységet.

Fújok egyet, mert ha nem teszem, azonnal megcsinálom. Elképzelem, hogy egyetlen mozdulattal felhúzom azt a pólót, ami alatt valószínűleg bugyi sincs. Két másodperc alatt a farkamra húznám, és reggelig le sem engedném szállni őt.

Válaszul ő is fúj egyet. Direkt csinálja. Azt akarja, hogy tudjam, ő ugyanazt érzi, amit én.
- Van valakim - suttogja halkan.

Hazudnék, ha azt állítanám, hogy nem érdekel, mit beszél. Tényleg érdekel. Van a világon egy férfi, aki bármikor maga alá temetheti őt. Azt a nőt, akit most én kívánok nagyon. És nem a szexet kívánom, hanem őt. Ez csak ekkor tudatosul bennem.

Ökölbe szorított kézzel támaszkodom meg mellette, mert a legszívesebben szétverném annak a magyar pöcsnek a fejét. Pedig talán neki lenne oka rám neheztelni.
- Nem érdekel!

Jó pár másodpercbe beletelik, míg végre kisajtolom magamból ezt a hazugságot.

Hátrább nyomja a csípőjét, eddig tart az önuralmam. Ösztönösen elé nyúlok, és rátolom őt a kemény részre. A póló közöttünk

van, de érzem, tényleg nincs rajta bugyi. Vágyom a csókjára, és ez a legkülönösebb. Mégsem fordítom meg.
Ő is felemeli a kezét, kicsit elnyomja magát a faltól.
– Ez nem helyes!
– De az! Ez a leghelyesebb, amit tehetünk.
Hátranyúl, és a tarkómnál fogva a fejemet ráhúzza a nyakára. Puha a bőre, krém ízét érzem a számban. Egy picit rászívok, de már meg is hátrálok. A lényeg érdekel. Benyúlok a póló alá, nincs rajta bugyi.

Meglehetősen tapasztaltnak vagyok mondható, mégis leblokkol a tudat, hogy a kezemben tartom őt. Teljesen be van indulva, és engem ez izgat fel a legjobban. Magammal nem is foglalkozom. Csak őt simítom, és csókolom a lapockáit meg a nyakát.

Elkezd remegni a lába, akkor hirtelen szembefordul velem. Olyan a tekintete, mint a tigriskölykeimnek. Játékos, veszélyes és fölényes. Ebből az egy tekintetből már tudom, őt sem állítja meg semmi.

Mondani akar valamit, de megelőzöm. A szájára tapadok, ő pedig mohón reagál a támadásra. Becsúsztatom az ujjam a résébe, mire ő a nyakamon körbefonva kezét fölhúzza magát. Nagyon könnyű, imádom, hogy összetörhetem őt. Megtámasztom alulról a fenekét, de nem szakadunk el egymás szájától.

– Azóta akarlak, hogy megláttalak, Gamal!

Nem szoktam kommunikálni szex közben, maximum annyit, hogy mit csináljon a csaj. Most azonban jólesik, mert elém tárja az érzéseit. Szinte egymás szájába beszélünk bele.

– Én is!
– Elveszek a közeledben...

Azt hittem, egy női testnél nem képes semmi többet kihozni belőlem, de most a beszéde erre rácáfol. Suttog, liheg, a számban van... Sosem akartam még így senkit. Persze az ember sokszor kész a szexre, de olyat még nem éreztem, hogy most ezt az egyetlen nőt akarom.

– Az jó! Vessz el velem!

Elneveti magát, de nem távolodik. Mindene az enyém. Enyém a teste, a szája, a hangja, az érzései, minden egyes rezdülése. Közel érzem magamhoz, és még benne sem vagyok.

Nem mozdulok el a faltól. Nekitámasztom a hátát. A csípőmön pihen, de még eszemben sincs beléhatolni. Imádom a vágyat benne, és nem akarom megadni neki egyből, amit akar. Még akkor sem, ha én ugyanúgy arra vágyom.

A fenekén beljebb húzom a kezem, és az egyik ujjam éppen csak odaérintem az érzékeny ponthoz. Azonnal igazít magán, így erőteljesebben simulhatok hozzá. Ezzel az egyetlen mozdulatával elveszi minden eszemet. Már tudom, hogy mennyire szeretheti az öleléseket. Kíván engem. És nem azért, mert fizettem neki, és nem is azért, mert nekem akar örömet szerezni. Ő akarja élvezni, amit csinálunk. Önző! Engem ez az önzőség tesz talajra.

Leengedem, és az egyik tenyerem az arcához szorítom. Liheg, a bőre már piros a borostámtól. Sok mindent mondanék neki, de mindenhez bátortalan vagyok. Olyan dolgok jutnak eszembe, amik eddig még soha. Azt sem bánnám, ha én így maradnék, csak ő élvezze!

Aztán kibújik egy mozdulattal az ölelésemből is meg a pólójából is. Maga mellé ejti, én meg megbénulok a látványtól. Természetes a teste. Közepes mellei vannak, a mellbimbói nagyon aprók. A vállán is van pár szeplő, meg a karján, de lejjebb már semmi. Nem kapkod. Időt hagy nekem a szemlélődésre, de azért feszélyezi is őt. Próbálom elütni a zavarát. Nekiszorítom az ölem, és közel hajolok hozzá.

– Gyönyörű vagy!

A kezét közénk teszi, elkezdi gombolni az ingemet. Végig a szemembe néz, a pulzusom már egy ütemmel sem emelkedhet ennél följebb. Úgy nyeldesek, mint egy kisfiú egy tapasztalt nő kezében, pedig szerintem én jóval többet tudnék mutatni neki. Hatalma van felettem. Ami a legriasztóbb érzés, hogy nem a testének van hatalma, hanem a tekintetének.

Szétgombolja a felső részt, és már siklik is be a keze. Végigcirógat, aztán újra gombol tovább. Ahogy egyre lejjebb ér, kezd türelmetlen lenni. A szeme a saját mozdulatait követi, én meg őt figyelem. A végén szétfeszíti az ingemet, és a legnagyobb meglepetésemre egész mellkasával rám borul. A kezei körbefonják a derekam. Sosem tudnék egy ilyen mozdulatra normálisan reagálni, most mégis azt teszem. Az egyik tenyerem a koponyáját támasztja hátul, másik tenyerem pedig a derekára siklik. Olyan, mint egy apró gyerek, akit védelmezni kell mindentől. Hosszú másodpercekig vagyunk így, érzem néha, ahogy apró csókot lehel a mellem alá. Én is megcsókolom. A feje búbját.

Olyan, mintha valami érzelmes amerikai filmet néznék, de még ez sem érdekel. Szüksége van rám. Ennél nagyobb fegyvert nem adhat a kezembe.

Aztán véget vet a romantikának. Más esetben ennek örülnék, de ebben a pillanatban meglepetésként ér. Hátradől a falnak, és letérdel. Az övemet bontja, és a nadrágomat gombolja. Mereven figyelem minden mozdulatát, de azt érzem, ha ezt most hagyom, akkor szégyellni fogom magam.

A karjánál fogva húzom fel, és a szemébe nézek. Ő pedig őszintén kérdez a szavak nélküli elutasításomra.

– Miért ne?

– Még ne!

Megcsókolom, és ezzel, azt hiszem, mindent értésére adok. Az már mellékes, hogy én semmit sem értek magamból. Az egyik kedvenc elfoglaltságom nőknek parancsolni, hogy kapják be, és parancsolni, hogy ne akarjanak megcsókolni. Csillát meg csókolom, és eltolom a farkamtól.

Kilép előlem, és az ágy felé sétál. A meztelen feneke maga a mézesmadzag. Mögé lépek, nem engedem, hogy lefeküdjön. Ahogy átkarolom hátulról, terpeszbe helyezkedik és előredől. Annyira könnyen bele tudnék hatolni, de nem teszem. Hosszan hunyom be a szemem, és gondolatban lebaszok magamnak két hatalmas pofont.

Visszadől, én pedig markomba veszem a mellét. Két ujjammal csipkedem a bimbóját, amit sóhajokkal jutalmaz. A csípőjéhez nyúl, ahol a másik kezem pihen. Előrevonja, egyenesen a csiklójához.

Oké. Most van végem!

Megfordítom, erőteljesen rányomom az ágyra, és betérdelek a lába közé. A legkisebb mértékben sem ellenkezik. Kitárja a combját, és rámarkol a fejemre. Ritmikusan köröz a csípőjével, szemmel láthatóan élvezi a nyelvem mozdulatait. Alig érek hozzá. Néha kihagyom az ütemet is, és nézem, ahogy lüktet mindene. Nem szégyelli el magát. Szélesebbre tárja a combját, úgy suttog.

- Gamal! Kérlek!
Belecsúsztatom az egyik ujjam, és a nyelvem is munkához lát. Mindössze pár mozdulatra van szükség, és már élvez is. A teste ívbe feszül, összezárja a combjait, és a lábfejével tolja el a vállamat, hogy ne érhessek hozzá. Minden porcikája remeg, az arca pedig piros.

Fölé hajolok, de csak pár másodperc múlva nyitja ki a szemét. Szégyenlősen mosolyodik el, a karomba fúrja az arcát. Én is mosolygok a mozdulatain. Az előbb még perszónaként viselkedett, most meg olyan, mint egy szűz kislány.

Örülök a pihenésnek, mert én már egy hajszálon múlok. A nadrág még rajtam van, megmarkolja a szélét.

– Van egy rossz hírem – kezdi nevetve, mire én is nevetve kérdezek vissza.

– Mi? – tovább kacag, ezért beelőzöm. – Várj! Kitalálom! Szar volt!

Félmosollyal harap bele a szájába. A foga körül kifehéredik a vörös ajakrész.

– Képes vagyok a sorozatos orgazmusra… – elneveti a végét.

– Aha! Hát ez tényleg rossz hír. Minden pasinak. Mert én fogtam ki az aranyhalat.

Nevetve forrunk össze a csókban. Olyan közel érzem magamhoz, mint még senkit eddig. Nem csak testileg. Ha most eltolna magától, és közölné, hogy beszélgetni akar velem, akkor is élvezném minden percét a vele töltött időnek.

Kavarognak a fejemben a gondolatok az ölelés közepette. Hirtelen mindent tudni akarok róla, de nem vagyok hozzászokva, hogy emberek után és sorsokról érdeklődjek. A teste pedig túl erős mágnes. Szorosan magához húz, és hiába harcol az agyam, nem képes a testem megtartani azt a bizonyos burkot.

Egy váratlan fordulattal megtámaszkodik a két vállamon, és erősen lenyom, miközben ő fölém ül. Ösztönösen nyomom feljebb a csípőm, a farmerom azonban még mindig rajtam van. Fölém hajol, a haja beterít minket, mint egy függöny. Csókol, és a fülembe cuppant olykor. A kezeim a fejem mellett vannak már, tenyere az enyémbe fonódik.

Röhejes.

Minden pózban dugtam már nőt, de eddig sosem voltam ennél izgalmasabb helyzetben. Kezdem érteni, miért is voltam képtelen csókolni a nőket. Ahhoz egy ilyen kellett, mint Csilla! A teste csupa tűz, a szája maga a mennyország. Ott időznék a végtelenségig, de ő elkezd lefelé vándorolni a szájával. Izgalmassá kezd válni a szituáció.

Amikor nő közelít a farkamhoz a szájával, általában már jól érzem magam, de most a gyomrom egy hatalmas görcs. Mozdulatlanul tűröm, hogy nyálával beborítsa a mellemet és a köldökömnél cuppogjon. Megint megemelem a csípőm, a melleihez súrlódik a nemi szervem. Ő is erősen nyomja mellkasát nekem.

Elengedek egy sóhajt, mert felemészt a tudat, hogy ott van a két lábam között, és tudom, mire készül. Kigombolja a nadrágom, most engedem neki, amit az előbb nem tudott befejezni. Annyira szenvedélyes, hogy meg sem próbálja leszedni rólam a nadrágot. Azonnal kiszabadít az alsónadrágból is, és lágyan megcsókol. Ott.

Semmivé válik minden körülöttem. Bárhogy is csinálja, jólesik. Olyan régóta vágyom rá, hogy az elmos minden eddigi tulajdonságot bennem. Úgy viselkedem, mintha nem is én lennék. Nyitva szoktam tartani a szemem, és általában nézem az akciót, de ha most azt tenném, elveszteném a fejem. Igaz, már így sem biztos, hogy a helyén van.

Mit csinál velem ez a nő?

A hirtelen támadt gondolattól felülök, amire ő is azonnal reagál. Jólesik újra látnom az arcát. Nem képzelődöm. Tényleg ő kényeztet. Föltérdelve az ölembe kúszik, majd szemből rám ül. A lábait behajlítja, érzem a fenekemnél a talpait. Húzza az ölemet magához.

Megemeli a fenekét, tudom, mit akar. Nem teszek semmit, szabad utat adok neki. Azt akarom, hogy minden úgy történjen, ahogy neki jó. Nekem úgyis mindenhogy jó.

Mielőtt leeresztené a csípőjét, a szemembe néz, és sóhajt egyet. *Gyere már, a francba!*

Lassan von magába, minden pillanatát élvezem. És élvezem közben a tekintetét is, mert végig egymást nézzük. Mikor teljesen leül, behunyja a szemét, érzem, ahogy tövig magába fogad. A hüvelye lüktet. Nekem is be kell hunynom a szemem.

Ez nem szex!

Ez ugrik be elsőnek. És persze az, hogy isteni érzés benne lenni. Olyan dologgal ajándékoz meg, amivel eddig még senki. Nemcsak a vágy hajt, hanem az érzéseim is. A legszívesebben bebújnék a bőre alá, akkor talán elég közel lenne hozzám.

A lassú mozgása már kezdi felemészteni minden türelmemet. Alig mozdul néha, de a hüvelye tornázik rajtam. Élvezem ezt a kínzást! Fogalmam sincs, meddig viselem el ezt a lágyságot, de egy biztos: újra elélvez. Kezeivel belemar a vállamba, és mélyen lenyomja a fenekét, a hüvelye pedig iszonyatosan gyors ritmusban szorongatja a farkam.

Érzem, ahogy ernyedni kezd, a szájával újra csókol. Majd ismét elkuncogja magát. Én is mosolygok megint, és alig láthatóan megcsóválom a fejem.

– Még mindig úgy gondolod, hogy aranyhal vagyok? – kérdezi halkan.

– Nem. Most már úgy gondolom, hogy gyémánthal vagy.

Hangosan felnevet, és hátrabiccenti a fejét, mire én válaszul vadul magamra húzom. Azonnal visszarántja magát, elkomolyodik, és megint villogni kezd szemében az üzenet: akarom! Élvezi a hirtelen vad mozdulatot, de szerintem én jobban élvezem. Még egyszer magamra húzom, miközben erőteljesen fölfelé döfök. Eddig meg sem mozdultam, ezért váratlanul éri az erőm. Meg a mélység is, mert hangosan felszisszen. Az arca fájdalmas, de élvezi. El is mosolyodik, nekem már nincs vicces kedvem.

Mikor újra döfök, megint szisszen, és hangot is ad az érzésnek.

– Fáj.

– De jó! Nem?

– De! – feleli komoly arccal, az orrunk majdnem összeér. – Az is jólesik tőled, Gamal, ha fájdalmat okozol.

Kezemmel végigsimítom az arcát. Határozottan nem szeretnék neki fájdalmat okozni.

Letolom magamról, ő válaszul lefekszik a hátára. Fölé fekszem, muszáj ráhasalnom, mert minden porcikáját élvezni akarom. Átölel a kezeivel is és a lábával is. A lábfejével lejjebb tolja az alsónadrágomat is meg a farmeromat is. Lassan újra beléhatolok, mire válaszul kezeit hozzácsapja a takaróhoz és belemarkol. Érzem a lüktetést benne, hihetetlennek tűnik a helyzet. A lábával már úgy

szorít, hogy tudom: nincs menekvés. A takarót megemeli, miközben hangosan elenged egy nyögést.
Két kezem közé fogom az arcát, és nevetve szegezem neki a gondolatot.
– Nehogy azt mondd, hogy megint elélveztél!
– Hát… valami olyasmi – kuncogja el magát.
Aztán erőteljesen körözni kezd alattam a csípőjével, és szaporán veszi a levegőt. Majd olyat mond, ami elveszi a maradék eszemet is.
– És újra elélvezek másodperceken belül, ha bennem maradsz!
Maradok.

* * *

Túl nagy a fény a szobában. A sötétítő nincs behúzva, így a reggeli fény szétterül minden egyes négyzetméteren. Figyelem a hátát és a szétterülő haját. Határozottan utasítom magamat, hogy ne érjek hozzá. Nem akarom felébreszteni. Az egész éjszakát átszeretkeztük, és az, hogy én nem alszom, csak azért van, mert nem térek észhez magamtól. Megszámolni sem tudom, hányszor okoztam neki örömet. A sajátomat meg tudom. Háromszor. Még a vigyor is átszalad az arcomon, mert arra gondolok, hogy mennyire kívántam őt, ha ennyiszer élveztem el vele. Végig ugyanolyan izgalomban tartott, amire eddig még egy nő sem volt képes. Sőt. Most is ugyanilyen izgalomban tart.

Nem bírom tovább, óvatosan lejjebb húzom a takarót rajta, egészen a fenekéig. Eszemben sincs tovább húzni. A gyönyörű hátát figyelem. A lapockáit szívesen megcsókolnám, de akkor biztos felkelne.

A reggel gondolatára hirtelen kezdem rosszul érezni magam, ezért az órámra nézek, ami a kezemen van. Reggel hét óra van. Gondolkodás nélkül ülök föl, és csak egyvalami zakatol az agyamban: Yasmin.

Feleségem nem buta. Valószínűleg sejti, hogy nővel töltöttem az időt. Nem a számonkérése izgat, mert azt gyorsan lerendezem, hanem sokkal inkább az, hogy most már nem fűzök olyan nagy reményeket a házasságomhoz, mint eddig. Mindig is tisztában voltam a ténnyel, hogy a szemét pasik táborába tartozom, de azt hajtogattam magamnak, hogy a nősülés után minden más lesz. A feleségem megérdemli majd a kedvességem, és meg is adom neki. Most meg ott tartok, hogy két hete nősültem, és átdöngetem az egész éjszakát egy másik nővel.

Szemét maradtam!

Csilla pördül egyet, és odagördül az ágy szélére a combomhoz. Átkarolja az egyik lábamat, majd meg is puszilja. Annyira természetes a mozzanat és annyira bénító. Ösztönösen simítom ki a haját a homlokából. Úgy érek hozzá, mintha egy gyermek lenne.

Megemeli a fejét, és rám néz a hatalmas zöld szemeivel. A haja egy szénakazal, el is nevetem magam. Olyan, mintha tupírozva lenne, őrületesen jól néz ki.

– Baj van?

A kérdésére azonnal fölpattanok, és körülbelül egy perc alatt kapom magamra a ruháimat. Szótlanul figyeli, mit csinálok. Mikor felöltözöm, odaállok az ágy széléhez, ő pedig elém térdel, és kérdőn méreget. Szívesen ledobnék újra magamról mindent, de most az egyszer vissza kell magamat fognom.

Nyelek, mielőtt megszólalnék, azt hiszem, hogy úgy könnyebb lesz.

– Mennem kell!

Nem válaszol, csak bólint, én meg ösztönösen rongyolok be a fürdőszobába. Az is megfordul a fejemben, hogy az egész agyamat a csap alá tartom, de aztán mégis egy szimpla mosakodást választok. A zuhanyt szántszándékkal hagyom ki. Nem akarom őt lemosni magamról!

Kimegyek, de szinte rá sem nézek. Még ugyanúgy ott térdel, látom a kezét, valamit nyújt felém. A telefonom van a markában.

– Ezt ne hagyd itt!

A kijelzőre nézek, de senki sem keresett. Ezt rossz jelnek érzem. Magam sem tudom, miért, de két tenyerembe temetem az arcom. Megőrjít a tudat, hogy nélküle kell eltöltenem az időt. Aztán már megint előjön bennem az a bizonyos neveltetés. Miért kellene? Bármit megtehetek...

– Mikor is repültök vissza? – próbálom semleges hangon kérdezni, mintha nem tudnám, de ahogy ránézek, darabokra esek szét.

– Holnap – feleli, és szerintem ő ugyanolyan állapotban van, mint én.

Hülyén érezném magam akkor is, ha megkérdezném, hogy jöhetek-e este, és akkor is, ha nem kérdeznék semmit. Aztán szerencsére enyhít a feszült helyzeten. Feláll, de nem száll le az ágyról. Int, én pedig odalépek hozzá. Most ő a magasabb. Szar érzés. Egész jól érzékelteti, hogy mennyire uralkodik rajtam.

Mikor azonban megszólal, rájövök, ez már nem uralkodás. Talán az az érzés, amit mindenki magasztal: szerelem!

– Azt szeretném, ha velem lennél! Nem akarom, hogy elmenj!
–Megbénít minden egyes szava. Ugyanezt akarom, de ahelyett, hogy kimondanám, csak a derekát fonom át. Beletúr a hajamba, végigszánt tarkómon a bizsergető érzés. – Olyan jó veled. Holnap elutazom, és soha többé nem látjuk egymást. Ne menj most el!

Most én érzem a pofont. Mi az, hogy többet nem látjuk egymást?

Felfoghatatlan az állítása, pedig igaz. Kimondja azt, ami nekem is a fejemben zakatol, és aminek a tudatától csak a vállamat kéne megrándítanom. De nem azt teszem. Beleőrülök.

– Most haza kell mennem! Értsd meg!
– De gyere vissza! Siess!

Megsimítom az arcát, és tényleg őszintén felelek.

– Sietek. Még délelőtt jövök. Ne menj sehova!

Boldogan hajol hozzám, és összepuszilgatja az arcomat. Kitör belőlem az önfeledt nevetés, ezt sem hozta még ki belőlem senki.

Aztán besétál az ágy közepére, és meztelenül ugrik kettőt. Döbbent fejjel figyelem, láthatóan élvezi a hatást. Az ágy rugója magasra repíti őt. Majd lezuhan, és nevetve veti oda.

– Siess! Nagyon!

* * *

A liftből hívom Hadit, aki azonnal fölveszi.
– Hol vagy? – kérdem tömören.
– Ha azt szeretné, Gamal, hogy ott legyek a hotel előtt, akkor ott.
Nem volt rossz ötlet Hadit alkalmazni.

- Igen, azt szeretném.

Leteszem a telefont, és a liftből kilépve elindulok a fogadótéren keresztül. Más a recepciós, ezért oda sem nézek. Próbálom úgy fordítani a fejem, hogy ne ismerjenek meg, mert az csak pletykákat szül. *Na nem mintha nem lenne miről pletykálni!*

Hadi valóban ott van a szálloda bejáratánál, már az ajtót is kitárta. Hirdeti a meghunyászkodását, de sejtem, legalább ezer kérdéssel van teli az agya. Gyorsan beülök, ő is ugyanezt teszi. Bele sem néz a tükörbe, pedig én pont arra vártam, hogy méregetni fog. Hát igen! A hazámban léteznek bizonyos tabutémák, amiket csak nagyon ritkán hozunk szóba.

Szinte szuggerálom őt, majd elkapom a tekintetét. Kétszer visszakapja rám, ekkor már tudom, hamarosan megszólal.

– Valamit mondanom kell, Gamal herceg! – Na, ez bizalmas lesz, mert nem simán a keresztnevemen szólít. Bólintok egyet, ő pedig folytatja. – A felesége hajnalban sírva rohant el otthonról.

Azonnal előredőlök, úgy utasítom.

– Mondjad, amit tudsz!

– Hajnali ötkor ugrasztotta Sirajt, hogy vigye őt el a családjához.

Siraj a másik sofőr, akit alkalmazok. Régen ő vitte a szolgálókat vásárolni, de mióta Yasmin a feleségem, azóta az ő sofőrje. Tekintettel arra, hogy a nők nálunk nem vezethetnek, asszonyomnak szüksége volt egy olyan emberre, aki csakis az ő parancsait várja.

Hadi megállapítására, mely szerint az én nőm a családjához ment, eldurran az agyam. Már én vagyok a családja!

– Hallottad, mit mond?

– Sírt. És azt kiabálta, hogy egy arab nő mindig csak lábtörlő! És azt, hogy ő szereti magát! Meg hogy nem érdemli ezt a bánásmódot.

Hátravágódok az ülésen, rendesen szégyellem magam. Szinte látom magam előtt a gyönyörű arcát, amint fájdalmas maszkot húz magára. Hallom a jajgató sírást, amit az egész világon a muszlim nők képesek a legtökéletesebben véghez vinni. És elönt valami undorító érzés magam iránt. Igaza van! Mindig alázok mindenkit, még őt is. Valóban nem ezt érdemli. Azt pedig eddig is tudtam, hogy szeret.

Végigdörzsölöm az állam, Hadi pedig a szemét dörzsöli. Megsajnálom őt.
- Nem aludtál egész éjjel?
- Miért, maga aludt?
Elneveti magát, de el is komolyodik. Ez túl erős határvonalátlépés a részéről. Nem neheztelek rá, a gondjaim most sokkal súlyosabbak. Az út hátralévő részében már nem szólunk egymáshoz. A palotáig Csillára gondolok. És hirtelen minden bűnöm semmivé foszlik. Az sem érdekel, ha az egész világ eltűnik, csak az emlékeim maradjanak meg!

20. fejezet

Beállunk az udvarra, és már megyek is befelé az épületbe. Hallom a mögöttem begördülő autókat. Az egyik anyósomat hozza, valószínűleg, a másik pedig az anyámat. Feleségem nem sokat teketóriázott azzal, hogy sérelmeit a család elé tárja. Ezek a nők nem oszthatják nekem az észt, így valószínűleg majd más módszert választanak. Tudat alatt azért szégyellem magam anyám előtt, noha még nem is állok előtte.

Villámgyorsan felnyargalok a hálóba, és ledobálom magamról a ruháimat. Látom az összetúrt ágyat és a szétdobált zsebkendőket, amiket Yasmin hagyott maga után.

Mikor kijövök a zuhany alól, hallom a fölfelé áradó hangzavart. Valaki sír, valaki rámordul, valaki pedig hangosan a Koránból idéz. Bedühödök a tényre, hogy palotám már olyan, mint a bolondokháza, ezért beleugrom egy pólóba meg egy vászonnadrágba, és már rongyolok is lefelé. Tervem szerint mindenki agyát leüvöltöm majd, de mikor meglátom az engem méregető szempárokat, nagyot kell nyelnem.

Hitvesem arca szinte szétmállott a sok sírástól, a nézése magasztaló. Képtelen vagyok másra gondolni, mint arra, hogy ő a feleségem. Az a nő, aki a legfontosabb kéne hogy legyen nekem.

Az anyjáé már inkább sértő, így konokul nézek vissza, mire zavartan egyik lábáról a másikra áll. Nem mer támadni, és azt jól teszi, mert azonnal kizavarnám. Valószínűleg órák óta megy a diskurálás, mert anyám is és anyósom is gyönyörűen fel van öltözve meg ékszerezve. Yasmin az egyedüli, aki szét van esve.

– Nahát! Micsoda kis családi összejövetel!

Feleségemre nézek, de ő lesüti a szemét. Szívesen esne nekem minden bizonnyal, de nem teszi. Úgy viselkedik a két érett nő előtt, ami egyértelműen jelzi, ő aztán engedelmes feleség. Ebbe nem is tudnék belekötni. Valóban engedelmes. De ezt a húzását most erősnek vélem. Úgy hazaszaladt, mint akinek nem maradt senkije, és ezzel megalázott engem. Ezt a jelenlévők is jól tudják.

– Fiam! Gondolom, tudod, miért jöttünk!

– Nem. Miért is jöttetek? – végigmérem őket, majd Yasmin közelébe sétálok, és megállok közvetlenül előtte. A földet nézi, nem meri megemelni a fejét. Hozzá is intézem a kérdést. – Miért is vannak korán reggel vendégeink, Yasmin?

Felemeli a fejét, és nyel egy hatalmasat. Könnybe lábad a szeme, az anyja azonnal ott terem mellettünk, de nem esik nekem. A lánya vállát ölelgeti, és próbál erőt csiholni belé. A feleségem naiv. Azt hiszi, minket, férfiakat megérint az ilyen érzelgős hülyeség. Az anyja tapasztalt nőként valószínűleg már sejti, hogy nem várhat tőlem csodát.

– Miért csinálod ezt?

Keserűség tör elő belőle, és ettől kővé dermedek. Meglepődöm a kirohanásán is és azon is, hogy végre emberien viselkedik. Most már nemcsak tudom, mit érez irántam, hanem látom is. Csak egy szerelmes nő lehet ilyen reményvesztett. Képtelen vagyok válaszolni neki, anyám menti a helyzetet. Belemarkol a felkaromba, úgy kezd beszélni.

– Gamal! Friss házasok vagytok. Tiszteld asszonyod! Tisztességes embernek neveltelek!

Majdnem kitör belőlem a kacaj, mert anyám inkább istennek nevelt, mint tisztességesnek. Próbálja a családunkat jó színben feltüntetni, de én nem értem, mire ez a színjáték.

– Ugye nem kell a házasságomat megvitatnom két nővel, aki nem a feleségem?

– Az anyád vagyok!

Bólintok, nem támadok tovább. Anyám azon kevés emberek közé tartozik, akit nem tudnék szántszándékkal bántani.

– Akkor hallgatlak, anyám.

– Szeretném tudni, mire véljem ezt a viselkedést! Ez a kislány azt mondta, te nem töltötted itthon az éjszakát, és biztos benne, hogy más asszonnyal voltál.

– Na és?

A levegő megfagy, de csak egy pillanatra. Senki sem kérhet számon, ezzel ők is tisztában vannak. Anyám láthatóan elszégyelli magát, Yasmin pedig odébbtaszigálja szerető szülője kezét magáról.
– Fiam!
Megdörzsölöm a szemeim, aminek két oka is van. Az egyik az, hogy rohadt álmos vagyok, a másik meg a képtelen helyzet.
– Szeretlek, Gamal!
Hitvesem hangja szinte kirángat ebből a zűrzavarból. Még az anyja is döbbenten nézi őt, anyám pedig hol elmosolyodik, hol szemrehányóan néz rám. Feleségemet gyengének tartottam, de ekkor rájövök, hogy a legmegfelelőbb fegyver van a kezében. Erre a kijelentésére sosem tudnék durva éllel reagálni. Talán mindenki arra vár, hogy hasonlót mondjak, és látványosan kibéküljünk, de én nem teszem meg. Ő egészíti ki a vallomását.
– Éppen ezért nem tűrök meg más nőt a házasságunkban!
Mindkét idős nő fölényesen néz rám, mintha az egész muszlim női társadalom harcot intézne a férfiak ellen. Még így is kevesek. Nem képesek kioltani belőlem azt a mételyt, ami felemészti a tisztesség összes apró csíráját bennem.
Magamhoz vonom őt, úgy felelek.
– Pedig meg fogsz!
Anyám megadóan lesüti a szemét, már jól tudja, hogy a fia nem tréfál. Anyósom úgy kémlel, mintha vadidegen lennék, a gyönyörű nőben pedig mellettem egy világ törik össze. Mindenbe beleegyezett a házasságunk előtt, és most már tudom az okát is. Biztosra vette, hogy belebolondulok, és eszembe sem jut majd más nő. Anyám a szíve mélyén jól tudja, a fia bizony nem ilyen.
Elindulok vissza a hálóba, hallom, ahogy anyám kibál felém.
– Gamal, gyere vissza! Követelem!
A lépcsőről visszafordulok, olyan szemeket meresztek, amitől, hipp-hopp, mínuszok kezdenek röpködni.
– Én meg azt követelem, hogy mindenki menjen vissza a saját házába! A feleségemtől pedig azt követelem, hogy villámgyorsan jöjjön utánam! Beszélnem kell vele!
Szinte be sem fejezem a mondandómat, Yasmin már meg is indul. Anyja döbbenten veszi ezt tudomásul. Lánya immár a legideálisabb feleség, akit férfi csak kívánhat magának.

Nem bírom ki a hálóig. A lépcső tetején Yasmin utolér, én pedig szembefordulok vele. A két idősebb nő távozik, hallom anyósom jajgatását.
- Hallgatlak!
- Én hallgatlak téged, Gamal!

Mi van?

Azonnal szorosan odalépek hozzá, ő pedig szintén lép felém egyet. Az engedelmes feleség eltűnik, helyébe ittmarad nekem egy szerelmes, féltékeny nő, aki mindenre képes.
- Mit akarsz hallani?
- Nővel voltál?
- Erre már válaszoltam. Igen.

Felbiccenti a fejét, mint egy harcra kész muzulmán, majd nyel egyet, úgy kérdez megint.
- A magyarral?

Majdnem odavetem, hogy van neve is, de ennyire nem alázom meg a feleségem. Addig jó, míg úgy gondolja, ez csak egy légyott volt. Legalább ő higgye azt, ha már bennem kezd az egész összekuszálódni.
- Miért gondolod, hogy vele?
- Azért, mert egyetlen muszlim nő sem fogadna be az ágyába. Csakis egy tisztességtelen lotyó képes erre!

Különös, de nem neheztelek rá a megjegyzéséért. Egyetértek vele. Valahogy fel sem fogom, hogy ebben az esetben a lotyó és Csilla egy és ugyanaz.

Kiterítem a lapjaimat.
- Ez a bizonyos „magyar" még egy napig itt lesz, és én látogatni fogom őt! Akkor is, ha te ellenzed, úgyhogy hidd el, jobb, ha nem pocsékolod az energiád! Ettől te még a feleségem maradsz! Ha azonban továbbra is ilyen kifogásolhatóan viselkedsz, beszélni fogok az apáddal!
- És ha én azt mondom, hogy el akarok válni, ha továbbra is kapcsolatban maradsz ezzel a nővel?

Először arra gondolok, csak blöfföl, de azután felismerem a komolyságot a hangjában. Hazámban is elválhatnak a párok, és ez nem is olyan bonyolult dolog. A civilizált keresztény népek hónapokig, sőt évekig pereskednek a vagyonon meg a gyerekek felügyeleti jogán. Nálunk sokkal egyszerűbb a dolog. Az anyagiak elég egyértelműek, hiszen én fizettem hozományt neki, ami csakis az övé. Ha gyerekünk is lenne, akkor az nyilván hozzám kerülne. Csakis a muszlim férfi képes erősen átadni az utódoknak az iszlám imádatát. Így még az esélye is elvész annak, hogy a volt feleség esetleg egy másik vallású férfihoz kezd kötődni, és a gyermek nem muszlimként nevelkedik. Tehát osztozkodnunk nem kell. A válás ennek ellenére csakis akkor jöhet létre, ha a férfi beleegyezik. Mindkét fél kérheti a különválást. Ha a férfi kéri, a feleség beleegyezése nem szükséges. Ha a nő kéri, akkor rá kell bólintani a férjnek is. Na igen. Ez is meglehetősen a mi malmunkra hajtja a vizet.

– Ne légy gyerekes! – magam sem tudom, miért, de gyengéddé válik a hangom.

– Nem tűröm…!

– Na és mit akarsz tenni? Elválsz tőlem, aztán pedig valaki máshoz mész hozzá, akinek te már a sokadik felesége leszel? Kinek kellenél így? Már nem vagy olyan értékes, Yasmin!

Mélyen a szívébe mártom a tőrt, de ez az igazság. A szüzessége volt a legnagyobb erénye. Persze gyönyörű nő, de senki nem vesz el egy nőt első feleségnek, ha az már nem szűz.

Bár nem szorulna újabb férjre. Kemény anyagi biztonságot toltam alá, és azt is biztosra veheti, hogy egy esetleges válás után havi apanázst biztosítanék a számára. Mi, arab férfiak elég erősen felelősséget vállalunk a ránk bízott nőkért, és ettől a felelősségtől sokszor még egy válás során sem szabadulunk meg. Nem azért, mert nincs rá lehetőségünk, hanem azért, mert mi így érezzük jónak. Én is biztos vagyok benne, hogy Yasmin sorsa, jóléte örökre érdekelni fog. Mindaddig, míg valaki le nem veszi ezt a terhet rólam. Azt pedig csak egy újabb férj teheti meg.

Pár pillanat erejéig csak hallgat, majd újra támadásba lendül. Kezd felizgatni a viselkedése, mert szemtelenül nekem szorítja a mellkasát.

– Pedig ez lesz, Gamal! Válni akarok! Vagy segítesz ebben, vagy keresek más segítséget.

Ő is ismeri a válás szabályait. Nekem ki kell jelentenem tanúk jelenlétében a válási szándékomat. Ezt nem elég egyszer megtennem. Háromszor kell, havi eltérésekkel. A nőnek menstruálnia kell az alkalmak között, ez is biztosíték rá, hogy nem hagy magára a férfi egy állapotos nőt. És fontos szabály az is, hogy ebben a három hónapban nem lehet a nőhöz érni. A szex szigorúan tilos. Én meg most úgy állok a helyzethez, hogy a legszívesebben hasra vágnám őt.

– Sosem fogom megtenni – kajánul elmosolyodom, hátha veszi a lapot, de nem ez történik.

– Akkor mástól kérek segítséget!

– Senki sem fog neked segíteni!

– De fog!

A hangsúlytól és a dacolástól elvesztem a fejem. Nekiszorítom a falnak, mire ő ököllel beleüt a mellkasomba.

– Yasmin, fogd vissza magad!

– Utállak! Gyűlöllek! Te vagy a legundorítóbb férfi, akit valaha is ismertem! Szeretlek, de te megalázol! Nem akarom, hogy hozzám érj!

Pedig hozzád fogok! Most keményen megdolgozlak!

A kezét lendíti, karmolni akarja az arcom. Odébb lököm őt, és döbbenten figyelem minden mozdulatát.

Ennyire odavan értem?

– Higgadj már le, a picsába!

– Meg foglak mérgezni!

A lábam szinte belesüllyed a márványba, a vágyam semmivé foszlik, a testemet pedig kihúzom. Ő is kiegyenesedik, és harcos szemekkel néz. Tudom, hogy nem viccel. Amit most mutatott, abból sejtem, hogy bármire képes. Kénytelen vagyok más módszert választani, mint az uralkodást.

Lassan közelítek hozzá, nem reagál. Mikor odaérek elé, az ölemhez veti magát. Szorosan átölel, és zokogni kezd. Szorítására a levegő is kifelé préselődik belőlem.

– Ne haragudj, Gamal! Annyira szeretlek! – nem felelek, de a kezem ösztönösen ráfonódik. Aztán valami olyasmit mond, amitől még az állam is leesik. – Ígérd meg, hogy az egyetlen maradok neked. Ígérd meg, hogy csak egy kicsit szórakozol! Hogy nem szeretsz senki mást, és én lehetek a te egyetlen asszonyod.

– Az ég szerelmére…

– Tudom! Tudom, hogy beleegyeztem, de nem bírnám elviselni!

A szemei megint megtelnek könnyel, úgy néz rám, mint a legártalmatlanabb lény a világon. Simogatom az arcát, és szívesen megpuszilnám, de az előbbi kirohanása falat emelt elém. Elhatározom, hogy megemlítem az apjának a viselkedését.

Lefejtem a kezét, és elindulok a hálóba, ő pedig szorosan követ.

– Mikor megy haza?

Behunyom a szemem, mert minden szavának éle van. Csillára gondol, a hangjában minden benne van, még az elfogadás is. Addig, amíg itt van az én hazámban, vele lehetek. Ezzel az egy kérdéssel feleségem mindenbe beleegyezik. És furcsa, de ez fáj.

* * *

Tizenegy körül kezdek az indulással foglalkozni, de Emír kiabálását hallom lentről. Lefelé indulok a lépcsőn, ő pedig már jön fölfelé. Ibrahim mellette van, de ő csak hang nélkül oson. Mindketten tobéban vannak, én meg farmerben. Nézésükre majdnem elszégyellem magam.

– Te hova mész?

– Dolgom van!

– Naná! Jössz velünk a mecsetbe.

Nagyot sóhajtok, mert most Emír beletrafál. Péntek van. Nálunk, muszlimoknál ez a szent nap. A munkahét szombattól csütörtökig tart. A péntek déli ima kötelező, amit nem oldunk meg az otthonunkban. Erre az imára mindig mecsetbe megyünk. Az iszlám világ semmit sem bíz a véletlenre. Ha mecsetbe akarsz menni, akkor biztos találsz a közelben egyet. Az én palotám mellett is van egy, ami megkönnyíti ezt a kötelezettséget.

– Most tusoltál?

– Ja!

– Akkor öltözz át!

– Ki vagy te, az apám?

Emír elröhögi magát, majd végigmér.

– Nem, de ő is jön.

Ezt, ha nem mondja, akkor is tudom. Ott lesz ő is, az öcsém, a bátyám, a féltestvéreim és az unokatestvéreim is. A péntek déli ima mindig összecsődíti a család férfi tagjait. Ez soha nem okoz gondot, csak most, mert éppen Csillához készülök. Még a szememet is szorosan behunyom, mert ha eszembe jut a szex, akkor kezdhetem a tisztálkodást elölről.

– Jól van. Átöltözöm.

Visszarongyolok, és belebújok az egyik tobémba, majd indulok is lefelé. Mire leérek, a két férfi már az ajtóban áll. Emír előreindul, de Ibrahim mellém lép.

– Ha visszajöttünk, megvizsgállak!
– Eltelt egy hónap?
– Igen, el.

Egyből Magyarország jut eszembe, és a hotelszobám. Úgy érzem, életem legmeghatározóbb napjai voltak, noha pár nappal ezelőtt még rendes baklövésnek véltem odautazásomat.

Emír előttünk oldalog, nyugalommal veszem tudomásul, hogy nem hoz elő semmilyen kínos témát. Tisztának kell maradnunk az ima végéig. Az agyunk legmélyének is.

Apám és testvéreim már a mecset bejáratánál vannak, éppen csak megöleljük egymást, de nem beszélünk. Apám tekintetén semmi sem látszik, de talán csak azért, mert jó muszlim. Most kerüli az apai szigort.

Kibújunk a papucsból, és egészen előresétálunk. A királyi család tagjai előkelő helyet foglalhatnak el a mecsetben.

A helyemen szorosan hunyom be a szemem, és Allahot keresem. Ráhangolódom az iszlámra, keresem a lelki békét. Nehéz, mert az agyamat nem tudom megerőszakolni, de harcolok magamért. Azt már sejtem, hogy ez az imám nem sokat fog érni.

Fizikálisan tiszta vagyok, de lélekben...

Megkezdődik az ima.

Csukott szemmel felemelem a két kezemet a fülem mellé, tenyérrel előre. Allahot dicsőítem. Aztán összefonom mellkasom előtt a két karom, miközben imádkozom. Majd újra fölemelem a kezemet, aztán megtámaszkodom a térdemen, és mélyen hajolok meg. Így is imát mondok, majd újra felállok, és kezeimmel intek. Letérdelek, két tenyeremmel megtámaszkodom, a homlokom a földhöz érintem. Imát mondok, fölemelem magam, majd visszaborulok. A könyököm nem érhet semmihez, csak a tenyerem van a földön. A lábfejem félig támaszkodik a földön, nem lehet ráülni a talpakra, és nem nézhetnek a talpak az ég felé sem. A talpak piszkosak a muszlimok világában. Márpedig piszkos dolgot nem mutathatunk Allahnak. Ez annyira erősen jelen van az életünkben, hogy amikor szőnyegen ülve társalkodunk, akkor is ügyelünk rá, hogy a másik felé ne mutassuk a talpunkat. Az a tiszteletlenség jele. Erre jó ellenszer a törökülés.

Kétszer ismétlem meg a mozzanatot, majd fölállok. Újra keresztbe fonom mellkasom előtt a karjaimat. Kezdődik minden elölről. Háromszor csinálom végig ezt a folyamatot, amit a földön fejezek be, úgy, hogy a vállam fölött először jobbra nézek, majd balra.

Az ima végeztével hazaindulunk, de ahogy elhagyjuk a mecset területét, rögtön rájövök, apám nem fog tágítani. Mellettem sétál, és erőteljesen gondolkodik. Emírre nézek, aki szintén gondterhes tekintettel mered rám.

A palota bejáratánál apámhoz fordulok.

– Bejöttök?

– Igen, fiam. Nekünk beszélnünk kell! A többieket meg hagyd, hadd egyenek kedvükre!

Bólintok, és már megyek is előre. A legtöbbször apám palotájába megyünk a péntek déli ima után, de most így alakult.

A könyvtárig sétálok, a családom nagyobb része az étkezde felé veszi az irányt. Az asztal már valószínűleg roskadozik az étel alatt.

Apám feltűnően nyugodt, elhelyezkedik a fotelban, és úgy méregeti a helyiséget, mintha nem látta volna már ezerszer. Pedig látta. A könyvek imádatát tőle örököltem. Kiskorunktól olvastak nekünk föl a Koránból. Aztán, ahogy mi is tudtunk olvasni, ez nekünk is a napi elfoglaltságok közé került. Ahogy cseperedtem, úgy adta sorban apám a kezembe a könyveket. A világháborúk őt mindig érdekelték, ezért úgy gondolta, velem sem lesz ez másként. Sosem ellenkeztem, ezért bőszen olvastam történelmi jellegű könyveket. Nagyjából mikor Hitlerhez értem, akkor kezdett érdekelni a dolog. Egy láthatatlan kapocs a nyugati világgal. Minek az álszentség? Azok a bizonyos civilizált országok talán védelmükbe vették a zsidóságot? Még a háború után is országok zárkóztak el a segítségnyújtástól. Vissza az őshazába! És ezt sem könnyítették meg. Az arab és zsidó ellentétet mélyítették. Igenis van közös vonal egy arab állam elzárkózása és a nyugat békítő reakciója között. Az egyik egyenes, a másik álszent.

Bár én nem mondhatom családomról, hogy elvakult vagy fanatikus, de azért csak van bennünk egy belénk nevelt ellenszenv.

– Ülj le, fiam, komoly dologról akarok veled beszélni!

Azt teszem, amire kér. Már rég fordult velem elő ilyesmi, de most összeszorul a torkom az utasítástól. Apám mindig ilyen, most azonban súlya van a hangjának.

Leülök vele szemben, és várom a zuhanyt. Anyám mindent elmesélt neki töviről hegyire, ebben biztos vagyok.

– Anyád hozzám fordult segítségért.

Elvigyorodom, de nem szándékosan. Szigorú tekintet a válasz, aminek hatására moderálom magam. Régen éreztem már magam ennyire gyereknek. Folytatja.

– Én nem értelek téged, fiam! Mi ez az egész? Nem tudsz csak egy kicsit diszkrétebb lenni?

Lemeredek a szőnyegre, mert minden szavában ott az igazság. Miért vagyok ekkora barom? Meg kellett volna dugnom Csillát, aztán még éjszaka hazajönni. Ehelyett meg azt ígértem neki, hogy még délelőtt visszamegyek. Még őt is átverem.

– Szerelmes vagy?

Ekkor először nem háborodok fel a feltételezésen. Bár még senki nem ragasztotta rám a szerelmes jelzőt, de eddig nevetséges is lett volna. Most azonban leginkább már attól rettegek, hogy apám mindenkinél jobban ismer, és ő látja az igazságot.

– Nem tudom – mélyen a szemébe nézek.

Nőkről szoktunk olykor beszélni, de nők iránti érzelmekről soha. Tudom, ő egykor szerelmes volt anyámba, és azt is tudom, hogy tiszteli őt. Reméltem, hogy én is ilyen viszonyba kerülök majd Yasminnal, erre meg egy európai nő jár állandóan az agyamban.

Megigazítja magát a fotelben, látszik, nem erre a válaszra számított. Én sem erre számítottam magamtól.

– Az vagy, fiam. És ez nagy baj! Mit tennél meg azért a nőért?

– Bármit!

Azonnal rávágom a választ, apám erre kihúzza magát ültében. Majd ugyanazt kérdezi.

– És mit tennél meg asszonyodért?

– Sok mindent.
– De nem bármit! Igaz?
Körülbelül az összeomlás szélén vagyok. Apám olyan, mint a lelkiismeretem. Kíméletlenül rávilágít az igazságra.
– Nézd, Gamal! Yasmin a feleséged. Én a válás ötletét nem támogatom.
– Azt én sem.
Nem csalódtam feleségemben. Biztos közölte az egész családjával, hogy el fog válni, ha így folytatom. Velem azonban már másképp viselkedett. Beleegyezett mindenbe. Legalábbis úgy értelmeztem. Jól emlékszem a pillantására, a hanglejtésére, és az egyértelműen a megadást jelentette. Talán le kéne ezért néznem a feleségemet, de én becsülöm őt azért, amiért ezt teszi.
– Akkor mi a terved?
– Nincs tervem. Csilla holnap hazautazik. Yasmin hajlandó szemet hunyni a kicsapongásom fölött.
– Itt most nem ez a lényeg, fiam! Ha szerelmes vagy, akkor másról kell döntened! – Kérdőn nézek apámra, ő pedig egyre mélyebbre lök a gödörben. – Vagy esetleg holnap engeded, hogy hazamenjen az a nő? Nem fogod engedni! Itt akarod majd tartani! Erre pedig szabályok vannak!

Átszalad az agyamon pár dolog, amik eddig egyáltalán nem foglalkoztattak. Csillát tényleg fájdalmas lenne hazaengednem, de ezen még nem is agyaltam. Az, hogy bármikor az enyém legyen, csak egy úton járható: ha feleségül veszem. És tekintettel arra, hogy nem muszlim, itt már jön is a következő akadály. Bár elvehetném őt úgy is, hogy megtartja a keresztény hitét, de a gyereknevelés így komoly akadályokat gördítene utunkba. Mindig arra kell törekedni, hogy a gyermek a lehető legtöbbet kapjon az iszlám imádatából. Márpedig egy nem muszlim feleséggel ez igencsak nehézkes volna. Az már csak mellékes, hogy Csilla a második feleség címét kapná meg, és valószínűleg ő ezt nem díjazná. Yasminról már nem is beszélve.

– Nem muszlim! – Töri meg apám a csendet, mintegy kimondva gondolataimat.
– Tudom.

– Rendben. Utasítsd, hogy térjen át a mi hitünkre! Aztán vidd normális keretek közé ezt az egészet!

Föláll, mintha megtalálta volna a megoldást. Számtalan variáció létezik, de nem tudom, mire is gondol pontosan. Nyilván a házasság számít nálunk a legtisztább kapcsolatnak, de akár lehetne csak az ágyasom is. Vagy esetleg igénybe vehetném azt a bizonyos időleges házasságot. Nem. Azt sosem vehetem igénybe, én hithű muzulmán vagyok. Szunnita vagyok, nem pedig síita.

Végül mégis oda lyukadok ki, valószínűleg apám a lehető legtörvényesebb dologra gondol. Egy második feleségre.

– Az nem fog menni. Sosem jönne hozzám.

– Ezt hadd döntse el ő, fiam!

Apám nem ért semmit. Leragadt a múltban. Talán az ő szemében minden ilyen egyszerű, de az is igaz, hogy a saját félelmeimmel sem tudok szembenézni. A mi hazánkban szaúdi nő nem nagyon mehet feleségül más nemzetiségűhöz, de mi, szaúdi férfiak elvehetünk külföldi nőt, sőt nem muszlim nőket is. Ha csúnyán akarnám mondani, akkor úgy fejezném ki, hogy a nőinket nem adjuk, de a másét elvesszük, ha kedvünkre való! Valószínűleg sosem tudnék Csillára úgy nézni, mint egy tisztességes nőre. Nem tartom ribancnak, de a neveltetésem ellen képtelen vagyok harcolni. És azt is tudom, hogy semmi sem változik, csak ideig-óráig. Yasmin lehetne a jövőm, de ennek felismerése nagyon sötétbe borítja az egyébként napos Rijádot.

21. fejezet

Egy hosszú ruhában nyit ajtót, már vetődik is a nyakamba. Olyan az illata, mintha gyerekkorom óta ehhez kötődnék. Selymes mindene, és azt érzem, hogy soha nem akarom elengedni. Lerángatja magáról a ruhát, azonnal a tenyerembe simul. Döbbenten figyelem a mozdulatait, jó érzés, hogy ennyire várt rám. Én is kicsomagolnám magam a tobémból, de belemarkol a kezembe, ahogy gombolni kezdem magam.

– Tudod, hogy őrjítően nézel ki ebben a hacukában?
– Már megtanítottalak, hogy hívják.

Mindketten nevetünk, ő pedig letolja fejemről az ogalt a shemaggal együtt.

– Amikor ebben láttalak és napszemüvegben, elvesztem.
– Tudom. Láttam rajtad.

Picit meglepődik, és hátrább dől. Majd incselkedve jelzi, hogy ő sem kevesebb nálam.

– Nekem pedig elég volt csak üldögélnem, és máris kész voltál.
Most is kész vagyok!

Alányúlok, és az ágyig cipelem. Azonnal lefektetem, és kezdem szabaddá tenni magam. Nem állít le. Ez a pillanat annyira éhes, hogy semmi más nem érdekel, csak hogy benne legyek. Szívesen ölelném hosszan, de olyan, mintha a sivatag közepén szomjaznék. És ő is szomjazik. Nem teketóriázik. Azonnal úgy helyezkedik, hogy belecsusszanjak, akkor nyugszik csak meg, mikor birtokba veszem.

– Imádom! Imádom, ha itt vagy bennem!
Hú, a picsába! Végem van tőle!

* * *

Felkönyököl, úgy kezd beszélni. A haját félig maga elé húzza, gyönyörű látványt nyújt. Kielégült és kisimult mindene. Ha az utcán jönne szembe velem, akkor is levágnám, hogy valaki jól megdugta az eltelt órákban.

– Azt mondtad, délelőtt jössz! Késtél!
– Megesik velem. Tudhatnád! – Mindketten elnevetjük magunkat, de látom, hogy választ vár. Talán az lenne helyes, ha nem kezdeném magyarázni a helyzetet, de úgy érzem, ő megérdemli.
– Elfelejtettem, hogy imára kell mennem. Apámék átjöttek.
– Milyen imára?

Ezt a kérdést most én nem értem. Fogalmam sincs, miért faggat ilyen hülyeségekről!

Mégis válaszolok.

– A mecsetben voltam. Általában otthon imádkozom, de a péntek déli ima, az más!

Hangosan kacagva a hátára vetődik, miközben a lábait az égnek emeli. A takaró felcsúszik rajta. Szexi.

– Hát ez jó! Ezért késtél? Akkor mondhatjuk úgy, hogy Allah kiütött engem a nyeregből!

Döbbenten fölé könyöklök, szívből nevet. Nekem meg a vérnyomásom csaknem kettő-húsz, mert nagyon irritál, hogy röhög rajtam. Kineveti, ami az én életemben az egyik legfontosabb dolog. Szívesen képen törölném, de visszafogom magam. Talán igaz. Allah a legfontosabb.

– Mi olyan vicces?

Látja az arcom, azonnal visszakomolyodik. Belemarkol a karomba, de én lefejtem a kezét.

– Ne haragudj!

Már késő.

Felpattanok, és magamra kapom az alsónadrágomat. Ő azonnal odaugrik elém, úgy mentegetőzik. Sajnálom őt, de képtelen vagyok tolerálni a viselkedését.

– Jó lenne, ha tiszteletben tartanád, hogy ki vagyok!
– Miért, ki vagy? Mit akarsz mondani? Azt, hogy herceg? Tudom! Vagy azt, hogy egy elkényeztetett milliárdos? Azt is tudom! Vagy egy fanatikus? Azt meg kezdem sejteni.

Meglendül a kezem, de nem ütöm meg. Felismerem, hogy az én hidegségem hozza ki belőle ezt, ezért nyelek párat, és teljesen odalépek elé.

– Csilla, ezt ne csináld! Nekem az iszlám nagyon fontos. És fontos a hazám is. Meg az is, hogy ki vagyok. Ez az életem.

Sose gondoltam volna, hogy valaha is így fogok beszélni. Ő is hozzám fúrja magát, és átölel. Már el is illan a dühöm.

– Ne haragudj! Kérlek, ne haragudj!

Nem is tudok!

Mélyen csókolom őt percekig, aztán előhozakodom azzal, ami még bennem is kételyként tombol.

– Ne menj haza holnap!

Elkerekedik a szeme. Először mosolyog, de aztán elkomolyodik.

– Hogy érted?

Mit hogy értek?

Nem volt elég kimondani, még ecseteljem is? Szerelmet vallani tuti nem fogok. Miért ilyen értetlenek a nők?

– Úgy értem, hogy ne menj ki a reptérre holnap reggel, és ne szállj fel arra a kibaszott gépre!

Szétvet az ideg.

Újra mosolyogni kezd, de én komoly maradok. Elő kéne hozakodni a többivel is, de tudom, hogy ő egy másik világban nőtt föl. Ismerem azt a világot, hiszen éveket éltem az USA-ban, és Európa sem idegen a számomra. Ami nálunk egyszerű, az náluk bonyolult. Ami nálunk bonyolult, az náluk egyszerű.

Cirógatja a karom, miközben szemével a saját mozdulatait követi.

– Gamal, ne bolondozz! Megvan a repülőjegyem. Nem maradhatok itt még tovább!

– Akkor maradj itt örökre!

Hátrahőköl, de látszik a szemein, hogy valójában jólesik neki a marasztalásom. Pillanatok alatt lejátszok mindent az agyamban. Ha nem akar hozzám jönni feleségül, akkor is a palotámban fog lakni, és az ágyasom lesz. Mindennap megmásznám őt, az tuti. Persze a legideálisabb az lenne, ha felvállalnánk egymást teljes egészében.

– Örökre? – Nevet, és én ma már sokadszor utálom ezt a nevetést. – Ezt hogy érted? Nekem otthon megvan az életem. Dolgozni járok, tanulok, és együtt élek valakivel.
Eldurran az agyam.
– Ki a faszt érdekel? Kit érdekel, hogy kid van otthon? Én itt vagyok!
Egyvalami biztos. Megszoktam, hogy én vagyok a legfontosabb, és nem viselem túl jól, ha valaki nem engem sorol az első helyre. A szavaim erőteljesek, de valójában nem azt érzem, amit kimondok. Ha a szívem szerint cselekednék, akkor megmarkolnám őt, és finoman kérlelném, miközben a fülébe súgom, hogy azért kell itt maradnia, mert imádom. Mert el sem tudom képzelni, hogy már csak egy nap adatik ebből a tetves életből, hogy ölelhessem őt.
Miért nem lehet ezt szavak nélkül megérteni?
Kibontakozik az ölelésemből, és tesz egy kört a szobában. Csóválja a fejét, mintha valami döbbenetes dologgal szembesült volna. Hirtelen megint olyan idegennek érzem őt, mint Magyarországon volt az első napon.
– Te megőrültél? Feleséged van! Mégis miért kéne itt maradnom? Állandó szeretőnek?
Olyasmi.
– Én nem ezt mondtam!
– De igen! Már megint vásárolni akarsz! És nem bírod elviselni, ha valaki nem adja el magát, sem pénzért, sem a két szemedért!
Gondolatok kavarognak bennem, de ezeket képtelenség szavakba önteni. Most hogy magyarázzam meg neki, hogy nálunk ez teljesen normális dolog? Aztán kiszalad a számon egy újabb hülyeség, remélem, hogy ezzel egy szintbe hozom őt Yasminnal.
– Akkor gyere hozzám feleségül!
– Neked már van feleséged! Nem rémlik?
– De lehet több is!
Erőteljes léptekkel sétál az orrom elé. A nézésétől szinte remegni kezd a lábam. Apró és törékeny, de a személyiségében hirtelen akkora erő tombol, ami két vállra fektet. Aztán az is letaglóz, amit mond.
– Menj a fenébe, Gamal!

Nem értem őt. Azt hittem, a legszebb ajánlatot teszem neki, ő meg szinte gyilkol a szemével.

– Feleségül vehetlek, és élhetsz velem...
– Te pedig majd megdugsz, amikor éppen kedved van hozzá!

Csöndbe burkolózunk. Szívesen ecsetelném, hogy másért akarom marasztalni őt. Védeni akarom. Oltalmazni. Megadni neki mindent. És azt akarom, hogy egyetlen férfi se alázza meg úgy, ahogy én szoktam a nőket.

Nem mondom ki. Folytatom, mintha meg sem szólalt volna.

– Áttérsz a muszlim hitre, feleségül veszlek, és boldogan élünk.
– A muszlim hitre? Kit érdekel ez? Neked ez a fontos?

Igen.

– Csilla...
– Takarodj innen!

Lökdösni kezd az ajtó felé. Ha akarnék, talán ellen tudnék szegülni, de magával visz a büszkeség. Úgy azonban képtelen vagyok elmenni, hogy ne tiporjam a sárba.

– Elmegyek. Eltakarodok, ahogy te akarod. – Szembefordulok vele, szinte elérhetetlenek vagyunk egymás számára. – Te meg takarodj vissza a tetves Magyarországodba! Az idióta pöcshöz, akivel együtt élsz! Az alkoholista apádhoz meg a drogos öcsédhez! És ne felejtsd el ápolni a haldokló anyádat!

Még csak nem is szégyellem el magam. Mindaddig, míg meg nem szólal.

– Az anyám már meghalt. Két hete temettem el. De a többi tanácsod megszívlelem.

Nagyon lágy a hangja, de nem sírja el magát. Egy porszemnek érzem magam a rijádi viharban. Ide-oda vetődök, és csak remélem, hogy puhán érek földet. A szívem szakad meg.

* * *

A sokktól, ami ér, képtelen vagyok megszólalni. Kisétálok engedelmesen az ajtón, ő pedig becsukja mögöttem. És ezzel bezár egy egészen másvalamit is. Talán a bocsánatáért kellene esedeznem, de képtelen vagyok felülkerekedni a saját természetemen. Bánom, amit kimondtam, de nem azért, mert megbántottam, hanem azért, mert tényleg meghalt az anyja. A miatt az érzés miatt bánom, amit most érezhet. Valószínűleg a gyász maga alá temeti, és fel sem fogja a durva szavaimat. Már sokadszor érzek úgy vele kapcsolatban, ahogy mással még sosem. Meg akarom szabadítani a fájdalmaitól. Majdnem hangosan nyögök föl, mert nem megszabadítottam őt, hanem még bele is rúgtam. Az azonban meg sem fordul a fejemben, hogy visszakönyörgöm magam a szobájába. Nem hallatszik ki semmi, de biztos zokog. Én pedig gyűlölöm a síró nőket. Legalábbis eddig azt hittem, mert most még a gondolatra is kifeszül az ujjam, amivel a könnyeit törölném le.

Elindulok a lifthez, magam sem tudom, miként kerülök az utcára. Hadi a bejárat mellett áll, de nem szól semmit. Már pattan is a kocsihoz, és egyenesen hazavisz.

Ahogy belépek a palotába, hangokat hallok bentről. Emír és Ibrahim beszélgetnek valamiről. Amint meglátnak, azonnal elhallgatnak. Nem szólalok meg, Emír fölpattan.

– Mi van?

Megrázom a fejem, de rokonom nem olyan könnyen tántorítható el a témától. Úgy lép mellém, hogy azon én is meglepődöm. Szeretettel átöleli a vállam, majd magához is szorít pár másodpercre. Ritka gyengének tűnhetek, ha még unokabátyám is így reagál.

Ibrahim föláll, és erőteljesen közli, miért jött.

– Csináljuk meg a vizsgálatot, Gamal!

Helyeslően bólintok egyet, majd a legközelebbi fotelba zuhanok. Az egyik szolga azonnal teát hoz be, és kávét. Arcom a két tenyerembe borul, hatalmas sóhajokat kell kiengednem, mert szétfeszít belülről valami.

Emír és Ibrahim mozgolódását hallom, valószínűleg visszaültek a kanapéra. Ahogy felnézek, elszégyellem magam. Emír feje megbotránkozó, Ibrahimé meg sajnálattal telt.

– Mi van? – kérdezem dacosan.

Orvosom megrázza a fejét, de unokabátyám előveszi érzékeny oldalát. Szerintem sosem látott még így, és ettől valószínűleg megijedt.

– Mi a baj? Darabokban vagy. Csak annyit mondj, hogy mi az oka! – nem felelek, ő pedig barkochbázni kezd. – Üzlet? – Nem reagálok, ezért folytatja. – Apád? A feleséged? Valami baj van

a családdal? – A teáért nyúlok, mire ő a lényegre tapint. – Nő? – Megdörzsölöm a homlokom, ő pedig megigazítja magát a kanapén.
– Ugye nem a tolmácsról van szó?

A kérdésre Ibrahim is fúj egyet, mintha ő is rettegne a választól. Megadom magam.

– De igen.

Egy pillanatra határtalannak érzem a csöndet. Olyan csönd ez, ami az ember fülében dörömböl. Úgy dörömböl, hogy átüt az agyba, és a szájon át kezd el kifelé áramlani az, aminek nem szabadna. Beszélek az érzéseimről.

– Baj van, Emír! Szerelmes vagyok.

Soha, de soha nem hagyta még ez el a számat. Olyan, mint amikor az ember először hallja a saját hangját, mert eddig fel sem tűnt neki, hogy beszél. Furcsa, de megkönnyebbülök. És ez a könnyebbség súlyként rakódik a velem szemben ülőkre.

Emír előredől, Ibrahim pedig kővé dermed.

– Mi az, hogy szerelmes vagy?

Csak ezt ne! Elég volt egyszer kimondani.

Leteszem a teát, majd összelapátolom magam. A fejem megemelem, és belenézek a fekete szempárba. A hangomat próbálom visszaváltoztatni ércessé.

– Mit nem értesz ezen? Szerelmes vagyok. Ennyi.

– De kibe?

– Emír, a picsába! Szerinted ekkora maszlagban lennék, ha Yasminba lennék szerelmes?

Ibrahim úgy tesz, mintha jelen sem lenne, míg unokabátyám a röhögés és a sírás között áll félúton.

– Ha azt mondod, hogy szerelmes vagy abba a magyar tolmácsba, akkor szétrúgom a segged!

– Pedig rohadtul, de szerelmes vagyok!

Megint kimondom. Már nem is olyan nehéz. Az érzés kezd eggyé válni velem, és maga mögött hagyja a szégyent.

Rokonom fészkelődése jelzi, bármelyik pillanatban fölpattan és dühöngeni kezd. Mégis inkább hátradől, és tárgyilagosan faggat.

– Szóval már keféled őt! – Bólintok, ő meg szimatot fog. – Azóta, mióta itt van? Elmentél hozzá a hotelba? Vagy itt döntötted meg a palotába?

– Nem mindegy?

Én pattanok fel, amire Emír nem reagál. Úgy sajtolódik bele a kanapéba, hogy szerintem akkor sem tudna fölállni, ha akarna!

– Gamal, ez kurva nagy baj! Ha ezt az apád megtudja... meg Yasmin! Ne legyél hülye!

– Apám már tudja. És hitvesem is tudja, hogy hetyegek vele. Szemet hunyt fölötte.

Emír nevetve áll föl. Odasétál elém, de én marhára nem vagyok vicces kedvemben.

– Azt a mindenit! Te micsoda feleséget találtál! Az én asszonyaim kikaparnák a szememet, ha...

– Fogd már be!

Unokabátyám visszakomolyodik, én pedig végre figyelembe veszem Ibrahimot. Odasétálok Emír helyére, és le is ülök. Fölhajtom a tobém ujját, de orvosom csak a mozdulataimat vizslatja.

– Most mi van? Nem azt mondtad, hogy meg akarsz vizsgálni?

Bólint, majd a táskájáért nyúl. Előveszi a vérvételhez szükséges eszközöket, szótlanul teszi a dolgát. Emír úgy nézi, mintha szükséges lenne megtanulnia mindazt, amit orvosom tud a vérvételről.

Pár perc alatt végez, majd a kezembe nyomja az üveget is.

– Mosakodj meg előtte és...

– Tudom, Ibrahim! Miért hiszed azt, hogy az agyam helyén csak csökevény van? Megmosom. Az elejét meg a végét a wc-be küldöm. Kurvára tudom, mi a dolgom! – szinte üvöltök.

Senki sem reagál. Hagyják, hogy eloldalogjak az illemhelyiség felé és tegyem a dolgom.

Mikor visszafelé jövök, síri a csönd. Egyetlen szót sem váltottak egymással a témáról, ebben biztos vagyok. Már az is elég intim, hogy én Emírrel érzésekről, házasságról fecsegek.

Visszaülök a fotelba, Ibrahim pedig végzi tovább a teendőit.

– Meg kéne hogy vizsgáljalak!

– Jó! Majd!

– És szeretnék tudni ezt meg azt!

– Mit?

Egész testével előredől, mintha bizalmas dologról lenne szó. Még a hangerejét is lejjebb tekeri, de Emír nem veszi a lapot. Minden szavunkat bőszen hallgatja.

– Hogy csináltátok?

Erre szívesen azt válaszolnám, hogy „nagyon", de gyanítom, Ibrahim nem erre kíváncsi. Orvosként kérdez, én meg páciensként válaszolok.

– Gumi nélkül. – Az orrát dörzsöli, nekem meg kezd fölmenni a pumpám, ezért védekező állásmódba helyezkedem. – Marhára nem izgatott a tény, hogy nem vizsgáltad meg! Egyébként meg nem is engedtem volna!

– Én orvos vagyok…

– Tudom.

Csak Csilla nem ribanc!

Ezt már nem mondom ki.

– Védekezik valamivel?

– Arra gondolsz, hogy teherbe ejthettem-e? – Csak bólint, nekem meg lila köd borul az agyamra! – Szerinted ki az istent érdekel most ez? Nem érti egyikőtök sem a helyzetet? Ez a nő holnap reggel elutazik, és soha többet nem látom!

A döbbent arcoktól és a saját szavaimtól is lebénulok. Nem is tudom, mit nehezebb felfognom: azt, hogy holnap elutazik és nem látom, vagy a tényt, hogy ez ennyire kiborít.

Ibrahim olyan, mint az apám. Hangot ad a gondolatainak, amit tanáccsá formál át.

– Mondd el neki, mit érzel iránta, és kérd meg, hogy maradjon veled. Ha Yasmin beleegyezett, akkor ez egyáltalán nem bonyolult.

Emír feje elvörösödik, orvosomnak támad.

– Te hülye vagy? Ez a nő már így is kifordította önmagából. Menjen csak haza! Ez egy európai ribanc! Minden sarkon találni ilyet!

Nem is fogom föl, mit teszek. Emír felé indulok, de szerencsére Ibrahim fölpattan, és ellöki előlem unokabátyámat.

– Emír! Sose sértegesd a nőt, akit egy férfi szeret! Főleg ne az előtt a férfi előtt! – Ibrahim olyan bölcsnek tűnik, amilyennek még sosem láttam.

Csak ez az okító jó tanács képes észhez téríteni, mert a legszívesebben szétverném unokatestvérem agyát.

Enyhül a hangja, ahogy felfogja a reakciómat.

– Nézz magadra! Már így is olyanokat teszel, amit soha! Gamal!

Szinte esdeklő a hangja.
- Azt hiszed, nem tudom? Azt hiszed, nem érzem magamon ezt a változást? Teljesen szét vagyok esve! Szerinted nekem ez jó? De nem tudok harcolni ellene! Akarom őt! Meg tudnék halni érte! A legszívesebben minden percemet a közelében tölteném. A karjaiban! Benne! A rohadt életbe, Emír! Azt hittem, te majd megértesz!
Ellágyult arccal lép elém. Meglepetésemre Ibrahim is a vállamra teszi a kezét. Unokabátyám azonban hiába érez velem együtt, a tanácsa józanságtól bűzlik.
- Hagyd elmenni! Akkor túl leszel rajta.

* * *

A reggelivel nem birkózom meg. Yasmin szemben ül velem, és úgy eszik, hogy minden pillanatban végigmér. Egyfolytában az órámat nézem, tizenegykor legördül a szívemről egy kő. A gép már felszállt. Csilla elment, és örökre magával viszi azokat a gyönyörű perceket. Megkönnyebbülök, mert Emírnek igaza van. Belátom, amit nem voltam képes vágytól hajtva. Ha távol lesz tőlem, minden újra visszatér a normális kerékvágásba. Megpróbálok az üzletre koncentrálni, és azt is eltervezem, hogy az elkövetkezendő időkben nem kímélem majd a női nemet. Na és persze igyekeznem kell a házasságommal kapcsolatban is.
- Nem eszel, Gamal?
Feleségem hangja kúszik a fülembe, de nem akarok válaszolni, ezért nekilátok az evésnek. A kávéval bíbelődöm leginkább, de erről is csak az jut eszembe, hogy „Ő" habbal issza.
- Elmész ma?
Tudom, hogy arra gondol, elmegyek-e Csillához, ezért én sem árulok zsákbamacskát. Hátradőlve a széken adok feleletet.
- Már hazautazott.
Yasmin először úgy tesz, mintha nem értené a válaszomat, de nem sokáig képes rá. A megkönnyebbülés kiül az arcára. Hirtelen ellenségnek érzem őt, de aztán erőt veszek magamon, és magyarázom a helyzetet: ami nekem rossz, az neki csak azért jó, mert szeret engem. Azt akarja, hogy csakis az övé legyek. Úgy, ahogy én akarom, hogy Csilla csakis az enyém legyen. De most hazarepül,

és a karjaiba omlik egy másik férfinak. A kezem ökölbe szorul, és minden önuralmamra szükségem van, hogy ne sziszegjem a fogaim között hangosan: „ribanc!"

Ebben a pillanatban minden nőt gyűlölök. Előtérbe verekszik a neveltetésem, mely szerint csak a muszlim nők tisztességesek. Csilla hálót font körém a testével, és ezért gyűlölöm őt. Ha muszlim lenne, halálra korbácsoltatnám az apjával! A haragom ellenére mégis furcsa érzés tör rám. Elképzelem magam előtt, de agresszióra képtelen lennék. Csakis ölelni tudnám és csókolni. Kikívánkozna belőlem az a bizonyos vallomás, amit olyannyira szégyenletesnek tartok. Igen. Szeretem. És mondanám neki: „Szeretlek."

– Jól vagy, Gamal?

Fölemelem a fejem, feleségem gyönyörű barna szemei néznek rám. Szabadon van a haja, gyönyörű mindene úgy, ahogy van. Figyelem, ahogy fogja a csészéjét. Minden mozdulata kifinomult és érzéki. Csodaszép kecses alkata van, és ott, ahol nőiesnek kell lenni, ő nőies. Egykor csak reménykedhettem a szépségében, most pedig már láthatom is, mégis hidegen hagy az egész.

Érzi, hogy piszkos gondolatok futnak át az agyamon, mert leteszi a csészéjét, és láthatóan elpirul. Picit elmosolyodik, zavarban van.

Fölpattanok, mert éget a tekintete. Elindulok a kijárathoz, de visszavetem neki:

– Ha végeztél a reggelivel, várj a hálószobában!

Nem válaszol. Tudja, hogy háborút nyert Csilla ellen.

22. fejezet

Khalid mozdulatlanul szuszog a bölcsőben. Gyönyörű fiam már három hónapos, és mindennap hálát adok Allahnak, amiért megajándékozott vele. Az idei haddzs, amit a tavalyi, Magyarországra való utazás miatt elmulasztottam, ezért is volt nekem fontos. Három hete jöttem meg Mekkából, olyan tiszta vagyok, mint a hó. Sajnos egymás után két évet is kihagytam, ezért most még fiam miatt sem voltam hajlandó az utazás elhalasztására, bár Yasmin kérlelt. Jólesett családom férfi tagjaival eltölteni pár napot, és megtisztulni.

Hálát adtam mindenért Allahnak, még Yasminért is, mert jobb feleséget nem remélhetek magamnak. Furcsa, de eddig nem törtem a fejem második feleségen. Ha valaha is új nőt veszek magamhoz, az azért lesz, hogy minél több ilyen csoda legyen körülöttem. Vannak ágyasaim, de egyiküket sem költöztettem be a palotába, és arra is vigyáztam, hogy egyikőjük se ajándékozzon meg törvénytelen gyerekkel. Sosem aláznám meg ezzel azt a nőt, akit mindennél jobban szeretek. Hitvesem alázatos és hagyománytisztelő. Engedelmes és szenvedélyes. Mindezek mellett pedig még az is fontos tulajdonsága, hogy gyönyörű. Szaúd-Arábiában a szépségnek hatalma van. A nőknek ez az egy fegyver adatik, feleségem pedig tökéletesen használja ellenem.

Hakim öcsém azonban nem tétovázik. Még csak fél éve volt az esküvője, de már készül elvenni második feleségét. Két hónapja jöttek haza a nászútjukról, amit tőlem kaptak ajándékba. Az iránti vágyam, hogy az öcsém majd közel kerül valakihez, semmivé foszlott. Nyilvánosan nem alázza Samirát, de a nézésében minden benne van. Egyszer buzgón mesélni kezdte, mikre veszi rá feleségét, de szerencsére Fawwaz is ott volt, és leállította. Egy ember létezik a világon, akivel képes vagyok a szexualitásról beszélni, és az Emír. Persze Ibrahimmal is megy a dolog, de vele csak azért, mert az orvosom.

Hakimnak és Samirának gyermeke még nincs útban, biztos vagyok benne, hogy öcsém csalódott. Valószínűleg azt gondolta, azonnal teherbe ejti asszonyát, és büszkén kihúzhatja magát. Több feleség nagyobb esély, így, gondolom, azért sürgeti újabb feleség érkezését.

Az ajándékba kapott nászútnak nagyon örültek, de addigra már rájöttem, hogy nem fog ott sem csoda történni az öcsémmel. Velem sem történt. Yasminnal hiába töltöttünk rengeteg napot kettesben Európában, a lelkemhez sosem tudott közel kerülni. Úgy, ahogy én sem az övéhez.

Végigsimítom ujjam a pufók arcocskán, hallom a halk kopogást az ajtón. Hátranézek, kinyílik az ajtó, és Emír sétál hozzám. Gondterhelt arcot vág, de mikor ránéz Khalidra, ő is elmosolyodik.

– Gyönyörű a fiad.

– Igen, az.

Fölállok, de mindkettőnk szeme a fiamon pihen. Utódom körül minden fényűzően csillog. Mi, arabok, ha van mit a tejbe aprítani, akkor csillogással adunk hangot szeretetünknek. A bölcső széle aranynyal van bevonva, és az ágynemű a legdrágább selyemből készült. A bútorokon mindenhol ott díszeleg fiam nevének kezdőbetűje.

Nem tudom, Emír mire gondol, talán a saját gyerekeire. Neki azóta is az az egy fia van és két lánya, három feleségétől. Emír azt mondta, nem vágyik többre, de én érzem, hogy más van a háttérben. Ennek ellenére sosem kezdtem vele bizalmasan beszélni a témáról.

– A feleséged lepihent? – kérdezi halkan, nehogy megzavarja a kisdedet.

Én is csak egy bólintással válaszolok. Yasmin jó anya. Vannak dajkák és szolgák, de éjszaka mindig fölkel a fiunkhoz, és ezt el is várom tőle. Szoptatja és dédelgeti, ennél szebb látványt el sem tudok képzelni. Napközben ezért olykor alszik, amit nem nehezményezek. Szeretném, ha kényelmesen élne, mert csak úgy lesz képes megmaradni olyannak, amilyennek én akarom. Kínosan ügyel rá, hogy mindig tökéletes legyen a külseje, és én ezért roppant hálás vagyok.

Emír karja az enyémre csúszik.

– Beszélnünk kell!

Rákapom a tekintetem, komoly dologról lehet szó. Mivel nem akarjuk megzavarni Khalidot, kisétálunk a szobából. Intek a dajkának, hogy figyeljen a fiamra, mi pedig a palota bal szárnyából megindulunk a földszintre, a társalgó felé. Kínosnak érzem a pillanatot, olyan, mintha egy homokviharra várnék. Egész út alatt nem szólunk egymáshoz. A társalgónál szembefordulunk egymással, úgy nézem őt némán. Köszörüli a torkát, tétovázik.

– Mi van, Emír? Baj történt?

Nem int nemet, és ez elég aggasztó. Nincs az az arab, aki kerek perec közli a rossz híreket, ezért már szinte a halál szagát érzem. Nem bírom fékezni magam.

– Ki halt meg? – magam is meglepődöm rajta, mennyire higgadt a hangom.

Szerencsére Emír arca elárulja, hogy akkora baj azért nincs.

– Nem halt meg senki.

– Akkor mondjad már, mi van!

Tesz pár lépést, miközben körbekémlel, nehogy hallja valaki a beszédünket. Kezd érdekelni a dolog, ezért egészen elé lépek. Nem kell megszólalnom, azonnal beszélni kezd.

– Volt egy telefon.

– Milyen telefon?

– Magyarországról.

A hangja halk, szinte csak a szájáról tudom leolvasni. Erre az egy szóra hirtelen kisüt lelkemben a nap, és elsötétül minden a jelenemben. Tudatosan nem beszéltem senkivel Csilláról, a múltról és az érzéseimről. Már egy éve nem láttam, de olyan, mintha tegnap öleltem volna őt. Elevenen él emlékezetemben a gyönyörű zöld szeme, a szép teste, a vörös hajzuhataga... és minden egyes csókja. Yasmint imádom, de sosem csókoltam őt úgy, ahogy Csillát.

Aztán átszalad az agyamon, hogy talán üzletről van szó.

A francba. Miért jut eszembe Magyarországról egy nő?

– Na és? Mi van?

– A kis tolmácsod keresett.

Emír lenézően beszél, de tudom az okát. Ő abban a nőben egy probléma forrását látja. Belőlem azonban fékezhetetlenül bukik elő a kérdés.

– Te beszéltél vele? – Csak bólogat, ezért tovább faggatom. Minden erőmre szükségem van, hogy eljátsszam az érdektelen beképzelt herceget. – Mit akart? Miért telefonált ide? Üzleti ügyben?
– Ugyan már! Milyen üzleti ügy? Sosem volt szükség a tolmácsolására! Te is másra használtad...
– Állj le! – vágok közbe.
Mindketten veszünk egy mély levegőt, de ő folytatja.
– Nem mondta, mit akar. Csak veled hajlandó beszélni. Követelte, hogy adjam meg neki a közvetlen elérhetőséged, de nem tettem.
Ezért az egyért pedig nem neheszteltem volna Emírre. Picit feldühít a döntése, pedig tudom, hogy ez a dolga. Ő amolyan titkár is, és nem engedi, hogy mindenféle jöttment megkörnyékezzen a telefonjaival, üzeneteivel, leveleivel. Csilla anno csak a hivatalos elérhetőségemet kapta meg. Nekem megvan a magánszáma, de sosem jutott eszembe felhívni őt. Amióta kiléptem abból a bizonyos hotelszobából, minden visszaépült rám. Visszaerőszakoltam magamra a burkot, és még a falat is újraépítettem. Sosem tudná lerombolni újra egy nő.

Emír folytatja a beszédet, mert én leblokkolok.
– Azt kérte, hívd föl. Megadta a számát, de azt is mondta, azt te úgyis tudod. – Vár, de még mindig képtelen vagyok megszólalni. – Gamal, nehogy felhívd! Örülj, hogy megszabadultál tőle!
– Miről beszélsz? Ő szabadult meg tőlem! – kiszalad a számon a megállapítás, és a felismeréstől még el is szégyellem magam.

Muszáj hátat fordítanom az unokabátyámnak, mert gondolatok sokasága férkőzik agyamba. Nem tudom megtagadni magam, ezért az első, ami az eszembe jut, az az, hogy pénzre van szüksége. Talán most majd megkéri annak az árát, amit adott. Aztán el is szégyellem magam, mert betegesek a gondolataim. Talán komoly baj van, és csak tőlem remélhet segítséget. Ezt is elvetem, mert tudom, mennyire büszke. Legalább annyira, mint én.

Aztán szívembe mar a felismerés lehetősége: talán szerelmes? Talán azért hívott, hogy elmondja, még azóta sem volt képes elfelejteni, és talán szívesen visszajönne. Nem egészen fél perc múlva már konkrétan azt képzelem el, hogy itt él velem, és olyan, mintha ez az egy év el sem telt volna nélküle.

Emír hangja riaszt meg.

- Ne hívd föl!
Furcsa. Ilyet ritkán érzek. Unokabátyám hangjából kifejezetten szeretet árad. Ahogy ránézek, ezt is látom. Tényleg olyan, mintha az édestestvérem lenne. Tisztában van vele, hogy Csilla leginkább a talajt húzta ki alólam, és retteg, hogy ez újra megtörténik. Olyan, mint egy szülő, aki óva inti csemetéjét a szerelmi csalódástól.

Nem bírok parancsolni a lábaimnak. Emírhez lépek, és mélyen a szemébe nézek. Némán beszélünk, ebben a pillanatban nagyon szeretem őt. És ő is szeret engem. Kicsapongó, öntörvényű, hercegi, beképzelt, de én szeretem. Egy a vérünk, és ez az arab férfiak között különösen értékes kötelék.

- Tudod jól. Föl fogom hívni. - Megadóan sóhajt egyet. Tudja, hogy kár az idejét vesztegetnie. - Most menj el! Majd szólok, ha van valami.

Tudom, ha tehetné, végighallgatná a beszélgetésemet Csillával, de erre most nem kap lehetőséget.

Ahogy kilép a palotámból, a szívem zakatolni kezd, és a legértékesebb tárggyá a telefon válik az életemben.

* * *

Az este nyugalmas. Yasminnal szeretkezem, minden pillanatban Csillára gondolok. Mocskosnak érzem magam.

A fiamra is vetek egy pillantást, majd lesétálok a földszintre a legnyugodalmasabb helyre, a könyvtárba. Fogalmam sincs, miért keresek csendes helyet, mert sosem érdekelt eddig, hogy ki hallgatja a beszélgetéseimet. Nekem nincs mit titkolnom és nincs miért szégyellnem magamat!

Leülök a fotelba, a telefont bámulom. Este tizenegy óra van, ami azt jelenti, hogy nála este kilenc. Felkapom a papírt, amin rajta van a száma, és beütöm. Kicsörög párat, majd beleszól.

- Tessék, Pataky Csilla!
Még a szemem is lecsukódik. Azonnal fölpattanok a fotelból, noha a legszívesebben belesüppednék valami puha bársonyba, ami olyan lágy, mint az ő teste. Valószínűleg rájön, hogy én vagyok az, mert angolra vált.

- Te vagy az, Gamal?

A „szia" nem jön ki a számon, ezért amennyire csak bírok, konok hangon reagálok.
– Igen, én. – Hallom, ahogy mélyen beszívja a levegőt. Én is ezt teszem. Olyan, mintha ezzel közelebb vonnám magamhoz. – Miért kerestél? – Ösztönösen térek magamhoz. A hangom üzletiessé válik, amit ő másodpercnyi csönddel jutalmaz. – Emír szólt, hogy mindenképpen beszélni akarsz velem.
– Igen, így van.
Újra ránk borul a hallgatás sötétsége. A legszívesebben beleordítanék a mobilomba, hogy: „Mondjad már, mi van!"
– Hallgatlak, Csilla.
Már egy éve nem mondtam ki hangosan a nevét. Az agyamban ott volt, de sosem mondtam ki hangosan. Olyan, mintha először tenném.
– Szeretném, ha eljönnél Magyarországra!
Minden teketória nélkül közli, nekem meg több reakció is átszalad a végtagjaimon. Befeszül, elernyed, újra befeszül, majd remegésbe megy át. Lágy a hangja, mégis kicsikarja belőlem az agresszív Gamalt. Ellökött magától, most meg arra kér, hogy utazzam hozzá.
– Minek? Nekem ott nincs dolgom. Az üzleti ügyeimet más intézi...
– Ez nem üzleti ügy.
Persze hogy nem. Mintha én nem tudnám!
– Akkor mit akarsz tőlem?
Hirtelen találok magamra. Elképzelem, ahogy kifelé lökdös az ajtón, ahogy kineveti a közös jövőnket... Mélyen akarom a sárba taposni őt.
– Muszáj idejönnöd! Nem miattam...
Elhallgat, nekem meg keresgélni kezd az agyam. Először azon agyalok, milyen közös ismerősünk lehet, aztán meg arra gondolok, hogy egyszerűen csak önfeláldozó nővé akar válni. Nem találok választ a kérdéseimre.
– Nem értelek. Felhívsz, és arra kérsz, menjek oda. Majd közlöd, hogy nem te akarod így. Beszélnél konkrétabban?
Nyugodt a hangom, pedig legalább ezerrel lüktet a pulzusom. Ha most szemtől szemben állna velem, fogalmam sincs, mit hozna ki belőlem.

- Ezt most nem tudom elmondani... Értsd meg... Képtelen vagyok rá...
- Akkor mi a fasznak üzentél, hogy hívjalak föl?

Döbbent csönd támad. Biztos vagyok benne, hogy rám rakja a telefont. Talán vágyom is rá, mert én képtelen vagyok rövidre zárni a beszélgetést. Nem adja meg ezt az örömöt.
- Kérlek, ne beszélj így!

Nyelek egyet, de a bocsánatkérésre képtelen vagyok.
- Csilla, ne szórakozz velem! Arra kértél, hogy hívjalak föl. Megtettem. Elmondanád: mi a helyzet?
- Te sosem értesz meg engem!
- Ez nem igaz! Te nem értesz engem! Sosem értettél...!

Hirtelen mindkettőnk fölött átveszi a hatalmat a múlt, és ez ijesztő. Olyan ijesztő, hogy leblokkolunk. Ő töri meg a csöndet.
- Arra kérlek, gyere ide! Ha jössz, akkor megtudod, miért hívtalak. Ha nem jössz, akkor sosem tudod meg.

Elérkezem a szakadék széléhez. Csak azért nem vágom földhöz a telefonom, mert tudatosan szokom le a mobilok összetöréséről. Az utóbbi időben eléggé rendszeresítettem.
- Na és minek? Van számomra egy ajándékod? Az a túrós szarság?

Undorral beszélek a csokiról, pedig annak köszönhetem életem legmeghatározóbb szexuális élményét. Olyan szexuális élményt, ami tele volt fékezhetetlen érzelmekkel. Yasmint is szeretem, de őt szeretettel. Csilla mellett porrá égek.
- Szebb ajándékom van.

Biztos vagyok benne, hogy véletlenül szalad ki a száján, bennem pedig megáll az ütő. Nagyon is tudom, egy ember életében mi lehet a szép ajándék.
- Mit akarsz ezzel mondani?
- Én ugyanott lakom, ahol régen. A címemet tudod. Bármikor jöhetsz. Én várlak.

Végszóra le akarja tenni a telefont, de elszakad a cérna. Tiszta hangerőből üvöltök a telefonba.
- Le ne merd rakni azt a kibaszott telefont! Meg ne merd tenni, érted? - Nem felel, de nem is rakja le. - Mi az az ajándék? - Tudom, hogy nem fog beszélni. A másodpercek telnek, de már nincs

szükség szavakra. Én már mindent értek. Biztos vagyok mindenben. – Rendben. Pár napon belül ott vagyok. Így jó lesz?
– Igen, Gamal. Köszönöm. Vigyázz addig magadra, kérlek! Várlak. Most le kell tennem! Örülök a hívásodnak... tényleg.
– Én is örülök. Akkor hamarosan találkozunk!

Talán egyszerre rakjuk le. És ezzel az egyetlen mozdulattal én máris mázsás súlyt emelek magamra.

* * *

Emírt semmibe sem akarom belerángatni. Osztaná az észt, és azt nem tűrném. Összeveszés lenne az egészből, ezért felhívom a kedvenc pilótámat, és utasítom, minél előbbre kérjen repülési engedélyt. Nem kérdez semmit, tudja a dolgát. Reménykedem benne, hogy másnap reggel már hív is, és közli az indulás időpontját.

Nem így történik. Késő éjjel csörren meg a telefonom. Yasmin megugrik mellettem, mire ösztönös gyorsasággal nyúlok a mobilom után. A pilóta hív, ezért megpróbálok távolabb húzódni feleségemtől, de ő már aggodalmas arccal néz rám. Most egy picit sajnálom, hogy ugyanolyan jól beszél angolul, mint én. Az apja kínosan ügyelt három dologra a lányával kapcsolatban. Az egyik a szépsége volt, a másik a tisztasága, a harmadik pedig a műveltsége.

– Hallgatlak.

– Bocsásson meg, Szudairi úr, amiért ilyen későn keresem, de maga mondta, hogy bármikor hívhatom.

Ebben a pillanatban bánom, hogy valóban ezt mondtam, de már nem tehetek semmit. Bólintok beleegyezően, és a hangomat is lággyá teszem.

– Nincs baj. Azt tette, amit kértem. Sikerült elintézni a dolgot?

– Igen, uram. Azért is hívom, mert holnap délelőtt tizenegykor felszállhatunk. Gondoltam, így lesz ideje felkészülni az utazásra.

– Átszalad az agyamon, mit is kéne intéznem, de ő kérdezni kezd.

– Tudnom kell, hogy magán kívül utazik-e még valaki, és mikorra kérjem a visszautazást?

Az első kérdésre tudom a választ, de a másodikra nem.

– Csak én megyek és egy szolga. Nem tudom, mikor jövök viszsza. Maradjon kapcsolatban a magyarországi reptérrel!

Ahogy kimondom, Yasmin azonnal fölpattan. Annak a bizonyos országnak az említésével mindent elárulok. Magabiztos vagyok, mégsem merek a szemébe nézni. Egyeztetek még pár adatot a pilótával, majd leteszem a telefonomat.

Feleségem egyetlen percet sem vár. Azonnal nekem esik. Odaszalad az ágy széléhez, és rámarkol a vállamra. Majdnem odébb lököm őt agresszíven.

– Mi ez az egész, Gamal? Mi közöd van már megint Magyarországhoz?

Fölállok, ő pedig issza minden mozdulatomat. Olyat teszek, amit még sosem. Mentegetőzöm.

– Ha nem tűnt volna fel, üzleti érdekeltségem van ott. Oda kell mennem, és kész.

Odaugrik elém, mint egy támadásra kész oroszlán, és értésemre adja, hogy nem olyan ostoba.

– Nem is foglalkoztál eddig az ottani üzleteddel! Ráadásul sosem utazol egyedül…

Beletúr a fekete hajába, ami egészen a derekáig ér. A selyem a testére tapadva adja ki minden báját. Gyönyörű. Azon zakatol az agyam, tulajdonképpen mi a francot akarok még az élettől.

– Ugye nem hozzá mész?

Nem felelek, csak némán nézem őt. Ő pedig összeomlik a reakciómtól. Visszazuhan az ágyra, és jajgatásba kezd. Dörzsöli az arcát, és beletép a saját hajába. Talán ha kedvesen kérlelni kezdene, hatalma lenne fölöttem, de a jajveszékelést gyerekkorom óta utálom. Sosem felejtem el, körülbelül hatéves lehettem, amikor meghalt a nagyapám. Anyám apját mindenki szerette. Az asszonyok jajgattak és saját hajukat tépték. Olyan mélyen beleégett a lelkembe a kép, hogy azóta utálom a síró, jajveszékelő embereket.

– Hagyd abba, Yasmin! – Erőteljes a hangom, ő pedig azonnal engedelmeskedik. Könnyes szemmel néz rám, talán vigasztalásra vár. Én azonban magamra találok. – Elmegyek. Nem tudsz megállítani. Hogy miért megyek, ahhoz semmi közöd! Még akkor sincs, ha hozzá megyek! – Újra ki akar törni, ezért felé emelem a mutatóujjam. – Ha újra hisztériába kezdesz, elveszem a fiadat tőled, mert nem vagy alkalmas az anyaszerepre!

Egy kicsit elszégyellem magam. A hazámban minden a férfit erősíti. A gyermek pedig fegyver a kezünkben. Minden nő retteg attól, hogy ha válásra kerül sor, akkor elszakítják gyermekétől. A férfi lemondhat erről a kiváltságáról, de ha ragaszkodik a gyám szerepéhez, akkor semmi sem akadályozhatja meg, hogy eltiltsa anyát és gyermekét egymástól. Van olyan, hogy férfiak lemondanak gyermekük neveléséről, de azok lánygyermekek. Egy fiúról egy arab férfi sosem mond le!

* * *

Az éjszakát a palota másik szárnyában töltöm. Feleségemnek időre van szüksége. Képtelen vagyok neki megmagyarázni, amit én sem értek. Miért ugrok Csilla egyetlen szavára?

A szolgáknak kiadom, hogy csomagoljanak nekem be egy európai úthoz, és kiválasztom az egyiküket, aki velem jön. Nem hercegként fogok utazni. Csakis európai ruhát pakoltatok be, és minden agytekervényemmel győzködöm magam. Egyszerű útra kell készülnöm! A magángép mellett egyéb különleges dolgot nem fogok megszervezni.

Utasítom az egyik ügyintézőt, hogy foglaljon le ott lakosztályt, ahol a múltkor szálltam meg. Emlékszem a mai napig a nevére is és a címére is. Ez is különös. Bár tény, hogy általában mindig ugyanazokban a hotelekben szállok meg. Ösztönösen elvigyorodom Bálint viszontlátásának lehetőségére. Még ennyi idő elteltével is határozottan bírom a fickót. Arra meg még jobban fölfelé kunkorodik a szám, hogy tuti kikészíti a Koránt, a Mekkát jelző táblát, egy imaszőnyeget és a gyümölcsöstálat.

A városi közlekedés lesz a legmacerásabb. Az autómat nincs időm odavitetni, a tömegközlekedés lehetőségét pedig csípőből vetem el. Marad a taxi. Remélem, Bálint majd ebben is segít. Elképzelem, ahogy beülök egy hétköznapi autóba, amibe naponta több tízen huppannak bele, és máris fintorra húzódik a szám.

Minden papírt belepakolok a kézitáskámba, majd átadom a szolgának, utasítva, ezt minden körülmények között a közelemben tartsa. Benne van Csilla telefonszáma, címe és egyéb magyarországi adatok. Bár az igaz, hogy jó pár jegyzetet belemásoltam a telefonomba, de el kell ismernem, a tény, hogy Emír nélkül készülök utazni, kezd elgyengíteni.

Az éjszaka hátralévő részében az alvás nemigen megy, ezért átsétálok Khalid szobájába. A szolga a lakosztály távoli szegletében pihen, amint felébred a fiam, azonnal szólnia kell Yasminnak.

Jó pár napig nem láthatom majd őt. Amióta megszületett, nem utaztam el sehova több napra, a haddzson kívül. Minden reggelt nála kezdek, és minden napot nála fejezek be. Imádom őt. Sosem gondoltam, hogy a gyermek majd ennyire maga alá temet. És nem rossz értelemben. Büszke vagyok rá. Már ő is herceg, és felnőve egy okos, erős férfi tagja lesz Szaúd-Arábiának. Ugyanúgy fogom nevelni, ahogy én nevelkedtem, és abban is biztos vagyok, hogy feleségem ebben támogatni fog. A mi társadalmunkban minden nő átérzi egy fiúgyermek magasztosságát.

Jól emlékszem arra a napra is, amikor megtudtam, hogy gyerekem lesz, és arra is, amikor megszületett.

Az esküvő után szinte azonnal teherbe ejtettem feleségemet, mert a nászútról hazajövetelünk után pár nappal egyszer csak arra értem haza a palotámba, hogy családom minden nőtagja ott ül a társalgóban. Yasmin zokogott, de nem szomorúan, hanem határtalan örömmel az arcán. Tudtam, mit jelent mindez. Anyám odasétált elém, és csak annyit mondott: „Büszke vagyok rád, fiam! Legyél olyan apa, mint a te apád. És ne felejtsd el, ez Allah ajándéka!"

Tényleg az. A legszebb!

Ő ugyanezt mondta. Ajándéka van a számomra. Egy szép ajándéka.

A gondolattól összeugrik a gyomrom, és olyan érzésem van, mintha fiamat bántanám meg annak lehetőségével, hogy talán van egy törvénytelen gyermekem. Aztán el is kergetem ezt a felismerést, mert talán egyszerűen Csilla csak magára gondolt, és saját testét, szerelmét értette ajándék alatt.

Ah! Miért nem kérdeztem rá egyértelműen?

Yasmin nem bírta volna ki a terhességet támogatók nélkül. Pokolian szenvedett a rosszullétektől és a teste átalakulásától. Én végig gyönyörűnek láttam. Talán morbidul hangzik, de amikor már nagy pocakja volt, kifejezetten kívánatosnak találtam. A bőre tökéletes maradt, sehova nem hízott egy dekát sem. Saját szakácsunk külön étrendet állított neki össze, mert feleségem már az első napokban közölte, hogy nem akar úgy kinézni, mint egy elefánt. Azt én sem szerettem volna, de igazság szerint attól a pillanattól kezdve inkább anyaként néztem rá, mint nőként. Minden gondolatomat az kötötte le, hogy az ő teste a bölcsője az én utódomnak.

Ebben az időszakban kíméltem őt, leginkább az ágyasoknál kerestem az örömöket, és a fizetős nőknél, akik külföldről érkeztek. Feleségemnek csakis a gyengéd énemet adtam, ezzel pedig elértem célomat. Még jobban belém szeretett.

Az egyik reggel a forgolódására ébredtem. Még hátra volt két hét a szülés pillanatáig, ezért azt gondoltam, csak rosszat álmodik. Aztán láttam, hogy nyitva van a szeme, és mindent megértettem. Rémült volt, de elszánt. Vérbeli nő. Ő is felismerte a pillanatot, és nagyon halkan kért rá, hogy intézkedjem, mert gyermekünk világra szeretne jönni. Természetesen minden meg volt már szervezve. Emberek riasztották orvosainkat, a szolgák összepakoltak, valaki a családot értesítette, a sofőr pedig beszáguldott velünk a királyi kórházba, ahol már fönn volt tartva Yasmin számára egy luxusrész. Bár az is igaz, hogy ebben a kórházban semmi sem átlagos. A királyi család tagjai csakis ide hajlandók befeküdni vagy orvosi ellátásért folyamodni.

Reggel kilenckor kezdődött a bolondokháza, de nem tartott sokáig. Tízre már megvolt a fiam. Yasmint gyengének találták, ezért a császármetszéshez folyamodtak.

A tény, miszerint fiam született, mindenkit a fellegekbe repített. Persze leginkább engem. Sosem kételkedtem abban, hogy fiam lesz, és az orvos is számtalanszor biztosított róla az ultrahangos vizsgálatok után, de kezemben tartani őt egészen más volt. Ekkor életemben először éreztem azt, hogy valaki fontosabb, mint én. Immár van valaki, akiért többre vagyok képes, mint saját magamért. Már értettem, anno mit akart mondani Ibrahim és Emír. Apám is büszkén gratulált, és biztosított róla, hogy minden úgy alakult, ahogy Allah akarja.

Feleségem nem viselte nehezen a kezdeti időszakot. Minden erejével azon volt, hogy tökéletes feleség és anya legyen. Az is.

Gyönyörű, türelmes, odaadó és alázatos. Az elmúlt három hónapban megtalálta az egyensúlyt az anyaság és a nőiesség között. Khalid megrándul, és ez kizökkent a gondolataimból. Az emlékek ugyanolyan édesek, mint a mostani látvány. Fekete haja van, és barna szeme. Kicsit sajnálom, hogy nem az én szemem színét örökölte, de már így látom tökéletesnek, ahogy van. Húsos szájacskáját nyalogatja, sejtem, hogy hamarosan sírásban tör ki, mert éhes, ezért kisietek. Nem akarok összefutni Yasminnal.

A folyosó végén már hallom a feltörő sírást. Elmosolyodom a tényre, hogy mennyire jól ismerem ezt a gyermeket.

* * *

Reggel elvégzem a szokásos teendőimet. Már indulásra készen állok, amikor feleségem felébred. Khalidot már megszerettem, és éppen azon agyalok, hogyan vegyek búcsút Yasmintól. Igaz, engedelmes nő, de egy másik nő gondolata kihozza a sodrából.

A szűk selyem hálóruhájában megáll előttem, és szomorúan néz rám. A mellei hatalmasra vannak duzzadva, gyanítom, éppen szoptatni készül. Le kell hunynom a szememet, mert ezer dolog átszalad az agyamon. Megölelném, vigasztalnám és rendreutasítanám, hogy eszébe ne jusson hisztériázni. Csupa ellentétes gesztus, de ezt mind kihozza belőlem a látványa.

– Mikor jössz vissza? – kérdezi elcsukló hangon.

– Sietek.

– Aggódom. Jobban örülnék, ha Emír is veled tartana.

Ennek én is örülnék, de már késő. Nem akarom, hogy bárki is duruzsoljon a fülembe. A saját fejem után akarok menni! Persze ez csak félig igaz, mert a helyes megállapítás az lenne, hogy a saját farkam után, de ezt nem ismerem el. Persze kíváncsi vagyok, mi vár rám Magyarországon, de valójában képes lennék a világot is átszelni, csak hogy újra ölelhessem Csillát. Gyengéden, vadul, szenvedélyesen, oltalmazva! Minden variációban akarom, miközben mélyen beleolvadok a gyönyörű bölcsőjébe.

Ösztönösen megigazítom a farmerem szárát, mert a vágy kezd eluralkodni rajtam.

– Mit mondjak, ha kérdezik, hogy hova mentél?

- Az igazat.
- Ez nekem megalázó, Gamal!
Nagyon megsajnálom.
- Rendben. Mondd azt, hogy Magyarországra mentem, de üzleti ügyben. - Lebambul a földre, ekkor fogom föl, mit is mondok. Olyan, mintha őt kérném, hogy falazzon nekem. - Nem tudom, mit akarsz hallani. Az igazat mondom neked. El kell utaznom Magyarországra hozzá. Kell! Érted? Itthon azt hazudjuk, amit akarsz, mert nem akarok neked fájdalmat okozni...
- Már így is elég fájdalmat okoztál!
- Mire gondolsz?
- Az ágyasaidra! A háremedre! A kurváidra!

Úgy fölemeli a hangját, hogy hirtelen én is dühössé válok. Már számtalanszor átbeszéltem vele ezt, amihez a család segítségét is kértem. Anyám és az ő anyja hosszas beszélgetés után értette meg vele, hiába harcol, minden így marad. Örüljön neki, hogy ő az egyetlen feleségem.

- Semmit sem jelentenek...
- Csak jó pár boldog órát, amit velem is megélhetnél!

Erre képtelen vagyok felelni. Őt sosem aláznám meg úgy, mint egy megvásárolt nőt. Ezt azonban nem mondhatom meg neki, mert akkor rájön, hogy miket is művelek a nőkkel. Ő talán azt gondolja, mindenkit gyengéden ölelek, ahogy őt. Fogalma sincs, milyen vagyok, mert vele még sosem viselkedtem szex közben kifogásolhatóan. Nincsenek vele szemben extra elvárásaim, és kifejezetten célom boldoggá tenni őt. Talán nem is sejti, hogy az arab férfiaknak van egy másik oldaluk is. Vagy legalábbis nekem van!

- Vigyázz Khalidra, míg távol vagyok!

A feszültség elsimul az arcán, tudja jól, hogy nem vagyok hajlandó részletesen beszélni a témáról.

- Persze... vigyázok... Kérlek, siess haza! Ne maradj távol hetekig.
- Pár nap. Maximum. Talán még kevesebb!

Igen, talán, lehet. Ahogy most ránézek, minden erőm elszáll. Gyönyörű és olyan szelíd, amilyenre minden férfi vágyik. Tudja, hogy egy másik nőért repülök el a világ másik végére, mégis elfogadja a döntésem. Ezzel pedig arra késztet, hogy én is elfogadjam őt.

Elindulok az udvarra, ő pedig a nyomomban lépked. Nem szól többet. Hadi kinyitja az autó ajtaját, én pedig egy csók után már be is ülök. Látom a szeméből előtörő könnyeket, de szántszándékkal nem veszem tudomásul. Egyébként is gyűlölöm az ilyesfajta érzékenységet, most meg az dübörög az agyamban, hogy feleségemnek ez mindig is fegyvere volt. Nem hagyom magam. Ahogy beülök és elhelyezkedem, máris előveszem a telefonom, és nyomogatni kezdem. Nem akarok ránézni.

Hadi villámgyorsan elindul, kihajt az útra, ami egy kisebb reptérre visz. Semmi másra nem tudok már gondolni, csak egy idegen országra, egy majdnem idegen nőre és egy titkos ajándékra.

23. fejezet

Minden hasonló, mint egy éve. Ugyanolyan rosszak az utak, zavaros a közlekedés, és idióta mekegős a nyelv. Ami más az első látogatásomhoz képest, az az időjárás. Nálunk is hűvösebb az idő télen, de ez a tél egészen más a szaúdihoz képest. November eleje van, az idő meglehetősen csípős. Kifejezetten össze kell húzni magamon a szövetkabátot, és még a szemem is összeszűkül az erős széltől.

Szerencsére a szolga jól beszél angolul, így mindent sikerül elintéznie. A taxi a hotel felé araszol, én meg végig azon agyalok, hogy Bálintnak ott kell lennie. Most, hogy Emír távol van, kicsit bizalmasabban tekintek a magyar fiúra. Kifejezetten hibának vélem, amiért nem beszéltem vele telefonon az ideutazásomról. Az azonban valamelyest megnyugtat, hogy a szolga biztosított róla, ugyanazt a lakosztályt kapom majd, amit egykor. Sőt. Akivel beszélt, az határozottan emlékezett rám. Bízom benne, ez a valaki csakis Bálint lehet.

Ahogy megáll a taxi a szálloda előtt, azonnal megnyugszom. Az említett magyar fiú toporog az ajtóban, és nyakát nyújtogatva kémleli, ki ül a kocsiban. Mikor felismer, azonnal odasiet, és kitárja az ajtómat.

– Szudairi úr! El sem hiszem, hogy újra itt van. Nagyon örülök önnek!

Őszinte az üdvözlése. Tekintettel arra, hogy a múltkor egy zsák dollárt adtam neki köszönetképpen, szemernyi kétség nem támad bennem az örömét illetően.

Tényleg barátságosan mosolygok rá. Ugyanolyan jelentéktelen a külseje, de mégis határtalan szimpátiát ébreszt bennem. Szívesen keblemre ölelném, úgy, ahogy családom tagjaival szoktam, de inkább csak a kezemet nyújtom felé.

– Én is nagyon örülök. Reméltem, hogy itt dolgozik még! Van itt egy kis dolgom, és mindenképpen itt szerettem volna megszállni.

– Jól teszi, uram. Ennél szebb szállodát nem talál.

Megindulunk befelé, valami kisegítő segít a szolgámnak, amire válaszként mosoly szalad át az arcomon. Még az alkalmazottam körül is sürögnek. Talán Bálint nem sejti, hogy a velem utazó csak egy egyszerű alkalmazott.

– Utólagos engedélyével intézkedtem autóügyben. Szóltam a sofőrnek, és szállodánk kibérelt egy autót magának.

Nahát! Az állam is leesik. Most már tudom, miért csavarnak az ujjuk köré a magyarok!

– Nagyszerű! És ki a sofőr? Az a bizonyos Attila?

Bálint kedvesen mosolyogva biccenti oldalra a fejét.

– Igen, ő.

Mindketten hangosan felnevetünk, majd besétálunk az épületbe. A pulthoz oda sem kell mennem, azon nyomban a lakosztályba kísér a magyar fiú. Furcsa, de kifejezetten jólesik a környezet. Csak pár napot voltam itt egy éve, de olyan, mintha hazaérkeznék. Az érzésnek talán semmi köze ehhez az országhoz és a szállodához, csak egy nőhöz. A szolgám máshova ment, ezért olyat teszek, amitől én is megdöbbenek.

Kinyújtom a kezem, és elkapom Bálint karját. Ő is meglepődik a gesztusomon.

– Szeretnék kérdezni valamit, Bálint!

– Hallgatom, uram!

Megköszörülöm a torkom zavaromban, mire ő körbenéz a lakosztályban. Szerintem a szemével ellenőrzi, hogy mibe is tudok belekötni. Nem tudnék semmibe. Imaszőnyeg, Korán, Mekka-tábla, gyümölcs… minden a helyén. És még bor sincs kirakva.

– Tud valamit Csilláról?

Sokkal döbbentebb fejet vág, mint amire számítok.

– A tolmácsról?

Csak bólintani vagyok képes, mert valahogy sértő a megnevezés, noha gyakran még én is így nevezem őt.

– Itt dolgozik még?

– Szüksége van rá megint?

Ahhh!! Örök időre!
– Nem. Mármint nincs szükségem a munkájára... csak... kérdeztem.
Bálint arcán átszalad egy férfimosoly. Egy olyasfajta, amit csak mi, férfiak tudunk magunk között megejteni. És csakis nőkkel kapcsolatban.
Visszavigyorgok.
– Már nem dolgozik itt. Semmit sem tudok róla. Azt hiszem, otthon kezdett dolgozni. Angolt tanít.
A torkom összeszorul a hírre. Persze eddig is dolgozott, de most ez a munka valahogy alantasnak tűnik a szememben. Elképzelem, ahogy egy asztal fölött görnyedve tanítgat embereket, és minden érzésem szánalommá változik. Én szerettem a magántanáraimat, de azt azért tudtam, hogy alattam vannak. Így érzem most Csillánál is. Dühít, hogy valószínűleg, akik nála tanulnak, lenézik őt. Aztán rájövök, ez egy másik világ, és itt nincsenek hercegek sem. Ezzel a nővel kapcsolatban semmit sem látok valósan!
– Hamarosan meglátogatom őt.
– Mármint kit? Csillát?
Bálint szeme kigúvad, úgy kérdez vissza, amit csak egy bizalmas baráttól tűrnék el.
– Igen. Miatta jöttem.
Fogalmam sincs, hogyan szalad ez ki a számon. Bálint nem hazámbéli, és ez más színben tünteti föl a gyengeségemet. Már otthon is kitártam Emírnek az érzéseimet, de ennek a kis magyar fickónak most nagyon szívesen ecsetelném, hogy a szerelemnél nincs jobb érzés a világon.
– Ezt nem tudtam.
– Volt már szerelmes, Bálint?
– Igen, most is az vagyok.
Két testvér. Így nézünk egymásra, pedig valójában egy idegen. Amiben képes vagyok vele összeolvadni, az az, hogy tudja ugyanúgy, mint én, milyen érzés ebben a hálóban vergődni. Nem azért vergődik az ember, mert szabadulni akar, hanem azért, hogy minél jobban belegabalyodjon a hálóba. Órákon belül láthatom a szeretett nőt, és ettől összeugrik a gyomrom. No és persze attól

is, hogy már szeretett nőként gondolok rá. Egy éve nem láttam, mégis ugyanúgy érzek, mint mikor kisétáltam abból az elátkozott szaúdi hotelszobából.

– Elmehet. A sofőr legyen kész, mert hamarosan szeretnék elmenni.

Bólint, szerintem próbálja összerakni a képet. Aztán bizalmasba megy át. Nem neheztelek rá. Jólesik beszélgetni vele.

– Úgy érti, maga szerelmes Csillába? – csak bólintok. – Ezért jött ide vissza? Nem üzleti ügy miatt? – Mosolygok, de nem a tényen. Eszembe jut, hogy eddig nekem a nők igenis üzletet jelentettek. Adnak és kapnak. Most másról van szó. Csillával kapcsolatban sok minden átszalad az agyamon, de az üzlet, az nem! – …Értem.

Dehogy érted!

– Annyira hihetetlen?

– Nem, uram… csak nem tudtam. Úgy értem, legutoljára nem adta semmi jelét… Elég távolságtartó volt Csillával.

Hát, minden voltam, csak távolságtartó nem. Legalábbis testileg. Úgy az első pillanattól magam alá akartam őt temetni.

– Azóta történt egy-két dolog.

– Értem… – Már megint ezt válaszolja, veszem az adást, hogy ez nála talán épp az ellenkezőjét jelenti.

Nyel egyet, és el is fordul. Fogalmam sincs, hogy tudja-e, az említett nő Szaúd-Arábiában járt. Nem akarom az időmet tovább pazarolni.

– Szeretnék lezuhanyozni.

– Á, persze… Már megyek is! Nem éhes?

– Majd jelzem, ha kell valami. Egyelőre csak a sofőrre van szükségem, ahogy mondtam.

– Rendben. A szálloda előtt majd várja önt.

– Köszönöm.

„Köszönöm." Az egyik olyan szó, amit a legritkábban mondok ki. A hangulatom azonban előcsalja belőlem. El sem tudom képzelni, mit hoz majd ki belőlem az, ha szemtől szemben állok azzal a nővel, aki így képes kihúzni a lábam alól a talajt.

* * *

Attila beparkol a ház elé, aminek a címét abból a régi szerződésből nézem ki. Egyszerű sorház, rettegek tőle, hogy egy pici lakásban találom őt. Magam sem tudom, miért, de szégyent éreznék. Attila tanulékony, mert egyszer csak arra eszmélek föl, hogy az ajtót nyitja nekem. Kiszállok, de nem köszönöm meg. Végignézek az épületen, az ablakokat vizslatom. Nagyon késő este van. Csak néhány helyen világítanak fények, és a forgalom már teljesen elült. Mégsem érzem, hogy rosszkor jöttem volna. Képtelen lennék egy egész éjszakát eltölteni a gondolataimmal és az emlékeimmel.

– Várjon itt! Nem tudom, mikor jövök.

– Rendben.

Igazgatom a nadrágom derekát és a kabátom gallérját. Olyan zavart vagyok, mint egy kisfiú. A hajamat is végigsimítom, mielőtt a bejáratnak feszülök. Az ajtó nem nyílik ki, Attila iparkodni kezd felém, a kezeit összedörzsölve. Csak egy vékony felöltő van rajta, biztos nem örül neki, hogy nem ülhet azonnal vissza a meleg autóba. Odalép mögém, és halkan súgja, mintha felébresztenénk valakit.

– Meg kell nyomni a kaputelefont! – Ritka értetlen fejet vághatok, mert azonnal kisegít. – Kit keres? Név szerint?

– Pataky Csilla.

Szégyennel telve és boldogan felelek. Gyönyörű a neve is. Egykor megjegyezhetetlennek tűnt, most pedig ezt az egy nevet sosem tudnám elfelejteni.

A sofőr nem kérdez többet, valószínűleg ő is ismeri név szerint a nőt, hisz egykor ő vitt minket arra a bizonyos városnézésre. Attila szeme végigsiklik a listán, majd megnyom két számot. Búgó hang jelzi, hogy az a bizonyos kaputelefon tényleg egyfajta telefon. A sofőr tapintatosan eloldalog. Ez emberi gesztus, kezdem kedvelni őt.

– Halló!

Hangosan kiált bele a vonalba, ekkor először fordul meg a fejemben, hogy talán tényleg késő van.

– Én vagyok.

– Gamal?

– Igen, én! – Úgy vigyorgok, mintha szemtől szemben állnék vele.

– Te jó ég! Gyere be! A második emeletre gyere!

Hallom a zúgó hangot, meglököm az ajtót. Intek a sofőr felé, ő pedig beül az autóba. Úgy rongyolok fölfelé a lépcsőn, mint még soha. És hallom azt is, hogy valaki szalad lefelé. A korlát fordulójánál hirtelen nekem ütközik, én pedig már emelem is. Nem látok semmit, csak érzem az ismerős illatot és a bőrét. Alul nincs rajta ruha, azt érzem, mert a combja szabadon öleli át csípőmet. A lépcsőházban hideg van, ezért végigsimítom mindenhol, hátha az megóvja őt. A nyakamhoz van fúrva az arca, egyik kezemmel a fenekét támasztom, a másikkal a koponyáját szorítom.

Nincs az az ember, aki most le tudná szedni rólam!

Hallom a zokogását, de képtelen vagyok a vigaszra. Minden erőmre szükségem van, hogy ne érzékenyüljek el teljesen. A szemem már nekem is könnybe lábadt, és tudat alatt örülök neki, hogy most senki sem lát az otthoniak közül.

Egyszer csak megemeli a fejét, az orrát az enyémhez nyomja. Egy éve nem láttam ezeket a szemeket. Nagyon sötét van, de a szeme világít. A jellegzetes illata átrepít egy egészen más dimenzióba.

– Gamal! – Suttogó hangon mondja ki a nevem. Olyan gyönyörűség ezt hallanom. Szívesen kimondanám én is az övét, de a torkomban gombóc van. – Tudtam, hogy eljössz!

Nem bírom tovább. Útjára engedem a könnyemet, de belefúrom arcom a vállába. Ő erőteljesen zokog. Azon agyalok, mennyire vágyhatott ő is rám. Én utoljára kisgyerekként sírtam.

Újra megemeli a fejét, és azonnal összeolvad a szánk. Nagyon finom az íze. Mentol ízét érzem, és nagyon nedves a szája. Nyál borít el minket, és ez olyan izgató, hogy azonnal kőkeménnyé merevedek. Ha még tovább csókolózunk, akkor itt, a lépcsőházban fogom megcsinálni őt. El nem tudom képzelni, hogy elváljak a testétől, még addig sem, amíg fölmegyünk. Lépdelni kezdek vele fölfelé, mire kitör belőle a nevetés, de nem szakad el a számtól. Csók közben beszél. Majdnem elharapjuk egymás nyelvét.

– Erős hercegem!

A fordulónál megállok pihenni, de aztán továbbmegyek. Látom a kiszűrődő fényt, nyitva van a bejárati ajtó. Szememmel fedezem fel az utat, de közben csókolózunk. Nem tudok elszakadni a szájától.

Belépek vele az ajtón, ő pedig a vállam fölött átnyúlva csapja be azt. Világos van, késztetést érzek rá, hogy végignézzek rajta.

Leengedem, és két tenyerem közé fogom az arcát. Piros az orra a sírástól, és a szeme is elárulja az érzéseit, de mindene gyönyörű. A könnyes arcára rátapadtak a vörös tincsek, olyan, mintha izzadt lenne. Megcsókolom az arcát, a sós íz elgyengít. Oltalmazni akarom az életem végéig! Sosem akarom, hogy fájdalmában sírjon!
– Ah, Csilla...
– Gamal... Annyira hiányoztál!
Őrült módjára dobom félre a kabátom. Teljesen magához húz, újra megemeli a lábát, mintha rám akarna mászni. Már éppen a kezemet csúsztatom a combja alá, amikor hirtelen eltol magától. Teljesen beindít a szitu, de ránézve látom, hogy valamit fülel.
– Shh – súgja, miközben az ujját a szájára szorítja.
Megmerevedek, mert nem értem a helyzetet.
– Mi van?
Nem kell válaszolnia. Üvöltő gyereksírás mászik a fülembe. És ez a hang darabokra töri a szívemet, szétmarcangolja a lelkemet, és hatalmas pofonokat mér az arcomra. A zöld szempárba meredek, látom, ahogy elmosolyodik. Én képtelen vagyok még a nyálamat is lenyelni, nemhogy mosolyogni. Lecsúszik róla a kezem, miközben hátrább lépek. A leggyönyörűbb nő a világon, és már anya is. Hirtelen olyan, mintha a világ legfontosabb embere állna előttem. Nekem az.

Látja rajtam a sokkot, ezért belemarkol a tenyerembe, úgy húz befelé. Bent csak egy kislámpa ég, az világítja be valamelyest a szobát. A folyosó, amin keresztülhúz, nagyon szűk. Cipők, papucsok sorakoznak a fal mellett, szekrény nincs. A cipők látványára feleletként én is lerúgom magamról az enyémet. Ösztönös a cselekedet, mert nálunk egyébként sem szokás cipőben közlekedni a palotában. Szőnyegre lépni vele pedig szigorúan tilos. Ócska kőből van kirakva a közlekedő, magam sem tudom, mi ér nagyobb csapásként: a szegénység, vagy a gyerekhang.

A szobában egy franciaágy van, össze van túrva az ágynemű. A nagy ágy mellett ott áll egy rácsos kiságy, látom benne a mozgolódást. Olyan rettegve lépdelek, mint aki attól fél, hogy egy szörnnyel találja szembe magát. Csilla maga után húz, folyton hátrafelé kémlel. Én már képtelen vagyok ránézni, csak a rugdosó lábakat figyelem. A hangja elhalkul, nyöszörgővé válik. Hirtelen Khalid jut eszembe, amitől határtalan szeretet jár át. A lelkem egy sötét verem, mert otthon a fiam arannyal átvont bölcsőben és egy külön lakosztályban él, ez a gyermek pedig egy kopottas fából készült ágyban fekszik. Pedig ő is az én gyerekem. Legalábbis sejtem. Ez az ajándék. Már tudom. Tudtam az első perctől, hogy ezt érti ajándék alatt.

A lábam magától lép egészen közel az ágyhoz. Érzem magamon Csilla tekintetét, de én nem vagyok képes levenni a szemem a babáról. Világosbarna haja van, és hasonló bőre, mint az enyém. A fény rávetül, a szeme színe, amivel a feje fölé lógó játékokat nézi, élénk zölden világít. Pici fülbevaló van a fülében, ekkor nézem meg jobban azt is, hogy a ruhája rózsaszín.

– Lány?

Uh!

Csilla megsimogatja a pocakját, amit a pici csak nyögdécseléssel jutalmaz. Gyönyörű ujjai a lányom hasán pihennek. Átjár valami furcsa melegség. Pedig a tudat, hogy lányom van, letaglózó!

– Igen, kislány – rám emeli a szemét, végre én is őt méltatom figyelemre. Megszólalni még nem vagyok képes, ezért ő beszél tovább. – Anna. Így hívják.

Még ez a kijelentés is szíven üt, mert egyáltalán semmi arabos nincs benne. Picit dühít, hogy Csilla kisajátította a gyermekünket. Dühössé válok. Vagy talán inkább csak elkeseredetté.

– Milyen név ez?

– Szép magyar név.

– Csakhogy ő nem csak magyar!

Farkasszemet nézünk, elszégyelli magát. Nem bírom magamban tartani a gondolataimat. Mindent értek, de hallanom kell a biztosat, különben felrobbanok.

– Az enyém?

Összeszűkül a szeme, ha tehetné, biztos pofon vágna a kérdésért. Én azonban nem felejtem el, hogy együtt élt valakivel.

– Igen, a tied.

Mégis lágy hangon válaszol. Szerintem ráérez, hogy ha valakinek van mit számonkérnie, az én vagyok.

A lábaim hirtelen gyengülnek el. Bele kell markolnom abba az ócska fából készült bútordarabba, hogy ne látszódjon a kiborulásom.

A homlokomat dörzsölöm, ő meg szemtelenül néz. A pici pedig nagyon halkan nyüszög, mintha ő is várna valamire.
- Ez az ajándékod?
Mélyen a szemébe nézek, magam sem tudom, hogy szemrehányóan kérdezem-e.
- Nem, Gamal. Anna a te ajándékod volt nekem. A legszebb, amit életemben kaptam.

Emlékszem, mikor otthon átadta azt a bizonyos magyar feltalálótól származó játékot, határozottan szégyelltem magam, amiért ő ad nekem valamit. Igaz, én sosem gyerekkel akartam megajándékozni őt, hanem gyémánttal.

Sok mindenre gondolok: mi van, ha szándékosan csinálta? Mi van, ha nem is az én gyerekem? Még ezernyi apró felismerés, amik egyre jobban feldühítenek.
- Miért csináltad ezt?
- Nem akartam, hogy kényszernek éld meg!

Odébb kell lépnem, mert a legszívesebben felképelném őt. Nem azért, mert van egy közös gyerekünk, hanem azért, ahogy ezt megtudtam. Ez a szakadt kis lakás, a körülmények... Minden tényező azon van, hogy a legkisebb örömöt is kiölje belőlem.

Utánam lép, de a kislány hirtelen elkezd sírni, megérzi az anyja távolságát. Ugyanolyan iramban lépek vissza hozzá, mint Csilla. A tényre elmosolyodik.
- Fölveszed?
- Nem.

Valójában szeretném, de mégis elutasító választ adok. Ő sem emeli meg, csak a pocakját simogatja.
- Hasfájós. Sokat sír éjszaka... Én meg keveset alszom.

Akaratlanul siklik végig a szemen rajta. Ugyanolyan, mint régen volt. Nem gömbölyűbb és nem vékonyabb. Ugyanolyan ápolt, gyönyörű, magával ragadó. Az értékét már csak az képes emelni a szememben, hogy életet adott a magzatomnak.
- Miért nem segít neked senki?
- Mert én nem királyi családba születtem! - Vág vissza azonnal, pedig tudom, hogy nem akar megbántani. Talán ő is a helyzetre neheztel. Úgy, ahogy én is.

A gyerek egyre hangosabban sír, de még nem zavaró. Az ösztönnek képtelen vagyok parancsolni. Úgy teszek, ahogy Khalidnál szoktam, alányúlok, és magamhoz emelem. A fejét megtámasztom, az illata az orromba mászik. Csilla döbbenten nézi minden mozdulatomat. Néha felém mozdítja a karját, talán azt gondolja, nincs nálam biztonságban a kislány.

– Tudom, hogy kell fogni, ne aggódj! – Néz rám a gyönyörű szemeivel, én pedig jobb alkalmat el sem tudnék képzelni arra, hogy közöljem a kínos tényt. – Van egy fiam. Őt is szoktam babusgatni.

Csilla szája megnyílik, összecsukódik és újra megnyílik. A szeme cikázik rajtunk, bántja a megjegyzésem.

– Van egy fiad?
– Igen.
– És ezt csak most mondod?
– Miért? Te mondtad előbb, hogy van egy lányom?

Lemered a földre, miközben belekapaszkodik az ágyba, olyan, mintha az ájulás szélén állna. Fiam létezése legalább annyira letaglózza őt, mint engem a lányomé. Kiegyenlítettnek érzem a helyzetet. Aztán olyat tesz, amivel feldühít. Nem kicsit.

– Add ide! – Nyújtja felém a karját, és már-már feszegeti le lányomról az ölelésemet.

Nem dacból, hanem ösztönből fordítom el teljes testemet tőle, miközben még biztosabbá teszem a szorítást. Ebben a pillanatban nem vagyok képes átadni a kislányt, és ami a legrosszabb, az az, hogy nem tudom, miért. Ugyanolyan hévvel oltalmazni akarom, mint a családom többi női tagját, de van bennem egy kis gőg is. Az enyém, és mégsem. Ez a magyar nő elvett tőlem valamit, amit még senki a világon nem mert megtenni.

– Miért lettél dühös?
– Nem vagyok dühös. Csak azt akarom, hogy add ide!

Már szinte kiált, a gyerek a kezemben bőszen fülelni kezd. Fogalmam sincs, miért, de megcsókolom a homlokát. Ugyanazt érzem, mint Khalidnál. Ugyanazt a határtalan szeretetet. Büszkeség azonban nincs bennem.

Odanyújtom felé.
– Itt nem maradhat.

- Ezt hogy érted?

Körbenézek a szobában, majdnem előtör belőlem egy hangos kacaj.

Na mégis, hogy értem?

Az én utódom nem maradhat egy percet sem egy ilyen ócska helyen.

- Nem fogja ugyanazt kapni, mint a fiam, de ennél jobbat érdemel!

Érzem, túllövök a célon. A tekintete pedig biztossá teszi ezt a sejtést. Magához öleli a babát, és egészen elém áll. A fejét fölfelé biccenti, ugyanaz a zöld szín vetül rám, mint a kiságyból vetült. Az a szempár, ami bármit ki tud hozni belőlem.

- Hogy érted, hogy nem kapja ugyanazt, mint a fiad? Anna talán kevesebb?

Igen...

- Te ezt nem érted!

Kifakadásra várok, de nyugodt marad. Csókolgatja Anna homlokát, én is szívesen tenném ugyanazt. És csókolgatnám Csillát is, de látom, hogy az most lehetetlen. Elég magasra épített fal van közöttünk.

- Ha különbséget teszel a gyerekeid között, akkor nincs is Annának szüksége rád mint apára.

- Az most mindegy...

- Neked minden mindegy! Akkor mégis mi a fontos?

- Csilla! Ez itt az én gyerekem, de törvénytelen! Nem ismerhetem őt el! Ezt csak akkor tehetném, ha házasságban született volna! - Nagyot nyel, érzem, hogy nem fog támadni. Vázolom neki a helyzetet, az ellenállásba ütközés lehetősége eszembe sem jut.

- Visszajöttök velem Szaúd-Arábiába. Ott gondoskodom rólatok megfelelően. Mindent megkaptok. Szükségem van rád, Csilla! Én képtelen vagyok nélküled...! Azt hittem, menni fog, de most már főleg képtelen vagyok rá...!

Anna elhalkul, ő pedig óvatosan visszafekteti a kiságyba. Aztán kisétál a szobából, én pedig követem. Lányom nem sír föl.

Engedelmes! Igazi muszlim!

Hirtelen átjár egy undorító érzés.

- Muszlimként kell nevelkednie!

Nem egyértelmű, de az iszlámnak van egy másik fontos alapja is. Hibásan hatodik pillérnek is nevezik, de mi nem annak tartjuk. A nyugati világ az inkvizícióhoz vagy a keresztes háborúkhoz hasonlítja a dzsihádot*. Pedig nálunk a nagy dzsihád nem fegyveres harcot jelent, hanem belső küzdelmet a társadalomért. Saját hibáink és negatív tulajdonságaink ellen harcolunk. Talán ebből ered, hogy minden muszlim a saját vallását megpróbálja „ráerőszakolni" a más felekezetűre. Én is most minden erőmmel azon szorgoskodom, hogy a szeretett nőt és a lányomat olyanná tegyem, mint én vagyok. Muzulmánná.

Ha a kis dzsihádot nézzük, ami fizikai harcot jelent, az csakis az iszlám szabályai szerint folyhat, ami nem egyenlő a területszerző háborúkkal. Nálunk a szent háború csakis az iszlám védelme miatt létezhet! Ha nagyon pontosan és tudományosan akarom megfogalmazni, akkor azt mondom, hogy dzsihádot végre lehet hajtani szív és lélek által, nyelv által – vagyis beszéddel –, tudással, kéz által és karddal. Én most a szívre próbálok hatni, de nincs más fegyverem, csak a szavak. A szeretet a fegyverem.

Csilla azonnal megáll, szembefordul velem. Becsukja a szoba ajtaját, csak akkor reagál. Nagyon nyugodt és kimért, porig akar alázni. Úgy mér végig, ahogy még sohasem tette senki. Lenézően.

– Hát ezt buktad, Gamal! Én katolikus vagyok, és Anna is az. Sőt! Már meg is van keresztelve!

Forogni kezd velem a világ. A kezem ökölbe szorul, Csilla most áll a legközelebb ahhoz, hogy hatalmas ütést mérjek rá. Talán nem is sejti, az, amit most mondott, a legérzékenyebb része az életemnek.

Nálunk is fontos dolog egy gyermek születése. Ilyenkor a fülébe súgjuk a sahádát, más néven a hitvallás szavait. Ezeket a szavakat kell először hallania a gyermeknek. A névadásnak sem kell azonnal megtörténnie, erre hét napot lehet várni. Ekkor kopaszra borotváljuk az újszülöttet, és aranyat osztunk a szegények között.

A gyomrom összerándul attól, hogy Khalid keresztülment mindezen, de Anna nem.

---

* Allah útján való küzdelem. Nevezhetjük igyekezetnek vagy erőfeszítésnek is.

– Egy muszlim férfi gyereke csakis muszlim lehet! A gyerekek mindig az apjuk vallását viszik tovább! Ez így van!
– Nálatok! – Kivár, de én képtelen vagyok megszólalni, ezért folytatja. – Csakhogy ez itt Magyarország. Én magyar vagyok, és Anna is az. Te még az anyakönyvi kivonatában sem szerepelsz! És semmilyen módon nem tudsz arra kényszeríteni, hogy fanatikussá tegyem a gyermekem! Egyébként is azt mondtad az előbb, hogy nem ismerheted el gyermekedként. Akkor miért kéne a te megrögzött világodat követnie?
– Én nem vagyok fanatikus! Azt sem tudod, mi az! Ugyanolyan előítéletekkel rendelkezel, mint minden más európai meg amerikai! Ti azt hiszitek, minden arab fundamentalista! Ugyanolyan vagyok, mint te, csak más a hitem…
– És ez a hit az életed alapköve! Nekem pedig a lányom az alapkövem! Nem vagyunk ugyanolyanok, Gamal!

Sosem fogja megérteni, amit mondani akarok neki, ezért nem fecsérelem az időmet. Átlátom, hogy minden nem muszlim olyan előítéletekkel rendelkezik, mint mi rendelkezünk az ő irányukban. Ők ugyanúgy lenéznek minket, mint mi őket. Hatalmas szakadék tátong muszlim és nem muszlim között, amit szerintem sosem fog betemetni semmi. Legalábbis ebben a pillanatban úgy érzem. A világ általánosít. Igen. Az iszlám tényleg az életem alapja, de ha valaki azt hiszi, hogy Allah nem azt parancsolja, hogy szeressük a gyermekeinket, akkor téved. És én is ezt akarom. Szeretni a lányomat, megóvni őt minden rossztól. Mit is mondhatnék? Mondjam el, hogy egy arab férfinak az iszlám után a család a legfontosabb, és abban a nő? Minden eddigi viselkedésem az ellenkezőjét bizonyítja, pedig így van. Nem értené meg.

– Nem maradhattok itt!

Sokkal lágyabb a hangom. Rettegek attól, hogy ő erősebb lesz, mint én, és úgy kell kimennem azon a bizonyos ajtón, hogy talán sosem látom többé. És most már nem csak ő érdekel. Annát is akarom! Akarom látni, ahogy cseperedik! Játszani akarok vele! Utazni akarok vele! Meg akarom mutatni neki a világot! Azt akarom, hogy ismerje Khalidot! Azt akarom, hogy a családom többi tagja is ismerje őt! Azt akarom, hogy hercegnő legyen! Az én hercegnőm!
Lánygyermek, de akarom!

Csilla elindul egy másik helyiség felé, én pedig követem. A folyosó másik végébe tartunk, apró konyha tárul a szemem elé, és egy valamivel nagyobb étkezőrész. Leül az egyik székre, miközben a párnát megigazítja a feneke alatt. Végigdörzsöli az arcát, és rám néz. A szeme tele van tűzzel, vággyal és valami újdonsággal, ami, azt hiszem, csak egy anya szemében látható. Ebben a pillanatban érzem meg, hogy ezt a „szent háborút" el fogom veszíteni. És ő szavakkal is alátámasztja.

– Sosem fogok elutazni Annával a te hazádba. Jogod volt tudni, hogy van egy lányod, de ennél többet nem kérek tőled. Ha azt hiszed, hogy számítok az anyagi támogatásodra, akkor tévedsz. Engem nem érdekel úgy a pénz, mint téged. Én eddig is így éltem. – Körbemutat az étkezőben, ami méltán jelzi, sosem adatott neki több. Fájdalmat érzek. Látom őt kislányként, de nem is ez a legfájdalmasabb. Ez a kép most összeolvad a saját lányommal. – Azt elég egyértelműen jelezted, hogy neked a lánygyermek semmit sem jelent.

Ez nem igaz!

Szívesen közbevágnék, de hazugság lenne... Talán. Igen, azt gondoltam, hogy a nők és lányok jelentéktelenek ebben a világban, és csakis egyvalamire valók, de már másképp látom. Hogy mióta, azt magam sem tudom. Ehhez a változáshoz hozzájárult Csilla, Yasmin és Anna. Ezért a három nőért keresztülgázolnék mindenen.

Leülök egy szemben lévő székre, némán nézzük egymást. A szeme könnyes, és nekem is az. Nem titkolom. Ő az egyetlen ember a világon, aki ismeri ezt az oldalamat.

– Azt teszem, amit akarsz. Mondd meg, hogy akarod, és úgy lesz! – adom meg magam teljesen, mert tényleg így érzem.

Nem akarom, hogy ő vagy a lányom szenvedjen. Én úgysem tudtam eddig, mit is jelent a szenvedés. Egyszer azt éreztem vele kapcsolatban, hogy az összes terhét át akarom rakni a saját vállamra. Most talán megtehetem.

– Nem tudom, hogy legyen, csak azt tudom, hogy szeretlek és minden nélküled töltött idő fájdalmas. És azt is tudom, hogy a lányomnak szüksége van apára...

Elsírja magát, mire ösztönösen nyúlok keresztül az asztalon. Megmarkolom a kezét, ő is szorosan ráfonja ujjait az én kezemre.

– Mindent megadok neki. Tudod nagyon jól. Ez nem kérdés. De hogy legyek az apja, ha nem jöttök velem? Az apaság az én szememben mást is jelent, mint Csilláéban. Ő talán csak úgy gondolja, hogy közösen neveljük a gyerekünket, együtt élünk, szórakozunk, eszünk és egyéb banális dolgokat művelünk. Az én szememben mást jelent az apai kötelesség. Át kell adnom egy kultúrát, az iszlámot, és mélyen bele kell nevelnem gyermekeimbe a hercegi vonalat. Hogyan tudnám a lányomat hercegnőként nevelni, ha ilyen messze van tőlem? És ez az egész… Megvalósíthatatlan. Szaúd-Arábiában sem lehetne törvényesen hercegnő, de ezen még segíthetnék. Egy házassággal.

Elképzelem, miként is élnénk családként, és rájövök, tényleg reménytelen a helyzet. A probléma már ott kezdődik, hogy kinek mit is jelent a család. Mint már mondtam, nálunk ez egy sokkal tágabb fogalom. Csilla nem lenne képes azonosulni az őseimmel, a hazámmal és az egész életemmel. Úgy, ahogy én se az övével. Nála még az anyai szerep is csak a szeretetről szól. Imádja Annát, ez jól látszik. Én is imádom, de nekem más feladataim is vannak a gyereknevelést illetően. Nálunk nem egyszerű a dolog. Itt megszületik egy gyermek, családi körben nő föl, jár óvodába, iskolába stb. Nálunk is hasonló az eleje, de négyéves korban radikális változások vannak. Már ekkor bemagoltatjuk gyermekeinkkel a biszmillaht*. Nálunk a tanulás a higiénia elsajátításával kezdődik, és a muszlim közösség szabályainak megismerésével. Ez is a már említett hadíszokon nyugszik. És talán itt jön a válasz arra is, hogy miért vagyunk olyan megingathatatlanok. Azért, mert nálunk minden kisgyermekkorban kezdődik. És ez nem is tanulás. Olyan, mint az anyanyelv vagy a saját lelkünk. Örökké eggyé válunk vele.

– Gamal, ne kérd tőlem ezt! Hogy mehetnék oda? Az mindent megmérgezne! Te talán képes lennél idejönni, és itt kezdeni új életet?

---

* A Korán szúrái e szavakkal kezdődnek: „Biszmillah ar-Rahman ar-Rahím", jelentése: az irgalmas és könyörületes Allah nevében. A muszlimok ezt mondják, amikor valamilyen tevékenységet elkezdenek, pl. utazást, evést vagy felkelnek alvás után stb.

Majdnem elnevetem magam. Ezt ő sem gondolhatja komolyan. És mégis mit tennék? Építenék Budapest közepén egy palotát, amiben bezárkózva élnék? És mi lenne a feleségemmel meg a fiammal? Csak egyetlen szót vagyok képes kinyögni válaszul.

– Nem.

Reménytelen a helyzet, nem is tudom kezelni. Teljesen össze vagyok omolva, Csilla azonban erős. Sosem láttam még ilyen határozott nőt. Lenéztem őt, de már látom, neki sosem volt olyan támasza, mint amilyen minden arab nőnek jár. Az erőssége pedig dicsfényt hint a lányunkra is. Csak remélni tudom, hogy Anna is ilyen lesz.

– Szükségem van rád, de tudom, nem lehetsz teljesen az enyém. Elfogadom. – A gyomrom összeugrik a szavaitól. – Bármikor jöhetsz hozzánk. Anna úgy fog felnőni, hogy tudja, te vagy az apja. És azt is tudni fogja, miért élünk külön. Sosem fogok hazudni neki a szerelmünkről. – Elsírja magát, de lenyeli a könnyeit. Folytatja.

– Az otthoni életedről nem akarok tudni. Nem érdekel, hány feleséged van és miként élsz, de azt akarom, hogy amikor velem vagy, csak én és Anna létezzünk neked! Érted?

Csak egy bólintásra vagyok képes. Még mindig nem tudom, miként lehet majd kivitelezni a dolgot, de ennél jobb megoldással én sem tudnék előállni.

– És mit szeretnél? Milyen gyakran jöjjek?

– Én sosem fogom ezt neked megmondani. Te egy herceg vagy! Tudom, úgy nőttél föl, hogy azt csinálod, amit akarsz. Nem akarlak megváltoztatni. Legyél gőgös és önző, csak egyvalamire kérlek: a lányunkat teljes szívedből szeresd!

Olyan, mintha nem is ő ülne velem szemben. Eddig támadt, ellenkezett, most pedig olyan alázattal adja meg magát, mintha a tulajdonom lenne. Fájdalmas látvány az erőssége és az alázatossága egyben. Eltelik pár pillanat, míg rájövök, miért is teszi mindezt. Anyává vált. Ez pedig azt jelenti, hogy minden és mindenki másodlagos lesz. A legfontosabb számára már Anna. Őt akarja boldoggá tenni, és őt akarja biztonságban tudni. Én is hasonlóan érzek apaként, de bennem azért maradt egy kis ego. Csilla teljes egészében alárendeli magát a gyermekünknek, és ettől a felismeréstől hirtelen pátoszi méreteket ölt.

– Rendben. Értelek. Akkor most itt maradok egy darabig. Mindent elintézünk, amit kell.

– Mire gondolsz? – kihúzza a kezét, kérdőn néz rám a hatalmas zöld szemével.

Annyira gyönyörű!

– Keresünk egy ingatlant. Egy olyat, amiben kényelmesen elfértek. Berendezzük úgy, ahogy nektek megfelel. Aztán szükség lesz valakire, aki főz rátok, és valakire, aki takarít helyetted…

– Gamal, állj le! – Fogalmam sincs, mit vétettem már megint, ezért némán várok a folytatásra. – Egy nagyobb lakás talán tényleg jól jönne. Valami olyasmi, ami a földszinten van… de nem kellenek alkalmazottak. Nem kell palota!

Fölállok, odalépek hozzá, és felhúzom, egészen közel magamhoz. Majdnem megőrülök az illatától. Elképesztő vágyat és erős érzéseket kelt bennem.

– Azt mondtad, hagyod, hogy önző legyek. Add ezt meg nekem, Csilla! Add meg azt a tudatot, míg távol vagyok tőletek, hogy a lányom királyi környezetben él, és mindent megadok neki. Ha ezt is elveszed tőlem, akkor végképp nem érzem majd magam apának.

Nem tudom, érti-e, de nem a pénzre gondolok. A gondoskodás a legfontosabb most nekem. Bár hivatalosan nem a feleségem és Anna sem a lányom, de ez nem is Szaúd-Arábia. Elismerhetem őket családként ebben a közegben. Otthon nem tehetném, ezért most először érzek örömöt, amiért nem az én kedves hazámban vagyok.

Csak pár másodpercig tétovázik. Ujjai a nyakamat cirógatják, néha felsiklanak egészen a tarkómon keresztül a fejem búbjáig. Libabőrös vagyok az érintésétől.

– Jól van. Legyél gondoskodó apa… – Erőteljesen markol a vállamba és a tarkómba. Ösztönnel vonom magamhoz még szorosabban. Mindenünk egymáshoz feszül –, és legyél gondoskodó férfi!

Elmosolyodnék, ha nem érezném azt a mindent elsöprő szenvedélyt, ami hamarosan maga alá temet. Csilla tiszta tűz. Szorosan tapadunk egymásra, megállíthatatlanok vagyunk mindketten. A csókja kizár minden mást a világból, és eszement őrültté tesz.

A háta mögé nyúlva odébb tolom az asztalon, amit csak tudok. A terítő felgyűrődik, egy tál nagy csörömpöléssel sodródik arrébb. A kezem lejjebb siklik a testén, benyúlok a hosszan lelógó trikója alá. Érzem a bugyiját, ami eltakarja előlem a kedves helyet, de most még ez is izgató. Pedig mennyire utálom, amikor nekem kell bíbelődnöm a ruhával.

Kigombolja az ingemet, majd lefelé nyomja a vállamon. Körbenézek, hol is találhatnék egy másik szobát, de ő a gondolataimban olvas.

– Annát nem akarom fölébreszteni. És nincs több szoba.

Elmosolyodik, én is azt teszem. Tényleg nem érdekel. Az sem érdekel, ha egy tüskékkel bélelt ágyneműbe kell vele bebújnom.

Az ingtől megszabadulásra válaszként lehúzom róla a trikót. Ott áll előttem egy szál bugyiban, olyan védtelen és törékeny. És az enyém! Senki másé nem lehet, csak az enyém!

Hirtelen magával ragad a birtoklási vágy, ezért a derekánál fogva föllököm az asztalra. Gyengéden taszítom, aminek hatására megemeli a fenekét, és már ül is a falapon. A lábait szétrakja, közé fészkelődöm. A tudat, hogy intim részeink pont egy vonalban vannak, teljesen kikészít.

Már hónapok óta vágyódom rá. Annyi nőt kapok meg, amennyit csak akarok, és hibátlan a feleségem is, de bárkit is öleltem az egy év alatt, mindig ott volt mélyen a tudatomban. Senki karjaiban nem éreztem így magam. Csilla úgy tör darabokra, hogy minden pillanatban össze is rak. Újra és újra erőt ad nekem, és ez az erő az érzelmeimet emeli az egekbe.

Hátrál a fejével, mélyen nézünk egymás szemébe. Ez a végső döfése. Nem is a szex érdekel, hanem ez az intim pillanat. Fogalmam sincs, miként leszek képes hazamenni Magyarországról.

A szemei mindent elmondanak. Megszenvedte az eltelt időt, és ez a pillanat neki is maga a mennyország. A fájdalom és a vágy támogatja egymást, csak azért nem sírom el magam, mert ő erős. Aztán megszólal, nekem pedig tovaillan az erőm.

– Szeretlek, Gamal.

Nem csak úgy mondja. Ez egy valós szerelmi vallomás. Rengetegszer hallottam már ilyet, de mindig csak arra tudtam közben gondolni, hogy ez is csak gond nekem. Most nem ezt érzem. Ez a sokadik ajándéka nekem. Anna után a legszebb.

– Én is nagyon téged, Csilla.

Túl vagyok rajta!

Életem első szerelmi vallomása. A szót magát nem mondom ki, de ez már nálam ugyanaz. Persze Yasminnak is mondtam már, hogy szeretem, de akkor nem ugyanerre az érzelemre gondoltam. Elmosolyodik, érzi a mondatom fontosságát, még ha nem is úgy mondom, ahogy ő szeretné hallani. Öröm van az arcán, amiért ezt kimondtam neki. Szorosan von vissza magához, minden porcikáját érzem. Kijjebb csusszan a fenekével, jobban széttolja a lábait, de én még nem akarok beléhatolni. Csókolni akarom őt, élvezni a vágyát, élvezni a tekintetét, és azt akarom, hogy még ezerszer kimondja: szeretlek.

Összekulcsolja a lábait hátul a fenekemnél, kezével pedig beférkőzik előre. Szétgombolja a farmeromat, amit lejjebb is tuszkol rajtam. Az alsónadrágom a farmerral tart. Nem akarom egy év elteltével az asztalon boldoggá tenni, de valahogy most még ez is romantikusnak tűnik. Nem közönséges, hanem érzelmes, és a vágyunk csakis az érzelmeinket mutatja meg jól. Nem maga az aktus érdekel, hanem az egybeolvadásunk. Ezt is teszem, mert minden rezdülésével jelzi, hogy nagyon akar engem. Csak akkor érezhetjük az újrakezdést, ha egymásban leszünk.

Félretolom a bugyiját, a feneke alá nyúlok, majd magamra vonom. Hangosan sóhajt, engem pedig magával visz egy hajó a háborgó tengeren. Érzem, sosem fogok tudni kikötni vele, mert egyre inkább a vihar közepébe igyekszem. Örülnék, ha elsüllyednék ezzel a hajóval.

Egyikünk sem mozdul, ugyanúgy csak szorongat, mint azon a bizonyos estén. Az emlékek még inkább képesek rá, hogy ne legyek önmagam. Gyenge vagyok érzelmileg, de mégis most érzem magamat a leginkább férfinak. Hány és hány nőt döntöttem már meg. Durván, agresszívan, saját örömömet keresve, és mindig azt gondoltam, hogy ez úgy tökéletes. Kapok, elveszek, adok. Pénzt. Most pedig csak egyvalamit akarok adni: magamat.

Megemelem az asztalról, mert úgy könnyebben tudom őt mozgatni. Csilla az a nő, akivel képtelen vagyok a sietségre. Imádom a lassú lüktetését, és imádom a szorosan ölelő hüvelyét. Minden pillanatban sóvárog az erőteljes döfésért. A sóhajai a fülembe másznak, és ez a sóhaj az összes vért deréktól lefelé irányítja. Semmilyen erotikus játék nem izgat fel jobban, mint az ő egyszerű sóhaja.

Ez szerelem!

24. fejezet

A kislámpa fényében figyelem, ahogy Anna szuszog a kiságyban. Kintről már beszűrődik az ébredező város zaja, de a fény még csak itt-ott mászik keresztül a függönyön. A sötétbarna drapéria nem túl vastag, a nap erejétől már fakó a színe. A régi parkettára ugyanolyan sötétbarna szőnyeg van lerakva, rajta egy vaskosabb, színes anyagból készült játszószőnyeg van. Mosolyogva képzelem el Annát, aki ott heverészik rajta. Csillára téved a szemem. Szorosan mellettem alszik, egész mellkasa az én mellkasomnak feszül. Oldalt fekszem, a fejemet az egyik kezemmel támasztom.

Fogalmam sincs, mi lesz ezek után. A szeretkezés után lefeküdtünk aludni, de a nő mellettem már sokadszor hoz olyan helyzetbe, amiben képtelen vagyok az elalvásra. Csilla javasolt megoldása tetszett, de egyre gyengébbnek érzem magam. Hiányzik Khalid és a megszokott életem, de tudom, ha hazamegyek, Anna fog hiányozni és Csilla. El sem tudtam képzelni, hogy egyszer lányom születhet. Most pedig van egy lányom, aki ráadásul nem is muszlim. Még. Mert abban biztos vagyok, hogy minden erőmmel harcolni fogok azért, hogy Csilla is és a lányom is muszlimként éljen. Valahogy olyan egyszerűnek tűnik az egész.

Fölállok, és magamra kapom az alsónadrágomat, majd odalépek a kiságy fölé, és figyelem a pici testet. A hasacskája le-föl jár, a saját száját szopogatja. Elmosolyodok a látványra, ösztönösen simítom meg a combját, amit eltakar a rózsaszín plüssanyag. Az érintéstől mozgolódni kezd, kinyílik a szeme is. Olyan döbbenten figyel, mintha egy idegen lennék. Az is vagyok neki. Közben pedig az apja. Rettegek attól, hogy elsírja magát, ezért óvatosan kiveszem a kiságyból. Hátradönti a fejecskéjét, körbekémlel, miközben én magamba szívom az illatát. A selymes hajacskája belesimul a tenyerembe, fogalmam sincs, hogy miért, de könnybe lábad a szemem. Azon az estén fogant, ami a leggyönyörűbb volt az életemben. Allah ajándéka nekem ugyanúgy, mint Khalid. Ebben a pillanatban már nem is értem, hogy voltam képes kimondani, hogy nem kaphatja azt, amit a fiam. Ez a kislány mindent meg fog kapni tőlem.

Az érzelmek határán táncolva odavonom magamhoz, arabul kezdek suttogni a fülébe.

– Gyönyörű vagy, kicsi hercegnőm! – Ráemelem a szemem, úgy figyel, mintha minden szavamat értené. – Igen. Gyönyörű vagy. És hercegnő! Én pedig az apukád vagyok. És ez azt jelenti, hogy megvédelek bárkitől és bármitől. Allahhal kézen fogva fogok rád vigyázni, amíg csak élek. – A határtalan szeretettől, ami átjár, egyenesen a szájára nyomok egy csókot. Nyálas a pici szája, a legszívesebben szétcsókolnám mindenét. Cuppogva megnyalja a csókom helyét. – Az én lányom... az én lányom vagy!

– Gamal! – Csilla halk hangja rángat ki ebből a mély érzelemből. – Te mit csinálsz? Mit motyogsz neki?

Felé fordulok Annával a kezemben és mosollyal az arcomon vágok vissza.

– Ezt te nem értheted. Beszélgetünk. Csak ő meg én.

A megállapításra hosszan Anna szemébe nézek. Picit elmosolyodik ő is, olyan, mintha minden szavamat értené.

– Nem igazán beszéli az arabot – nevet fel Csilla.

– Miért, a magyart beszéli? Vagy az angolt?

Csilla csóválja a fejét, miközben felkel. Odalép mellénk, és végigsimítja Anna pofiját.

– Szia, nyuszikám! Biztos éhes vagy. Csinálok neked hamit.

Megpuszilja őt, és utána engem is, majd kisétál a konyhába. Nem megyek utána, élvezem, hogy kettesben lehetek a lányommal.

Csókolgatom, próbálom belevésni a retinámba az arcának minden egyes pontját. Pár perc múlva Csilla megérkezik egy cumisüveggel a kezében. A haját felfogta a feje tetejére, hirtelen megkívánom őt. Minden természetességével és lazaságával együtt izgató és nőies. Annyira az, hogy a legszívesebben kiüvölteném az ablakon az érzéseimet. Én vagyok a legszerencsésebb férfi a földön.

– Add ide, tisztába teszem előbb!

Átnyújtom neki, ő pedig leteszi az ágyra, és vetkőztetni kezdi. Mélyen kell lehajolnia, de meg sem kérdezem, hogy miért nincs itt egy erre alkalmas bútordarab. A kiságy alól kihúz egy műanyag kosarat, amiből pelenkát vesz elő, törlőt meg popsikrémet. A pizsamát gyorsan leveszi róla, azonnal belecsókol a dundi combokba. Én is ugyanezt akarom, de nem zavarom meg őket. Csillát most is izgatónak látom, csak ott van bennem már a tisztelet is. Az az érzés, amit sosem érzek nők iránt. Egyedül az anyám iránt érzek hasonlót, mert ő az egész életében a gyermekeiért élt. Most ugyanezt látom benne is. Yasmint is tisztelem, de ő az a fajta nő, aki mellett mindig van egy kis támogató erő. Csillának nincs ilyen.

Kiveszi a pelenkát, a másikat aláhelyezi, bekrémezi, és már be is csatolja a tépőzárat. Előhúz egy kombidresszt, azt is ráadja. Anna hangtalanul tűr mindent, az öklét szopogatja.

Csilla az ölébe veszi, cumisüveggel kínálja. Anna azonnal becuppantja a cumit.

– Nem szoptatod?

– Túl sok volt a stressz. Elapadt a tejem.

Csak bólogatni vagyok képes, ő sem néz rám. Talán ha mellette lettem volna, akkor semmilyen stressz nem érhette volna. Nem akarom kérdezgetni, mert tisztában vagyok vele, hogy egyszer mélyen a lelkébe gázoltam. Az anyja halála hatalmas csapás lehetett neki, én pedig erre még rá is segítettem a beszólásommal. Olyan mélyen elszégyellem magam, mint még soha.

– Éhes volt.

Leülök melléjük, és közelről figyelem az etetést. Minden erőmre szükségem van, hogy ne sírjam el magam. Hirtelen minden eddigi bűnöm a fejem fölött tornyosul és bocsánatra vár. Az, ahogy megaláztam a nőket, az, hogy semmibe veszem őket, az, hogy herceg vagyok és ki is használom, és minden ember elleni harcom... Az a mogorvaság, ami soha sem enged hozzám senkit közel... Ez a kislány mindent lerombol, és minden rosszal szembeállít. Hálás vagyok neki érte.

– Mennyi idős?

– Három hónapos.

A szívem nagyot dobban a kijelentéstől. Khalid ugyanennyi idős. Nagyjából egyszerre ejtettem teherbe Yasmint és Csillát.

Nem bírom tovább fékezni magamban a féltékeny férfit.

– Mi van azzal, akivel éltél? Az a férfi... Úgy értem...

– Vége! – Rám néz, úgy folytatja. – Ahogy hazajöttem, lezártam. Nem volt könnyű, de meg kellett lépnem. Nem szerettem. Mocskos dolog lett volna vele maradnom. – Visszanéz Annára, aki issza a tápszert. – Utána megtudtam azt is, hogy terhes vagyok.

A gondolatok összevissza kavarognak a fejemben. Próbálok elvonatkoztatni a hazámtól, de nem megy. Nálunk az apaság kérdése nem olyan, mint Európában. Egy hazámbéli férfinak meg sem fordul a fejében, hogy megkérdőjelezze utódja származását, mert a Korán kimondja, egy kapcsolat megkezdte után hat hónappal született gyermeket már a férfi köteles elismerni. Sőt. Ha a kapcsolat megszakad, de négy éven belül gyermek születik, a férfinak akkor is el kell ismernie gyermekeként. Nálunk nincs más törvény. A Korán adja a korlátokat és a kötelességeket.

De azt is figyelembe kell vennem, hogy ez nem egy muszlim házasság, és ezek a korlátok elég ingatagok. Nem vagyok képes fékezni a kérdéseimet. Előtörnek belőlem.

– De honnan tudtad, hogy az én gyerekemet várod? Mi van, ha nem az enyém?

Elszégyellem magam a kérdésre. Tudom, hogy az enyém!

– Vele védekeztem. És egy ideje már nem működtek a dolgok.

Ezt már nem firtatom. Nem is lenne értelme. Anna annyira egyértelműen az én lányom. Semmi kétség nincs bennem.

– Miért nem értesítettél korábban?

– Mert nem voltam biztos benne, mit akarok. Féltem, úgy gondolod majd, hogy szándékosan csináltam. De aztán már azt akartam, hogy tudj erről a csodáról. – Rám néz, a szeme könnyes. Összeszorul a torkom. – Mert ő egy csoda, Gamal.

Igen, az!

Elmosolyodom beleegyezően, és átkarolom Csilla derekát. A vállára támasztom a fejem, így ugyanolyan szögből látom lányunkat, mint ő.

– Mindjárt jövök. Elintézek ezt-azt.

Arcára nyomok egy csókot, de Annát nem piszkálom meg. Fizikai fájdalom odébb sétálni a közelükből.

Előkapom a telefonomat. Emír számát tárcsázom. A második csörgésre fölveszi.
– Hol a francban vagy?
– Budapesten. – Csöndben dolgozza fel a hallottakat, én pedig tudatom vele, hogy most van rá a legnagyobb szükségem. Lányom előhozta belőlem a gyenge Gamalt, és ez a Gamal most Emírnek is bemutatkozik. – Egy hétig biztosan nem megyek haza. Ne mondj senkinek semmit, de neked valamit tudnod kell...
– Mondjad már!
– Van egy lányom.
Először csöndbe burkolózik, majd dühössé válik, aztán végül megadja magát.
– Mi van? Hogy a picsába? Baszd meg! – Nyeldes, és arabul káromkodik. – Tudtam! – Nem vár válaszra. Folytatja: – Az a kis tolmács csaj fölcsináltatta magát? Ne legyél hülye!
– Fogd már be! Szeretem! És Annát is!
– Ki az az Anna?
– A lányom.
A sóhajai egészen a fülemnél lihegnek.
– Szereted? És mi van Yasminnal? Meg Khaliddal?
– Khalidot is ugyanúgy szeretem. Ő a fiam! Yasmint másképp szeretem. A feleségem marad.
– Jól figyelj, Gamal! Ha van egy kis agyad, akkor azt teszed, amit most mondok. Apád ugyanezt tanácsolná: Vegyél meg mindent nekik, adj havi apanázst, és húzzál haza Rijádba úgy, hogy hátra sem nézel! Nehogy aláírj akármit is, érted?
Unokabátyám semmit sem ért.
– Emír, most leteszem. Ne mondj senkinek semmit, csak apámnak. Ő tartani fogja a száját. – Hallom, ahogy levegőt vesz, okítani akar, ezért közbevágok. – És most az egyszer érts meg engem! Most az egyszer! Hallod, Emír?
Pár másodpercnyi szünet után felel.
– Igen, hallom. Megértelek. Melletted állok, bárhogy is dönts.
Egész életemben azt éreztem, Emír voltaképpen nem is igazán unokatestvér, hanem édestestvér. Most már tudom, hogy miért.

* * *

Fölhívom Bálintot, és közlöm vele, hogy küldje értem Attilát. Egész éjszaka Csillánál maradtam, így fogalmam sincs, hogy a sofőr vár-e rám, vagy felismerte a helyzetet.

A ház előtt ott áll az autó, Attila már nyitja is az ajtót. Elnézést kérnék a viselkedésemért, ha nem érezném azt, hogy én nyugodtan viselkedhetem így. Inkább szótlan maradok, és a telefonomba mélyedek egész úton. A szállodába belépve Bálint iparkodik felém. Csak biccent, várja a vízözönt. Talán a fejemre van írva, hogy már megint kérni akarok valamit, vagy csak ennyire rátarti a kölyök, de értékelem ezeket a gesztusait.

Intek neki, miközben megindulok fölfelé a lakosztályba, ő pedig követ. Amikor belépünk, végre megszólal.

– Mit segíthetek, uram?

– Nagyon bizalmas feladatom van az ön számára. Sőt! Talán több is.

Kikerekedik a szeme, valóban kíváncsivá teszem.

– Hallgatom.

– Biztos tudja, hol vannak nívósabb ingatlanirodák. Szeretnék venni egy lakást. Pontosabban egy házat. Vagyis egy olyan igazán luxusházat…

– Ennyire tetszik magának Magyarország?

A legszívesebben áradozni kezdenék róla. Igen. Imádom Magyarországot. Imádom Csillát, és imádom a lányomat. Aki magyar.

– Nem bérelni akarok, hanem megvenni. Csilla nevére! – Elnyílik a szája, majd összezáródik, és nyel egyet. Én folytatom, mielőtt megszólalna. – Szeretnék egy luxusautót is. Kérem, kísérjen el valami szalonba. Az is Csillának lesz. Mindenből a legszebbet, legjobbat és legdrágábbat akarom! Érti? – Bólint, ritka értetlen fejet vág. – És magának is van egy ajánlatom. Azt szeretném, ha nekem dolgozna! Pontosabban Csillának. Szeretném, hogy amikor én távol vagyok, valakire számíthasson, valaki segítsen neki. Ha itthagyja ezt a szállodát, ígérem, kőgazdaggá teszem. Magának is veszek olyan lakást, amilyet csak akar. A havi pénzéről pedig nem érdemes vitáznunk. Nyilván túlfizetem.

Úgy vigyorodik el, mint akinek az élete éppen ebben a pillanatban kerül sínre. Tényleg így van. Pár hónap alatt úgy megszedheti magát, hogy élete végéig nem lesz gondja. Ebben az országban egy hímneműben sem bízom, csak benne, és ez roppant értékessé teszi őt.

– Szudairi úr, én nem is tudom…

– Bizonyíthat. Már ma este ingatlant akarok nézni. Kezdjen el intézkedni! És nem akarom megbánni, Bálint, hogy mindezt felajánlottam magának.

Nyomatékként odalépek hozzá, és a markába nyomok egy köteg dollárt. Döbbent szemekkel nézi a kezében levőt, megadom az utolsó lökést a tettemmel.

– Nem fogja megbánni! Már indulok is. Nyugodjon meg! Mindent elintézek!

Elindul kifelé, de én még figyelmeztetem, hogy írja le a telefonszámomat, mert valószínűleg elhagyom a szállodát. Minden percem fájdalmas, amit a két nő nélkül kell eltöltenem.

Miután Bálint kimegy, már rongyolok is zuhanyozni. A tisztálkodás után imádkozom egyet, majd az étteremben eszem valami reggelifélét. Nem érdekel a kaja, de úgy érzem, ennem kell, mert megérkezésem óta egy hatalmas görcs a gyomrom. Hazudnék, ha azt állítanám, hogy jólesik az étel. Minden pillanatban kapkodok, ha most abban a szakadt lakásban lennék, már az is késő lenne.

A reggeli után még visszamegyek a szobába. Éppen indulni készülök, amikor kopogást hallok az ajtón. Bálint áll előttem diadalittasan. Mindössze másfél órával ezelőtt küldtem el őt, így meglehetősen értetlenül bámulok rá. Megigazítja magán az öltönyt, mielőtt megszólalna. Ösztönösen igazítom én is meg az ingemet az ő mozdulatai láttán.

– Uram, a nehezét már el is intéztem. Az egyik ingatlaniroda kifogástalan villát ajánlott megvételre berendezéssel együtt. Mivel azt mondta, hogy az árak nem érdeklik, jeleztem az ingatlanközvetítőnél, hogy megnéznénk az épületet.

Szívesen dicsérném meg a gyorsaságáért, de nem teszem. Végül is ezt vártam tőle.

– Mikor nézhetjük meg?

– Most indulhatunk.

Boldogság ezt hallanom, és szomorúság. Így még biztosan pár órát Csilla és Anna nélkül kell töltenem. Egy pillanatra átsuhan az agyamon, hogy talán ők is jöhetnének velem, de ennyire európaian nem akarok viselkedni.

– Rendben. Lent találkozunk a kocsinál.

Bálint csak bólint, és már indul is lefelé. Egy pillanatra belemerülök a látványába. Ebben az emberben mindennél jobban kell bíznom az elkövetkezendő időben. Ő talán nem is sejti, milyen értékessé vált a szememben.

Felhívom Csillát, és közlöm vele, hogy kicsit később megyek vissza, de nem érzem, hogy bosszús lenne. Érdeklődik, mi dolgom van, de azt hiszem, igazából nem akarja tudni. Biztos sejti, és mivel nem szereti a költekezést, a részletekről nem akar tudomást venni. Helyette arról beszél, hogy amíg én távol leszek, ők legalább sétálnak egyet. El is képzelem, mi lenne, ha én is ott baktatnék mellette meg a babakocsi mellett. Először kínos a kép, aztán édes.

Még sosem toltam babakocsit!

Bálint és Attila az autónak dőlve beszélgetnek, mikor meglátnak, elhallgatnak. Beülünk mindnyájan, és elindulunk.

– Hol az ingatlanügynök?

– Ott találkozunk vele – válaszolja Bálint.

Kicsit nehezményezem, hogy hátra ül mellém, de ezt most nem teszem szóvá. Az ösztönnek azonban nem tudok parancsolni, így kissé odébb húzódom.

– Azért valamit elárulhatna az ingatlanról, Bálint!

Vigyorogva kihúzza magát mellettem, miközben idétlen mozdulattal bújik ki a kabátjából. A kezét ki kell nyújtania a vetkőzéshez, irgalmatlanul közel kerül hozzám.

– Hát. Minden igényt kielégítő lesz, uram, az biztos. Két lakónak talán túl nagy, de tekintettel az ön személyére, első ránézésre tetszettek a képek.

– Gyerekbarát?

Na, ezt sem mondtam még ki soha.

De mivel már van egy fiam, tudom, hogy vannak bizonyos óvintézkedések, amiket jó, ha a szülők szem előtt tartanak. Annak idején Yasmin is számtalan őrültséggel állt elő, én pedig minden kérését teljesítettem. Most nem várom meg Csilla javaslatait, úgy érzem, nekem kell gondoskodnom Anna biztonságáról.

– Miért kell, hogy gyerekbarát legyen? – kérdez vissza Bálint.

– Azért, mert nemcsak Csilla költözik oda, hanem a lányunk is.
Nem tudom, miért hittem azt, hogy nem okozok majd meglepetést a mellettem ülő férfinak. Felsőtestével felém fordul, miközben leteríti kettőnk közé a kabátját. Olyan, mint egy elválasztóvonal. Elválaszt két embert, két országot, két kultúrát…
– Ezt most nem egészen értem, uram.
Én is felé fordulok, de a távolság megmarad.
– Csilla elkísérte a delegációt Rijádba. Tudja, a tárgyalások miatt. – Bólogat, látszik a fején, hogy nem érdeklik az apró részletek.
– Ott szerelmi viszonyba keveredtünk. Ebből pedig megszületett a lányom…
Elhallgatok, mert hirtelen késztetést érzek, hogy beszéljek a fiamról is, de ahhoz már végképp nincs köze egy vadidegennek. Bár Bálintot már régóta nem tartom idegennek.
– Értem.
Nem faggat tovább. El is nevetem magam a lelkem legmélyén, mert már megint csak addig megy el, amivel szembe tudok nézni. Sokan tovább kérdezősködnének, de ő nem teszi. Valószínűleg ezer kérdés zakatol az agyában, de hallgat. Azután még hozzáfűz valamit, amivel végképp lezárja a témát.
– Hát, nagy valószínűséggel megoldható, hogy gyerekbaráttá tegyük a villát.
Csak bólintok az utolsó mondatára.
Ahogy leparkolunk, elénk siet egy férfi, aki azonnal a kezét nyújtja felém. Én is azt teszem, kezdem megszokni a közvetlen viselkedést. Megszólalnom azonban nem szükséges, mert Bálint bemutat a férfinak. Angolul beszél, így az ingatlanügynök is átvált erre a nyelvre. Kicsit szaggatottan beszél, de elég érthető.
– Jöjjenek utánam, kérem! Bemutatom akkor az ingatlant. – Megindul előttünk, miközben a papírokat szorongatja a kezében. Egy kapu előtt áll meg, amit füves terület követ. Az évszakra való tekintettel kopott, és talán kissé sáros is a látvány, de nem vonok le elhamarkodott következtetéseket. Látszik beljebb egy magasra emelt épület.
– Lesz mit bejárnunk – vigyorog rám az ürge, és azonnal a közepébe is csap. – Nem tudom, tisztában van-e vele, de a Hűvösvölgy a legnívósabb környék. Amint látja, számtalan villa sorakozik itt, és nagy úr a természet. A telek négyezer négyzetméter, a ház maga pedig kétezer.

Egy pillanatra elismerően Bálintra nézek. Igen. Pont ilyen volumenekre gondoltam. Luxus, és kőkemény hercegi környezet. Ezt akarom nyújtani Csillának és Annának. Sétálunk az épület felé, miközben az ingatlanos a kertet dicsőíti. Fölösleges neki, mert minden látszik.

Azonnal odalököm Bálintnak, ami eszembe jut.

– Gondoskodjon kertészekről!

Meglepődök a reakcióján, mert valamit feljegyez a naptárába. Belépünk az épületbe, és körbe is járjuk. Nem ér csalódás. Őszintes, még talán több luxus is van benne, mint az én otthoni palotámban, de ez valószínűleg a kulturális különbségnek köszönhető. Lift működik az emeletek között, és a személyzetnek szánt rész egy egész emeletet magában foglal. Sorolni kezdem magamban, aztán Bálintnak a dolgokat: kertész, szakács, takarító, valaki, aki ügyeket intéz, esetleg sofőr. Ő bőszen fülel, és egyszer sem kérdez vissza.

A burkolatok márványból vannak, ez az egyetlen, ami hasonlít az én otthonomhoz. A lépcsők szélén cirádás kovácsoltvas korlát fut föl, de a bútorokat azonnal lecserélném. Európai giccs árad belőlük, de aztán rá kell jönnöm, hogy a hazámat nem varázsolhatom ebbe az országba. Ezt a villát nem rendezhetem úgy be, mintha egy rijádi palota lenne. Nem teríthetek szét perzsaszőnyegeket, nem alakíthatok ki arab társalgórészt, nem vonhatom be aranynyal a csaptelepeket, és nem adhatok táptalajt itt az iszlámnak sem. A gyomrom megint görcsbe rándul a gondolatra, de szerencsére az ingatlanos éppen érdekes dologról kezd beszélni.

– Ez itt az úszómedence, ami száz négyzetméter. Mint látja, kertkapcsolatos, és hűvös időben is használható. Ezen a szinten megtalálhatóak még egyéb wellnessrészek: konditerem, gőzkabin, szauna, masszázshelyiség, jégszoba, aromaterápiás szoba, jakuzzi. Van itt még egy különterem a házimozinak is. Remek időtöltési lehetőség! – Úgy ragyog a szeme, mintha a legnagyobb csodát közölte volna. – A második emeleten van tizenkét szoba, gardróbokkal és fürdőszobákkal. A harmadikon pedig két különálló lakosztály. Természetesen…

– Jó, rendben. Elég lesz, köszönöm.

– A teremgarázst még meg sem mutattam. Az a nulladik szinten van…

Elhallgat, mert a szememen valószínűleg látszik, hogy az „elég" az eleget jelent. Zavartan vár, talán azt hiszi, nem vagyok elégedett a látvánnyal. Ha arról lenne szó, hogy nekem is itt kell élnem, akkor valószínűleg alapos átépítést rendelnék el, de az idő sürget.

– Beszéljünk az árról!

Az ingatlanos kihúzza magát, és azonnal rávágja az összeget. Olyan, mintha zavarban lenne, amiért pénzről beszélünk, pedig ez üzlet. Nem értem, az emberek többsége miért feszélyezett, amikor az anyagiak a beszéd témája. Az én életemben az egyik legtermészetesebb dolog a pénz, és sosem fogom megérteni, hogy máséban miért nem az. Annyira egyszerű az egész. Valaki kínál valamit egy bizonyos árért, amit a vevő vagy elfogad, vagy alkudozni kezd. Nem értem, miért szégyenletes ez az egész. Én, igaz, sosem alkudozom. Az ilyen nagy volumenű kifizetéseket vagy szó nélkül elfogadom, vagy továbbállok.

– Egymilliárd-nyolcszázmillió forint.

Bálint azonnal rám mered, nekem meg az agyam osztani-szorozni kezd. Még emlékszem, miként váltotta át nekem egyszer Bálint a forintot dollárra, így agyamban helyére teszem az öszszeget. Sokallom is meg nem is. Nem értem, ebben az országban egy ilyen villa nevezetű dolog miért kerül ennyibe, de elégedett vagyok a ténnyel, hogy rengeteg pénzt költhetek Csilla és Anna boldogságára.

– Szeretném, ha az adásvételi szerződésben nem én lennék a tulajdonos. Egy nőnek szeretném ajándékba megvenni.

A pasi először meglepődik, szerintem csak ekkor fogja fel, hogy az üzlet meg fog köttetni.

– Szerződést csak annak a nevére írhatunk, aki jelen van. De természetesen egy ajándékozással továbbadhatja az ingatlant.

Kezdem nem érteni a helyzetet, de Bálint pont az ilyenekért van velem. Közbevág, mielőtt értetlenkednék.

– Ezt majd mi megoldjuk. Szudairi úr aláírja a papírokat, a többi a mi dolgunk. – Majd felém fordul, és most ő mond valamit, amit föl is jegyez. – Szükségünk van ügyvédre és közjegyzőre!

25. fejezet

Bálintban nem csalódtam. Az eltelt másfél hétben sok mindent megtudtam róla. Van valakije, éppen ezért egy célja van, az pedig az, hogy megalapozza a jövőjét. Ehhez én mindent biztosítok neki. Úgy láttam jónak, ha Csilla és Anna sosem marad magára, ezért a kiszolgáló emeletre költöztettem Bálintot. A felmondási idejét tölti a szállodánál, állítólag napokon belül teljesen az én szolgálatomba tud majd lépni. Nekem ez az egész érthetetlen, mert azt sem tudom, mi az a felmondási idő. A munkajog elég bonyolult ebben az országban. Igaz, más is.

Mindent olyan hévvel és gyorsasággal intéz el, hogy már-már bánom, amiért nem magamnak béreltem fel őt, és nem utazik velem haza Rijádba. A hazautazás gondolatától mindig darabokra esem szét.

Csillával hosszas huzavona után elfogadtattam a helyzetet. Megbékélt vele, hogy Bálint immár a jobbkezem, valamint hogy velük él majd egy szakácsnő és egy takarítónő is. Kifejezetten ódzkodott a bébiszitter lehetőségétől, de nem tűrtem ellenvetést. Így most a házban csupán Bálint lakik majd együtt a két szerettemmel, a többiek, mint a kertész, szakács, takarítónő és bébiszitter, reggel jönnek, este elmennek. Kivéve, ha Csilla másként rendelkezne. Olyan havi apanázst adok mindnyájuknak, amitől a „nem" szót szerintem végleg törölték a szótárukból. Csilla a minap nevetve meg is kérdezte: „Te mérlegre állítottad őket, és kilóra megvásároltad mindegyiket?" Majdnem rávágtam, hogy igen, de tudom, ő ezt nem találná viccesnek, ezért nagyokat hallgattam.

Bálintra bíztam a fizetések kiosztását. És még valamit. Megkértem őt, hogy ne csak a jobbkezem legyen, hanem a szemem is. Talán furcsán hangzik, de szükségem van egy hímneműre, aki mindenről beszámol nekem, elfogultság nélkül. Hercegként megszoktam, hogy ami az enyém, az csak az enyém. Ezt még tálalnom kell Csillának valahogy, és mivel holnap reggel korán indulok Rijádba, tudom, hamarosan meg kell ragadnom a lehetőséget.

Gyorsan lezuhanyozom, és nekilátok az imámnak. Alighogy elkezdem, Csilla sétál be az ajtón. Szándékosan az egyik vendégszobában kezdtem az imát, de ő itt is rám talál. Nem szólal meg, csak leül egy nem messze álló, hatalmas fotelba. Úgy néz rám, mintha még sosem látott volna. Döbbenet és csodálat van az arcán. Igen. A nem muszlimok általában így nézik a muzulmánokat, akik imádkoznak.

Zavartan, és talán kissé bosszúsan állok föl, majd megigazítom a nadrágomat is.

– Nyugodtan folytasd. Én csak nézem.

– Nem nézheted!

– De miért?

Nevetséges a szituáció, nem hiszem el, hogy ennyire ostoba. Ő is föláll, odasétál hozzám, látszik, hogy kérlelni akar.

– Csilla! Egy muszlim férfi nem imádkozhat úgy, ha nőn jár az esze. Sőt! Ha csak elmész előttem, már akkor kezdhetem elölről az egészet.

– De miért? Nem értelek.

– Azért, mert a mi imáinknál a lelkünknek és a gondolatainknak is tisztának kell lennie. – Odalépek szorosan hozzá, ezzel jelezve, mire is gondolok. Az ölem nekifeszül, mire ő válaszul alulról belemarkol a fenekembe. – És ha te jelen vagy, akkor nem nagyon tudok másra gondolni, mint rád.

– Ó, ez hízelgő. Akkor ne zavarjak?

– Szeretném, ha magamra hagynál!

Megcsókol, de látszik az arcán, hogy másra számított. Valószínűleg azt várta, hogy megdöntöm őt, és a vágy mindent magával visz. Annak ellenére, hogy általában az van, amit én akarok, Csillával kapcsolatban elég engedékeny vagyok. Most sem szólítom fel újból a távozásra, és ő ezt biztatásnak veszi.

Megkulcsolja nyakam körül a karját, kissé megemeli magát, egyfajta jelzésként, hogy vegyem föl. Már a mozdulattól is beindulok, így engedelmesen nyúlok alá. Mikor fölveszem, hallhatóan kuncogni kezd.

– Emlékszel, mikor közölted az étteremben, hogy te nem eszel sertéshúst?

– Igen. Miért?

– Na, akkor azért átszaladt az agyamon ez meg az. Te jó ég, kivel ülök egy asztalnál? Ufónak tűntél.

Én is elnevetem magam, mert elég élénken él az emlékezetemben a pincér képe, és az, miként próbált mégis rábeszélni arra a bizonyos gulyásra.

– Semmit sem mesélsz nekem, Gamal!

– Mit meséljek?

– Nem is tudom... Az életedről. Arról, ami fontos neked. – Nem tudom, mit akar kiszedni belőlem, ezért nem reagálok. Ő azonban belemelegszik a faggatózásba. – Még arra sem válaszoltál, miért nem eszel disznóhúst. És azt sem tudom, miért olyan fontos neked a napi ötszöri ima. Meg az iszlám... és ez az egész muszlimság...

– Csilla! Ezt most ne! Én nem akarok ilyenekről beszélni!

Leeresztem őt, majd odasétálok a pulóveremért, és belebújok. Ahogy hátrafordulok, látom a csalódott arcát, hirtelen mindent megértek. Ő csak azért akar rólam tudni mindent, mert szeret. El is határozom, hogy amikor legközelebb jövök, egy napot csak beszélgetéssel fogunk tölteni. Tilossá teszem magam számára az érintést, mert a teste mindig képes rá, hogy minden másodlagossá váljon.

– Rendben. Mire vagy olyan nagyon kíváncsi?

– Mindegy, csak beszélj magadról!

Annyi minden zakatol az agyamban. Magam sem tudom, hol kezdjem. Aztán az egyszerűt nagyszerűnek találom, ezért arról kezdek beszélni, amivel ő is előhozakodott.

– Szóval a sertés nálunk tisztátalan állat, de ezt már mondtam – bólint, érdeklődve csillognak a szemei. Kedvet kapok a kitárulkozáshoz. – Ezenkívül nem eszünk még dögöket sem és vért sem. Sőt. Belsőségeket sem. Kivétel a máj. – Leül a kanapéra, és keresztbe fonja a lábait. Mellé telepedek, ő pedig vállamra hajtja a fejét. Nagyon jó illata van. – A vér nálunk elég mocskos dolognak számít. Nem eszünk meg semmit, aminek köze van hozzá. Ezért nálunk még a húst is kötelező teljesen átsütni.

Felkacag, és rám nézve mondja.
- Akkor téged sosem várlak majd félig átsütött steakkel.
Most én is elnevetem magam. Annyira édes a reakciója.
- Az én hazámban az állatok értékes teremtmények. Nemcsak úgy egyszerűen levágjuk és megesszük őket. Áldozatnak is szánjuk. Egy állat leölésének nálunk rituáléja van.
Szembefordul velem, a lábait maga alá húzza.
- Hú, ez érdekes. Nálunk is vannak disznótorok, amik hagyományokon alapszanak…
- Ezt nehogy elmeséld! – vágok közbe. Vigyorogni kezd, én meg folytatom. – Tehát az állatot mindig úgy öljük le, hogy Mekka felé fordulunk, és a nyaki eret vágjuk át, miközben Allah nevét mondjuk ki. A gerincnek épen kell maradnia, mert az agytevékenységnek végig működnie kell. Ezzel fenntartható a keringés, és elérhető, hogy minden vér távozzon az állatból.
- Te jó ég, ez olyan, mint egy horrorfilm!
Ő újra elneveti magát, de én nem. Kicsit úgy érzem, már megint lenézi a kultúránkat.
- Na jó, ne haragudj! Folytasd!
- Ez nem állatkínzás. Semmit sem érez. Az eszköz olyan éles, hogy észre sem vesz semmit. Azt meg már csak mellékesen jegyzem meg, hogy a vágást természetesen csak muszlim végezheti.
Egy pillanatig tűnődik, majd jelét adja annak, hogy figyelt. Visszakérdez.
- Miért mondjátok közben Allah nevét?
- Vért kiontani csakis az ő nevében lehet. Ez egyfajta feloldozás.
A gondolataiba mélyed. Nem is akarom tudni, mire gondol. Én láttam már olyan amerikai filmet, amiben terroristák Allah nevét kiabálták, mielőtt robbantottak. Talán ő is éppen erre gondol. Picit dühössé válok, de aztán rájövök, hogy nincs rá okom.
- Na és a hal? Azt hogyan véreztetitek ki? Csak azért, mert azt elég sokat eszel…
Annyira édes és buta!
- A hal egyből fogyasztható. Nem véreztetjük.
Felállok, jelzem, hogy szívesen folytatnám, vagyis inkább újra kezdeném az imát. Egy szenvedélyes csók után távozik, én pedig egy gyors mosdás után újra kezdem az egészet.

Az ima és a ház körbejárása után az udvarra veszem az irányt. A kertben találom meg őket, Annát ringatja a kezében, aki be van csomagolva egy vaskos overallba. Odasétálok hozzájuk, olyan, mintha nem is én élném át az egészet. Egyszerűen el nem tudom képzelni, hogy a testem holnap kisétál a kapun, és nem ölelem magamhoz egy darabig egyiküket sem. Persze van bennem öröm is, mert Khalid nagyon hiányzik. Mindennap felhívtam Yasmint, aki inkább már hisztériásnak mondható, mint engedelmes feleségnek. Annáról semmit sem tud, csak a féltékenység vette el az eszét.

Csilla mosolyogva nyújtja felém Annát. Én pedig a legnagyobb természetességgel veszem át. A lányomat.

– Beszéltél a pilótákkal? – kérdezi félszegen, a mosoly eltűnik az arcáról.

Bólintok, majd megadom a választ, ami nekem is fájdalmas.

– Holnap reggel indulok.

Egy pillanatra Anna arcába réved, majd újra visszanéz rám. A szeme olyan fájdalmas, amilyennek már régen láttam. Látom, ahogy nyeldes, fogalmam sincs, mit vált ki belőle az elutazásom.

– Mikor jössz vissza?

– Nem tudom. Arra azonban szeretném, ha felkészülnél, hogy nyáron egy hónapot ki kell majd hagynom. A ramadán hónapjában nem jövök.

Távolinak tűnik még az időpont, de jó, ha előre tudja, hogy vannak az életemben bizonyos korlátok, dátumok, amikor jobb, ha békén hagy. Neki nem tűnik távolinak az időpont, mert azonnal reagál.

– De miért?

Beszéltem már neki a böjtünkről, ezért nagyon is jól tudja távolmaradásom okát. A ramadán alatt szigorú napirend szerint élünk. Még sötétben kell fölkelnünk, tisztálkodnunk, majd megejtenünk az első imát. Ezután megengedett egy hajnali étkezés, ami felkészülés az egész napi böjtre. Ilyenkor sok tejterméket fogyasztunk, és szénhidrátot. Kenyeret szoktunk enni sajttal, joghurttal, zöldséggel és gyümölccsel. Mielőtt felkel a nap, újra imádkozni kell. Onnan, hogy felkel a nap, minden élvezet tilos. Tilos enni, inni, szexelni, sőt még dohányozni is. Vannak olyan eltökélt muszlimok, akik még saját nyálukat sem nyelik le. Délben és délután is imádkozunk, természetesen ezeket mindig tisztálkodási rituálé előzi meg. Ahogy a nap már lemenőben van, megengedett, hogy magunkhoz vegyünk folyadékot. Ezután ismét ima következik. Újra megengedett némi táplálék, ami leginkább csak datolya szokott lenni. Alkonyatkor újra imádkozunk. A sötétség magával hoz minden élvezetet. A vacsorák már nagy lakomákat jelentenek, és mindent szabad, amit nappal nem. A ramadán havának végét háromnapos ünnep követi, ami lényegében azt jelenti, hogy gratulálunk egymásnak erős akaratunkhoz, és örülünk, amiért sikerült végigcsinálnunk a böjtöt. Ilyenkor országomban nagy ünnepségeket tartanak, nem ritka a tűzijáték sem.

Mégis hogyan tudnék Csilla közelében lenni a ramadán alatt? Napközben hozzá sem érhetnék.

Ilyenkor általában alvásra ítélem magam napközben. Csakis az imákra kelek föl. A nappali alvás pedig azt jelenti, hogy éjszaka kiélem magam. Erre Magyarországon képtelen lennék. A ramadánban fontos a támogatás. Ha nem látom magam körül a hasonlóan elhivatott embereket, akkor az én erőm is elszáll. Azt pedig nem akarom. Volt már rá alkalom, hogy nem tudtam végigcsinálni a böjtöt. Erre is van mentség. Nem is az iszlámról beszélnénk, ha az nem hagyna egy muszlimnak kibúvót a dolgok alól. Ha valaki képtelen végigcsinálni a ramadánt, akkor annak jóvátételt kell fizetnie. Szegényeknek kell élelmet vagy ruhákat juttatni. Na és ki ellenőrzi a böjt betartását? Mi magunk. Ha a hitről van szó, egy muzulmán ritkán mond valótlant. A saját lelkiismeretünk nagy úr.

– Igen, tudom… A te böjtöd!

Elmosolyodik, de gúny érződik ebben a mosolyban. Nem a féltékenység gúnya, hanem a beleegyező lemondásé. Ha nem ölelném Annát, akkor most nagyon magamhoz szorítanám őt.

– Hiányozni fogsz! – teszi még hozzá.

A legszívesebben én is ezt mondanám, de akkor elszállna minden erőm, így más taktikát választok.

– Bálint mindent tud. A pénz pedig azért van, hogy költsed. Bármit megvehetsz. Érted? Bármit!

– Gamal, hagyd már abba! Most is a pénzről beszélsz.

Lemeredek a gyönyörű lábaira, amik egy ócska csizmába vannak belebújtatva. Ideges leszek a látványtól.

Hogy a francba vannak még birtokában ilyen elnyűtt darabok?
Ráérez a gondolataimra, mert ő is lenéz a lábára, és ideges toporgásba kezd.

– Valamit szeretném, ha megbeszélnénk – töröm meg a nevetséges pillanatot.

– Mit?

Megköszörülöm a torkom, mert fogalmam sincs, milyen szavakkal kezdjek bele a kínos témába. Aztán erőt veszek magamon.

– Bár nem vagy a feleségem, és ez nem egy hagyományos kapcsolat, de az, hogy elmegyek, még nem jelent számodra szabadságot. Megtiltom, hogy bárki is betegye ide a lábát. És ez vonatkozik az apádra is meg az öcsédre is. Tartsd tőlük távol Annát, és ha kérhetem, ne kürtöld világgá, hogy egy herceg tart el téged! – A szája megnyílik, ez nála a dühöt jelenti. Anna a kezemben van, így inkább őt nézve folytatom. – Azt akarom, hogy egyetlen férfival se érintkezz! Bálinton kívül. Ha bármi gond adódik, akkor azt közöld vele, ő megoldja. Vagy értesít engem.

– Értesít? És mi van, ha én értesítelek, ha esetleg gond van? Vagy én ne hívjalak? Tartsam tiszteletben a családodat, igaz? Nem jelent számomra szabadságot a távozásod, de neked azt jelenti, igaz? Akkor találsz magadnak új ágyast, amikor akarsz, akkor bújsz a feleségedhez, amikor akarsz. Én pedig még csak föl se merjelek hívni! Persze azt el kellett viselnem az elmúlt napokban, hogy a kis erkölcsös muszlim feleséged hívogat!

– Most hagyd abba!

Erőteljesen próbálok szólni, de lágy a hangom. Mindenben igaza van, de ezt sosem ismerném el. Fogalmam sincs, mit kéne tennem. Ígérjem meg, hogy Yasminon kívül nem ölelek más nőt? Ez hazugság lenne. Ő a mindenem, de tudom, hogy Rijádban minden más lesz. Az pedig kifejezetten zavar, hogy a vallást megint belekeveri az érzéseinkbe. Az elmúlt napokban nem beszéltük az én hitemre áttérésről, de ő mégis úgy érzi, hogy ez közöttünk örök akadály marad. Jól érzi. Valóban így van.

Odalép elém, és Annát nézi. Tudom, azt szeretné, ha átadnám neki. Felé nyújtom, halkan beszél.

– Semmi sem érdekel, Gamal. Anna az egyetlen, aki fontos. – Ez egy picit fáj, de rám emeli a szemét, és elkergeti ezt a fájdalmat.

– Szeretlek. Azt hiszed, amint elmész, én hemperegni kezdek majd valakivel?
– Nem...
– De miért akarsz eltávolítani a családomtól? Azt nem akadályozhatod meg, hogy velük találkozzam!
– Ugyan, Csilla! Mit adtak ők neked? Kihasználnak téged! Ha tényleg Anna a legfontosabb, akkor szorítsd minimálisra velük a kapcsolatot. És ha megtudom, hogy támogatod az apádat vagy az öcsédet, akkor rohadtul dühös leszek. – Talán túllövök a célon, ezért mentem, ami menthető. – Jó. Ha valamire szükségük van, azt jelezzék. Mindent megkapnak, de minket hagyjanak békén.

Csilla a karjában alvó Annát nézi. Látom, ahogy magukkal ragadják a gondolatai. Nem fog tovább vitázni. Életemben először másvalaki helyzetébe képzelem magam. Gondolatban végigjátszom, hogy ő megy el valaki máshoz, akit majd ölelni fog, és nekem csak a várakozás jut. Én halálomig harcolnék ez ellen a sors ellen. Ő nem teszi. Anya, és felelősségteljes nő egyben. A leggyönyörűbb a világon. Néma szerelemmel fog szeretni, és a lányunk a legjobb kezekben van. Ebben biztos vagyok.

* * *

Az éjszaka csöndjében magamnak tudom minden rezdülését. Minden egyes levegővétele a megnyugvást jelenti nekem. Mert az enyém.

A kerti világítás behatol a függönyön keresztül, amit roppantul élvezek, mert imádom nézni a meztelen testét. Szerencsére Csilla egyáltalán nem mondható prűdnek. Képes felkapcsolt százas égőnél is kitárni a combját és átadni magát az élvezetnek.

Végigszalad a kezem a csípőjén, amire ő válaszként elneveti magát, és belekarol a kezembe.
– Ne csináld! Csiklandós vagyok.
Válaszul még egyszer végigsimítom, mire ő hangosan felkacag.
– Imádom, amikor nevetsz.

Felkönyököl, a másik kezével pedig hátradobja a hajzuhatagot, ami körbefogja az arcát. Csillát mindig gyönyörűnek látom, de az átszeretkezett órák után ez többszöröződik. Komoly a tekintete, szomorú az elutazásom miatt.

– Hűséges leszel hozzám, Gamal? – Nyelek egyet, mert fogalmam sincs, miért tesz föl ilyen kérdést. Nem kell azonnal válaszolnom. Kiegészíti a kérdést. – Úgy értem... Szóval a feleségeden kívül. Sokszor fogsz még nősülni? Sok ágyasod van... vagy lesz?

Látszik rajta a zavar. Különös, de ha Yasmintól kapnám ezt a kérdést, az felháborítana. Tőle azonban olyan természetes, mint ez az egész, ami közöttünk van.

– Nem, Csilla. Olyan hűséges leszek hozzád, mint Mohamed próféta az ő Khadidzsájához – kikerekedik a szeme, rájövök, hogy ő nem muszlim. – Ő volt Mohamed felesége. Hűséges volt hozzá, és kitartott mellette. Csak a halál választotta el őket egymástól.

– Szép történet. De azt nem értem, ha a prófétátok ilyen hűséges volt, akkor miért engedi a Korán a többnejűséget.

Elmosolyodnék a kérdésén, ha nem érezném, hogy neki most ez egy komoly probléma. Olyan dolgokról faggat, ami az egész életem alapja. A vallásomról. Erőt veszek magamon. A szívből jövő érdeklődésére lelkiismerettel válaszolok.

– Miután Mohamed elveszítette az ő szerelmét, nem fékezte a szenvedélyét... ha érted, mire gondolok...

Picit elkalandozik a szemével, nem is velem van most, hanem a gondolataival. Aztán olyan fájdalmas hangon beszél, ami a szívembe mar.

– Mi annyira különbözőek vagyunk, Gamal! Olyan idegen vagy nekem, mégis az enyémnek érezlek. – Megtelik könnyel a szeme, de képtelen vagyok mozdulni. Az ő elkeseredése pedig kezd átcsapni a reménytelenségből fakadó dühbe. – Még ez a vallás is... Te muszlim, én keresztény...

– Csilla! Hagyd abba! Egyformák vagyunk. Hidd el, még a vallásunk is hasonló!

Kifakad belőle a szokásos gúnyos mosoly, de a hangja már lágyan kéri a magyarázatot.

– Na ne mondd! Mi a közös a vallásunkban azon kívül, hogy te is hiszel a mennyországban és a pokolban?

Csilla hisz a saját istenében, ezt tudom, de azt is tudom, hogy ő nem jár templomba, és nem veszi olyan komolyan a hitet, mint én. Nem rombolom le a képzetét, mert igazság szerint a mi túlvilági hitünk egy kicsit bonyolultabb. A Korán szerint hét föld van és hét ég. Tehát a földünk alatt még hat pokol helyezkedik el. Bonyolult lenne az ő szemében, ezért nem szállok vele vitába. Sokkal inkább akarok neki reményt adni a jövőnket illetően.

Fölé könyöklök, ezzel lefekvésre kényszerítem őt.

– Most itt vagyunk, ebben az életben. Nem érdekel a pokol sem és a mennyország sem. Te érdekelsz! – Belecsókolok a szájába, amitől hangosan felnyög.

– Éppen ezért félek, Gamal. Ebből a földi létből is olyan keveset tölthetek veled. A te hazád messze van, és nem láthatlak, amikor csak akarlak.

Még ebben is különbözünk. Ő a saját jelenlegi életét tekinti a legfontosabbnak, míg az én szememben az csak egy állomás. Hiszem, hogy minden embernek három élet adatik meg. Az élet előtti, amikor tudja Allah, hogy meg fog születni, a földi, vagyis a jelenlegi, és az élet utáni. Nem érzem kevésnek az időt, ami adatik.

– Gyertek velem! Már mondtam.

– Az nem jó megoldás. Tudod jól.

– Én nem tudok más megoldással szolgálni, Csilla.

– Tudom – vágja rá azonnal a választ, és ez olyan fájdalmas.

Nem vagyok képes kényszeríteni őt, hogy rám nézzen. Én is pokolian szenvedek ebben a helyzetben. Jó pár másodperc eltelik, mire visszafordítja rám a fejét. Megnyalja a száját, majd belemarkol a tarkómba.

– Akkor most ölelj újra. Kérlek, Gamal.

* * *

Úgy gondoltam, a nehezén túl vagyok, de reggel ráeszmélek, hogy minden halott körülöttem, de legfőképpen én. Hamarosan indulok, és ez megöl minden egyes pillanatot. Megöli a mosolyokat, az öleléseket és a jövőbe vetett reményemet. Hiába vár rám otthon a fiam és Yasmin, az most túl távolinak tűnik. És azt is el kell ismernem, hogy hivatalos feleségem és fiam teljesen az enyémnek tudható. Bármi is történjen, Khalid az enyém, és Yasmint is meglehetősen a markomban tartom. Csilláról és Annáról nem mondható el ugyanez. Nem az én hazámban élnek, nem az én szabályaim szerint. Sőt. Ahogy Csilla mondta, én még a lányom születési anyakönyvi kivonatában sem szerepelek. A lányomat Pataky Annának hívják. Ekkor szalad át először agyamon a hangzás: Anna bint Gamal bin Husszein al-Szudairi. Gyönyörű lenne, ha így hívnák. De sosem fogják így hívni. Egyrészt Csilla miatt, másrészt az én életem miatt. Csilla nagyon okos, sosem követné el azt a hibát, hogy jogokat ad a kezembe a lányommal kapcsolatban. Ez kicsit fáj, de titkon fel is nézek rá az eszességéért. És az igazság az, hogy a névváltoztatásért én sem fogok sohasem harcolni. Mivel Csilla nem a feleségem, nem adhatom a nevemet a lányomnak. Legalábbis otthon ez lenne a helyzet. De mi van itt? Fogalmam sincs ennek a kis országnak a törvényeiről. Apasági kérdés, örökség, gyámság...

Jó nagy baromság!

Jó illata van a lányomnak, ezért legalább háromszor szívom be mélyen a levegőt. Mintha tudná, hogy búcsúzunk, mert mocorogni kezd, és a szájával az orromba liheg. Csókolni való nyálillata van. Babás.

Csilla mosolyogva lép mellénk, de nem szívből jön a mosolya. Talán szívesebben sírna, úgy, ahogy én is. Csilla már sokadszor képes rá, hogy megnyomorítsa a lelkemet. A gyerekkori sírásaim rémlenek föl, amik mindig valami banális dolog miatt történtek. Azóta csak ő képes könnyekig elérzékenyíteni. Még Khalid születésénél is képtelen voltam az örömkönnyekre. Csak büszke voltam, de elérzékenyült nem. Most úgy érzem, talán Anna születésénél elsírtam volna magam. Csillával egyek vagyunk. Minden érzelme mélyen belém hatol, és ugyanazokat a reakciókat csikarja ki belőlem is.

Megadja a végső döfést, mert az ölelésében minden benne van. Nem ketten vagyunk egyek, hanem hárman. A torkom összeszorul. Ösztönösen menekülnék az ölelés elől, de lebénulok. A hangja nagyon határozott, a kettősség, amit áraszt magából, csodálatra méltó. Gyenge nő, de mégis erős. Oltalmazó és oltalomra váró.

– Siess hozzánk! Ne felejtsd el! Mi várunk rád. December végén mindenképpen jönnöd kell! Kérlek!

Bólintok, hirtelen nem veszem, miért fontos neki pont a december vége. Pár nyelés választ el attól, hogy ne kezdjek érzéseim mélységéről áradozni. Tudom, egyszer majd még számot adok neki, hogy mennyire is szeretem őt, de most képtelen vagyok rá.

Csak a fejemet fordítom hozzá, nagyon hosszan csókolom meg. A szemem nyitva van közben, csakúgy, ahogy neki is.

Van úgy, hogy az ember különös pillanatban találja magát. Olyanban, amiben az jut eszébe, erre tuti örökre emlékezni fog. Most ilyen pillanatban vagyok. Csillával kapcsolatban számos ilyen pillanatom van, de ez most nagyon erős. Szinte minden szál szempilláját megjegyzem, minden apró szeplőjét és még apróbb szarkalábát. Nem mosolyog.

– Nagyon vigyázz Annára! – nyújtom felé lányunkat.

– Vigyázok rá! Ígérem, mire visszajössz, vár majd rád egy meglepetés.

– Milyen meglepetés?

– Gamal! A meglepetés attól meglepetés, hogy meglepődünk rajta! – Hangosan felnevetve oldja a siralmas hangulatot. – Éppen ezért nem árulhatom el!

Szorosan ölelem most át őket, miközben minden eddigi ajándéka emléke felötlik bennem. Furcsa, hogy a mi kapcsolatunkban mennyire fontos szerepe van ennek a szentimentális dolognak. Viszont az is tény, hogy én mindig kézzelfoghatónak képzelem el az ajándékokat, Csilla azonban sokkal mélyebb ennél. Érzékeny, csupa szív.

Nagyon szeretem.

Mégsem mondom ki.

Hátat fordítva sétálok ki a kapun, Attila már vár, az autó mellett még a szolga is ott áll, aki velem érkezett Magyarországra. Bálinthoz fordulok, kezet nyújtok neki. Rámarkol, miközben közelebb hajol, és a fülembe suttogja azt, ami nyugalommal tölt el.

– Bízzon bennem, uram! Mindenre gondom lesz!

Hátrább dőlök, mire ő még kacsint is. Kínomban elmosolyodom, mert ilyet egy hazámban élő szolga sosem engedhetne meg magának. Ez az egyetlen kacsintása nagyon közel hozza őt hozzám.

Erősen él bennem a vágy, hogy még egyszer pontosítsak vele mindent, de érzem, akkor ritka idiótának tűnnék. Apám mindent csak egyszer szokott elmondani, de anyám az a fajta nő, aki addig rágja az ember szájába a dolgokat, amíg a tévedés lehetősége is kizárt. Nem akarok rá hasonlítani, ezért még utoljára Csillához fordulok. Anna ugyanúgy alszik, picit bánom, mert nem nézhetek bele a szemecskéibe. Megcsókolom a homlokát, de meg sem moccan.

- Szeretlek, Gamal!

Csilla halkan suttog, én pedig válaszul összeszorítom a szemem. Ha nyitva hagynám, könnyek tengere törne elő belőlem.

Hú! Ez nagyon szar!

- Gyertek velem...
- Gamal!

Nézzük egymást. Én könyörögve, ő elutasítóan. Attila, a sofőr köhögni kezd, ettől szétrebben a tekintetünk. Ritka gyorsan pattanok be a kocsiba, mindenki követ. Bálint úgy áll oda Csilla mellé, mint egy testőr. Nem bírom levenni a szeretett nőről a szemem. Most is ugyanolyan hatással lenne rám, ha először látnám. Nem tudom, mi, de van Csillában valami titkos mágnes. Már az első pillanattól húz magához, és nekem erőm sincs ellenszegülni.

Csücsörítve küldök képletes csókot, mint egy idióta. Sosem csináltam még ilyet. Csilla ugyanezt teszi, el kell fordulnom, mert majdnem visszanyitom az ajtót. Attila gázt ad, és megindul a reptérre. Nekem pedig csak a testem utazik ebben a pillanatban. A lelkem ott áll tovább Csilla mellett, nézi a távolodó autót, és olykor Annára sandít.

Az én lányom!
Az én családom!

26. fejezet

Szaúd-Arábia. A hazám, az életem. És ahogy landol a gép, furcsa érzések kezdenek bennem tombolni. Hirtelen nem értem, miben is más az ország, amiben felnőttem, mint a többi. Ugyanúgy emberek élnek benne, akik a boldogságért harcolnak, és én is ugyanilyen ember vagyok. Ebben a pillanatban nem vagyok herceg.

Jólesik Hadi látása. Ő is vigyorog rám, majd egy pillantásával helyre teszi a szolgát, aki azonnal pakolni kezd a csomagtartóba. Még a tobéja látványa is mélyen a lelkembe mászik. Olyan, mintha ezer éve egy arabot sem láttam volna. Vadul kapom le magamról a kabátot, alig várom, hogy én is valami lengébb ruhába bújhassak.

– Béke veled, herceg!

– Béke veled, Hadi!

Átöleljük egymást, azt hiszem, ebben az ölelésben kicsit több van, mint amit adni akarok. Csillától mindig úgy sikerül elszakadnom, hogy bennem marad az adás akarata.

– Minden rendben van?

– Igen, Gamal herceg, de jó, ha tudja, hogy a palotában az apja várja, a fivére, az öccse és Emír. Valamint jelen van még az édesanyja is.

Nagyszerű!

Még azt sem veszik figyelembe, hogy több órát repültem!

Apám mindent tud. Ez biztos. Én magam kértem meg Emírt, hogy közölje vele a híreket. Anyám jelenléte azonban rosszat jelent. Sosem várna a palotában az érkezésem napján.

– Mi van Khaliddal? – kérdezem, miközben beülök a hátsó ülésre.

Hadi beül, és a szolga is, csak azután felel.

– Minden rendben a fiával. És Yasminnal is!

Mikor ezt kimondja, a tükörbe néz, elszégyellem magam. Persze érdeklődni akartam feleségemről is, csak valahogy nem jött ki a számon.

Eszembe jut, mikor utoljára tértem haza magyarországi utazásról, az oroszlánjaim és a tigriseim felől érdeklődtem. Mennyi minden változott. Feleség vár rám, és egy fiú, miközben otthagytam a világ másik végén egy nőt, akit imádok, és a lányomat. Fájdalmas csavar ez az élettől. Tudom, hogy hamarosan el kell számolnom ezekkel a dolgokkal. Egyedül apám véleménye érdekel, mert a többiek teljesen kiszámítható módon reagálják majd le a helyzetet. Anyám hisztériázni fog, a bátyám idiótának titulál, az öcsém meg majd dörzsöli a kezét, hogy de jó nekem...

Előveszem a telefonomat, és küldök egy SMS-t Csillának, hogy rendben megérkeztem. Szívesen felhívnám, de úgy érzem, azzal végképp sárba tipornám Yasmint. Most itthon vagyok, ezért ő kell hogy fontos legyen nekem.

Hadi elég sebesen száguld. Legalább olyan gyorsan, mint a gondolataim. Csillával nem sok idő adatott meg, mégis úgy érzem, hogy nála jobban senki sem ismer, és nála jobban senki sem ért meg. Furcsa érzés. Nem gondoltam, hogy ezt majd pont egy nővel kapcsolatban érzem. Úgy véltem, hogy egy férfit csak egy másik férfi tud elfogadni és megérteni. Egy muszlimot csak egy muszlim. Csilla erre duplán cáfol rá.

A palota udvarába behajtva fújok egyet, mert anyám ott áll és vadul jajgat. Apám mellette áll, de nem méltatja figyelemre. Ahogy kiszállok, anyám azonnal odarohan hozzám, az ingemet kezdi rángatni, ekkor néz rá a férje erőteljesen. Nem szükséges megszólalnia. Anyám azonnal felrohan a lépcsőn, majd beszalad az ajtón. Tudom, hogy a beszélgetés hátralévő részében nem lesz jelen.

Apám átölelve üdvözöl, majd tetőtől talpig végigmér. Mindig nehezményezi, ha nem arab ruhában vagyok. Márpedig most farmerban lát, bakancsban és ingben.

– Túllépted a határt!
– Megengednéd, hogy előbb megnézzem a fiamat?
– Ha érdekel a fiad sorsa, akkor ne kövess el ekkora hibákat...
– Apa!

Szinte farkasszemet nézünk. Ekkor már tudom, hogy Yasmin utasítást kapott, addig ne jelenjen meg, amíg apám el nem megy. Szegény még az érkezésemkor is a második helyre szorul. Hirtelen megsajnálom.

– A feleségem is biztosan látni szeretne.

– Ez így igaz! De nem lesz rád kíváncsi sokáig, ha így folytatod!

– Neked is vannak törvénytelen gyerekeid!

– De én nem töltöm velük az időmet! Gondoltál Khalidra? Neked milyen lett volna, ha a véletlenül becsúszott testvéreidnek ugyanolyan szeretetet adok, mint neked, az igaz fiamnak?

Nem tudom. Semmit sem tudok!

Minden szavával bántja Annát és Csillát. Ezt nem valószínű, hogy sokáig le tudom majd nyelni. Annyira elérzékenyülök, mint még talán soha. Azt akartam mindig, hogy apám büszke legyen rám. Én vagyok az egyik fia, akit a legjobban szeret, és ez elveszi az erőmet. Úgy érzem, ő majd megért.

– Apa, ez más! Én szerelmes vagyok! És nagyon szeretem a lányomat is!

– Nem a lányod!

Megnyílik a szám, majdnem vitába bocsátkozom, de elszáll az erőm. Hogyan is mondhatnám el, hogy Anna egy kis angyal? Hogy olyan szeretetet ébreszt bennem, mint a fiam. Hogyan mondjam el, hogy lány, de ugyanúgy szeretem, hogy katolikus, de még ez sem érdekel, mert még így is vállalom. És hogyan mondjam el neki, hogy a lányom anyja maga a levegő nekem, de mivel most nincs mellettem, fulladozom a hiányától.

Apám szereti a feleségeit, anyámat is szereti, és talán szerelem is volt közöttük, de ez mind szabályok és keretek között zajlott. Sohasem volt lehetőségük a ketrecen kívül szeretni egymást, és ez megkötötte a szívüket. Szerencsésnek érzem magam, amiért egy teljesen más kultúrából való nő megmutatta nekem, mi az igazi szerelem.

– A lányom! Vér a véremből! Ezen maga Allah sem tud változtatni.

Apám nagyon megdöbben, egy pillanatra azt hiszem, rosszul van. A mellkasához nyúl, mint akit szíven szúrtak. Aztán följebb siklik a keze a rövidre nyírt szakállához, és a keze a szája előtt állapodik meg, mintha vissza akarná fogni a szavait. Biztos mélyen a lelkébe gázoltam, de már nem hátrálok meg.

Nézem az ő hasonlóan zöldes árnyalatú barnás szemeit, amelyek a pupillától kifelé a borostyán sárgájába olvadnak, és figyelem a határozott vonalú szemöldökét, melyet egy pillanatra össze is ránt. Várom a támadást.

– Nagy hibát követsz el, fiam! Neked kötelezettségeid vannak. Nem viselkedhetsz úgy, ahogy csak akarsz! A feleségedet tisztelni kell! Hidd el, Allah is ezt akarná… – Talán túl élesen nézek, mert elhallgat, majd pár sóhaj után folytatja. – Na mindegy. Találunk megoldást. Sőt. Biztos vagyok benne, hogy te már tudod, mit akarsz. Szóval?

– Nem jönnek ide. Magyarországon maradnak, én pedig majd látogatom őket.

– Nevedre vetted?

Csak a fejemet csóválom meg, mert ez egy fájdalmas rész. Apámnak persze öröm a hír, mert ő csak azt látja, hogy így nincs kötelezettség.

– Vettem nekik egy villát, autót, és hagytam ott egy rakás pénzt.

Kezét fölteszi a vállamra, látom, ahogy a háttérben a lépcsőn lefelé lépdel Emír, az öcsém és a bátyám. Idősebb fiútestvérem átölel, és a fülembe suttog egy idézetet a Koránból, az öcsém viszont csalódást okoz. Nincs az arcán kárörvendő mosoly, olyan, mintha együtt érezne velem. Emír biccent felém, kínjában mosolyog. Mindegyikükkel összeölelkezem, majd elindulunk befelé a palotába. Néma csöndben baktatunk, ahogy belépünk a hatalmas fogadótérbe, anyám hangtalanul oson ki. A lépcső felé venném az irányt, de a férfikoszorú nem nagyon hagyja. Kérdéseket szegeznek nekem, paskolgatnak és méregetnek. Engem meg húz a szívem fölfelé az emeletre, Khalidhoz.

– Miért nem szóltál az utazásról? Veled mentem volna. – Emír hangjából csalódottság tetszik ki.

– Hirtelen döntöttem… és sejtettem, hogy valamivel szembesülnöm kell majd ott. – Már nem fogom vissza a hangom. Minden férfi rokonom körülöttem bőszen hallgatja a kitárulkozásomat. – Nem csalódtam a megérzésemben. Született egy lányom…

– Attól a magyar tolmácstól – fejezi be mondatomat Hakim öcsém.

Megvetés van a szemében, tudom, mit gondol Csilláról. Kábé ugyanazt, mint az összes jelenlevő. Védeni próbálom, pedig nincs értelme. Csak a szerelem képes más színben feltüntetni egy nem muszlim nőt, aki házasságon kívül szül gyermeket.

– Szeretjük egymást. Anna ennek a szerelemnek a gyümölcse. És nem érdekel, ki mit gondol erről.

Nagyjából mindenki arcába jeges vizet öntök, de öcsém nem akarja elfogadni a magyarázatot. Apám támogatóan nézi őt, egyfajta biztatást adva neki: „Ez az, térítsd már észhez a bátyádat!"

– Normális vagy? Saját orvosod van, te meg ekkora szarvashibát követsz el? Hogy a picsába ejthetted teherbe? Minek mentél vissza? Tagadd le, és kész! Ebből marha nagy botrány lesz, és a nevünknek is ártani fog…

– Nem érdekel! – Meglepődöm a nyugodt hangnememen. Hakim folyton felidegesít a durva megjegyzéseivel, de most képtelen rá. Kicsit úgy érzem, nekem van valamim, ami neki sosem lesz. Inkább sajnálom őt, mint dühít. – Te ebbe nem szólhatsz bele! És senki más!

Körbejáratom a szemem, különös látvány fogad. Sorban sütik le a szemüket egyfajta beleegyezésképpen. Még apám is. Én is lemeredek a szőnyegre, választ keresve arra, mi a fenét bámulnak ott, de aztán rájövök, csakis miattam vannak zavarban.

Emír emeli meg először a fejét. El is mosolyodik.

– Jól utaztál?

Apám unokabátyámra mered, mert nehezményezi, hogy ezzel lezártuk a vitát. Családom idősebb tagja nem szokott parancsolgatni, neki az a természetes, ha a jó tanácsait is megfogadják. Velem sem túl szigorú, de csak azért, mert biztos a lépésemben. Most az egyszer téved, és ennek a tévedésének a felismerése kiül az arcára. Olyan, mintha nem is az egyik legjobban szeretett fiát nézné, hanem egy idegent. Állom a tekintetét, majd magam sem tudom, miért, de átölelem őt, miközben a fülébe súgom:

– Sajnálom, apa! Ez az én döntésem. Támogatom őket, amíg csak élek, és szeretni is fogom őket. Csillát is és Annát is. Mert

Annának hívják az unokádat. – Aztán Emírhez fordulok, és válaszolok a kérdésére. – Igen, jól utaztam. Csak fáradt vagyok.
– Nekem nem az unokám! Neked pedig nem a lányod! – Apám másik dimenzióban van, de nem tudok rá neheztelni a viselkedéséért. – Hiheted azt, hogy most minden jó, de egy idő után majd másként látod. Az első csapdába beleestél. Talán majd tanulsz belőle. Talán teszel majd azért, hogy több ilyenbe ne sétálj bele. Addig is kímélj meg a másik életedtől. – Azzal kiviharzik a palotámból.
Ó, édes csapda!

* * *

Khalid szobája előtt toporgok, tudom, hogy Yasmin is bent van. Mikor lent beszélgettem a többiekkel, hallottam a közlekedést a fönti folyosón, ami összeköti a két szárnyat. Gyanítom, feleségem elcsípte a hangfoszlányokat. Úgy gondoltam, semmit sem mondok majd neki a gyerekről, de most nem bánnám, ha tiszta vizet öntenénk a pohárba.

Kigombolom a fölső gombot az ingemen, mert csaknem megfulladok. Aztán benyitok a hatalmas szobába.

Khalid ébren van. Egy nagyra méretezett szőnyegen fekszik, körülötte játékok vannak szétpakolva. Forgatja a fejecskéjét, akaratlanul hasonlítom össze a lányommal. Ugyanannyi idősek, de fiam nagyobbnak tűnik. Sötétebb a haja is és a bőre is. A szeme is sötétbarna.

Yasmin mellette ül egy rózsaszín abayában. Gyönyörű, ahogy a világos anyagon szétterül a haja. Rám emeli a tekintetét, jéggé fagyok tőle. Mint nő kívánatos, de semmi többet nem érzek iránta, csak felelősséget. Valaki, aki az enyém. A tulajdonom. Ugyanúgy, mint minden más a palotában és minden szolga az alkalmazásomban. Furcsa ez a pillanat. Felismerő és letaglózó. Ő is érzi a változást, mert nem áll föl. Visszaréved a fiunkra, miközben megsimogatja a fejecskéjét.

Elindulok befelé, egy percig sem tétovázom, magamhoz emelem Khalidot. Más az illata, mint Annának. Le kell hunynom a szememet, mert megfogalmazódik bennem a felismerés: soha az életben nem fogom őket egyszerre magamhoz szorítani.

Yasmint csak akkor méltatom figyelemre, amikor megszólal.
- Szervusz, Gamal!
Biccentek felé, és nyomok pár csókot Khalidra. Erőt kell vennem magamon, mert érzem, eljött a pillanat. Már biztosra veszem, hogy feleségem tudja a titkomat. Talán anyámtól, vagy az imént hallotta, de ez most nem is fontos. Visszahelyezem gyermekünket, és lépek felé egyet. Nem hátrál meg. Hagyja, hogy átöleljem és megszorítsam. Az ő kezei is szorosan fonódnak a nyakam köré, majd hevesen megcsókol. A testem azonnal reagál, el is szégyellem magam. Csak nem tudom, ki előtt!
- Hiányoztatok! - Ez az összes, ami kibukik belőlem.
- Akkor miért nem siettél jobban?
- Sok mindent kellett elintéznem.
- Vagy inkább túl jól érezted magad!

Nincs szemrehányás a hangjában, sokkal inkább elkeseredett és csalódott. A megállapítására nem reagálok, inkább általánosat kérdezek.
- Minden rendben?
- Tudod jól, nem? Végül is mindennap beszéltünk. Én mindenről beszámoltam neked, Gamal. Ellenben te nekem?

Lefejti magáról a kezemet, megkönnyebbülök a távolságától.
- Nem tudtam, mi vár rám Magyarországon...
- De már tudod!

Igen, tudom! Élet! Szerelem! Szeretet!...
- Én nem akartalak megbántani. Az egész az élet fintora. Csillával még akkor ismerkedtem meg, amikor te nem voltál a feleségem.
- De a menyasszonyod voltam!

Most erre mit feleljek?

Azt, hogy nekem az semmit sem jelentett? Mit hitt? Hogy én hűen csakis az esküvőnk napját vártam? Ha tudná, miket is műveltem vőlegényként...!
- Mikor idejött a delegációval, akkor kezdődött minden...
- És akkor már a feleséged voltam! - üvöltve vág közbe, gyermekünk a szőnyegen fülelni kezd, a szolga pedig irdatlan iramban hagyja el a szobát.
- Tudtad! - Emelem felé a mutatóujjam figyelmeztetésként, mert már akkor sem titkoltam az esetet.

– Csakhogy megszakadt minden. Boldogok voltunk, hónapokon keresztül! Született egy fiunk. Azt hittem, túl vagyunk rajta! És én büszke voltam magamra, amiért így kibírtam! Én is azt hittem, hogy vége. Csilla sokszor volt jelen a gondolataimban, de ha ő nem hívott volna föl, akkor soha többé nem látjuk egymást.
– Én is büszke vagyok rád, Yasmin.
Végre kitör belőle a zokogás. Ez jót jelent, mert így legalább tovaillan az agresszivitása. A közelsége azonban arra is lehetőséget ad neki, hogy a szívembe marjon. Odaveti elém magát, és szorosan átöleli a lábamat. Fiamra nézek, mintha az érthetné a történteket. Gombóc van a torkomban.
– Mondd, hogy szeretsz, Gamal! Mondd, hogy csak mi vagyunk fontosak! Mondd, hogy soha többé nem mész vissza, és mindent megbocsátok!
Nem gondoltam, hogy ennyire nehéz lesz!
Zavartan hajolok le érte, erőszakkal rángatom föl.
– Állj föl, Yasmin! Szedd össze magad! Itt vagyok! Nyugodj meg!
– Mondd, Gamal!
Aj!
– Honnan tudod? A gyereket…
– Anyádtól!
Bólogatok, miközben megfogadom, hogy ezért apám is és anyám is megkapja a magáét. Nem is tudom, ki okoz nagyobb csalódást.
Végigsimítom gyengéden az arcát, talán azért teszem, mert tudom, hogy szívébe fogom döfni a tőrt. Jó, ha gyilkolás előtt még megsimogatjuk az áldozatot.
– Sajnálom. Te vagy a feleségem, és Khalid az egyetlen törvényes gyermekem, de igenis olykor el fogok utazni Magyarországra. És azt is tudnod kell, hogy a lányomat ugyanúgy szeretem, mint a fiunkat. Még ha nem is ismerem el őt.
– És mi van velem? Én mit jelentek?
– Mondtam, a feleségem vagy! – Vár még, tudom, nem erre kíváncsi. Megforgatom a tőrt. – Szeretem Csillát. Szerelmes vagyok belé. Határtalan fájdalom, amiért most távol kell lennem tőle.

Bárhogy lázadsz és hisztériázol, ezen nem fogsz változtatni. – Aztán előjön belőlem a rohadék Gamal, mert még egyszer szúrok, és rávilágítok, hogy semmi esélye a boldogságra. – Ha válni akarsz, beleegyezem. De Khalidot nem adom! Ezt tudnod kell! Vagy elfogadod így a helyzetet, vagy nem lesz sem férjed, sem gyermeked! *Szemétláda vagyok! Herceg! Ez van!*
Olyan ez, mint a tánc. Nehéz az első lépés, aztán belemelegszik az ember, és egyre vakmerőbb dolgokat művel. Figurázik, táncol minden testrészével, sőt a végén már a mimikával is az arcán. Az első döfés nehéz volt. De már nem az. Bármikor újra szúrnék, és ekkor döbbenek rá, hogy ez azért van, mert Yasmin nem azt jelenti, mint Csilla. Mégis neki adok az életemből többet. Legyen hát boldog!

27. fejezet

Fogalmam sincs, mit matat egyfolytában. Tegnap érkeztem, azóta úgy érzem, hogy az elmúlt egy hónapban Csillát kicserélték, mert úgy kuncog mindenen, mint egy kislány. Bezárkózik az egyik emeletre egy eldugott szobába, zörög, futkos le-föl. A legszívesebben ráordítanék, hogy maradjon már nyugton, de nem teszem. Mi is vehemens népség vagyunk, de a sietség vagy a kapkodás, azt hiszem, nem jellemző ránk.

Az időtől teljesen kivagyok. Mindent hó borít. Tulajdonképpen szép, de egy sivatagi országból valónak...

Lefagy a tököm.

A lányom egy angyal. El is vigyorodom, mert én: Gamal al-Szudairi rendesen megajándékoztam a földet a két véglettel. Khalid kibírhatatlanul rossz, Anna meg már zavaróan jó. Ha letesszük a játszószőnyegre, akkor nézelődik, gagyog, nyújtózkodik a feje fölé belógó játékok után. A haja kezd kikopni a koponyája hátsó részén, de még ez is jól áll neki. A szeme maga a mennyország. Ugyanolyan, mint Csilláé, az enyémét egyik gyermekem sem örökölte.

Érzem a kaja szagát, összefut a nyál a számban. A szakácsnő kínosan ügyel, mikor itt vagyok, hogy az én szám íze szerint főzzön. Nem irigylem, mert Csilla meg kifejezetten kísérletezne rajtam. Állandóan azt parancsolgatja, hogy magyar ételeket együnk, mert igenis meg kell kóstolnom az itteni ízeket. Egyébként tényleg nem rosszak. Mivel azonban úgy gondolom, hogy ez az én házam, nem vagyok hajlandó holmi bécsi szeleteket megtűrni, amit disznóból készítenek.

Ez volt az első nagy veszekedésünk. A legutóbbi itt-tartózkodásomnál történt, ami egy hónapja volt. Nem bírtuk sokáig, mert mondhatni, akkor kezdődött a közös jövőnk. Máris beleszaladtunk egy cirkuszba.

Emlékszem, az illatok isteniek voltak, rohadt éhes voltam már. Leültünk az asztalhoz, én nekiestem a kabsának, amit a szakácsnő egész jól elsajátított, Csilla meg húst kezdett vagdosni. Na, mikor kettévágta, akkor már gyanítottam, hogy nem csirke. Rákérdeztem, mire ő ártatlan fejjel közölte: „rántott hús". Kicsit déjà vu érzésem volt, rettegtem megkérdezni is, hogy milyen állat. Akkor már leesett neki, mert halkan, szende arccal felelte: disznó. Válaszul felpattantam az asztaltól, és még az emeletet is elhagytam. Szegény rohant utánam, de én meg sem álltam. Majdnem kiokádtam a belem. A picsába! Az én asztalomon nem heverészhet egy disznó! Hiába ordítottam neki, ő csak azt szajkózta, hogy márpedig neki ez a kedvenc kajája. Sírhatnékom volt, jó párat kellett nyelnem, míg magamhoz tértem. Elképzeltem, hogy annak az állatnak itt van a húsa a házamban. Maga a szemét. Ezért Allah a pokolra küld!

Aztán észhez tértem. Természetesen a szakácsnő itta meg a levét. Minden létező négyzetmillimétert le kellett takarítania a konyhában, sőt ki is hajíttattam vele ezt-azt. A húst nem egyszerűen a kukába dobattam, hanem a házból is elvitettem. Csilla közben zokogott, hogy én nem vagyok normális. Ez csak egy étel.

Na persze. Étel!

Célomat akkor elértem, mert azóta sosem jut eszébe senkinek sertést enni a közelemben. A pokol mégis csak ezután kezdődött. Csillát erősnek véltem mindig is, de mélyen a lelkembe mart az, hogy az én kifakadásom ennyire megbántotta. Bezárkózott lányunkkal a hálószobánkba, és közölte, cseppet sem kíváncsi rám, mert egy vadállat vagyok. Pedig nem voltam az. Ilyen vagyok. Nélküle kellett töltenem az éjszakát. A nőm kiutasított az ágyunkból. Engem! A herceget! Majdnem szétvertem ezt a hatalmas villát, de fékeztem magam. Otthon ilyet Yasmin sosem merne megtenni.

A reggel is nagyon nehezen jött el. Hajnali hatkor már nem is érdekelt az egész összeveszés, egyszerűen csak magamhoz akartam ölelni őket. Mégis csak egy ócska „jó reggelt"-et böktem oda a nőnek, akinek látványától egekbe szökellt a pulzusom. Talán titkon még mindig haragudtam rá, amiért ennyire el tud gyengíteni. Vagy talán magamra haragudtam. Ki tudja?

Magamhoz emelem a lányomat, és bemegyek vele az étkezőbe, majd beleteszem őt a „járókájába". Ezen is röhögnöm kell. Milyen szó ez? Járóka! Mikor Csilla mondta, azt hittem, rosszul hallok. Nálunk nincsenek efféle ketrecek.

Annának egyvalami szükségeltetik ahhoz, hogy ne sírjon, és az az egyvalami a látvány. Ha látja Csillát, mindig megnyugszik. Remélem, most is hamarosan begaloppozik, mert éhes vagyok, és nem akarok bőgést hallgatni közben.

Szerintem nyugodtan kijelenthetem, hogy Csilla és Yasmin merőben más nő és anya. Csilla mindig a legnagyobb természetességgel hagy magamra a lányommal, ezért már kezdem sejteni, mik ebben a világban egy apa feladatai. Otthon Yasmin mindig engedélyt kér, ha távozni akar, főleg ha a gyermekünket is másra bízza. Csilla meg úgy nyomja a kezembe és tűnik el a kétezer négyzetméteren, hogy annyit sincs időm mondani: „mukk"!

Besuhan az étkezőbe, vet egy pillantást Annára, majd mellém ül, és a vállamhoz fúrja a fejét. Ha csak két percet tölt távol, akkor is ugyanezt teszi. Minden külön töltött pillanat maga a vesztőhely mindkettőnknek.

Egy fekete szűk nadrág van rajta, állítólag „cicanadrág", bár én még nem is hallottam ilyet. Nem szemrehányásként, csak úgy tök egyszerűen megkérdeztem, mit visel, mire ő felelte: „cicagatya".

Aha, biztos! Jó kis ruhanév.

Odafordítom a fejem, hevesen csókolom. Annyira imádom, hogy a legszívesebben azonnal darabjaira szedném, de nem teszem. A szakácsnő sertepertél, és Anna is jelen van. Úgy szed az ételből, hogy közben végig markolássza a karomat. Képtelenek vagyunk elengedni egymást. Ő őszintén ki tudja fejezni az érzéseit tettekkel is és szavakkal is, de én nem. Egyszerűen nem megy! Bár a tettekben én is megmutatom, de képtelen vagyok arra, amit ő napjában többször megtesz. Egymáshoz érinti az orrunkat, úgy mondja, hogy mennyire szeret. Én meg csak nyeldesek, mert idiótán érzem magam. Még akkor is, ha ugyanazt érzem.

– Mit csinálsz egész nap? Teljesen föl vagy pörögve.

Vigyorogva megigazítja magát a széken, majd rám nézve felel.

– Ez lesz az első karácsonyunk együtt. És Annának is ez lesz az első karácsonya.

Fekete felhők tornyosulnak fölöttem, fogalmam sincs, mit felelhetnék, ezért csak egy primitív reakcióra futja:

– És?

Lehervad a mosoly az arcáról, már majdnem szemrehányóba megy át.

– Mi az, hogy és? Te nem vagy kíváncsi a lányunk arcára, amikor majd meglátja a feldíszített karácsonyfát?

Milyen karácsonyfát? Meg a lófaszt!

Elfordítom a fejem, mert csaknem szétdurran az agyam. Túlmegy minden határon. Megtűröm, hogy keresztény, vallásról már szinte szó sem esik közöttünk. Még az imáknál is szótlanul vonulok félre, nehogy szembesüljön vele napjában ötször, hogy én mégiscsak egy muszlim vagyok. Erre ő mit csinál? Az átkozott disznóhús mellett még azt is normálisnak tartja, hogy én megünneplem ezt az idióta karácsonyt.

Próbálok higgadt lenni, de az, ahogy semmibe veszi az én kultúrámat és életemet, elég nehezen kezelhető. Főleg nekem, aki hozzászokott a saját egója fontosságához. Elég ércesen válaszolok.

– Itt semmilyen karácsonyfa nem lesz, az tuti!

Felém fordul teljes testével, akaratlanul is a mellére nézek egy pillanatra.

– Mi az, hogy nem lesz? Holnap elmegyünk, és megvesszük a legnagyobb fát, ami csak létezik. Egész decemberben díszek után szaladgáltam, meg ajándékok után, amit majd a Jézuska hoz!

– Jézuska? Te miről beszélsz?

– Hogyhogy miről beszélek?

Mindketten elhallgatunk, talán ekkor esik le neki, hogy az én szememben ki is Jézus. Egy próféta. Ennél nem több. Nem Isten fia, sőt még az Isten sem egy és ugyanaz nekünk.

– Gamal! A lányunkról van szó! Úgy örülne!

Ez már kemény zsarolással ér föl, szemem azonnal Annára téved. Egy pillanatra meginog alattam a talaj, mert figyelem, ahogy az öklét rágcsálja, és elképzelem a csodálkozó arcát. Aztán visszafordulva Csillához, újra masszívan önmagammá válok.

– Csak egyszer fogom neked elmondani. Karácsony nincs! Érted? – Már görbül lefelé a szája, ezért lejjebb veszem a hangomat, hátha úgy megért. – Csilla! Ez egy keresztény ünnep, és ha eddig nem tűnt volna fel neked, én nem vagyok keresztény!

– De én igen! És a lányunk is! Nehogy már azt mondd, hogy nálatok nincs karácsony!

– De azt mondom! Pontosan azt mondom!
Üvöltve felelek, majd el is némulok. Már folynak a könnyei, de most tényleg pipa vagyok. Jobban, mint a disznóhúsos esetnél voltam. Az, hogy megint emlékeztet lányom vallására, csak még inkább dühödt állattá tesz. Így is örök sebként tátong a lelkemen. Felemeli az asztalról a szalvétát, amibe belefújja az orrát. Olyan, mint egy gyerek, egyáltalán nem látom most felelősségteljes nőnek. Mégis minden porcikáját gyönyörűnek látom, és imádom, mert létezik valaki ebben a világban, aki ennyire természetesen, ösztöntől vezérelve viselkedik a közelemben. Ilyenre csak Emír és Hakim öcsém képes, de egy nő sem. Nasire húgom olykor elengedi magát, de ennyire ő sem tárja ki sosem a lelkét.

A kezem magától indul meg, ráfonódom az ő karjára. Nem hazudtolja meg önmagát, mert durcásan kirángatja a karját. Döbbenten tűröm, várok pár másodpercet. Ebben mindig erősebb. Nekem egy összeveszés maga a pokol, míg ő olyan büszke, mint egy nőstény oroszlán. Csak vele kapcsolatban vannak ilyen érzéseim.

Föláll, és odasétál Annához, majd ki is emeli a járókából. Puszilgatja, mintha vigasztalni próbálná valamiért. Mestere annak, hogy összeszorítsa a torkomat. Pár másodperc múlva visszateszi, majd leül a helyére. Szárazra törli az arcát, és ételt szed a tányérjára. Nyel egy párat, felfelé biccenti a fejét, egész más hangon beszél, mint szokott. Sértődött és büszke. Nehezen hiszem el, hogy mindezt megengedi magának.

– Rendben! Ha te nem akarod, nem lesz karácsony! Ennyi!

Hatalmasat sóhajtok, mert a legszívesebben két oldalról is pofon vágnám. Miért ilyen erőszakos?

– Csilla! Te mit ünnepelsz karácsonykor?

– A karácsony az a szeretet ünnepe...

– Nem. A karácsony nem a szeretet ünnepe, hanem egy keresztény ünnep. Jézus születésének az ünnepe. – Elnevetem magam, mert az egész egy abszurd helyzet. – Egyébként még ebben is tévedtek, mert Jézus nyáron született. Még a Bibliátokat sem tisztelitek.

Igazán megdöbbent arcot vág, de hát ez van. Ami a szívemen, az a számom.

– Ez hülyeség! Honnan tudod te ezt? Pont te! Egy muszlim!

Megint megvetés van a szemében, iszonyú dühöt kovácsol bennem, pedig már éppen lenyugodtam.

– Ezt már az ulamák* is bizonyították! Nézz utána a te Jézuskádnak, ha nem hiszed. – Elszégyellem magam, mert nem szokásom más vallásokról beszélni, még becsmérelni sem. A kereszténységgel meg pláne nincs problémám. Csak hát a karácsony... Folytatom: – Csilla! Az iszlám az őszinteség vallása. Nálunk nincs hízelgés. Én nem ülöm meg egy másik hit ünnepét csak azért, hogy a kedvedre tegyek. A mi prófétánk parancsba adta, hogy nem vehetünk részt zsidók, keresztények és más vallások ünnepén. Ebbe pedig a karácsony is beletartozik. Egy muszlim szívében hűség van és lemondás. Hűség a vallásunkhoz és lemondás a hitetlenekről. Én is eszerint élek. – Döbbent fejet vág, félek, minden szavamat félreérti. – Nehogy azt hidd, hogy nincs bennem szeretet az iránt, aki nem muzulmán. Az iszlámban tilos a csalás, a szidalmazás, a gyilkolás, rablás, lopás, betörés... Nagyon sok minden tilos. És tilos a bálványimádás is. Márpedig a ti karácsonyfátok felér azzal.

– Ez butaság! – Lágy a hangja, szerintem az eltelt percekben lenyugodott. – Én csak boldoggá akarom tenni Annát.

Nem válaszolok. Nincs mit. Odafordulok az asztalhoz, és szedek az ételből, miközben győzködöm magamat, hogy ebben aztán tényleg nem lágyulhatok el. Csilla már sok téren bontott nálam gátat. Ebből az egyből nem engedek.

Nincs karácsony! Nem is lesz!

* * *

Reggel szinte rám sem néz. Készülődni kezd. Farmert vesz fel, egy vastag, szűk garbót és egy magas sarkú csizmát. Gyönyörű alakja teljes szépségében kirajzolódik.

– Hova mész? – Teszem fel a kérdést, mire ő csak hetykén válaszol.

– Dolgom van.

---

* Iszlám vallástudósok

Igazából mikor vele vagyok, percenkét legalább tízszer mondom ezt magamnak: „Nyugi, Gamal! Ez nem a királyság! Itt demokrácia van!"

Na és mit tennék szívem szerint? Bezárnám egy szobába, aminek az ajtaján elhelyezek egy nyílást. Ezen keresztül lehetne neki beadni az ételt. Tuti így büntetném. Az ajtó kulcsa meg nálam lenne. Azt garantálom.

Mivel ő dúl-fúl, én sem teszek mást. Talán azt gondolja, hogy még jó pár napig együtt leszünk, ezért az időbe ez is belefér. Nekem ez maga a pokol, de biztos nem fogok bocsánatot kérni azért, mert az vagyok, aki. Odaülök Anna mellé, és megszorítom a kezét. Azonnal megmarkol ő is, egyfajta reflexként. Csak akkor nézek föl, amikor Csilla odalép hozzánk és lehajolva megpuszilja gyermekünket. Nekem is ad. Puszit. A legszívesebben képen törölném, hogy engem ne puszilgasson. Ha akar nekem adni valamit, az forró csók legyen.

Ehelyett csak fölfelé biccentem rá a fejemet, miközben kérdőn felhúzom a szemöldököm. Ha szó nélkül megy el, akkor annak súlyos következményei lesznek. Talán ráérez a kényes hangulatra, mert mereven közli a tényeket.

– Mivel mi nem ünnepeljük a karácsonyt, márpedig holnap az lesz, ezért elmegyek apához és az öcsémhez. Átviszem az ajándékokat – a flegmaságától ebben a pillanatban még a szépsége is szertefoszlik. – Mert ugyebár te azt sem szeretnéd, ha az én szeretteim betennék ide a lábukat! – Nyel egyet, talán válaszra vár, de nem cáfolok rá. Tényleg így van. Az egyik alkoholista, a másik meg drogos. Nem hiányoznak az életemből. – Kimegyek a temetőbe is, viszek a sírra egy koszorút. Anyám sírjára! – Kicsit elszorul a torkom. De éppen hogy csak. – Ezért nem viszem Annát. Kint hideg van, nem akarok vele lófrálni. Gyors leszek, mire ennie kell, itthon vagyok.

Hátat fordít, mintha életében csak egy megtűrt személy lennék, és kiviharzik a szobából. A tekintetem újra lányomra siklik, csak ez akadályoz meg abban, hogy ne úgy reagáljak, ahogy valóban szeretnék. Egy pillanatra latolgatom annak lehetőségét, hogy iderendelem a pilótát, és amikor ő hazajön, közlöm vele, hogy én meg hazautazom, de sejtem, ez nekem sem fájna kevésbé, mint neki.

Csilla tulajdonképpen érzékeny nő. Lágy, de mégis lázadó. Erős, de mégis oltalomra vágyó. Határozott, de mégis állandóan olyan küzdelemben állónak látszik. Én legalább annyira nem ismerem őt, mint ahogy ő engem.

Jó pár óra telik el nélküle. Egyszer hazatelefonál, hogy adjak Annának tápszert, amit meg is teszek. Khalidot sohasem etettem még, bár az nehéz is lenne, mivel ő anyatejet kap. Kérhetném a szakácsnő segítségét, de nem teszem. A bébiszitter pedig nem tartózkodik a villában, mert mikor én itt vagyok, nem igazán tűröm meg. Semmi bajom vele, csak túl közvetlen. Rossz választás volt, de mivel Csilla kedveli, nem keresek mást a helyére.

Anna elalszik, amikor hallom, hogy megérkezett. A lányom szobájában vagyok, és az a kert nyugalmasabbik részére néz. A garázsokhoz a másik oldalról lehet bejutni. Várom, hogy kinyíljon az ajtó, meg is történik. Repül felém. Odarohan, és a nyakamba veti magát, szorosan ölelem magamhoz. Látom az arcán a sírás nyomait, de nem kérdezek egy darabig. Annát nem zavarja meg, mélyen csókolózunk.

– Ne haragudj, Gamal! Soha többet ne engedj így el. Eltöltöttem nélküled négy órát, miközben az a legnagyobb kincs, amikor te itt vagy!

Pontosan ezt érzem én is.

– Ezért sírtál?

– Nem. A temető miatt.

Bólogatok, miközben remélem, hogy nem kezd a gyászról beszélni. Az anyja halála valahogy bennem is mély nyomot hagyott. Mesélt nekem arról, mikor még csak haldoklott, és arról, hogy már eltemette. Olyan, mintha az egész tusának részese lettem volna. Pedig nekem tulajdonképpen semmi bajom a halállal. Nem szoktam mélázni rajta, olyan az életemben, ami egyszer majd eljön. Allah tudja, mikor, és én elfogadom.

– Voltál apádéknál?

– Igen. De nem kellett volna. Az öcsém otthon sem volt, apa meg kiterülve feküdt a kanapén. Nem bírtam... – Újra elsírja magát, zokogva folytatja. – Üvöltöttem neki, hogy ő az oka, amiért anya meghalt. Pedig ez nem is igaz. Ha láttad volna, milyen szemekkel nézett rám. Azonnal kijózanodott. – Megsimogatom a fejét,

de én nem érzem azt a szánalmat az apja iránt, mint ő. – Azért voltam dühös, mert mi összevesztünk, és mert a temetőben kiborultam.
– Azért azt ne felejtsük el, hogy nem a legjobb apa!
– Gamal! Akkor is az apám!
– Tudom – felelem halkan. – Anna most aludt el. Kimegyünk?
Ránéz a lányunkra, és mosolyra húzódik a szája.
– Nagyon jó apa vagy, Gamal!
Hihetetlenül jólesik ez az egyszerű kijelentés. Én is ezt gondolom magamról, de duplán jólesik, mivel ennek a feladatnak két külön kultúrában is megfelelek. Ez a legnagyobb dicsőség. Igen. Talán erre vagyok a legbüszkébb, nem a királyi véremre.

Nem igazán megyünk messzire. Csilla sem, és én sem hagyjuk szívesen magára Annát, ezért a szomszédos szobába húzom be, amit szinte egyáltalán nem is használunk. A palotám sokkal jobban ki van használva, de Csilla még nem érzett rá a luxus ízére.

Csókjára a testem azonnal hevesen reagálni kezd. Vannak olyan napok, amikor semmi mást nem csinálnék szívesen, csak nézném a meztelen testét, simogatnám és csókolnám mindenhol. Hozzá vagyok szokva a tökéletes női testekhez, de az övénél tökéletesebbet nem láttam. Valószínűleg nem a szemem mondja ezt, hanem a szívem, de ez van.

Finom a csókja. Olyan, mint ő maga. Egyik nőével sem keverhető össze az ajka. Puha, de erőszakos. Most is jelzi, hogy szüksége van az ölelésemre. A vele való együttléteim mást jelentenek, mint a többi. Az csak szex. Vele még talán sosem szexeltem. Szerelmeskedünk. Vicces, de tényleg így van. Az aktus után is tisztán emlékszem a pillantásainkra, a simító kecses ujjaira, a csábító, zöld szemére, az ajkaira, ami a megtestesült paradicsom...

Lerántom róla a garbót, kócos lesz tőle, és kipirul az arca. Végigsimítom az imádott nózíját, ő pedig hozzám fúrja a homlokát. Tudom, mire gondol. Arra, amire én. Hatalmas fájdalom, hogy életünkben nem élhetjük ezt meg akkor, amikor csak akarjuk. Már rám is olyan bilincs került, amit sosem hittem volna, hogy viselni fogok. Azt hittem, én mindig szabad maradok lélekben is. Mindent megtehetek, és emberek magasztos érzésein majd jót röhögök. Tévedtem.

Kigombolja az ingemet, és ujjait végigfuttatja a szőrzetemen. Vár egy pillanatot, majd végre a szemembe néz.
- Akarlak, Gamal! Most!
Újra belém csókol, iszonyatosan kívánom. Ha valaki most megpróbálna megállítani, annak a nyakát szegném egy karddal. A nadrágja nagyon szűk, saját maga tolja le. Eszembe jut, amikor először láttam ilyen szűk nadrágban. A városnézésünk napján volt. Elmosolygom magam. A sorsom már akkor megpecsételődött.

A nadrágjával egyszerre húzza le a bugyiját, és azonnal a nadrágomat kezdi oldani, miközben én befejezem az ingem lazítását, majd arrébb is hajítom. A melltartóját a pillanat törtrésze alatt sikerül kioldanom, azonnal tenyerembe simítom a halmokat. Ő hangosan felsóhajt, miközben lágyan hozzám érinti a száját. Érzem az ízét, és látom a rózsaszínt átmenni a vörösbe a szája szegletében, mert beleharap a saját ajkába. Csillog a nyálamtól, gyilkos a pillanat.

A nadrágomat egyszerűen letolja, de nem időz el a derekamtól lejjebb. Azonnal visszajön a számhoz, még az a tizedmásodperc is soknak tűnik a szája nélkül. Egy csók után megragadja az alsónadrágomat, amit ugyanolyan mozdulattal tol le. Újra föláll és csókol. Már meztelenül vagyunk mindketten, szorosan hozzám fúrja magát. Túl magas vagyok mellette, a nemi szervem a hasának feszül.

Aztán hátrább lép, és a legártatlanabb mozdulattal megfogja a kezemet. Összekulcsolja az ujjainkat, mint a szerelmespárok. Ő is a kezünket nézi, és én is. Az ujjaink szerelmeskednek, észveszejtően felhúz a látvány.

Nem bírom tovább visszafogni magamat, odalépek hozzá, és megfordítom. Háttal áll nekem, de a kezével hátranyúlva a tarkómhoz cirógat. Én az egyik kezemmel szintén a tarkójához nyúlok, ami jelzi neki, hogy dőljön előre, ő meg is teszi. Leereszkedik az ágyra, a látvány gyönyörű. És letaglózó. Észreveszem a madzagot a lába között, meghátrálok.
- Menstruálsz?
Föláll nyugodt mozdulattal, és visszafordul velem szembe.
- Igen. Ma jött meg. Miért?
Miért? Ezt én kérdezhetném.
- Miért nem mondtad?

Megcsókol, megszorítom, de újra eltolom.
- Mi a baj, Gamal?
- Fölhúztál. És most nem lehet semmi.
Na mégis, mi a bajom?
Hangosan fölkacag, fogalmam sincs, mi az, ami neki ilyen vicces. Az én agyamban csak az tudatosul, hogy szex az nuku jó pár napig, ezért nehezen leplezem a csalódottságomat.
- Még alig van meg!
Távolabb tolom, szememmel már az alsónadrágomat kutatom. Ránézek, látszik, hogy kezd neheztelni a viselkedésemért.
- Ha te menstruálsz, akkor nem ölelhetlek.
- Majd óvatos leszel. Nem fog fájni! Volt már ilyen a történelemben.

A fejemet csóválva próbálok minél távolabb kerülni tőle, de ő nem hagyja. A karomba markol, férfiasságom egyszerűen nem képes lehanyatlani. A Koránt sutyorgom magamban: *„És kérdeznek téged a havi vérzésről. Mondd: Az bántalom, maradjatok hát távol az asszonyoktól a havi vérzés alatt, és ne közeledjetek hozzájuk, amíg tisztává nem válnak (véget nem ér a vérzésük). Majd amikor megtisztálkodtak, akkor közeledjetek hozzájuk, ahogyan Allah megparancsolta nektek. Bizony Allah szereti a megbánást tanúsítókat, és szereti a megtisztulókat."**

El akarok menekülni!
Fölhúzza a szemöldökét, úgy kérdez.
- Undorodsz tőlem?
Nem!
- Nem ölelhetlek. Ennyi!
- De miért?
- Mert tiltja a hitem!
Kikerekedik a gyönyörű szem, ekkor érti meg a helyzetet. És már én is értem. Itt áll előttem anyaszült meztelenül, de én nem érhetek hozzá. Egyáltalán nem érzem őt piszkosnak azért, mert havi tisztulása van. Ugyanúgy kívánom. Tisztán, tisztátalanul, véresen...
Csak nézzük egymást, kezdi felfogni a szavaimat.

---

* (Korán 2:222)

– Tiltja a vallásod? – Csak bólintok, de ő nem elégszik meg a válasszal. – De miért?

Megdörzsölöm az arcom, közben odalépek az alsómért. Föl akarom venni, de ő egy vad mozdulattal kilöki a kezemből, válaszra vár.

– Mit miért? A vér mocskos. Undorodom tőle! Hagyj most ezzel!

Gyerekesen belém csimpaszkodik, ösztönösen átölelem én is, nehogy lecsússzon.

– Nem, Gamal! Te nem undorodsz tőlem! Nem undorodhatsz! Simogass, csókolj, érj hozzám, és utána mondd, hogy nem akarod!

Egyszerűen nem értem, miért viselkedik így. Ez nálunk nem nagy szám, de az ő egóját talajra teszem. A kezem végigszalad a fenekén, átkozom magam a gyengeségem miatt.

– Csilla, ne!
– De! Nézz a szemembe, és mondd, hogy nem akarsz!

Nekem támasztja a homlokát, semmit sem látok már magam előtt, csak a gyönyörök gyönyörét. Hogy mondhatnám neki, hogy nem kívánom?

– Nem tehetem!
– De! Akarom!

Olyan hangon beszél, ahogy még sosem hallottam. Nagyot kell nyelnem.

Na jó! Végül is csak most jött meg neki!

– A pokolra viszel, Csilla! – rántom magamra őt.
– Nem, Gamal! A paradicsomba!

* * *

Leérek a fogadótérbe, Bálint úgy áll ott vigyázzban, mintha leszögelték volna. Próbálja támasztani a hatalmas fenyőfát, a vérnyomásom azonnal kettő-húsz a felismeréstől.

Csilla is odaszalad mellé, és rám nézve mondja:

– Na mit szólsz? Nem kicsi, ugye?

Mérgesen Bálintra nézek, de gyanítom, neki fogalma sincs a kettőnk közötti feszültségről. Olyan lágyra veszem a hangomat, amilyenre csak bírom.

- Azt hittem, ezt megbeszéltük!
- Nem itt állítjuk föl. Az egyik szobában, amit nem is használunk. Nem lesz szem előtt…
- Nem ez a lényeg! - eddig tartott a nyugalmam. Üvöltve vágok közbe. Ha Bálintnak nem kéne a fát támasztania, szerintem kiszaladna.

Egy ideig csönd van, aztán Csilla Bálinthoz fordul, úgy mondja.
- Be kéne vinnünk az egyik szobába.

Bálint zavartan rám néz, miközben Csillának bólogat. Szívesen képen törölném őt is, de nem teszem. Egyszerűen semmilyen reakcióra nem vagyok képes, mert annak minden formája durva lenne. Visszarongyolok az emeletre a lányomhoz, és teljes erőből vágom be az ajtót, amit azonnal meg is bánok, mert Anna sírással reagál az ijesztő zajra.

Egyvalamiben biztos vagyok: nem teszem ki a lábam a szobából addig, amíg nem hagy föl az idióta agyamentségével. Két óra múlva már kezdek aggódni. Pont akkor, mikor nyílik az ajtó. Kint már sötétedik, kezdek éhes is lenni. Durcásan az ajtóhoz fordulok, a lélegzetem is eláll. Gyönyörű. Egy tűzvörös, szűk ruha van rajta, egy tűsarkúval és gyönyörű ékszerekkel. Gondolatban megdicsérem őt, amiért megfelelően használja a hitelkártyát, amit itthagyok neki, de nem szólalok meg. Ő odasétál hozzánk, és Annára néz.

- Gyere, bogárkám! Mutatok neked valami szépet.
- Hova készülsz?
- Sehova. Miért?
- A ruha miatt kérdezem.

Újra Annára néz, majd kiveszi a kezemből. Aztán rám mered a legcsábosabb, legszelídebb tekintetével.

- Ünnep van, Gamal. Tisztelem az ünnepeket. Ezért öltöztem ki. Most pedig Annával megünnepeljük a karácsonyt, és ebben nem tudsz megakadályozni. Nem kell velünk tartanod. Nem kényszerítelek rá. De cserébe te se akarj visszatartani.

Megfordul, reagálni sincs időm. Talán azt gondolja, hogy felbőszített, de ez nem igaz. Az eltelt két órában eléggé lenyugodtam. Egyébként meg ebben a ruhában látva őt minden tudok lenni, csak dühös nem.

Hagyom, hogy kisétáljanak, de a lelkem mélyén már jól tudom, most életemben először bizony meg fogom ünnepelni azt az átkozott karácsonyt. Még akkor is, ha utálom.

Nem adom meg a módját. Ő tiszteletből kicsípte magát, de én nem teszem azt. Végül is pont tiszteletet nem érzek egy keresztény ünnep iránt. Farmerben és ingben megindulok a fogadótérbe, mert tudom, hogy azon az emeleten helyezték el valahol a fát. Nem kell különösebben keresgélnem. Csilla talán sejtette, hogy utánuk megyek, mert nyitva hagyta az ajtót. Árad kifelé a fény, halk zene szól, a konyha és az étkező felől pedig pazar illatok kúsznak az orromba. Melegség jár át.

Dobogó szívvel lépek be a szobába. Érzem a fenyő illatát, és hallom Csilla magyar énekét a lányunknak. Anna szemében tükröződnek a csillagszórók és a gyertyák. Dühítő a látvány, de könnybe lábad a szemem. Ki vagyok rekesztve, és ezt is magamnak köszönhetem. Nem mozdulok. Várok, míg Csilla befejezi a dalt. Megérzi, hogy ott vagyok, mert odafordul hozzám. Halványan elmosolyodik, de nem invitál magukhoz. Talán dacból, de odasétálok hozzájuk. Anna hirtelen kacagni kezd, miközben a lábaival hatalmasat rúg, és a fényárt nézi. A hátát megfeszíti, roppantul élvezi a műsort. Csilla újra rám néz, a tekintetünk összefonódik. Gyűlölöm a pillanatot, és imádom.

A szeretet ünnepe.

Pontosan ezt mondta rá. Undor van bennem, mégsem vagyok képes durván reagálni a látottakra. A fát nem méltatom figyelemre, azt a két arcot nézem, amelyek oly értékesek nekem. A lelkem mélyén tudom, hogy karácsonykor ide soha többé nem jövök. Elzárkózni képtelen vagyok, de nem engedhetek ennek a hazugságnak sem, ami széttépi az egész világomat. Őket, kettőjüket mindig olyan közel éreztem magamhoz, mint Yasmint és Khalidot, de már jól tudom, hogy sosem lesznek igazán olyan közel hozzám. És ez ebben a pillanatban nagyon fájdalmas. Végig kell dörzsölnöm a szememet, mielőtt könnyek hagynák el.

28. fejezet

A plafont bámulom, kihagytam a hajnali imát, mert Csilla szorosan hozzám tapadva szuszog. Egyszerűen nem volt szívem kihúzni a vállamat alóla.

Hazudnék, ha azt mondanám, hogy az eltelt napok nem tettek bizonytalanná. Számtalanszor feltettem magamnak a kérdést: „Hogy kerültem én ide? És egyáltalán... Mit akarok én itt?"

Aztán a kérdéseimre jönnek a válaszok is Csilla és Anna személyében. Csak miattuk vagyok itt. Hatalmas a szerelem hármunk között, rettegek attól, hogy egyszer véget ér ez az egész, a szívem újra megkeményedik, és képes leszek hátat fordítani ennek az őrületnek. Annak az őrületnek, ami boldoggá tesz. Annát már sosem tudnám elhagyni, de Csillához a szerelem húz, ami bizony mulandó.

Ránézek, elszégyellem magam.

Sosem fogom tudni őt nem szeretni!

A kíntól, ami átjár, mocorogni kezdek. Ő is reagál, ezért mielőtt kinyílnak a szemei, gyorsan kislisszanok a hálóból, és a fürdőben veszek egy zuhanyt.

Előre félek a mai naptól. Minden együtt töltött perc maga a szenvedés és a gyönyör. Állandóan összecsapnak az értékeink, amelyek fölött csak a szerelmünk képes rendet tenni. A mai éjszaka is pont ilyen hatalmas harcot jelent majd, ezt előre tudom. Azt hittem, a karácsonnyal bezárult a kör, és majd egy nagy nyelés kíséretében még az emlékét is kitörlöm, de valahogy még az sem sikerül. És ami még ráadásnak jön, ez a bizonyos szilveszter.

A közösen eltöltött napok iszonyatosan jólesnek, talán még sosem voltam ilyen boldog. A fiam hiányzik, de most először tartózkodom külföldön honvágy nélkül. Ha Khalid után valakit kérhetnék magam mellé, az Emír lenne, és nem Yasmin. Feleségem, mondhatni, csak annyira hiányzik, ahogy a többi otthoni ember az életemből. Nem jobban. Ezért olykor elszégyellem magam, ilyenkor szinte kényszerítően átölelem Csillát, mert akkor megnyugszom.

A karácsonyi ünnepségen végignéztem, a szeretett nő miként kezdi bontogatni az ajándékokat lányunknak. Nekem is meglepetés volt. Cseppet sem vállaltam aktív szerepet sem az ajándékok beszerzésében, sem az átadásában. Így is erősebbnek érzem magam, mint valójában voltam, mert engedtem megülni nekik ezt a keresztény ünnepet nagyobb cirkusz nélkül. Körülbelül egy hétre hátradőlhettem, mígnem Csilla közölte, hogy az év utolsó napját hatalmas bulival fogjuk megünnepelni. Szólt a bébiszitternek is, úgyhogy ellenvetés nincs!

Hát pedig volt! Buli! Én és a buli!

Társaságban nem vagyok hajlandó megjelenni, ezt pedig már jó párszor el is mondtam neki. Mintha a falnak beszélnék. Azt a választ kaptam, hogy az újévet márpedig illik megünnepelni. Na, itt szakadt el a cérna! Azt éreztem, mindent rám akar erőszakolni, míg ő arra nem méltat, hogy lányommal eljöjjön a királyságba!

Mellékesen odaordítottam neki, jó lesz, ha leállítja magát, mert úgy megyek haza, hogy vissza sem jövök többet. Sírni kezdett, a szívem meg darabokra tört. Egy szavamat sem értette, ezért elmagyaráztam neki a szituációt. Minden érzésemet szabadjára engedtem. Arról is nyíltan vallottam, hogy én miként éltem meg az ő szent ünnepüket.

Végül engedtem, de csak feltételekkel. Az a bizonyos bulizás nekem nem fog menni, és nem vagyok hajlandó hosszú órákat idegenek között eltölteni. Igazság szerint megsajnáltam Csillát. Az anyja halott, az apja alkoholista, az öccse drogos. Mégis mit mondhatnék arra, amikor a legjobb barátnőjével akar találkozni? Állítólag kislány koruk óta ismerik egymást, és mindenképpen be szeretné mutatni nekem. A hideg is kiráz tőle, de ellenkezni is képtelen vagyok. Még a gondolat is feldühít, hogy esetleg az az idegen nő mindent tud rólam. Tudom, milyen pletykás a női nem, és nem hiszem, hogy ez Európában másképp lenne.

* * *

Mire indulásra készen állunk, már meglehetősen zajos az utca. Állandóan robbantgatnak, meg fényes tűzijátékok lövellnek a magasba. Az egészet nevetségesnek tartom, de minden dühömet lenyelem, mert tudom, a mai éjszakán azt a pár órát, pontosabban egy-két órát fél lábon is kibírom. Aztán a hajamba túrva konstatálom, hogy elképesztően rugalmas és engedékeny lettem az utóbbi időben. Kicsit szégyellem magam a gyengeségem miatt.

Bálint a fogadószinten vár ránk, mert az ő jelenlétéhez ragaszkodtam. Az utóbbi időben egész jól kikupálódott. Mondhatni, stílusos lett. Egy szövetkabátban meg egy farmerban van, indulásra kész. Csilla is lezakatol Anna szobájából, csak reméljük, hogy nem kel majd föl erre az őrületes zajra, ami az utcáról szűrődik be. Zöld szemeivel a bébiszitterre néz, aki a szóval ki nem mondott aggodalmaskodásra reagál.

Valamit mond Csillának magyarul, aki megkönnyebbülten sóhajt. Én vágok egy hátast, és elindulok a garázsokhoz. Csilla azonnal ott terem mellettem, és belém karol. Gyönyörű mindene. Bundában van, alatta pedig blúz és egy túl szűk nadrág. Az öltözködésébe nem szólok bele, bár nehezményezem az efféle magamutogatást. Mégis képtelen vagyok kritizálni őt. A szépsége mindig lebénít. Furcsa, de amikor mélyen a szemébe nézek, két pillanat jut eszembe. Az egyik az, amikor először láttam a magyarországi hotel hallban. Azt a fajta vágyat csiholta bennem pillanatok alatt, amilyet ritkán érez az ember. Nem szimpla szexuális vágyat, hanem a birtoklásét. Azt, hogy csak az enyém legyen mindenestül, és ezt az egész világ lássa. Persze akkor ezt még csak a szépségének tulajdonítottam, bár tény, abban az első pillanatban inkább különösnek láttam őt és szexinek, de nem kifejezetten szépnek.

A másik pillanat, ami eszembe szokott jutni, az a városnézésre menésünkkor történt az autóban. Az első szemezésünk. Olyasfajta, amikor az ember megérti, hogy vége a játéknak. Nincs több tét, amit le lehet rakni. Hamarosan mindenki kiteríti a kártyáját, és eldől a játszma.

– Tudom, hogy nincs kedved menni, de hidd el, jól fogod magad érezni! – Karol még szorosabban, és kissé lábujjhegyre áll, egyfajta jelzésként, hogy csókoljam meg. Mikor odahajolok, cuppant egyet, és arcát a vállamhoz fúrja.

– Csak egy-két óra! Megígérted! Ha azt mondom, megyünk, akkor megyünk! – Felé fordulok, látom, hogy Bálint is lecövekel mögöttünk. – Érted, Csilla?

Nevetve markol rá az ujjamra, amit felé mutatok, úgy válaszol.

– Nem kivégzésre viszlek, Gamal. Bulizni!

Na, éppen ez az! Az ugyanaz!

Rendben, elismerem, az USA-ban vagy Európában Emírrel olykor eljárunk szórakozni, de azok nem kifejezetten bulik. És akkor is megpróbálunk elszeparálódni a néptől. Mi nem táncolni vagy inni járunk el, hanem csak úgy. Leginkább beszélgetni…

Csilla egész jól kiismert. Tudja, hogy fölösleges puhítania. Már az engedékenységem is nagy szó. El is határozom, hogy ez után a téli elgyengülésem után mindent visszafordítok majd. Karácsony meg szilveszter ki lesz pipálva, így valószínűleg nem érhet majd nagyobb meglepetés. Bármivel álljon is elő, a válaszom „nem" lesz.

Bálint gyorsan célba ér. Amint meglátom a tömeget, összeugrik a gyomrom. Elképzelem, hogy végigsétálok közöttük, miközben még testőr sincs mellettem. Ha ezt apám vagy Emír tudná, kibeleznének.

– Ide akarsz bemenni? – kérdezem, miközben ő már nyitja az ajtót és próbál kiszállni. Ki is lép, úgy hajol vissza.

– Van asztal foglalva. Gyere már!

Bálintra nézek, aki a visszapillantóból les rám. Elvigyorodva szólal meg.

– Én is jövök hamarosan, csak leparkolok. Az itt nem olyan egyszerű.

Sóhajtok egyet, és megint megállapítom, hogy elegem van ebből az országból, de a következő pillanatban már ki is szállok. Csillával azonnal elindulunk a bejárathoz, amin gyorsan keresztüljutunk.

Kicsit büszke vagyok a származásomra. Vagyis ebben a pillanatban nagyon.

A szemem körbeszalad, miközben megfogalmazódik bennem a felismerés: az a kis idő is borzasztóan soknak fog tűnni, amit itt kell töltenem.

Minden modern. A fények játszanak, ordít a zene. Szinte nem is látok olyan embert, akinek a kezében ne lenne egy pohár ital vagy egyenesen pezsgősüveg. A nők kihívóak, és nem csak a ruhájukkal.

Egy perc alatt körülbelül öt csaj mereszt rám olyan szemeket, amiket én nagyon is értek. Zavartan Csillára nézek, aki a nyakát nyújtogatja, majd belém karolva, szinte ordítva kezdi.
– Gyere! Megvannak.
Bálint szerencsére éppen ott terem mellettem, így valamelyest megnyugszom. Csilla szinte vonszol maga után. Furcsa érzés ver tanyát bennem. Olyan, mintha szégyent hoznék az egész családomra és a hazámra. Emírrel sosem érzek ilyet, csak most, hogy ő nincs jelen, és egyedüli arabként vegyülök e közé a sok európai közé. Persze senki nem tudhatja, hogy én mennyire más ember is vagyok, mert nyilván hétköznapi ruhába öltöztem, de ha most kérhetnék egyvalamit, az az lenne, hogy a palotámban lehessek tök egyedül.

Az asztaltól feláll egy barna, félhosszú hajú nő, meg mellőle egy kábé vele egymagas, szintén barna férfi. A csaj összeölelkezik Csillával, döbbenten figyelem a fesztelen viselkedést. Az idegen pasi rám vigyorog, de én nem viszonzom. Bálintra nézek, aki a táncoló tömeget vizslatja.

Csilla hirtelen maga mellé ránt, és angolul kezd beszélni.
– Na szóval, Mariann! Ő Gamal! Gamal, ő Mariann, a legjobb barátnőm.

Bólintok, és ki akarok nyögni egy „hellót", de a csaj szinte azonnal két puszit ad, és beszélni kezd.
– Nagyszerű! Annyira örülök, hogy végre megismerhettelek. Csilla egyfolytában rólad mesél.

Szinte ordibál, bár még így sem hallom minden szavát a zenétől. Azon a két puszin agyalok.

Hogy a picsába mert ez megpuszilni?

Megtörölöm az arcom, és látványosan elfordítom a fejem, jelzésként, hogy nem igazán érdekel, mit beszél. Csilla megint húz rajtam egyet, szerintem ő észrevette a zavaromat.
– Ő Gergő, Mariann barátja.

A fazon a kezét nyújtja, el is fogadom. Végül is egy puszi után ez a legkevesebb. Legyünk túl rajta, ez a lényeg.

A bemutatkozás után leülünk, a szemem végigszalad az asztalon. Rengeteg pohár és ital. Úgy le vagyok taglózva, hogy most szívesen lehúznék én is valamit, ami egy kicsit felold.

Még rendelnünk sem kell. Az a bizonyos Gergő azonnal bontja a pezsgőt, és mindenkinek tölt. Csillára nézek, de ő nem is veszi a lapot. A pohár a kezemben landol. Koccintunk, majd leteszem az asztalra.

– Rendeljek valamit, uram? – Bálint lágy hangja kérdez, elmosolyodok a gesztusán.

Felé fordulok, ő is mosolyogni kezd, ami már felér egy bocsánatkéréssel.

– Nem, Bálint. Nem kérek semmit!

Csilla barátnője szinte erőszakkal fészkeli be magát közénk. Az egyik kezét Csilla combjára teszi, a másikat az enyémre. Jéggé dermedek. Aztán azonnal magamhoz is térek, és elég egyértelműen letolom a kezét magamról. Csilla elneveti magát, de Mariann barátja felhúzza a szemöldökét.

– Mindig ennyire fenn hordod az orrod?

Először nem is értem a kérdést. Azt azonban látom, hogy Csilla arcáról lefagy a mosoly, és elég hosszan mond valamit a csapatnak magyarul. Reagálni sincs erőm. Leszarom az egészet, legfőképpen azt, hogy mit gondolnak rólam. Szándékosan nem válaszolok a kérdésre. Pár másodperc telik el hosszas bambulás közepette, érzem, ahogy csillapodik a feszült helyzet. Csilla valószínűleg elnézést kért helyettem, és biztos kimentett valami átlátszó szöveggel. Még szerencse, hogy magyarul mondta. Tudni sem akarok róla.

Angolul beszélnek érdektelen dolgokról, az egyetlen, amire felkapom a fejem, az Anna nevének felismerése. Kíváncsi vagyok, mit tárgyalnak a gyermekemről.

– Át kéne már jönnötök hozzánk. Úgy megdögönyözném azt az angyalkát!

Magamban mosolygok a barátnő megjegyzésén, de látványosan nem teszem. Úgy látszik, az én egyetlen lányom mindenkiben ugyanazt váltja ki.

Csilla hirtelen felém fordul, és belemarkol a karomba.

– Táncolj velem, Gamal!

Na ne!

Kimondani sem bírom, csak a fejemet rázom, miközben a szemöldökömet ráncolom. A tánc és én! Én nem táncolok. Sohasem táncoltam még nővel. Csakis férfiakkal vagyok hajlandó tradicionális táncra. Olyanra, mint az esküvőmön is volt. Amit ezek körülöttem művelnek, az maga a cirkusz. Rázzák mindenüket, az egész a kelletésről szól! Nálam nem erről szól a zene és a tánc. Nekem a hazám, a kultúrám, az egész életem iránti tiszteletet jelenti. A törzsi táncok egyfajta magasztossággal rendelkeznek, amit még véletlenül sem lehet összehasonlítani az effajta vonaglással.

Föláll, és húz rajtam egyet. Erősebb vagyok, így lent maradok, és szinte durcásan rángatom ki a kezem. Visszaül mellém, de még mindig mosolyogva kérlel.

– Gamal! Gyere már! Még nem is táncoltál velem!
– Nem is fogok!

Eszemben sincs megbántani, de rövidre szeretném zárni a beszélgetést. Nem adja fel. Újra föláll, és egy-két ütemmel felveszi a ritmust. Szinte előttem táncol. Az ideg szétbasz. Azt nem tűröm, hogy úgy viselkedjen, mint a sok lotyó.

Talán nem ismerjük egymást elég jól, de annyira már igen, hogy a pillantásomból felfogja a dühömet. Visszaül, és az italával kezd bíbelődni, én meg körbenézek, ki látta a fenékrázását. Gergővel akad össze a tekintetem, aki nagyon halványan elmosolyodik. Hogy kiröhög-e, vagy a férfiszolidaritás jön belőle, arról fogalmam sincs. Mindenesetre szívesen szétverném a fejét!

* * *

Nem bírom tovább. Minden dühít. A zene, az emberek viselkedése, és az, hogy idegennek érzem magam. Fölállok, amire Bálint azonnal reagál, mert felpattan, és utasításra vár. Csak bólintok neki, amiből leszűri, hogy indulunk. Csilla nem ilyen értelmes.

– Hova mész?
– Haza. Veled együtt.

Nem vagyok durva. Nyújtom érte a kezem, és fel is húzom. Nem ellenkezik, de már szinte bocsánatkérően néz a barátaira. Ők is azonnal felállnak, Gergő próbálja menteni a helyzetet. Hallgatom a kérlelését, miközben a nadrágomat igazítom meg, és jelzem Bálintnak, hogy rendezze a számlát az illetékesnél.

– Nem mehettek még! Az éjfélt meg kell várni! Legalább koccintsunk az újévre!

Nem reagálok. Koccintani velem tuti nem fog, az újévükre meg teszek. Nekem az ő naptáruk sem sokat jelent. A mienk szerint élek, ami cseppet sem egyszerű. Nálunk elég nagy a mozgás, általában nem esnek ugyanarra a napra az ünnepek, bár az újév nem is igazán számít ünnepnek. Nem csapunk hatalmas és fergeteges, éjszakába nyúló bulikat, szolidan üljük meg az új év érkeztét. Családi vacsorákat tartunk, a barátainknak pedig üdvözlőlapokat küldünk. Legutóbb 2014. október 25-re esett az újév. A mi naptárunk szerint ráadásul 1436-ot írunk, ami még bonyolultabbá teszi a helyzetet. Tehát az évváltás mozgó ünnep. A különbözőségek oka, hogy a mi naptárunk holdnaptár, így egyáltalán nem követi az évszakokat. Egy iszlám év nem 365 napból áll, hanem 354,36 napból, így az évek kezdete folyamatosan visszafelé vándorol. Szinkronba nemigen kerül a Gergely-naptárral, most is úgy áll a helyzet, hogy arra még 19 000 évet várni kell.

Csak Csillát méltatom figyelemre. Odahajolok hozzá, és talán túl erőszakosan jegyzem meg:

– Megbeszéltük! Ha azt mondom, megyünk, akkor megyünk!

Kicsit úgy érzem, túllövök a célon, mert így Yasminnal szoktam beszélni. Bár Yasmin még ellenkezni sem merne bizonyos helyzetekben. Sőt. Semmilyen helyzetben.

Ő sem teszi. Egy pillanatra kivár, majd odafordul a barátaihoz, és búcsúzkodni kezd. Nem mernek hozzám közelíteni, de valahogy ez most örömmel tölt el. Csak biccentek mindkettőjüknek, és már meg is indulok Bálint után, aki az utat töri. Párszor hátrafordulok, hogy Csilla követ-e, ő válaszként belemarkol a tenyerembe. Ösztönösen mosolyodom el. Valami azért mégis szép itt. Nyilvánosan hozzám érhet szerelmesen a nő, akiért megveszek. Ez most tetszik.

A következő mozdulatnál a véleményem azonnal megváltozik. Ránt rajtam egyet, visszalépek, és szembe is fordulok vele. Megijeszt.

Rémült fejet vágok, ő azonban elmosolyodva a nyakamba fonja a karját, miközben a csípőjét mozgatja. A kezem azonnal a derekán landol. A farkam meg készenlétbe vágja magát. Minden mozdulata izgató és szexuálisan túlfűtött. A lábam nem mozog, de nem tudom megállítani a dühítő viselkedését. A vágy sokkal erősebb bennem.

Nekem nyomja a csípőjét. Alig mozog, de egyértelműen táncol. Jól érez rá a tényre, valóban a markában vagyok. Odafúrja hozzám magát, válaszul lefelé biccen a fejem.

– Na, milyen táncolni velem, Gamal?

Lehunyom a szemem, miközben megfogalmazom magamban: „ez nem tánc". Felelni azonban nem vagyok képes. A csípője ritmusát élvezem. Jobbra-balra riszálja, de nagyon lágyan és kifinomultan, olykor köröz egyet, amitől már csaknem begolyózok. Pontosan így szokott alattam is körözni a csípőjével. Lágyan, de követelőzőn... Szántszándékkal nem nézek körbe. Tudom, hogy akkor kirángatna ebből az izgalmas szituációból a látvány. Élvezem őt. Nem tudom, meddig tart. Talán percekig, talán csak másodpercekig. Elveszek az időben.

Aztán kinyitom a szemem, és azonnal összetalálkozik a tekintetem Bálintéval, aki türelmesen figyel. Dühössé válok.

A legnyersebb nézésemmel Csillára meredek, úgy lököm őt meg.

– Ne csináld! Indulj!

Kacagva tesz eleget a kérésemnek. Mikor kiérünk, arcomba vág a jeges szél.

Milyen rohadt utálatos ez a tél!

Mennyire vágynék olykor otthon az ilyen frissítő levegőre.

Csillára nézek, még mindig mosolyog. Megsimogatja a borostámat, majd halkan súgja:

– Táncoltál velem!

Francokat! Az nem volt tánc!

* * *

Szilveszter ide vagy oda, a szokásos időben ágyba bújunk, és átadjuk egymásnak magunkat, ami nem baj, mert iszonyatosan felizgatott Csilla viselkedése. Sokáig nem tudok aludni, mert messziről hallatszik a petárdák zaja, és megszámlálhatatlan helyről árad be a tűzijáték fénye. Lányunk úgy alszik, mintha egy másik bolygón lenne.

Nem is tudom, mit érzek. Megint egy szükségtelen rossz, amin túl vagyok. Hajnalban azon agyalok, hogy már benne vagyunk ebben a bizonyos új évben. Szerintük. 2015. január 1-je van, ami nekem csak amiatt fájdalmas, hogy holnap hazarepülök.

A szemem rátéved Csillára a beszűrődő fényben. Halálos méreg a látványa, ami a szememen keresztül öli meg a szívemet.

29. fejezet

A palotában iszonyatos hangzavar támad. Még éjszaka van, mikor ránézek az órára, akkor látom, hogy éjjel három óra van. Apám hangját tisztán kiveszem, erős szívdobogás kíséretében ülök föl. Yasmin szintén felül, és riadt tekintettel néz rám. Hozzám hasonlóan kapkodja a levegőt. Jól tudja, hogy valami nagyon nagy dolog történt, különben egy családtag sem törne ránk az éjszaka közepén.

Hadi jajgatását hallom, és Emír kiabálását. A nevemet szajkózza, az első gondolatom: anyám. Kipattanok az ágyból, és hátrafordulva adom ki feleségemnek a parancsot: maradjon a szobában. Családom egyetlen tagja sem tenné be a lábát a hálóba, mert tudják, hogy Yasmin is ott van, ezért megkönnyítem a helyzetet.

Ahogy kilépek, a merevségem még keményebbé válik. Apám nagyot nyel, Emír úgy fújtat, mint egy bika. Hadit nem látom sehol, de azt már igen, hogy a lépcsőn Hakim öcsém is fölfelé baktat és a könnyeit törölgeti.

Újra apámra nézek a lehető leghiggadtabban. Egyetlen mondattal ad magyarázatot.

– Meghalt a király!

* * *

A reggel fényében valahogy minden más, mint amilyen lenni szokott. Január vége van, de nincs hideg. Langyos a klíma, de a szívünk fagyos. Olyan embert veszített el a királyság, akit mindenki szeretett. Lehet azt mondani, hogy a legszeretettebb királyunk távozott el.

Nemcsak mi, a családtagok gondoljuk így, hanem a királyságban majdnem mindenki. És ami a legfontosabb, hogy még a nők is így gondolják. Uralkodónk megreformált sok mindent, mégsem tért le a hagyományok útjáról. A nyugat elmaradottnak és barbárnak vél minket, pedig ez nem igaz.

Van valami, amit a nyugat sosem fog megérteni, és az a lépések nagysága. A király igenis sokat tett a nők felzárkóztatásáért és jobb sorsukért. A taníttatás és a foglalkoztatás az éremnek csak az egyik oldala. Ott vannak még sokkal nagyobb tettek is, mint például a nők szavazati joga. Az abszolút monarchiában csakis helyhatósági választások lehetségesek, de ezen már a nők is jelen vannak. A királyság tehát megmaradt konzervatív államnak, és a megújításait az a bizonyos többi világ csak egy fintorral veszi tudomásul, pedig jó lenne, ha elfogadnák, hogy egy ilyen erősen hagyományokhoz kötődő országban a kis lépések óriásinak számítanak. Ami a nyugat szemében egy apróság, az szaúdi mércével hatalmas.

Péntek lévén még ma eltemetjük a királyt. Erre az eseményre készülünk most. Szaúdi viseletet veszünk föl, és halotti imádkozást tartunk a temetéssel egybekötve.

A trónon fivére követi, mindnyájan reméljük, hogy hasonló úton halad majd a királyság. A közeli napokban valószínűleg sok külföldről érkező politikus tiszteletét teszi nálunk, a mai napon azonban csak muszlim országok vezetői csatlakoznak a gyászhoz.

Ha jól tudom, az USA már nyilvánosan is részvétét fejezte ki, és az elnök idelátogatását is megszervezték. Mint már említettem, a királyság és az USA kapcsolata meglehetősen baráti. A király kifejezetten a szövetségesének tartotta az USA-t, együtt szálltak szembe nemcsak Iránnal, hanem még az al-Káidával is, noha a terrorszervezet szaúd-arábiai gyökerekkel bír. Oszama bin Laden hozta egykor létre, legfőbb ellenségének az USA-t kiáltotta ki. Mindezek mellett az al-Kaida szélsőségesen harcol a nyugati világ ellen, és természetesen Izrael ellen.

Királyunk azonban terroristaellenes volt, ezért felvette a kesztyűt! Olyannyira szélsőségesellenes, hogy a királyságban minden meg van tiltva, ami ez irányba fordítja a hívők figyelmét. Sőt. Még a terrorszervezetek anyagi támogatása is tiltott. A nyugati világ szerint éppen ez az a maszk, amit a hazám visel, ugyanis egyes médiumok attól harsognak, hogy pont Szaúd-Arábia támogatja ezeket a szélsőséges szervezeteket. Nincs rá bizonyíték.

Mindenesetre azt azért nem árt figyelembe venni, hogy hazám szunnita államként 2014-ben 100 millió dollárt adott az ENSZ-nek a terrorellenes harcokhoz, amibe beletartozott az al-Kaida elleni harc is.

És igen. Van még valami, ami erősíti ezt a barátságot az olajon, az Irán elleni harcokon, és az al-Kaidával szembeni háborún kívül. Ez pedig maga az Iszlám Állam, aminek megalakulása komoly aggodalomra ad okot nemcsak nyugaton, hanem a muszlim országokban is.

Valójában nem egy államról van szó, hanem egy terrorszervezetről, legalábbis az ENSZ annak minősítette őket. Az Iszlám Állam terrorszervezet az USA szemében is, sőt ugyancsak így tekint rá Ausztrália, az Egyesült Királyság, Kanada, Indonézia és nem utolsósorban Szaúd-Arábia is.

A harc ellenük nem új keletű. Az ISIS[*] és az al-Kaida szorosan együttműködött 2014-ig. Ekkor az al-Kaida engedetlennek és különösen kegyetlennek titulálta a másik szervezetet, így külön is váltak, még akkor is, ha céljaik nagyjából ugyanazok voltak. Az Iszlám Állam – ahogy ők nevezik magukat – fő ellensége az USA, de mondhatjuk azt is, hogy az egész nyugat hatalmát meg akarják dönteni. Céljuk egy egységes muszlim állam a fennhatóságuk alatt, és nemcsak földrajzi, hanem politikai értelemben is. Ugyanúgy ellenségesek a síitákkal, mint a keresztényekkel. Mindez abból ered, hogy a saria jogokat kíméletlenül értelmezik. És ez a kíméletlen értelmezés szüli a brutalizmust.

Az Iszlám Állam Irakból indult, szunnita törzsekből, majd később belépett a szíriai polgárháborúba. Itt kezdődött a megerősödésük. Kiterjesztette igényét Szíria szunnita vidékeire, és olyannyira nem vártak sokáig, hogy 2014. június 29-én kikiáltották a kalifátust, és a csoport hivatalosan is felvette az Iszlám Állam nevet.

Talán ellentmondásos, hogy Szaúd-Arábia jellemzően erős vahhabista nézeteket valló szunnita országként miért áll ellenségesen az Iszlám Államhoz, de van valami, amit a nyugatiak egyszerűen nem képesek megérteni. Minden vallásnak vannak

---

[*] Islamic State of Iraq and Syria, dzsihádista csoport.

szélsőséges képviselői, és ez nem tévesztendő össze az egyszerű hívő emberekkel. Márpedig egy muszlim ember jól tudja, hogy a saria értelmében a terrorizmus égbekiáltó bűn.

Soha egyetlen szunnita állam sem szállt még szembe oly nagy erőkkel a terrorista szervezetekkel, mint azt manapság Szaúd-Arábia teszi, noha talán még az is kijelenthető, hogy az egész, ami kialakult, köszönhető az USA külpolitikájának is.

Tehát egyszóval így már talán érthető, hogy miért is szerettük annyira királyunkat, és miért érezzük azt, hogy méltán jó vezetőt veszítettünk el. Ritkán képes egy uralkodó ennyire egymás mellé illeszteni a hagyományokat és a modernizációt úgy, hogy az ne befolyásolja kedvezőtlenül a népe sorsát, és a gyökerek, valamint a hit ne merüljenek el a modernizáció és a nyugat tengerében.

* * *

A mecsetnél iszonyatosan nagy a tömeg. Emír úgy ölelget, mintha minden pillanatban attól rettegne, hogy összeesik. Szememmel apámat és testvéreimet kutatom, jó pár percbe telik, míg megtalálom őket.

A hagyományokhoz híven tartjuk a temetést is. A király testét egy egyszerű szövetbe csavarva, szőnyegre fektetve visszük be a mecsetbe. Mindenki azon szorgoskodik, hogy segédkezhessen a cipelésben, de mi az utolsó emberek mögött baktatunk. Túl sok a fotós, és a tévéstáb sem kicsi. Megigazítom a napszemüvegemet, egyáltalán nem kedvelem az ilyen felhajtást. Látom, ahogy Emír mellettem a shemagjával törölgeti a könnyeit. Apám valahol a menetelők között van, biztos fogja a szőnyeg valamelyik sarkát. A királyi család és a miniszterek szorosan, közelről vesznek részt a temetésen. Igaz, csak a férfiak.

A mecsetben legelöl óvatosan leteszik a holttestet, mi pedig felsorakozunk mögötte több sorban. A második sorba állok be, Emír mellettem toporog, majd rám néz. Ebben a pillanatban az imám hangja dicsőíteni kezdi Allahot, így megkezdődik az ima.

A tömeg túl nagy, nem igazán férünk el kényelmesen az ima alatt. A kijutás legalább annyira nem egyszerű, mint a bejutás volt. Lökdösődve megyünk kifelé, az egyetlen, amiben visszafogottan viselkedünk, azok a hangok. A csöndet mondhatnánk sírinek is, ha ez nem hangzana morbidul, de valóban így van.

Apám egyszer csak ott terem mellettem, amikor már a szabad levegőn vagyunk, és határozottan, de kissé remegő hanggal kérdez.

– Jössz a szállítóval, vagy külön mentek? – biccent Emírre is.

– Beférünk? – vág vissza unokabátyám, mintha őt kérdezték volna. Mielőtt apám reagálna, én felelek.

– Külön megyünk.

A király testét egy hatalmas autón szállítják a nyughelyre, ami inkább egy kisebb teherautó és terepjáró keverékének felel meg. Sokan elférnek benne, de én nem szándékozom ennyire hirdetni a hercegi véremet, egyébként is Hadi már az autómnál vár ránk. Emír csak megadóan bólint, szerintem úgy ki van borulva, hogy neki már minden mindegy.

Mielőtt az autóhoz érnénk, magam sem tudom, miért mondom unokatestvéremnek a puszta tényt.

– Holnapután Magyarországra repülök. Ha akarsz, te is jöhetsz.

Hirtelen rám kapja a fejét, talán ő sem tudja, miért hozom szóba. Az igazság az, hogy gyűlölök nélküle utazni, bár a Csillával töltött időbe ő nem fér bele, de végül is most nem lenne ellenemre, ha velem tartana.

– Túl sokszor mész oda, Gamal!

– Nem ezt kérdeztem, hanem azt, hogy akarsz-e jönni.

Megtörli a szemét, folyamatosan könnyezik neki. Én is kissé megkönnyeztem a király halálát, de mások előtt nem szoktam elérzékenyülni.

– Nem megyek! Az a te életed! Semmi kedvem belelátni. – Nincs szemrehányás a hangjában, nem bánt meg. Mikor beülünk az autóba, elhelyezkedik, majd felém fordulva folytatja: – Jobban szereted, mint Yasmint?

– Másképp szeretem.

– Olyan nincs, Gamal! Yasmin az asszonyod!

Kinézek az ablakon, semmi kedvem vitába bocsátkozni. Emír a vállamra teszi a kezét, úgy tesz pontot a beszélgetés végére. Mindketten érezzük, hogy ez nem alkalmas pillanat egy ilyen téma megvitatására. – Ha így folytatod, iszonyatosan sokat fogsz még szenvedni, testvérem!

A főút mellett a sivatagi környezetbe hajtunk be. Itt van a temető, ahol végső nyugalomra helyezzük a királyt. A sír ugyanolyan jelöletlen lesz, mint a többi.

Az autóból kilépve megcsap a meleg, újra visszateszem a szemüvegemet, most már Emír is fölveszi a sajátját. A hadsereg tagjai szorosan egymáshoz simulva, kezüket átfonva képeznek kordont, amin csak azok mehetnek át, akiknek szabad. Mi közéjük tartozunk.

Egyenesen a sírhelyhez sétálunk, akik a szállítóban utaztak, már megemelve hozzák az élettelen testet.

A temetés olyan egyszerűen zajlik, mintha egy hétköznapi emberé lenne. Nem hivalkodó, csakis a hitről szól. Nincs koporsó, nincsenek virágok, csak egy kiásott gödör, melybe a betekert test kerül. Mindnyájan homokot dobunk rá, amit szétdörzsölünk a tenyerünkkel. Azután apró kövekkel fedik be a nyughelyet. A lábrészhez és a fejrészhez egy-egy téglalap alakú betontömb kerül. Ennyi. Nem több. A testnek már nincs hatalma. A lélek oda került, ahova Allah szánta.

30. fejezet

Mi változik meg az ember életében, mikor nyílt lapokkal játszik? Talán semmi. Legalábbis akkor nem, ha van olyan önközpontú, mint én. Mert engem nem érdekelnek az összenézések, a tiltakozó és megvető tekintetek, de legfőképpen senki bánata sem érdekel. Én nyugodtan élem a napjaimat. Nem rándul össze a gyomrom egy telefonhívásra, nem lebeg fejem fölött a lehetősége állandóan annak, hogy feleségem irdatlan hisztériába kezd. Tényleg nem hagytam neki más esélyt. Azt is tudom azonban, hogy nemcsak a gyermekünk miatt fogadta el a helyzetet, hanem azért is, mert ő szeret engem. Igen. Tudom, milyen ez. Én is szerelmes vagyok Csillába.

Khalid hamarosan az első születésnapját ünnepli, csakúgy, ahogy a lányom. Minden kezd a megfelelő ritmusba rázódni. Sosem tervezem, hogy mikor repülök Magyarországra, de rendszeresebben teszem, mint bárki is számított rá. Apám talán azt hitte, hogy évente majd egyszer ellátogatok oda, de én egy-két havonta repülök. Két hetet maradok, aztán irány vissza Rijád! Az itteni családom így is sokkal többet kap belőlem, mint a magyarországi.

Nem is tudom megfogalmazni, miről szól az ottani létem. Vagyis létünk. Nem mondhatom, hogy hétköznapi életet élek abban az országban. Csilla számtalanszor próbált rábeszélni, hogy menjünk együtt vásárolni vagy szórakozni, de azon kívül, hogy kimegyek a kertbe Annával sétálni, nem vagyok többre hajlandó. Szerelmemet közel érzem magamhoz, de az ismeretlen országot még nem. Vagy magam sem tudom. Hazugság lenne azt állítani, hogy nem érzem jól magam Magyarországon, de lehet, ez csupán a szeretett személyek miatt van így.

Csilla kezd megismertetni bizonyos dolgokkal, amik egyáltalán nem érdekeltek eddig. Anno megkóstoltatta velem azt a bizonyos dobostortát, és ezt a közös kapcsolatunkban folytatta. Magyar ételeket főz vagy főzet rendszeresen, amikor vele vagyok. Paprikás krumpli, bableves, húsleves, csirkepaprikás. Egész finomak, bár merőben eltér az ízviláguk az arab félszigetétől.

Valójában vajmi keveset tudok az ottani életről, úgy, ahogy ő is keveset tud az itteniről. Egyszeri alkalom maradt a baráti találkozó. Akkor hagytam magam rábeszélni a szilveszter miatt. Azt is megbántam. Az első pillanatban rájöttem, hogy hiba volt. És ez nem ért meglepetésként. Ha az ember szórakozni akar, akkor közvetlenné kell válnia, de én arra képtelen vagyok. Nem kellett sok idő, hogy elkönyveljenek egy beképzelt milliárdosnak, aki fennhordja az orrát. Nem akarom megmagyarázni a viselkedésemet, de ez nem beképzeltség. Talán Csilla már kezdi érteni. Ennek ellenére egy kisebb vitát azért eredményezett a bemutatkozásom, ugyanis szerelmem számonkérte rajtam később, miért viselkedem az ő gyerekkori barátnőjével ilyen elutasítóan. Röhöghetnékem volt rajta. Mégis, hogyan kéne viselkednem tök idegen nőkkel meg férfiakkal?

Az elmúlt hónapokban számtalanszor kértem Csillát, hogy jöjjenek velem, de ugyanolyan hévvel tiltakozik, mint az elején tette. Már nem okoz közöttünk feszültséget a dolog. Persze azért bánt is ez az egész. Sem ő, sem Anna nem tért át a muszlim vallásra. Kicsit olyan ez, mintha nem ismernének el engem teljesen. Talán úgy, ahogy én sem ismerem el őket százszázalékosan.

Valóban megkaptam az ajándékot, amit Csilla ígért. Karácsonyi ajándék volt.

Hm!

Tett egy nyilatkozatot, amiben kijelentette, hogy én vagyok Anna vér szerinti apja. Ezt a nyilatkozatot én is aláírtam, így lányom neve megváltozott: Pataky Szudairi Annára. Ez idegen nekem, mert nálunk másképp nézne ki a neve, de mivel ő magyar állampolgár, csak így oldhattuk meg a helyzetet. Mindennek ellenére is határtalan örömmel jár át az, hogy ott van a nevében az én családom neve is. Így sokkal inkább egy kis hercegnőnek látom őt.

A felügyeleti jog teljes mértékben Csilla kezében maradt. Ebből semmit sem engedett. És én nem is harcoltam érte. Hát mégis van a világon olyan, ami az enyém, de mégsem az! És fura, de ez növeli a szememben Anna fényét.

Lányom merőben más, mint a fiam. Khalid olyan, mint a tűz. Már tíz hónaposan járt, és Yasmin hosszas követelésére a fél udvart meg palotát le kellett zárni. „Khalid nehogy leessen a lépcsőn, Khalid nehogy beleessen a medencébe, Khalid nehogy közel menjen az oroszlánokhoz..." Feleségem elég hisztériás a témát illetően, de már nem zavar.

Anna ezzel ellentétben teljesen nyugodt és kezelhető baba. Alig hallottam még sírni, és járni is csak később kezdett el. Három hete jöttem haza, így szerencsére nem maradtam le az eseményről! Hálás vagyok a lányomnak, amiért azokban a napokban tette meg az első lépéseket, mikor én is ott voltam. Most annál nagyobb a szívfájdalmam, amiért nem lehetek ott a születésnapján. Mint kiderült, két héttel született később, mint a fiam. Próbáltam Csillát kérlelni, hogy várjon egy kicsit, és odarepülök, de ő kifejezetten kért, emiatt ne rúgjuk föl a megszokott ritmust. Nem értettem őt, de olykor azt érzem, hogy Csilla már tudatosan próbál tőlem távol maradni. Tiszta szívéből szeret, de az elutazásom előtti napon már szinte alig szól hozzám. Ilyenkor talán szokni próbálja a hiányomat. Én sosem szokom meg az övét.

Hogyan is tudnám megszokni annak a hiányát, aki a mindent jelenti nekem? Csillával egy a lelkünk és a testünk, amikor a közelemben van. Nem változtam meg túlságosan mellette. A szex továbbra is a lételemem, de Csilla olyan pluszt visz bele, amire egy nő sem képes. Legalábbis nálam. Hazudnék, ha azt mondanám, hogy Yasmint nem élvezem, de közelébe sem ér annak a szenvedélynek, amit Csilla iránt érzek. Az a kevés ágyasom, aki volt, már a múlté. Mindegyiktől megszabadultam, kitől így, kitől úgy.

Az egyik napon öcsém átjött, és vigyorogva közölte, hogy menjek vele, meglepetése van a számomra. A tudatom mélyén sejtettem, mi az, de vele mentem. Nőkhöz vitt. Engedtem a kísértésnek, de ritka szarul éreztem magam közben, és nem a feleségem miatt. Úgy éreztem, becsapom Csillát, Annát és Khalidot is. Így azóta kerülöm a kurvákat. Tehát van egy feleségem, van egy állandó szeretőm Magyarországon, és semmi több. Fogalmam sincs, meddig lesz ez elég, de most teljesnek érzem az életem. Sőt. Csak Csilla is elég lenne!

* * *

Khalid eldobja a labdát, utána azonnal fölugrik háromszor. Örül annak, hogy a játék engedelmeskedik neki. Nekem nincsenek hasonló emlékeim. Az apám csak később kezdett szerepet játszani az életemben. Amint fiam négy év körüli lesz, én is sokkal intenzívebben fogok részt venni az életében. Apám majdnem mindennap meglátogat minket, csakúgy, ahogy anyám is. Yasmin szülei is gyakran betérnek. Boldog család vagyunk! Apám sosem kérdezett Csilláról és Annáról, ki is törölte őket a memóriájából. Anyám csak egyszer volt hajlandó felhozni a témát. Nasire az egyetlen, aki sokat kérdezget Annáról. Ez valószínűleg azért is van így, mert neki ugyanúgy lánya van. Egyszer még azt is megjegyezte, hogy szívesen velem tartana, és megismerné Csillát meg Annát. Ezt a megjegyzését sajnos hitvesem jelenlétében tette, ezért feleségem azóta nem nagyon keresi húgom társaságát.

Yasmin visszagurítja gyermekünknek a labdát, ami pont a lába előtt állapodik meg. Fiam kacagni kezd, mire válaszul mi is kacagunk. Egyre sötétebb a bőre, és a szeme is már egészen fekete. Ez pedig azt jelenti, hogy egyre kevésbé hasonlít a féltestvérére, Annára. Ő sokkal kisebb, törékenyebb, és a haja is vészesen kivilágosodott az elmúlt időben. Vörösesbarna árnyalatú, és a bőre is sokkal világosabb, mint három hónaposan volt. Ha meg kéne fogalmaznom, akkor azt mondanám, hogy egyre jobban hasonlít az anyjára. Khalid vonásai viszont ugyanolyanok, mint az enyémek. Más a szeme színe, de ugyanolyan a szája, mint az enyém. Erős szemöldöke és vaskos szája már most mutatja a család jegyeit, minden al-Szudairi férfin megvannak ezek a külsőségek. Szinte látom felnőtt korában. Erős borosta, magas termet…

Magasba lendítve a labdát dobni próbálja, de a háta mögé sikeredik. Csodálkozó arcot vág, mert nem tudja, hova tűnt a játék, mi pedig mosolygunk az ő döbbenetén.

Rezegni kezd az asztalon a telefonom, Bálint neve villog a kijelzőn. Újabban csakis akkor hív, ha valami elintéznivaló van. Csillának már megengedett, hogy hívogasson, igaz, csak a megadott órában. Mindig betartja a szabályt.

Úgy vélem, nagyon fontos lehet, ha Bálint hív, ezért azonnal fölveszem a mobilt.

– Szudairi úr? – Nem is köszön, és a hangja valahol a kétségbeesés meg a megjátszott magabiztosság határán táncol.
– Mi van, Bálint?
– Azonnal ide kell jönnie! Baj van!
Minden végigszáguld az agyamon. Mi történhetett a házzal, vagy milyen bajról lehet szó. Aztán arra leszek figyelmes, hogy a következő gondolattól az égnek mered a szőr az alkaromon: mi van, ha Annának van baja, vagy Csillának?
– Milyen baj? – Halkan kérdezek vissza, abban sem vagyok biztos, hogy Bálint hallja.
– Baleset történt...
Úgy pattanok föl, mintha valaki kirángatta volna alólam a széket. A baleset sok mindent jelenthet, de nekem banális dolgok jutnak eszembe: kéz elvágása késsel, esés...
Nagyobb baleset nem történhetett!
– Milyen baleset?
A szívem legalább ezerrel zakatol, közben szemem a fiamat figyeli, látom, amint Yasmin önfeledten kacarászik vele. Észre sem veszik, hogy én életem legkétségbeejtőbb pillanatában vagyok. Egyedül vagyok. Hiába vagyok herceg!
– Csillának autóbalesete volt.
Már Bálint hangja is nagyon halk. Libabőrös leszek, és a kellemes klíma ellenére remegni kezdek, mert fagyos szél jár át. A halál szele.
– Mi baja van?
Annyi mindent kérdeznék, de képtelen vagyok rá. Bálint nem reagál azonnal, és ez a legriasztóbb az egészben. Aztán beszélni kezd, de nem közöl kerek információkat. Kicsit úgy viselkedik, mint mi, arabok. A rossz hírt mi sem szeretjük közölni.
– Kórházban van! Ide kéne jönnie, mert én nem tudom, mit tegyek!
– De mi baja van?
Az üvöltésemre Yasmin is odakapja a fejét. Eddig tartott a titok. Érdeklődve figyeli minden mozdulatomat.
– Nem tudom. Azt mondták, kómában van... de... én nem tudom... mi legyen Annával. Mit tegyek?
– Mi van Annával? Ő is megsérült?

Hamarabb térek magamhoz, mint Bálint. Ő teljesen padlón van, és engem ez riaszt meg a legjobban.
- Nem. Ő nem volt ott. Ő otthon van a bébiszitterrel. Én meg itt állok a kórházban, és fogalmam sincs...
Elsírja magát, és ez dühít. Csilla egyedül fekszik egy ágyban, mit sem tud a külvilágról, én pedig a világ másik végén vagyok. A lányunk pedig ma nem ölelheti magához sem az anyját, sem az apját. Ordítani tudnék, de elnémulok a fájdalomtól. Először érzem életemben, hogy cserben hagyok valakit. Úgy érzem, cserben hagytam Csillát és Annát is.
- Azonnal indulok!
Csak ennyit vagyok képes kinyögni, mert minden percet óráknak érzek. Minden elvesztegetett pillanat kitolja annak lehetőségét, hogy segítsek nekik. Kit érdekel most, hogy ki is vagyok én? Kit érdekel a pénz, vagyon, hercegi vér? Allah most tőlem is lehet, hogy elvesz valamit. Vagy nem Allah, csak egyszerűen az ő istenük. *Vagy mit tudom én!*
Alig lépek be az ajtón, Emírnek ütközöm. Azonnal leolvad a vigyor a szájáról, úgy kérdez.
- Te jó ég, mi van?
- Azonnal szervezd meg a Magyarországra repülést. Te is gyere!
- Én?
Hirtelen odafordulok hozzá, és belemarkolok a felkarjába.
- Jönnöd kell, Emír! Most szükségem van rád! Csillának balesete volt. Kómában van!
Úgy kezdek zokogni, mint egy gyerek. Semmit sem érzek, csak az ürességet.
- Jól van, mindent elintézek, nyugodj meg. Rendben lesz minden.
- Azonnal indulni akarok, Emír, érted? Azonnal! Szólj Hadinak, hogy pakoljon, és hívj föl mindenkit! Induljunk máris!
- Gamal! - Emír ránt rajtam egyet, én pedig válaszul sóhajtok. - Ülj le! Szólok Ibrahimnak. Szükséged lesz nyugtatóra!
Ellenkeznék, de ehhez sincs erőm. Nem akarok nyugtatót! Nem akarok semmit! Csak Csillát és Annát! Őket akarom!

* * *

Minden olyan távoli és kusza. A gép repül Magyarország felé, de mégis minden egyes perccel távolabb kerülök a szeretteimtől. Semmivé foszlanak a boldog órák, helyükbe férkőzik a fájdalom. Sosem éreztem még ilyet. Az sem érdekelne, ha zuhanni kezdene a gép.

Emír és Ibrahim egész úton szótlanul vizslatnak. Azt hiszik, nem látom, pedig szánalom van a szemükben.

– Rendben lesz minden, ne aggódj!

Ibrahim belemarkol a tenyerembe, de sejtem, hogy a pulzusomat ellenőrzi. Jó nagy dózis nyugtatót adott. Nem gyógyszert kellett bevennem, hanem beinjekciózott.

– És ha nem? – Rá sem nézek, úgy kérdezek vissza. Aztán eszembe jut, hogy ő mégiscsak orvos. – Mi az a kóma, Ibrahim? Vagyis tudom, mi az, de mik az esélyek?

– Gamal...

– Tudni akarom, Ibrahim!

Nagyot sóhajt, talán erőt gyűjt.

– Ez még nagyon tág fogalom. Pár órája eszméletlen. Amíg nem beszélek egy másik orvossal, addig fölösleges a legrosszabbra gondolni!

– Ibrahim, baszd meg! Most az egyszer, a kurva életbe...! Most az egyszer jártasd már úgy a pofád, hogy értsem is!

Föl sem fogom, miket mondok, de ő nem neheztel rám. Nagyon is tudja, milyen állapotban vagyok. Végül is orvos. Emír arca döbbent és riadt, de pont leszarom.

– Nincs kapcsolata a külvilággal. – Ibrahim hirtelen belevág a közepébe, érzi, hogy talán csak ezzel fog megnyugtatni. – Nem reagál az ingerekre... Őszinte leszek veled. Egy kómás beteg felépülhet teljesen, de meg is halhat. Fontos lenne tudnom, hogy a Glasgow-skálán milyen értéket kap majd, de valószínűleg vizsgálják még.

Ránézek, de nem kérdezek semmit. Nem is értem, miről fecseg, és ő ezt nagyon is jól tudja. Az elmondottakból csak egyvalami marad meg az agyamban: „Meg is gyógyulhat és meg is halhat."

* * *

Mivel én darabokban vagyok, Emír átveszi az irányítást. Olyan talpraesett, amilyennek ritkán látom. Ahogy belőlem elszáll az erő, benne tanyát ver a magabiztosság. Bálinttal mindent megbeszél, én pedig csak teszem, amit unokabátyám mond. Közli, hogy a reptéren vár majd egy autó sofőrrel. Aztán a következő kérdésével teljesen földbe döngöl.

– Hova akarsz menni először? A kórházba vagy a villába?

Ez pontosabban azt jelenti, hogy Csillához vagy Annához? Még a kérdésre is könnyek szöknek a szemembe, életemben nem sírtam még ennyit. Ibrahimra nézek, egyfajta segítségért könyörgök. Képtelen vagyok bármiben is döntést hozni. A lelkiállapotom a béka segge alatt van, és kiütött a rengeteg nyugtató is.

– Szerintem menjünk a kórházba. Addig úgysem nyugszol, míg nem tudsz biztosat! A lányod jó kezekben van, vigyáznak rá.

Bólintok egyet, ők pedig tudomásul veszik, hogy egyenesen Csillához hajtunk.

Bálint a saját autóját küldte értünk. Tőlem kapta, ahogy elkezdett nekem dolgozni. Hirtelen utálok mindent, ami gurul. Az a rohadt luxusautó, amit Csillának vettem, is csak bajt okozott. Már bánom, amiért nem a saját játékszabályaim szerint játszottam. Ha úgy tettem volna, akkor Csillának sofőre lenne, úgy, ahogy Yasminnak is az van. Hazámban tilos a nőknek vezetniük, és most kifejezetten bánom, hogy ehhez nem ragaszkodtam itt. Talán Csilla eleinte dacoskodott volna, de a játszmát úgyis én nyertem volna meg.

Ennek is én vagyok az oka! Nem kellett volna autó!

Szerencsére a sofőr szinte semmit sem kérdez. Bemutatkozik, és közli, hogy Bálint barátja. Semmi sem érdekel. A címet tudja, úgyhogy indul is.

Mindig érdekes érzések ragadnak magukkal, mikor Magyarországon vagyok. Olyan, mint amikor az ember kisétál egy épületből és átsétál egy másikba. Hirtelen a másik ház látszik tökéletesnek és otthonosnak. Igen. Most Magyarországot érzem az otthonomnak. Csillát és Annát…

– Emír!

Hirtelen szólok unokatestvéremhez, de nem nézek rá. Kifelé kémlelek az ablakon, és nyugalom jár át.

– Igen…

– Ha meghal, abba én is beledöglök!

Érzem, ahogy Emír keze rám csúszik, a többiek pillantása pedig szinte égeti a bőröm. Tudják, hogy ez nem egyszerű megállapítás. Valóban így érzem. A velem utazó két arab férfi pedig azt is tudja, hogy ez nálam nem általános dolog. Annyira nem, hogy még sosem láttak ilyennek.

Ibrahim sóhajt egyet, Emír azonban csöndben marad. És én ezért a csöndért hálás vagyok.

A klinikánál a név nélküli sofőr beterel minket, Bálint valószínűleg megkérte, hogy segítsen. Valamit beszél egy nővel, aki bólint. Odamegyünk a lifthez, és fölmegyünk az emeletre. Ahogy kinyílik a liftajtó, már meg is pillantom Bálintot. Száguldanak bennem az érzések. Átölelném őt, és faggatnám, és szívesen ütném is, miközben számonkérném, hogy miért nem vigyázott rá. Ordítanám felé: Hol voltál? Miért nem voltál vele? Miért nem vigyáztál rá? Miért volt egyedül?

De nem teszem, mert magamtól is ezt kérdezem.

Kilépünk, Bálint pedig azonnal ott terem előttem.

– Már túl van jó pár vizsgálaton. Uram... én... annyira...

Elsírom magam megint, Bálint teljesen lebénul a látványtól. Áll előtte egy erős, milliárdos herceg, aki úgy zokog, mint egy ágrólszakadt kisfiú.

Ibrahim belém karol, és odasúgja a fülembe:

– Megkeresem az orvost. Beszélek vele. – Aztán ránéz Emírre, és neki is odaveti, mintha én nem hallanám. – Te maradj itt vele, és ne hagyd őt hülyeséget csinálni! – Emír csak bólint.

– Mondd el, Bálint, mi volt!

Érdekesnek találom a saját hangom. Zokogok egyfolytában, de az orgánumom határozott és erős. Alig ismerek magamra.

– A barátnőjével akart találkozni. El is indult otthonról. Aztán a rendőrség hívott... Egy idióta előzött vele szemben, és frontálisan ütköztek.

Akaratom ellenére képzelem el a szituációt. Látom, ahogy gyönyörű kezeivel belemarkol a kormányba, ahogy a lába a féknek feszül, ahogy a káprázatos zöld szeme kikerekedik... És szinte érzem a csattanást is, meg a sötétséget. Meg a gyűlöletet az iránt az ember iránt, aki miatt ez az egész történt. Átszalad az agyamon, hogy minden követ megmozgatok, és talajra teszem, ha esetleg ő

túlélte a balesetet, de a szívem nem engedi, hogy felőle érdeklődjem. A gondolat azonban megkeményít, mert a könnyeim eltűnnek, és egyre erősebbnek érzem magam.
– Láttad őt?
– Csak pár percre engedtek be hozzá. – Megdörzsöli a homlokát, amitől kiráz a hideg, és kihúzom a hátam. – Mindenhonnan csövek lógtak ki… Nagyon sápadt volt…

Emír szemrehányóan néz Bálintra, aki el is hallgat. Nekem meg az zakatol az agyamban, ha én ugyanilyen állapotban fogom őt látni, akkor minden szilárd rész kicsúszik a lábam alól. Olyan apró szilánkokra fogok törni, hogy nem lesznek azok az évek, amik képesek lesznek újra összerakni. Mégis erősnek érzem magam, és semmi másra nem vágyom, csak hogy szembenézzek ezzel a csapással. Szembe akarok nézni a halállal! És le akarom győzni! Nekem sikerülni fog. Végül is isten vagyok… herceg!

* * *

Ibrahim keze a vállamon pihen, Emír szinte repül felénk. Csak orvosom és én voltunk bent a magyar orvosnál, aki semmi biztatót nem mondott. Merev arccal közölte, hogy Csilla eredményei meglehetősen rosszak, ugyanis semmilyen ingerre nem reagál. Magamnál sem vagyok. Egyetlen mondat zakatol az agyamban, amit az orvos mondott: „A helyzet az, uram, hogy jelenleg a feleségét gépek tartják életben!"

Mi az, hogy „a helyzet az, uram"? És hogy lehet, hogy az én gyönyörű szerelmem szíve nem dobog magától? És a feleség szó…!

Nem a feleségem. Pedig ebben a pillanatban annyira szeretném, ha az lenne. Mit bánom én, hogy magyar vagy szaúdi, mit bánom én, hogy katolikus vagy muszlim… Az én szerelmem! Az én egyetlenem! És én ezt sosem mondtam el neki!

Odaérünk egy ajtóhoz, ami mellett az orvos megnyom egy csengőt. Aztán úgy mondja nekem a mondandóját, hogy tudom, napjában legalább tízszer teszi.

– Csak maga mehet be. Adnak magának egy zacskót a lábára, és egy köpenyt, azt vegye föl! Tíz percnél többet nem kaphat, mert Csillát hagynunk kell pihenni!

Furcsa, de az, hogy kimondja a nevét, olyanná teszi a szituációt, mintha mindenki aggódna azért a nőért, akiért én.

Kinyitja egy ápoló az ajtót, és félreáll, így bemehetek. Részvét van a szemében, amire válaszul legszívesebben odavetném neki, hogy engem ugyan ne szánjon, mert én vagyok valaki! Az orvos belép mögöttem, és mikor becsukódik az ajtó, akkor megfogja az egyik karom. Rámeredek, és már értem, miért van részvét a tekintetekben.

– Búcsúzzon el tőle!

Düh, elkeseredettség, bosszú, erőfitogtatás... Bármire képes lennék. Az orvos valószínűleg csak fel akar készíteni a legrosszabbra, de én még mindig képtelen vagyok megtagadni a saját énemet. Dacos vagyok és kimért.

– Ez egy rongy ország! Itt még egészségügy sincs! Nem tudnak kezelni még egy sérültet sem! A közlekedés, meg ez az egész kibaszott világ! Azonnal intézze el, hogy Rijádba vitethessem őt! Én herceg vagyok! A királyi kórházban a családom orvosai majd kezelik!

Látom a döbbenetet az arcán, az ápolónő biztos nem érti, hogy mit beszélek. Az orvos ennek ellenére nem támad vissza. Int a nő felé, aki odébb lép, ő maga pedig előveszi a legtürelmesebb hangját. Utálom, amiért egyedül vagyok. Nincs mellettem sem Ibrahim, sem Emír.

– Szudairi úr! Higgye el, nálunk jó kezekben van a felesége!
– *Nem a feleségem! De miért nem?* – Az utazás lehetősége kizárt. Annyira még nem stabil az állapota. A mi országunkban remek agysebészek vannak, és ha műtétre kerülne a sor, akkor ennél jobb helyen nem is lehet Csilla. Meg kell hogy mondjam, kritikus az állapota. Valószínűleg meg fog halni. Búcsúzzon el tőle, csak ezt tudom mondani. És imádkozzon Istenhez!

Allahhoz!

Nem reagálok. Őszintén beszél, és tudom, cseppnyit sem akar bántani. És azt is tudja, hogy ki vagyok. Én pedig már azt tudom, hogy a kék arisztokratikus véremmel meg a dollármilliárdjaimmal is kitörölhetem a seggem. Semmivel sem tudom megváltani az életét. Hiába rohannék magához a királyhoz, ő sem tudna nekem segíteni.

A zöld ruhára bambulok, újra belém markol az orvos.
– Van azért esély? – reménykedő a hangom.
Nem válaszol, csak az irányt mutatja a fejével. Én pedig már nem is akarom, hogy válaszoljon, mert a „nem", az maga lenne a fejen lövés.

Mivel mozdulatlan maradok, ő indul meg, én pedig követem őt. Egyedül van a helyiségben, noha van körülötte még ágy. Ebben a pillanatban még a többi üres ágy látványa is fájdalmas.

Mást miért nem ért ilyen szerencsétlenség?

Valóban sok cső lóg ki belőle, és még több gép jelzi az életjelenségeit. Minden szívverését jelzi egy csippanó hang, és minden kifújt levegőt hosszú síp kísér. És én már tudom, hogy ezt sem egyedül csinálja. Mindez csak a gépeknek köszönhető. Azok tartják életben.

Borzasztó így látnom. Gyönyörű az arca, látszik, hogy lemosták. Valószínűleg csupa vér volt, mert a haja tövénél odaszáradt vörös szín üti meg a szememet. Oda is nyúlok és megdörzsölöm, mintha azt szeretném, hogy a legtökéletesebb látványt nyújtsa. A szájába bevezet egy cső, az ajka már cserepesre száradt. Ott is végigsimítom, be kell hunynom a szemem. A csókját érzem és a leheletét. Az ízét és a mosolyát... Imádtam, amikor csók közben kacagott föl.

A múlt idő hirtelen fájdalmassá válik.

– Magukra hagyom önöket pár percre. Hamarosan visszajövök.

Ellép mellőlem az orvos, de látom, hogy a távolabbi pulttól a nővér minden mozdulatomat figyeli.

Lezuhanok az ágy mellett lévő székre, és megmarkolom a kezét. A könyökhajlatnál szintén be van vezetve neki egy infúzió. Fölnézek a tartályra, azt kívánom, bárcsak az én vérem folyna belé. Azzal átadnám neki az életemet. Mert én meghalnék azért, hogy ő éljen.

*Ya latef!**

Hideg a keze, és tényleg sápadt a bőre. Ha őszinte akarok lenni, akkor élettelen. Szorosabban megmarkolom és ráborulok a karjára. Mennyiszer markolt bele a hajamba, és mennyiszer simított végig gyengéden és vággyal ittasan. Most nem teszi. Minden vágyam,

---

* „Ó, Könyörületes!" Allahhoz könyörgés, hogy érezze át fájdalmunkat, és segítsen.

hogy megtudja, mennyire szeretem őt, de már nincs rá lehetőségem. Nem mondhatok neki semmit, mert ő semmit sem tud a külvilágról.

Ana ahebik.*
Beszélni kezdek.
– Nagyon szeretlek! Ne hagyj itt! Az lesz, amit te akarsz! Ideköltözöm, és örökre veled maradok! – Elsírom magam a képtelen ötlettől, pedig minden szavamat komolyan gondolom. – Annának is szüksége van rád! Ne hagyj itt minket, hallod? – Dühöt érzek magamban, amiért nem reagál. Olyan, mint mikor durcás és direkt nem szól hozzám. Bárcsak most is durcás lenne! – Sosem szerettem így még senkit, ezt tudnod kell! Te vagy az egyetlen igaz szerelem az életemben!

A saját gondolataimba merülök. Minden érzés, amit valaha is kiváltott belőlem, ott tombol bennem. Az első véleményem róla, ami az ösztönről szólt, aztán az érzékeny lelke és a szenvedélyes teste. Mindig olyan, mint a tűz, de mégis hagyja, hogy én égessem őt porrá. Úgy ad, hogy mindent elvesz magának is. A leggyönyörűbb, a legodaadóbb és legszeretnivalóbb nő a világon. És most nem az enyém. Az ő saját istenének a kezében van, és én semmit sem tehetek.

Az orvos ráteszi kezét a vállamra, úgy szól hozzám.
– Mennie kell!

Nem tudom, miért, de arabul kezdek beszélni hozzá. Azt akarom, hogy amit mondok, csak a mi titkunk maradjon. Csilla nem ért arabul, de ebben a pillanatban meg vagyok győződve róla, hogy mindent érteni fog.

– Szeretlek, Csilla. Tudom, hogy tudtad, hogy szeretlek! Még akkor is, ha sosem mondtam így neked. Ha itt hagysz, én akkor is örökké szeretni foglak. Velem leszel életem végéig. Annára mindennél jobban fogok vigyázni, ezt megígérem! – Megcsókolom a homlokát is és arcának minden pontját, majd a kezét. Békés az arca, mintha aludna. – Ügyes legyél ott, ahova mész! Várj rám a paradicsomban! Egyszer még újra ölelhetjük egymást.

---
* „Szeretlek!"

31. fejezet

Csilla halott! Itt hagyott engem is és Annát is. Már három hete Magyarországon vagyok, kicsit olyan, mintha én is meghaltam volna. Még hazamenni sincs erőm.

Bálintra eleinte haragudtam, de az elmúlt napokat képtelen lettem volna végigcsinálni nélküle. Ibrahim folyton mellettem van, mert a nyugtatók nélkül vadállattá válok. Mindenkit hibáztatok, okolok, de az igazság az, hogy leginkább magamat akarom büntetni.

Emír hazautazott előkészíteni a terepet, mert abból nem engedtem, hogy Anna velem tartson Szaúd-Arábiába. Ezzel kapcsolatban hatalmas szerencsém van, mert ha nem vettem volna a nevemre és nem lennék immár hivatalosan is az apja, akkor otthon ezt nem tehetném meg. Hazámban tiltott az örökbefogadás, ezért is olyan fontos a gyermekáldás kérdése. A vér köteléke nagyon erős. Mindezek mellett egy egyszerű kérdés is megfogalmazódott bennem: mégis hogy hagyhatnám itt? Hogyan hagyhatnám egy alkoholista nagypapa és egy drogos nagybácsi karjaiban? Meg egyébként is... Nincs ember a világon, aki nálam jobban szereti őt. Mellettem a helye. Ezzel kapcsolatban bizonyára még harcaim lesznek otthon, de a fájdalmam mellett most minden eltörpül.

Persze az sem mellékes, hogy próbálok a saját szabályaim szerint eljárni, márpedig egy anya halálakor az anyai nagyanya jönne a sorban. Ez viszont nálunk nem lehetséges, hiszen Csilla anyja halott. Ezt figyelembe véve a legközelebbi női rokon köteles a gyermeket tovább nevelni. És mivel Csilla rokonsága darabokban van, ezért saját családomban kell bíznom. Mert egyvalamit nagyon is szem előtt kell tartanom: Annát csakis feddhetetlen muszlim nő veheti a szárnyai alá.

Abban az esetben, ha egy családban a férfi halálozik el, hasonlóan kell eljárni. A legközelebbi férfi rokonnak, apának, testvérnek kell átvennie a szerepet. Így van ez máshol is, csak nálunk szigorú szabályok szerint. Egy apa szerepét átvenni nagy felelősség. Ugyanolyan nagy, mint vér szerinti apának lenni. A lánygyermek erényét őrizni kell, a fiúgyermeket pedig fel kell készíteni a jövőre. Az nem fordulhat elő, hogy egy gyermek, akinek élnek rokonai, gyám nélkül maradjon! És mivel a családi kötelék nálunk igen erős, az szinte elő sem fordulhat, hogy valakinek ne legyen szegről-végről rokona. Tehát gyermek nem marad magára.

A temetés felért egy gyilkolással. Oly nagyon meggyilkolt, hogy érzéketlenebb lettem, mint valaha is voltam. Egyetlen embert érzek magamhoz közel, és az Anna. Ő egy kis rész nekem Csillából. Khalid fiamat is imádom, de Annára valahogy rávetül a Csilla iránti szerelmem is. Megfogalmazhatatlan érzés. Van benne abból a nőből, aki a mindent jelentette nekem.

A legborzasztóbb élmény az életemben, mikor Csilla teste a földbe került. Fájdalmas volt látni, hogy testét egy koporsóba teszik, és úgy temetik a föld alá. Olyan érzésem volt, hogy teljesen megfosztják így a feltámadás lehetőségétől. Tudom, mindez azért van így, mert még az az átkozott temetés sem muszlim szokások szerint zajlott. Mikor haldoklott, nem suttoghattam fülébe a sahádát*, hogy búcsúzásképpen az legyen az utolsó, amit hall. Hiszen Csilla keresztény volt. Igen, ez fájdalmas. Csillának sosem volt köze Allahhoz, és már nem is lesz. Ha az én hazámban temették volna muszlimként, akkor csak lepedőbe csavarták volna a testét, és arca Mekka felé nézne. De Csilla teste örökre Magyarországon marad.

A temetésen találkoztam az apjával és az öccsével először. A szeretett nő mindig is távol tartott tőlük. Még ez is fájdalmasan érint, mert olyan, mintha büntettem volna a családjáért. Minden ellene elkövetett bűnömet cipelem a halálomig, ebben biztos vagyok. Ahogy az elején beszéltem vele és megaláztam, a szexajánlatom,

---

* Hitvallás szavai. Az ember születésekor és halálakor suttogják a fülbe. Allah neve születéskor nyit a világ felé, halálkor pedig lepecsétel.

a haragom, amiért nem bújt be azonnal az ágyamba, és a sok-sok gondolat, ami csak az én agyamban létezett, de mégis bántó.

Csilla apja és öccse egyáltalán nem harcolt az ellen, hogy Anna velem utazzon a hazámba. Az idős ember olyan képet vágott, mint akinek minden mindegy. Még a temetésen is holtrészeg volt. Csilla öccsét meg végképp nem érdekelte az egész. Talán a nővére elvesztése is azért fájt neki, mert ezzel megszűnt az adakozás. Én azonban olyat tettem, amilyet sose gondoltam volna, hogy megteszek. A villát az ő nevükre írattam, és abban is megegyeztünk, hogy havonta bizonyos összeggel támogatom őket. Így volt ez Csilla életében is. Az egész olyan volt, mint egy üzleti tárgyalás: szerződés, ügyvéd, aláírások…

Undorító!

Bálint mellém lép, és közli, hogy indulhatunk. Ő velem jön. Lányomnak meg kell tanulnia magyarul, és erre Bálintot béreltem föl. Anna mellett valószínűleg arab és angol nevelőnő lesz, de a magyar fiatalember is a nyomában lesz majd. Azt akarom, hogy tudja, félig magyar. Tudnia kell, milyen volt az anyja, és hogy mennyire szerettem őt.

Az autónál megkapom a kezembe Annát, aki vadul rugdos. Szaladgálni szeretne, de amint a tenyerem a feneke alá simul, megnyugszik. Az autóban a fejecskéjét a babaülés hátára szorítja, és azonnal elalszik. Remélem, mire legközelebb fölébred, már Rijádban leszünk. Optimista vagyok a helyzetet illetően. Banális gondolataim vannak. Legyen elég étel és ital bekészítve Annának, legyenek pelenkák, váltóruha, játék… Anyja helyett próbálok anyja lenni, és ez már csak azért is vicces, mert nemrég még az apja sem nagyon lehettem.

Nincs szerencsém, mert az én tüneményes kislányom hatalmas hisztériába kezd a reptéren, amikor a magángéphez megyünk. Le kell őt tennem, mire ő futásnak ered. Nem szólok rá, erőteljes ütemben lépdelek utána. Ő legalább öt lépést fut le, míg én egyet lépek. Hangosan kacag, mert észreveszi, hogy a nyomában vagyok. Aztán Ibrahim int, és vége a mókának. A helyes irányba terelem Annát, várakozás nélkül tudunk fölszállni a gépre, majd a levegőbe. A lányom sír, én meg azzal nyugtatom magam, hogy most ül először repülőn, ezért van a fesztivál. És most hagyja el először a hazáját is. Azért, hogy új hazája legyen! A szívem megszakad érte, és boldog vagyok.

* * *

Az alvó Annával a kezemben lépek be a palotába. Kimerült, de nemcsak ő, hanem én is. Hirtelen valódi hőssé válik a szememben minden anya, de legfőképpen Csilla. Szinte egyedül nevelte a gyermekünket, és a segítséget is olykor elutasította. El nem tudom képzelni, hogy lehet ilyen intenzitással éveken keresztül, a nap huszonnégy órájában óvni valakit, akit szeretünk. Én már elvesztettem valakit, aki a mindent jelentette nekem, és ez azt eredményezi, hogy Annáért túlságosan is aggódom. Előre rettegek a családom támadásaitól, mert biztos vagyok benne, hogy vérre menő küzdelmekben védelmezem majd a lányom.

Belenézek a kis arcába. Ártatlan és gondoktól mentes. Éppen a szájára nyomok egy csókot, amikor Yasmin sutyorgását hallom. Mintha a nevemet rebegné, de nem vagyok benne biztos. Úgy nézi a kezemben alvó csöppséget, mintha a gonoszt látná. Már-már kezdem azt hinni, hogy el fog ájulni, de Nasire és Maysa húgom megmenti a helyzetet. Emír valóban mindent előkészített. Egyszerre akartam átesni a tűzkeresztségen, ezért unokabátyám úgy intézte, hogy mindenki jelen legyen, amikor közlöm feleségemmel a követelésemet.

Különös, de nem tombolnak bennem érzelmek. Fagyos a szívem, egyedül Anna olvasztja meg a lelkemet, amikor ránézek. Nasire átöleli Yasmint, de ő odébb löki. Maysa lép a helyébe, az ő támogatását már elfogadja. Olyan csönd van, mintha mindannyian némák lennénk. Hallom bentről a férfiak hangját, Emír elő is lép. Azonnal végigmér, majd ütemes léptekkel odasétál hozzám. Átölel, de Anna a kezemben van, ezért ösztönösen hátrább húzódok, hogy ne nyomjuk össze.

– Már nagyon vártunk, Gamal! Mindannyian!

Odalép hozzánk az egyik szolgálólány, aki mind ez idáig takarító munkakörben volt az alkalmazásomban. Meghajol, és a kezét nyújtja Annáért. Eszemben sincs átadni őt. Én fogom őt megmutatni mindenkinek személyesen. Ellépek mellette, és befelé indulok a társalgóba. A nők nem jönnek utánam, de Nasire biztatóan elmosolyodik. Yasmin szeme tele van gyűlölettel, és én csak remélni tudom, hogy engem gyűlöl, nem a lányomat.

Ahogy belépek, mindenki elnémul. Senki sem köszön, úgy néznek ők is, hogy ma már sokadszor érzem magam csodának. Aztán föláll a bátyám, és odasétál elém. Nem is engem vesz szemügyre először, hanem Annát. Ahogy előredől, látom az orrlyukai tágulatát és hallom a sóhaját, amit elnyom, amennyire csak bír. A homlokát kissé ráncolja, szerintem azt méregeti, kinek a külsejét örökölte Anna. Majd mintha hirtelen megrángatnák, egy váratlan mozdulattal fölemeli a fejét, köszönt, és megpaskolja a vállamat.

Az öcsém nagy robajjal indul kifelé. Suhog a ruhája, és még a fejét is elfordítja rólunk. Engem nem érdekel, mit tesz, de apám ráordít, hogy maradjon.

Érzésem szerint mindent meg kell mutatnom nekik. Jelét kell adnom, hogy mennyire szerettem Csillát, és annak is jelét kell adnom, hogy a kezemben lévő gyermek ugyanazt jelenti nekem, mint a fiam. Semmivel sem kevesebb. Éppen ezért nagyon hosszan csókolom meg Anna homlokát, utána pedig a száját. Látom, ahogy Ibrahim elmosolyodik, apám pedig nyel egyet. Az öcsém majd szétrobban, a bátyám meg úgy néz, mintha nem ismerne.

– Ő a lányom! Anna bint Gamal bin Husszein al-Szudairi!

Szándékosan mondom így a nevét, azt akarom érzékeltetni, hogy ugyanúgy a családhoz tartozik, mint bárki más. Csilla vezetéknevét direkt hagyom el.

Apám fölpattan, és odaviharzik hozzánk. Rá sem néz Annára, de a körülöttünk állókra igen. Én tudom, azt szeretné, ha kettesben lennénk, de ez most nem adatik meg. Kénytelen lesz ezt a meccset nézőközönség előtt lejátszani.

– Hogy hozhattad ide?

– Mit kellett volna tennem? Meghalt az anyja! Az a nő, akit imádtam! Mégis mi a francot kellett volna tennem? Elárulnád?

– És mit jelent a neve? Azt ne mondd...

– De mondom! Elismertem gyermekemként. Senkije nincs, csak én.

Apám fintorog egyet, úgy kérdez vissza.

– Mi az, hogy nincs senkije? Csak van odahaza is családja!

– Ez a hazája! És én vagyok a családja! – Apám próbál közbevágni, de nem hagyom. Előhozom azt, ami lenyugtathatja. – Allah akarta így! Ez így volt elrendelve!

Talán ez nálunk a varázsszó. Mashallah!*

Minden muszlim hisz az eleve elrendelt dolgokban, más néven a predesztinációban. Az iszlám azonban olyan kegyes, hogy meghagyja az embernek a szabadságát is a döntési lehetőséggel. Szabad akarata van az embernek, és ezzel élhet is. Allah tudja, hogy mi történt a múltban, mi történik a jelenben, és hogy mi fog történni a jövőben. Allah mindent tud a teremtés napjától a feltámadásig. Mi úgy gondoljuk, hogy semmi sem történhet meg, amit isten nem akart. Már születésünk előtt eldől a sorsunk. Szegények leszünk-e vagy gazdagok, betegek vagy egészségesek, szépek vagy csúnyák… Minden. A szegények is azzal nyugtatják magukat, hogy Allah osztotta rájuk a terhet, és a betegek is. Mindenki belenyugszik a sorsába, és nem dacol az életével. Így vagyunk boldogok. Úgy hisszük, hogy már a születésünk pillanatában meg van írva életünk regénye, és ez ellen semmit sem tehetünk.

Mikor Csilla meghalt, nekem is az egyik legfontosabb idézet zakatolt az agyamban: „Allah nem terhel senkit sem súlyosabb teherrel, mint amennyit bír!"

A szabad akarat a világi életünkben kezdődik. Elfogadjuk Allahot, vagy sem? Engedelmeskedünk a törvényeinek, vagy ellenszegülünk neki? Isten ezeket a választott tetteinket jutalmazza vagy bünteti. Én úgy gondolom, hogy helyesen cselekedtem, mert Allah ezt rendelte nekem, én pedig elfogadtam.

Apám sóhajt párat, ekkor először néz a kezemben alvó kislányra. Semmi érzelem nincs a szemében. Sem szeretet, sem gyűlölet. Egyáltalán semmit sem érez a lányom iránt. Ez fáj a legjobban.

– És mit akarsz? Azt akarod, hogy itt éljen veletek a palotában? Mit mondasz majd Yasminnak? És mit mondasz majd a fiadnak, ha egyszer megkérdezi, hogy…

– Az igazat! Ilyen egyszerű, apa!

---

* Több jelentéssel bíró kifejezés: „Allah tartsa meg! Allah akaratából történt!"

– Egyszerű? Te megőrültél. Ez egy magyar állampolgár! Semmi köze a mi hazánkhoz…
– Hagyd abba! Az állampolgárságát el fogom intézni. Nem tudsz meggyőzni, apa! Fogadd el! Nem érdekel, ha nem ismered őt el, de engedd, hogy én a saját utam járjam!

Hirtelen minden fájdalom, érzés, emlék felerősödik bennem. Támadni akartam, de az oly gyönyörű arcnak még az emléke is elgyengít. Előttem táncol a zöld tekintete, amit a következő pillanatban már lehunyva látok azon az átkozott kórházi ágyon. Az agyam, benne az emlékképeimmel a legnagyobb ellenségem. Aztán Annára nézek, ami megnyugtat. Beletúrok az egyik kezemmel a borostámba kínomban, Annát óvóan magamhoz szorítom. Apám csak szótlanul figyel, ezért folytatom:

– Tudod, mit éreztem, amikor Csillát temettem? Összedőlt minden. Nemcsak a jelenem, hanem az egész múltam! Az egész életem, apa! Abban a pillanatban még hitem sem volt! – Összeszűkül a szeme, átérzi a fájdalmamat. Annára nézve mondom ki azt, ami tisztává teszi, hogy mit is jelent nekem már a boldogság. – Ez a pici adja az elkövetkező életem alapjait!

Visszafordítom a csöpp testet, hogy ő is jól láthassa. Apám arca ellágyul, és a karomat is megfogja. Majdnem hozzáér Anna fejecskéjéhez, de aztán hátrább húzza a kezét.

– Fiam, mi itt vagyunk neked! És itt van Khalid is! Yasmin! Mi mindannyian itt vagyunk!

– De én Csillát szeretem a világon a legjobban! Te kit szeretsz, apa, a világon a legjobban?

– Hogy kérdezhetsz ilyet?

– Válaszolj! – Töpreng, talán azt hiszi, hogy a gyermekei közül kérdezem, ezért folytatom. – Emlékszel, régen milyen volt, amikor anyát szeretted? Amikor olyan szerelmes voltál belé, hogy bármit megtettél volna érte? Tudom, már nem érzel ilyet, de emlékszel még rá?

Elmereng, bólint, és válaszol.

– Igen. Emlékszem.

– Mi lett volna, ha akkor elveszíted?

Olyat tesz, amitől megindulnak a könnyeim. Ránéz Annára, és végre hozzáér. Egész tenyerével végigsimítja a feje búbját. Az ő szeme is könnyes.

– A gyerekeimbe kapaszkodtam volna.

* * *

Anna ugyanabban a szobában szuszog, mint Khalid. Yasmin teljesen kiborult a ténytől, de én megígértem neki, hogy az este mindent megbeszélünk kettesben. Ennek el is jött az ideje. Közlöm a gyerekvigyázóval, hogy lányomra legalább annyira figyeljen, mint a fiamra. Nincs közöttük különbség. Fapofával veszi tudomásul az utasításomat.

Azt hiszem, családom nagy része túllépett a problémán. Apám talán sohasem fogja Annát teljesen elfogadni, de abban is biztos vagyok, hogy többé nem kérdőjelezi meg a szeretetemet, és nem akarja majd a gyermekemet eltávolítani a közelemből.

Anyám a kezdeti hisztéria után meglátta a másik oldalt is. A végén már leginkább az érdekelte, hogy én mennyire más ember lettem. Őt titkon mindig is bántotta az arab férfiak – közöttük apám – túlontúl szabados élete. Azzal, hogy meglátta az érzelmeimet is, érthetővé vált számára minden. Talán úgy érzi, már én is képes vagyok a tiszta szerelemre, noha ő eddig azt gondolta, hogy hazánkban arra csakis nő képes.

A húgaim hasonlóan viselkedtek a helyzetben. Aki a legnagyobb megdöbbenést okozta, az a bátyám volt. Őt mindig is közel éreztem magamhoz, de most rácáfolt erre. Tudomásul vette a döntésem, de azt minden érzelem nélkül tette. A nap hátralévő részében nem is beszélgettem vele, és azt is tudom, hogy testvéri kapcsolatunkban törés keletkezett. Nem értem az okát, de most először érzem családommal kapcsolatban azt, hogy nem is akarok semmit és senkit megérteni. Elég az elfogadás.

Az öcsém persze adta az ívet. Szerinte jól eltoltam az életemet, mert valószínűleg megromlik majd a házasságom is. Azt is mondta, hogy kifordultam magamból és nevetségesen viselkedem, pedig eddig ő fölnézett rám. Hazudnék, ha azt mondanám, hogy feldühített a dobálódzása. Pont az ő véleményére teszek magasról.

Járjon csak továbbra is mindenféle cafkához, nősüljön meg még kétszer, közben váljon is el. Aztán élvezze a háremében a legalább annyira mocskos nőket, mint amilyennek ő titulálta Csillát. Tőlem már senki sem veheti el azt, ami az enyém: Csilla emlékét és Annát. Yasmin még mindig abban a ruhában van, amiben napközben volt. Még zuhanyozni sem ment el, és ez azt jelzi, hogy már nagyon szeretne beszélgetni velem.

Kicsatolom az órámat, és odahelyezem a fésülködőasztalra. Hallom a halk surranását a szőnyegen, érzem, hogy megáll mögöttem. Felé fordulok. Eltávolít a düh a szemében. Megértést várok tőle, pedig tudom, azt sosem fogom megkapni.

– Gamal, én ezt nem tűrhetem tovább!

Sokszor próbáltam feleségemmel türelmesen viselkedni, de azt hiszem, elfelejtette, hogy ki is vagyok én. Úgy gondolja, a mi szerelmünk tiszta, és abba nem fér bele semmi szélsőséges dolog. Pedig a mi szerelmünk nem is létezett soha. Én csak egy nőt szeretek, szerettem. Azt pedig végképp rosszul gondolja, hogy most ő lesz a vigaszom. Talán lehetne így, de az agressziójával eltávolít magától.

– És mit szándékozol tenni? – kérdezem már majdnem vigyorral az arcomon.

– Követelem, hogy építs egy másik palotát! Költöztesd oda a lányod valami nevelőnővel meg azzal a magyar fickóval együtt! Én nem vagyok hajlandó egy fedél alatt élni velük! Ha ezt nem teszed meg, elválok.

Odasétálok az ágyhoz, és le is ülök. Ő is odalép, azt hiszi, csatát nyert. Azt hiszi, hogy Csilla halála után immár ő az egyetlen nő az életemben. Pedig az egyetlen nő az életemben mostanság egy picike kis törékeny angyal.

– Rendben. Építek egy palotát. Neked. Téged költöztetlek oda. Mivel fiunk még kicsi, megengedem a kapcsolatot kettőtök között. Amint hároméves lesz, visszaköltözik hozzám. Én pedig majd látogatlak, ha úgy tartja kedvem! A válás kizárt!

Hatalmas döbbenetet látok az arcán. Előhúzza végső fegyverét, amivel már tényleg undort kelt bennem. Khaliddal vagdalkozik.

– Neked fontosabb a lányod, mint a fiad? Nélküle tudsz időt tölteni, de a lányod nélkül nem?

– A lányomnak nincs anyja, Khalidnak viszont van. Nem akarom erőszakkal eltávolítani tőled, de ha azt hiszed, hogy nem veszem magamhoz a megfelelő időben, akkor tévedsz! – Talán elképzeli, hogy két év múlva gyermekünket majd csak akkor láthatja, ha én abba beleegyezem, mert az arca tele van fájdalommal. Tényleg megváltoztam. Megváltoztam, mert megsajnálom. Régen ilyen sosem fordulhatott volna elő. Finomítok a helyzeten. – Nézd, Yasmin! Vagy ez fog bekövetkezni, vagy az, amit én ajánlok!

– És te mit ajánlasz?

– Fogadd el Annát! Nem kérem, hogy úgy szeresd, mint Khalidot, de még az is megtörténhet. Még csak egyéves. Lehetne olyan, mintha a mi gyermekünk lenne! – Tudom, ez képtelenség, de valami kapaszkodót nyújtanom kell a feleségemnek. – Nekünk még születhetnek gyermekeink a jövőben is. És ha elfogadod ezt a lehetőséget, akkor cserébe én megígérem, hogy nem lesz több feleségem. Te maradsz az egyetlen. Nem lesz ágyasom sem! Bármibe beleegyezem, de Annát akarom! Magam mellett akarom tudni!

Latolgatja a lehetőségeit, végül oda jut, ahova már évszázadok óta sok arab nő jutott: neki kell engednie!

– És ha azt is követelem, hogy ne járj egyáltalán más nőkhöz?

Igent bólintok, pedig majdnem lehetetlennek tartom a lehetőséget. A szex, az nálam testi kérdés. Egyedül Csilla volt rá képes, hogy kisajátítson. Az időben azonban bízom, és reménykedem benne, hogy majd minden megoldódik magától. Miben is bízhatnék másban, mint az időben? Talán csak az lesz arra is képes, hogy a fájdalmat kimossa a szívemből és helyet adjon a boldogságnak. Talán idővel újra képes leszek Yasminra nem úgy nézni, mint egy ellenségre, és talán újra adni tudok majd neki magamból egy keveset. Annyit nem, mint Csillának adtam, de valamennyit talán igen.

– Megígéred, Gamal? Megígéred, hogy nem okozol több sérülést? Hogy soha többé nem kell végignéznem, miként távolodsz el tőlem és leszel valaki másé? Megígéred?

Újra bólintok, mire ő elsírja magát, és belemarkol a tenyerembe. Kétségbeejtő lehet olyan valakit szeretni, aki nem szeret minket viszont. Legalább olyan kétségbeejtő, ha az ember olyan valakit szeret, aki már nem is létezik. Két reményvesztett ember.

Yasmin hirtelen a lelki társammá válik.

32. fejezet

Betartani mindent, amit az ember ígér, képtelenség. Főleg nekem, aki nincs hozzászokva a kompromisszumokhoz. Továbbra is úgy élek, ahogy eddig. Nőknek fizetek bizonyos szolgáltatásokért, alázom őket, és szégyentelenül élvezem a királyi vért az ereimben. Mindenki ezt látja, de én mást is érzek a lelkem mélyén. Érzem a boldogság lehetetlenségét, éppen ezért kétségbeesetten keresem. Nem a nőkben, mert az nem érdekel. Őket ugyanúgy csak egyvalamire tartom érdemlegesnek. Az üzlet az életem, és a gyermekeim.

Yasminnal kötött egyezségem kiteljesedni látszik. Egy európai vagy egy amerikai nő sosem nyelt volna le ekkora békát. Feleségembe mélyen belenevelték az alázatot, és azt is tudja, hogy a saját hazájában nem a nőket illeti elsőbbség. Próbálom őt nem megbántani sem lelkileg, sem testileg. Gyengéd vagyok vele és megértő, de ez csak azokban a ritka percekben megoldható, amiket neki szentelek. Sosem tudnám huzamosabb ideig megjátszani a szerelmes férfit és tökéletes férjet. Szerintem hitvesem a lelke mélyén jól tudja, mi a helyzet, de nincs mi ellen lázadjon. Nincsenek tények, bizonyítékok. Ahhoz túl jó üzletember vagyok, és túl diplomatikus.

Anna életét a lehető legtökéletesebben alapozom meg. Már most be van íratva a legjobb londoni iskolákba. Bálint itt él velünk, de csatlakozott hozzánk egy magyarországi ismerőse. Azt hiszem, a barátnője, de erről sosem faggatom őt. A magánélet, az tabu. Az övé is meg az enyém is.

Egyszer előállt azzal, hogy haza kell költöznie, mert nem bírja a szerelme nélkül, ekkor ajánlottam föl a lehetőséget, aminek több oka is volt. Az egyik tényleg az volt, hogy a lányomat nem akartam elszakítani a gyökereitől, a másik pedig az, hogy Bálintot nagyon kedvelem. Talán azért, mert szerepet játszott életem azon szakaszában, ami a legboldogabb volt. Ismerte Csillát, és ez láthatatlan köteléket von közénk.

Ő gyakran repül Magyarországra, mert számtalan elintéznivalót bízok rá. Hatalmas vagyont köttettem le lányomnak bankszámlákon, közjegyzőknél, értékpapírokban és különböző cégekben. Szaúd-Arábiában nincs semmi, ami őt illetné. Tudom, ha egyszer már nem leszek, lányom szembetalálja magát a származásának hátrányával. Éppen ezért használom második hazáját lehetséges menekülési útvonalnak. Bár elég kicsi ahhoz, hogy ide beilleszkedjen, de ez nem rajta múlik. Valószínűleg neki még mindegy, hogy Magyarország vagy Szaúd-Arábia, és mindegy, hogy katolikus vagy muszlim. Ez csak nekünk, felnőtteknek fontos. De mindez az ő jövőjében is fontos lesz. Én pedig az apja vagyok, és az a feladatom, hogy a lehető legbiztosabb alapokra helyezzem az életét.

Az anyai szeretet már sosem fog megadatni neki. Anyám olykor dajkálja őt, de nem láttam az őszinte szeretetet a szemében. Yasmin gondját viseli, de nyilván csak azért, mert én ezt parancsoltam. Ez a legfájdalmasabb az életemben. Mindig önző módon éltem, most pedig csak egyvalamiért féltem a saját életemet. Azért óvom magam, mert Annának is csak addig jut szeretet, míg én vagyok.

Természetesen abba nincs beleszólásom, hogy mennyivel kevesebb jog illeti meg a lánygyermeket. Ha feleségemtől született volna lányom, annak is kevesebb járna, mint Khalidnak. Országunkban egy lányörököst nem illeti meg ugyanaz a rész, mint a fiúörököst. Pontosan a felét érdemli. És ez a törvény megfelelően, anyagilag is érzékelteti, mekkora értéke van hazámban a nemiségnek. Hát ennyit ér egy férfi, és ennyit ér egy nő. Az öröklés nálunk meglehetősen bonyolult dolog. Írhatnék végrendeletet, de Anna egyenlősítése Khaliddal csúnya viszályokat vonhatna maga után. Sőt, az is megoldható lenne, ha haldoklás közben ajándékoznék Annának, de ez most távolinak tűnik, és én már most biztonságban akarom tudni a jövőjét. Intézkedések nélkül sem lennének anyagi gondjai, de én megtanultam, hogy a pénz, a vagyon igencsak nagy úr. Ebben nem különböznek a világ országai. Szaúd-Arábia, USA, Magyarország... Aki gazdag, az gazdag! És aki kurva gazdag, annak hatalma van! Talán így már az is érthető, hogy miért menekítek vagyont Magyarországra. Lányom kettős állampolgár lett, és ez döntési lehetőséget ad a kezébe a jövőben. Azzal a tudattal, hogy sokkal kevesebb jár neki, mint a fiamnak, nem tudnék megbékélni. Csak úgy vagyok képes elfogadni saját hazám törvényét, ha lehetőséget adok Annának az egyenjogúságra. Sose gondoltam, hogy valaha is érdekelni fog egy nő sorsa! Persze tudtam, hogy életemben lesznek nők, akiket majd szeretni fogok, de az, hogy kifejezetten a jogaik érdekeljenek, nonszensznek tűnt.

Furcsa, de mikor elképzelem két gyermekem jövőjét, valahogy mindig a saját életem lebeg a szemem előtt. Én isten voltam, a lánytestvéreim meg csak egyszerűen lányok. Ezért előre tudom, Khalid bármit is tesz, csak mindenki legyintve paskolja meg majd a vállát: „neked ezt is szabad". Míg ha Anna ragadtatja el magát rosszaságra, azonnal halljuk majd a rosszalló megjegyzéseket: „látszik, hogy az anyja nem közülünk való volt"! Amit még nem is oly régen élveztem az életemben, az most fájdalmas teherként nehezedik rám. Nem akarom, hogy valaha is bántsák Annát!

Egyvalami azonban volt, amibe bele kellett kényszerítenem. Ez persze képletes, mert ugyan milyen kényszerítésről is beszélünk. Én inkább ajándékként tekintek rá! Anna csakis úgy maradhatott a hazámban, ha hivatalosan is muszlimmá válik. Az apja vallását kell követnie, és én már elismertem gyermekemként. Nincs emiatt lelkiismeret-furdalásom, mert egy muszlim mindenkinél több. Csillának ez fájna, de ez itt nem Magyarország. Szaúd-Arábiában a lakosság 100%-a muzulmán. Egy nem muszlim kiközösített lenne a társadalomban. Sőt... Az örökségből is kizárt lenne! Egy muszlim vagyonát csak muszlim örökölheti! És ezzel egyet is értek.

Apám bölcsnek találta a döntésemet, talán azóta mondanám, hogy valamelyest közeledik Annához. Már ha az közeledésnek nevezhető, hogy hetente egyszer megnézi őt. Erre öt percet szán. Khalidot mindennap látja és órákat babusgatja. Csak az összehasonlítás miatt...

Tudom, nekem is hasonlóan kellene eljárnom. Apám mindig is jó apa volt, és szerette a lányait, de az igazság az, hogy gyermekkorunkban is ugyanígy cselekedett. Sosem szólt egy rossz szót sem a húgaimról vagy a nővéremről, de a velük töltött időt minimálisra szorította.

* * *

Bálint egészen elém sétál, miközben a földön játszó gyerekeket nézi. Nem olyan rég el sem tudtam képzelni, hogy két gyermekemet egyszerre ölelhetem, most pedig mindketten szerepet játszanak életemben. Egyszerre.

Bálint rám néz, én pedig visszamosolygok rá. Magyarországról jött most vissza, ilyenkor mindig látszik a feltöltődés az arcán. Sosem mondja, de biztos honvágya van. A szüleit látogatja meg ilyenkor, és pénzt visz haza. Nem érdeklődtem élénken, de szerintem hasonló anyagi körülmények közül származhat, mint Csilla származott. Fogalma sem volt a luxusról, ez jól látszott az arcán, mikor először szembesült a gazdagságommal. Magyarországon is sejtett sok mindent, de a palotám elég hatásos ébresztő.

Az elmúlt időben számtalan dolog megváltozott közöttünk. Amolyan bizalmasom is lett, hiszen Emírt nem akartam felvilágosítani a jövőre készülésemről. Ő nem értené, miért akarok a lányomnak ennyi mindent adni. Én sem értem. Ezért fontos nekem Bálint. Más kultúrából származik, megért. Ennélfogva talán azt is képzelem, hogy egy kicsit jobban szereti Annát. Nem tölthet vele túl sok időt, mert férfiként semmi köze a gyermekeimhez, de naponta két órát játszik a lányommal a jelenlétemben és Yasmin jelenlétében. Ilyenkor csakis magyarul beszél Annához. Mivel kezdek bízni a hazájabéli barátnőjében, talán ezt a feladatot hamarosan átadom neki. Ő nőneműként egész nap a gyermekemmel lehet, és egész nap beszélhet hozzá magyarul. Az a nyelv, amit egykor mekegősnek tartottam, már egyet jelent a szerelemmel és a szeretettel.

Ami még változást hozott a Bálinttal való kapcsolatomban, az az volt, hogy közöltem vele, csak Gamalnak szólítson. Még a herceg titulust sem kell használnia. Ezen apám teljesen fennakadt, de a magyar fiú már sokkal több nekem, mint egy alkalmazott. Olyasmi, mint Ibrahim. Nélkülözhetetlen.

– Minden rendben? – kérdezem valóban őszintén, mire ő válaszul bólint.

Megemeli a fejét, és mélyen a szemembe néz. Kérdeznem sem kell, tudom, mindent elintézett, amire kértem. Újabb részvényeket vett és újabb összegeket helyezett el bankszámlákon. És azt is tudom, hogy megtette azt is, ami mindig a feladata. Megkereste Csilla családját, és adott nekik egy jókora összeget. Magam sem tudom, miért teszem ezt. A villával elég anyagi biztonságot ajándékoztam nekik, de kicsit most már hálás is vagyok. Hálás vagyok az alkoholizmusért, és hálás vagyok a drogozásért. Hálás vagyok a szívtelenségükért, ami lehetővé tette, hogy Anna hozzám kerüljön.

Mindketten egyszerre indulunk el kifelé, odaszólok a szolgának, hogy figyeljen a gyerekekre. Az ajtónál Bálint jobbra indul, én pedig balra. Majd hátranézek, ő is ugyanezt teszi ebben a pillanatban.

– Vittél friss virágot?
– Vittem, Gamal!

„Allah nem követel többet senkitől, mint amennyit adott neki. Allah könnyebbséget fog adni a nehézség után."

(Korán, 65. szúra)

Köszönet

A könyv megírásában segítségemre voltak Irakban, Szaúd-Arábiában, az Emirátusokban és egyéb muszlim országban lakók, akik meséltek a hitükről, az ételeikről, a ruházatukról, a hazájukról, politikai nézetükről.

Képtelenség minden segítőmet megemlíteni név szerint, de e sorokon keresztül szeretnék külön köszönetet mondani annak az embernek, aki időt szánt rám, részletesen mesélt nekem a gazdagok életéről, és arcpirító őszinteséggel vallott nőkhöz való viszonyáról.

Külön köszönet illet még meg számtalan magyarországi zsidót, akik eligazítottak a muszlimok és zsidók közötti útvesztőben.

És végül, de nem utolsósorban köszönet szerkesztőmnek, aki velem karöltve végleges formára simította a könyvet.

Köszönöm!

شكراً

BORSA BROWN
MAFFIA-TRILÓGIA

Borsa Brown: A maffia ágyában
Borsa Brown: A maffia ölelésében
Borsa Brown: A maffia szívében

Borsa Brown maffiatrilógiája hatalmas sikert aratott az olvasók körében. Érzelmek, sokkoló felismerések, romantika és brutalitás erotikával fűszerezve, cseppet sem megszokott köntösben.

Suzanne Roberts körül megfordul a világ: viharos gyorsasággal veszít el mindent és mindenkit maga körül, ami és aki addig fontos szerepet töltött be az életében. Szerencséjére a sors kárpótolja őt mindenért: megajándékozza Massimóval, az ellenállhatatlan, művelt és jómódú ügyvéd szerelmével, aki rögvest szülővárosába, Palermóba röpíti álmai asszonyát.

Itt véget is érhetne ez a romantikus történet... a happy end ezúttal mégis elmarad. Szicíliáról ugyanis kiderül, hogy távolról sem a képzelet mesés birodalma, s lassan Massimóról is lehull az álarc.

Lesz-e kiút az érzései között őrlődő, bántalmazott hősnő számára? Van-e szabadulás a maffia hálójából? És egyáltalán: hol van a határ szerelem és gyűlölet között?

Borsa Brown lélektani folyamatokat is boncolgató letehetetlen regénye feltárja, milyen pokoli mélységekbe és paradicsomi magasságokba juthat férfi és nő, ember és ember kapcsolata.

Létezik végzetesebb dolog az életben a vágynál, és a vak szerelemnél? Vagy, ami talán a legfontosabb: Mikor kötünk békét saját magunkkal?

„A gyűlölet is szeretet, csak éppen fejtetőre van állítva. A szeretet igazi ellentéte a félelem" – adja meg a választ Osho, és e tantétel igazságát nem is bizonyíthatná hitelesebben e trilógia.

Az erotikus jelenetekben és szenvedélyes párbeszédekben bővelkedő sorozat, minden mélyen rejtőző érzelmet előcsal az olvasóból.

Ha tetszett *Az Arab*, látnod kell a másik oldalról is

"Keleti szenvedély a magyar nő szemével"

BORSA BROWN

Az Arab szeretője

álomgyár

álomgyár

A könyv mágikus eszköz. Az író a bűvész, a toll pedig a varázspálca. A jó bűvész magán tudja tartani a figyelmet, és az olvasó reméli, hogy még sokáig a bűvkörében maradhat.

A 2012-ben alapított Álomgyár Kiadó ezeket a bűvészeket keresi. Azokat, akik fantáziájukkal olyan helyekre merészkednek, ahová mások nem képesek. Az ő történeteiket hozzuk el az olvasóknak, Nektek.

Jelentkeznél? Írj nekünk!
konyvetirok@alomgyar.hu

Látogass el hozzánk:
alomgyar.hu

ANNE L. GREEN

„VALÓS, ÉLETTEL TELI"
- ASHLEY ÉRTÉKEL BLOG

2018 TAVASZ

Anne L. Green a modern romantikus regények koronázatlan királynője. Finom erotikával fűszerezett történeteiben rendszerint váratlan fordulatokban gazdag, lélegzetelállító kalandok során izgulhatjuk végig a jóképű, magabiztos főhős és csinos, ám cserfes kiszemeltje egymásra találását.

Egy szenvedélyes és kalandos utazás a mesés Indiába

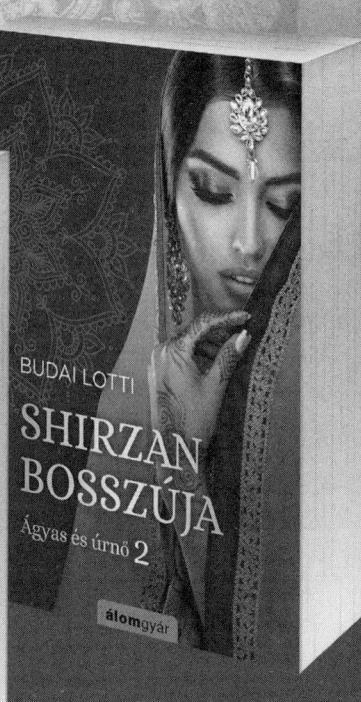

Budai Lotti egy nagyszerű történelmi regényt alkotott

NIKII BLOG

DEE DUMAS

„GYÖNYÖRŰ GONDOLATOK,
HIHETETLEN JÓ STÍLUSBAN!"
- NIITAABELL VILÁGA BLOG

DEE DUMAS
Marokkói szerelem
A TITOKZATOS ARAB VILÁG BŰVÖLETÉBEN

DEE DUMAS
Tiltott vágy
A MISZTIKUS KELET ÉS A SZENVEDÉLYES NYUGAT TALÁLKOZÁSA

A MISZTIKUS KELET ÉS A SZENVEDÉLYES NYUGAT TALÁLKOZÁSA

SYLVIA DAY

„KEGYETLENÜL ÉRZÉKI..."
- BOOKLIST

2018 ŐSZ

- Botrányos viszonyok
- Büszkeség és gyönyör
- Idegen a férjem
- Hét év vágyakozás

Sylvia Day a New York Times és a USA Today nemzetközileg is elismert írója. Romantikus, szenvedélyes könyvei 28 országban tették őt bestsellerszerzővé. Erotikával fűszerezett történetei Magyarországon is elvarázsolják a női szíveket.

VÁGY-TRILÓGIA

„SZERETNÉD TUDNI, HOGY MIT TESZEK A NŐKKEL? AMIT CSAK AKAROK..."

„MAGÁVAL RAGADÓ!"
- NEVER LET ME GO BLOG

„MINDEN PERCÉT ÉLVEZTEM!"
- COLLECTOR OF BOOK BOYFRIENDS

Utószó

Annyi mindenkinek tartozom köszönettel azért, amiért író lehetek, de a legnagyobb köszönet téged illet, kedves olvasó, amiért értékes szabadidődet az én könyveim olvasására áldozod. Az írás számomra nem munka, hanem megtiszteltetés.

Amikor megindultam ezen a rögös úton, egy szintén szárnyait bontogató kiadó talált rám. Lehetőséget adtak nekem, és úgy indultunk egy lépcsőn fölfelé, hogy egymás kezét fogtuk, nem csak magunknak törtük az utat. A siker sosem egy embert illet. Pár sor mögött is rengeteg szakember és bizalom áll. Egy kiadó bízik az írójában, az író bízik a kiadójában, az olvasó pedig bízik az íróban. Ez egy csodálatos kör, amiben neked ugyanolyan szereped van, mint nekünk. Ezt jól megtanultam a maffia-trilógiám megjelenésekor, aminek minden része bestseller lett – az olvasóknak köszönhetően!

Sosem tagadtam, hogy elsősorban anya vagyok és nő, éppen ezért írok elmét és lelket megmozgató történetekről. Talán ennek köszönhető, hogy könyveimben mindig fontos a férfi-nő kapcsolata, szélsőséges érzések, helyzetek és a „mondani akarás".

Remélem, legújabb regényem legalább annyira rátalál a saját útjára, mint az előző három. Kívánok minden kedves olvasómnak kellemes időtöltést és képzeletbeli szárnyalást. Mert a könyv egy másik világ! Aki kinyitja a fedelét, olvasni kezdi, már bele is sétált...

Amennyiben írásaim elnyerték tetszésedet és neked is van véleményed, keress a hivatalos oldalaim egyikén.